Turbulenz

Die Passagiere an Bord von Flug Nr. 6 sind am Ende. Der inkompetente Service des Personals zerrt an den Nerven, bedroht sogar das Leben eines Babys. Als der unfähige Pilot das Flugzeug durch eine riskante Notlandung in Gefahr bringt, greifen die Fluggäste zu dramatischen Mitteln – Meuterei. Was sie jedoch nicht wissen: Durch ein Missverständnis ist der US-Geheimdienst davon überzeugt, dass Flug Nr. 6 von Terroristen gekidnappt worden ist …

John J. Nance, geb. 1943, Reservepilot der Air Force und Flugkapitän auf kommerziellen Fluglinien mit über 10 000 Flugstunden, ist heute ein international bekannter Sicherheitsexperte des Luftverkehrs. Er ist Autor verschiedener Romane und Sachbücher, die alle das Thema Luftverkehr und Flugzeuge behandeln. Seine internationlen Bestseller «Gegen die Uhr» (1996), «Das Medusa-Projekt» (1998) «Die letzte Geisel» (1999), «Höllenflug» (2002) und «Tödlicher Gegenwind» (2003) erschienen im Scherz Verlag.
John J. Nance lebt in Tacoma, Washington.

John J. Nance

Turbulenz

Roman

Aus dem Englischen
von Karin Dufner

Scherz

Besuchen Sie uns im Internet:
www.scherzverlag.de

Veröffentlicht im Scherz Taschenbuch,
ein Verlag der S. Fischer Verlag GmbH,
Frankfurt am Main, August 2003

Deutsche Erstausgabe
Die Originalausgabe erschien unter dem Titel
«Turbulence» bei G. P. Putnam's Sons,
a member of Penguin Putnam, Inc.

Umschlaggestaltung: ja DESIGN, Bern: Julie Ting & Andreas Rufer
Umschlagbild: Stone/Getty Images, München
Satz: H & G Herstellung, Hamburg
Druck und Bindung: Ebner & Spiegel, Ulm
Printed in Germany
ISBN 3-502-51965-X

Im Gedächtnis an meinen Vater
Joseph Turner Nance
1917–1977
Fachanwalt für internationales Recht beim
US Army Air Corps, Veteran der US Air Force
und ehemaliger Pilot
außerdem der beste Dad, den ein Junge
sich wünschen kann, und die größte Inspiration.

Prolog

Dr. Brian Logan schoss in seinem Lexus an einem verängstigten Patienten vorbei und verließ mit quietschenden Reifen die Parkgarage des Krankenhauses, das ihm gerade den Laufpass gegeben hatte. Brodelnd vor verletztem Stolz und Wut, trat er das Gaspedal bis zum Anschlag durch und raste wie ein Verrückter über den Charles River nach Cambridge. Wehe dem Verkehrspolizisten, der es wagen sollte, ihn anzuhalten! Unterwegs überfuhr er sämtliche roten Ampeln und bog schlitternd um die Ecken ruhiger Wohnstraßen, bis er endlich vor seinem eigenen Haus stehen blieb, dem zweistöckigen, nun leeren georgianischen Gebäude, das seine Frau und er so geliebt hatten.

Logan gelang es nicht, den Motor abzustellen oder die Tür zu öffnen. Als er an sich hinunterblickte, stellte er fest, dass er noch den grünen OP-Anzug trug. Er hatte ihn für die Bypass-Operation übergezogen, die man dann ohne Vorwarnung abgesagt hatte. Nur noch verschwommen erinnerte er sich daran, wie er durch die Flure gestürmt war, um den Chefarzt zur Rede zu stellen. In seinem Kopf wirbelten Gedankenfetzen durcheinander wie in einem Kaleidoskop, sodass er den schönen Frühlingsnachmittag überhaupt nicht wahrnahm.

Seit unzähligen Jahren operierte er inzwischen im Mercy Hospital. Es würde zwar ein Kinderspiel sein, eine neue Stelle zu finden, doch so einfach vor die Tür gesetzt zu werden, empfand Brian Logan dennoch als unglaubliche Demütigung.

Immer noch sah er die missbilligende Miene von Dr. Jonas Kinkaid vor sich, und die Reaktion seines früheren Mentors auf seinen heutigen Wutausbruch hatte sich tief in sein Gedächtnis eingebrannt: «Sie haben sich nicht mehr im Griff, Doktor Logan, und heute war es das letzte Mal, dass Sie in diesem Krankenhaus derart aus der Rolle gefallen sind.»

Tief in seinem Innersten ahnte Logan, dass Kinkaid Recht hatte. Doch es kam überhaupt nicht in Frage, das zuzugeben. Chirurgen durften keinerlei menschliche Schwächen zeigen oder gar die Beherrschung verlieren. Aber in dem Jahr seit Daphnes Tod hatte Brian keine Ruhe und keinen Trost mehr gefunden. Er fühlte sich benommen und verwirrt, und seine häufigen Zornesausbrüche richteten sich nur allzu oft gegen die Krankenschwestern.

Brian Logan zwang sich, aus dem Wagen zu steigen und ins Haus zu gehen. Nachdem er die Tür geschlossen hatte, blieb er eine Weile im Flur stehen und lauschte dem blechernen Ticken der Standuhr. Daphnes wohlklingende Stimme hallte ihm wieder in den Ohren, und er erinnerte sich, wie sie ihm stets zur Begrüßung zugejubelt und sich ihm in die Arme geworfen hatte – manchmal hatte sie nichts getragen außer einem Lächeln auf dem Gesicht. Erschöpft schleppte er sich ins Wohnzimmer, ließ sich in seinen Lieblingssessel sinken und stellte sich wieder einmal vor, wie sie die Arme um ihn schlang. Sie war die einzige wahre Liebe seines Lebens gewesen, wunderschön, unvorstellbar erotisch und gleichzeitig mit einer sprühenden Intelligenz und einer uneingeschränkt lebensbejahenden Einstellung ausgestattet – ein himmelweiter Unterschied also zu Rebecca, seiner ersten Frau.

Brians Blick fiel auf den Ohrensessel neben dem Klavier, wo er gesessen hatte, als damals das Telefon läutete. «Es tut uns Leid, Ihnen mitteilen zu müssen, Herr Doktor», hatte der Vertreter der Fluggesellschaft gesagt, «dass Ihre Frau während des Fluges Opfer eines medizinischen Notfalls geworden ist.» Daphne Logan, der Mittelpunkt seines Universums, war auf einer Flughöhe von zwölftausend Metern verblutet und hatte ihr ungeborenes Kind, einen Jungen, verloren, weil der Kapitän der Maschine eine Notlandung verweigert hatte. Anderthalb Stunden lang hatte Daphne die Besatzung angefleht zu landen, doch weil sie noch kräftig genug war, um Forderungen zu stellen, hatte der Kapitän daraus geschlossen, dass ihr Zustand nicht so ernst sein konnte und keine teure außerplanmäßige Landung rechtfertigte. Die Hundert-Millionen-Dollar-Klage wegen unterlassener Hilfeleistung, die Brian angestrengt hatte, würde im nächsten Jahr verhandelt werden, aber die Beteuerungen seines Anwalts, der Sieg sei ihnen sicher, konnte ihn nicht aufmuntern. Eine Million oder eine Milliarde – was spielte das schon für eine Rolle? Das Geld konnte seine Frau und seinen ungeborenen Sohn nicht ersetzen.

Er hätte es geschafft, Daphne zu retten, selbst ohne die richtigen Instrumente und in der Luft; da war Brian ganz sicher. Warum hatte er sie bloß nicht zu diesem Besuch bei ihren Eltern begleitet? Aber er war in Boston geblieben, weil er arbeiten musste. Er hatte sich dumm und egoistisch verhalten, und nun war er allein und arbeitslos und stand vor den Trümmern seiner Existenz.

Brian sprang auf. Kurz spielte er mit dem Gedanken, Rebecca anzurufen, seine erste Frau, die inzwischen wieder verheiratet war und in Newport, Connecticut, lebte. Sicher würde sie von seinem Anruf nicht eben begeistert, aber auch nicht sehr überrascht sein, denn sie rechnete schon lange damit, dass er im Leben scheitern würde. Er war eine große Enttäuschung für sie gewesen, ein Projekt, das sie nicht hatte zu Ende führen können. Rebecca Cunningham, die schöne, gebildete Debütantin aus einer angesehenen und wohlhabenden neuenglischen Familie, war zu einem säuerlichen Pflichtmenschen erzogen worden. Und der junge Arzt, den sie vor so vielen Jahren mit nach Hause gebracht hatte, damit ihre Eltern ihn in Augenschein nehmen konnten, interessierte sie nur insoweit, als sie ihn zum Ebenbild ihres Vaters, eines Medizinprofessors in Harvard, umzuformen gedachte. Sie beschloss, dass Brian zehn Jahre lang praktizieren und sich dann ebenfalls um einen Lehrstuhl an der medizinischen Fakultät bewerben sollte. Er würde publizieren, Vorträge halten, Pfeife rauchen und sich die Abende mit gepflegter Konversation vertreiben. Und vor allem würde er anfangen, Spaß als etwas leicht Anrüchiges zu betrachten, so wie sie selbst es gelernt hatte.

Allerdings hatte Rebecca die Rechnung ohne die Lebenslust ihres jungen Ehemannes gemacht. So kam sie rasch zu dem Schluss, dass sein Verhalten verantwortungslos und untragbar war, und zog einen Schlussstrich unter das gescheiterte Projekt, indem sie sich von ihm scheiden ließ.

Fünf Jahre nach der Scheidung war Daphne wie ein tropischer Wirbelsturm in Brians Leben gebraust und hatte ihn und sein im Dämmerschlaf versunkenes Herz wieder zum Leben erweckt.

Daphne war trotz ihres Doktortitels eine verträumte Romantikerin, eine Aussteigerin in Designerkleidern und ein Mensch, der alles für möglich und das Leben für wunderschön hielt. Sie nahm Brian so, wie er war – und bald hatte er sich bis über beide Ohren in sie verliebt.

Mühsam wuchtete Brian sich aus seinem Sessel hoch und schlenderte geistesabwesend in die Küche, wo er das längst vergessene Flugticket auf dem Tisch entdeckte. Schon vor Monaten hatte er sich bereit erklärt, im südafrikanischen Kapstadt eine Vorlesungsreihe zu chirurgischen Themen zu halten. Eigentlich hätte er in zwei Tagen von Boston aus abfliegen sollen. Die Tickets waren schon gebucht, und es gab keinen Grund, sie zu stornieren. Schließlich winkte für die Vorträge ein fettes Honorar, das er brauchen würde, während er sich eine Stelle an einem anderen Krankenhaus suchte.

Da er das Bedürfnis hatte, etwas zu tun, ging Brian zur Kaffeemühle und setzte dann eine Kanne frischen Kaffee auf. Es war ein beruhigendes und vertrautes Ritual wie das Händewaschen vor einer Operation. Nachdem er sich eine Tasse eingeschenkt hatte, ließ er sich auf einen Stuhl fallen, blätterte das Ticket durch und las die Aufschrift mit der Verbissenheit eines Frühaufstehers, der auf das Kleingedruckte der Cornflakesschachtel stiert.

Von Boston nach London würde er mit Virgin Atlantic fliegen, doch von London nach Kapstadt hatte ihn seine Sekretärin auf Meridian Airlines gebucht.

Oh, mein Gott, nein!, dachte Brian und sprang auf. Das Herz klopfte ihm bis zum Halse. Meridian war die Fluggesellschaft, die vor zwölf Monaten seine Frau und seinen Sohn umgebracht hatte. Das durfte doch nicht wahr sein!

Im Umschlag steckte auch ein handgeschriebener Zettel, den er nun entfaltete.

Dr. Logan, Virgin Airways fliegt nicht nach Kapstadt. Es tut mir wirklich sehr, sehr Leid, aber niemand außer Meridian hatte noch freie Plätze. Also nehmen Sie die Virgin nach London, haben dort eine Nacht Aufenthalt und reisen dann mit der Meridian nach Kapstadt weiter.

Brian knüllte den Zettel zusammen und warf ihn an die Wand. Er würde es schon überstehen, auch wenn es hieß, zehn Stunden im Bauch eines Ungeheuers verbringen zu müssen, dem er am liebsten die Gedärme aus dem Leib gerissen hätte.

Brian hatte gebetet, dass Meridian Pleite gehen würde. Zu seinem eigenen Entsetzen hatte er sich dabei ertappt, dass er jeden Morgen die Nachrichten einschaltete, in der Hoffnung, ein qualmendes Wrack mit dem deutlich sichtbaren Emblem von Meridian auf dem Bildschirm zu sehen. Dieser Gedanke stieß ihn zwar einerseits ab, löste andererseits aber Aufruhr in ihm aus. Ein Teil von ihm sehnte sich noch immer danach, Meridian wehzutun, sich zu rächen und Vergeltung in ihrer ursprünglichsten Form zu üben. Es war ein Bedürfnis, das ihn beinahe auffraß.

Und jetzt…

Dr. Brian Logan spürte, wie sich plötzlich eine Gelassenheit über ihn senkte wie ein dunkler Schleier aus undurchdringlicher Wut. Zum ersten Mal seit Daphnes Tod war er auf einmal ganz ruhig, kühl und berechnend. Und aus dem Strudel aus unbeschreiblichem Schmerz und Todesangst vor der bevorstehenden Begegnung mit dem Feind entstand etwas völlig Neues.

I

LUFTFAHRTBEHÖRDE, FLUGSICHERUNGSTOWER, FLUGHAFEN O'HARE, CHICAGO, ILLINOIS, 11:30 ORTSZEIT

«Das ist doch idiotisch!»

Schichtleiter Jake Kostowitz schüttelte entnervt den Kopf und murmelte Verwünschungen vor sich hin. Heute ging wieder einmal alles schief.

Er sehnte sich nach einer Zigarette, die Nachwehen, wenn man nach zwanzig Jahren mit dem Rauchen aufhörte. Aber am von der Luftfahrtbehörde erlassenen Rauchverbot gab es nun einmal nichts zu rütteln.

Ringsherum und etwa siebzig Meter unterhalb der neuen verglasten klimatisierten Kanzel des Towers standen die verspäteten Flugzeuge in der Gluthitze und krochen zentimeterweise die überfüllten Rollbahnen entlang, vorbei an Kreuzungen, auf denen der Asphalt in der gnadenlosen Sommersonne kochte.

Was war das für eine Zahl, die er einmal gehört hatte?, überlegte Jake. Waren es fünfzig oder sechzig Maschinen, die laut Plan genau zur gleichen Zeit in O'Hare starten sollten? Doch ganz gleich, wie die genaue Anzahl nun lautete, wenigstens hatte sich die Branche inzwischen von der landesweiten Panik unter den Fluggästen erholt, die auf die Zerstörung des World Trade Centers gefolgt war. Jake schüttelte fast unmerklich den Kopf. Er konnte gerne darauf verzichten, dass es auf seinem Flughafen aussah wie in einer Geisterstadt. Allerdings hatte der Andrang der Maschinen mittlerweile schon wieder nicht zu bewältigende Ausmaße erreicht, und die Fluggesellschaften weigerten sich, irgendetwas daran zu ändern.

Der Duft nach heißem Zimt stieg ihm in die Nase. Als Jake sich zur Treppe umdrehte, sah er einen seiner Fluglotsen, der gerade Pause machte und grinsend in ein gewaltiges Zimtbrötchen biss. Jake schüttelte gespielt missbilligend den Kopf. Der Kollege hatte mindestens vierzig Kilo Übergewicht und war gewissermaßen ein Herzinfarktrisiko auf zwei Beinen. Genüsslich leckte sich der Mann die Finger und kam die letzten Stufen hoch und auf Jake zu.

«Tja, Boss, meinen Sie, die packen es noch?»

Jake drehte sich zu ihm um. «Wie bitte?»

«Ich rede von Amerikas unfähigster Fluggesellschaft, der guten alten Meridian Air.»

Jake schüttelte den Kopf. «Hoffentlich machen sie nicht ganz dicht. Zurzeit beherrschen sie sechsundzwanzig Prozent des Marktes. Das wären viele gestrandete Passagiere.»

«Die würden keinen großen Unterschied bemerken», lachte der dicke Fluglotse. «Außerdem müssten wir auf diese Weise sechsundzwanzig Prozent weniger Maschinen abfertigen.»

«Schon gut», kicherte Jake. «Doch United und American würden sich den Kuchen sofort teilen, und wir hätten genauso viel Arbeit wie vorher.» Jake deutete auf das halb verzehrte Brötchen. «Gibt es im Pausenraum noch mehr davon?»

«Ja, ich habe eine ganze Schachtel gekauft. Bedienen Sie sich», antwortete der Mann und blickte Jake nach, als dieser die Treppe hinunterlief.

In einer Ecke des Pausenraums dudelte der Fernseher. Jake marschierte zur Tür hinein und steuerte auf die Schachtel mit den Brötchen zu, als eine Meldung, die die Flugsicherung behandelte, ihn aufmerken ließ.

Auf dem Nachrichtensender wurde gerade eine Anhörung im Kongress übertragen. Wie Jake sich erinnerte, war das Thema bereits am Vortag erörtert worden. Ein Kongressabgeordneter hatte wegen der jüngsten gewalttätigen Übergriffe von Fluggästen die Anhörung verlangt.

Wieder mal ein Politiker, der sich wichtig machen muss, dachte Jake. Doch der Anblick eines Offiziers der Air Force, der in einer Anhörung über die zivile Luftfahrtindustrie allein am Zeugentisch saß, weckte seine Neugier. Der Offizier trug das Emblem mit dem silbernen Adler, das ihn als Colonel auswies.

«Herr Vorsitzender», sagte der Colonel in diesem Moment, «Jeden Tag sitzen Hunderte, wenn nicht gar Tausende erboster

Passagiere, die ihre Wut kaum noch im Zaum halten können, in unseren Linienmaschinen. Übermäßiger Alkoholkonsum führt zwar häufig zu einer Zuspitzung der Situation, aber die hauptsächlichen Gründe sind die drangvolle Enge und der miserable Umgang mit den Passagieren, weshalb erhöhte Sicherheitsmaßnahmen sicher auch keine Abhilfe schaffen würden.»

«Was also sollen wir unternehmen, Colonel?», erkundigte sich der Vorsitzende. «Hat Ihre Arbeitsgruppe bereits Vorschläge entwickelt?»

Auf einem kleinen Schild auf dem Zeugentisch stand, dass es sich bei dem Offizier um den U.S. Air Force Colonel David Byrd von der Luftfahrtbehörde handelte.

Aha! Ein Verbindungsoffizier der Air Force also, dachte Jake. Er erinnerte sich gern an seine Zusammenarbeit mit einem Verbindungsoffizier der Navy, der vor einigen Jahren zur Flugsicherung versetzt worden war.

«Nein, Sir», erwiderte Colonel Byrd. «Wir können noch keinen Abschlussbericht herausgeben. Doch eines kann ich Ihnen aufgrund meiner Erfahrungen bestätigen: Eine Verschärfung der Strafgesetze wäre zwecklos, da die Leute schließlich nicht im Voraus planen, wütend zu werden und die Beherrschung zu verlieren. In anderen Worten: Wir können die menschliche Natur nicht ändern, indem wir sie kriminalisieren, denn die genannten Vorfälle spiegeln das vorhersehbare Verhalten von Menschen wider, wenn man sie unter großen Stress setzt. Solange man durchgeschwitzte Passagiere in überfüllte Flughäfen pfercht, sie wie den letzten Dreck behandelt, sie belügt und ihre Behandlung vom Preis des Tickets abhängig macht, werden die durch Wutausbrüche ausgelösten Zwischenfälle zwangsläufig zunehmen. Herr Vorsitzender, es handelt sich hier um eine tickende Zeitbombe.»

Während der Vorsitzende des Ausschusses eine Pause anordnete und den nächsten Zeugen aufrief, kehrte Jake zur Treppe zurück und stieg wieder in die Kanzel hinauf. Oben drang das gedämpfte Dröhnen einer startenden 727 an sein Ohr. Eine Weile blickte er der abhebenden Maschine nach und fragte sich, wie lange die Besatzung wohl am Ende der Startbahn hatte warten müssen.

Seiner Ansicht nach hatten sie es wirklich mit einer tickenden Zeitbombe zu tun, denn mit den Verzögerungen und der Überfüllung wurde es immer schlimmer. Der heutige Tag bildete da keine Ausnahme: Den ganzen restlichen Nachmittag lang würde es keinen einzigen pünktlichen Start geben, und dennoch schickten die Fluggesellschaften ihre voll gestopften Maschinen von den Flugsteigen los, sodass sie sich in die endlos langen Warteschlangen einreihten. Denn jedes Abstoßen vom Flugsteig konnte man als pünktlichen Start verbuchen. Nur auf Anordnung der Flugsicherung blieben die Maschinen am Flugsteig stehen, und selbst dann schob man sie häufig beiseite, um Platz für einen ankommenden Flug zu machen. Die «Strafbank», wie man die Rampe für wartende Flugzeuge nannte, war inzwischen meistens voll besetzt, und die Fluggesellschaften wussten für gewöhnlich ganz genau, welche Flüge Verspätung haben würden. Die Passagiere durften das natürlich nicht erfahren.

Was für ein Riesenschwindel! Und wir müssen dann den Kopf hinhalten. Immer war die Luftfahrtbehörde der Sündenbock.

Jeden Tag war es dasselbe, und zwar mit deprimierender Regelmäßigkeit. Zu allem Überfluss zogen heute aus Springfield, Illinois, einige schwere Gewitter heran, die den täglichen Stau noch verschärfen würden. Denn wenn das Gewitter O'Hare erreichte, würde sämtlicher Verkehr zum Erliegen kommen.

Als Jake nach Westen blickte, sah er in hundertfünfzig Kilometer Entfernung Blitze zucken. Zwischen den schwarzen Gewitterwolken und dem Flughafen hing eine schier endlose Schlange von Flugzeugen am Himmel, deren Aluminiumleiber sich stetig auf die unter der Wolkendecke funkelnden Landebahnbefeuerungen zubewegten. Wie Jake wusste, mühten sich die Piloten damit ab, die Fluggeschwindigkeit genau einzuhalten, die ihnen von der Anflugskontrolle in Chicago angewiesen worden war. Die gestressten Männer und Frauen, die dort arbeiteten, saßen in einem fensterlosen Raum unterhalb der ruhigen Towerkanzel.

Ein Pilot, der zu schnell flog oder zu spät das Tempo drosselte, landete in der Pilotenhölle: Der Fluglotse, der irgendwann eine Lücke finden musste, damit er sich wieder in den Verkehr einfädeln und eine erneute Landung versuchen konnte, ließ ihn gnadenlos eine halbe Stunde lang im Kreis herumkurven – während die Passagiere vor Wut kochend auf die Uhr sahen. Auf dem Boden stieg die Hitze flimmernd von der glühenden Außenhaut der Boeings und Airbusse auf, die zwischen kleineren Regionalmaschinen und Turboprops untätig herumstanden. Die viele Millionen teuren Warteschlangen erstreckten sich rings um die Flughafengebäude und bis zum Horizont.

Jake fing den Blick eines seiner Fluglotsen auf und nickte ihm verständnisvoll zu. Der Mann lächelte und erwiderte das Nicken.

Das gereizte Stimmengewirr der Piloten ging Jake stets auf die Nerven, vor allem wenn die Besatzungen auf die abgehackten Anweisungen der Fluglotsen, die so schnell wie nur möglich sprechen mussten, verärgert reagierten.

«Also gut, United Zwei-Dreizehn, O'Hare Bodenkontrolle, ich sehe Sie, und ich habe Sie bereits angewiesen, auf Position zu bleiben. Meridian Eins-Eins-Acht, stoppen Sie sofort und machen Sie der Eagle ATR Sieben-Zwei rechts von Ihnen Platz. Lufthansa Zwölf, Beeilung, Sir, Sie müssen sofort von dieser Rollbahn verschwinden. Delta Zwei-Siebzehn, sind Sie auf Frequenz?»

«Äh … Delta Zwei-Siebzehn hört.»

«Roger, Delta. Folgen Sie der Meridian Sieben-Sieben-Sieben links von Ihnen. Air France Zwölf, wechseln Sie auf Towerfrequenz und warten Sie, bis Sie gerufen werden.»

Diane Jensen, die Fluglotsin, mit der Jake – aus ausgesprochen sexistischen Gründen – am liebsten zusammenarbeitete, kam aus dem Pausenraum, setzte den Kopfhörer auf und schickte sich an, den Platz eines Kollegen zu übernehmen. Nachdem sie sich über das kurze honigblonde Haar gestrichen hatte, grinste sie Jake zu. «Heute ist da draußen wieder die Hölle los», witzelte sie.

«Und nicht nur dort: Herndon schränkt bereits die Landungen ein», antwortete er, womit er die Kommandozentrale der Luftfahrtbehörde in der Nähe von Washington meinte. «Außerdem haben wir bald keinen Platz mehr auf der Rampe.»

«Und irgendwo da unten treibt sich mein Bruder herum. Er

ist sehr ungeduldig und muss unbedingt nach Dallas. Ich habe ihn gerade abgesetzt. Er hat sich aufgeführt, als zöge er in die Schlacht.»

«Das trifft ja auch irgendwie zu», meinte Jake.

«Ich habe ihm vorgeschlagen, den Zug zu nehmen», entgegnete sie und stöpselte ihren Kopfhörer neben dem Platz des Mannes ein, den sie ablösen sollte. «Doch er wollte nicht auf mich hören.»

Wieder läutete das Telefon, das sie mit der Anflugkontrolle verband. Als Jake zum Hörer griff, fiel sein Blick auf einen Sonnenstrahl, der sich draußen im Verkehrsstau in einem Auto spiegelte. Er war froh, dass er nicht da draußen unter all diesen gereizten Menschen sein musste.

Wirklich ausgesprochen froh.

BÜROGEBÄUDE RAYBURN HOUSE, WASHINGTON, D.C.

Colonel David Byrd packte die auf dem Zeugentisch ausgebreiteten Papiere zusammen und stopfte sie in seinen Aktenkoffer. Dann drehte er sich um und ergriff die ausgestreckte Hand von Julian Best, dem Leiter des Unterausschusses für den Luftverkehr.

«Gut gemacht, Colonel», meinte Best mit einem Lächeln auf dem wettergegerbten Gesicht.

«Danke», erwiderte David Byrd und klopfte auf seinen Aktenkoffer. «Übrigens habe ich nicht übertrieben, Julian», fuhr er mit ernster Miene fort. «Während wir gegen die Bedrohung durch Terroristen bereits einige Lösungen gefunden haben, hat die Gefahr, die von außer Kontrolle geratenen Fluggästen ausgeht, weiter zugenommen – und dabei hat der Sommer erst angefangen. Es ist wirklich keine fixe Idee der Luftfahrtbehörde.»

Best lächelte. «Ich weiß, dass Sie keinen Lärm um nichts machen, Colonel. Ich kenne Ihren Ruf. Ein Mann, der eine Spezialeinheit geleitet, sich so viele Orden verdient und derart wichtige Aufgaben gemeistert hat, ist eine Nummer zu groß, um ihn nur so zum Scherz nach Washington zu schicken.»

Das Läuten eines Mobiltelefons unterbrach sie. Mit einem Achselzucken wies Byrd darauf.

«Verzeihung.»

«Kein Problem, Colonel. Ich melde mich bei Ihnen», erwiderte Julian und wandte sich zum Gehen.

Nachdem Byrd das Gerät aufgeklappt hatte, drehte er sich zur Wand, um sich auf den Anrufer zu konzentrieren. Doch die zornige Stimme am anderen Ende der Leitung ließ ihn zusammenzucken.

«Hier spricht Lieutenant General Overmeyer, Colonel. Was zum Teufel bilden Sie sich eigentlich ein, ohne meine Erlaubnis und ohne einen Begleiter vom Pentagon vor dem Kongress auszusagen? Ich habe Ihre Visage gerade im Fernsehen gesehen, und das auch noch in Uniform! Wer hat Ihnen genehmigt, uniformiert im Fernsehen aufzutreten und sich politisch zu äußern?»

Colonel Byrd rief sich General Overmeyers Gesicht vor Augen. Der stellvertretende Stabschef der Air Force galt bei den meisten seiner Untergebenen als ziemlich aufbrausend. Er war ein mächtiger Mann, der die Karriere eines Offiziers, der sich ihm in den Weg stellte, rasch beenden konnte. Selbst die eines Colonels.

«General», begann David deshalb, «Sie haben mich der direkten Weisungsbefugnis der zuständigen Sachbearbeiterin bei der Luftfahrtbehörde unterstellt. Ich habe auf ihre Anweisung hin ausgesagt.»

«Byrd, es ist nicht Ihre Aufgabe, das Schoßhündchen einer Zivilistin zu spielen und auf ihren Befehl hin jedem an den Haaren herbeigezogenen Scheinproblem nachzujagen.»

«General, ich lasse mich nicht von Ihnen beleidigen. Ich bin kein Schoßhündchen …»

«Ich will Sie in dreißig Minuten bei mir im Büro sehen, Byrd. Haben Sie verstanden?»

«Wenn Sie darauf bestehen, Sir.»

«Genau das habe ich gerade getan. Das ist ein gottverdammter Befehl. Ach, falls Sie Ihre Wurzeln vergessen haben sollten, Colonel, helfe ich Ihnen gern, sie wieder zu finden. Beim Pentagon handelt es sich um das große Gebäude neben dem Ronald-Reagan-Flughafen.»

«General, Ihren Sarkasmus können Sie sich sparen.»

«BEWEGEN SIE JETZT GEFÄLLIGST IHREN HINTERN!»

Der General legte auf und ließ David Byrd erschüttert zurück. Dieser überlegte fieberhaft, wie er wohl am schnellsten auf die andere Seite des Potomac kommen sollte.

2

FLUGHAFEN O'HARE, CHICAGO, ILLINOIS, 11:30 ORTSZEIT

Auch an diesem Junimorgen herrschte in Chicago wie an jedem Wochentag Verkehrsstau. Um acht Uhr war es bereits über zwanzig Grad warm; um zwölf hatte die Quecksilbersäule dreißig Grad erreicht und stieg etwa in derselben Geschwindigkeit an wie die Gereiztheit der Menschen, die sich auf hoffnungslos verstopften Straßen per Bus, Taxi und Privatauto zum Flughafen O'Hare durchquälten.

Der Flughafen selbst war ein Hexenkessel, überfüllt, überhitzt und überlastet. Es war keine Erlösung in Sicht, denn der Druck, weitere Flüge und zusätzliche Passagiere abzufertigen, wuchs ständig, sodass es ein täglicher Kampf war, das komplizierte System Flughafen reibungslos am Laufen zu halten. Für Fehler gab es kaum Spielraum, und jede Störung von außen führte zu einer Lawine aus stornierten oder verspäteten Flügen, deren Folgen in den gesamten Vereinigten Staaten spürbar wurden.

Doch die erbosten Flugbegleiter von Meridian Airlines planten ausgerechnet an diesem heißen Sommermorgen, genau so eine Störung herbeizuführen.

Als die Passagiere den Check-in-Bereich von O'Hare betraten, wurden sie sofort von zornigen Stewardessen umringt, die Protestschilder schwenkten. «Wir sind noch nicht im Streik!», stand darauf. «Meridian – AUSBEUTERFIRMA!» Einige Passagiere hielten aufmunternd die Daumen nach oben, doch die meisten drängten sich an den Protestierenden vorbei und taten, als wären diese nicht vorhanden.

Inmitten des Tohuwabohus wurden Tonnen von Gepäck polternd auf dem Gehweg abgestellt, da viele Passagiere von der Möglichkeit Gebrauch machten, ihre Koffer bereits vor dem Gebäude am Bordstein aufzugeben. Andere Fluggäste kämpften sich schwitzend durch das Gedränge und steuerten auf die Ticketschalter in der Halle zu, wo sich aufgrund des drastischen Personalmangels lange Schlangen gebildet hatten. Kordeln an mobilen Pfosten lenkten die schicksalsergebenen Massen in einem Zickzackkurs weiter, der nur schwache Hoffnung weckte, dass man noch vor Abflug seiner Maschine bedient werden würde. Die meisten wussten, was es mit diesem bedrückenden Spiel auf sich hatte: Angestellte kosteten Geld, weshalb Meridian nach Kräften versuchte, deren Anzahl zu begrenzen.

Ein Kundendienstmitarbeiter von Meridian Airlines, der einen zerknitterten Blazer und eine nach einer Begegnung mit einem aufgebrachten Fluggast schief sitzende und fleckige Krawatte trug, sah auf die Uhr und musste enttäuscht feststellen, dass es erst viertel nach zwölf war. Als er das zerzaust wirkende Paar bemerkte, das sich nach einem Blick auf seine rote Jacke von rechts näherte, drehte er sich zu der Auffahrt um, wo eine Stretchlimousine vorgefahren war. Wer würde wohl aus dem langen, schwarzen Cadillac aussteigen? Vielleicht Madonna, die sich gerade in der Stadt aufhielt. Oder ein Mitglied der Politprominenz? Aller Wahrscheinlichkeit nach handelte es sich nur um irgendeinen Niemand mit zu viel Geld, aber wenigstens hatte der Mann so die Möglichkeit, das offenbar ratlose Ehepaar noch eine Weile zu ignorieren.

Er hasste Kunden. Er hasste Meridian. Und er hasste seinen Job. Aber am meisten wurmte ihn die Erkenntnis, dass er inzwischen zu lange bei Meridian arbeitete, um zu kündigen. Er hatte zu viel investiert, um einen Rausschmiss zu riskieren – auch wenn die Firmenleitung ihm und den meisten seiner Kollegen wöchentlich damit drohte.

Der Fahrer der Limousine stieg aus und öffnete die rückwärtige Tür. Der Kundendienstmitarbeiter beobachtete, wie ein junges asiatisches Paar ausstieg. Der Mann und die Frau blieben am Straßenrand stehen und betrachteten entgeistert das Durcheinander.

Niemand, sagte sich der Bodenmitarbeiter. *Nur zwei zu groß geratene Kinder mit zu viel Geld.* Er wandte sich seinen Kunden zu.

Draußen nahm Jason Lao seinen Aktenkoffer vom Rücksitz

der protzigen Limousine und nickte dem Fahrer verlegen zu. Er hatte schon vor dem Aussteigen die Rechnung unterschrieben und ein ordentliches Trinkgeld gegeben und wollte sich nun so rasch wie möglich vom Wagen entfernen, ehe ihn jemand erkannte.

Linda Lao war ein paar Schritte vorausgegangen. Nun drehte sie sich um und lächelte ihm zu. Es war ein warmes und sinnliches Lächeln, das ihn schon während ihrer Zeit in Silicon Valley um den Verstand gebracht hatte. Sie wartete, bis er den Griff seines Koffers herausgezogen und sie eingeholt hatte.

«Na, Schatz, war das nicht viel besser so?», fragte sie dann.

«Nein. Ich wäre am liebsten im Erdboden versunken.»

«Jason ...»

«Ich hatte eine Limousine bestellt, und die schicken mir ein Bordell auf Rädern.»

«Ich gebe zu, es war ein wenig übertrieben, aber dafür bequem und kühl. Außerdem vergiss nicht, dass du jetzt stinkreich bist. Wir können es uns leisten.»

Ein Gepäckträger hatte sie entdeckt und witterte Kundschaft, als sie ihre großen Rollenkoffer über die Einfahrt zogen.

«Kann ich Ihnen helfen?», meinte er.

Jason nickte und übergab ihm das Gepäck.

«Und wohin fliegen Sie heute?», erkundigte sich der Gepäckträger.

«Nach London», erwiderte Linda und warf ihr Haar zurück. Es war ihr gleichgültig, ob man ihr die Aufregung anmerkte.

Nickend verlud der Mann die Koffer auf einen Gepäckkarren, während Linda Jason am Arm nahm und ihn durch die automatischen Türen führte. Doch dann hielt sie ihn zurück.

«Was ist?»

«Okay, sprechen Sie mir nach, Mr. Vorsitzender: Ich werde es genießen.»

«*Was?*»

«Komm. Wiederhol es.»

«Das ist doch albern.»

«Mag sein, aber sprich es mir trotzdem nach. Ich ... werde ... Spaß ... haben.»

«Ja, schon gut. Ich werde Spaß haben.»

Sie legte ihm die Hände auf die Schultern und sah ihn mit gespieltem Ernst an. «Willst du mich?»

«Natürlich will ich dich. Ich kann nicht genug von dir kriegen.»

«Also gut. Kein Lächeln, kein Spaß, kein Sex. Verstanden?»

Seufzend zwang er sich zu einem Grinsen. «Okay, ich werde mich amüsieren.»

«Und du wirst mal so richtig ausspannen. Abgemacht?»

«Jetzt übertreib mal nicht», erwiderte Jason und konnte sich ein Schmunzeln nicht verkneifen.

Linda Lao wusste, dass sie auf einem Pulverfass saß, wenn sie mit Jason einen Flughafen betrat. Er stand beruflich unter großem Druck und verlangte sich selbst und seinen Mitmenschen eine Menge ab. Nur ihm allein war es zu verdanken, dass seine Computerfirma als eine der wenigen überlebt hatte, und das lag daran, dass der Dienst am Kunden bei ihm an erster Stelle stand. Und genau darin ließen – wie er selbst häufig sagte – die meisten Fluggesellschaften inzwischen einiges zu wünschen übrig.

Deshalb war jeder Aufenthalt auf einem Flughafen für Linda eine Qual, denn sie konnte es nicht ertragen, wie sehr sich ihr Mann wegen des wie immer miserablen Service aufregte. Also hatte sie ihn inständig angefleht, für den Flug nach London eine Privatmaschine zu chartern.

Die Reaktion war vorhersehbar gewesen. Jason war ein sparsamer Mann aus einer sparsamen Familie, die in Hongkong nur deshalb zu Wohlstand gekommen war, weil sie mit Geld umgehen konnte. Die Differenz zwischen dreißigtausend Dollar für eine Privatmaschine und knapp zweitausend Dollar für zwei Plätze in der Touristenklasse hatte für ihn sofort den Ausschlag gegeben.

«Dann fliegen wir doch wenigstens erster Klasse», beharrte sie.

«Solange unsere Angestellten nicht erste Klasse fliegen, brauchen wir es auch nicht zu tun», erwiderte er. «Schließlich müssen wir an unsere Aktionäre denken.»

«Wir selbst bezahlen diese Reise, nicht die Firma.»

«Na, siehst du. Sollen wir uns etwa zu fein sein, Touristenklasse zu fliegen?»

Aber zumindest hatte er sich breitschlagen lassen, eine Limousine zu mieten, auch wenn sie wusste, dass sie es in den nächsten zwei Wochen immer wieder zu hören kriegen würde: die Kosten, die Peinlichkeit, die falsche Botschaft, die man damit vermittelte. Manchmal amüsierte es sie, wie vorsichtig ihr Mann mit Geld umging und wie viel ihm daran lag, als Firmenvorstand den richtigen Eindruck zu hinterlassen.

Und nun würden sie eben Touristenklasse nach London fliegen. Inzwischen bereute Linda sehr, dass sie nachgegeben hatte.

Die Wartezeit in der Schlange schwitzender Passagiere und die entwürdigende Abfertigung am Ticketschalter hatten eine halbe Stunde beansprucht. Wie immer hatte Jason darauf bestanden, zwei Stunden vor Abflug zum Flughafen zu fahren, sodass die Zeit nicht drängte. Allerdings war es schwierig, dafür zu sorgen, dass er ruhig blieb.

Als Lindas Blick auf die Sicherheitsschleuse fiel, entspannte sie sich ein wenig beim Anblick der uniformierten Bundesbeamten, die die Kontrollen durchführten. Jason hatte sich sehr über diese Veränderung gefreut und sich beim letzten Mal sogar bereitwillig überprüfen lassen. Doch die Erinnerung an ihre letzte Begegnung mit dem alten System vor einigen Jahren ließ Linda noch immer erschaudern.

Sie waren auf dem Weg nach Los Angeles gewesen, als Jason wegen der wichtigtuerischen Art eines unverschämten Sicherheitsmitarbeiters der Geduldsfaden gerissen war.

«Es gibt keinen vernünftigen Grund, meinen Computer noch gründlicher zu untersuchen, als Sie es bereits getan haben», hatte Jason geschimpft, als der Wachmann ihm den Aktenkoffer entreißen wollte. Daraus hatte sich ein Tauziehen entwickelt.

«Sir, wenn Sie den Computer nicht herausholen, müssen Sie den Sicherheitsbereich verlassen.»

Sofort waren zwei Beamte der Polizei von Chicago hinzugetreten. Es war ein langweiliger Vormittag; sie brannten darauf, jemanden festzunehmen, und Jason schien ein aussichtsreicher Kandidat zu sein.

«Jason», flüsterte Linda ihm ins Ohr. «Das ist hier nicht der richtige Ort. Diese Typen sind Vollidioten. Es ist zwecklos, mit ihnen zu streiten.»

Mit zusammengebissenen Zähnen drehte Jason sich zu ihr um, und er konnte seine Wut kaum noch zügeln, als sie weiter zischte: «Ich will nach Los Angeles fliegen, Schatz, und habe keine Lust, dich aus dem Gefängnis holen zu müssen. Sag jetzt kein Wort mehr. Nick einfach und zeig dem Trottel deinen Computer.»

Sie sah, wie die Muskeln an seinem Kiefer zuckten, als er sich mühsam beherrschte. Der Wachmann fummelte an dem Laptop herum und fand den Knopf zum Einschalten nicht.

«Hier!», stöhnte Jason entnervt und drückte darauf. «Und was zum Teufel soll das beweisen? Dass der verdammte Bildschirm hell wird, mehr aber auch nicht!»

Eine dicke Frau näherte sich von der anderen Seite. Sie nickte den Polizisten zu.

«Wollen Sie frech werden, Mister? In diesem Ton lassen wir nicht mit uns reden. Wenn Sie nicht gleich still sind, wird Ihnen die Polizei hier Benehmen beibringen. Wir lassen uns nicht von Ihnen beschimpfen.»

Linda umfasste Jasons Handgelenk fester und grub ihre Fingernägel hinein, bis es blutete. Er rang um Fassung, während die Polizisten darauf warteten, dass er noch einmal widersprach und ihnen damit einen Vorwand lieferte, ihn festzunehmen.

Linda erinnerte sich an ihre enttäuschten Blicke, als Jason plötzlich aufseufzte und seinen Computer wortlos wieder in den Aktenkoffer steckte. Er wich dem Blick der Wachleute aus, wandte sich zu Linda um und nahm ihren Arm.

«Danke», zischte er.

«Du musst ruhig bleiben, Schatz», flüsterte sie. «Auf Typen wie dich haben die nur gewartet.» Die Polizisten, die sich um ihren Spaß gebracht sahen, blickten ihnen verärgert nach.

«Welcher Flugsteig?»

Erschrocken blickte Linda auf. «Was?»

Jason lächelte. «Welcher Flugsteig?», wiederholte er, während er das Handgepäck vom Laufband nahm, und holte Linda damit in die Gegenwart zurück. Ihr wurde klar, dass sie die Kontrolle bereits hinter sich hatten, und zu ihrem Erstaunen war ihr sonst so aufbrausender Ehemann noch immer die Ruhe selbst.

«Flugsteig... 33 B», erwiderte sie nach einem Blick auf das Ticket. «Meridian Flug Sechs. Ich habe es auf dem Bildschirm gelesen. Angeblich sind sie pünktlich.»

Sie bogen in den nächsten Gang ein und mussten dabei einem schrill hupenden und mit Passagieren beladenen Elektrokarren ausweichen, der in halsbrecherischer Geschwindigkeit an ihnen vorbeiraste. Der Fahrer hatte ein verzerrtes Grinsen im Gesicht.

3

PENTAGON, WASHINGTON, D.C., 12:58 ORTSZEIT

Colonel David Byrd zupfte seine Uniform zurecht und betrat das Vorzimmer des stellvertretenden Stabschefs der Air Force. Der Befehl von Overmeyer, er solle seinen Hintern gefälligst bewegen, war zwar nicht gerade mit dem Ruf des Verteidigungsministers gleichzusetzen, gab aber dennoch Grund zur Besorgnis. Der General galt als aufbrausender Mann, war allerdings nicht nachtragend.

«Guten Morgen, Colonel», begrüßte ihn die Sekretärin wie aus der Pistole geschossen. «Der General erwartet Sie.» Sie begleitete ihn zu dem kleinen Konferenzzimmer, wo Lieutenant General James Overmeyer bereits, flankiert von zwei Männern im Anzug, am Tisch saß. David salutierte, was der General mit einer beiläufigen Geste erwiderte; dann wies er nach rechts.

«Colonel Byrd, ich möchte Ihnen Billy Monson von der DIA und Ryan Smith von der CIA vorstellen.»

Nachdem die Männer einander die Hand geschüttelt und Platz genommen hatten, bedachte David seinen Vorgesetzten mit einem fragenden Blick. Der General grinste selbstzufrieden. «Also, David, sicher sind Sie neugierig, warum ich diese kleine Besprechung anberaumt habe.»

«Ja, Sir, ich erinnere mich, dass Sie mich aufgrund meiner Aussage heftig beschimpft haben. Außerdem haben Sie mir befohlen, meinen Allerwertesten innerhalb von dreißig Minuten hierher zu bewegen.»

Lachend sah der General auf die Uhr. «Und Sie haben es sogar zwei Minuten früher geschafft. Gratuliere.»

«Darf ich mich verteidigen, Sir?», begann David.

General Overmeyer schüttelte den Kopf und beugte sich vor. «Nein. Die Sachbearbeiterin der Luftfahrtbehörde hat mich drei Minuten vor Ihrem Erscheinen angerufen und bestätigt, sie habe Sie angewiesen auszusagen. Doch das wusste ich bereits.»

«Dann … bin ich ein wenig ratlos.»

«Tja, Sie hätten mich wirklich zuvor anrufen sollen, aber das geht schon in Ordnung, David. Ich habe Ihnen schließlich nie erklärt, warum ich Sie vor einem Jahr an die Luftfahrtbehörde ausgeliehen habe.»

«Nein, Sir, das haben Sie nicht.»

«Nun, ich wollte, dass einer von uns vor Ort ist und die zunehmenden Probleme mit Übergriffen durch Passagiere im Auge behält, weil Zusammenhänge zum Terrorismus bestehen könnten.»

«Was?», fragte Byrd ungläubig.

Overmeyer nickte. «Die DIA und die CIA schwitzen Blut und Wasser, dass irgendeine Terrorgruppe in Rage geratene Passagiere in einer Linienmaschine aufhetzen und auf diese Weise einen Anschlag verüben könnte.»

David Byrd blickte zwischen den Anwesenden hin und her. «Wie soll denn das funktionieren? Gewalttätige Übergriffe von Fluggästen sind naturgemäß etwas Spontanes.»

«Wirklich?», gab Overmeyer mit ernster Miene zurück. «Dürfen wir da tatsächlich so sicher sein? Oder könnte man eine geeignete Gruppe von Passagieren vielleicht so provozieren, dass es jemandem, der andere Absichten verfolgt, gelegen käme?»

«Ich weiß nicht», räumte David ein.

«Das geht uns genauso.» Der General seufzte. «Mr Monson und Mr. Smith werden Sie über die albtraumhaften Möglichkeiten informieren, wie sie sich ihnen darstellen. Das alles ist natürlich streng geheim, und ich erteile hiermit den Befehl, Sie über alles in Kenntnis zu setzen. Wir unterhalten uns später.» Der General erhob sich. Auf dem Weg zur Tür nickte er Monson zu.

«Billy, Sie haben das Wort.»

CIA-ZENTRALE, LANGLEY, VIRGINIA, 13:00 ORTSZEIT

Von den vielen Nachrichten, die durch die zahlreichen Kanäle der CIA in Langley geschleust wurden, hatte es ein kurzes Schreiben von einem der vielen verdeckten Ermittler, die im Auftrag der Vereinigten Staaten tätig waren, geschafft, die Kontrollinstanzen zu passieren und im elektronischen Posteingang der zuständigen Arbeitsgruppe zu landen. Um halb sieben Uhr morgens hatte das Team, das aus zwei Männern und einer Frau bestand, die Information erhalten, für die der Ermittler vermutlich sein Leben riskiert hatte, und man kam zu dem Schluss, dass es sich um das fehlende Teilchen zu einem potenziellen Puzzlespiel handelte.

«Wir haben keine Ahnung, mit welchem Flugzeugtyp und welcher Art von Waffe wir es zu tun haben», sagte die Mitarbeiterin des Teams, als sie ihrem Abteilungsleiter Meldung erstattete.

«Aber», unterbrach einer ihrer Kollegen, «dieser Bericht gibt uns wertvolle Hinweise. Falls er auf Tatsachen beruht, kommt die Maschine mit der Waffe an Bord aus Afrika, damit meine ich das Afrika südlich der Sahara. Also ist es vermutlich ein Interkontinentalflug.»

«Zum Beispiel eine Boeing 777 oder eine 747 mit Ziel Europa?»

«Genau. Oder ein Airbus 340, eine DC-10 oder eine MD-11. Sie alle kommen in Frage. Das halten wir für ziemlich wahrscheinlich.»

«Doch wir kennen das Ziel nicht?»

Alle schüttelten gleichzeitig den Kopf. «Irgendeine europäische Stadt.»

«Zeitrahmen?»

«Innerhalb der nächsten achtundvierzig Stunden. Unserer Vermutung nach wird man einen biologischen Kampfstoff wie Anthrax oder etwas ähnlich Grauenerregendes einsetzen. Um die Einwohner einer ganzen Stadt zu verseuchen, braucht man nur einen Beutel mit dem Zeug im Fahrwerksschacht zu verstecken.

Wenn das Fahrwerk ausgeklappt wird, fällt der Kampfstoff heraus.»

Der Abteilungsleiter nickte und stand auf.

«Gut. Wir geben Alarm und beobachten in den nächsten beiden Tagen jede Maschine, die über Afrika fliegt.»

4

FLUGSTEIG 33 B, FLUGHAFEN O'HARE, CHICAGO, ILLINOIS, 12:01 ORTSZEIT

Martin Ngume, der im überfüllten Wartebereich saß, erwachte mit einem Ruck und riss die Augen auf. Kurz wurde er von Angst ergriffen, sah sich suchend nach einer Uhr um und fragte sich, ob er wohl verschlafen und seinen Flug verpasst hatte.

Die Digitaluhr an der gegenüberliegenden Wand zeigte eine Minute nach zwölf Uhr mittags an. Seine Maschine würde erst um halb zwei starten.

Martin beruhigte sich, doch bald schoss ihm die schreckliche Nachricht wieder in den Kopf, die er aus Südafrika erhalten hatte: Die einzige Tür des winzigen Häuschens seiner Mutter war plötzlich mit einem Vorhängeschloss gesichert.

Was sollte dieses Schloss? Wo war seine Mutter?

Im Haus gab es kein Telefon. Nur wenige Hütten in Soweto verfügten über den Luxus eines Badezimmers, und wer telefonieren wollte, musste zum schmuddeligen Laden gehen, der einen halben Kilometer entfernt war. Das tat seine Mutter einmal im Monat, immer sonntags, um mit ihrem Sohn zu sprechen.

Doch diesmal war ein Fremder an den Apparat gekommen, der seine Mutter nicht kannte. Einige weitere Anrufe waren nötig gewesen, um einen Dorfbewohner aufzutreiben, der bereit war, nach dem Rechten zu sehen, und dann hatte Martin den Mann anschließend erst wieder erreichen müssen.

«Sie ist nicht da.»

«Hast du reingeschaut?»

«Das ging nicht. An der Tür ist ein Vorhängeschloss befestigt.»

«Ein was?»

«Ein kleines Vorhängeschloss mit einer Zahlenkombination.»

«Hast du dich bei ihren Nachbarn erkundigt?»

«Ja, aber niemand weiß etwas.»

Martin rieb sich die Augen. Seit zwei Tagen hatte er nicht geschlafen und stattdessen versucht herauszufinden, wo sie steckte. Wie konnte eine kranke alte Frau, die sich jeden Penny vom Munde abgespart hatte, um ihren Sohn zum Studieren nach Amerika zu schicken, einfach spurlos verschwinden?

Gegen seine Angst war er machtlos. Zwei Tage lang hatte er seine Seminare geschwänzt, um herumzutelefonieren und neben dem Apparat zu warten. Doch dann war er zu dem Schluss gekommen, dass ihm nichts anderes übrig blieb, als nach Hause zu fliegen, denn offenbar gab es in Südafrika niemanden, der sich die Mühe machen wollte, nach seiner Mutter zu suchen.

«Entschuldigen Sie», sagte eine Frauenstimme von links. «Alles in Ordnung?»

Martin drehte um, und sein Blick fiel auf eine attraktive Frau, die ihn beobachtet hatte.

«Ja, vielen Dank.»

«Sie sahen so erschrocken aus, als Sie aufwachten. Ich hatte schon Angst, Sie hätten sich beim Schlafen den Hals verrenkt.» Die Frau lächelte.

Martin nickte und erwiderte ihr Lächeln. Unter gewöhnlichen Umständen hätte er sich darüber gefreut, dass eine hübsche Amerikanerin sich Sorgen um ihn machte. Doch im Moment konnte er nur an die Münztelefone draußen auf dem Gang und an die Frage denken, ob seine Telefonkarte noch gültig war. Er steckte die Hand in die Hosentasche und ertastete die kleine Geldsumme, die sich darin befand. Achtzig Dollar und eine Visa-Kreditkarte mussten ihm in den nächsten Tagen genügen. Das Flugticket war eine andere Sache, und er hatte vor Rührung geweint, als seine Vermieterin meinte, er brauche sich keine Gedanken zu machen, da sie den Hin- und den Rückflug bezahlen werde.

«Es dauert bestimmt eine Weile, bis ich es Ihnen zurückzahlen kann», hatte Martin erwidert.

«Das Ganze kostet mich ja nichts», antwortete sie und fügte hinzu, seine drei Mitbewohner hätten ihr von seiner misslichen Lage erzählt. «Ich habe so viele Bonusmeilen angesammelt, Martin, und einfach keine Zeit, sie abzufliegen. Also ist wirklich nichts weiter dabei.»

Allerdings hatte sie ihn für die erste Teilstrecke nach London nur auf die Warteliste setzen lassen können. Nun näherte er sich wieder der Theke und blieb wortlos stehen, bis die Mitarbeiterin etwas in die Tastatur ihres Computers eingetippt hatte.

«Entschuldigen Sie, ich...»

«Ich bin noch nicht fertig, Sir. Die Durchsage kommt gleich. Bitte setzen Sie sich.»

«Ich stehe auf der Warteliste und befürchte...»

«Sir, ich habe Sie gerade aufgefordert, sich zu setzen. Ich mache eine Durchsage, wenn ich so weit bin, okay?»

«Okay.» Martin drehte sich um und steuerte auf eine unbenutzte Telefonzelle zu. Die Verbindung klappte, doch in dem kleinen Laden, in dem seine Mutter sonst einkaufte, hob niemand ab.

Er schloss die Augen und versuchte sich einzureden, sie habe nur einen kleinen Ausflug unternommen. Vielleicht war sie ja mit dem Zug nach Kapstadt gefahren. Doch er wusste es besser: Seine Mutter hatte Angst vor dem Reisen, und ihre Augen waren inzwischen so schlecht, dass sie sogar in ihrem eigenen Haus immer wieder stolperte.

Und dann war da auch noch das Vorhängeschloss.

Martin erinnerte sich an den Streit mit dem Vermieter. Der Mann hatte schon vor einem Jahr gedroht, seine Mutter vor die Tür zu setzen, und Martin hatte noch einen zusätzlichen Studentenjob annehmen müssen, um ihr Geld schicken zu können. Hatte der Vermieter sie nun dennoch hinausgeworfen und das Haus abgeschlossen?

Aber solange er auch darüber nachgrübelte, eine Tatsache blieb bestehen: Eine Frau, die seit dreißig Jahren ihr Dorf nicht verlassen hatte, wurde plötzlich vermisst, und ihr Haus war verschlossen.

Mit besorgt gerunzelter Stirn kehrte Martin zu seinem Platz zurück. Er bemerkte die Frau kaum, die ihn vorhin angesprochen hatte.

Sie hingegen beobachtete ihn immer noch. Als sich ihre Blicke erneut trafen, zwang er sich zu einem Lächeln, was ihm angesichts seiner niedergedrückten Stimmung schwer fiel. Die Frau war schätzungsweise Mitte dreißig, überdurchschnittlich groß, sehr gepflegt und nur leicht geschminkt. Zwar keine Schönheit, dachte Martin, aber eine ziemlich attraktive weiße Amerikanerin.

«Fliegen Sie nach London?», fragte sie.

«Nein, nach Kapstadt», erwiderte Martin und fing ganz automatisch an, ihr seine Geschichte zu erzählen. Als er ein paar Minuten später bemerkte, dass er im Begriff war, sich in seine Angst hineinzusteigern, hielt er inne.

«Sie befürchten, Ihre Mutter könnte noch im Haus sein», meinte die Frau. «Und Sie glauben, es ist ihr etwas zugestoßen. Ich kann es Ihnen nicht verdenken, aber es ist sicher alles in Ordnung.»

Als er ihr in die Augen sah, erkannte er dort eine Wärme, die seine Abwehrhaltung aufzuweichen begann und die so lange unterdrückte Angst und Einsamkeit wieder zu Tage förderte. Mit einundzwanzig Jahren war es häufig nicht leicht, ein starker und immer tüchtiger Musterstudent an der Northwestern University zu sein, aber seine Mutter war doch so stolz auf ihn! Kurz fielen ihm die Seminare ein, die er nun verpassen würde. Doch er musste auf dem schnellsten Wege nach Hause. Nur das spielte jetzt eine Rolle. Den versäumten Stoff konnte er auch noch später nachholen.

Wenige Meter entfernt studierte Jimmy Roberts die Aufschrift auf dem Umschlag seines Tickets, rückte seine Tasche auf der Schulter zurecht und warf einen Blick auf die Nummer des Flugsteigs. Der Essensgeruch von der völlig überteuerten Snackbar in der Nähe ärgerte ihn. Obwohl er Hunger hatte, fand er das Angebot hier im Terminal nicht sehr appetitanregend, vor allem dann nicht, wenn man die Preise mit in Betracht zog.

«Sind wir da, Jimmy?», fragte seine Frau, wollte ihre Tasche auf den schmutzigen Boden stellen, überlegte es sich dann aber anders und schulterte sie wieder.

«Ja, Schatz, ich glaube schon. Nummer 33 B.»

«Die Schlange ist aber lang», meinte Brenda mit einem Blick auf den Check-in-Schalter.

«Tja», erwiderte Jimmy, «warum suchst du dir nicht einen Sitzplatz, während ich mich anstelle.»

Als sie sich umsah, wurde ihr anfänglicher Eindruck bestätigt. «Es ist kein Platz mehr frei, Schatz. Ich bleibe einfach bei dir stehen und halte die anderen Frauen von dir fern.»

Jimmy betrachtete seine Frau und konnte sich ein Schmunzeln nicht verkneifen: Eigentlich war er ja derjenige, der allen Grund gehabt hätte, sich vor Konkurrenten zu fürchten. Sie war so wunderschön – blond, einen Meter fünfundsechzig groß, Traumfigur, eng anliegende Jeans. Jimmy war bereits aufgefallen, dass die meisten Männer sie mit Blicken auszogen, wenn sie vorbeiging.

Mein Gott, ich bin wirklich ein Glückspilz, dachte er zum wohl tausendsten Mal. Er hatte das Glück, mit einer so wundervollen Frau verheiratet zu sein, die außerdem eine Schwäche für Lotterien und Verlosungen hatte – auch wenn er sie häufig deswegen auf den Arm nahm. Und dann war ein eingeschriebener Brief mit der Nachricht eingetroffen, dass sie einen kostenlosen Auslandsflug mit Meridian Airlines in ein Land ihrer Wahl gewonnen hatten.

«Warum Südafrika?», fragte Jimmy, nachdem sich der erste Schrecken gelegt und sie sich für ein Ziel entschieden hatte.

«Weil ich noch nie dort war, weil ein Onkel von mir vor vielen Jahren dort gelebt hat, weil ich das Land schon immer sehen wollte und weil ...»

«Okay, okay», meinte er kichernd, «dann fliegen wir eben nach Südafrika. Schließlich bin ich bis jetzt noch nie weiter gekommen als bis nach Dallas, und das ist auch schon eine Weile her.»

«Ich sollte Roy anrufen und ihn fragen, ob alles in Ordnung ist», sagte Jimmy jetzt. Brenda kannte diesen Blick. Sie verdienten ihren Lebensunterhalt mehr schlecht als recht mit einer kleinen Autowerkstatt am Stadtrand von Midland, und Jimmys Bruder hatte versprochen, sich zwei Wochen lang ums Geschäft zu kümmern.

«Schatz, lass deinen Bruder in Ruhe. Er schafft das schon allein.»

Jimmy wies auf ein Schild. «Möchtest du es mal mit diesem Klo versuchen?» Das letzte war so schmutzig gewesen, dass Brenda es unverrichteter Dinge wieder verlassen hatte.

«Ich verdrücke es mir lieber», antwortete Brenda. «Du würdest nicht glauben, wie dreckig es dort war. Ich habe schon Plumpsklos gesehen, die in besserem Zustand waren.»

«Der ganze Laden hier ist ein Saustall», stimmte Jimmy zu.

Langsam bewegten sie sich in der Schlange zum Schalter vor, bis nur noch zwei Fluggäste vor ihnen warteten. Eine laute Stimme ließ Jimmy aufmerken. Er hob den Kopf und stellte zu seinem Erstaunen fest, dass eine Mitarbeiterin der Fluggesellschaft eine Passagierin anschrie.

«Gute Frau, Sie fliegen nicht mit dieser Maschine. Kapiert? Was gibt es an dem Satz ‹keine Reservierung› denn nicht zu verstehen?»

Die Dame, eine zierliche Frau in einem konservativen Kostüm, umklammerte ihren Computerkoffer und musste sich fast auf die Zehenspitzen stellen, um über die Theke blicken zu können.

«Schauen Sie noch mal nach. Da muss eine sein», erwiderte sie so leise, dass Jimmy sie kaum hören konnte.

«Wie war noch mal der Name?», fragte die Mitarbeiterin mit finsterer Miene und betrachtete die lange Schlange von Passagieren, die wegen der zierlichen Dame noch länger warten mussten.

«Douglas. Sharon Douglas.»

Die Mitarbeiterin tippte etwas in ihren Computer ein und stieß dann einen langen Seufzer aus.

«Wie ich Ihnen bereits sagte, Ms Douglas, sind Sie nicht auf diese Maschine gebucht. Ich habe keinen Sitz mehr frei. Alles ausverkauft. Wenn Sie jetzt bitte im Warteraum Platz nehmen würden. Sobald das Flugzeug weg ist, sehe ich zu, was ich tun kann, um Ihnen eine andere Reservierung zu besorgen.»

Die Frau, die in ihrer Tasche gewühlt hatte, blickte plötzlich auf und schob der Mitarbeiterin ein zusammengefaltetes Stück Papier zu.

«Was ist das?»

«Meine Buchungsnummer.»

Die Mitarbeiterin nahm den Zettel mit spitzen Fingern entgegen, als wäre er verseucht, studierte ihn und legte ihn dann beiseite.

«Die gilt für ein anderes Datum.»

«Haben wir heute nicht den sechzehnten?», erkundigte sich Sharon Douglas ruhig.

«Ja, Ma'am.»

«Dann haben Sie sich verlesen. Schauen Sie noch einmal hin.»

Jimmy warf einen Blick auf Brenda, die den Streit ebenfalls mit verdatterter Miene verfolgte. Sie zog ungläubig die Augenbrauen hoch.

Mit einem weiteren lauten Seufzen und einem angewiderten Kopfschütteln griff die Mitarbeiterin noch einmal nach dem Papier und musterte es erstaunt.

«Tja, das hätten Sie mir schon vorhin zeigen müssen.»

«Ich habe Ihnen meine Buchungsnummer doch genannt. Mehr braucht man als Passagier mit einem elektronischen Ticket nicht zu tun. Sie beweist, dass ich einen Platz in dieser Maschine gebucht habe, und zwar Sitz vierzehn C. Ich verlange, dass ich eine Bordkarte für diesen Platz bekomme.»

«Tja, Ms Douglas, das können Sie verlangen, bis Sie schwarz werden. Der Platz ist besetzt.»

Die Dame schüttelte leicht den Kopf, als wolle sie sich aus einem Albtraum befreien. «Gut. Wissen Sie was? Ich glaube, dass Sie mir nicht richtig zuhören. Deshalb möchte ich, dass Sie jetzt Ihren Vorgesetzten rufen.»

Die Mitarbeiterin schüttelte den Kopf. «Der ist beschäftigt.»

«Das war keine Bitte, sondern eine Anweisung. Rufen Sie Ihren Vorgesetzten. Ich kenne die Vorschriften bei Ihrer Fluggesellschaft. Die Entscheidung liegt in diesem Fall nicht bei Ihnen.»

«Rufen Sie ihn doch selbst», höhnte die Mitarbeiterin. «Für das bisschen Gehalt brauche ich mich nicht auch noch mit unhöflichen Kunden herumzuschlagen.»

«Ich bin unhöflich?» Sharon Douglas blieb der Mund offen stehen. Wie konnte diese Frau so dreist sein, ihr ihr eigenes Fehlverhalten vorzuwerfen? «Jetzt passen Sie mal gut auf», meinte sie dann. «Und spitzen Sie die Ohren. Hier geht es um Ihren Job, und Sie haben nicht das Recht, sich zu weigern. Rufen ... Sie ... Ihren ... Vorgesetzten!»

Mit einem spöttischen Lächeln beugte sich die Mitarbeiterin zu Sharon Douglas vor und riss theatralisch die Augen auf. «Aber ich weigere mich trotzdem! Was halten Sie davon? Ich rufe meinen Vorgesetzten nicht. Und falls Sie noch einmal versuchen, mich herumzukommandieren, können Sie bis in alle Ewigkeit hier rumstehen. Ach, und wenn Sie Ihren albernen kleinen Beschwerdebrief schreiben, sorgen Sie dafür, dass mein Name auch richtig buchstabiert ist.» Mit einer abfälligen Geste streckte sie Ms Douglas ihre Namensplakette hin, als der nächste Kunde in der Schlange, ein hoch gewachsener Mann im Anzug, plötzlich vortrat und kräftig auf die Theke klopfte.

Verärgert sah die Mitarbeiterin ihn an. «Und was wollen Sie?»

«Was, glauben Sie, wird geschehen», meinte der Mann mit leiser Stimme, «wenn der Direktor Ihrer Fluggesellschaft und nicht zu vergessen Ihr Vorgesetzter erführen, dass Sie so mit Prominenten umspringen wie gerade mit dieser Dame?»

«Mischen Sie sich nicht ein, Sir!», zischte die Frau.

Er ging nicht auf ihre Bemerkung ein. «Und was würde wohl aus Ihrem Job werden, wenn die Person, die Sie gerade schikaniert haben, sich beispielsweise als Vorsitzender des Senatsausschusses für die Luftfahrt entpuppt, als einer der Senatoren also, die Ihrer Branche vor ein paar Jahren mit ein paar Milliarden Dollar Steuergeldern aus der Patsche geholfen haben?»

Sharon Douglas legte dem Mann beschwichtigend die Hand auf den Arm. «Schon in Ordnung. Es ist ja nichts passiert.»

«Und wer sind Sie, Sir?», höhnte die Mitarbeiterin. «Ein enger persönlicher Freund unseres Direktors, wie es so viele Leute angeblich sind? Oder vielleicht sogar selbst ein Senator?»

«Nein, Ma'am», erwiderte er und wies auf Sharon Douglas. «Ich bin kein Senator – ganz im Gegensatz zu dieser Dame, die Sie soeben beleidigt haben. Sie ist Senatorin aus Illinois.»

Die arrogante Miene der Airline-Mitarbeiterin wurde von Verwirrung und Argwohn abgelöst. Dann malte sich Angst in ihren Zügen, während der Mann fortfuhr: «Nachdem Sie sich ausführlich entschuldigt haben, schlage ich vor, dass Sie Ihren Vorgesetzten rufen, wie die Frau Senatorin Ihnen vorgeschlagen hat, und zwar am besten schon gestern.»

«Sind Sie wirklich Senatorin?», erkundigte sich die Frau bei Sharon Douglas.

Diese nickte. «Ja, aber das sollte eigentlich keine Rolle spielen. Sie haben kein Recht, mit irgendjemandem so umzuspringen wie mit mir. Und jetzt hätte ich gern meine Bordkarte.»

Der Passagier hatte sich zur Seite gedreht, wandte sich den übrigen Wartenden zu und bedachte Jimmy mit einem Nicken, bevor er mit lauter Stimme das Wort ergriff: «Frau Senatorin. so geht diese Fluggesellschaft täglich mit uns gewöhnlichen Passagieren um. Vor ein paar Jahren hat sie uns angefleht, zurückzukommen und Tickets zu kaufen. Wir haben es getan, und nun behandeln sie uns wieder wie den letzten Dreck.»

«Wie uns heute wieder eindrucksvoll demonstriert wurde», fügte Senatorin Douglas hinzu, während sie beobachtete, wie die verdatterte Mitarbeiterin mit zitternden Fingern eine Nummer wählte.

Kurz darauf sprangen im ganzen Terminal Walkie-Talkies an, und einige Männer in roten Jacken bahnten sich durch die Menschenmenge einen Weg zu Flugsteig 33 B.

5

LONDON, ENGLAND, 18:10 ORTSZEIT

Flugkapitän Phil Knight öffnete die Terrassentür des klimatisierten Londoner Hauses, das einem Freund gehörte. Die stickige Luft des Spätsommernachmittags schlug ihm entgegen, und Blumenduft lag in der Luft. Phil Knight hatte keine Ahnung von Pflanzen, aber er genoss den angenehmen Geruch, während er seinen Daquiri mit Eis schlürfte und dabei die Kumuluswolken betrachtete, die über seinem Kopf dahintrieben. Es war nur allzu verständlich, warum jemand gerne in einer solchen Umgebung lebte, dachte Phil. Er musterte den üppig grünen kleinen, abgeschiedenen Garten mit dem gut gepflegten Rasen, der von einer über drei Meter hohen Backsteinmauer umgeben war. Allerdings galt diese Vorliebe nicht für ihn: Seit seiner Ankunft unterdrückte er schon das Bedürfnis, sich mit irgendeiner Ausflucht vom Abendessen zu entschuldigen und sich in sein Hotel in der Nähe von Heathrow zu flüchten.

Als Phil sich umdrehte, stellte er zu seiner Erleichterung fest, dass Glenn Thomasson noch telefonierte. Kerzengerade stand der Mann, den Telefonhörer in der Hand, in der Küche.

Kapitän Thomasson war ein großzügiger Gastgeber und hatte wirklich nichts getan, damit sein viel jüngerer amerikanischer Besucher sich unwillkommen oder gar unwohl hätte fühlen müssen. Dennoch wurde Phil das Gefühl nicht los, dass er ein Fremdkörper war. Und das wurde noch dadurch verstärkt, dass er den Grund dafür nicht verstand.

Trotzdem musste er schmunzeln. Kapitän Thomasson kannte unzählige Geschichten, wie Piloten sie gern einander erzählten, und es machte Spaß, seinen lebendigen und reich ausgeschmückten Berichten zu lauschen. Der britische Kapitän hatte achtunddreißig Jahre im Cockpit und mehr als achtundzwanzigtausend Flugstunden hinter sich, anfangs als Copilot, später als Kapitän einer 747 im Dienst des BOAC-Nachfolgers British Air. Inzwischen war er sechsundsechzig, kerngesund und geschieden und behauptete wie Professor Henry Higgins aus *My Fair Lady*, sich nichts mehr aus Frauen zu machen – eine Aussage, die Phil ihm einfach nicht abnahm.

Phil Knight hatte schon einmal mit dem pensionierten Kapitän zu Abend gegessen und einige angenehme Stunden in einem mit Ledersesseln ausgestatteten Herrenclub im Zentrum von London verbracht. Sie hatten sich den Abend mit Anekdoten vom Fliegen und vom Angeln vertrieben und sich an Brandy und Zigarren gütlich getan, bevor Thomasson ihn wieder in seinem Hotel absetzte.

Heute jedoch war es anders. Vielleicht lag es an all den Plaketten und Fotos an den Wänden, die von Thomassons glücklichen Jahren in der zivilen Luftfahrt zeugten, dass Phils merkwürdiges Unwohlsein zunahm. Möglicherweise war der Grund auch darin zu suchen, dass Kapitän Glenn Thomasson in den vergangenen achtunddreißig Jahren kein einziges Mal an seinen eigenen Fähigkeiten gezweifelt hatte.

Diesen Zug bewunderte Phil an Thomasson am meisten.

Das Geräusch von riesigen Turbobläser-Triebwerken war über dem Haus zu hören. Phil blickte nach oben und sah einen Airbus A-340 in der Ferne verschwinden. Der viermotorige Jumbo stieg langsam und steuerte, eine schwere Last aus Treibstoff und Passagieren an Bord, auf ein unbekanntes Land zu. Im Cockpit saßen zwei Piloten, denen die komplizierten Abläufe des internationalen Flugverkehrs in Fleisch und Blut übergegangen waren. Es fiel ihnen nicht schwer, fremdländische Akzente zu verstehen und internationale Vorschriften zu entschlüsseln, und sie kannten die geheimen Tricks, die nötig waren, um wohlbehalten den afrikanischen Kontinent zu überqueren: indem man nämlich die Flugsicherung selbst in die Hand nahm. Kurz wurde Phil von Neid und auch ein wenig von Bedauern ergriffen. Es musste schön sein, sich so gut vorbereitet und kompetent zu fühlen. Wenn Meridian auch nur angedeutet hätte, welche zusätzlichen Kenntnisse für einen Überseeflug nötig waren, hätte er sich vielleicht nie für diesen Posten beworben.

Ein Schauder lief Phil den Rücken hinab, und er spürte, wie

sich ihm der Magen zusammenkrampfte. Ständige Magenbeschwerden waren unter anderem der Preis, den er dafür bezahlte, dass er für Meridian Airlines als Kapitän einer 747 auf internationalen Routen flog. Vermutlich würde er sich auf diese Weise ein gewaltiges Magengeschwür einhandeln, doch darüber durfte er mit niemandem sprechen, am allerwenigsten mit einem anderen Piloten.

Phil sah auf die Uhr. Halb sieben Uhr abends, was hieß, dass es in Chicago kurz nach dem Mittagessen war. *Also habe ich noch etwa elf Stunden*, sagte er sich. *Ich habe noch elf Stunden, bevor die Maschine startet und die Quälerei wieder losgeht.*

Die Maschine, die er von London nach Kapstadt in Südafrika steuern sollte, würde um halb drei Uhr morgens aus Chicago eintreffen. Das hieß, dass er um drei Uhr geweckt werden und keine Zeit für ein Frühstück haben würde, bevor er sich um vier Uhr zum Dienst meldete. Inzwischen bereitete das Bodenpersonal der Meridian in Heathrow seine Boeing 747-400 darauf vor, das Rufzeichen Flug Sechs zu übernehmen, während die Boeing 777, die diese Flugnummer auf dem Flug aus Chicago geführt hatte, als Flug Fünf in die Vereinigten Staaten zurückkehren würde. Der Abflug nach Kapstadt war für kurz nach fünf Uhr morgens geplant.

Wieder erschauderte er.

Phil drehte sich erneut nach seinem Gastgeber um, doch Thomasson telefonierte immer noch in der Küche und führte gestikulierend ein angeregtes Gespräch. Phil kehrte ins Wohnzimmer zurück und schloss die Glastür hinter sich. Die klimatisierte Luft war angenehm. Er ließ sich in einen Ohrensessel sinken und blickte zum fernen Horizont. Ohne es selbst zu bemerken, zuckte er zusammen, als er an den bevorstehenden Flug dachte.

Phil sah auf die Uhr. In diesem Augenblick bereitete sich Flug Sechs vermutlich in Chicago auf den Start vor. Phil malte sich aus, wie die Piloten aus ihren Vorortshäusern in Chicago eintrafen und sich, so wie er selbst vor zwei Tagen, in der Meridian-Zentrale ihre Instruktionen holten. Der Nachtflug über das Meer nach London würde ein Kinderspiel sein, da sie sich mit nichts Schwierigerem würden befassen müssen als vielleicht mit einem kanadischen oder britischen Akzent. Außerdem standen sie unter dem Schutz der Bruderschaft der Fluglotsen, die den nordatlantischen Luftraum sorgfältig überwachten – kein Vergleich also mit der Aufgabe, die ihm bevorstand.

Beim bloßen Gedanken daran krampfte sich ihm der Magen zusammen, und er bekam Kopfschmerzen. Der afrikanische Luftraum war ebenso ein Dschungel wie ein Großteil der Landschaft am Boden. Jede Nation beharrte auf einem eigenen Flugsicherungssystem, um von den Fluggesellschaften Gebühren kassieren zu können. Allerdings unterschieden sich Ausrüstung, Ausbildung und Abläufe so stark, dass es wahrhaft eine Gefährdung darstellte, und mit den Vorschriften in den Vereinigten Staaten hatten sie nur wenig gemeinsam. Auch wenn es Phil gelang, die Verballhornungen der englischen Sprache zu entschlüsseln – sofern die Fluglotsen sich überhaupt die Mühe machten, auf Funksprüche zu antworten –, war das «System» absolut unzuverlässig. Also hatten die erfahrenen Piloten, die häufig Afrika überflogen, ihr eigenes improvisiertes Flugsicherungssystem installiert, indem sie ständig ihre Positionen durchgaben und auf offenen Frequenzen miteinander sprachen, in dem verzweifelten Versuch, einen Zusammenstoß in der Luft zu vermeiden.

Außerdem wusste Phil, dass im so genannten «IFBP» – dem Funkverkehr während des Fluges – ungeschriebene Regeln galten. Garth Abbott, sein Copilot, war damit vertraut und kannte die Frequenzen auswendig. Bei Meridian hingegen hatte Phil fast nichts in dieser Hinsicht gelernt.

Phils Hand begann, leicht zu zittern, und er zwang sich zur Ruhe. Es kam überhaupt nicht in Frage, dass Glenn Thomasson auch nur ahnen sollte, welche Ängste er ausstand.

6

FLUGHAFEN O'HARE, CHICAGO, ILLINOIS, 12:45 ORTSZEIT

Chuck Levy drückte die Hand seiner Frau fester und starrte auf die Autoschlange, die sich vor ihm erstreckte. Das Telefonat wollte ihm einfach nicht aus dem Kopf – die Stimme des Arztes aus einer Notaufnahme in Zürich, die ihm meldete, seine Tochter sei in einen schweren Autounfall verwickelt gewesen; ihr Zustand sei kritisch.

«Wie war noch mal der Name?», hatte Chuck mühsam hervorgestoßen.

«Dr. Alfred Knof. Sie müssen sofort nach Zürich kommen. Wir tun für Janna, was wir können, aber ich fürchte, wir haben nicht mehr viel Zeit.»

Jannas Mietwagen war von einem LKW gerammt worden – mit tragischen Folgen.

Chuck warf wieder einen Blick auf seine Frau Anna. Sie drückte aus Leibeskräften seine Hand und hatte die Augen fest zugekniffen. Er spürte, wie sie aus Angst um ihr einziges Kind am ganzen Leibe zitterte.

Streng deinen Kopf an!, befahl sich Chuck. Zwei endlose Stunden hatte er am Telefon mit schlecht ausgebildeten, gleichgültigen Callcenter-Mitarbeitern verbracht, und nach einer knappen Stunde hatten auch seine eigenen Kräfte nachgelassen. Keine Sonderpreise, überfüllte Maschinen, ungünstige Abflugszeiten, keine Plätze und am anderen Ende der Leitung nicht die geringste Bereitschaft, mehr zu tun, als Daten in einen Computer einzugeben. All das hatte die Situation noch quälender gemacht, insbesondere deshalb, weil sein eigenes Telefon dadurch blockiert gewesen war. Er hätte sich schon längst einen Zweitanschluss leisten sollen, schalt sich Chuck. Zwischen den Telefonaten mit den Fluggesellschaften hatte er drei Mal in Zürich angerufen, um sicherzugehen, dass Dr. Knof nicht versucht hatte, ihn zu erreichen.

Doch es hatte sich nichts verändert: Janna war dem Tode nah, und die Aussichten waren düster.

Chuck musste seine Gedanken ordnen.

Gut, wir haben zwei Taschen. Wir müssen uns anstellen, die Tickets abholen, das Gepäck abgeben und zum Flugsteig gehen. Außerdem müssen wir aufpassen, dass die Taschen wirklich nach Zürich durchgecheckt werden. Fliegen wir ab London mit der Meridian oder der Swissair weiter? Wegen der vielen vergeblichen Versuche, der unzähligen Umsteigemöglichkeiten und der überbuchten Flüge konnte er sich nicht mehr erinnern, für welche Gesellschaft sie sich letztlich entschieden hatten.

Pässe? Ja, wir haben beide dabei. Gott sei Dank, dass ich sie erst letztes Jahr habe verlängern lassen. Geld? Nein. Ich brauche einen Geldautomaten. Ist der vor der Sicherheitskontrolle oder danach? Wenn ich ihn übersehe und er doch draußen ist, muss ich noch mal durch die Kontrolle, und dann dauert es zu lang. Also hebe ich in London Geld ab.

Die Zeit war sehr, sehr knapp kalkuliert, sodass es wichtig war, alles in der richtigen Reihenfolge zu erledigen. Sie waren bereits spät dran für den Flug nach London, der um halb zwei startete.

Es wunderte Chuck, wie kompliziert die Fluggesellschaften, insbesondere Meridian, den Zugang zu ihrem Produkt gestalteten. Und das, nachdem die Gesellschaften nur dank einer Finanzspritze des Bundes überlebt hatten, da die aufgrund der Terrorangriffe auf New York und Washington verängstigten Passagiere massenweise ausgeblieben waren. Chuck war sein Leben lang Verkäufer gewesen, und zwar ein sehr guter, doch wenn er mit seinen Kunden so umgesprungen wäre wie Meridian mit ihren, wäre er vermutlich schon vor seinem fünfundzwanzigsten Geburtstag den sicheren Hungertod gestorben.

Und dann die Preise! Fast fünftausend Dollar für zwei Last-Minute-Tickets hin und zurück. Eigentlich konnten sie sich das überhaupt nicht leisten, aber die Zeit reichte einfach nicht, um Ausschau nach einem besseren Angebot zu halten. Also würde er sich eben etwas einfallen lassen müssen, um später die Schulden bei American Express zu bezahlen. Die Fluggesellschaft hatte sich verhalten wie ein skrupelloser Erpresser: Sie wollen Ihre

Tochter noch einmal sehen, bevor sie stirbt? Wenn Sie uns Ihr Bankkonto überschreiben, lassen wir die Geiseln, ihre Herzen, wieder frei.

«Meine Tochter schwebt in Lebensgefahr. Haben Sie denn keine Sondertarife für solche Schicksalsschläge?», hatte er entsetzt gefragt. «Ich habe gehört, es gäbe besondere Tickets für Familien in gesundheitlichen Notlagen.»

«Ach ja», erwiderte die Telefonistin, «Sie meinen bestimmt den Trauerbonus, den wir früher mal hatten. Doch der galt nur im Todesfall, und für internationale Flüge haben wir ihn schon lange abgeschafft. Schließlich, Sir, sind wir im Geschäft, um Geld zu verdienen.»

Inzwischen tauchte das Terminal von O'Hare vor ihnen auf, und das Taxi wurde langsamer. Chuck drehte sich zu Anna um und drückte sanft ihre Hand. «Wir sind gleich am Flughafen, Schatz», sagte er.

Sie erwiderte seine Geste. Ihre Augen waren immer noch fest zusammengekniffen, aber zwischen den geschlossenen Lidern quollen Tränen hervor.

Vor Flugsteig 33 B im Cockpit von Meridian Flug Sechs nach London nahm der Kapitän den Kopfhörer ab, riss einen Zettel aus einem Notizblock und reichte ihn dem ersten Offizier im rechten Sitz der Boeing 777.

«Was ist da los?», fragte der Copilot mit einem Blick auf den Einstiegsbereich, den man durch die Glasfront sehen konnte.

«Das Übliche. Eine Nachricht von der Zentrale: Eigentlich hätten wir um halb zwei starten sollen, doch jetzt müssen wir noch mindestens eine Stunde warten. Außerdem ist eine Schlechtwetter-Front vorhergesagt.»

«Also brauchen Sie eine Berechnung der Dienstzeiten, richtig?»

«Genau. Wann werden unsere Bemühungen hinfällig? Wie lange dürfen wir am Ende der Startbahn stehen, damit wir es immer noch nach London schaffen, ohne die Höchstarbeitszeit zu überschreiten?»

«Möchten Sie denen mal so richtig zusetzen? Also auf die Minute genau?»

Der Kapitän zuckte die Achseln. «Falls wir die Vorschriften nicht durchsetzen, tut es Meridian ganz sicher nicht.»

Der Copilot schnaubte verächtlich. «Da können Sie Gift drauf nehmen. Wenn die Luftfahrtbehörde es erlauben würde, würden sie uns ans Steuerhorn ketten.»

«Hätten Sie was dagegen, es den Passagieren zu eröffnen?», fragte der Kapitän.

Der Copilot sah ihn ungläubig an. «Und ob ich was dagegen habe. Ich hasse Durchsagen.»

«Tja ... ich auch. Aber wenn niemand mit ihnen redet, werden sie sich aufregen. Und da der Kapitän sich weigert und wir keinen Bordingenieur haben ...»

«Captain», erwiderte der erste Offizier, «ich bin nicht so selbstlos, wie Sie denken.»

«Okay», seufzte der Kapitän. «Dann sage ich es ihnen während des Fluges. Schließlich will ich niemanden verärgern.»

«Zu spät – das Ärgern ist bei Passagieren angeboren, und ihre Stimmung bekommt durch unser wundervolles Bodenpersonal noch den letzten Schliff. Warten Sie, bis sie erst das Essen gekostet haben.»

Der Kapitän sah den Copiloten fragend an. «Welche Laus ist Ihnen denn über die Leber gelaufen, Jeff?»

«Ist es Ihnen wirklich aufgefallen? Wie reizend! Gestern war ich nur entnervt, aber heute bin ich so richtig sauer.»

7

AN BORD VON VIRGIN AIRWAYS FLUG ZWÖLF, VON BOSTON NACH LONDON, ÜBER DEM ATLANTIK

Als der Airbus A-340 von Virgin unterwegs von Boston nach London, auf zwölftausend Metern die Hälfte der Strecke hinter sich gebracht hatte, kehrte in der Bordküche der ersten Klasse endlich Ruhe ein. Nachdem die Flugbegleiter, deren Aufgabe es war, die wichtigsten Passagiere von Virgin zufrieden zu stellen, ein reichhaltiges Abendessen, Nachtisch, Kaffee, Süßigkeiten und unzählige Drinks serviert hatten, räumten sie auf, machten sauber und wagten es dann endlich, ein wenig die Füße hochzulegen.

Allerdings war ihnen nicht viel Zeit vergönnt, denn schon in zwei Stunden mussten sie mit dem Frühstücksservice beginnen.

Die willkommene Ruhe, die entsteht, wenn eine Maschine ihre endgültige Flughöhe erreicht hat, verfehlte ihre Wirkung nicht. Das leise Rauschen im Hintergrund war einschläfernd – ganz im Gegensatz zu dem Mann, der, offensichtlich aufgebracht, in die Bordküche gestürmt kam.

«Miss! Miss!»

Die drei erschrockenen Flugbegleiterinnen drehten sich sofort zu dem Mann um, der mit weit aufgerissenen Augen dastand und hinter sich in die Kabine der ersten Klasse zeigte.

Eine Stewardess trat sofort auf den verstörten Fluggast zu. «Was ist denn passiert, Sir?»

«Ihr Erste-Hilfe-Koffer. Wo ist er? Meine … meine …»

Verwirrt blickte er sich um und rannte, gefolgt von der Stewardess, hinaus.

«Was ist denn?», fragte sie noch einmal.

Dr. Brian Logan eilte den Gang entlang, blieb vor jedem Sitz stehen und suchte mit panischen Blicken den Boden ab. «Sie ist … Wo ist sie? WO IST SIE?»

Die Chefstewardess packte ihn von hinten an den Schultern und versuchte, ihn herumzudrehen.

«Sir! Sir! Beruhigen Sie sich. Bitte sagen Sie mir, was geschehen ist.»

Logan richtete sich auf, drehte sich um und starrte die uniformierte Frau hektisch blinzelnd an. Sie bemerkte, wie die Erkenntnis in seinen Augen aufglomm und wie er in sich zusammensackte. Dann senkte er den Kopf. «Oh Gott.»

«Sir, möchten Sie mir nicht sagen, was Ihnen fehlt?», fragte sie ihn mit sanfter Stimme.

Eine Kollegin näherte sich mit der Passagierliste und flüsterte ihrer Vorgesetzten ins Ohr: «Er heißt Brian Logan und ist Arzt.»

Die Chefstewardess nickte und musterte den verstörten Arzt, der leise vor sich hin weinte.

«Dr. Logan? Möchten Sie sich nicht setzen und mir erklären, was passiert ist?»

Mit einem Nicken ließ er sich von ihr zu seinem Platz führen.

«Tut mir Leid ... Ich glaube, ich hatte einen Albtraum.»

«So was kann vorkommen», erwiderte sie.

«Ich dachte, meine Frau wäre an Bord ... ein medizinischer Notfall ... und ...»

«Ich verstehe.»

«Wo bin ich? Natürlich weiß ich, dass wir auf dem Weg nach London sind, aber ...»

«In drei Stunden sind wir in Heathrow, Herr Doktor. Werden Sie dort abgeholt?»

Er starrte sie verständnislos an. «Wie bitte?»

«Ob Sie in Heathrow abgeholt werden?»

Langsam schüttelte er den Kopf und blickte ins Leere.

8

PENTAGON, WASHINGTON, D.C., 13:45 ORTSZEIT

Colonel David Byrd ging schneller, um mit General James Overmeyer Schritt halten zu können. Gemeinsam eilten sie eine Treppe hinunter und steuerten auf den Nordeingang des Pentagons zu. Die Instruktion durch den Geheimdienst hatte fast eine Stunde in Anspruch genommen, doch die Zeit hatte nicht gereicht, die Ergebnisse zu diskutieren. Dann war der General zurückgekehrt, hatte seiner Sekretärin eine Reihe von Anweisungen erteilt und sich anschließend an David gewandt.

«Kommen Sie», sagte er. «Wir fahren nach Andrews. Ich habe das Neunundachtzigste Kommando überredet, mir eine Gulfstream zur Verfügung zu stellen, die mich nach Hurlburt bringt.»

«Wir fliegen zum Luftwaffenstützpunkt Hurlburt?», fragte David, als sie in den Dienstwagen stiegen.

«Nein. Ich fliege in einem Sonderauftrag nach Hurlburt. Sie begleiten mich nur nach Andrews, damit wir uns unterwegs unterhalten können. Danach bringt Sie mein Fahrer an jeden gewünschten Ort – innerhalb vernünftiger Grenzen natürlich. Er fährt Sie in Ihre Wohnung, zu Ihrer Geliebten, in die Kirche, was immer Sie wollen.»

«Ich habe keine Geliebte, Sir.»

Der General grinste und nickte seinem Fahrer zu, der ihnen die rückwärtige Wagentür aufhielt. «Ich auch nicht. Meine Frau hätte etwas dagegen, und außerdem verstößt es sicher gegen einige Vorschriften.»

Während der Chauffeur sich elegant in den Verkehr einfädelte, fragte Overmeyer: «Also, David, was halten Sie von dieser Instruierung?»

«Meiner Ansicht nach haben Mr Mondon und Mr Smith zu viel Zeit in finsteren Katakomben verbracht, General. Ich weiß, dass wir den Geheimdiensten seit den Terrorangriffen ziemlich viel zugemutet haben ...»

«Also sind wir alle übergeschnappt?», hakte Overmeyer nach.

David schüttelte den Kopf. «Selbstverständlich sollten wir aufmerksam bleiben und vielleicht sogar befürchten, eine der Gruppen, die wir aufspüren wollen, könnte es geschafft haben, unseren Geheimdiensten durchs Netz zu schlüpfen. Natürlich ist es möglich, dass sie eine Bombe oder eine Biowaffe mit einem ganz gewöhnlichen Flug in die Vereinigten Staaten oder in ein anderes Land einschmuggeln – also ohne eine Entführung, sondern einfach versteckt zwischen der Ladung oder sogar im Rumpf der Maschine selbst. Doch wenn Sie mich fragen, versuchen Monson und Smith, Punkte zu verbinden, die einfach nichts miteinander zu tun haben.»

«Ich habe Sie gefragt. Erklären Sie es mir.»

«Also gut. Wie um alles in der Welt soll jemand trotz des weltweiten Kriegs gegen den Terrorismus erfolgreich eine Terroraktion starten und eine Waffe an Bord schmuggeln, indem er aufgebrachte Passagiere für seine Zwecke einsetzt und so für eine Ablenkung sorgt? Unter meiner Leitung haben wir uns bei der Luftfahrtbehörde seit einem Jahr mit Wutausbrüchen bei Passagieren beschäftigt, also ist es nicht nur meine persönliche Meinung.»

«Okay.»

«Dass so ein Plan aufgeht, hinge zu sehr vom Zufall ab. Niemand weiß, ob die Passagiere in einem bestimmten Flugzeug an einem festgelegten Tag so in Wut geraten werden, dass sie sich aufhetzen ließen. Und wozu um alles in der Welt sollte man sie denn eigentlich aufstacheln?»

Der General nickte.

«Soll ich fortfahren?», fragte David.

«Ja, David. Ich möchte mehr hören. Sie denken also, die Geheimdienste hatten eine Schraube locker.»

«Ja, in der Tat. Natürlich können wir alle möglichen an den Haaren herbeigezogenen Zusammenhänge herstellen, doch die Wahrscheinlichkeit, dass … nach all unseren Gegenmaßnahmen … irgendeine Terrorzelle noch über die Fähigkeiten und das Geld verfügt, ein ansonsten unzuverlässiges Individuum oder eine Gruppe dazu zu provozieren, einen Zwischenfall in der Luft auszulösen, der sich für Angriffszwecke nützen ließe, liegt einfach nicht im Bereich des Möglichen. Die Geheimdienste suchen nach einem trojanischen Pferd, General, und so würde man niemals eines bauen.»

«Ich stimme zu.»

«Wirklich? Aber Sie sagten doch, Sie hätten mich eigens mit dieser Aufgabe betraut, um –»

«Nein», fiel der General ihm ins Wort. «Ich habe Sie mit dieser Aufgabe betraut, weil ich der Sachbearbeiterin bei der Luftfahrtbehörde einen Gefallen schuldig war und weil ich weiß, was passiert, wenn unsere DIA sich in einer wichtigen Frage der Flugsicherheit an die Luftfahrtbehörde wendet.»

«Also in einer geheimdienstlichen Frage, die den Terrorismus betrifft?»

«Ja. Schließlich neigt man bei der Luftfahrtbehörde nach den Angriffen auf das World Trade Center dazu, sich zu schnell aufzuregen und dadurch nicht mehr klar denken zu können. Aber ich kann es den Leuten nicht zum Vorwurf machen. Erinnern Sie sich übrigens daran, dass ich vor drei Jahren selbst die DIA geleitet habe?»

«Das hatte ich ganz vergessen, General.»

«Tja, aber es war so. Ich hatte mit der Luftfahrtbehörde zu tun und habe mir dabei ein paar Mal die Finger verbrannt. Deshalb habe ich Sie hingeschickt. Ich konnte nämlich auch keinen Zusammenhang erkennen, und ich wusste, dass Sie in der Lage sein würden, mir eine intelligentere Antwort zu geben. David, bitte stellen Sie mir einen Bericht über das zusammen, was Sie soeben gehört haben. Klassifizieren Sie ihn als geheim, aber widerlegen Sie diese Befürchtungen mit Ihrem Faktenwissen. Ich könnte ihn noch brauchen.»

«Warum?»

«Weil die CIA und die DIA möglicherweise unüberlegte Schritte in dieser Richtung unternehmen werden. Zurzeit sind sie rund um die Uhr in Alarmbereitschaft und halten Ausschau nach einem trojanischen Pferd irgendwo auf der Welt. Das könnte verheerende Folgen haben.»

«Und dieser Bericht hätte am besten schon gestern fertig sein sollen.»

«Selbstverständlich. Und außerdem halten Sie sich in der Öffentlichkeit zurück, wenn das Thema wütende, tobsüchtige Passagiere auf den Tisch kommt. Verstanden?»

«Jawohl, Sir.»

«Ich möchte, dass Sie es zum Brigadegeneral schaffen. Vielleicht habe ich Ihren Karriereaussichten bereits geschadet, indem ich Sie mit diesem Auftrag betraut habe, während Sie eigentlich eine Fliegerstaffel in Saudi-Arabien befehligen sollten. Deshalb müssen Sie ab jetzt auf der Hut sein.»

«Und das heißt, dass alles, was ich in der Öffentlichkeit ...»

Overmeyer seufzte. «Der Beförderungsausschuss mag keine Colonels, die gern im Fernsehen auftreten und vor dem Kongress aussagen. Verstanden?»

«Verstanden.»

«Und nun zu einem anderen Thema.» Der General klappte seinen Aktenkoffer auf und wühlte in einigen Papieren. Schließlich holte er einen unbeschrifteten Umschlag heraus, reichte ihn David und zeigte darauf. «Das Kuvert enthält den Namen und die Telefonnummern eines Mannes, mit dem Sie zusammenarbeiten sollen. Rufen Sie ihn an, nachdem Sie mich in Andrews abgesetzt haben.»

«Wegen der Bedrohung durch das trojanische Pferd?»

«Ja. Er heißt John Blaylock und ist auf unerklärliche Weise vor einigen Jahren Colonel geworden. Inzwischen ist er Reservist und eine Schande für jeden Offizier, der auf die Einhaltung der Kleiderordnung Wert legt. Er hingegen hat während seiner ganzen Laufbahn nicht viel davon gehalten.»

«Wurde er wieder aktiviert?»

«Nein. Aber... er arbeitet häufig für uns.»

«Warum soll ich diesen Mann treffen, Sir?»

«Lassen Sie mich ausreden. Er ist Flugkapitän, mittlerweile im Ruhestand, und für verschiedene Gesellschaften rund um die Welt geflogen. Dabei sah er stets aus wie der typische amerikanische Rüpel und benahm sich mit seiner allgegenwärtigen Zigarre auch so.»

«Wie ich schon sagte –», unterbrach David, der angesichts dieser Schilderung erschauderte.

Lächelnd hob der General die Hand. «Ich weiß. Er ist der klassische Fall eines Reservisten, der sich selbst für einen harten Burschen hält. Doch das erklärt nicht alles.»

«Warum also, Sir, sollte ein anständiger amerikanischer Offizier einen Menschen wie diesen Colonel Blaylock kennen lernen wollen?»

«Weil er seit dreißig Jahren der gerissenste Geheimagent ist, den wir bei der Air Force haben. Während sich alle über ihn lustig machten, war er draußen unterwegs und beschaffte genau die Informationen, an die sonst niemand herankam. Peru, Brasilien, Kolumbien, Paraguay, Afrika, Asien … der heruntergekommene Kapitän kehrte stets mit dem Gewünschten zurück, während all unsere Attachés, die Maulwürfe von der CIA und die verdeckten Ermittler weiterhin im Dunkeln tappten.»

«Interessant.»

«Er ist gerissen, David. Und er kennt sich in der Luftfahrt aus. Erwarten Sie nur keine blank polierten Stiefel und keine Manieren von ihm. Aber Sie können eine Menge von ihm lernen.»

«Also … ist er inzwischen im Ruhestand?»

«John? Wo denken Sie hin? John Blaylock ist trotz seines Hanges zur Boheme und seines seltsamen Sinns für Humor ein Gewinn für unser Land.»

«Klingt wie ein reizendes Früchtchen. Doch Sie haben mich ja gewarnt.»

«Stellen Sie ihn nur nicht Ihrer Frau vor.»

«Ich bin nicht verheiratet. Warum?»

«Frauen sind seine große Schwäche. Das heißt, gleich nach Zigarren. Ich habe keine Ahnung, was die Frauen an jemandem wie John finden, aber er hat großen Erfolg bei ihnen. Sie würden gar nicht glauben, wie oft wir ihm schon aus der Patsche helfen mussten.»

9

AN BORD VON MERIDIAN FLUG SECHS, ROLLBAHN CHARLIE, FLUGHAFEN O'HARE, CHICAGO, ILLINOIS, 17:30 Ortszeit

Die vier Stunden, die Karen Davidson nun schon wartend in dem verspäteten, überhitzten Flugzeug saß, forderten allmählich ihren Tribut. Sie war völlig erschöpft, und der Anblick, wie ihr Sohn von einem erbost wirkenden Flugbegleiter den Mittelgang der Boeing 777 entlanggeschleppt wurde, trug nicht gerade dazu bei, ihre Laune zu bessern. Der vierjährige Billy Davidson war unruhig und quengelig, sodass sie ihn bereits einmal hatte zurückholen müssen. Doch als er jetzt erneut den Sicherheitsgurt geöffnet hatte und ausgebüxt war, hatte sie gerade seine kleine Schwester gestillt, weshalb eine Verfolgung nicht in Frage gekommen war.

Nun beobachtete sie, wie der einzige männliche Flugbegleiter Billy unsanft packte und ihn zu seinem Platz zerrte.

«Autsch!», protestierte Billy.

Der Mann schubste das Kind auf seinen Sitz und drohte ihm mit dem Finger. «Du legst jetzt sofort den Sicherheitsgurt an, junger Mann. Sonst machen wir die Tür auf und werfen dich raus.»

«Hey, reden Sie nicht so mit meinem Sohn», rief Karen, der die Situation schrecklich peinlich war, empört.

Der Mann drehte sich zu ihr um. «Wenn Sie besser auf Ihr Kind aufpassen würden, Ma'am, wäre das nicht nötig.»

«Wissen Sie was», erwiderte sie, inzwischen so erschöpft, dass sie sich die Höflichkeitsfloskeln sparte. «Ich halte nicht besonders viel von Ihrem Benehmen. Wir sind alle müde, verschwitzt und haben das ewige Warten satt, und das gilt auch für meinen kleinen Jungen. Ich habe keine Ahnung, warum Ihre Klimaanlage nicht funktioniert, aber die Situation ist unerträglich, und ich habe genug von Ihrer Unverschämtheit.

Mein Sohn hat hier schließlich nicht rumgetobt. Er ist mir bloß davongelaufen.»

Der Flugbegleiter schnaubte durch die Nase und kniete sich neben sie. Dennoch war seine Stimme so laut, dass man ihn noch in den umliegenden Sitzreihen deutlich verstehen konnte. «Gute Frau, Sie behindern ein Besatzungsmitglied bei der Arbeit, wenn Sie mir widersprechen. Ich könnte Sie verhaften lassen, weil Sie meinen Anweisungen nicht folgen. Wir sind hier in einem öffentlichen Verkehrsmittel, nicht im Kindergarten.»

Er stand auf und marschierte davon. Karen Davidson und die Passagiere in ihrer Nähe saßen da wie vom Donner gerührt.

Im hinteren Teil der zweiten Klasse blieb eine der Stewardessen stehen, da jemand sie am Ärmel zupfte. Als sie sich lächelnd umdrehte, stand sie vor einem weißhaarigen Mann im Anzug.

«Entschuldigen Sie die Störung», begann er. «Aber… jemand hat gerade eine Durchsage gemacht, in der es um Mobiltelefone und die Tür ging.»

«Ja, Sir», erwiderte sie. «Sie dürfen Mobiltelefone auch am Boden nur benutzen, wenn die vordere Tür offen steht, da sie sonst das Navigationssystem des Flugzeugs stören.»

«Und wenn die Tür offen ist, stören sie nicht?»

«Ja, Sir, das ist das Gesetz.»

«Das Gesetz? Und warum ist so etwas Gesetz?»

Sie stemmte die Hände in die Hüften. «Weil Mobiltelefone gefährlich sind und auch am Boden das Navigationssystem des Flugzeugs stören können.»

«Und der Kapitän braucht das Navigationssystem, um das Ende der Landebahn zu finden?»

Als die umsitzenden Passagiere kicherten, wurde der Flugbegleiterin klar, dass der Mann sie provozieren wollte.

«Ja, vermutlich», antwortete sie. «Aber jetzt habe ich zu tun.»

«Bringt man Ihnen diesen Unsinn in irgendeinem Lehrgang bei?»

«Wie bitte?»

«Sie haben soeben absoluten Unsinn geplappert und wissen

offenbar nicht, wovon Sie reden. Verlangt man wirklich von Ihnen, dass Sie derartige Fehlinformationen weitergeben?»

«Ich weiß nicht, was Sie meinen, Sir. Ich habe nur gesagt, was im Gesetz steht.»

«Junge Frau, ich bin Anwalt mit vierzig Jahren Berufserfahrung in der Kommunikationsbranche sowie Elektronikingenieur. Nichts von dem, was Sie hier behaupten, ist wahr. Es handelt sich lediglich um eine interne Regelung der Fluggesellschaft und nicht um eine Vorschrift oder gar ein Gesetz. Es besteht nicht die geringste Möglichkeit, dass ein Mobiltelefon hier am Boden das Navigationssystem dieses modernen Flugzeugs oder irgendeinen anderen Kreislauf stört. Und der einzige Grund, warum die Benutzung von Mobiltelefonen in der Luft verboten ist, besteht darin, dass die Luftfahrtbehörde noch nicht genügend Untersuchungen durchgeführt hat, die beweisen, dass man sie gefahrlos einsetzen kann. Damit, ob die Tür nun offen oder zu ist, hat es nicht das Geringste zu tun. Und … noch etwas: Wenn die Möglichkeit bestünde, dass die Telefone eine Treibstoffexplosion auslösen, wäre es wohl am gefährlichsten, sie am Boden und am Flugsteig zu benutzen.»

Wortlos machte die Stewardess kehrt und eilte davon, während die Passagiere zu applaudieren begannen.

In der Bordküche der ersten Klasse griff Chefstewardess Janie Bretsen zum Bordtelefon und rief im Cockpit an, um den Piloten zu berichten, dass die Fluggäste immer unruhiger wurden.

«Captain, ein Typ in der Business-Class will aussteigen. Er verlangt, dass Sie zum Flugsteig zurückkehren.»

«Das kommt nicht in Frage.»

«Er fühlt sich nicht wohl.»

«Das geht mir genauso.»

«Was soll ich ihm sagen?»

«Erklären Sie dem Mann, dass wir über dreihundert zahlende Passagiere an Bord haben, die abfliegen wollen. Wenn wir aus der Schlange ausscheren und zum Flugsteig zurückkehren, bedeutet das eine weitere Verzögerung von mindestens zwei Stunden. Geht es ihm denn wirklich so schlecht?»

«Ich frage ihn.»

Zwei Minuten später war Janie wieder am Telefon. «Er meint nur, er fühle sich nicht wohl, und fordert, dass wir ihn aussteigen lassen.»

«Also ist er nicht wirklich krank?»

«Nein. Das soll heißen, ich weiß es nicht genau. Vielleicht sollten wir ja auf ihn hören.»

«Der jammert nur; damit kann er mich nicht beeindrucken. Sagen Sie ihm, dass wir eine Umkehr nicht vor unserer Fluggesellschaft rechtfertigen können, solange er nicht von einem Krankenwagen abgeholt werden muss. Um alles andere soll er sich in London kümmern.»

Ein abschließendes Klicken bedeutete, dass der Kapitän den Hörer aufgelegt hatte.

In der hinteren Bordküche von Flug Sechs hatte sich Lara Richardson in die neueste Ausgabe der Zeitschrift *People* vertieft, als das Geräusch einer Passagierglocke sie aufmerken ließ. Entnervt klappte sie die Illustrierte zu und verdrehte die Augen. «Was ist denn jetzt schon wieder?», meinte sie zu ihrer Kollegin.

Lara ging durch die Maschine, bis sie das erleuchtete Lämpchen in Reihe 28 entdeckte.

«Okay, wer war es?», fragte sie mit einem gezwungenen Lächeln. «Wer hat geläutet?»

Ein Mann mittleren Alters mit leichenblassem Gesicht hob die Hand. «Wir waren es. Wir… machen uns Sorgen, ob wir rechtzeitig nach London kommen», begann Chuck Levy.

«Ja, Sir, das geht uns allen so», erwiderte Lara gereizt.

Eine lange Pause entstand, während der Mann ihr Gesicht musterte. «Ich… wollte nur wissen, ob Sie einschätzen können, wann wir endlich starten.»

«Das kann niemand sagen, Sir. Wir alle sitzen wegen des Unwetters auf der Rollbahn fest. Und auch, weil die Luftfahrtbehörde offenbar überfordert ist. Es liegt nur an denen.»

Chuck warf einen Blick auf seine Frau Anna, die genauso bedrückt und fahl aussah.

Ein amüsantes Pärchen, dachte Lara.

«Hören Sie, Miss –», fuhr Chuck mit erschöpfter Stimme fort.

«Sir», fiel die Stewardess ihm ins Wort, «wenn wir etwas wissen, erfahren Sie es. Okay?»

«Ich wollte nur fragen, ob es vielleicht einen anderen Flug mit einer anderen Gesellschaft gibt, mit dem wir schneller ankommen würden. Die Kosten spielen keine Rolle.»

Sie kicherte. «Halten Sie mich etwa für ein Reisebüro? Keine Ahnung.»

«Miss», versuchte er es noch einmal, «Sie verstehen nicht –»

«Nein, Sie verstehen nicht. Sie können nur aus diesem Flugzeug aussteigen, wenn wir zum Flugsteig zurückkehren. In diesem Fall haben Sie die Möglichkeit, einen anderen Flug zu buchen. Bis dahin kann ich Ihnen nicht helfen. Außerdem bin ich beschäftigt. Okay?»

«Hallo. Entschuldigen Sie», rief eine Männerstimme von der anderen Seite des Ganges. Als Lara Richardson sich umdrehte, stellte sie fest, dass ein junger Mann in Navyuniform sie mit einem ärgerlichen Blick fixierte.

Mit einem breiten Lächeln neigte sie den Kopf zur Seite. «Hallo, Seemann. Neu in der Stadt?»

Mit unbewegter Miene winkte er sie näher heran und meinte leise: «Ma'am, Sie sollten diese Leute ein wenig respektvoller behandeln.»

Lara tätschelte ihm den Kopf und stolzierte davon. «Sie segeln Ihre kleinen Schiffchen, junger Mann, und ich fliege meine Maschinen.»

Mit einem Klicken öffnete sich der Sicherheitsgurt, als der Mann von der Navy aufsprang und der Stewardess folgte.

«Einen Moment noch, Ma'am.»

Die Hände in die Hüften gestemmt, drehte sie sich zu ihm um und starrte ihn eisig an. «Ja?»

«In einem Krankenhaus in der Nähe von Zürich liegt zurzeit ein junges Mädchen mit zwei zerschmetterten Beinen, schweren inneren Verletzungen und einer Kopfwunde. Sie hat höchstens noch vierundzwanzig Stunden zu leben. Heute Morgen wurde ihr Mietwagen von einem LKW gerammt. Das Mädchen ist zweiundzwanzig Jahre alt, unverheiratet und befand sich gerade auf einer Urlaubsreise nach dem Collegeabschluss, für die ihre Eltern lange gespart hatten. Und diese Eltern sind die Leute, die Sie gerade behandelt haben wie den letzten Dreck.»

Lara blieb der Mund offen stehen. «Mein Gott, das wusste ich nicht.»

«Sie haben auch nicht danach gefragt? Ich habe mich vor dem Einsteigen mit ihnen unterhalten. Sie haben schreckliche Angst, ihre Tochter könnte sterben, während wir hier in O'Hare herumsitzen. Finden Sie nicht, dass sie ein wenig Rücksichtnahme verdient haben?»

«Es tut mir Leid», meinte sie. «Ja, das haben sie wirklich.»

Sie drängte sich an ihm vorbei und eilte den Gang entlang.

Hinten in der Business-Class war ein kleiner Tumult ausgebrochen. Als Janie Bretsen den Vorhang der Bordküche zurückschob, sah sie einen kräftigen Mann im Anzug und mit verrutschter Krawatte, das Mobiltelefon am Ohr, in den hinteren Teil der Maschine marschieren. Eine Stewardess folgte ihm auf den Fersen.

«Sir! Sir! Sie dürfen es hier drin nur benutzen, wenn die Türen offen sind.»

«Dann machen Sie die verdammten Türen eben auf», knurrte er.

«Sie dürfen es hier drin nicht benutzen», wiederholte sie.

Er wirbelte zu ihr herum. «Ach, wirklich? Ihre Jungs haben die Telefone im Flugzeug abgeschaltet, und wir sitzen immer noch am Boden fest. Wer zum Teufel will mir hier das Telefonieren verbieten?»

«Die Vorschriften der Luftfahrtbehörde –»

«Scheiß auf die Vorschriften! Jeder, der auch nur einen Funken Verstand hat, weiß, dass man mit so einem Telefon kein Fass Nitroglyzerin in einer Farbmischmaschine in die Luft jagen könnte. Die Vorschrift ist ein Witz, und dasselbe gilt für diese Fluggesellschaft.»

Er hielt sich das Telefon wieder ans Ohr.

Eine weitere Stewardess, eine schlanke, elegant wirkende Frau Anfang dreißig, eilte ihrer Kollegin zur Hilfe; der männliche Flugbegleiter spähte bereits um die Ecke der ersten Klasse.

«Sir!», rief die zweite Flugbegleiterin.

Kurz ließ der Mann das Telefon sinken und unterbrach sie mit einer Handbewegung. «Lassen Sie mich in Ruhe, verdammt!» Er beugte sich vor, um seinem Gesprächspartner zu antworten, sodass nur ein Passagier, der ganz in der Nähe saß, seine nächsten Worte verstehen konnte.

«Ja. Mein Name ist Jack Wilson. Ich möchte eine Entführung melden.»

IO

MERIDIAN AIRLINES, EINSATZZENTRALE, INTERNATIONALER FLUGHAFEN DENVER, COLORADO, 16:40 ORTSZEIT

In der Einsatzzentrale von Meridian Airlines unweit von Denver starrte eine Mannschaft gestresster Telefonisten und Abteilungsleiter auf die Monitore und sah zu, wie der Flugplan allmählich in sich zusammenbrach.

«Wie ist die Lage in O'Hare?», erkundigte sich einer der Männer.

«Sechsundzwanzig Maschinen stehen auf den Rollbahnen. Zwei sind zum Auftanken umgekehrt und haben sich anschließend wieder hinten angestellt. Doch der Flughafen hat gerade wieder geöffnet; die Starts müssten gleich beginnen.»

«Also werden es alle schaffen?»

«Äh ... ich bin nicht sicher, was Flug Sechs nach Heathrow angeht, Bob», erwiderte eine Mitarbeiterin namens Janice und schwenkte einige Computerausdrucke. «Die Höchstarbeitszeit der Besatzung ist bald überschritten, und der Kapitän hat angedeutet, er würde am liebsten umkehren.»

«Wie lange noch?»

«Vierzehn Minuten.»

«Rufen Sie den Kapitän an, Janice, und sagen Sie ihm, wir brauchen seine Hilfe. Er soll die Höchstarbeitszeit der Besatzung ein paar Minuten nach hinten ziehen.»

Janice bedachte ihren Kollegen mit einem ungläubigen Blick, als hätte er völlig den Verstand verloren. «Sie sind doch von Alaska Airlines zu uns gekommen, richtig?», fragte sie.

«Ja. Warum?»

«Bei Alaska sollen sich die Piloten ja mit dem Unternehmen identifizieren.»

«Ja, die meisten.»

«Wir sind hier bei Meridian, Bob. Jeder hasst jeden. Und die

Piloten haben besonders große Aversionen gegen die große, böse Firma.»

Im Cockpit von Flug Sechs betrachteten der Kapitän und der Copilot das Bild der Flugbegleiterin auf dem kleinen Videoschirm. Sie stand vor der Tür, verlangte Einlass und hatte die Hand in das neue Identifikations-Lesegerät gelegt.

«Okay, sie ist allein», murmelte der Kapitän und drückte auf den Türentriegelungsknopf, um die Sicherheitskontrolle zu beenden.

Janie Bretsen schlüpfte hinein, schloss die Tür hinter sich und blieb, die Hände in die Hüften gestemmt, hinter der Mittelkonsole stehen.

«Hallo», begann der Kapitän. «Sie sind Jane, richtig?»

Sie ging nicht auf die Frage ein. Schließlich stand der Name «Janie» deutlich auf ihrem Namensschild, und der Mann konnte sicher lesen. Sie verabscheute Piloten, die an Bord kamen, ohne sich vorzustellen.

«Die Passagiere rebellieren», meldete sie stattdessen.

«Und warum?», erkundigte sich der Kapitän.

«Tja, schauen wir mal, woran das liegen könnte», erwiderte sie so spöttisch wie möglich. «Erstens haben Sie mich angewiesen, noch keine Mahlzeiten auszuteilen. Also gab es nichts zu essen, und die Leute sind wütend darüber. Dann haben wir in der ersten Klasse einen Passagier, von dem ich Ihnen bereits erzählt habe. Er ist angeblich krank und will aussteigen, aber ich musste ihm mitteilen, dass Sie sich weigern. Seine Frau kocht vor Wut. Und außerdem sitzt ein paar Plätze weiter eine Senatorin, die sich seine Beschwerden anhort.»

«Moment mal ...», fiel der Kapitän ihr ins Wort. «Eine Senatorin?»

Sie achtete nicht auf die Unterbrechung. «In der zweiten Klasse fehlen uns dreißig Mahlzeiten, und auch in der Business-Class haben wir zu wenig Portionen und Kissen. Als diese Maschine von ihrem letzten Flug zurückgekehrt ist, hatte die Besatzung zwei der hinteren Toiletten als defekt und verschmutzt deklariert und abgeschlossen. Tja, sie sind immer noch defekt und verschmutzt und mit Klebeband versiegelt. Außerdem ist es dort hinten heiß wie in einem Backofen.» Sie warf einen Blick auf den ersten Offizier und wies auf die obere Instrumententafel. «Läuft das Ding auf vollen Touren?»

«Was für ein Ding meinen Sie, meine Liebe?»

«Sparen Sie sich Ihre Witze. Die Klimaanlage.»

Janie strich sich eine Haarsträhne aus der Stirn. «Okay, vielleicht sollte einer von euch Superhelden mal nach hinten kommen, um die Passagiere ein bisschen einzuschüchtern. Ein Typ läuft mit einem Mobiltelefon herum und weigert sich, es abzuschalten.»

«Soll das ein Scherz sein?», fragte der Kapitän.

«Nein, das ist kein Scherz», stöhnte sie entnervt. «Wissen Sie, es ist nicht besonders hilfreich, wenn Sie sich weigern, mit den Passagieren zu sprechen. Inzwischen glauben die Leute uns nämlich kein Wort mehr, und die Wut staut sich immer weiter auf.»

«Wie groß sind Sie, Janie?», erkundigte sich der Kapitän.

«Wie bitte?», erwiderte sie mit verdatterter Miene.

«Tja, bei uns gibt es nicht viele hübsche, zierliche Stewardessen.»

Janie stand stocksteif da und starrte ihn an. «Sie wollen mich wohl auf den Arm nehmen?»

«Eigentlich nicht.»

«Captain, ich habe bei meiner Einstellung knapp die Mindestgröße von einem Meter fünfundfünfzig geschafft, und seitdem bin ich nicht mehr gewachsen. Danke für das Kompliment. Soll ich Sie jetzt fragen, ob Sie schon immer so einen Bauch hatten?»

Leicht gekränkt schüttelte er den Kopf. «Nein.»

«Gut. Und da wir jetzt mit der Beurteilung unseres Aussehens fertig sind, könnten Sie mir vielleicht mitteilen, wann wir endlich starten. Es gibt nämlich neugierige Menschen, die das gerne wissen würden.»

Der Kapitän seufzte. «Ich glaube, es besteht die Möglichkeit, dass wir bald hier wegkönnen.»

«Sehr gut, ich liebe präzise Antworten», erwiderte sie und zog ein halbes Dutzend gefalteter Zettel aus einer Tasche ihrer Uniform.

«Was ist das?», fragte der Copilot.

«Liebesbriefe für Sie beide», zischte sie und öffnete einen davon.

«*Captain*», las sie laut vor, «*eine Arroganz wie die Ihre ist mir bis jetzt als Passagier noch nicht untergekommen.*»

«Arroganz?», wiederholte der Kapitän gequält.

Sie blickte auf. «Ja, weil Sie beide sich weigern, mit den Leuten zu reden.» Sie wählte einen anderen Brief aus. «Ich zitiere: *Falls es noch kein Bundesgesetz gibt, das es verbietet, Menschen in überhitzte Kabinen einzusperren, sollte man schleunigst eines erlassen.*» Sie griff nach dem nächsten Brief. «Und wie finden Sie das? *Für was zum Teufel halten Sie uns, für Vieh?* Soll ich weiterlesen?»

«Nein», erwiderte der Kapitän. «Ich habe schon verstanden. Offenbar mögen sie uns nicht.»

«Verdammt», mischte sich der Copilot ein, «nach dem letzten Gewerkschaftstreffen zu urteilen, mögen wir uns selber nicht!» Er drehte sich um und wies auf Janie Bretsen. «Sie Flugbegleiter hassen uns Piloten und die Firma. Die Mechaniker hassen die Firma und die Piloten. Und die Gewerkschaftsfunktionäre hassen alles und jeden. Sie können es sich also aussuchen.»

«Wir haben doch gar nichts gegen Sie», erwiderte Janie. «Es gefällt uns nur nicht, dass man uns erst erzählt, wir wären ein Team, um uns dann zu ignorieren. Übrigens haben wir nur noch einen halben Tank voller Wasser. Der reicht nicht mehr bis London, was heißt, dass es zum Frühstück weder Kaffee noch Tee gibt.»

Der Kapitän seufzte. «Das spielt vermutlich keine Rolle. Die Höchstarbeitszeit für die Besatzung ist sowieso gleich zu Ende.»

Janie verzog bedrückt das Gesicht und stöhnte auf. «Sagen Sie jetzt bloß nicht, dass Sie beide nach diesem ganzen Theater auch noch ausgetauscht werden müssen.»

«Tja ...»

«Das müssen Sie den Leuten aber selbst erklären, und möge Gott Gnade mit Ihnen haben. Die Passagiere sind jetzt schon mordlustig genug.» Sie drehte sich im Gehen noch einmal um. «Haben Sie beide eigentlich auch Namen?»

Die Piloten wechselten Blicke. Dann wandte sich der Kapitän

um und nickte. «Wahrscheinlich hätten wir hallo sagen sollen, als wir an Bord kamen.»

«Oder so ähnlich», erwiderte Janie. «Ja, das hätten Sie wirklich.» Sie beugte sich vor, um sich zu vergewissern, dass niemand vor der Tür wartete, und musterte gründlich den Videoschirm.

«Habe ich Erlaubnis zu gehen?», fragte sie den Kapitän.

«Wenn Sie darauf bestehen», erwiderte er. Sie marschierte hinaus und knallte die Tür hinter sich zu, bevor er noch etwas erwidern konnte.

«Du meine Güte», sagte der Kapitän, während der Copilot den Kopf schüttelte.

«Noch so eine Zicke, Bill. Wegen ihrer Verträge haben die Mädels zurzeit alle die Nase voll.»

«Ach, Sie meinen die Streikposten vor dem Terminal?»

«Genau.»

«Ich wusste gar nicht, worum es geht.»

«Das Übliche. Sie sind stinksauer und wollen den Krempel hinschmeißen. Und wir sollen ihren albernen kleinen Streik unterstützen.»

«Da können die lang drauf warten», schnaubte der Kapitän.

«Ganz richtig. Ich soll auf einen Monatsverdienst verzichten und meine Börsenoptionen gefährden, weil den Damen das Geld nicht reicht, um bei jedem Aufenthalt die Modegeschäfte leer zu kaufen. Die Firma will sie ohnehin durch Büropersonal ersetzen, wenn sie streiken.» Er wies nach vorne. «Endlich geht es weiter.»

«Wie viel Zeit noch?»

Der Copilot schüttelte den Kopf und sah auf die Uhr. «Eine Minute. Wir schaffen es nicht mehr, rechtzeitig zu starten.»

Der Kapitän sah ihn an. «Wollen Sie aufgeben und umkehren?»

«Auf keinen Fall. Janie, die kleine Hexe da hinten, wird den Passagieren sagen, dass wir es mit Absicht getan haben, und eine Revolution anzetteln. Ich habe keine Lust, mich mit wütenden Fluggästen herumzuschlagen.»

«Reicht der Treibstoff bis nach London?»

Der Copilot nickte. «Knapp. Er ist noch im Bereich des Legalen, aber nur um Haaresbreite.»

«Dann verschwinden wir.» Der Kapitän löste die Bremsen und rollte hinter der vor ihnen wartenden 747 langsam voran, während der Copilot den Funk auf Towerfrequenz einstellte. Eine Stimme von der Bodenkontrolle kam ihm zuvor.

«Meridian Sechs, O'Hare-Bodenkontrolle.»

Er drückte den Transmitterknopf und sah den Kapitän an.

«Hier spricht Meridian Sechs.»

«Okay, Sechs. Wenn Sie Rollbahn Alpha erreichen, biegen Sie nach links ab und vergewissern Sie sich, dass alles frei ist. Rufen Sie Ihre Firmenzentrale an.»

«Warum?»

«Das müssen Sie die schon selbst fragen», erwiderte der Fluglotse.

«Verdammt, es geht sicher um unsere Höchstarbeitszeit», seufzte der Kapitän. «Sie werden von uns eine klare Aussage verlangen.»

Der erste Offizier stellte die richtige Frequenz ein und bekam sofort eine Verbindung.

«Wir haben versucht, Sie zu erreichen, Sechs. Bleiben Sie auf Position. Wir schicken Ihnen eine fahrbare Treppe.»

«Wir sind beinahe Nummer eins und könnten nach stundenlanger Warterei endlich starten», mischte sich der Kapitän mit gequälter Stimme ein. «Haben Sie den Verstand verloren? Wir werden unseren Platz in der Schlange verlieren und die Höchstarbeitszeit überschreiten.»

«Haben Sie einen medizinischen Notfall an Bord, Sechs?»

Kapitän und Copilot wechselten ungläubige Blicke.

«Nein, ganz und gar nicht.»

«Ist es in der Kabine zu feindseligen Übergriffen gekommen?»

«Was? Nein.»

Auf der Firmenfrequenz meldete sich eine andere Stimme. «Sechs, hier spricht der Dienst habende Schichtleiter. Wir holen Sie aus der Schlange, da die Polizei von Chicago einen Abflug verboten hat. Das FBI ordnet an, dass Sie am Boden bleiben müssen, und wird Ihnen Leute an Bord schicken. Offenbar hat einer Ihrer Passagiere die Notfallnummer 911 gewählt und gemeldet, dass dreihundertzwanzig Menschen gegen ihren Willen festgehalten würden. Ein anderer Mann meldete gerade, er habe einen Herzinfarkt erlitten und Sie hätten sich geweigert, Hilfe zu holen.»

11

LONDON, ENGLAND, 23:30 ORTSZEIT

Phil Knight stand vor seinem Hotel und winkte dem davonfahrenden Glenn Thomasson nach. Als er einen Blick auf die Uhr warf, stellte er überrascht fest, dass es erst halb zwölf war, denn der Abend hatte sich eine Ewigkeit hingeschleppt.

Phil betrat die Hotelhalle und steuerte auf die Aufzüge zu, doch dann bog er in Richtung der Münztelefone ab, um die Einsatzzentrale von Meridian anzurufen. Da die ankommenden Flüge häufig Verspätung hatten, ließ sich so vielleicht eine zusätzliche Stunde Schlaf herausschlagen.

«Der Flug hat jede Menge Verspätung, Captain», bestätigte ihm die Telefonistin. «Das übliche Chaos in Chicago. Die Warterei dauert bereits drei Stunden, und bis zum Start vergehen bestimmt noch einmal anderthalb.»

Phil bedankte sich, legte auf und rechnete nach: Jetzt würde er frühestens um halb sieben aufstehen müssen. Auf einmal erschien ihm die Nacht jung und voll ungeahnter Möglichkeiten.

Wozu habe ich jetzt Lust? fragte er sich, doch ihm fiel so rasch nichts ein.

In der menschenleeren Hotelhalle roch es nach Zigarettenrauch, und aus der Hotelbar hörte Phil Stimmen. Da er die letzten zwölf Stunden vor einem Start keinen Alkohol mehr trinken durfte, blieb ihm gerade noch Zeit für einen Drink, den er sich während eines Aufenthalts normalerweise nur sehr selten gönnte.

Also, was würde ich jetzt am liebsten unternehmen?

Im Zimmer gab es zwar einen Fernseher, doch diese Aussicht war nicht sehr verlockend. Und um in die Londoner Innenstadt zu fahren, war es schon zu spät. Deshalb betrat Phil die Hotelbar, setzte sich an einen kleinen Tisch und bestellte einen Brandy.

Er dachte an Doris, die Frau, mit der er schon seit dreiundzwanzig Jahren verheiratet war. Noch nie hatte er sie betrogen, und eigentlich hätte er stolz darauf sein sollen, aber nun erschien es ihm merkwürdigerweise, als hätte er etwas im Leben verpasst. Soweit er wusste, war Garth Abbott, sein erster Offizier, seiner Frau ebenfalls treu, ebenso die anderen Copiloten, mit denen er auf internationalen Strecken geflogen war und die sich in Gegenwart eines auslandsunerfahrenen Kapitäns, wie er einer war, stets wie Weltmänner gebärdeten. Und dennoch wurde Phil das Gefühl einfach nicht los, dass er im Grunde seines Herzens ein langweiliger Spießer war. Im Moment hatte er den Eindruck, dass sogar seine eheliche Treue ihn als hoffnungslosen Provinzler auswies.

Sein Copilot Garth Abbott, der seine Verachtung stets hinter einer Maske gekünstelter Höflichkeit zu verbergen versuchte, wollte Phil nicht aus dem Kopf. Allerdings hatte er diesen aufgeblasenen kleinen Mistkerl auf Anhieb durchschaut. Ständig versuchte er zu beweisen, dass er, Garth Abbott, und nicht Phil Knight eigentlich das Kommando an Bord führen sollte.

Als Phil die Augen schloss, um seine Wut und seine Verwirrung zu vertreiben, stieg ihm ein zarter Duft von Parfüm in die Nase. Gleichzeitig hörte er, wie ein Stuhl zurechtgerückt wurde.

Erschrocken schlug er die Augen auf und sah eine hinreißende Rothaarige vor sich, die gerade im Begriff war, an seinem Tisch Platz zu nehmen. Das Haar fiel ihr über die Schultern, und sie trug eine kurze Pelzjacke, die knapp oberhalb ihrer langen, wohlgeformten Beine endete. Eine Perlenkette kam in Sicht, als sie die Jacke öffnete, sodass er Ausblick auf einen tiefen Ausschnitt und ein atemberaubendes Dekolleté bekam.

«Hallo», schnurrte sie.

Phil blickte sich verdattert um. «Äh … hallo.»

«Sie sehen einsam aus», meinte sie.

Er lächelte verlegen und fühlte sich überrumpelt. «Tja … ich … ja, ein wenig.»

«Ich habe Zeit», sagte sie. «Ich bin zwar nicht billig, aber ich bin zu haben, falls Sie interessiert sind.»

«Verzeihung?»

Die Frau lehnte sich zurück und neigte den Kopf zur Seite. «Du verstehst mich offenbar wirklich nicht, Schätzchen.»

«Macht ganz den Eindruck.»

Sie beugte sich vor und präsentierte ihm geschickt ihre Brüste, als sie die Lippen seinem linken Ohr näherte.

«Ich bin Profi, Schätzchen. Für zweihundert Pfund begleite ich dich auf dein Zimmer und gehe eine Stunde lang mit dir ins Bett. Die ganze Nacht kostet fünfhundert Pfund. Jetzt begriffen?» Mit einem wissenden Lächeln wich sie wieder zurück und beobachtete sein Gesicht, in dem sich widerstreitende Gefühle malten.

Unzählige Gedanken schossen Phil durch den Kopf. In seiner Kartentasche befanden sich mindestens dreihundert Pfund in bar. Aber was war, wenn sie Aids hatte? Vielleicht hatte ja auch einer seiner Copiloten das Ganze arrangiert und beobachtete ihn nun, womöglich sogar mit einer Kamera. Und sonst würde sie sicher jemand auf dem Weg nach oben bemerken.

Mein Gott, sie ist so sexy! Ja, ich tue es. Nein! Ja, verdammt!

Nein!

Was wollte er? Was wollte er wirklich? Die Frage gellte in seinem Kopf, doch er konnte sie nicht beantworten. Noch während er versuchte, das Wort Ja auszusprechen, wurde ihm erschrocken klar, dass das sexuelle Verlangen, das sie in ihm ausgelöst hatte, inzwischen von Panik überlagert wurde.

«Schon gut, Schätzchen», meinte sie und stand auf. «Dir fallen ja fast die Augen aus dem Kopf. Anscheinend habe ich dir Angst gemacht.» Sie tätschelte ihm die Schulter und beugte sich vor, um ihm einen Kuss auf die Wange zu hauchen. «Bis auf ein andermal.»

Fast zehn Minuten lang blieb Phil verlegen und verdattert sitzen; er war wütend auf sich selbst und außerdem überzeugt davon, dass der Feind seine Unentschlossenheit in allen Einzelheiten mitbekommen hatte. Alle Copiloten würden sich über ihn lustig machen. Ja, die ganze Fluggesellschaft würde ihn auslachen.

Aber du warst deiner Frau treu, dachte er. *Du hast dich nicht verführen lassen*. Doch sosehr er auch versuchte, sich damit zu trösten, es nützte alles nichts. Er war und blieb eine Flasche, wankelmütig, ein Angsthase und womöglich sogar impotent. Eigentlich war es ihm weniger auf die Frau angekommen als auf seine eigene Fähigkeit, sich unbefangen zu entscheiden.

Und er hatte versagt.

Phil wartete, bis die Barkeeperin am anderen Ende des Tresens beschäftigt war, und ließ dann einen Betrag liegen, der für den Drink und das Trinkgeld genügte. Als er aus dem Raum schlüpfte, glaubte er fast, Gelächter hinter sich zu hören. Kurz darauf schloss er die Tür seines Zimmers hinter sich. Er war hochrot im Gesicht und froh, endlich allein zu sein.

Dann setzte er sich auf die Bettkante und rieb sich die Augen. *Wie wäre es wohl gewesen?* Ihm wurde klar, dass genau diese Frage ihn dazu verleitet hatte, sich für die internationale Route zu bewerben.

Doch wie wäre es wirklich gewesen, mit so einer Frau zu schlafen? Oder überhaupt etwas Unüberlegtes zu tun, ohne sich von Zweifeln auffressen zu lassen?

12

JACHTHAFEN, ANNAPOLIS, MARYLAND, 18:45 ORTSZEIT

Der junge Mann vom Lieferdienst stand in der Tür des Hafenbüros, konsultierte sein Klemmbrett und nickte, bevor er den Geschäftsführer ansah, der hinter einem kleinen Tresen stand.

«Ja. Der Mann, den ich suche, heißt Blaylock. J. Blaylock. Er hat uns diese Adresse angegeben.»

«Er hat Liegeplatz achtzehn.»

«Also ein Boot?»

«Tja, eigentlich nicht.»

«Sie haben doch Liegeplatz achtzehn gesagt.»

Der Geschäftsführer klappte die Kundenliste zu, ging um den Tresen herum, stellte sich zu dem jungen Mann in die Tür und deutete auf das Gewirr von Booten und Masten.

«Sehen Sie diesen hohen Mast, rechts von dem grünen Bootshaus?»

«Ja.»

«Und jetzt schauen Sie nach links. Erkennen Sie das blaue Eisendach da drüben?»

«Das Ding mit der Satellitenschüssel, das aussieht wie das Dach eines Busses?», hakte der junge Mann nach.

«Es ist das Dach eines Busses», erwiderte der Geschäftsführer. «So einer, wie Rockgruppen ihn für ihre Tourneen benutzen.»

«Und was tut ein Bus in einem Jachthafen?»

«Er schwimmt.» Der Geschäftsführer kicherte.

«Ein schwimmender Bus?»

«Eigentlich ist es ein Campingbus. Captain Blaylock zeigt ihn Ihnen sicher gern.»

«Ein schwimmender Campingbus? So wie ein Hausboot, richtig?»

«Tja, er hat beschlossen, dass er gerne ein Boot hätte. Allerdings hatte er sich den Campingbus, in dem er wohnt, gerade erst nach seinen Wünschen umbauen lassen. Und so musste ihm ein Schiffsbauunternehmen für seinen Bus ein Floß nach Maß anfertigen. Wenn er aufs Meer hinaus will, fährt er mit seinem Bus an Bord und sticht in See. Die hinteren Räder des Busses greifen in riesige Walzen, die mit Zwillingsschrauben verbunden sind.»

«Das muss ich mir anschauen.»

Der junge Mann fuhr mit seinem Lieferwagen an den Rand des Liegeplatzes, lud einige Kartons auf einen Handkarren und schob diesen bis an den Rand einer Gangway. Auf der Seite des riesigen Campingbusses war ein prächtiges blaugrünes Gemälde angebracht, das anmutige Wale und eine elegante Meerjungfrau zeigte. Letztere war wohlgeformt und zog eine mindestens drei Meter lange platinblonde Haarmähne hinter sich her. Der Bus wirkte nagelneu und stand in der Fahrrinne, die das Floß in zwei Hälften teilte. Die Fläche, auf der er ruhte, befand sich drei Meter unterhalb des Decks aus Teakholz, sodass die Räder des Busses nicht zu sehen waren und das Chassis wie ein dauerhafter Aufbau wirkte. Das Deck war von einer Reling aus Messing umgeben, verfügte über zwei Etagen und mündete in einen spitz zulaufenden Bug.

Am Ende der Gangway war ein kleines Pult mit einem Telefon und einem Lautsprecher angebracht. Der Lieferant griff nach dem Telefon, zuckte aber ein wenig zusammen, als aus dem Lautsprecher eine tiefe Männerstimme dröhnte.

«Okay, Billy's Market. Ich kann Sie sehen, und es wurde allmählich Zeit. Kommen Sie an Bord.»

An der Seite des Busses öffnete sich eine große Tür, und der Besitzer kam mit einem breiten Grinsen heraus, um ihn zu begrüßen.

«Der Mann vom Hafenbüro meinte, Sie würden mich vielleicht herumführen», meinte der Lieferant, während er die Kartons ablud.

«Tja… kommen Sie morgen wieder. Jetzt passt es gerade nicht.»

«Okay.»

Blaylock nahm das Klemmbrett und unterschrieb den Lieferschein. «Ich muss jetzt nämlich das Abendessen kochen.» Er musterte den jungen Mann, den er auf Mitte zwanzig schätzte. «Sind Sie verheiratet?»

«Nein, Sir.»

«Gut. Dann verstehen Sie, was ich meine. Mein Gast ist eine Dame. Ich beabsichtige schamlos, sie mit einem Abendessen zu verführen. Und sie ahnt nicht, dass sie im Begriff ist, in eine kulinarische Falle zu tappen. Also verschwinden Sie.»

«Hey, viel Glück, Sir», erwiderte der Lieferant grinsend und steckte den Zehn-Dollar-Schein ein, den Blaylock ihm gegeben hatte.

John Blaylock schloss die Tür hinter sich und begann, die Kartons zu durchsuchen. Nachdem er einen Teil des Inhalts weggeräumt hatte, legte er Gemüse und Salat auf das fest eingebaute Schneidebrett. Die meisten Zutaten für das Abendessen lagen schon bereit. Zwei Saucen köchelten auf dem Gasherd aus Edelstahl vor sich hin, und der Duft von Wein und verschiedenen Gewürzen lag in der Luft.

Stolz sah Blaylock sich in seinem Bus-Boot um, in das er vierhunderttausend Dollar investiert hatte. Die ständigen Streitereien mit den Werkstätten waren die Mühe wert gewesen, denn nun entsprach das Innere des Busses genau seinen Entwürfen. Ein Drittel des Wagens beherbergte die voll ausgestattete Küche, das Esszimmer und das Wohnzimmer. Ein weiteres Drittel war dem mit allen elektronischen Raffinessen versehenen Schlafzimmer vorbehalten, das mit rotem Samt dekoriert war, sodass Blaylock es oft lachend als «Bordell der frühen Jahre» bezeichnete. Das restliche Drittel gehörte einer Mischung aus Steuerhaus und Cockpit, verfügte über Gerätschaften, auf die selbst Boeing stolz gewesen wäre, und erinnerte an eine Miniaturausgabe der Kommandobrücke von *Raumschiff Enterprise*. Die Holzarbeiten waren maßgefertigt und bestanden aus Walnuss und Elche. Die Beschläge waren aus Messing, und das Rad – es diente sowohl dem Fahren auf der Straße als auch dem Steuern zur See – war ein Schiffssteuer mit sechs Speichen.

Und alles gehörte ihm, bezahlt durch Ersparnisse, kluge Investitionen und die Honorare, die er immer noch für verschiedene Aufträge kassierte.

Er sah auf die Uhr. In anderthalb Stunden würde die ahnungslose Frau eintreffen und vor lauter Begeisterung gar nicht bemerken, dass er ihr an die Wäsche wollte. Blaylock kicherte, wurde dann aber ernst, als er feststellte, dass er ihren Namen vergessen hatte.

Verdammt! Janice? Jan? Wo ist denn dieser Zettel? Er kramte in den Taschen seiner Jeans und förderte eine verknickte Visitenkarte zutage.

Jill! Aber natürlich. Er steckte die Karte wieder ein und versuchte, sich den Namen zu merken, als das Telefon läutete.

Blaylock musterte die Nummer auf der Anzeige. Jill hatte gesagt, ihr Mobiltelefon sei in Washington registriert. Es war dieselbe Vorwahl, und sie hatte schließlich noch einmal wegen der Wegbeschreibung anrufen wollen.

Also schaltete er den Raumlautsprecher an.

«Hallo, meine Schöne. Bist du schon unterwegs?»

Es raschelte, dann erwiderte eine verdatterte Männerstimme: «Äh … Verzeihung … Spreche ich mit Colonel John Blaylock?»

«Der ist tot», erwiderte John Blaylock. «Er hat sich letzte Woche aufgehängt, weil er einen Anruf seiner Geliebten verpasst hat. Irgendein Mensch, mit dem er nicht reden wollte, hatte nämlich sein Telefon blockiert.»

Er legte auf und wandte sich wieder dem Zwiebelschneiden zu.

Nach einer Minute läutete das Telefon erneut. Blaylock drückte auf den Antwort-Knopf, sagte aber nichts.

«Äh … Colonel, bitte hängen Sie nicht ein. Ich wette, dass Sie es sind, tot oder lebendig. Hier spricht Colonel David Byrd.»

«Ich will jetzt nicht mit Ihnen sprechen. Rufen Sie ein andermal an.»

Wieder wollte Blaylock die Verbindung unterbrechen, doch da erwähnte die Stimme am anderen Ende der Leitung einen Namen.

«General Overmeyer … Jim Overmeyer hat mich gebeten, Sie anzurufen.»

Nach kurzem Zögern griff John Blaylock nach dem Hörer. «Sie glauben wohl, das war das Zauberwort?»

«Ich tue mein Bestes.»
«Sagen Sie diesem Windbeutel mit drei Sternen... Moment, das darf ich nicht, ich bin noch nicht im Ruhestand. Also, was wollen Sie?»
David Byrd fasste die Situation so kurz wie möglich zusammen und wartete dann ab.
«Also versucht ein Fliegercolonel, der sich bei der Luftfahrtbehörde herumdrückt, rauszukriegen, warum die Passagiere in Flugzeugen ausflippen. Sie flippen aus, weil sie behandelt werden wie der letzte Dreck. Ich schicke Ihnen eine Rechnung.»
«Ich muss mich mit Ihnen treffen. Haben Sie heute Abend Zeit?»
«Nicht, wenn Sie keinen Gerichtsbeschluss vorlegen können. Aber morgen wäre möglich.»
«Gut. Wo und wann?»
«Um sieben Uhr morgens, hier in Annapolis.» Er diktierte David die Adresse.

13

IN DER LUFT, AN BORD VON MERIDIAN FLUG SECHS, 18:31 ORTSZEIT

Die Boeing 777 befand sich erst seit knapp acht Minuten in der Luft, als Janie Bretsen nach der Schließe ihres Sicherheitsgurts griff. Dann zögerte sie und überlegte, ob sich vielleicht Kontrolleure der Luftfahrtbehörde an Bord befanden, denn diese würden sie melden, wenn sie zu früh aufstand. Schließlich war sie schon mehrere Male gerügt worden, weil sie aufgesprungen war, um mit dem Kabinenservice zu beginnen, bevor die Piloten das Zeichen gegeben hatten, dass sie über dreitausend Meter gestiegen waren. Doch das war damals gewesen, als sie noch dem Irrglauben angehangen hatte, dass ihr Arbeitseifer die Firma interessierte. Inzwischen jedoch wusste sie es besser: Es kümmerte niemanden. Allerdings blieb die Tatsache bestehen, dass es einfach zu viel zu tun gab, um länger als unbedingt nötig sitzen zu bleiben.

Als der Bordlautsprecher plötzlich ansprang, zuckte sie zusammen.

Meine Damen und Herren, hier spricht der Kapitän.

Gott sei Dank!, dachte Janie. Die ursprüngliche Cockpitbesatzung war am Ende der Rollbahn ausgetauscht worden, wo sie eine halbe Stunde gewartet hatten. Offenbar waren die beiden Ersatzmänner bereit, mit den Passagieren zu kommunizieren, und hatten sich sogar vorgestellt, als sie an Bord geeilt waren.

Hoffentlich würden ihre Vorgänger Ärger bekommen, obwohl Janie das bezweifelte. Bestimmt saßen sie jetzt im Büro irgendeines Managers, jammerten und zeigten mit dem Finger auf die Kabinenbesatzung. Und zu guter Letzt würde sie, Janie, wieder als Sündenbock zu ihrem Chef zitiert werden. Bei Meridian zog der Flugbegleiter bei einer Auseinandersetzung mit einem Piloten immer den Kürzeren.

Die Worte des neuen Kapitäns ließen sie aufmerken.

... ich möchte offen mit Ihnen sein. Eigentlich sollten wir nach Paris fliegen, als wir gebeten wurden, Ihren Flug zu übernehmen, da die ursprünglichen Piloten ihre Höchstarbeitszeit überschritten hatten. Außerdem wurden wir gewarnt, Sie wären eine gereizte und ungebärdige Horde. Darüber hinaus hätten Sie mindestens eine Stunde Verzögerung einem Mitpassagier zu verdanken, der verbotenerweise die Polizei angerufen und eine Straftat vorgetäuscht hat. Ich weiß, dass ein Fluggast mit dem Krankenwagen abgeholt wurde, doch man sagte uns, er sei nur leicht erkrankt.

Nun passen Sie bitte auf. Ich bin der Chefpilot der 777-Flotte hier in Chicago. Ich möchte zwar, dass Sie alle einen guten Flug haben und uns bald wieder beehren, doch ich warne Sie auch, dass jeder, der sich weigert, die Anweisungen meiner Besatzung zu befolgen, in Handschellen gelegt und nach der Landung verhaftet werden wird. Das schließt auch diejenigen ein, die ein Mobiltelefon benützen oder ohne unsere Erlaubnis ihren Laptop einschalten. Wir nehmen die Sicherheitsvorschriften sehr, sehr ernst. Auch wenn wir Sie als Kunden zu schätzen wissen, ist diese Fluggesellschaft nicht mehr bereit, sich länger mit aufsässigen Passagieren herumzuärgern. Die Mehrheit von Ihnen, die sich niemals so verhalten würde, sollte genau wie ich genug von Leuten haben, die unsere Autorität in Frage stellen.

Janie Bretsen schlug die Hände vors Gesicht. Sie wäre am liebsten im Erdboden versunken. Schließlich waren die Passagiere ohnehin schon nicht sehr gut auf sie und ihre Kollegen zu sprechen. Ein Pilot, der sich aufführte wie die Axt im Walde und die aufgebrachten Gemüter noch weiter anheizte, hatte ihr gerade noch gefehlt. Sie stand auf und wollte zur Bordküche gehen.

«Entschuldigen Sie.» Eine gebildet klingende Frauenstimme hielt sie zurück. Als Janie sich umdrehte, stand sie vor der Senatorin Douglas.

«Ja. Verzeihung», erwiderte Janie erschrocken. Sie kannte Sharon Douglas aus dem Fernsehen, hatte aber erst erfahren, dass sie sich an Bord befand, als ein Schichtleiter vom Bodenpersonal sie in die erste Klasse gesetzt hatte. Die Erklärung war nicht sehr erhellend gewesen: «Eine unserer Mitarbeiterinnen hat einen Fehler gemacht. Der Sitz ist die Entschädigung.»

«Sind Sie hier die Chefstewardess?», fragte die Senatorin.

Janie nickte und hielt ihr nach kurzem Zögern die Hand hin. «Ja. Janie Bretsen, Frau Senatorin», fügte sie rasch hinzu.

Sharon Douglas schüttelte ihr die Hand und wies dann mit dem Kopf auf das Cockpit. «Haben sie alle so eine ablehnende Haltung?»

«Wie bitte?»

«Die Piloten. Sind sie alle solche Rambos, die sich einen Spaß daraus machen, die Passagiere zu schikanieren?»

Janie spürte, wie sie erbleichte. Die Frau, die hier bei ihr in der Bordküche stand, besaß viel Macht und konnte dafür sorgen, dass sie ihren Job verlor, wenn sie jetzt etwas Falsches sagte.

Sharon Douglas bemerkte Janies Verlegenheit, während diese sich das Hirn nach einer unverfänglichen Antwort zermarterte.

«Passen Sie auf, Janie», meinte Douglas und hob beschwichtigend die Hand. «Es ist alles in Ordnung. Ich weiß, dass Sie Angst um Ihren Job haben, wenn Sie sich jetzt verplappern, aber keine Sorge. Ich wollte nur Ihre persönliche Meinung hören, damit ich mir ein Bild davon machen kann, was hier schief läuft. Alle Mitarbeiter dieser Fluggesellschaft scheinen eine schreckliche Wut im Bauch zu haben.»

«Tja ...»

«Darf ich Ihnen mein Ehrenwort geben, dass nichts von dem, was Sie mir sagen, auf Sie zurückfallen wird?»

«Ja, Frau Senatorin», erwiderte Janie.

«Okay. Aber nennen Sie mich Sharon, nicht Frau Senatorin. Und jetzt erzählen Sie mir mal von Frau zu Frau, was bei dieser Fluggesellschaft nicht stimmt.»

Janie sah auf die Uhr und antwortete dann: «Ich ... ich bitte Sie ja nur ungern darum, aber ... könnte das nicht warten, bis ich das Abendessen serviert habe?»

Sharon Douglas nickte. «Natürlich. Sobald Sie Zeit haben. Neben mir ist ein Platz frei ... doch das wissen Sie ja.»

«Ich komme gleich, wenn ich kann, versprochen», entgegnete

Janie. Das Herz klopfte ihr bis zum Halse, als sich die Politikerin, die als die mächtigste Frau im Bereich Luftfahrt galt, wieder auf ihren Platz in der ersten Klasse setzte.

Janie spähte durch die Vorhänge der Bordküche in die Touristenklasse und fragte sich, ob es überhaupt möglich war, die Passagiere zu beruhigen. Nur selten hatte sie erlebt, dass bereits vor dem Start eine derart gereizte Stimmung herrschte. Doch sie hatte bis jetzt auch noch nie vor dem Start auf zwei ihrer Mitarbeiter verzichten müssen.

Jeff Kaiser, der männliche Flugbegleiter, hatte gehen müssen, nachdem er eine junge Mutter in der Touristenklasse schikaniert hatte. Als Janie ihn deshalb zur Rede gestellt hatte, hatte er sie aus dem Weg gestoßen, sie beschimpft und ihr mit Gewalt gedroht. Eine Kollegin gegen ihren Willen zu berühren, war bei Meridian ein Kündigungsgrund. Außerdem konnte seine arrogante Art einfach nicht länger hingenommen werden.

Und da war auch noch Susan, eine erfahrene Flugbegleiterin, die eine Szene mit einem Ehepaar namens Lao provoziert hatte. Sie hatte Mrs Lao als Zicke bezeichnet, als diese sich geweigert hatte, ihren Computerkoffer abzugeben. Daraufhin hatte der Ehemann einen Tobsuchtsanfall bekommen, und Susan hatte unter Missachtung des Dienstwegs den Ersatzkapitän gerufen, der seinerseits gedroht hatte, das Ehepaar Lao verhaften zu lassen. Die Hälfte der Passagiere der Touristenklasse hatte sich für die Laos eingesetzt.

Und das Ehepaar würde nun ganz sicher die Airline verklagen.

Kurz schloss Janie die Augen und rieb sich die Stirn. Die Verständigung mit dem derzeitigen Kapitän war ebenso schwierig wie mit dem ersten, und nun war auch er aufgebracht. Was bedeutete, dass sich wieder einmal ein Pilot über sie beschweren würde.

Gibt es bei dieser Fluggesellschaft wirklich niemanden, der gerne hier arbeitet?, fragte sie sich und ließ seufzend den Vorhang los.

Früher einmal war die Fliegerei eine aufregende, fremde Welt gewesen, die Reisen in ferne Länder, Spaß und unbegrenzte Möglichkeiten verhieß. Die Menschen, die bei einer Fluggesellschaft tätig waren, waren etwas Besonderes und führten ein Leben, in dem es keinen Alltag und keine Niedergeschlagenheit gab.

Wie sehr wünschte sie sich, das alles wäre wahr gewesen! Doch inzwischen herrschte ständig bedrückte Stimmung, insbesondere in den vergangenen sechs Jahren, als die einst so stolze Airline vom Weg abgekommen war und aufgehört hatte, sich richtig um die Passagiere zu kümmern, sodass diese nach und nach absprangen. Noch bevor die schrecklichen Angriffe auf das Pentagon und das World Trade Center Finanzhilfe des Bundes nötig gemacht hatten, war die Lage schon prekär gewesen. Eigentlich hatte Janie erwartet, dass man sich nun wieder stärker um die Passagiere bemühen würde, doch das war nicht geschehen.

«Meridian Airlines», hatte es früher einmal geheißen, «ist der Marktführer, und der Dienst am Kunden wird hier groß geschrieben. Unsere Fluggesellschaft steht weltweit an erster Stelle.»

Doch mittlerweile war Meridian auf das Niveau eines schlecht geführten Busunternehmens gesunken.

Später ging Janie die erste Klasse ab. Sharon Douglas schlief mit Schlafbrille und Ohrenstöpseln, und die Chefstewardess ließ noch einmal Revue passieren, was sie der Senatorin erzählt hatte. Sie hatten sich nach dem Abendessen zwei Stunden lang unterhalten – aber eigentlich hatte nur Janie geredet. Doch was genau hatte sie gesagt? Sie konnte sich nicht mehr richtig erinnern. Und wenn Senatorin Douglas nicht zu ihrem Wort stand, waren Janies Tage bei Meridian gezählt, sobald ihre Vorgesetzten herausfanden, dass sie sich verplappert hatte.

Sie kannte zwar keine kriminellen Geheimnisse, wusste aber, dass es beim Kundenservice inzwischen drunter und drüber ging. Die Senatorin wollte sich die Arbeitsabläufe und die Probleme genau erklären lassen. «Es liegt so vieles im Argen», hatte Janie geantwortet. «Ich weiß gar nicht, wo ich anfangen soll.»

«Tja», erwiderte Sharon, «dann schildern Sie mir, was Sie jetzt in diesem Augenblick bedrückt. Was würden Sie Ihrem Vorgesetzten sagen, wenn der bereit wäre, Sie anzuhören?»

Janie begann mit den bösartigen Notizen, die sie in ihrem Fach im Aufenthaltsraum für die Besatzungen vorfand. Sie stammten nicht nur von Kolleginnen, die ihr vorwarfen, sie schmeichle sich beim Management ein, sondern auch von der Firmenleitung selbst. Jede offizielle Mitteilung endete mit den Worten: «Diese Anweisung ist zu befolgen; andernfalls drohen strenge disziplinarische Konsequenzen bis hin zur Beendigung des Arbeitsverhältnisses.»

«Eine wundervolle Einstimmung in den Abflug», meinte Janie. «Man findet reizende kleine Liebesbriefe in seinem Fach; in denen steht zum Beispiel: ‹Bretsen, J., Sie wurden letzte Woche mit einer Laufmasche in der Strumpfhose gesehen. Das darf nicht wieder vorkommen.› Oder: ‹Bretsen, J., Sie sind im vergangenen Monat zwei Minuten zu spät gekommen. Das ist die zweite Verspätung innerhalb von sechs Monaten. Bei fünf Verspätungen erfolgt die Abmahnung.› Und so weiter und so fort. Ich war vorübergehend als Dienstleiterin für die Flugbegleiter tätig, und ich hätte meinen Leuten niemals so gemeine Briefe geschrieben. Obwohl es auch meine Airline ist, darf ich nicht helfen. Ich darf mich nicht engagieren. Man erwartet von mir, dass ich unseren Dienstplan-Einteilern triumphierend meinen Arbeitsvertrag unter die Nase halte und sage: »Sehen Sie? Sie dürfen mich nicht zwingen zu fliegen. Also müssen Sie dreihundert zahlende Passagiere an die Delta weiterreichen, obwohl wir das Geld brauchen. Denn Janie kriegt Ärger mit ihrer Gewerkschaft, wenn sie einspringt.»

«Weiß die Firma es wenigstens zu schätzen, wenn Sie Engagement zeigen?»

Janie lachte höhnisch auf. «Aber nein.»

«Werden Sie denn nie gelobt?», hakte Senatorin Douglas nach.

«Bei den Piloten gibt es ein Motto: Zehntausend ‹gut gemacht› werden durch ein einziges ‹ach, Mist› umgehend gelöscht. Bei uns ist es genauso. Allerdings liegt die Gewerkschaft nicht ganz falsch. Die Firma versucht, die Gewerkschaft loszuwerden. Sie wollen einen Streik provozieren, um uns austauschen zu können, und die Gewerkschaft versucht, das Management dazu zu zwingen, die Verträge einzuhalten. Ich verstehe das, aber…»

«Sie identifizieren sich immer noch mit Ihrem Arbeitgeber?»

«Ja, genau. Ich besitze sogar ein paar Aktien, und dadurch wird es wirklich verwirrend. Befolge ich die Anweisungen der Gewerkschaft, schieße ich mir selbst ins Knie.»

Janie wunderte sich, dass eine mächtige Senatorin die Geduld hatte, sich zwei Stunden lang ihre Klagen anzuhören. «Ich versuche dahinter zu kommen, was in diesem System im Argen liegt, Janie», erwiderte Sharon. «Auch wenn Meridian in Bezug auf den Kundenservice ein schwarzes Schaf ist, wimmelt es heutzutage bei fast allen Gesellschaften von unzufriedenen Mitarbeitern, unfreundlichen Stewardessen und aufgebrachten Passagieren. In den Terminals, in den Kabinen, in den Cockpits, auf den Rollfeldern – wohin ich auch blicke, haben die Leute die Nase voll von diesem Verkehrsmittel. Angestellte wie Sie wollen sich nicht mehr so behandeln lassen und haben die Passagiere satt. Und die Sache wird allmählich gefährlich.»

«Meinen Sie Übergriffe während des Fluges? Verärgerte Passagiere, die gewalttätig werden?»

Die Senatorin nickte. «Haben Sie so was schon mal selbst erlebt?»

«Nein», entgegnete Janie und beschloss, ihr den Zwischenfall mit dem Betrunkenen in der ersten Klasse vor einem Monat zu verschweigen. Der Mann auf dem Gangplatz hatte sie angegriffen, als sie sich vorgebeugt hatte, um das Tablett vom Fensterplatz zu entfernen. Sie konnte den Schock nicht beschreiben, den sie empfunden hatte, als sie feststellte, dass er sie wirklich durch ihren Büstenhalter in die Brust biss. Eigentlich hatte sie damit gerechnet, dass ein Sky-Marshal aufspringen und den Mann bändigen würde, doch niemand hatte reagiert. Sie selbst war zu erschrocken gewesen, um sich zu wehren, und als die Firma sie durch die Blume davor gewarnt hatte, den Mann anzuzeigen, hatte sie den Vorfall wohl oder übel auf sich beruhen lassen.

«Ich kann kaum noch etwas entdecken, das auch nur im Entferntesten an Service erinnert», fuhr Sharon Douglas fort. «Vermutlich würden Ihre Vorgesetzten im Namen des Profits die Sitze entfernen und Halteschlaufen anbringen lassen, wenn die Luftfahrtbehörde es ihnen genehmigen würde.»

«Das ist das Rattenprinzip», erwiderte Janie.

«Wie bitte?», meinte Sharon Douglas und beugte sich vor.

«Ratten in einem Labyrinth. Das ist ein uraltes Experiment, das ich noch aus einem Psychologieseminar im College kenne. Wenn man Ratten zu eng zusammenpfercht, benehmen sie sich direkt proportional zur Enge immer merkwürdiger. Je größer das Gedränge, desto schlimmer das asoziale und sogar psychotische Verhalten. Die Ratten greifen sich gegenseitig an, fressen einander auf oder verfallen in Apathie. Sie ertragen diese Enge nicht, und bei uns ist es genauso.»

«Meinen Sie mit ‹uns› die Airline-Mitarbeiter?»

«Und die Passagiere.»

Janie schüttelte den Kopf und versuchte, nicht mehr an das Gespräch zu denken. Sie holte tief Luft und spürte, wie sich die verspannten Muskeln an ihren Schultern lockerten. Sie konnte sich nicht an das letzte Mal erinnern, dass ihr jemand wirklich zugehört hatte.

Was ihre Karriere bei der Fluggesellschaft anging, gab sie sich keinen Illusionen hin. Sie musste sich schleunigst auf die Suche nach einem anderen Job machen.

14

FLUGHAFEN HEATHROW, LONDON, ENGLAND, 7:58 ORTSZEIT

Der erste Offizier Garth Abbott stand am Fenster des kleinen Hotelzimmers. Mit der linken Hand knöpfte er seine goldbetresste Uniformjacke zu, während er mit der rechten das Mobiltelefon ans Ohr presste, als könnte er auf diese Weise dem inzwischen stummen Gerät noch ein paar Wörter entlocken.

Was meinte sie mit «Vielleicht»?

Auf einmal war er geistig weit weg und folgte seiner Frau durch ihr Tausende von Kilometern entferntes Haus in Wisconsin. Wieder einmal versuchte er zu entscheiden, ob er Grund hatte, sich Sorgen zu machen.

«Dann also bis Donnerstag», hatte er gesagt.

«Vielleicht», lautete ihre Antwort.

Er sah auf die Uhr und stellte zu seiner Erleichterung fest, dass ihm noch die eingeplanten fünfundzwanzig Minuten blieben, um sein Frühstück hinunterzuschlingen, bevor «Captain Sunshine» durch die Hotelhalle gepoltert kommen würde, um ihm den Vormittag zu verderben.

In London war es acht Uhr morgens, in Wausau zwei Uhr. Ihr Anruf hatte ihn erschreckt. Sie wusste zwar, dass er sein Telefon nie abschaltete, aber sie meldete sich nur selten.

Macht sie sich Sorgen, ich könnte diesmal nicht rechtzeitig zurück sein? Ich komme doch immer wie verabredet nach Hause.

Garth zog den Reißverschluss seines Rollenkoffers zu, musterte sich noch einmal im Spiegel und rauschte zur Tür hinaus. Er war froh gewesen, dass der Flug Verspätung hatte, weil er so ein paar Stunden länger schlafen konnte. Doch auf einmal fühlte er sich genauso müde, als ob er, wie eigentlich geplant, um zwei Uhr morgens aufgestanden wäre.

Vielleicht gefällt es ihr nicht, dass ich mit Phil Knight fliege. Ob ich ihr hätte verschweigen sollen, wie sehr mich dieser Mann ärgert?

Insgeheim war er erleichtert, dass er auf dem Flur im dritten Stock keinen anderen Besatzungsmitgliedern begegnete. Er wollte sich von seinen Grübeleien nicht ablenken lassen.

Mein Gott, plant sie vielleicht, sich von mir zu trennen?

Diese Möglichkeit spukte ihm schon seit Monaten im Kopf herum wie ein beharrliches Gerücht, obwohl sie behauptete, glücklich zu sein. Allerdings gab es da kleine Unstimmigkeiten, und Garth wurde klar, dass er sich immer gegen den Verdacht gewehrt hatte, sie könne sich mit einem anderen Mann treffen. Der geistesabwesende Blick, der manchmal in ihre Augen trat, verunsicherte ihn, und er machte sich Sorgen, dass sie im Begriff sein könnte, ihn zu verlassen, ohne es selbst zu wissen.

Aber ihrer Fähigkeit, über ihre Beziehung zu sprechen, waren Grenzen gesetzt, und er war zu dem Schluss gekommen, dass es unmöglich war, die Kluft zwischen den Geschlechtern mit Worten zu überbrücken. Wenn er vom Mars war, stammte seine Frau offenbar von einem Planeten jenseits des Alpha Centauri.

Garth sprang aus dem Aufzug und eilte durch die Hotelhalle und eine große Doppeltür ins Restaurant. Als er Knight an einem Tisch in der Nähe der Tür entdeckte, war es zu spät zur Flucht.

«Ach, da sind Sie ja, Phil», brummte Garth, als er bestürzt feststellte, dass Knight ihn schon gesehen hatte. Er zwang sich zu einem Lächeln, rechnete allerdings nicht mit einer Reaktion.

Der Kapitän beugte sich beschützend über seine Cornflakes-Schale, nickte seinem Copiloten zu und wies auf den zweiten Stuhl.

«Morgen», stieß er hervor, während Garth Platz nahm. Auf dem Tisch vor Knight lag, zusammengefaltet und unberührt, eine Ausgabe von *USA Today*.

«Also», begann Garth so fröhlich wie möglich, «haben Sie sich diesmal die Stadt angesehen?» Er kannte die Antwort bereits.

«London?», erwiderte Knight.

Nein, du Idiot, Bangkok!, dachte Garth, und es kostete ihn einige Mühe, diese Bemerkung nicht laut auszusprechen. «Ja», meinte er stattdessen. «Die Londoner Innenstadt.»

«Nein», antwortete Knight in einem scharfen Tonfall, der

Garth zusammenfahren ließ. «Ich… äh… habe mit einem Freund, einem Piloten, ganz hier in der Nähe zu Abend gegessen.»

Da lachen ja die Hühner, dachte Garth. *Wahrscheinlich hast du dir den Abend mit einem Sprachführer vertrieben. Ich habe noch nie einen Kapitän erlebt, der so nervös wird, wenn er mit ausländischen Fluglotsen sprechen muss.*

Ein Kellner eilte mit einem schwer beladenen Tablett zum Nebentisch und rempelte dabei gegen Garths Stuhl. Ein zweiter Kellner erschien mit Kaffeekanne und gelangweilter Miene.

«Möchten Sie Frühstück vom Buffet?», fragte er.

Garth' Appetit hatte schon wegen Carols merkwürdiger Reaktion am Telefon ziemlich nachgelassen und sich nun dank Knights Gegenwart schlagartig verflüchtigt. Er schüttelte den Kopf. «Nur Kaffee. Danke.»

Der Kellner schenkte eine Tasse ein und verschwand. Am Tisch herrschte das beklommene und peinliche Schweigen, das Garth bei Phil Knight meistens erlebte. Er gab Zucker in seinen Kaffee und begann, einen Artikel in der noch immer zusammengefalteten Zeitung zu lesen. Am liebsten hätte er zu der Zeitung gegriffen und sie aufgeschlagen, denn der Bericht drehte sich um eine Aktie, die er besaß. Doch Knight war in diesen Dingen eigen und wollte nicht, dass jemand seine Zeitungen oder Zeitschriften las.

Garth wandte den Blick ab und beschloss, sich vor dem Aufbruch selbst eine Zeitung zu besorgen, während sich Knight wieder seinen Cornflakes zuwandte und sie konzentriert, Löffel für Löffel, in sich hineinschaufelte.

Zwei Wochen und noch zwei internationale Flüge, dann war der Monat mit Knight endlich vorbei. Garth hatte sein Möglichstes getan, um ihn loszuwerden, und die vom Kapitän eingereichten Zielwünsche studiert, um sicherzugehen, dass sich ihre Wege nicht mehr kreuzen würden. Das sorgfältige Einreichen der Ziele, die man gerne anfliegen wollte, war für Piloten ein monatliches Ritual. Und hin und wieder, so wie jetzt, wurde es zu einer Frage des emotionalen Überlebens.

«Ist er gefährlich?», hatte Carol gefragt.

«Nein, nicht gefährlich und eigentlich auch nicht unfähig», erwiderte Garth. «Nur... so schrecklich unsicher. Ich will zwar nicht paranoid klingen, aber ich glaube wirklich, dass er mich nicht ausstehen kann. Doch wahrscheinlich hasst er Copiloten grundsätzlich.»

Als plötzlich geräuschvoll ein Stuhl zurückgeschoben wurde, zuckte Garth zusammen. Er blickte auf und sah, wie Knight aufstand, seine Tasche packte und wortlos zur Tür ging.

«Wir sehen uns dann am Bus», rief Garth dem Kapitän hinterher.

Er erhielt keine Antwort.

AN BORD VON MERIDIAN FLUG SECHS, FLUGHAFEN HEATHROW, LONDON, ENGLAND, 8:45 ORTSZEIT

Als wenige Sekunden, nachdem die 777 ruckartig am Flugsteig zum Stehen gekommen war, das Signal ertönte, hatte Janie Bretsen bereits ihren Sicherheitsgurt geöffnet. Sie deaktivierte die Notrutsche an der Tür 1-L und ging dann in die Kabine der ersten Klasse, um die Levys zu holen, damit sie als Erste aussteigen konnten. Dabei warf sie Lara Richardson, dem dritten Besatzungsmitglied, das eine Abmahnung bekommen würde, einen warnenden Blick zu. Die Piloten hatten bereits mit dem Landeanflug auf London begonnen, als Lara endlich mit der Sprache herausgerückt war und von der Tochter des Ehepaares und dessen Notlage erzählt hatte. Sofort hatte Janie den beiden einen Platz in der ersten Klasse gegeben, doch inzwischen hatten sie bereits eine albtraumhafte Nacht in der gedrängten Enge der Touristenklasse hinter sich gebracht.

Allein die Platzverhältnisse dort lösen Aggressionen aus, dachte Janie. Theoretisch konnte man in einem Notfall am Boden das Flugzeug binnen neunzig Sekunden evakuieren, doch alle Flugbegleiter wussten, dass das nur ein schlechter Scherz war. Die Passagiere waren so eng zusammengepfercht und hatten derart wenig Beinfreiheit, dass es mindestens fünf bis sechs Minuten gedauert hätte, sie alle aus der Maschine zu schaffen. Das tief trauernde Ehepaar eine Nacht unter solchen Bedingungen verbringen zu lassen, war einfach grausam gewesen.

Janie hatte mit dem Satellitentelefon der Firma im Cockpit den Schichtleiter der Swissair in London angerufen, wo die Levys umsteigen mussten. Er hatte versprochen, sie am Flugsteig abzuholen und durch den Zoll zu lotsen. Anschließend hatte sie sich mit dem Züricher Krankenhaus in Verbindung gesetzt und mit angehaltenem Atem erfahren, dass Janna Levy noch immer am Leben war. Sofort hatte sie den Levys die gute Nachricht überbracht.

Sie umarmte Anna Levy und musste dabei selbst die Tränen zurückhalten. «Ich bete für Sie beide.»

«Vielen Dank», sagte Chuck Levy und drückte ihr die Hand.

«Und ich entschuldige mich noch einmal vielmals für das schlechte Benehmen meiner Mannschaft.»

«Schon gut. Wir wissen Ihre Hilfe zu schätzen», erwiderte er und legte den Arm um seine Frau, während sich bereits eine Abordnung der Swissair näherte, um sie zu begrüßen.

«Wir werden Sie mit dem Wagen direkt zur Maschine nach Zürich bringen», meinte der Dienstleiter der Swissair. «Wir kümmern uns um Ihr Gepäck und versichern Ihnen außerdem, dass Sie bei Ihrer Ankunft in Zürich von uns abgeholt und gleich ins Krankenhaus gefahren werden.»

Fürsorglich nahmen sie sich der Levys an und begleiteten sie die Treppe hinunter. Janie hatte einen Kloß im Hals, als sie ihnen nachblickte.

Warum behandeln wir unsere Passagiere nicht so?, fragte sich Janie.

«Entschuldigen Sie, wer ist hier die Chefstewardess?», wurde sie da von einer jungen Frau in der Uniform der Meridian angesprochen.

«Das bin ich», erwiderte Janie. «Kann ich Ihnen helfen?»

«Ich habe eine dringende Nachricht für Bretsen, J.»

Einige Kilometer von Heathrow entfernt klappte Garth Abbott den Griff seines Rollenkoffers ein und hievte das Gepäckstück in den Pendelbus, der in der Auffahrt des Hotels wartete. Nach dem Einsteigen blickte er den Gang entlang und vergewisserte sich, dass Phil Knight bereits an Bord war. Wie immer saß der Kapitän ganz hinten im Bus und starrte stumpf auf die Lehne des Sitzes vor ihm.

Der Copilot entdeckte einen leeren Fensterplatz in der Mitte des Busses, in sicherem Abstand zur Smalltalkzone rings um Knight. Nachdem er seinen Pilotenkoffer im Gepäckfach verstaut hatte, schob er sich an den Knien des Passagiers auf dem Gangplatz vorbei und setzte sich, bevor er einen Blick auf seinen Nachbarn warf. Der Mann hatte fast denselben leeren Gesichtsausdruck wie Knight, war Ende dreißig oder Anfang vierzig, hatte ordentlich gestutztes schwarzes Haar und trug teure Kleidung. Er hatte seine Krawatte gelockert und den obersten Knopf seines Hemdes geöffnet, war aber glatt rasiert.

Nachdem Garth sich kurz abgewandt hatte, musterte er die Hände des Mannes. Er trug einen Ehering und am dritten Finger der rechten Hand einen Universitätsring. Garth beugte sich zur Seite, tat so, als halte er Ausschau nach vorne, und betrachtete dabei rasch das goldene Emblem, das in den roten Stein des Ringes eingelassen war: Es war ein Äskulapstab, das internationale Symbol des Medizinerberufs, ein Stab, um den sich eine Schlange wand.

Ein Arzt also.

Als der Blick des Mannes zu Garth hinüberwanderte, drehte dieser sich weg. Es war ihm peinlich, beim Gaffen ertappt worden zu sein.

Brian Logan hatte den Großteil der Nacht in Londons Innenstadt verbracht, und zwar in einem Park, den er und Daphne sehr geliebt hatten. Dann jedoch hatte die Londoner Polizei ihn mit dem Taxi zurück in sein Hotel unweit von Heathrow verfrachten lassen. Brian erinnerte sich noch, dass er den Fahrer bezahlt und dessen Angebot abgelehnt hatte, ihn bis zur Hotelhalle zu begleiten. Am liebsten hätte er sich einfach auf eines der Sofas sinken lassen, doch sein Koffer befand sich in seinem Zimmer, weshalb er auf jeden Fall dorthin zurückkehren musste. Vor der Abreise am Morgen musste er noch duschen und sich rasieren;

schließlich durfte er, ganz gleich, wie er sich auch fühlte, bei seiner Ankunft in Kapstadt nicht aussehen wie ein Penner. Außerdem war es ein gutes Zeichen, dass er sich überhaupt noch für sein Äußeres interessierte.

Also war er in sein Zimmer gewankt, hatte sich ausgezogen, sich unter der Decke zusammengerollt und war endlich eingeschlafen. Dabei hatte Brian an Daphne gedacht, an ihre Nächte in London und daran, wie schön es gewesen war, sie zu berühren.

Die durchs Fenster strömenden Sonnenstrahlen hatten ihn geweckt, und ihm brummte der Schädel, als er die Reservierungsnummer von Meridian anrief. Er war sicher, dass er den Flug verpasst hatte, und war darüber fast erleichtert.

«Nein, Sir, Flug Sechs nach Kapstadt hat heute Morgen ziemliche Verspätung», erwiderte die Telefonistin. «Neue Abflugszeit ist neun Uhr fünfundvierzig.»

Als er zwanzig Minuten später in die Hotelhalle kam und ihm der Geruch des Frühstücks aus dem Speisesaal in die Nase stieg, wurde ihm übel. Angesichts der bevorstehenden Qual, die es bedeutete, mehrere Stunden an Bord einer Maschine mit dem Emblem von Meridian verbringen zu müssen, interessierte ihn nichts so wenig wie Essen. Selbst beim Anblick des Logos auf der Tickethülle drehte es ihm den Magen um, und er überlegte erneut, ob er die Reise nicht doch lieber absagen sollte. Doch inzwischen war es für seinen Gastgeber in Südafrika zu spät, um noch einen Kardiologen zu finden, der ihn vertreten würde. Er musste fliegen.

Auf der Fahrt vom Hotel zu Terminal 4 am nördlichen Ende des riesigen Flughafens nahm Brian die vorbeiziehenden Tunnels und Autoschlangen wahr wie durch einen Nebel. Er folgte den anderen aus dem Bus und fragte sich, wie man sich von einer simplen Sache wie dem Namen der Airline über dem Eingang so unter Druck gesetzt fühlen konnte.

Drinnen prangte das Emblem von Meridian überall. Es sprang ihn an, verspottete ihn und löste in ihm Reaktionen aus, die, wie er selbst wusste, nicht mehr logisch waren. Es kostete ihn unsägliche Mühe, sich in einer Meridian-Warteschlange anzustellen und einem Meridian-Mitarbeiter sein Ticket zu zeigen, ohne sich etwas anmerken zu lassen. Dreimal musste er zum Monitor zurückkehren, um die Nummer des Flugsteigs abzulesen. Schließlich schrieb Brian sie auf, doch das Stück Papier mit der Nummer belastete ihn bald ebenso sehr wie die Tatsache, dass Meridian überhaupt noch im Geschäft war. Also zwang er sich, die Nummer auswendig zu lernen, knüllte den Zettel zu einer winzigen Kugel zusammen und warf diese weg, so weit er konnte.

Dabei wurde er von einem Polizisten beobachtet, der normalerweise nur wenig Verständnis für Leute hatte, die im Flughafen Abfälle auf den Boden fallen ließen. Doch etwas an der Miene des Übeltäters ließ den Beamten zurückweichen. Abgrundtiefe Wut malte sich in dem Gesicht des Mannes, und außerdem war das Papierknäuel ohnehin unter einen Geldautomaten gerollt und dort vorschwunden.

Während die in der Umgebung von London wohnenden Passagiere, die auf Flug Sechs gebucht waren, auf den Flugscheinschalter zuströmten, eilte James Haverston, Schichtleiter der Meridian in Heathrow, auf die nur für den Dienstgebrauch bestimmte Treppe am Hauptgang zu und blieb stehen, um sein Klemmbrett zu konsultieren. Die Aufgabe, die durchreisenden Passagiere, die gerade aus Chicago eingetroffen waren, zuerst zum Flugsteig und dann wieder zurück zur Maschine zu lotsen, würde ihm überflüssige Arbeit verursachen. Er hatte die Bosse in Denver angefleht, die Leute während des Aufenthalts an Bord bleiben zu lassen, doch die Behörden in Heathrow wollten nichts davon hören: Schließlich gab es im Terminal Einzelhändler, die an den hereinströmenden Massen etwas verdienen wollten.

Inzwischen drängten sich in Terminal 4 bereits viel zu viele durchreisende Passagiere, irrten ziellos herum, plünderten ihre Kreditkarten und erhöhten die Beladung des Flugzeugs um Unmengen überteuerter Duty-free-Artikel, die sie meistens gar nicht brauchten. Einige saßen wie Zombies im Wartebereich vor dem Flugsteig herum, bis sie wieder in die Maschine durften, während die wenigen Glücklichen aus der ersten Klasse sich die Zeit in der «Regent's Lounge» der Meridian vertreiben konnten.

Als James die Treppe hinuntergehen wollte, erschien eine Stewardess auf dem Treppenabsatz. Ihre wohlgeformte, zierliche Gestalt löste in ihm angenehme Erinnerungen aus.

«Janie! Wie geht es dir, altes Mädchen?»

Janie Bretsen stieg die letzten Stufen hinauf, umarmte ihn rasch und lächelte ihm müde zu.

«Ich bin total fertig, James», seufzte sie. «Aber ich freue mich, dich zu sehen.»

«Und was ist mit dem Anruf bei der Dienstplanstelle?», erkundigte er sich, auch wenn er die Antwort schon zu kennen glaubte. Während der Jet am Flugsteig andockte, hatte er die Nachricht per Funk weitergegeben, Janie müsse sofort die Dienstplanstelle in Denver anrufen. «Die haben dich doch nicht etwa dazu verdonnert, nach Kapstadt weiterzufliegen?», hakte er nach.

Sie schüttelte den Kopf und lachte gezwungen auf. «Als ob du das nicht wüsstest, du Judas.»

«Janie», protestierte er in gespielt gekränktem Ton. «Ich habe sie doch nicht dazu angestiftet, sondern nur gemeldet, dass das andere Mädchen krank geworden ist.»

«Ja, schon gut, es war das Übliche.» Janie schlug einen Jammerton an: «*Bitte, Janie, bitte. Wenn Sie nicht mitfliegen, verstoßen wir gegen das Gesetz und müssen den Flug stornieren, den Dienstleiter erschießen, alle Mitarbeiter entlassen und den Flugverkehr nach London endgültig einstellen.*»

«Ach, du meine Güte», kicherte er. «Und wer ist Chefstewardess auf diesem Flug?»

Sie seufzte – diesmal noch erschöpfter – auf und fuhr sich mit der Hand durch das kastanienbraune Haar.

«Unsere Lieblingsintrigantin: Judy Jackson.»

«Oh mein Gott, nach all dem persönlichen Ärger, den du mit ihr hattest?»

«Tja, das ist Schnee von gestern, auch wenn sie mir nie vergessen hat, dass ich sie habe suspendieren lassen.»

«Als du in Denver die Managerin für die Flugbegleiter warst?»

«Das war ich nur vorübergehend. Danach musste ich alte Damen berauben und Kinder schlagen, um meinem Selbstbewusstsein wieder auf die Sprünge zu helfen.»

«Ich bin immer wieder erstaunt, wenn ich diese Jackson hier treffe. Eigentlich hätte die Firma sie längst rauswerfen müssen. Ich bin noch nie einem fieseren Frauenzimmer begegnet.»

Janie stemmte die Hände in die Hüften. «Warum sollten die sie rausschmeißen, James? Ihr Jungs vom Management erzählt Denver ja nicht, wie sie sich hier aufführt. Und so stampft sie weiter Stewardessen in den Boden, schikaniert Passagiere und treibt Piloten zur Verzweiflung.»

«Darin ist sie echt prima», meinte er.

«Ja, also ... danke, alter Freund», sagte Janie und tätschelte ihm den Arm. «Wenn ich die zwei Flüge in Jacksons Horrorkabinett überstehe, sehen wir uns übermorgen.» James blickte Janie erschrocken nach, als diese in Richtung Flugsteig marschierte. Bei ihrer ersten Begegnung war Janie ein sechsundzwanzigjähriges Energiebündel mit einem hübschen Gesicht und der Traumfigur einer Achtzehnjährigen gewesen. Und auch wenn sie aus der Entfernung so zierlich wie ein Kind gewirkt hatte, war einem sofort klar geworden, dass sie in jeder Situation ihre Frau stehen konnte. Janie strahlte eine Eleganz aus, die sie erotisch und begehrenswert machte – was dazu geführt hatte, dass sie und James vor vielen Jahren für kurze Zeit ein Paar gewesen waren.

Allerdings schienen die Jahre inzwischen ihren Tribut zu fordern, dachte er. Er bemerkte die Spuren der Erschöpfung in ihrem Gesicht, in den Winkeln ihrer weit auseinander stehenden Augen und daran, wie sie die schmalen Schultern hängen ließ, als sie sich aufraffte, um der Fluggesellschaft wieder einmal einen Gefallen zu tun. Und dabei hatte man ihre Opferbereitschaft dort sicher längst wieder vergessen.

15

FLUGHAFEN HEATHROW, LONDON, ENGLAND, 9:25 ORTSZEIT

Um acht Uhr hatte die Temperatur bereits knapp fünfundzwanzig Grad erreicht, und Großbritannien stand dank der globalen Erwärmung wieder einmal ein glühend heißer Sommertag bevor.

Die Mitarbeiter des Bodenpersonals der Meridian – alles britische Staatsbürger, die auf den Niedergang ihres amerikanischen Arbeitgebers zunehmend empört reagierten – nahmen ihre Plätze am Flugsteig ein und sortierten die Papierstapel und unzähligen Computerausdrucke, die nötig waren, um das über 365 Sitzplätze verfügende Flugzeug mit seiner menschlichen Fracht zu beladen, ohne welche die Fluggesellschaft hätte Konkurs anmelden müssen. Die Fortsetzung von Flug Sechs nach Kapstadt in Südafrika fand dreimal wöchentlich statt, doch die Maschine war nur selten so voll wie an diesem Morgen: Zu den 106 Passagieren aus Chicago würden noch 218 weitere Fluggäste zusteigen. Die meisten von ihnen standen bereits in der unangenehm warmen Wartehalle und beäugten den Eingang zum Jetway, als begänne das Einsteigen normalerweise mit einem Startschuss.

Ein paar Meter weiter den Gang entlang hängte Martin Ngume den Hörer des Münzfernsprechers ein und verharrte eine Weile schweigend, um die Erschöpfung abzuschütteln, die ihn keinen klaren Gedanken mehr fassen ließ. Er hatte den Besitzer des kleinen Ladens in Soweto wieder einmal gebeten, sich mit einem Stemmeisen auf den Fußmarsch von einem halben Kilometer zu machen und das Vorhängeschloss an der Tür des Hauses seiner Mutter aufzubrechen: «Bitte, Joe. Bitte sieh nach, ob sie im Haus liegt und sich vielleicht verletzt hat.» Endlich hatte Joe sich einverstanden erklärt, doch vor der Landung in Kapstadt würde Martin ihn nicht mehr anrufen können. An Bord gab es zwar Satellitentelefone, aber die Gebühren überstiegen sein Budget.

Martin stand auf und griff nach seinem kleinen Handgepäck-Koffer. Schade, dass Claire, die nette Amerikanerin, in London ausgestiegen war. Während des Fluges hatte sie einige Male nach ihm gesehen und ihm gut zugeredet.

«Was soll ich bloß tun, falls meine Mutter tot ist?», hatte Martin sie irgendwann während der Nacht über dem Atlantik gefragt.

«Weiterleben», hatte Claire geantwortet. «Sie werden weiterleben, so wie wir alle es nach dem Tod unserer Eltern tun müssen.» Er war froh über ihr Mitgefühl, als sie ihm den Arm tätschelte. Doch er wusste nicht, wie er ihr oder sonst jemandem erklären sollte, dass er jeden Tag in den Vereinigten Staaten nicht nur für sich selbst, sondern auch für seine Mutter gelebt hatte. Täglich hatte er ihr geschrieben und die Briefe einmal pro Woche abgeschickt. Vor einigen Monaten hatte sie ihm geantwortet, sie habe zum ersten Mal im Leben das Gefühl, dass die bittere Armut in Soweto nicht mehr so schwer auf ihr lastete: «Deine Worte machen es mir möglich, deine wundervolle Erfahrung mit dir zu teilen, mein Sohn. Ich sehe, fühle und lerne, als ob ich selbst zur Universität gehen würde.» Der Brief hatte ihn zu Tränen gerührt, und er hatte den Tag herbeigesehnt, an dem er sie nach Amerika holen und ihr seine Welt würde zeigen können. Dasselbe hatte er auch der Zeitungsreporterin erzählt, die am Campus für einen Artikel über ausländische Studenten recherchiert hatte. Neben dem Bericht war dann das Foto seiner Mutter abgedruckt worden, das Martin stets bei sich trug.

Er lächelte, als er sich daran erinnerte. Er hatte seiner Mutter einige Kopien des Artikels geschickt, wusste aber nicht, ob sie die Post schon erhalten hatte.

Er kehrte in den Wartesaal zurück und fand einen freien Platz gegenüber einer jungen Mutter mit zwei Kindern. Als er sich setzte, lächelte die Frau ihm müde zu.

Karen Davidson war am Ende ihrer Kräfte und versuchte, nicht daran zu denken, dass ihr noch ein zehnstündiger Flug bevorstand. Ihre kleine Tochter war endlich eingeschlafen; dasselbe galt für Billy, der sich meistens recht brav benahm, gelegentlich aber schwerer zu hüten war als ein Sack Flöhe.

Karen beobachtete den gut aussehenden jungen Schwarzen ihr gegenüber und fragte sich, warum er wohl so verängstigt dreinblickte. Auch wenn die meisten der erschöpften Reisenden sicherlich ihre Probleme hatten, wirkte dieser Mann hier besonders niedergeschlagen, und sie überlegte, was wohl der Grund sein mochte.

Zwei Mitarbeiterinnen des Bodenpersonals eilten vorbei, doch eine nahm sich die Zeit, kurz neben Karen stehen zu bleiben.

«Ist bei Ihnen und den Kindern alles in Ordnung?», wollte sie wissen. Kurz spielte Karen mit dem Gedanken, sich zu erkundigen, bei welcher Fluggesellschaft sie arbeitete. Doch die Frau meinte es gewiss nur gut. Außerdem war sie offenbar Britin und hatte nichts mit den gereizten, gleichgültigen Meridian-Angestellten gemein, deren Bekanntschaft Karen bis jetzt hatte machen müssen.

«Danke, dass Sie fragen. Uns geht es gut.»

«Wunderbar. Wir fangen gleich mit dem Einsteigen an.» Lächelnd kehrte sie an die Theke zurück.

«Passagier Martin Ngume möchte bitte an den Schalter kommen», verkündete eine ihrer Kolleginnen über die Sprechanlage.

Erschrocken sprang Martin auf und eilte mit klopfendem Herzen nach vorne. Ob die Frau wohl etwas Neues über seine Mutter wusste?

«Ich bin Martin Ngume», sagte er so ruhig wie möglich.

«Ach, das ist ja großartig. Wir haben einen besseren Platz für Sie, Mr. Ngume.»

«Verzeihung, wie bitte?»

«Sie können in der ersten Klasse nach Kapstadt fliegen.»

Trotz seiner Verwirrung zwang Martin sich zu einem Lächeln. «Danke, aber das ist wirklich nicht nötig.»

«Tja», erwiderte die Angestellte und studierte einen Computerausdruck. «Kennen Sie eine Dame namens Claire Langston?»

«Ach ja, Claire. Sie war auf dem Flug von Chicago hierher sehr nett zu mir.»

«Nun, Mr. Ngume», fuhr die Mitarbeiterin lächelnd fort, nahm seine rechte Hand und legte sanft den neuen, goldfarbenen Ticketumschlag hinein, «sie möchte offenbar auch, dass Sie Ihren Flug nach Kapstadt genießen. Ms Langston hat gerade an unserem Hauptschalter einen Platz erster Klasse für Sie bezahlt.»

Nachdem das Putzteam mit dem Reinigen der Boeing 747 fertig war und die Flugbegleiter die Bordküchen vorbereitet hatten, musste man nur noch auf das Kommando der Chefstewardess warten. Bei der Meridian war es Tradition, dass nur die Chefstewardess die Lawine der einsteigenden Passagiere in Gang setzen durfte – ganz gleich, wie sehnsüchtig die Mitarbeiter des Bodenpersonals schon darauf warteten, dass der Einsteigebereich sich leerte.

Am Ende des Jetway trat Chefstewardess Judy Jackson aus der Maschine, um die Aufforderung zum Einsteigen zu geben. Beim Anblick ihres eigenen Spiegelbildes blieb sie jedoch kurz stehen. Jemand hatte angeordnet, Spiegel in den Jetways anzubringen, offenbar um zu verhindern, dass die ankommenden Fluggäste vom Anblick zerzauster Stewardessen gestört wurden. Judy fand diese Idee großartig; schließlich konnte jederzeit ein Zwischenfall verheerende Auswirkungen auf das Äußere einer Frau haben. Und auch die männlichen Kollegen sahen mit von einem plötzlichen Luftstoß aus den Triebwerken zerzaustem Haar und geröteten Augen häufig aus wie Schreckgespenster.

Sie musterte sich und war mit ihrem Spiegelbild zufrieden: Ihr schulterlanges, dunkelblondes Haar war leicht toupiert, und ihr gleichmäßig gebräuntes Gesicht wies trotz ihrer vierzig Jahre kaum Falten auf. Die Augen waren perfekt geschminkt, und sie hatte – darauf achtete sie immer ganz besonders – auch keinerlei Lippenstiftspuren an den Zähnen. Judy richtete sich zu den eins fünfundsechzig auf, die sie angeblich maß.

Wozu eigentlich das Ganze?

Der Gedanke überkam sie wie ein Blitzschlag. Seit einigen Jahren spielten Männer keine Rolle mehr in ihrem Leben, und morgens war sie – der Fluggesellschaft zuliebe – oft froh, dass sie nicht so aussah, wie sie sich fühlte. Doch sosehr sie auch auf ihre Bikinifigur achtete, die Männer schienen sie überhaupt nicht mehr wahrzunehmen.

Judy beugte sich vor und spähte durch das kleine Fenster des Jetway ins Terminal, wo ihre potenziellen Passagiere darauf warteten, sich in eine Aluminiumröhre Marke Boeing quetschen zu lassen. Dann sah sie auf die Uhr.

Die Leute sollten ruhig noch ein bisschen schmoren, dachte Judy, und wandte sich wieder dem Mann zu, der ihr vor einer halben Stunde aufgefallen war.

Er war alt genug, um ihr Vater zu sein, und das genau war das Problem, denn er sah ihrem verstorbenen Vater so beängstigend ähnlich, dass ihr ein Schauder den Rücken hinuntergelaufen war. Obwohl sie ihrem Vater nie wieder über den Weg laufen wollte, schien sie überall auf der Welt über Doppelgänger von ihm zu stolpern. Nach einer solchen Begegnung war sie meist den restlichen Tag über verstört, konnte sich jedoch den Grund nicht erklären. Es war, als ob er sie immer noch beobachtete. Als ob er noch immer nicht genug davon hatte, sie zu quälen.

Da!, sagte sie sich. *Da drüben links. Nein, er ist es nicht.*

Judy nahm sich vor, nach dem Start die Maschine abzugehen und ihn zu suchen. Sie wusste, dass es sich um eine seltsame Angewohnheit handelte, und sie hatte drei Psychologen bei dem Versuch verschlissen, dieser Sache auf den Grund zu kommen.

Vor einigen Jahren hatte wieder ein Zwischenfall stattgefunden, der ihrer ohnehin bereits kränkelnden Ehe den Todesstoß gegeben hatte. Während eines Urlaubs hatte sie ein Gesicht in der Menge auf einem Flughafen so aus dem Konzept gebracht, dass sie ihren verärgerten Ehemann fast eine Stunde am Flugsteig hatte stehen lassen; als der Aufruf zum Einsteigen erfolgte, war er zunehmend nervös geworden. Erst in letzter Sekunde war sie zurückgekehrt, nachdem sie den Doppelgänger bis zum Parkplatz verfolgt hatte, doch der Schaden war schon angerichtet. Ihr Mann, der kurz darauf die Scheidung einreichte, sprach tagelang kein Wort mit ihr, und der Urlaub war durch die ständigen Streitereien ein kompletter Reinfall.

Und dennoch ließ es sie nicht los, wenn sie wieder einem Doppelgänger begegnete. Sie musste einfach den Mann verfolgen und sich persönlich vergewissern, dass es nicht ihr Vater war.

Judy riss sich aus ihren Gedanken, als sie eine Mitarbeiterin des Bodenpersonals bemerkte, die zum Fenster des Warteraums ging und durch die Scheibe spähte. Offenbar fragte sie sich, was sich da draußen in der Maschine tat.

Ich glaube, ich habe sie jetzt lang genug zappeln lassen, sagte sich Judy und griff nach dem Telefon. «Okay, hier ist die große Mama. Schleusen auf.»

Jimmy Roberts unterdrückte ein heftiges Gähnen und lächelte seiner Frau zu, während Brenda die Tasche schulterte und sich in die Schlange einreihte, die sich langsam auf den Eingang zubewegte.

«Welche Reihe sitzen wir, Schatz?», fragte sie.

«Zwanzig», erwiderte er und warf nochmals einen Blick auf die Bordkarten. Dabei bemerkte er, dass sie direkt neben einem der Passagiere standen, die sich auf dem Flug von Chicago hierher am lautstärksten beschwert hatten. Jimmy erinnerte sich an die vielen verärgerten Menschen in der Maschine und war bestürzt, dass eine so große Anzahl von ihnen wieder mit dabei sein würde.

«Siehst du den Typen mit dem Computer rechts von dir?», flüsterte Brenda ihm zu.

«Ja.»

«Ich habe gehört, wie er den Mann vor sich ganz freundlich gebeten hat, den Sitz nicht so weit zurückzustellen. Darauf hat der andere seine Lehne so heftig zurückgeklappt, dass der Deckel des Laptops dem Mann auf die Hand geknallt ist. Ich dachte schon, sie prügeln sich gleich.»

Jimmy schüttelte den Kopf. «So etwas habe ich noch nie erlebt, nicht einmal zu Highschool-Zeiten, als wir am Samstagabend hordenweise in Pecos eingefallen sind, um es mal richtig krachen zu lassen. Hoffentlich sind wir in Kapstadt, bevor diese Leute einen Aufstand vom Zaun brechen.»

James Halverston stand am Schalter, beobachtete das Einsteigen und unterhielt sich dabei leise mit den drei Mitarbeiterinnen vom Bodenpersonal.

«Wir haben nur vierzehn Minuten. Also beeilen wir uns, okay?»

«Das tun wir doch schon, James», protestierte die eine, halb im Scherz.

«Ich meine es ernst, meine Damen», fuhr James mit einem verkniffenen Grinsen fort. «Ich werde es heute nicht noch einmal dulden, dass es wegen des Einsteigens zu einer Verspätung kommt.»

Eine der Frauen lief los, um mit ihrer Kollegin am Einstieg zu sprechen, die sofort zum Mikrofon griff.

«Alle Sitzreihen nach Kapstadt bitte sofort einsteigen. Wenn Sie bitte so rasch wie möglich an Bord gehen würden, damit wir pünktlich starten können – es ist in Ihrem eigenen Interesse.»

James war beiseite getreten, um die Vorgänge besser im Auge behalten zu können, als ihn jemand am Ärmel zupfte. Eine andere Mitarbeiterin des Bodenpersonals stand neben ihm. «Sir, es könnte sein, dass wir ein Problem haben. Da drüben links sitzt ein verstört wirkender Mann, auf den unser Profil passt.» Mit einer leichten Kopfbewegung wies sie auf einen Mann im Anzug, der ins Leere starrte. «Seit einer halben Stunde sitzt er schon apathisch da und reagiert auf nichts.»

James Halverston war schon seit Jahrzehnten Dienstleiter einer Fluggesellschaft, sodass es ihm in Fleisch und Blut übergegangen war, Passagiere, die dies nötig erscheinen ließen, gründlicher unter die Lupe zu nehmen. Doch er vertraute auch seinem sechsten Sinn. Nach einem Blick auf den Mann hob James sein Sprechfunkgerät und verständigte unauffällig einen Mitarbeiter des Sicherheitsdienstes. Dann ging er hinüber und nahm neben dem Mann Platz. Er kam zu dem Schluss, dass wirklich etwas im Argen lag, aber er konnte es nicht in Worte fassen. Obwohl inzwischen fast alle Passagiere an Bord waren, machte der Mann nicht die geringsten Anstalten, aufzustehen und sich zum Flugsteig zu begeben. Seine Bordkarte lag deutlich sichtbar auf seinem Schoß.

Vielleicht ist er übermüdet, steht unter Medikamenten oder hatte einen Trauerfall. Es könnte aber auch eine vernünftige Erklärung dafür geben, warum er so geistesabwesend wirkt, dachte James.

Allerdings bestand immer die Möglichkeit, dass sich der Passagier mit Selbstmordplänen oder anderen üblen Absichten trug.

«Guten Morgen, Sir», begann James. «Sie wollen doch nach Kapstadt, oder?»

Zögernd drehte der Mann sich zu ihm um. Seine Augen waren geweitet und blickten ins Leere. Er zwang sich zu einem Lächeln.

«Verzeihung?»

James hielt ihm die Hand hin. «James Halverston, Dienstleiter der Meridian hier in Heathrow. Ich wollte nur wissen, ob bei Ihnen alles in Ordnung ist.»

James sah, dass die Züge des Mannes sich verhärteten und dass er in dem mühsamen Versuch, sich zu beherrschen, die Lippen zusammenpresste. der Mann nahm die angebotene Hand nicht an.

«Ja, danke, mir geht es gut. Mir bleibt wohl nichts anderes übrig, als mit Ihrer Gesellschaft zu fliegen.»

Unvermittelt stand er auf und griff nach seinem Bordgepäck und dem Aktenkoffer. James ließ die Hand sinken, erhob sich ebenfalls und versperrte dem Mann den Weg.

«Dürfte ich Ihren Namen erfahren, Sir?»

«Dr. Brian Logan.»

«Ich verstehe. Tja, Mr. Logan, haben wir irgendetwas getan, um Sie zu verärgern?»

Die Gefühle, die sich in Brians Gesicht malten, sorgten dafür, dass James ein wenig erschrocken zurückwich. Als er sich umsah, stellte er erleichtert fest, dass sich ein Flughafenpolizist näherte, den er persönlich kannte. Dr. Logan wollte etwas sagen und suchte offenbar nach den richtigen Worten.

«Sie… wollen wissen, ob Sie etwas getan haben, um mich zu verärgern?», stieß Logan abgehackt und mit mühsam kontrollierter Stimme hervor.

«Ja, Sir, das würde mich wirklich interessieren. Es macht mir Sorgen, dass Sie offenbar böse auf uns sind. Was zum Teufel haben wir angestellt? Wenn Sie es mir erzählen, kann ich vielleicht etwas unternehmen.»

Brian drängte sich an ihm vorbei zum Eingang, wo eine Mitarbeiterin stand, sodass James ihm buchstäblich nachlaufen musste. Der Polizist folgte ihnen und beobachtete argwöhnisch die Szene.

«Sie wollen wissen, was Sie getan haben?», wiederholte Brian langsam, während er der Frau an der Tür seine Bordkarte zeigte. Diese warf einen fragenden Blick auf ihren Vorgesetzten.

James nickte ihr auffordernd zu.

«Äh, willkommen an Bord, Dr. Logan ... Sie sitzen in der ersten Klasse, Platz drei-D.»

Brian griff nach der Bordkarte, ohne sie anzusehen. Sein Blick ruhte stattdessen auf James Halverston. «Ihre Fluggesellschaft hat meine Frau und meinen Sohn umgebracht. Reicht das?» Logan machte auf dem Absatz kehrt und eilte den Jetway entlang.

James hielt den Polizisten mit einer Handbewegung zurück.

«Nein?», fragte der Polizist.

«Moment noch.» James tippte eine Reihe von Befehlen in den Computer am Schalter ein und wartete darauf, dass die Datei mit den Passagierdaten ihm die gewünschte Antwort lieferte.

Logan, Brian, Arzt – hat uns wegen fahrlässiger Tötung auf einhundert Millionen Dollar verklagt, da seine Frau und sein ungeborener Sohn auf einem unserer Flüge ums Leben kamen. Sprechen Sie unter keinen Umständen über diesen Fall oder über Einzelheiten unserer Vorgehensweise, und geben Sie keine Kopien unserer Dienstunterlagen heraus. Wird vermutlich nicht mehr mit uns fliegen.

Darauf folgte eine kurze Darstellung von Daphne Logans Tod aus der Sicht von Meridian. James wurde klar, dass er jetzt eine Entscheidung fällen musste, denn die Mitarbeiterinnen, die er während des Einsteigens zur Eile getrieben hatte, sahen ihn abwartend an.

James versuchte, seine Verantwortung für die Fluggäste und für die Sicherheit der Maschine gegen den Preis eines Tickets erster Klasse und den Eindruck abzuwägen, den der Passagier auf ihn gemacht hatte – schließlich war der Mann Arzt. Dann wandte er sich um und nickte dem Polizisten zu. «Mein Fehler, Alf. Tut mir Leid, dass ich dich bemüht habe.»

«Also falscher Alarm?»

«Richtig.»

Dr. Brian Logan, der unbemerkt am Ende des Jetway stand, holte tief Luft und zwang sich weiterzugehen.

Sobald Janie die riesige 747-400 betreten und sich bei Cindy Simons und Elle Chantrese, den beiden Kolleginnen an der Tür, vorgestellt hatte, wurde ihr klar, dass Judy Jackson ihr absichtlich aus dem Weg ging, denn sie sah, wie Judy sich umdrehte und durch die Bordküche verschwand.

Du bist immer noch die Alte, was, Judy?, dachte Janie mit einem leichten Schmunzeln.

«Wo kann ich euch am besten helfen?», fragte Janie Elle und Cindy, die beide gleichzeitig mit dem Daumen zum Heck der Maschine zeigten.

«Abgestimmte Bewegungen, sehr hübsch», witzelte Janie, worauf die zwei Frauen in Gelächter ausbrachen. Dann machte sich Elle daran, die Passagiere zu begrüßen, während Cindy sich zu Janie vorbeugte. «Uns fehlt heute eine Kraft, und die Jackson ist wie immer auf dem Kriegspfad.»

Janie wies mit dem Kopf auf die erste Klasse. «Ich stelle meine Sachen zu meinem Sitz und gehe nach hinten.»

Die beiden sind sympathisch, elegant und freundlich. Warum konnte ich nicht mit ihnen von Chicago hierher fliegen?, fragte sich Janie, als sie daran dachte, dass sie über den Großteil ihrer Mannschaft würde eine Beschwerde schreiben müssen.

Janie warf nochmals einen Blick auf ihre Bordkarte, um sich zu vergewissern, dass sie wirklich Platz 3-A hatte. Bis jetzt war 3-B noch leer, und sie hoffte, dass das auch so bleiben würde, damit sie mehr Ruhe hatte, um sich zu entspannen.

Die sechs Plätze in der dritten Reihe der ersten Klasse waren paarweise angeordnet, zwei links, zwei rechts und zwei in der Mitte. Alle waren verhältnismäßig breit und verfügten über einen Videoschirm und ausreichend Beinfreiheit.

Auf 3-F saß bereits ein würdevoll wirkender Geschäftsmann in einem teuren Anzug, der gerade eine Mappe aus seinem Aktenkoffer nahm.

Als sich am Eingang der ersten Klasse etwas bewegte, blickte Janie auf. Der Mann hatte einen ledernen Aktenkoffer in der einen und seine Bordkarte in der anderen Hand und sah sich auf der Suche nach seinem Sitz verwirrt um. Etwas an ihm sorgte dafür, dass Janie von ihrem Vorhaben abgelenkt wurde, ihre Tasche unter dem Sitz zu verstauen, und verlegen stellte sie fest, dass sie absichtlich an ihrem Reißverschluss herumfummelte, um den Mann weiter beobachten zu können. Er ließ sich auf Platz 3-D nieder: Dunkles Haar, Ende dreißig... nein, Anfang vierzig... schwer zu sagen, befand sie, aber attraktiv mit Stil und Klasse. Seine Miene war finster, ja fast zornig, was irgendwie gar nicht zu ihm zu passen schien.

Janie sah zu, wie er den Aktenkoffer ordentlich auf seinen Knien abstellte, es sich dann aber anders überlegte, ihn unter den Sitz vor sich schob und ihn schließlich doch wieder auf den Schoß nahm. Als er ihre Anwesenheit spürte und sich umdrehte, nickte sie ihm freundlich zu.

Als Reaktion huschte ein Lächeln über sein Gesicht, aber er war offenbar geistesabwesend. Also zwang sie sich, ihr Gepäck zu verstauen, und machte sich auf den Weg zum Heck der Maschine. In der Bordküche der ersten Klasse blieb sie kurz stehen und warf einen Blick auf den Computerausdruck.

3-A, ich... 3-D, Dr. Brian Logan. Aha! Ein Arzt. Sehr interessant.

Janie schlängelte sich durch die Gänge, auf denen sich noch die Fluggäste drängten, nach hinten durch und stoppte hin und wieder, um den Passagieren bei der schwierigen Aufgabe zu helfen, ihr sperriges Bordgepäck in den hoch oben gelegenen Gepäckfächern unterzubringen. Doch das Gesicht des Arztes in der ersten Klasse wollte ihr nicht aus dem Kopf, und sie fragte sich, ob es vielleicht etwas gab, das sie über ihn wissen sollte.

Im ultramodernen Cockpit der Boeing saß der erste Offizier Garth Abbott auf dem rechten Platz und beobachtete, wie das Terminal von Heathrow jenseits der Frontscheibe immer kleiner wurde. Vier Stockwerke unter ihnen schob der Schlepper, der von hier oben nicht zu sehen war, die beladene Boeing 747 langsam nach hinten und dann zur Seite, um Platz für eine weitere 777 von Meridian zu machen, die verfrüht eingetroffen war. Garth erkannte die Maschine in der Ferne; sicher wartete die Besatzung schon ungeduldig darauf, an dem Flugsteig anzudocken, den Flug Sechs soeben verlassen hatte.

Er musste immer wieder an Carol denken. Vor einer Weile hatte er sie vom Vorfeld aus noch einmal angerufen, während an der Maschine die letzten Kontrollen durchgeführt wurden. Und obwohl er sich Mühe gab, seine Besorgnis zu verdrängen, ließ sie ihn einfach nicht los.

Er hatte Carol geweckt und das reizende Glucksen in ihrer Stimme gehört, das ihn immer so erregte.

«Was hast du vorhin mit ‹Vielleicht› gemeint, Schatz, als ich dir gesagt habe, wir würden uns sehen, wenn ich nach Hause komme?»

«Was?»

Als er seine Frage wiederholte, raschelte Bettwäsche im Hintergrund. «Darüber haben wir bereits geredet, Garth.»

«Worüber?»

«Uns. Pass auf. Komm erst mal wohlbehalten zurück, und dann sprechen wir über alles.»

«Das will ich doch schon lange, Liebling. Aber worüber sollen wir denn sprechen? Machst du dir Sorgen? Hast du eine schlechte Vorahnung, was diesen Flug betrifft?»

Das Schweigen zog sich in die Länge, und sie räusperte sich, bevor sie antwortete: «Nein, es geht nicht um den Flug.»

«Worum dann?»

«Ich versuche schon seit Jahren, es dir zu sagen, Garth. Immer wieder fange ich damit an, aber du bist ja zu sehr in deine Flugzeuge verliebt, um mir zuzuhören.»

«Flugzeuge? Was ist? Stört es dich, dass ich so viel unterwegs bin?»

Wieder Schweigen. «Da ist etwas, das ich dir sagen muss, Garth. Aber jetzt ist nicht der richtige Zeitpunkt.»

«Hat es etwas mit uns zu tun?»

«Ja.»

«Bist du unglücklich?»

«Merkst du das jetzt erst?»

Wieder ein Geräusch im Hintergrund, aber Garth achtete nicht darauf. «Bitte, Liebling! Du treibst mich noch in den Wahnsinn. Was ist denn los?»

«Wir reden darüber, wenn du nach Hause kommst. Nicht jetzt. Ich lege nun auf, Garth. Wir sehen uns dann.» Die Verbindung wurde unterbrochen. Eine Weile saß er starr vor Schreck da, bevor er wieder die Nummer wählte, doch diesmal meldete sich nur der Anrufbeantworter.

Garth warf einen Blick auf Phil Knight, der mit dem Anlassvorgang beschäftigt war. Am liebsten hätte er sich den Kopfhörer abgerissen, Knight gesagt, er solle sich einen anderen Copiloten suchen, und die erste Maschine nach Hause genommen. Aber er musste bleiben und durfte seinen Arbeitsplatz nicht verlassen.

Seine Gedanken überschlugen sich. Obwohl er seine Frau von ganzem Herzen liebte und sie brauchte, war er nie bereit gewesen, die Fliegerei ihretwegen zurückzustellen. Ihm wurde flau im Magen, als er begriff, dass er sie zu lange vernachlässigt hatte.

Vielleicht können wir ja noch etwas retten, überlegte Garth.

«Öldruck, Triebwerk Nummer vier», sagte Knight leise. Garth bemerkte, dass der Kapitän seinen ersten Offizier erstaunt musterte und sich offenbar fragte, warum dieser nicht antwortete. Die Triebwerke eins und zwei an der linken Tragfläche und Nummer drei, das innere an der rechten Tragfläche, befanden sich inzwischen im Leerlauf, und Phil schob den Starthebel hoch, um Nummer vier, den Außenmotor rechts, anzuwerfen.

«Abgastemperatur steigt», stellte der Kapitän fest. «Aber die Drehzahl bleibt gleich.»

«Okay», erwiderte Garth, um das Schweigen zu brechen. Dann wurde ihm klar, was die Instrumente anzeigten. «Ich… glaube, wir haben einen Fehlstart, Phil.» Garth warf einen Blick auf den Sekundenzeiger seiner Uhr und überlegte, wie viel Zeit vergangen war, seit Knight den Starthebel hochgeschoben hatte. Die Nadel der Abgastemperatur-Anzeige näherte sich stetig der roten Maximallinie.

«Ich schalte ab», verkündete Phil. «Wenn sie wieder auf null steht, probieren wir es noch einmal.»

Doch der zweite Versuch verlief genau wie der erste. Das Triebwerk sprang zwar an, erreichte aber aus irgendeinem Grund nicht die normale Leerlaufgeschwindigkeit.

Nach dem zweiten Abschalten machte Garth per Funk Meldung bei der Einsatzzentrale und wandte sich dann wieder an Phil Knight.

«Phil, Nummer vier meldet schon seit einigen Monaten falschen Feueralarm. Ich habe die Berichte im Bordbuch gelesen ... Doch von Fehlstart-Problemen steht da nichts. Allerdings gab es vor einer Woche ein undichtes Entlüftungsventil.»

Bevor der Kapitän antworten konnte, ertönte eine Stimme über den Funk.

«Das Reparaturteam ist unterwegs, Leute», versicherte ihnen der Einsatzleiter, und die Heathrow-Bodenkontrolle wies sie an, an einer Seitenrampe nördlich von Terminal 4 zu warten.

«Suchen Sie sich einfach einen Parkplatz.»

«Soll ich den Passagieren sagen, was passiert ist?», fragte Garth, nachdem die Parkbremse gesetzt war.

«Nein», erwiderte Knight wie aus der Pistole geschossen.

«Nein?»

«Nein. Wir wissen es doch selbst nicht.»

«Ja, ich verstehe, aber ...»

«Die Flugbegleiter sollen das übernehmen.» Knight bedachte seinen Copiloten mit einem scharfen Blick. «Ich möchte nicht, dass vom Cockpit aus Durchsagen gemacht werden. Irgendein Idiot versteht sie bestimmt falsch und findet einen Weg, uns zu verklagen.»

«Uns zu verklagen? Tut mir Leid, ich ...»

«Jetzt passen Sie mal gut auf, verdammt. Wenn Sie mal Kapitän sind, können Sie ja den ganzen Tag über Bordlautsprecher Geschichten erzählen. Aber noch ist es mein Flugzeug, und von meinem Cockpit aus werden keine Durchsagen gemacht, kapiert? An allem, was ich tue, müssen Sie herumkritisieren. Aber zufällig bin ich der Kapitän.»

«Phil, Sie sind doch derjenige, der mir die Hölle heiß macht, wenn ich mich nicht an die Vorschriften halte, und in denen steht ausdrücklich –»

«Dass die Passagiere informiert werden!», zischte Knight. «Nicht, dass die Piloten es tun müssen.»

Garth musste sich mühsam beherrschen. Er war befugt – ja, es war sogar seine Pflicht –, gegen die Anweisungen des Kapitäns zu verstoßen, wenn die Sicherheit der Passagiere auf dem Spiel stand. Allerdings fielen Durchsagen auf dem Boden nicht unbedingt in diese Kategorie.

So ein Arschloch!, dachte Garth, während er zum Bordtelefon griff und einer Stewardess von dem störrischen Triebwerk berichtete. Dann schaltete er den Bordlautsprecher ein, um die Durchsage per Kopfhörer verfolgen zu können.

Eine halbe Minute später war die Stimme der Chefstewardess zu hören:

Meine Damen und Herren, hier spricht Ihre Chefstewardess. Der Kapitän bittet mich, Ihnen mitzuteilen, dass es hier an der Startbahn zu einer kurzen Verzögerung kommen wird, bevor wir starten können.

Judy Jackson, die in der Nische am vorderen Eingang stand, ließ kurz das Mikrofon sinken und hob es dann lächelnd wieder an die Lippen.

Man hat uns zwar gebeten, es Ihnen zu verschweigen, aber ich erzähle es Ihnen trotzdem: Das Flugzeug der Königin wird erwartet, und wenn es hier in London eintrifft, wird sämtlicher Luftverkehr angehalten, so wie wir es bei uns für den amerikanischen Präsidenten und die Air Force One tun. Bitte haben Sie Geduld. Der Erfahrung nach wird es etwa eine halbe Stunde dauern.

Judy legte gerade das Mikrofon weg, als Cindy, die noch sehr jung und leichtgläubig war, aus der ersten Klasse kam.

«Wirklich?», fragte sie. «Die Königin?»

«Aber natürlich.» Judy grinste.

«Wow! Übrigens beklagen sich die Leute, dass es ihnen da hinten zu heiß wird. Soll ich im Cockpit anrufen?»

Judy schüttelte den Kopf. «Das erledige ich. Außer mir

spricht hier niemand mit dem Cockpit oder geht hin, verstanden?»

«Okay, Judy», erwiderte sie, und kurz malte sich Verwirrung in ihrem Gesicht.

«Ach, Cindy, treibt sich diese Tante aus Chicago hier irgendwo rum? Diese Bretsen?»

«Meinen Sie Janie? Ja, sie hilft in der hinteren Bordküche aus.»

«Sie soll ihren Hintern hierher bewegen. Schließlich hat sie einen Platz in der ersten Klasse, und da soll sie auch bleiben.»

«Wir haben doch zu wenig –»

«Widersprechen Sie mir nicht, Kleine!», zischte Judy. «Und jetzt dalli! Wir haben zehn Stunden Zeit, das schaffen Sie auch ohne Verstärkung.»

Die junge Flugbegleiterin nickte und machte kehrt, um zum Heck der Maschine zu eilen, sodass ihr Judy Jacksons selbstzufriedenes Grinsen entging.

Garth Abbott schaltete den Bordlautsprecher aus und drehte sich zum Kapitän um. Judy Jacksons Worte hallten ihm immer noch in den Ohren.

«Haben Sie irgendjemandem erzählt, dass wir Verspätung haben, weil die Königin hier landet?»

Phil Knight warf ihm einen gereizten Blick zu. «Was? Ich habe kein Wort mit jemandem gewechselt.»

Ich bin sicher, dass zumindest das stimmt, dachte der Copilot. Phil Knight sprach nie mit den Flugbegleitern und grunzte nur widerwillig «hallo», wenn ihm gar nichts anderes übrig blieb. Er überließ es den Copiloten, sich vorzustellen und der Kabinenbesatzung Anweisungen zu geben. Manchmal war es sogar schwierig, im Cockpit etwas zu essen zu bekommen, da keine Flugbegleiterin Kapitän Phil Knight mochte oder es wagte, sich in seine Höhle zu begeben.

«Warum fragen Sie?», erkundigte sich Phil.

«Weil unsere Chefstewardess den Passagieren gerade weisgemacht hat, die Ankunft der Königin sei schuld an der Verzögerung.»

«Na und?»

«Soweit ich weiß, ist das nicht die Wahrheit, Phil. Bis jetzt habe ich geglaubt, dass wir hier warten müssen, weil eines unserer Triebwerke nicht anspringt und weil es unserer Firma und der Luftfahrtbehörde gar nicht recht wäre, wenn wir in diesem Zustand starten würden.»

«Passen Sie auf: Mir ist es egal, was sie den Leuten erzählt, solange sie sie bloß ruhig hält.»

«Ich will nur darauf hinaus, Phil», entgegnete Garth, «dass unsere Glaubwürdigkeit beim Teufel ist, wenn die Passagiere rauskriegen, was für ein Märchen sie ihnen aufgetischt hat.»

«Für die Kabine sind die Mädels zuständig. Sollen die sich doch damit rumschlagen.»

«Was? Und wir sind nur unsichtbare Gnome, die diese Kiste steuern?»

«So ähnlich.»

«Verdammt, Phil. Mit dieser Einstellung sollten Sie Transportmaschinen für UPS fliegen. Diese Leute da hinten finanzieren unser Gehalt. Sind wir Ihnen dafür nicht ein wenig Rücksichtnahme schuldig?»

«Zum Teufel noch mal!», brüllte Phil, und die Augen traten ihm aus den Höhlen, als er Garth anstarrte. «Was gibt es an dem Wort KAPITÄN nicht zu verstehen?»

«Verzeihung?»

«Ich bin der Kapitän, ganz gleich, ob es Ihnen nun passt oder nicht. Also hören Sie auf, hier große Reden zu schwingen!»

Verdattert hob Garth die Hände. «Phil, was um alles in der Welt meinen Sie damit? Mir ist klar, dass Sie das Kommando führen, aber ein guter erster Offizier –»

«Ein guter erster Offizier weiß, wann man den Mund hält und ‹Jawohl, Sir› sagt.»

Entgeistert blickte Garth den Kapitän an und schüttelte dann den Kopf. «Phil, das hier ist kein Wettbewerb, sondern Teamarbeit.»

«Ja, schon gut. Ich fälle die Entscheidungen, und Sie unterlaufen mich. Ein tolles Team.»

«Was? Sie fühlen sich unterlaufen, wenn ich Ihnen einen professionellen Rat gebe?»

Phil zwang sich, seinem Copiloten in die Augen zu sehen. «Sie halten mich wohl für zu dämlich, um Ihr kleines Spiel zu durchschauen, Abbott.»

«Was für ein kleines Spiel?», fragte Garth verblüfft.

Phil Knight zeigte mit dem Finger auf ihn. Sein Gesicht verzerrte sich vor Wut.

«Seit einem Monat nützen Sie jede Gelegenheit, meine Entscheidungen in Frage zu stellen. Sie sind geradezu versessen darauf, zu beweisen, dass Sie von internationalen Strecken mehr verstehen als ich. Und dabei sollen Sie mich unterstützen und nicht versuchen, mir eins auszuwischen.»

Garth schüttelte den Kopf. «Mein Gott, ich unterstütze Sie doch. Schließlich hänge ich mich nicht jedes Mal ans Telefon und verständige die Firma, wenn ich mit Ihnen nicht einer Meinung bin. Stattdessen rede ich mit Ihnen persönlich darüber. Und die letztendliche Entscheidung liegt weiterhin bei Ihnen.»

«Wenigstens das haben Sie kapiert», sagte Phil. Beklommenes Schweigen herrschte, bis Garth Abbott wieder das Wort ergriff.

«Tja, und was erwarten Sie jetzt von mir, Captain? Soll ich dasitzen wie ein Ölgötze und nicken, wenn Sie mir das Stichwort geben?»

«Das wäre schon mal ein Fortschritt», zischte Phil.

«Und was ist mit der unbedeutenden Tatsache, dass Copiloten bei Meridian laut Dienstanweisung den Mund aufmachen und sich durchsetzen sollen, wenn sie finden, dass der allmächtige Kapitän dieses oder jenes beachten müsste?»

«Dann sparen Sie sich wenigstens diesen selbstzufriedenen Tonfall, wenn Sie mir etwas zu sagen haben.»

Wieder schwieg Garth Abbott, hin- und hergerissen zwischen dem Bedürfnis, diesem Mann ordentlich den Marsch zu blasen, und dem Wissen, dass sie noch einige Wochen zusammen würden fliegen müssen. Schließlich stieß er einen lauten Seufzer aus und schüttelte den Kopf.

«Hören Sie, Phil. Offenbar drücke ich mich missverständlich aus. Ich möchte Sie nicht kritisieren, sondern nur meine Arbeit erledigen.»

«Dann halten Sie den Mund und tun Sie es.»

Garth konnte die Beschimpfungen, die ihm auf der Zunge lagen, kaum noch unterdrücken, doch er biss die Zähne zusammen und nickte nur.

Das kann ja heiter werden, dachte er.

LONDON, ENGLAND, STADTMITTE, 9:40 ORTSZEIT

Senatorin Sharon Douglas stand am Schreibtisch in ihrer Hotelsuite und rief ihren Assistenten Bill Perkins in Washington an, der sich sofort meldete.

«Bill, entschuldigen Sie, dass ich Sie um diese unchristliche Zeit wecke, aber Sie müssen mir eine Mitschrift der Anhörung zum Thema Übergriffe durch aufgebrachte Fluggäste besorgen und sie mir mailen, sobald Sie im Büro sind. Wir werden selbst eine Anhörung durchführen.»

Wie erwartet wurde am anderen Ende der Leitung schläfrig gestöhnt und gegrunzt. «Sharon, wir waren uns doch einig, dass es sich um eine falsche Fährte –»

«Ich habe mich geirrt, okay? Unsere Freunde auf der anderen Seite des Kapitols hatten zufällig doch Recht. Sie würden nicht glauben, was ich auf meinem Flug hierher erlebt habe.»

«Was genau meinen Sie damit?»

«Kein Service, keine Höflichkeit und kein Verantwortungsgefühl, dafür aber miserable Ausbildung, unsägliche Platzverhältnisse und das, was eine neue Freundin von mir als das ‹Rattensyndrom› bezeichnet. Bill, auch wenn wir die Bedrohung durch Terroristen vielleicht im Griff haben, müssen wir etwas kaltes Wasser auf dieses System schütten – sonst kommt es womöglich zu einer schrecklichen Explosion.»

FLUGHAFEN HEATHROW, LONDON, ENGLAND, 9:40 ORTSZEIT

Mit ehrfürchtig aufgerissenen Augen betrat Martin Ngume die erste Klasse von Meridian Flug Sechs. Nach mehr als zwölf Stunden, die er schmerzhaft zusammengekrümmt in der Holzklasse verbracht hatte, erschienen ihm die Ledersitze hier wie Throne.

Alle verfügten über die elektronische Ausrüstung, die er während seiner Zeit in Amerika lieben gelernt hatte.

Elle Chantrese, eine hoch gewachsene, attraktive Blondine, begrüßte ihn an der Tür und zeigte ihm seinen Platz links im Bug.

Martin lächelte breit und ging vorsichtig weiter, bis er Platz 2-A gefunden hatte. Er konnte die Großzügigkeit der Amerikanerin kaum fassen, und er freute sich auf den luxuriösen Flug, der ihm bevorstand. Erwartungsvoll ließ er sich in seinen Sitz sinken, schnupperte den Lederduft, strich zart über die weichen Armlehnen und klappte, nachdem er die Gebrauchsanweisung gelesen hatte, den kleinen Kristallbildschirm aus.

«Möchten Sie vor dem Start etwas trinken, Sir?», fragte eine andere Flugbegleiterin, die plötzlich neben ihm aufgetaucht war. Er sah sich nach dem üblichen Metallkarren mit den Getränken um, doch er konnte keinen entdecken und fragte sich, wo sie ihn wohl gelassen haben mochte.

«Ein … ein Glas Orangensaft, bitte.»

«Sehr wohl, Sir.» Sie verschwand in Richtung Küche, um den Saft zu holen.

Wie in einem Restaurant, dachte er. *Mutter würde ganz aus dem Häuschen geraten, wenn sie das hier sehen könnte*. Kurz hatte er vergessen, warum er diese Reise überhaupt unternahm.

Dann meldeten sich wieder die niederdrückenden Sorgen, bis ihm der Rat einfiel, den seine Mutter ihm mit auf den Weg gegeben hatte: «Wer sich aus Sorge um etwas, das er nicht beeinflussen kann, selbst die Freude an einer schönen Erfahrung verdirbt, wirft ein Geschenk weg.»

Und da er nun dank eines großzügigen Geschenks in den Genuss dieses Luxus gekommen war, würde er so gut wie möglich Gebrauch davon machen. Vor der Landung in Kapstadt konnte er für seine Mutter ohnehin nicht mehr tun, als für sie zu beten.

AN BORD VON FLUG SECHS, FLUGHAFEN HEATHROW, LONDON, ENGLAND, 11:38 ORTSZEIT

Auf der anderen Seite der ersten Klasse trommelte Robert MacNaughton mit den Fingern auf die Kante seines Ledersitzes. Seit der letzten Durchsage hatte sich das Tempo seines lautlosen Trommelwirbels beträchtlich erhöht. Rechts von ihm befand sich ein Fenster, durch das er deutlich erkennen konnte, dass man einen Reparaturwagen vor das Triebwerk Nummer vier gefahren hatte; kurz darauf wurde die Haube geöffnet, einige Mechaniker in weißen Overalls mit dem Emblem der Meridian machten sich an dem Triebwerk zu schaffen, und es war ziemlich offensichtlich, dass ihre Bemühungen in keinerlei Zusammenhang mit den angeblichen Reiseplänen der britischen Königin standen.

Seit man die Maschine vom Flugsteig weggeschleppt hatte, hatte sich die Stimmung in der ersten Klasse ziemlich verschlechtert, was auch MacNaughton nicht entgangen war. Ein Passagier namens Logan, der links von ihm saß, beschwerte sich am heftigsten und klagte über die Hitze, die Verspätung und das Benehmen der Besatzung. MacNaughton kam zu dem Schluss, dass Mr Logan offenbar schon verärgert an Bord gekommen war, und dank der Unfähigkeit der Mannschaft ging es mit seiner Laune stetig bergab.

Gerade war Logan wieder einmal aufgestanden, um mit der Chefstewardess zu sprechen. Er zeigte auf seine Uhr und wies erbost auf die Mechaniker draußen vor der Maschine. Dabei schrie er so laut, dass man ihn fast in der ganzen Kabine verstehen konnte. Danach nahm er wieder Platz, warf MacNaughton einen Blick zu und verdrehte entnervt die Augen.

Robert MacNaughtons Geduldsfaden war bei der letzten der vielen Durchsagen gerissen, deren Inhalt ganz offensichtlich erlogen war. Obschon gewillt, gewisse Unannehmlichkeiten wie ein Flugzeug ohne Telefone in den Sitzlehnen hinzunehmen, war er nicht bereit, sich anschwindeln zu lassen.

Mit einer unwirschen Bewegung öffnete MacNaughton nun seinen Sicherheitsgurt und steuerte seine kräftige, eins achtzig große Gestalt auf die Bordküche der ersten Klasse zu. Als er den Vorhang zurückzog, betätigte die Chefstewardess gerade die Bordsprechanlage.

Erschrocken drehte sie sich um und legte den Hörer wieder auf.

«Ja? Kann ich Ihnen helfen?»

«Anscheinend sind Sie die Dame, die in den letzten beiden Stunden die Durchsagen gemacht hat, richtig?», fragte er leise.

«Ja», erwiderte sie. Der Passagier der ersten Klasse, den sie vor sich hatte, war ein ausgesprochen eleganter Herr mit silbergrauer Haarmähne, dessen Anzug mindestens tausend Dollar wert war.

«Wären Sie bitte so freundlich, mir zu sagen, welche Position Sie hier innehaben?», erkundigte sich der Mann höflich und gemessen. Da er so überhaupt nicht verärgert oder wütend zu sein schien, lächelte Judy sichtlich erleichtert.

«Selbstverständlich, Sir. Ich bin auf diesem Flug die Chefstewardess.»

«Schön und gut», meinte er schmunzelnd; er hatte einen kultivierten britischen Akzent. «Und wie ich annehme, sitzt da oben ein Kapitän?» Als er lächelnd die Augenbrauen hochzog, musste Judy kichern.

«Ja, natürlich. Ohne Kapitän ist das Fliegen ein wenig schwierig, wenn Sie verstehen, was ich meine.»

«Selbstverständlich. Ach, da wäre noch etwas, bevor ich Ihnen verrate, worüber ich gerade nachgedacht habe: Kam das, was Sie gerade gesagt haben, von ihm oder von Ihnen?»

«Wie bitte?»

«Das, was Sie gerade in dieses Gerät gesprochen haben» – er wies auf das Mikrofon der Bordsprechanlage –, «hat Ihnen der Kapitän Anweisung dazu gegeben? Hatten Sie den Befehl dazu?»

Judy warf trotzig den Kopf zurück. «Ach, du meine Güte. Natürlich nicht! Selbstverständlich kann ich das selbst entscheiden. Ich bin für die Kabine verantwortlich, finde heraus, was passiert ist, und informiere meine Passagiere entsprechend.»

«Ich verstehe. Und jetzt würde ich gerne noch eines wissen, wenn Sie so freundlich wären.»

«Aber gerne», erwiderte sie freundlich. «Worum geht es denn?»

«Es fällt mir ein wenig schwer, die Fakten mit Ihren Aussagen in Einklang zu bringen.»

«Oh?», entgegnete sie immer noch lächelnd.

«In der Tat. Zuerst wollten Sie uns weismachen, die Queen sei schuld an unserer Verspätung. Allerdings weiß ich zufällig aus sicherer Quelle, dass die Queen sich diese Woche in Indien aufhält und von diesem Staatsbesuch erst am Freitag zurückkehren wird. Die nächste halbe Stunde lang spielte dann die Flugsicherung die Hauptrolle in Ihren Ausflüchten. Aber der Musiksender Ihres Unterhaltungssystems war zufällig auf Towerfrequenz eingestellt und meldete keinerlei Hinweise auf irgendwelche Verzögerungen.»

Judy Jacksons Lächeln schwand. «Tja, das hat man uns zumindest gesagt», stieß sie hervor.

«Wirklich? Das ist aber interessant, denn zuerst hatten Sie auf einem völlig verlassenen Vorfeld einen Verkehrsstau als Begründung angegeben. Darauf folgte ein medizinischer Notfall, ohne dass sich ein Krankenwagen gezeigt hätte. Und Ihr abschließendes Meisterwerk verwies auf wundersam auftretende Unwetter trotz eines leuchtend blauen Himmels und trotz des Umstandes, dass das nächstgelegene Tief heute Morgen um acht Uhr hundertvierzig Kilometer nördlich von Dänemark gesichtet wurde.»

«Es gab aber ein Gewitter in der Gegend ...»

«Und diese imaginäre Schlechtwetterfront hat zweifellos irgendeine Art von Defekt am rechten Außenmotor dieses Jumbos hervorgerufen, was?»

Judy war völlig aus dem Konzept gebracht. Sie verzog ärgerlich das Gesicht und stemmte die Hände in die Hüften. «Wenn Sie sich mit Flugzeugen auskennen würden, Sir, wüssten Sie, dass unsere Mechaniker bei Verspätungen immer Kontrollen vornehmen müssen.»

«Ganz sicher haben Sie Recht. Schließlich habe ich erst seit gut zweiunddreißig Jahren den Pilotenschein. Außerdem besitzt mein Unternehmen nur seit jämmerlichen zwei Jahren einen Boeing-Business-Jet, den ich, wie ich hinzufügen möchte, inzwischen selbst fliegen darf. Zu Ihrer Information handelt es sich dabei lediglich um eine Boeing 737.»

Er schreit mich an!, schoss es ihr durch den Kopf, obwohl sie wusste, dass sein Tonfall zwar heftiger, seine Stimme aber kein bisschen lauter geworden war. Diese Erkenntnis verschlug ihr die Sprache.

«Also, junge Frau, habe ich folgende Frage: Sind Sie eine erfolglose Romanautorin auf Abwegen, oder macht es Ihnen bloß Spaß, Ihren Passagieren Märchen aufzutischen?»

«Für wen halten Sie sich, so mit mir zu reden?», fauchte Judy.

«Ach, für niemand Wichtigen», erwiderte er, immer noch ruhig. «Nur für einen zahlenden Passagier.»

«Dann schlage ich vor, Sir, dass Sie jetzt wieder an Ihren Platz gehen.»

«Wie Sie wünschen», entgegnete er mit einer leichten Verbeugung. «Allerdings möchte ich Sie bitten, sich in Ihren künftigen Durchsagen auf die recht altmodische und inzwischen offenbar nicht mehr übliche Tugend der Wahrheitsliebe zu besinnen. Auch wenn Sie das überraschen mag, sind wir keine Idioten.»

MacNaughton kehrte in die vierte Reihe der ersten Klasse zurück. Um seinen Fensterplatz zu erreichen, musste er am Gangplatz vorbeirutschen und stieß dabei an seinen Aktenkoffer. Ein kleines Namensschild mit dem Emblem der English Petroleum blieb an seinem Hosenaufschlag hängen und drehte sich um, sodass die in Gold geprägte Aufschrift zu lesen war: ROBERT MACNAUGHTON, VORSTANDSVORSITZENDER.

Als der Lautsprecher ansprang, hob er den Kopf. Wieder war die Stimme der Frau zu hören, die diesmal jedoch recht verärgert klang.

Noch eine kleine Ergänzung, meine Damen und Herren: Wegen der verschiedenen Schwierigkeiten, die zu Verzögerungen geführt haben, hat unsere Wartungsabteilung beschlossen, eine Routineüberprüfung des rechten Außenmotors durchzuführen, was Sie vielleicht rechts von sich beobachten konnten. In anderen Worten ist alles in Ordnung. Nur Routine. Ich bedanke mich für Ihre Geduld. Da die Unwetterfront allmählich abzieht, müssten wir eigentlich bald starten.

Wieder begannen Robert MacNaughtons Finger einen kleinen Wirbel auf die Armlehne seines Sitzes zu trommeln. Da er entgeistert den Kopf schüttelte, bemerkte er kaum die plötzliche Bewegung, als sich ein Mann neben ihn in den Sitz fallen ließ und ihm die Hand hinhielt.

Robert hörte auf zu trommeln und betrachtete seinen neuen Sitznachbarn.

«Entschuldigen Sie die Störung», sagte der Mann. «Mein Name ist Dr. Brian Logan. Ich bin Mediziner und stamme aus den Vereinigten Staaten.»

Nicht sehr begeistert schüttelte MacNaughton dem Arzt die Hand. «Nett, Sie kennen zu lernen, Herr Doktor. Ich bin Robert MacNaughton.»

«Ich hatte den Eindruck, Mr MacNaughton, dass Sie sich auch über diese Durchsagen geärgert haben.»

«In der Tat.» MacNaughton musterte die Augen des Arztes und überlegte, ob er weiterreden sollte. Obwohl er sich nach einem Verbündeten sehnte, warnte ihn eine innere Stimme davor, allzu vertrauensselig zu sein. Doch dann beschloss er, nicht auf sie zu achten. «Dieses Frauenzimmer hat uns nach Strich und Faden belogen, und ich habe die Nase voll davon.»

Logan nickte, und sein Blick verfinsterte sich. «So ist es immer bei dieser Fluggesellschaft. All dieser Müll über die Königin, das Wetter und den Verkehr. Ich glaube, Sie hatten schon von Anfang an ein Problem mit dem rechten Außenmotor.»

«Inzwischen teile ich Ihre Ansicht, Herr Doktor», erwiderte MacNaughton. «Ich habe die Dame darauf angesprochen, aber wie Sie selbst gehört haben, war es zwecklos.»

Wieder nickte Brian, richtete sich auf und blickte sich um, wie um sicherzugehen, dass sie nicht belauscht wurden, eine Geste, die MacNaughton erschrocken zusammenfahren ließ. Dann drehte sich Brian zu ihm um und senkte die Stimme. «Darf ich mich darauf verlassen, dass Sie eine Aussage machen werden?»

Robert MacNaughton betrachtete den Arzt. «Wie bitte? Sprachen Sie gerade von einer Aussage?»

«Ja. Was die Lügen dieser Frau betrifft. Ich glaube, wir haben sie in flagranti erwischt.»

MacNaughton, der allmählich misstrauisch wurde, zögerte mit seiner Antwort. «Äh, Herr Doktor, ich stimme Ihnen zu, dass dieses Benehmen skandalös ist, doch… ich bin zwar kein Anwalt, aber… ich habe große Zweifel daran, dass dieser Zwischenfall für eine Anklage genügt, falls Sie darauf hinauswollen.»

Brian starrte ihn eine Weile an, blinzelte dann und schüttelte den Kopf. «Tut mir Leid, ich… ich habe mich unklar ausgedrückt. Darf ich auf Ihre Unterstützung hoffen, wenn ich mich bei der Luftfahrtbehörde beschwere?»

«Ach, ich verstehe.» Robert MacNaughton zog eine Visitenkarte aus der Innentasche seines Sakkos und gab sie dem Mann. «Natürlich dürfen Sie. Rufen Sie mich einfach im Büro an. Ich habe schon selbst überlegt, mich zu beschweren.»

«Endlich!», rief der Arzt aus, was Robert MacNaughton ein wenig verwunderte, bis er bemerkte, dass sein Sitznachbar aus dem Fenster zeigte. MacNaughton sah zu seiner Erleichterung, dass die Mechaniker das Gerüst entfernten und das Triebwerk wieder schlossen. Er beobachtete, wie einer von ihnen in ein Funkgerät sprach. Wenige Sekunden später drang das immer lauter werdende Surren des Triebwerks in die Kabine der 747.

Das Knirschen von Leder ließ ihn aufmerken. Als er sich zum Gangplatz umdrehte, stellte er fest, dass der Arzt aufgestanden war und auf den Trennvorhang zuging.

Ein komischer Vogel, dachte MacNaughton, griff zu seinem Aktenkoffer und nahm einen dickleibigen Bericht heraus, den er unbedingt lesen musste, um sich auf die Sitzung in Kapstadt vorzubereiten, die ziemlich kurzfristig anberaumt worden war.

Wieder sprang der Bordlautsprecher an, und MacNaughton spitzte die Ohren. Er fragte sich, ob sich die Piloten jetzt endlich zu Wort melden würden.

Doch die Stimme gehörte Dr. Logan.

Meine Damen und Herren, hier spricht Brian Logan, einer Ihrer Mitpassagiere. Da gibt es etwas, das Sie wissen sollten.

Die Chefstewardess hatte vorne in der ersten Klasse Kissen aufgeschüttelt und sich anderweitig wichtig gemacht, wobei sie

MacNaughtons Blick sorgfältig mied. Als Dr. Logans Stimme durch den Lautsprecher hallte, zuckte sie zusammen, sah sich in alle Richtungen um und stürzte auf die zweite Klasse zu.

Janie Bretsen fuhr in ihrem Sitz hoch.

Die Besatzung belügt uns schon seit Stunden. Das mit der Königin war ein Märchen, nirgendwo gibt es ein Unwetter…

Judy Jackson stürmte an Robert MacNaughton vorbei und sauste durch die Vorhänge. Er hörte ihre Schritte in der nächsten Kabine und auch ihr Geschrei, während Dr. Logan am Lautsprecher fortfuhr.

… der Flughafen ist nicht überlastet – und sie wollen die ganze Zeit nur die Tatsache verschleiern, dass…

Etwas schlug gegen das Mikrofon, dann folgten ein Poltern und eine lautstarke Auseinandersetzung. Janie, die zwar keinen Dienst hatte, sprang auf und eilte ebenfalls nach hinten. Sie hörte ein Stöhnen und Gezerre, als Logan versuchte, seiner Widersacherin das Mikrofon aus der Hand zu reißen.

… Sie… WAS SIE WISSEN MÜSSEN… ist… LOSLASSEN!… es ein Problem mit dem Triebwerk gab… UND DASS MAN UNS DAS VERSCHWEIGEN WOLLTE! LASSEN SIE SICH SO ETWAS BIETEN?

Erneut wurde Brian das Mikrofon abgenommen. Judys Stimme ertönte über den Lautsprecher; sie klang atemlos, aber entschlossen.

Meine Damen und Herren, wir entschuldigen uns für diesen Zwischenfall. Einer unserer Passagiere hat offenbar emotionale Probleme.

Inzwischen lief das Außentriebwerk auf der rechten Seite. Zwei Kabinensignale ertönten, als die 747 zu rollen begann und in einer sanften Bewegung nach rechts steuerte.

MacNaughton blickte nach hinten und verrenkte sich den Hals, um durch den Vorhang einen Blick auf die Geschehnisse zu erhaschen. Doch er beschloss, sich nicht einzumischen, denn er war sich nicht sicher, ob mit dem Arzt alles in Ordnung war. Es war besser, wenn er sich da raushielt.

Die zornigen Stimmen und das Geräusch des Handgemenges wurden lauter. Dann kam Brian Logan durch die Vorhänge gerauscht, gefolgt von einigen Flugbegleiterinnen, die von einer vor Wut kochenden Judy Jackson angeführt wurden.

«Sir, wenn Sie sich jetzt nicht sofort hinsetzen und sich anschnallen, werde ich den Kapitän bitten, zum Flugsteig zurückzukehren und Sie in Handschellen abführen zu lassen!»

«Tun Sie sich keinen Zwang an, verdammt», erwiderte er mit leiser, drohender Stimme. «Ich prozessiere bereits gegen diese lausige Fluggesellschaft wegen Mordes an meiner Frau und an meinem ungeborenen Sohn. Also werde ich die Klagesumme einfach um weitere zwanzig oder dreißig Millionen erhöhen.» Er nahm Platz.

«Außerhalb meiner Maschine können Sie tun, was Sie wollen, aber wenn Sie nicht –»

Brian Logan wirbelte herum und schwenkte den Zeigefinger vor Judy Jacksons Gesicht. «Wagen Sie es nicht, mich herumzukommandieren.»

«SIR! SETZEN ... SIE ... SICH ... ODER ... WIR ... KEHREN ... UM!» Jackson wandte sich an eine andere Flugbegleiterin und wies auf das Cockpit. «Gehen Sie da rüber, nehmen Sie das Bordtelefon und halten Sie sich bereit, Meldung im Cockpit zu machen. Warten Sie auf mein Zeichen.»

Die junge Frau gehorchte sofort und nahm den anderen Gang, um bloß nicht in Brians Nähe zu kommen.

Der Arzt stand auf und betrachtete die Armee, die gegen ihn aufmarschiert war. Fünf Besatzungsmitglieder waren ihrer Vorgesetzten zu Hilfe geeilt, darunter auch die Stewardess, die eigentlich nicht im Dienst war, und sie alle starrten Brian Logan an.

Brian warf einen Blick auf Robert MacNaughton, der fast unmerklich den Kopf schüttelte und Logan bedeutete, sich zu setzen. Widerstrebend gab der Arzt nach und ließ sich auf seinen Platz sinken.

«Und ich möchte Sie in Zukunft nur noch an Ihrem Platz sehen, Sir», sagte Judy.

«Es heißt ‹Herr Doktor›, und ich lasse mir von Ihnen keine Vorschriften machen.»

«Ihr Titel interessiert mich nicht. Wenn Sie noch einmal unser Arbeitsgerät anfassen, ein Besatzungsmitglied behindern, sich einmischen oder unsere Anweisungen missachten, werden Sie verhaftet, von Bord geschafft, angeklagt, vor Gericht gestellt, verurteilt und eingesperrt. Vergessen Sie nicht, dass wir bewaffnete Sky-Marshals an Bord haben, und wenn die beschließen, sich einzuschalten, verbringen Sie die nächsten zehn Jahre im Knast, vorausgesetzt, Sie überleben … vermutlich in England, wo man für Leute, die sich aufführen wie Kleinkinder, kein Verständnis hat. Kapiert?»

«Sind Sie jetzt fertig?»

«Ja.»

Wieder zeigte er mit dem Finger auf sie. Seine Stimme war leise und bösartig. «Junge Frau, wenn Sie uns noch einmal belügen, haben Sie nicht nur mich, sondern dreihundert wütende Passagiere auf dem Hals.»

«Wagen Sie nicht, mir zu drohen.» Doch sie schluckte so heftig, dass sie ihre Nervosität verriet. Rasch verschwand sie durch die Vorhänge, denn sie wusste genau, dass internationale Flüge der Meridian nie von bewaffneten Beamten begleitet wurden.

Janie Bretsen hatte die Auseinandersetzung beobachtet. Als Judy Jackson sich zum Gehen wandte, folgte sie ihr auf den Fersen und stellte sie in der Bordküche der Business Class zur Rede.

«Was zum Teufel sollte das eben, Judy?», fragte sie und wies nach hinten.

«Wovon redest du?», gab Judy zurück, ohne sich umzudrehen.

«Haben wir Vollmond oder was? Auf dem Flug von Chicago nach London hatten wir auch die ganze Maschine voller aufgebrachter Passagiere. Warum war der Herr Doktor denn so sauer?»

Judy wirbelte herum und musterte Janie mit missbilligender

Miene. «Wir sehen heute Nachmittag ja auch nicht gerade aus wie das blühende Leben, nicht wahr, Miss Bretsen, Ma'am? Bist du sicher, dass die Abteilungsleiterin der Flugbegleiter mit deinem Äußeren einverstanden wäre?»

«Was meinst du damit?», entgegnete Janie.

Judy schnaubte verächtlich. «Schon gut. Wahrscheinlich hat eine ehemalige Führungskraft das Recht, ein bisschen abgetakelt auszusehen.»

«Abgetakelt? Du spinnst wohl!»

«Was willst du, Janie. Ich bin beschäftigt.»

«Das sehe ich. Ich habe den Streit beobachtet und frage mich, ob ich dir vielleicht helfen kann.»

«Meinst du, wir kämen ohne die Hilfe einer früheren Vorgesetzten nicht zurecht?»

«Jetzt hör schon auf, Judy. Die Suspendierung ist doch Schnee von gestern, und du hattest sie dir redlich verdient. Du benimmst dich kindisch.»

Judy trat einen Schritt näher und bohrte Janie den Finger in die Brust. «Lass uns eines klarstellen, Bretsen. Ich bin für diese Kabine und diese Besatzung verantwortlich. Du hast in dieser Firma nichts mehr zu sagen, auch wenn wir alle wissen, dass du der Geschäftsleitung in den Hintern kriechst. Das mit der vorgeschriebenen Besatzungsstärke war doch nur ein Vorwand! In Wirklichkeit hast du den Auftrag, mich auszuspionieren.»

«Jetzt reicht's aber. Da solltest du mich wirklich besser kennen. Doch wo du es schon erwähnst: Warum fliegen wir eigentlich, wenn du nicht ausreichend Personal hast?»

«Theoretisch sind wir genug, wenn wir dich mitzählen. Aber du gehörst nicht zu meinen Mädchen, und ich brauche deine Hilfe nicht. Und selbst wenn ich sie bräuchte, würde ich sie nicht annehmen. Geh schlafen und steh mir nicht im Weg rum.»

«Du änderst dich wohl gar nicht, was, Judy? Du bist immer noch genauso schnippisch und zickig wie früher, und was den Kundenservice angeht, hast du auch nichts dazugelernt.»

«Setz dich hin, Bretsen, oder soll ich dich auch verhaften lassen?»

Seufzend wies Janie nach oben, als das Signal ertönte, das den

Start ankündigte. «Wirst du den Kapitän über den Zwischenfall informieren, oder soll ich es tun?»

«Niemand außer mir spricht mit dem Cockpit. Kapiert?»

«Sie müssen es erfahren, Judy.»

«Los, verschwinde!», zischte Judy. Janie schlüpfte durch die Vorhänge und hatte gerade ihren Sitz erreicht, als die Triebwerke auf volle Touren kamen und die schwer beladene 747 zum Start ansetzte.

17

IN DER LUFT, AN BORD VON MERIDIAN FLUG SECHS, 11:54 ORTSZEIT

Nachdem sie eine Flughöhe von zweieinhalbtausend Metern erreicht hatten und von der Londoner Flugsicherung auf südlichen Kurs gelotst worden waren, schaltete Phil Knight den Autopiloten ein. Er sah zu, wie die komplizierte Technik den gewaltigen Jet auf Fläche brachte und wie der automatische Vortriebsregler ebenso sanft die Fluggeschwindigkeit einstellte.

Dann warf der Kapitän einen Blick nach rechts, um zu schauen, ob der Copilot noch immer die laminierte Checkliste auf dem Schoß liegen hatte. Seit dem heftigen Streit in Heathrow hatten sie bis auf die notwendigen Befehle kein Wort mehr miteinander gewechselt. Phil Knight wusste, dass er überreagiert hatte; es war weder der passende Zeitpunkt noch der richtige Ort gewesen, um dem Copiloten wegen seines Snobismus den Kopf zurechtzurücken. Ihm war jedoch noch nichts eingefallen, wie er den Schaden wieder gutmachen sollte. Auch wenn Abbott ihn provoziert hatte, hätte Phil als Vorgesetzter mehr Besonnenheit an den Tag legen sollen. Sein Ausbruch hatte die Situation nur verschlimmert.

«Reiseflugkontrolle», sagte Phil.

Garth Abbott blickte auf und nickte. «Roger. Höhenmesser?»

«Zwei-neun-neun-zwei.»

«Druck?»

«Eingestellt. In der Kabine beträgt er siebentausend.»

In knappen Worten gingen sie den Rest der Checkliste durch.

«Reiseflugkontrolle abgeschlossen.»

«Danke.»

«Keine Ursache», erwiderte Garth. Er zögerte einen Moment und fragte sich, was das wohl zu bedeuten hatte. Knight bedankte sich normalerweise nie bei seinen Copiloten. *Bestimmt hat er sich versprochen*, dachte er.

Während des Starts hatte es Brenda Roberts vor Aufregung kaum auf ihrem Fensterplatz ausgehalten. Nun drehte sie sich mit weit aufgerissenen Augen zu ihrem Mann um und zog ihn am Kragen zu sich heran.

«Jimmy! Das musst du dir anschauen! Wow!»

«Was ist denn, Schatz?»

«Das Parlamentsgebäude und ... der Big Ben ... und das muss die Themse sein.»

Jimmy öffnete seinen Sicherheitsgurt und beugte sich über sie, um aus dem Fenster zu spähen.

«Und ist das da Stonehenge, Jimmy?» Mit leuchtenden Augen sah sie ihn an, während er die Stelle suchte, auf die sie deutete.

«Keine Ahnung. Aber es soll ja irgendwo in Südengland sein.»

Sie drückte ihre Nase an der Scheibe platt. «Es sieht aus wie auf den Fotos, nur viel, viel kleiner.»

«Irgendwann müssen wir uns mal die Zeit nehmen, hier Urlaub zu machen.»

Wieder drehte sie sich zu ihm um, schlang ihm die Arme um den Hals und drückte ihn so fest, dass ihm die Luft wegblieb.

«Ich liebe dich so sehr, Jimmy Ray!», jubelte sie und machte sich los, um ihm in die Augen zu blicken. «Danke, dass du meine Träume in Erfüllung gehen lässt, Liebling.»

«Du warst es doch, die das Preisausschreiben gewonnen hat.»

«Aber du, mein großer Texaner, warst sofort einverstanden zu fahren.» Sie küsste ihn so leidenschaftlich, dass er vor Verlegenheit rot anlief, obwohl sie schon so viele Jahre verheiratet waren. Dann wandte sie sich wieder zum Fenster und quietschte: «Dover! Jimmy, das muss Dover sein!»

Garth Abbott beobachtete, wie die 747 sich immer weiter von England entfernte; in Gedanken war er allerdings zu Hause. Es war zwar kein Zuckerschlecken, mit Phil Knight zu fliegen, doch verglichen mit den Ängsten, die Garth wegen seiner Frau ausstand, handelte es sich um eine Lappalie. Er hatte gehofft, der immer gleiche Ablauf des Starts, des Steigens und des Erreichens der endgültigen Flughöhe würde ihn von seinen bohrenden Zweifeln ablenken, aber dieser Wunsch war nicht in Erfüllung gegangen. Umso dringender wollte er sich nun für ein paar Minuten zurückziehen.

«Ich … ich würde mir gern einen Kaffee holen und mir ein bisschen die Beine vertreten, Phil. Oder haben Sie etwas dagegen?»

Mit regloser Miene sah Phil Knight ihn an. «Nein. Nur zu.»

«Soll ich Ihnen was zu trinken mitbringen?»

Phil schüttelte den Kopf und warf einen Blick auf den kleinen Bildschirm des Überwachungsgeräts, um sicherzugehen, dass sich niemand in dem kleinen Flur hinter dem Cockpit aufhielt.

«Da hinten scheint alles ruhig zu sein, und auf dem Flur ist niemand. Sie können gehen.»

Garth öffnete seinen Sicherheitsgurt und griff nach seiner Kappe, bevor er durch die dick verstärkte Cockpittür verschwand und sie sorgfältig wieder hinter sich schloss. Im nächsten Moment ordnete die Flugsicherung in Paris eine Frequenzänderung an.

«Roger, Paris», erwiderte Knight. «Eins-zwanzig-vier-komma-fünf.»

«Nein, Meridian, das war eins-zwei-vier-komma-null-fünf. Wiederholen Sie.»

«Okay. Eins-zwei-vier-komma-null-fünf.»

«*Oui. Bonjour.*»

«Schönen Tag noch», entgegnete Phil und stellte die neue Frequenz ein. Nachdem er den Test-Funkspruch an den Fluglotsen abgesetzt hatte, lehnte er sich zurück. Er spürte, wie sich ihm wieder der Magen zusammenkrampfte, als er an die schrecklichen Akzente dachte, die er unterwegs noch würde entschlüsseln müssen. Es war einfach eine Unverschämtheit. Schließlich war Englisch die internationale Sprache in der Luftfahrt, und er hatte sich darauf verlassen, als er sich für Auslandsstrecken beworben hatte. In der Schule hatte er keine Fremdsprachen gelernt, denn ihm fehlte einfach die Begabung dafür. Warum hatte ihn nur niemand davor gewarnt, dass die Hälfte der Fluglotsen in Europa und Afrika die englische Sprache derart verunstalteten? Bei Meridian verschwieg man den Piloten diese Tatsache wohlweislich.

Natürlich hatte sein Copilot in dieser Hinsicht nicht die geringsten Schwierigkeiten, was Phil besonders wurmte. Er errötete, als er sich daran erinnerte, dass er auf seinem ersten Flug kein einziges Wort verstanden hatte. Abbott hatte den Großzügigen gespielt, ihm beim Übersetzen geholfen und den Funk selbst übernommen. Doch Phil war sicher, dass der Copilot nur die Stunden gezählt hatte, bis er die Unfähigkeit seines Kapitäns überall in der internationalen Abteilung der Meridian herumtratschen konnte.

Als Phil einen Blick auf die Cockpittür warf, stellte er erleichtert fest, dass diese noch geschlossen war. Er wünschte, er hätte den Copiloten anweisen können, in der ersten Klasse Platz zu nehmen und sich in den nächsten Stunden nicht blicken zu lassen, doch die Vorschriften waren in diesem Punkt eindeutig: Bei einer Cockpitbesatzung von zwei Mann durfte ein Pilot seinen Sitz nur verlassen, um ein menschliches Bedürfnis zu befriedigen. Außerdem existierte inzwischen eine Unzahl zusätzlicher Regeln, die verhindern sollten, dass außer den Piloten jemand das Cockpit betrat, was das Kommen und Gehen ziemlich lästig machte.

Phil griff nach der Brieftasche, die er stets bei sich trug, und klappte die Hüllen mit den Familienfotos auf. Seine Frau Doris und die drei Söhne standen lächelnd auf einem Strand auf den Bahamas, wo sie ihren Urlaub verbracht hatten. Es hatte einen Grund zum Feiern gegeben, denn er war gerade zum Kapitän einer 747 für internationale Strecken befördert worden. Fünfzigtausend Dollar mehr im Jahr, auch wenn das Finanzamt ein Drittel davon einkassierte – aber zumindest war er nun auf dem Gipfel seiner Karriere angelangt. Schon lange hatte er die Inlandsroute an den Nagel hängen und ein wenig die Welt sehen wollen, und Phil war stolz darauf, dass er sich nun als Flugkapitän einer 747 bezeichnen konnte. In seinen fünfundzwanzig Jahren als Pilot bei Meridian hatte er mit Boeing-Jets vom Typ 727 und später auch 737 ihm bekannte Flughäfen im Mittleren Westen angeflogen, und es hatte ihn vor zehn Jahren nur wenig Mühe gekostet, selbst Kapitän zu werden. Inlandsflüge waren sein täglich Brot, die Fluglotsen sprachen alle Englisch, er kannte sämtliche Flughäfen wie seine Westentasche, und die Copiloten hatten stets Respekt vor ihm.

Warum habe ich das alles nur aufgegeben?, fragte er sich.

Phil warf einen Blick aus dem linken Fenster, wo sich im Osten Kumuluswolken auftürmten. Ob man von hier aus die Schweizer Alpen sehen konnte? Er kramte eine Europakarte hervor. Von europäischer Geografie wusste er so gut wie gar nichts, aber er versuchte, sich die Lage der verschiedenen Länder einzuprägen.

Nein, wir sind zu weit nördlich, als dass das die Schweiz sein könnte. Sicher ist es Deutschland.

Wieder wurde er von Neid ergriffen. Abbott kannte hier draußen sicher jede Erdfalte, und es machte ihm Spaß, Phil darauf hinzuweisen. Die Copiloten auf internationalen Flügen waren wandelnde Reiseführer. Sie verachteten jeden, der nicht über Auslandserfahrung verfügte, und zeigten denjenigen Kapitänen der Inlandsabteilung, die sich auf internationale Strecken versetzen ließen, um mehr Geld zu verdienen, die kalte Schulter. Und er, Phil, bekam diese Ablehnung tagtäglich zu spüren.

Erneut fiel ihm der Streit in Heathrow ein, und er zuckte zusammen, weil er derart die Beherrschung verloren hatte. Natürlich hatte Abbott die Standpauke verdient, und vielleicht war es doch richtig gewesen, klar Schiff zu machen und dem jungen Mann mitzuteilen, dass sein Kapitän von dem arroganten Getue die Nase voll hatte.

Der Platz neben Brian Logan war frei, und Janie hatte das Alleinsein inzwischen gründlich satt. Vor einigen Minuten schon hatte ihr das Kabinensignal verraten, dass sie die dreitausend Meter hinter sich hatten, doch das Lämpchen für die Sicherheitsgurte leuchtete immer noch. Aber Janie hielt es einfach nicht länger aus; sie musste sich bewegen, wenn sie wütend und verärgert war. Alles war besser, als dazusitzen und über Judys unverschämtes Verhalten nachzugrübeln, das sie wegen ihrer Erschöpfung noch mehr getroffen hatte als sonst. Also glitt Janie lautlos aus dem Sitz, schlüpfte über den Gang und strich Rock und Bluse glatt, bevor sie sich neben dem Arzt auf Platz 3-C niederließ. Er sah sie ein wenig erstaunt an.

«Hallo», meinte sie lächelnd und hielt seinem Blick stand. Sie stellte fest, dass seine Züge ein wenig freundlicher wurden, als sie ihm, ein wenig ungelenk, weil die Armlehne im Weg war, die rechte Hand hinstreckte.

«Ich bin Janie Bretsen.»

«Brian Logan, nett, Sie kennen zu lernen … Janie.» Er schaute sich um, als würde jeden Moment eine Mutter Oberin durch die Vorhänge gestürmt kommen und ihn dabei ertappen, wie er einen ihrer Schützlinge belästigte.

«Ich dachte, Sie wären Flugbegleiterin», meinte er und ließ ihre Hand los.

«Das stimmt eigentlich auch», erwiderte sie, zog eine Augenbraue hoch und schlug einen verschwörerischen Ton an. «Aber ich mache heute blau.»

«Wirklich?»

Janie schlüpfte aus den Schuhen, zog die Beine hoch und drehte sich in dem breiten Sitz zur Seite, um Brian anzusehen. «Genau genommen habe ich den Flug von Chicago nach London als Chefstewardess betreut, aber dann fehlte für den Flug nach Kapstadt eine Kraft, und deshalb haben sie mich zwangsverpflichtet. Also gehöre ich offiziell zwar zur Besatzung, doch ich habe praktisch frei.»

Sie stellte fest, dass er die Hand zurückzog und sie zur Faust ballte, als sei es ihm plötzlich unangenehm, dass er Janie berührt oder sogar mit ihr gesprochen hatte.

«Ich verstehe», meinte er. Sein Tonfall war plötzlich kühl, und er tat so, als betrachte er etwas am vorderen Spant.

Habe ich ihm etwas getan?, fragte sich Janie. *Warum dieser jähe Stimmungswechsel? Nein, es ist nicht meine Schuld.*

«Wissen Sie, ich konnte Ihnen nicht helfen …», begann sie. «Ich meine, die Kabine ist recht klein, und es hallt ziemlich …»

Er starrte sie mit steinerner Miene an. «Sie können gehen und Ms Jackson sagen, dass ich nicht auf ihre billigen Tricks hereinfalle.»

Janie verstand die Welt nicht mehr.

«Wie bitte?»

«Sie hat Sie doch geschickt, damit Sie nett zu mir sind und sich bei mir einschmeicheln. Aber das kann sie vergessen.»

Janie fixierte die Seite seines Gesichts mit Blicken, obwohl er sich weigerte, sie anzusehen.

«Sie irren sich, Herr Doktor. Ich bin nur hier, um mit Ihnen zu plaudern. Judy Jackson hat nichts damit zu tun.»

«Es ist trotzdem zwecklos», wiederholte er.

«Was ist zwecklos, Dr. Logan?», fragte sie leise. «Soll ich Sie Dr. Logan nennen, oder wollen wir einander beim Vornamen ansprechen?»

«Doktor genügt mir.»

Sie nickte. «Dann also Doktor. Aber jetzt erklären Sie mir bitte, was ich angeblich vorhabe und was zwecklos ist.»

«Sie haben da drüben einen freien Platz», knurrte er.

«Also möchten Sie, dass ich Sie in Ruhe lasse?», fragte Janie nach einer Weile.

«Wenn Sie hier sind, um mich einzuwickeln, ja.»

«Das bin ich nicht. Ehrenwort. Ich beabsichtige nicht, Sie einzuwickeln, Sie zu überreden, Sie auszutricksen oder mich bei Ihnen einzuschmeicheln. Das kann ich nicht, das will ich nicht, und das darf ich auch gar nicht.»

Er grinste.

«Klingt wie aus einem Kinderbuch von Dr. Seuss», sagte er.

«Ja.» Sie kicherte.

Er nickte, und es kostete ihn Mühe, sich ein Lächeln zu verkneifen, als sie fortfuhr.

«Als Kind mochte ich die Bücher von Dr. Seuss sehr.»

Er nickte. Ein gutes Zeichen, dachte sie. «Meine Frau und ich …», begann er, doch der Rest des Satzes blieb ihm im Halse stecken. Er wandte den Kopf ab, biss die Zähne zusammen und schlug die Hand vor den Mund.

«Herr Doktor, hören Sie. Ich habe mitbekommen, wie Sie zur Jackson sagten, Meridian hätte Ihre Frau und Ihr Kind auf dem Gewissen –»

«Ermordet!», zischte er.

«Ja, so haben Sie es ausgedrückt. Ermordet.»

Schweigend saßen sie eine Weile da. Dann sah er sie verlegen an.

«Wenn Sie möchten, gehe ich», meinte sie, «aber… ich glaube, ich würde gerne wissen, was passiert ist.»

Zu seiner eigenen Überraschung wollte er, dass sie blieb.

«War es ein Absturz?»

Er schüttelte den Kopf, und es kostete ihn Mühe, sich zu beherrschen, als er die Geschehnisse kurz für sie zusammenfasste. Nachdem er fertig war, verharrte er fast eine Minute lang schweigend, während Janie an ihrem Rock nestelte und kopfschüttelnd zu Boden blickte.

«Ich hatte ja keine Ahnung», flüsterte sie. «Kein Wunder, dass Sie alles und jeden bei Meridian hassen. Mir würde es genauso gehen.»

«Können Sie sich überhaupt vorstellen, wie es ist, in dieser Maschine sein zu müssen?», fragte er, inzwischen nicht mehr wütend, sondern bedrückt. «In einem Flugzeug, das Meridian gehört?»

«Nein, kann ich nicht», erwiderte sie, worauf Brian sie zweifelnd ansah.

«Nein?»

«Ich kann versuchen, es nachzuvollziehen, Herr Doktor, und ich gebe mir Mühe. Aber wenn ich jetzt mit Ja antworten würde, würde ich das schreckliche Leid verhöhnen, das Sie ertragen mussten.»

«Brian», meinte er.

«Verzeihung?»

Er verbeugte sich kurz und verzog das Gesicht, als sei er gerade in ein Fettnäpfchen getreten. «Bitte nennen Sie mich Brian.»

Sie nickte. «Danke, Brian. Ich bin Janie.»

«Ich… äh… möchte Ihnen für Ihr Verständnis danken. Ich habe das nicht erwartet…»

«Gern geschehen», entgegnete sie, um zu verhindern, dass er sich in seinen Entschuldigungen verhedderte.

«Ich finde es nur jammerschade, dass eine reizende Frau wie Sie bei einer so grässlichen Fluggesellschaft arbeitet.»

«Ich auch», erwiderte Janie zu ihrer eigenen Überraschung. Sie fragte sich, warum sie einfach so mit dieser Antwort herausgeplatzt war.

Auch Brian Logan wirkte verdattert, und sie legte ihm die Hand auf den Arm.

«Brian, bei Meridian gibt es einige schrecklich unsympathische Leute, so wie die Frau, deren Bekanntschaft Sie bereits in dieser Maschine gemacht haben. Einige sind ausgebrannt, und andere haben – so wie ich – die Zustände, die in unserem Unternehmen mittlerweile herrschen, gründlich satt.»

Er nickte, schien aber noch nicht überzeugt. Sie erzählte ihm von ihrem Gespräch mit Senatorin Douglas und den Schwierigkeiten auf dem Flug von Chicago nach London. Obwohl sie hin und wieder abschweifte, hörte er ihr aufmerksam zu. Sie wusste, dass sie seine Wut zwar nicht besänftigt hatte, aber sie hatte wenigstens einen Anfang gemacht.

Karen Davidson hatte eine halbe Stunde gebraucht, um herauszufinden, wie man das Kinderkörbchen absturzsicher am Zeitschriftenhalter befestigte. Es war zwar nicht leicht gewesen, den Griff so einzuhaken, dass er nicht herausrutschen konnte, aber schließlich hatte sie eine Lösung gefunden, die besser war als die, das Körbchen mit dem Baby auf dem kalten Boden stehen zu lassen.

Als die Flugbegleiterin Cathy Eileson den Gang entlangkam und Karen Davidsons Werk bemerkte, blieb sie stehen. «Das ist aber eine prima Idee!»

«Danke», erwiderte Karen. «Bei manchen Fluggesellschaften gibt es dafür eigene Haken, doch hier musste ich selbst etwas zurechtbasteln.»

«Ich finde den Einfall wirklich großartig, aber ich muss Ihnen leider sagen, dass wir Anweisung haben, so etwas nicht zu gestatten.»

«Keine Angst», meinte Karen. «Ich nehme es vor der Landung wieder ab.»

«Das glaube ich Ihnen gern, doch ... wir ersticken förmlich in Vorschriften und haben nur wenig Ermessensspielraum. Bei Turbulenzen könnte das Körbchen runterfallen.»

Seufzend nahm Karen das Babykörbchen wieder ab und stellte es zu ihren Füßen auf den Boden. «Ich habe es nur aufgehängt, weil der Boden so kalt ist.»

«Ich besorge Ihnen noch ein paar Decken», antwortete Cathy. «Es tut mir wirklich sehr Leid.»

Karen musterte sie prüfend. «Arbeiten Sie für diese Fluggesellschaft?», fragte sie.

Cathy Eileson wich verdattert zurück und wusste nicht, ob das eine humoristische Bemerkung sein sollte. «Verzeihung?»

«Ich war nur neugierig, ob Sie wirklich Stewardess bei der Meridian sind. Bis auf die Chefstewardess, die uns ab Chicago betreut hat – eine Janie soundso – scheinen Sie die Einzige zu sein, die sich für uns interessiert.»

Die Verwirrung in der Miene der jungen Frau wurde kurz von Panik abgelöst, als sie sich das schimmernde, braune Haar aus dem Gesicht schob und den Kopf schüttelte. «Ich... ich bedaure... ich meine...»

Karen unterbrach sie mit einer Handbewegung. «Das war nicht nett von mir. Entschuldigen Sie.»

«Nein», erwiderte Cathy, «wenn jemand unfreundlich zu Ihnen war, muss ich es erfahren. Es tut mir Leid.» Wortlos stand Cathy auf, beugte sich über Karen und flüsterte. «Falls Sie während des restlichen Fluges etwas brauchen, fragen Sie mich, okay? Ich bin meistens in der hinteren Bordküche.»

Karen wartete, bis sie sich umgedreht hatte, und befestigte dann das Babykörbchen wieder sorgfältig am Spant.

Auf dem Oberdeck der Boeing 747-400 kam Garth Abbott aus der kleinen Toilette hinter dem Cockpit und schlüpfte in die nächste Bordküche, um sich einen Kaffee einzuschenken und nachzudenken. Als er aus dem Augenwinkel eine Bewegung wahrnahm, drehte er sich um, und sein Blick fiel auf Judy Jackson.

Sie war die Allerletzte, der er in diesem Moment begegnen wollte.

Garth kannte Judy nur allzu gut, denn er war im Laufe der Jahre schon öfter mit ihr geflogen. «Sie hat ohne besonderen Grund eine Wut auf die ganze Welt», hatte er ein paar Wochen zuvor einem neuen Kapitän erklärt, als Judy nach dem Start ins Cockpit gestürmt war und dem erfahrenen Piloten wegen einer eingebildeten Kränkung eine Szene gemacht hatte.

«Wer zum Teufel führt hier das Kommando?», hatte der Kapitän Garth ehrlich erstaunt gefragt, nachdem Judy wieder verschwunden war. «Ich weiß ja, dass heutzutage niemand mehr beim Anblick eines Flugkapitäns vor Ehrfurcht erstarrt, aber so etwas darf doch nicht wahr sein, Garth! Sie hat mich sogar beschimpft.»

«Sie sollten sich geehrt fühlen.» Garth kicherte. «Judy beleidigt nur Piloten, die sie mag; wir Übrigen sterben auf ihren Flügen den Hungertod. Kein Essen, kein Trinken, kein Wechselgeld.»

«Vielleicht ist es an der Zeit, dass sich mal jemand bei der Firmenleitung über sie beschwert.»

«Seien Sie bloß vorsichtig», warnte Garth. «Der letzte Kapitän, der das gewagt hat, hat sich anschließend eine Anzeige wegen angeblicher sexueller Belästigung eingehandelt und hätte deshalb beinahe seinen Job verloren. Wir alle sind von seiner Unschuld ziemlich überzeugt.»

«Wirklich?»

«Judy ist die absolute Herrscherin über die Kabine, Captain. Darin lässt sie sich nicht beirren, und wir alle haben es aufgegeben, uns deshalb mit ihr herumzustreiten.»

Als Judy den ersten Offizier in der Bordküche entdeckte, winkte sie ihm zu und kam näher.

Ist ja prima, dachte Garth, und überlegte, ob die Gesellschaft von Phil Knight der von Judy nicht doch vorzuziehen sei. Wieder dachte er an seine Frau und wurde von Beklommenheit ergriffen. Wie gerne hätte er jetzt die Augen geschlossen und ihr letztes Gespräch vor dem Start ungestört noch einmal Revue passieren lassen! Hinter dem Cockpit gab es zwar einen kleinen Ruheraum für Besatzungsmitglieder, doch erreichte man diesen Raum nur vom Cockpit aus, sodass Phil Knight es sicher bemerken würde.

«Ich hätte Ihnen das auch bringen können», verkündete Judy, warf das Haar zurück und wies lächelnd auf seine Kaffeetasse.

«Ach, ist schon in Ordnung. Ich musste mir sowieso kurz die Beine vertreten.»

Judy verlagerte ihr Gewicht aufs andere Bein, sodass sich ihre

Hüften besser unter dem gut geschnittenen Uniformrock abzeichneten. Dabei sah sie ihm in die Augen und fragte sich, ob sein Blick wohl über ihren Körper gleiten würde. Stattdessen wandte er sich ab und musterte die Bordküche, den Teppich und die Decke, um sie nicht anschauen zu müssen.

«Sie scheinen sich Sorgen zu machen, junger Mann», meinte sie mit überraschend sanfter Stimme.

Angesichts dieser unerwarteten Bemerkung hob Garth neugierig den Kopf und rechnete eigentlich mit einem höhnischen Grinsen. In ihren großen, ungewöhnlich blauen Augen war jedoch kein Spott zu erkennen.

«Ich ... äh ... es ist was Persönliches», stieß er hervor und ärgerte sich über sein eigenes Gestammel.

«Alles ist persönlich», erwiderte sie. «Der liebe Gott weiß, dass ich in meinem Leben schon genug mitgemacht habe. Das ...» Sie rutschte ein wenig nach links, um in seinem Blickfeld zu bleiben, «ist der Grund, warum ich einen Mann, der sich Sorgen macht, von weitem erkenne. Ich weiß, dass ich mich einmische, aber ...» Ein Blick auf seine linke Hand verriet ihr sofort, dass er einen Ehering trug, was ihr zuvor nicht aufgefallen war. «Schwierigkeiten zu Hause?»

Garth lächelte wider Willen, wurde dann aber wieder ernst und schüttelte den Kopf. «Was? Nein.» Er versuchte zu lachen, was jedoch eher wie ein Husten klang. «Ich ... äh ... wäre momentan nur gerne woanders. Geht es Ihnen manchmal auch so?»

Sie lachte auf. «So etwa einmal alle zwei Stunden. Willkommen im Club.»

Wieder trafen sich ihre Blicke, was ihn sehr verlegen machte. Es war ihm schon immer schwer gefallen, einer Frau in die Augen zu sehen. Es war so persönlich, so ... intim. Allerdings wusste er von Carol, dass Frauen keine hohe Meinung von Männern hatten, die sie nicht anschauen konnten. «Entweder haben sie Dreck am Stecken und sind unzuverlässig», pflegte sie zu sagen, «oder sie schaffen es einfach nicht, den Blick von deinen Titten zu lösen. Jedenfalls kann man ihnen nicht vertrauen.»

«Ein Dollar für Ihre Gedanken.» Judys Stimme holte ihn zurück in die Gegenwart. Garth schüttelte den Kopf und sah sie an.

«Sie waren gerade in einer anderen Welt.»

Er nickte. «Na ja … Wenn ich nicht gleich wieder bei Phil bin, muss ich mir auch noch einen anderen Job suchen.»

Sie lächelte, was ihn noch mehr verwirrte. War das wirklich die Furie, die unerträgliche Nervensäge, über die er erst vor kurzem so gelästert hatte? Wie kam es, dass sie auf einmal so nett und so … weiblich … wirkte?

«Bis später», sagte er und drehte sich verlegen nach dem Bordtelefon und dem Zahlenschloss um.

«Darauf können Sie Gift nehmen», erwiderte sie, an seinen Rücken gewandt.

18

ANNAPOLIS, MARYLAND, 6:56 ORTSZEIT

Am Liegeplatz 18 hielt David Byrd inne und blickte zu dem Möwenschwarm hoch, der mit schrillen Schreien seine Aufmerksamkeit erregt hatte. Eine Weile sah er zu, wie die Vögel scheinbar schwerelos im orangefarbenen Licht der Morgensonne dahinschwebten.

So kurz nach Morgengrauen war die Luft noch kühl von der Nacht. Eine Unzahl verschiedener Düfte stieg aus dem klaren, grünen Wasser des Hafens auf, und eine leichte Meeresbrise zauste David das Haar, während er den Geruch von Meer, Seetang und Fisch einatmete.

David sah auf die Uhr: zwei Minuten vor sieben. General Overmeyer hatte ihn gewarnt, dass John Blaylock unberechenbar sein konnte. Er war eine seltsame Mischung aus Aussteiger und Pedant, und es hieß, dass er zu wichtigen Besprechungen stets pünktlich auf die Sekunde erschien – allerdings in zerknitterter Uniform und mit Schuhen, die niemand mehr geputzt hatte, seit sie in der Fabrik vom Fließband gelaufen waren.

David betrat das Teakdeck der «Jacht» und hob die Hand, um an die Tür des Steuerhauses zu klopfen. Doch zu seiner Überraschung wurde diese plötzlich geöffnet. Das Gesicht eines Mannes erschien im Spalt, und der Mann musterte den Besucher schweigend und argwöhnisch.

«Hallo», sagte David zweifelnd.

Die Tür wurde wortlos zugeknallt.

Als David sich erneut anschickte zu klopfen, ging die Tür wieder auf. Diesmal gab sie einen Mann frei, der die mit zuckenden Blitzen verzierte Uniformmütze eines Colonels der Air Force trug – und dazu nichts weiter als mit Mickymäusen bedruckte Boxershorts.

«Colonel Blaylock?», fragte David.

Der über eins neunzig große Blaylock salutierte übertrieben und hielt David dann die Hand hin.

«Willkommen an Bord, Colonel Byrd. Ich weiß es zu schätzen, wenn ein Mann pünktlich ist.» Blaylock machte kehrt und bedeutete David, ihm in die Kombüse zu folgen. Wie David feststellte, hatte John Blaylock noch volles, dunkles Haar, ein sonnengebräuntes Gesicht und eine ebensolche Brust sowie ein kleines Bäuchlein. Sein Grinsen war einnehmend und konnte sich jederzeit in ein strahlendes Lächeln verwandeln.

«Kaffee?», erkundigte sich Blaylock und strahlte wie ein Weihnachtsbaum.

«Bitte. Nur Sahne, keinen Zucker.»

«Roger. Nehmen Sie sich einen Hocker.»

David gehorchte und sah zu, wie Blaylock sein Morgenritual ablaufen ließ, Kaffeebohnen mahlte und das feine Pulver in eine mit Messing beschlagene Espressomaschine füllte, die eigentlich viel zu groß für ein Wohnmobil war. Dann beäugte Blaylock die Bedienungsknöpfe des Geräts.

«Ich bin Reservist», begann er. «Und Reservisten sind naturgemäß misstrauisch gegenüber Insassen des Pentagons und Colonels, die plötzlich am Hafen auftauchen und Informationen haben wollen.»

«Ich will Informationen?», fragte David.

Blaylock grinste. «Okay, Kaffee und Informationen. Apropos: Was, glaubt der gute General, kann ich denn für Sie tun?»

«Tja, erstens handelt es sich um einen offiziellen Besuch.»

«Das habe ich mir schon gedacht», erwiderte Blaylock und deutete mit gespielt ernster Miene auf seine Uniformmütze. «Deshalb habe ich heute Morgen ja Uniform angezogen.»

«Schon, aber Mickymaus-Shorts entsprechen meiner Ansicht nach nicht den Vorschriften.»

«Unsinn! Wie oft, Colonel Byrd, haben Sie sich im Laufe Ihrer Karriere gefragt, ob Sie nicht doch für einen Mickymaus-Verein arbeiten?»

David kicherte. «Okay, ich habe verstanden.»

«Aber Sie wollten mir doch erzählen, warum Sie hier sind.» Blaylock öffnete ein Ventil und zapfte eine Tasse schwarzen Kaffee aus der Maschine, während David ihm von der Arbeitsgruppe berichtete, die er bei der Luftfahrtbehörde geleitet hatte.

Dann schilderte er die Befürchtungen der Geheimdienste, Terroristen könnten sich die Wut aufgebrachter Fluggäste zunutze machen, um diese aufzuwiegeln. Als er fertig war, hatte ihm sein Gastgeber eine riesige Tasse unbeschreiblich köstlichen Kaffee vorgesetzt, ein Hawaiihemd angezogen und sich ihm gegenüber an der Theke niedergelassen.

«War's das?», fragte John Blaylock.

«Mehr oder weniger», entgegnete David. «Gibt es da eine Zauberlösung?»

Blaylock schnaubte verächtlich. «Bis jetzt habe ich nicht einmal eine Zauberfrage.»

«Ich persönlich», fuhr David fort, «kann mir nicht vorstellen, wie die Bedrohung durch ein trojanisches Pferd in der Luft etwas mit der Wut von Passagieren zu tun haben soll.»

«Hat sie auch nicht», erwiderte Blaylock. «Und deshalb sind sie ja besorgt.»

«Können Sie mir das erklären?», hakte David nach.

John Blaylock stellte die Tasse auf die Theke und wies in einer ausladenden Geste zur Decke. «Es ist das Prinzip der sich selbst bestätigenden Paranoia. Vermutlich haben Sie noch nie davon gehört.»

«Nein.»

«Wahrscheinlich deshalb, weil ich es gerade erfunden habe. Jetzt aber im Ernst: Wenn die Geheimdienste auf zwei Probleme wie die uns vorliegenden stoßen, die eigentlich nichts miteinander zu tun haben, laufen all ihre Verschwörungsdetektoren auf Hochtouren. Es kocht und brodelt, und sie suchen die endgültige Antwort auf die Frage, die da lautet: ‹Ist es das, was uns die Gegenseite glauben machen will?› Insbesondere dann, wenn gerade Krieg herrscht.»

«Und die Gegenseite ist eine namenlose, unbekannte ...»

«Richtig. Eine schattenhafte Armee von feindlichen Verschwörern, die uns immer einen Schritt voraus ist.»

«Teilen Sie diese Auffassung?»

«Natürlich nicht. Den Großteil meiner Karriere habe ich damit verbracht, aus irgendeinem abgelegenen Winkel der Erde hierher zurückzukehren, ins Pentagon oder zur CIA nach Langley zu marschieren und zu melden, dass das konspirative, äußerst wichtige und vorrevolutionäre Treffen von Drogenbossen in Kolumbien, das zu einem streng geheimen Wirbel, zu Panik und wilden Mutmaßungen geführt hat, nichts als falscher Alarm war. Ein Mitglied des Kartells hat für einen seiner Kumpel in Lima eine Gartenparty gegeben, das war alles. Und während die Jungs von der CIA ins Weiße Haus stürmen, um sich die Erlaubnis zum Losschlagen zu holen, kippen die Typen am Pool gemütlich ein paar Tequilas.»

«Das war Ihr Job?»

«Ach, ich habe mich nur an den üblichen Touristenorten rumgetrieben und mich benommen wie ein dämlicher Ami, der zu viel Zeit hat und die Eingeborenen in ihren bunten altmodischen Kostümen kennen lernen möchte. Es ist erstaunlich, was man alles zu hören kriegt, wenn man die Ohren spitzt. Vorausgesetzt, man spendiert das *cerveza*... das Bier... grinst und rülpst auf Stichwort.»

«Und sehen Sie unter Berücksichtigung Ihres Prinzips der sich selbst bestätigenden Paranoia hier einen Zusammenhang?»

John Blaylock musterte ihn. «Sie wollen wissen, ob es Verbindungen gibt, zwischen dem durchaus verständlichen Bedürfnis von Passagieren, die Fluggesellschaften, die uns mit ihrem grauenhaften Service foltern, ordentlich durchzuprügeln, und unseren Erzfeinden, den Terroristen, die zwischen La Jolla und Kennebunkport ein menschenleeres Gebiet schaffen wollen, das im Dunkeln von allein leuchtet.»

«Wie bitte?»

«Dass die Vereinigten Staaten in einem Atompilz untergehen.»

«Ach so. In etwa so ähnlich.»

«Nein. Keine geplanten Verbindungen.»

«Und das heißt...»

Blaylock verzog das Gesicht und schlug sich gegen die Stirn. «Tja, lassen Sie mich überlegen. Könnte es vielleicht eine ungeplante Verbindung sein?»

«Okay, die Antwort war ja wohl klar.» David hob die Hand. «Und was ist Ihrer Ansicht nach eine mögliche Verbindung zwischen den zwei völlig unähnlichen Punkten auf diesem verschwommenen Bild?»

«Verschleierung. Sagen wir mal, Sie sind der neue Terroristenführer und fest davon überzeugt, dass Ihr Gott, Beelzebub, von Ihnen verlangt, zweihundertachtzig Millionen Amerikaner zu töten. Allerdings haben Sie ein großes Problem, weil die Amerikaner auf Tausenden von verschiedenen Kanälen sicher Wind davon bekommen werden, wenn Sie etwas planen. Dann würden Ihre angeheuerten Rattenbrigaden bestimmt gefangen oder getötet, denn leider wären die Amerikaner sehr böse auf Sie. Warum müssen Sie auch große Löcher in Schiffe der Navy sprengen und Gruppen unterstützen, die mithilfe von Flugzeugen amerikanische Gebäude zerstören und Menschen ermorden? Außerdem haben die USA Ihnen den Krieg erklärt und scheinen genau zu wissen, was Sie vorhaben. Und solange die Sie genau beobachten und Ihre abgerichteten Ratten überall auf der Welt verfolgen, sind Ihnen mehr oder weniger die Hände gebunden. Was also können Sie tun?»

«Keine Ahnung.»

«Sie suchen sich ein weiches Ziel, verhalten sich ruhig, unternehmen gar nichts und warten ab, bis Ihre Allah-Karikatur Ihnen eine Ablenkung verschafft, die die allgemeine Aufmerksamkeit lange genug fesselt, sodass Sie durch das Sicherheitsnetz schlüpfen können.»

«Ich komme da nicht ganz mit.»

«Sie brauchen sich nur zu gedulden, bis etwas geschieht, das die Medien in Aufruhr versetzt, damit niemand auf Ihre Vorbereitungen für einen Angriff achtet. Während die ganze Welt wegen Zwischenfall B verrückt spielt, mit dem Sie entgegen aller Annahmen nicht das Geringste zu tun haben, starten Sie Plan A.»

«Und eine Passagierrevolte an Bord einer Linienmaschine könnte ein so genannter Zwischenfall B sein. Aber wie soll das gehen? Wenn ein Passagier einen Tobsuchtsanfall bekommt, führt das doch meistens nur zu Problemen für die Besatzung, einer Notlandung und einer Festnahme.»

«Sie untersuchen die Molekularstruktur der Rinde und vergessen dabei den Wald.»

«Und was ist der Wald?»

«Haben Sie Lust auf ein Frühstück? Eier, gebratenes Schwein oder etwas dergleichen?»

«Na klar.»

«Rührei, Spiegelei, weiches Ei?»

«Rührei. Und ... haben Sie eine Toilette?»

«Sogar zwei. Nehmen Sie die kleine rechts.»

«Danke.»

«Ihr Mobiltelefon läutet», stellte Blaylock fest.

David nahm das Telefon vom Gürtel und drückte auf einen Knopf, um das Geräusch abzustellen. «Nur eine Nachricht.» Nachdem er das Gerät auf den Tresen gelegt hatte, verschwand er im Klo.

Als David zurückkam, hatte John Blaylock bereits die nötigen Zutaten zusammengesucht und auf der Theke verteilt. Er schlug Eier in eine Schüssel und beseitigte mit der einen Hand die Schalen, während er weitersprach. «Sie haben doch gestern selbst ausgesagt, dass es eines Tages zu einer Tragödie kommen könnte, wenn nicht endlich etwas gegen die Gründe unternommen wird, warum Passagiere so in Wut geraten.»

«Woher wissen Sie ...?»

«Es gibt da so Dinger namens Fernsehgeräte.»

«Ach, natürlich. Gut, dass Sie zufällig die Sendung gesehen haben.»

Ein Lächeln huschte über John Blaylocks Gesicht. «Je länger ich darüber nachdenke, desto mehr glaube ich, dass die Geheimdienste etwas ganz anderes als die Sache beschäftigt, von der ich gerade gesprochen habe. Natürlich haben sie Angst vor einer ungeplanten Ablenkung, doch Sie können Gift drauf nehmen, dass sie wegen der Möglichkeit eines trojanischen Pferdes bereits in Panik sind. Nach den Angriffen auf das World Trade Center merken sie schon auf, wenn eine Mücke vom Kurs abkommt, und der Luftraum über Washington wird noch immer von Kampfflugzeugen überwacht. Selbstverständlich sind sie paranoid, doch wie das schöne alte Sprichwort sagt, ist Verfolgungswahn keine Garantie dafür, dass die bösen Buben es nicht vielleicht doch auf einen abgesehen haben.»

«Ich verstehe.»

«Sie wissen nicht, wie dieses trojanische Pferd aussehen könnte, aber sie sind sicher, dass es bald kommt. Bestimmt haben sie von einigen Außendienstmitarbeitern dementsprechende Warnungen erhalten. Also stürzen sie sich auf sämtliche Verdachtsmomente und ermitteln gegen alles und jeden, die einen solchen Albtraum auslösen könnten. Im Augenblick kann ich ungezwungen vor mich hin spekulieren, da ich nicht über geheime Informationen verfüge. Es ist nur Instinkt und Erfahrung.»

«Okay.»

«So denken diese Leute eben.»

«Und das ist Ihre Welt?»

Blaylock blickte schmunzelnd auf. «Eigentlich nicht. Ich habe nur viele Jahre mit dem Versuch verbracht, die Paranoia einzudämmen. Ich stehe im richtigen Moment auf, räuspere mich laut und weise alle darauf hin, dass der König wirklich keine Kleider trägt.» Er wendete einige dicke Streifen Räucherspeck, die auf dem Herd brutzelten, schob Brotscheiben in den Toaster und goss die Eier in eine gebutterte Pfanne, bevor er weitersprach. «Sie müssen stets daran denken, dass die Geheimdienste Murphys Gesetz auch auf das Wahrscheinlichkeitsprinzip anwenden.»

«Lassen Sie mich raten: Sie werden es mir jetzt in allen Einzelheiten erklären», meinte David gespielt besorgt.

«Natürlich. Es ist ein einfaches Prinzip: Ganz gleich, wie abgehoben eine Theorie auch sein mag, werden die tatsächlichen Ereignisse sie noch an Absurdität, Unvorhersehbarkeit und Unwahrscheinlichkeit übertreffen.»

Als die Eier fertig waren, verteilte Blaylock sie ordentlich auf zwei Teller, fügte Speck und Toast dazu und stellte eine Portion vor David hin.

«Ich bin beeindruckt. Mein Kompliment an den Koch.»

«Der Koch bedankt sich und lässt sich gern mit Bargeld oder Golddublonen entlohnen. Ein Gläschen Chablis vielleicht? Ich habe noch einen Karton im Weinkeller.»

«Dieses Boot hat einen *Keller*?»

«Nein, aber es klingt so wundervoll snobistisch, finden Sie nicht? So, als ob man an einem Plastikkorken schnuppert. Offen gestanden befindet sich mein Weinkeller draußen in einem der Spinde. Ein paar Flaschen haben sogar einen Schraubverschluss.»

«Nein danke. Die Eier schmecken ganz vorzüglich.»

Die Tür zu seiner Linken öffnete sich leise. Als David aufblickte, sah er eine schwarzhaarige splitternackte junge Frau, die mit schläfriger Miene auf der Schwelle stand. Mit der einen Hand rieb sie sich die Augen, mit der anderen hielt sie die Tür auf.

«Guten Morgen, meine Schöne», sagte John Blaylock, als ob es sich um eine ganz alltägliche Situation handelte.

«Morgen, John», schnurrte sie.

«Darf ich dir einen Kollegen von mir vorstellen, Baby? David, das ist Jill. Jill, das ist David.»

Jill hörte auf, sich die Augen zu reiben, und blickte an sich herunter, als bemerke sie erst jetzt, dass sie nicht angezogen war. Mit einem leicht verlegenen Lächeln sah sie David an und knabberte an ihrem Fingernagel.

«Oh», murmelte sie, winkte ihm zu, verschwand wieder im Schlafzimmer und schloss die Tür hinter sich.

«Also», fuhr Blaylock fort, als wären sie nie unterbrochen worden. «Was kann ich sonst noch für Sie tun?»

David wies mit dem Kopf auf die Schlafzimmertür. «Falls sie nicht noch eine Schwester hat, wäre ich auch mit einer kalten Dusche zufrieden.»

«Keine Schwester. Sie können ja gerne in der Bucht schwimmen gehen. Das Wasser ist kalt genug.»

«Darf ich fragen, wie alt Sie sind, Colonel?»

«Jetzt könnte ich mit ‹volljährig› antworten.»

«Aber das wäre abgedroschen und …»

«Ja, und außerdem würde mir so ein Spruch nie über die Lippen kommen. Ich bin vierundsechzig und werde bald neunundzwanzig. Und bevor Sie weiterfragen, mein Junge, verrate ich Ihnen, dass das Geheimnis darin liegt, wie man eine Frau behandelt.»

«Richtig.»

«Sie wirken ein wenig verdattert.»

«Äh, entschuldigen Sie die Einmischung, aber sollten Sie nicht irgendwo in Tibet auf einem Berggipfel sitzen und dem Rest der Menschheit Vorträge zu diesem Thema halten?»

19

IN DER LUFT, AN BORD VON MERIDIAN FLUG SECHS, 15:01 ORTSZEIT

Judy Jackson wischte sich die Schweißperlen von der Stirn. In der Kabine der 747 war es viel zu heiß, und sie hatte den Copiloten bereits gebeten, die Temperatur ein wenig zu senken. Allerdings interessierte sie das Jammern der Passagiere herzlich wenig, auch wenn das Gemecker immer lauter wurde.

«Sehen Sie das kleine runde Ding über Ihrem Kopf, Sir?», hatte sie den letzten Protestierenden gefragt. «Wozu, glauben Sie, ist das wohl da?» Sie verdrehte die Augen zur Decke und legte den Zeigefinger an die Wange, als denke sie angestrengt nach. «Ach, vielleicht dient es ja dazu, den Passagieren Kühlung zu verschaffen!» Sie schaltete den Ventilator ein und richtete ihn grinsend auf die Stirn des Mannes. «Sehen Sie? Problem gelöst.»

Inzwischen jedoch schwitzte Judy Jackson selbst, weshalb sie zum Bordtelefon griff und den Copiloten noch einmal aufforderte, die Klimaanlage höher zu stellen.

Nachdem das erledigt war, pirschte sich Judy zu dem Vorhang, der die erste Klasse von der Business-Class trennte, und spähte vorsichtig hindurch. Etwa dreißig bis vierzig Passagiere standen herum, und keiner von ihnen wirkte sehr freundlich. Sie sah, dass zwei ihrer Flugbegleiterinnen, Cindy und Elle, lächelnd Getränke verteilten, doch die Gemüter waren wegen der Verzögerung in Heathrow und des ausfallenden Benehmens des Arztes aus der ersten Klasse immer noch erhitzt.

Als Judy daran dachte, dass sie sich mit einer Kabine voller unzufriedener Passagiere würde auseinander setzen müssen, erschauderte sie vor Abscheu. Schließlich flogen diese Leute heutzutage praktisch umsonst, was sie jedoch offenbar nicht daran hinderte, ständig mehr und mehr zu fordern. Judy hatte die Nase voll von ihnen.

Sie würde diesen Nörglern schon noch zeigen, was eine Harke war.

Zwei Männer in Freizeitkleidung hatten Judy bemerkt und kamen näher. Sie wollte sich schon hinter die Vorhänge zurückziehen, überlegte es sich aber anders. Die beiden schienen zwar wütend zu sein, aber schließlich war sie, Judy, angesichts dieser Horde ungebärdiger Passagiere die Einzige, die das Recht hatte, sich zu ärgern.

«Sind Sie die Chefstewardess?», begann der eine.

«Ja, das bin ich in der Tat.» Sie wies zur Decke. «Haben Sie zufällig dieses kleine Lämpchen gesehen, das anzeigt, dass die Sicherheitsgurte geschlossen bleiben müssen? Es leuchtet nämlich.»

«Ja, schon gut», erwiderte der andere. «Passen Sie auf, meine Liebe. Wir haben uns nun schon drei Mal bei Ihren Kolleginnen darüber beschwert, dass es hier drinnen zu heiß ist. Meiner Frau wird allmählich schlecht.»

«Darum habe ich mich bereits gekümmert, Sir. Und jetzt kehren Sie bitte wieder zurück an Ihre Plätze.»

Die beiden Männer sahen sich kurz an und blieben stehen.

«Haben Sie mich nicht verstanden? Das Sicherheitsgurt-Zeichen ist an. Setzen Sie sich.»

«Wissen Sie was?», entgegnete der größere der beiden Männer. «Sie können mir mit Ihrem zickigen Getue langsam gestohlen bleiben.»

Judy trat einen Schritt näher an ihn heran. «Und ich habe die Nase voll von Passagieren, die gegen Bundesgesetze verstoßen, indem sie meine Anweisungen missachten. SETZEN… SIE… SICH… HIN… UND… ZWAR… EIN BISSCHEN PLÖTZLICH!»

«Komm, Jim», meinte der zweite Mann und packte seinen Freund am Ärmel, um ihn zurückzuhalten.

«Junge Frau, Sie haben sich gerade eine Beschwerde eingehandelt, die sich gewaschen hat», schimpfte dieser mit hochrotem Gesicht.»

«Guter Mann, dazu müssen Sie erst mal wissen, wie man meinen Namen schreibt», zischte Judy und griff nach dem Bordmikrofon.

Also, Leute, hier spricht Ihre Chefstewardess. Passen Sie auf: Das ist eine Durchsage für diejenigen, die so tun, als hätten sie das Sicherheitsgurt-Zeichen nicht gesehen oder als verstünden sie nicht, was es bedeutet. Deshalb will ich es Ihnen noch mal ganz von Anfang an erklären: Das Zeichen heißt, dass Sie sofort auf Ihren Platz zurückkehren und sich anschnallen müssen. Ich weiß, dass einige von Ihnen es als ihr angestammtes Recht betrachten, ununterbrochen zu jammern und sich zu beklagen, aber inzwischen machen Sie sich damit nur noch lächerlich. Wir haben die Klimaanlage mittlerweile höher gestellt, und ich will kein Wort mehr darüber hören. Wir bringen Sie jetzt an Ihren Zielort, deshalb hat sich die Sache mit der Verspätung in London ebenfalls erledigt. Und wir werden Ihnen auch bald eine Mahlzeit servieren, vorausgesetzt, ich höre kein Gemecker mehr von Ihnen. Und da wäre noch etwas: Es interessiert mich einen feuchten Dreck, ob Sie sich nach dem Verlassen dieses Flugzeugs schriftlich über mich beschweren. Bis dahin will ich niemanden mehr ohne meine ausdrückliche Erlaubnis auf dem Gang herumstehen sehen. Andernfalls lasse ich denjenigen wegen Behinderung einer Flugbegleiterin im Dienst verhaften, anklagen und vor Gericht stellen, wenn wir erst in Kapstadt sind, und ich verspreche Ihnen, dass Ihnen die dortigen Gefängnisse gar nicht gefallen werden. Und die Herren hier vorne SETZEN SICH JETZT SOFORT HIN!

Zorniges Johlen und Protestgeschrei hallte durch die Kabine, doch Judy achtete nicht darauf. Die meisten Passagiere gehorchten. Jetzt war Judy nicht mehr zu bremsen. Sie wies auf einen jungen Mann, der einige Reihen entfernt aufgestanden war und Buhrufe ausstieß.

Also gut, Sie Klugscheißer auf Platz 26-F. Ihr Name steht auf meiner Liste, und Sie können sich getrost als verhaftet betrachten. Und Sie da im roten Hemd? Ich gebe Ihnen drei Sekunden, um sich zu setzen und den Mund zu halten. Ich dulde keinen Widerspruch.

Judy senkte das Mikrofon und beobachtete, wie sich immer mehr Passagiere setzten. Ein Mann in der nächsten Kabine wartete darauf, zu seinem Platz zurückkehren zu können; als er sie anblickte, erkannte sie auch auf die Entfernung von zwanzig Metern sein Gesicht – das Gesicht ihres Vaters.

Judy wurde von heller Aufregung ergriffen. Sie legte das Mikrofon weg und eilte den Gang entlang, ohne auf die feindseligen Blicke und das Raunen zu achten. Sie lief durch den Trennvorhang zwischen den beiden Abteilen der Touristenklasse und musterte die Gesichter in den Sitzreihen, wo der Mann verschwunden war. Ihr Vater war nun seit zehn Jahren tot, und auf dem Computerausdruck hatte sie keinen Namen entdeckt, der seinem auch nur im Entferntesten ähnelte, weshalb es sich nicht um einen lange verschollenen Onkel handeln konnte.

Sie erinnerte sich, dass das Gesicht des Fluggastes ihr bereits im Terminal in London aufgefallen war. Offenbar war es derselbe Mann, aber wo steckte er?

Judy blieb mitten in der Kabine stehen. Ihr Blick fiel auf den Gesuchten, der aus der Nähe betrachtet ihrem Vater gar nicht mehr so ähnlich sah.

«Entschuldigen Sie, Sir, dürfte ich Sie um Ihren Namen bitten?», sagte Judy und beugte sich über zwei andere Passagiere, die sie hasserfüllt anstarrten.

Der Mann hob den Kopf. «Ich dachte, Sie hätten eine Liste mit unseren Namen.»

«Ja … aber wie heißen Sie?»

«Das geht Sie einen Dreck an!», zischte der Mann. «Und bevor Sie mir auch mit einer Verhaftung drohen, sollten Sie wissen, dass ich ein pensionierter Polizeibeamter aus Maryland bin.»

«Okay. Bitte. Ich habe den Verdacht, dass wir verwandt sind.»

Der Mann starrte sie entgeistert an. «Was?»

«Sie sehen einem Verwandten von mir ähnlich.»

«Gott behüte», entgegnete er eisig. «Wie heißen Sie denn mit Mädchennamen?»

«Jackson.»

«Keine Verwandtschaft, Gott sei Dank.»

«Stammt Ihre Familie aus New Jersey?»

«Ich habe ein Dutzend Zeugen dafür, dass Sie mich belästigen, junge Frau. Lassen Sie mich in Ruhe, oder ich zeige Sie an.»

Judy wusste nicht, was sie darauf antworten sollte. Es musste eine Verwandtschaft bestehen: Es war das Gesicht ihres Vaters, sosehr sie ihn auch hasste.

Sie wich zurück und versuchte, sich ihre Verwirrung nicht anmerken zu lassen, während sie immer wieder seine Sitznummer vor sich hinmurmelte.

Achtunddreißig-B… achtunddreißig-B.

Sie musste den Namen nachschlagen. Ganz sicher lautete er Jackson.

Im Cockpit hatten die beiden Piloten vor wenigen Minuten die nordafrikanische Küste gesichtet. Sie tauchte aus dem blaugrauen Dunst am Horizont auf und bildete eine scharfe Trennlinie zwischen dem blauen Mittelmeer und der gewaltigen Einöde der Sahara, die sich dahinter erstreckte.

Der Copilot blickte nach links und fragte sich, ob er den Kapitän darauf hinweisen sollte. Aber Phil Knight hatte sich in die Bedienungsanleitung vertieft, und außerdem war seine Reaktion recht unfreundlich gewesen, als er ihn das letzte Mal auf etwas aufmerksam gemacht hatte.

«Meridian Sechs», meldete sich ein gelangweilter spanischer Fluglotse mit starkem Akzent. «Wechseln Sie zur Flugsicherung Algier, eins-zwei-sechs-komma-fünf.»

Garth bediente den kleinen Transmitterhebel auf der Rückseite des Steuerhorns. «Roger, eins-zwei-sechs-komma-fünf. *Buenas tardes.*»

Anstelle einer Antwort schaltete der spanische Fluglotse nur seinen Transmitter ab.

«Algier, Meridian Flug Sechs meldet sich an. Flugfläche drei-sieben-null.»

«Roger, Meridian Sechs, Flugfläche –»

Der Rest des Funkspruchs wurde von einem lauten Signal übertönt, das plötzlich durchs Cockpit hallte und Garth kurz aus dem Konzept brachte. Links von ihm leuchtete ein rotes Lämpchen, doch er saß zu dicht an der vorderen Instrumententafel, um zu sehen, dass es sich um einen der Feuerhebel für die vier Triebwerke handelte.

Erschrocken ließ Phil Knight das Handbuch zu Boden fallen, wo es mit einem Plumps landete.

«Was ist?», fragte der Kapitän verdattert.

«Keine Ahnung... Moment!» Garth lehnte sich zurück und betrachtete den Hebel, einen von drei identischen am vorderen Blendschutz. Sie dienten dazu, das jeweilige Triebwerk umgehend abzuschalten.

«Wir haben eine Brandwarnung für Triebwerk Nummer vier!», brüllte Garth und drückte dann auf einen Knopf, um die schrille Alarmglocke zum Verstummen zu bringen.

Phil starrte den Hebel entgeistert an. «Nummer vier?»

«Ja.» Garth blickte aus dem rechten Fenster, obwohl er von dort aus das Triebwerk gar nicht sehen konnte. Aus dem Augenwinkel nahm er eine Bewegung wahr, und er drehte sich gerade noch rechtzeitig um, um zu sehen, wie der Kapitän die Hand ausstreckte und den Leistungshebel Nummer vier in Leerlaufposition stellte. Sofort kippte die 747 nach rechts, bevor der Autopilot die Bewegung ausglich.

«Phil...», begann Garth, doch die rechte Hand des Kapitäns bewegte sich schon wieder – diesmal auf den Feuerhebel für Nummer vier zu.

«NEIN!», stieß Garth unwillkürlich hervor. «NICHT ZIEHEN!»

Phil Knight funkelte seinen Copiloten zornig an. «Was zum Teufel meinen Sie damit? Es brennt!»

«Nein, tut es nicht. Das ist ein Fehlalarm.»

Phil Knight hatte die Hand immer noch auf dem Hebel. «Wovon reden Sie, Abbott?»

«Dieses Triebwerk hat in der Vergangenheit schon öfter Fehlalarme ausgelöst, Phil. Wirklich. Da ist kein Feuer.»

Knight zögerte und überlegte, was er tun sollte. Währenddessen stellte er das linke Rudertrimm ein, um den Schubverlust in der rechten Tragfläche auszugleichen. «Woher wollen Sie das wissen?»

«Weil es in den letzten drei Monaten immer wieder zu Fehlalarmen gekommen ist. Ich habe es Ihnen in London erklärt, als wir das Triebwerk nicht starten konnten. Schon vergessen?»

«Ich kann mich an nichts dergleichen erinnern.»

«Aber ich habe es Ihnen gesagt.»

«Das spielt keine Rolle. Ein Feueralarm ist ein Feueralarm.» Knights Finger schlossen sich um den Hebel.

«Phil, lassen Sie das! Wenn Sie dieses Triebwerk abschalten, werden wir völlig umsonst eine Notlandung machen müssen. Schon einmal vom Prinzip der bestätigenden Anhaltspunkte gehört?»

Phil Knight drehte sich zu seinem Copiloten um. «Wagen Sie es nicht, mir Vorträge zu halten, Abbott.»

«Das will ich doch gar nicht, Phil, ich habe nur –»

«Ich bin der Kapitän. Wenn ich Ihren gottverdammten Rat brauche, frage ich Sie.»

«Phil, laut Vorschrift müssen Sie mich zumindest anhören. Schauen Sie doch mal auf die Instrumententafel. Sehen Sie den Abgas-Temperaturmesser? Der steht auf normal. Treibstofffluss ist auch normal. Die Drehzahl ist konstant. Alles ist wie gewöhnlich, bis auf die Brandmeldung.»

Knight blickte auf die Instrumente. Garth schöpfte Hoffnung und griff nach dem Bordmikrofon. «Ich erkundige mich in der Kabine, ob sie dort ein Feuer bemerkt haben.»

Phil Knight nickte wortlos. Mit vorgeschobenem Kiefer beobachtete er die Triebwerksanzeigen und kontrollierte immer wieder die Brandwarnlampe, die weiterhin rot leuchtete und ihn zu drängen schien, etwas zu unternehmen.

Kurz darauf ließ Garth das Mikrofon sinken. «Da draußen ist alles ruhig. Niemand hat Feuer oder Rauch bemerkt. Wieder mal ein Fehlalarm.»

Phil Knight sah Garth entgeistert an und sank in seinen Sitz zurück. «So kann ich nicht weiterfliegen. Melden Sie einen Notfall, Abbott, und bitten Sie um sofortige Landegenehmigung für» – er betrachtete den Flugdatenrechner – «Algier International.»

«ALGIER? Nein! Um Himmels willen, Phil. Algier ist eine Katastrophe. Der Flughafen ist zwar riesengroß, aber gefährlich, und ich garantiere Ihnen, dass unsere Bosse uns am nächsten Baum aufknüpfen würden. Vergessen Sie nicht, dass sie über das Problem mit dem Triebwerk bereits Bescheid wissen.»

«Ich habe gesagt, Sie sollen mir eine Landegenehmigung besorgen, zum Teufel.»

«Phil, bitte hören Sie mich an. Wenn Sie den Kurs ändern, einen Triebwerksbrand melden oder das Triebwerk abschalten, sitzen wir in Algier fest, und unsere Reise ist vorbei. Dort haben wir kein Wartungsteam.»

«Bei Feueralarm sind wir verpflichtet, auf dem nächsten geeigneten Flughafen zu landen, auch wenn wir das Triebwerk nicht abschalten. Oder sind Ihnen die Vorschriften entfallen?»

«Hier draußen, Captain, dürfen wir das mit den Regeln nicht so eng sehen und müssen uns an die tatsächlichen Gegebenheiten anpassen. Spanien, Gibraltar und die anderen Flughäfen, die viel besser geeignet wären als Algier, haben wir bereits hinter uns. Warum wollen Sie unbedingt landen und unsere Karrieren in Gefahr bringen, obwohl das verdammte Triebwerk gar nicht brennt?»

Das Läuten des Bordtelefons unterbrach sie, und Phil Knight riss den Hörer hoch.

«Ja?»

«Captain, die Maschine hat gerade gezittert und ist nach links gekippt. Was ist denn los?»

«Wir haben einen Triebwerksbrand und werden in Algier notlanden.»

«Wirklich? Sagen Sie es den Passagieren?», fragte Judy.

«Nein. Sie erledigen das», entgegnete Phil, legte auf und drehte sich zu Garth um. «Algier ist der nächste geeignete Flughafen. Wir haben jetzt keine Zeit, uns herumzustreiten.»

«Es brennt doch gar nicht, Phil. Es gibt keinen Grund für eine Notlandung. Begreifen Sie das denn nicht? ES BRENNT NICHT, VERDAMMT!» Garth schüttelte den Kopf und rang vergeblich um Beherrschung. «Phil, hören Sie mich an. Ich weiß, dass Sie dieselben Pflichtveranstaltungen zum Thema Personalführung besucht haben wie ich. Erinnern Sie sich noch daran, was Ihnen dort beigebracht wurde?»

«Ich habe gesagt, Sie sollen den Mund halten, Abbott. Ich habe Sie angehört, und ich lehne Ihren Vorschlag ab.»

Aber Garth stellte fest, dass er die Hand trotzdem vom Hebel nahm.

«Sie haben nicht richtig aufgepasst, Phil. Unser Unternehmen verlangt von Ihnen, die Anregungen Ihres ersten Offiziers gründlich zu überdenken. Und Ihr erster Offizier bittet Sie eindringlich, nicht wegen eines eingebildeten Problems Kurs auf Algier zu nehmen.»

Kurz spielte Garth mit dem Gedanken, die Maschine an sich zu reißen und Knight zu befehlen, ihm das Steuer zu überlassen. Allerdings würde der Kapitän ganz sicher nicht kampflos aufgeben, sodass eine Rangelei in der Luft die Folge sein würde. Also war es besser, gute Miene zum bösen Spiel zu machen, so unsinnig Knights Entscheidungen auch sein mochten.

Er warf einen Blick auf das Satellitentelefon. «Phil, wir sollten die Firma informieren, bevor wir einen so drastischen Schritt machen.»

«Warum? Ich führe das Kommando.»

«Warum? Vielleicht ist es Ihnen ja noch nicht aufgefallen, Captain, Sir, aber wir beide arbeiten für Meridian Airlines, nicht für das Luftfahrtunternehmen Phil Knight. Wenn wir jetzt den Kurs ändern, werden unsere Chefs ganz schön sauer auf uns sein. Wir fliegen auf einer internationalen Route, Phil. Hier funktioniert es anders als bei den Inlandsflügen.»

Phil Knight schwieg verstockt.

«Also gut», seufzte Garth. «Dann möchte ich hier offiziell festhalten, dass ich versucht habe, Sie von Ihrem Vorhaben abzubringen.»

Phil fuhr herum. «Was zum Teufel hat das zu bedeuten?»

Garth sah ihn erstaunt an. «Was meinen Sie?»

«Das mit dem ‹offiziell›?»

Der Copilot wies auf das Mikrofon, das alle Gespräche im Cockpit aufnahm, und ließ dann die Hand sinken. «Nichts. Vergessen Sie's.» Er griff zum Satellitentelefon und wählte eine Nummer, während Phil Knight ihn wütend ansah. Als sich jemand von der Firmenzentrale in Denver meldete, fasste Garth die Situation rasch zusammen. Im Hintergrund hörte er, wie Judy Jackson den Passagieren per Borddurchsage mitteilte, dass sie in die Hauptstadt von Algerien umgeleitet werden würden.

«Wiederholen Sie das, Flug Sechs», meinte der Telefonist in Denver.

«Ich sagte, wir haben Brandmeldung für Triebwerk Nummer vier. Es weist zwar sonst nichts auf ein Feuer hin, aber der Kapitän ist der Ansicht, wir sollten einen Notfall melden und in Algier landen.»

Am anderen Ende der Leitung war Geraschel zu hören, und dann wurde das Telefon weitergegeben.

Eine andere Stimme meldete sich, die barsch und besorgt klang. «Hier ist der Dienstleiter. Ganz gleich, was Sie tun, aber landen Sie auf keinen Fall in Algier.»

«Einen Moment, Sir. Ich bin nur der erste Offizier. Ich verbinde Sie jetzt mit Kapitän Knight.» Garth drückte Phil das Telefon in die Hand. «Der Dienstleiter will mit Ihnen sprechen», verkündete er.

Mit unverhohlener Wut riss Phil ihm den Hörer aus der Hand. «Hier spricht Kapitän Knight.» Er lauschte und nickte. «Aber die Brandwarnlampe leuchtet immer noch.»

Garth beobachtete, wie Phil hochrot anlief, und hörte, dass am anderen Ende der Leitung gebrüllt wurde; allerdings konnte er kein Wort verstehen. Die Antworten des Kapitäns sprachen jedoch für sich.

«Nein, ich sagte Ihnen doch, es ist eine Brandmeldung. Ich wollte das Triebwerk schon abschalten, und Algier ist der nächste geeignete Flughafen. Ja… ja, ich verstehe, aber die Vorschriften sind da eindeutig. Okay. Aber ich fliege mit einem defekten Triebwerk nicht weiter bis nach Kapstadt. Wohin soll ich Ihrer Ansicht denn dann fliegen? Zurück nach London?»

Das Schimpfen am anderen Ende der Leitung wurde lauter, und Garth merkte Phil Knight an, welche Mühe es ihn kostete, nicht zusammenzuzucken. «Okay, wenn das Lämpchen nicht ausgeht, kehren wir zurück nach London.» Er nickte seufzend, rieb sich mit der freien Hand die Schläfe und wich Garth' Blick sorgfältig aus, als das Gespräch zu Ende war.

«Sie mussten ja unbedingt sofort anrufen», brach Phil schließlich das Schweigen.

«Mein Gott, Phil, ich sagte Ihnen doch, dass unsere Chefs nicht einverstanden sein würden.»

«Fassen Sie das Ding nie wieder an.»

«Verzeihung?»

Phil Knight bedachte Garth mit einem finsteren Blick; die Venen an seinem Hals traten dunkel hervor. «Finger weg von dem verdammten Satellitentelefon! Ich allein erledige hier die Anrufe, kapiert?»

«Soll ich Ihnen eine Genehmigung zum Umkehren besorgen?», fragte Garth.

«Ja», entgegnete der Kapitän.

Judy Jackson stand in der Tür zur Bordküche der ersten Klasse und beobachtete die Passagiere, die starr vor Entsetzen dasaßen. Sie sah, dass sich zwei ihrer Kolleginnen näherten. Offenbar waren sie ebenfalls besorgt wegen des brennenden Triebwerks und der bevorstehenden Notlandung. Judy wählte wieder die Nummer des Cockpits, und zu ihrer Überraschung nahm Garth Abbott diesmal ab.

«Sollen die Leute Kauerstellung einnehmen?», erkundigte sie sich.

«Nein, Judy. Es brennt nicht, und wir fliegen auch nicht nach Algier. Allerdings beabsichtigt der Kapitän offenbar, nach London zurückzukehren, obwohl es sich eindeutig um einen Fehlalarm handelt.»

«Aber ich habe den Passagieren bereits erklärt, dass wir nach Algier fliegen», protestierte Judy.

«Tja, dann sagen Sie eben, Sie hätten sich geirrt. Oder soll ich …»

«Nein!», zischte Judy. «Das mache ich schon. Also jetzt nach London?»

«Ich fürchte, ja.»

«Mist.» Sie schaltete den Bordlautsprecher ein.

Meine Damen und Herren, hier spricht noch einmal Ihre Chefstewardess. Der Kapitän hat mir mitgeteilt, er hätte das Feuer gelöscht. Also werden wir jetzt, anstatt nach Algier zu fliegen, wo es Ihnen sicher gut gefallen hätte, nach London zurückkehren. Wir bedauern die Unannehmlichkeiten, aber wir müssen uns an die Sicherheitsvorschriften halten, und die verlangen das nun einmal. Der

Treibstoff müsste genügen, um uns wohlbehalten wieder nach London zu bringen.

Als sie den Bordlautsprecher abschaltete, musste sie ein Grinsen unterdrücken. Die kleine dichterische Freiheit mit dem Treibstoff hatte die Passagiere sicher eingeschüchtert, sodass sie jetzt brav und folgsam sein würden.

In der Kabine brach sofort Stimmengewirr aus. Die Leute redeten wild durcheinander und drückten ihre Rufknöpfe. Judy deutete auf Elle und wies auf den hinteren Teil der Kabine. Ihre Kolleginnen würden auch ohne sie mit den Beschwerden zurechtkommen.

20

AM STADTRAND VON WASHINGTON, D.C., 9:05 ORTSZEIT

«Colonel David Byrd?»

«Ja, das bin ich... Moment bitte...», sagte David in die Freisprechanlage seines Mobiltelefons, während er gleichzeitig das Radio leiser drehte und zu verhindern versuchte, dass sein Wagen mit der eisernen Fahrbahnbegrenzung des Highway 301 kollidierte.

Doch die Frauenstimme blieb beharrlich. «Colonel, ich bin Senatorin Sharon Douglas, Vorsitzende des Untersuchungsausschusses für den Flugverkehr im Senat.»

Er hatte auf der Fahrt von Annapolis vor sich hin geträumt, als ihn das Läuten des Telefons rüde aus seinen Fantasien gerissen hatte, die sich um die nackte Frau in John Blaylocks Schlafzimmer rankten. Im ersten Moment war er versucht, sich die Senatorin in derselben Rolle vorzustellen – albern eigentlich, aber dennoch zum Schmunzeln. Schließlich war Sharon Douglas ebenfalls eine attraktive Frau.

«Sind Sie noch dran, Colonel?», fragte sie.

«Ja, Ma'am. Was kann ich für Sie tun, Frau Senatorin?»

«Ich möchte, dass Sie vor meinem Ausschuss dieselbe Aussage machen wie gestern vor dem Ausschuss im Repräsentantenhaus. Meine Mitarbeiter haben die Sendung im Fernsehen verfolgt und mir berichtet, Ihre Arbeitsgruppe hätte das Problem hervorragend dargestellt.»

General Overmeyers Warnungen kamen ihm in den Sinn, und er wurde von leichter Panik ergriffen, als er ihr weiter zuhörte. Er hatte sich inzwischen schon viel zu weit aus dem Fenster gelehnt.

«Lassen Sie mich erklären, warum mir dieses Thema plötzlich so wichtig ist, Colonel Byrd. Gestern bin ich mit Meridian Airlines von Chicago hierher nach London geflogen. Es war Meridian Flug Sechs, ein Rufzeichen, an das ich mich für immer mit Schaudern erinnern werde. Als ich ankam, war sogar ich fast so weit, die Besatzung mit der Notfallaxt anzugreifen.» Sie schilderte das, was sie als «Höllenflug» bezeichnete, angefangen bei der unhöflichen Behandlung am Flugsteig bis hin zu den vielen Verspätungen und der schnippischen Art der völlig überforderten Flugbegleiterinnen.

«Und all das, obwohl sich eine Senatorin der Vereinigten Staaten an Bord befand?», fragte David.

«Aber natürlich. Die Zustände sind außer Kontrolle geraten ... David. Darf ich Sie David nennen?»

«Natürlich, Frau Senatorin.»

«Schön. Dann nennen Sie mich bitte Sharon.»

«Okay», erwiderte David zögernd, obwohl ihm die Vorstellung schwer fiel, eine so mächtige Frau beim Vornamen anzusprechen.

Am anderen Ende der Leitung wurde gekichert. «Sie müssen aber nicht, wenn Sie Probleme damit haben. Antworten Sie mir einfach nur, ob Sie kommen und aussagen werden.»

«Frau Senatorin, es wäre mir eine Freude, mit Ihnen und Ihrem Team zusammenzuarbeiten –», begann David, während er um einen Traktor mit Anhänger herumkurvte, der die Überholspur blockierte.

«Das ist nicht, was ich hören wollte», unterbrach sie ihn.

Plötzlich scherte ein zerbeulter roter Pick-up vor ihm aus, sodass David kräftig auf die Bremse treten musste. Seufzend stoppte er auf dem Haltestreifen und schaltete den Motor ab.

«Tja», meinte er dann. «Die tatsächliche Aussage müsste jemand aus meiner Arbeitsgruppe übernehmen.»

«Ich verstehe. Das liegt doch sicherlich daran, dass irgendjemand im Palast der Rätsel Sie an die kurze Leine genommen hat?»

«Äh, sagen wir mal, gewisse Angehörige der Air Force, die mir vorgesetzt sind, waren nicht sehr beglückt darüber, dass ein aktiver Luftwaffen-Colonel vor einem Ausschuss aufgetreten ist.»

«Hübsch ausgedrückt», meinte sie. «Passen Sie auf: In ein paar Tagen bin ich wieder in Washington. Warum lassen Sie sich nicht von mir zum Mittagessen einladen, damit wir über alles reden können? Die Situation bei den Fluggesellschaften wird – wie Sie bereits sagten, David – irgendwann überkochen. Jemand aus meinem Büro ruft Sie wegen eines Termins an.»

«Einverstanden.»

«Übrigens halte ich es für besser, wenn Sie Ihrem General nichts von diesem Gespräch erzählen.»

«Glauben Sie mir, ich werde schweigen wie ein Grab.»

Er hörte, wie sie die Verbindung unterbrach, legte auf und nahm den Kopfhörer ab. Dann grübelte er darüber nach, wie er es möglich machen sollte, zwei Herren gleichzeitig zu dienen.

AN BORD VON MERIDIAN FLUG SECHS

Kaum hatte Judy Jackson die Kabine der ersten Klasse erreicht, als schon das Bordtelefon läutete. Garth war am Apparat.

«Die Brandmeldelampe ist ausgegangen, Judy. Wir fliegen jetzt doch nach Kapstadt.»

«Das soll wohl ein Scherz sein.»

«Nein», lautete die einsilbige Antwort. «Das Lämpchen ist aus, also fliegen wir weiter.»

«Sind Sie diesmal sicher?»

«Hey, ich bin nur der erste Offizier. Phil trifft die Entscheidungen.»

Judy legte den Hörer weg. Als sie sich dem Trennvorhang näherte, spürte sie, wie sich ihr der Magen zusammenkrampfte, was sonst nie vorkam. Jetzt würde sie sich wieder mit dem durchgedrehten Arzt in der ersten Klasse herumschlagen müssen. Vielleicht lag ihre Nervosität aber auch an ihrem Zusammenstoß mit MacNaughton; schließlich hatte sie nicht jeden Tag mit unhöflichen und streitlustigen Passagieren wie ihm zu tun.

Eingebildeter Brite!, dachte sie. Seit ihrer Diskussion war er ruhig geblieben, doch seine Kritik in London hatte dazu geführt, dass sie bei ihren Durchsagen viel zurückhaltender gewesen war als sonst, was sie ärgerte. Es machte Judy Spaß, ihrer Kreativität am Bordlautsprecher freien Lauf zu lassen. Und dieser Mann wagte es, sie der Lüge zu bezichtigen! Sie hatte eben Fantasie, und es spielte doch gar keine Rolle, ob die Königin sich nun in Indien oder sonst irgendwo aufhielt. Wen interessierte das schon? Passagiere wollten eine glaubwürdige Erklärung hören. Ob diese auch der Wahrheit entsprach, war für Judy nebensächlich.

Nun griff sie erneut zum Mikrofon und wollte den Code eintippen, aber sie zögerte. Wieder wurde sie von dem unangenehmen Gefühl beschlichen, dass sie im Begriff war, die Kontrolle zu verlieren. Sie schloss die Augen und schüttelte den Kopf, um es loszuwerden. *Das ist doch Schwachsinn*, dachte sie. *Die Passagiere fressen mir aus der Hand.*

Judy gab den Code ein und beobachtete dabei die Fluggäste in der Touristenklasse. Als der Bordlautsprecher ansprang, hoben alle gleichzeitig die Köpfe und sahen nach oben, ein Anblick, der Judy für gewöhnlich Vergnügen bereitete: Es war eine Bestätigung ihrer Macht, dreihundert Köpfe nach Belieben nicken zu lassen.

Hallo, Leute, hier spricht wieder einmal Ihre Chefstewardess. Erinnern Sie sich, dass ich Ihnen gesagt habe, wir würden zurück nach London fliegen, weil die Piloten mich gebeten hatten, Ihnen das mitzuteilen? Sie können Ihr britisches Geld wegstecken, denn die Herren im Cockpit haben zum zweiten Mal ihre Meinung geändert. Inzwischen gilt wieder Plan A: Wir fliegen wie ursprünglich beabsichtigt nach Kapstadt!

Sie hielt inne und überlegte, was sie noch hinzufügen sollte, doch zu ihrem Entsetzen fiel ihr nichts mehr ein.

Äh, die Triebwerksprobleme wurden offenbar behoben, und diejenigen unter Ihnen, denen es zu warm war, sollen wissen, dass ich die Piloten gebeten habe, die Klimaanlage auf höchste Stufe zu stellen. Wenn Sie also frieren, sagen Sie uns Bescheid.

Ach, du meine Güte, dachte Judy. *Offenbar habe ich im Psychologiekurs doch etwas gelernt: Mach ihnen weis, dass ihnen kalt ist, damit sich die erhitzten Gemüter abkühlen.*

Ein wenig verwirrt legte sie das Mikrofon weg. So eine seltsame Durchsage hatte sie noch nie gemacht. Judy spürte, wie sich ihre Wangen vor Verlegenheit röteten. Doch die Rufsignale der Passagiere rissen sie aus ihren Gedanken.

Sie wollte gerade in die Bordküche der ersten Klasse zurückkehren, als Elle und Cindy ihr entgegengelaufen kamen.

«Judy, wir brauchen Hilfe!», rief Elle.

«Was ist?»

Cindy wies mit dem Daumen auf die Touristenklasse. «Einige Leute wollen wissen, ob es sich um dasselbe Triebwerk handelt, das schon in London gewartet werden musste. Ich glaube, sie haben Angst.»

«Ich offen gestanden auch», fügte Elle hinzu.

Judy verschränkte die Arme und musterte die beiden streng. Elle war eine attraktive hoch gewachsene Blondine mit markanten Gesichtszügen, Cindy eine hübsche, mollige Brünette von einem Meter sechzig. Doch im Augenblick sahen beide ein wenig mitgenommen aus.

«Sie müssen Ihr Augenmake-up erneuern», meinte Judy zu Elle, worauf diese verdattert zusammenzuckte.

«Judy!», drängte Cindy. «Wir brauchen eine Antwort. Haben die Piloten denn nichts gesagt?»

Judy fuhr sich mit der Zunge über die Lippen und blickte zur Treppe, die zum oberen Deck und zum Cockpit führte. Dann sah sie Cindy wieder an. «Nein, ich muss sie anrufen. Moment.» Sie griff erneut zum Bordtelefon, wählte die Nummer, erkundigte sich kurz und wandte sich wieder den beiden Stewardessen zu, zu denen sich inzwischen zwei weitere Kolleginnen gesellt hatten.

«Ja, es ist dasselbe Triebwerk, doch das Problem hat nichts damit zu tun.» Sie berichtete, dass Garth Abbott von einem Fehlalarm gesprochen hatte.

«Sind Sie jetzt zufrieden?», meinte Judy dann mit leicht sarkastischem Unterton.

Elle wechselte Blicke mit den anderen und drehte sich dann wieder zu Judy um. «Wir schon, Judy, aber die Passagiere glauben uns einfach nicht mehr. Sie sind ziemlich aufgebracht.»

«Haben sie meine Durchsage denn nicht gehört?»

Cindy nickte. «Doch. Aber nach dem, was der Mann in London gesagt hat … das heißt …»

«Die Leute kaufen uns kein Wort mehr ab», fügte Elle hinzu.

Janie Bretsen kam aus der ersten Klasse gelaufen. «Judy?»

«Ach, verdammt, was willst du denn schon wieder, Bretsen?»

«Bei uns in der Kabine gibt es Schwierigkeiten.»

Judy war zwar verärgert, wusste aber nicht, wie sie reagieren sollte. Allerdings war sie froh über die Unterbrechung. «Ich habe hier Schwierigkeiten zur Genüge, Bretsen, und du bist einer der Hauptgründe dafür. Geh zurück an deinen Platz.»

«Nein. Dieser Arzt –»

«Ich brauche dich nicht, um meinen Job zu erledigen, danke», fiel Judy ihr ins Wort.

«Verdammt, jetzt hör mir zu!», schrie Janie sie an, sodass alle erschrocken zusammenzuckten. «Ich bin dieser Besatzung zugeteilt worden, ob es dir jetzt passt oder nicht. Dieser Dr. Logan steht kurz davor, durchzudrehen, Judy. Ich habe mit ihm gesprochen. Der Mann ist eine Zeitbombe, die jeden Moment losgehen –»

«Wen interessiert das? Wenn er noch mal von seinem Platz aufsteht, lege ich ihm Handschellen an.»

«Klasse, Judy. Spitzenantwort. Das Problem ist nur, dass er sich – wie übrigens die meisten – kaum noch zurückhalten kann, wenn er deine Stimme im Lautsprecher hört.» Janie sah die anwesenden Stewardessen an. «Sind wir übrigens nur Frauen auf diesem Flug?»

Judy schnaubte abfällig. «Was stört dich daran, Baby? Oder braucht die süße kleine Janie wieder mal einen richtigen Kerl?»

«Ach, werd erwachsen, Judy. Du weißt genau, was ich meine. Haben wir einen männlichen Flugbegleiter mit Nahkampfausbildung an Bord? Jemanden, der durch seine körperliche Präsenz einschüchternd wirkt?»

Judy stemmte die Hände in die Hüften und funkelte Janie Bretsen finster an. «Nein, es sei denn, eines meiner Mädchen hätte unterwegs eine Geschlechtsumwandlungs-Operation gehabt.»

«Tja», fuhr Janie fort, «ich bezweifle, dass eine Frau es schaffen wird, einen männlichen Passagier in Schach zu halten, falls jemand gewalttätig werden sollte. In der zweiten Klasse sitzt mindestens ein halbes Dutzend aufgebrachter Männer, sofern dir das noch nicht aufgefallen ist. Und zwei davon sind richtige Kleiderschränke.»

«Na und?»

«Also müssen wir die Leute selbst bändigen, wenn jemand ausrastet. Außer wir haben ein paar Hünen im Cockpit sitzen, die sich überreden lassen, gegen die neuen Vorschriften zu verstoßen und rauszukommen.»

Kurz huschte ein besorgter Ausdruck über Judys Gesicht. «Und womit rechnest du?»

Janie schüttelte den Kopf und sah sich rasch um, ob jemand sie belauschte. «Ich weiß nicht, aber ich habe ein sehr ungutes Gefühl. Hast du übrigens mitbekommen, dass wir den Vorstandsvorsitzenden von English Petroleum an Bord haben? Er hat Platz 3-F.»

«Nein.»

«Er heißt MacNaughton.»

«MacNaughton …», wiederholte Judy, und ihr blieb vor Überraschung der Mund offen stehen.

«Genau. Und ich nehme an, dass du dank deiner Art bereits die Leute in der Touristenklasse gegen dich aufgebracht hast, richtig?» Janie richtete diese Frage eher an Cindy und Elle, die beide bestätigend nickten.

«Okay. Ich schlage Folgendes vor: An deiner Stelle würde ich den Kapitän informieren, damit der die Passagiere beruhigt, bevor es zu einer Revolte kommt.»

Wieder stemmte Judy die Hände in die Hüften. «Vielen Dank, Frau Professor Bretsen», höhnte sie.

Janie stand mit verschränkten Armen da und erwiderte Judys hasserfüllten Blick. «Weißt du, Jackson, mir ist es egal, ob ich dir sympathisch bin, aber falls es heute Abend zu Problemen kommen sollte, wäre es besser, wenn wir als Team auftreten. Auch wenn ich im Moment den Eindruck habe, dass du keine Ahnung hast, was dieses Wort bedeutet.»

21

CAMP DAVID, MARYLAND, 11:10 ORTSZEIT

Gefolgt von zwei Männern in Freizeitkleidung – und scharf bewacht von verschiedenen Geheimdienst-Teams, die sich überall auf dem Grundstück des Wochenendanwesens postiert hatten –, kam der Präsident der Vereinigten Staaten aus dem Wohnhaus in Camp David gestürmt.

Don Nederman, ein alt gedienter Mitarbeiter der CIA, lief rechts neben dem Präsidenten her, während Ryan Jacobs, stellvertretender Direktor des FBI, die linke Flanke bildete.

«Wunderschön hier draußen, finden Sie nicht?», meinte der Präsident, als sie in einen Waldweg einbogen.

«Das ist es wirklich», erwiderte Ryan Jacobs.

«Also gut, Leute, klären Sie mich auf. Hier entlang.» Der Präsident wies auf einen Pfad, der den ihren kreuzte, und warf den beiden Männern einen raschen Blick zu. Er hatte sie schon vor Monaten zu seinen besonderen Terrorismus-Beratern ernannt und sie damit beauftragt, die tägliche Lawine von Hinweisen auszufiltern, mit der die Geheimdienste ihn überschütteten.

Im Eilschritt gingen sie einen kleinen Hügel hinauf, sodass der Präsident ein wenig außer Puste geriet. «Okay … ich habe die Warnung gelesen, die Sie mir heute Morgen geschickt haben, und ich muss zugeben, dass ich ein wenig besorgt bin. Teilt das Pentagon Ihre Befürchtungen?»

«Ja, Sir.»

«Schließlich ist das Kriegführen ihr Job.»

«Wir haben Anweisungen, Sie zu informieren, Mr. President», erwiderte er.

«Gut», sagte der Präsident. «Soweit ich im Bilde bin, beobachten wir Zentralafrika und halten Ausschau nach irgendeinem Chamäleon aus der Luft … Wie nannten Sie es noch mal? Trojanisches Pferd?»

«Ja, Sir.»

«Aber ich verstehe Ihre Nachricht so, dass die Geheimdienste, die Sie beide vertreten, die Sache nicht ernst nehmen, da man glaubt, Nordamerika müsste das Ziel sein. Richtig?»

Die beiden Männer blickten sich kurz an und nickten.

«Ich möchte sichergehen, dass ich das alles richtig deute. In der vergangenen Woche haben wir zwei scheinbar nicht miteinander zusammenhängende Verhaftungen an zwei verschiedenen Orten vorgenommen. Sie beide denken jedoch, dass zwischen diesen Verhaftungen nicht nur ein Zusammenhang besteht, sondern dass sie insbesondere den Zweck verfolgten, uns auf Trab zu halten, damit wir nicht merken, was tatsächlich geplant wird. Stimmt's?» Der Präsident hatte den Gipfel des Hügels erreicht und beschleunigte seinen Schritt.

«Ja, Sir», erwiderte Ryan, der Mühe hatte, ihm zu folgen.

Unvermittelt blieb der Präsident stehen und drehte sich um. «Fahren Sie fort.»

«Ja, Sir», meinte Jacobs. «Wir glauben, dass diese Bedrohung von einer übrig gebliebenen Zelle in Übersee herrührt; anscheinend handelt es sich um dieselben Leute, denen wir im letzten Frühjahr im Irak mehr oder weniger das Handwerk gelegt haben. Natürlich haben sie Rache geschworen – das übliche Säbelgerassel und alberne Gerede. Allerdings wissen wir auch, dass diese Untergruppe nicht völlig lahm gelegt werden konnte, und wir finden ihren Aufenthaltsort einfach nicht. Sie verfügen über eine Menge Geld, und wir denken, dass sie versuchen werden, uns durch irgendetwas abzulenken. Doch unserer Ansicht nach haben sie uns unabsichtlich verraten, dass der nächste geplante Angriff nicht bei uns, sondern in Europa stattfinden wird. Das ist das Gegenteil von dem, was sie uns eigentlich weismachen wollen.»

Der Präsident sah die beiden Männer an und wies dann mit dem Kopf auf den Pfad. «Gehen wir weiter. Fahren Sie fort.»

Ryan Jacobs berichtete von den beiden Männern, die in Kanada festgenommen worden waren. Sie waren mit einer fünfzehn Meter langen Jacht in den Hafen von Halifax eingefahren und hatten versucht, sich mit tausend Kilogramm Plastiksprengstoff und einem kompletten Biologielabor an Bord am Zoll vorbeizuschmuggeln.

«Ich war überzeugt, dass es sich um großartige Polizeiarbeit handelte», meinte der Präsident, nach hinten gewandt. «Sie wissen schon, einen Beamten mit einem guten Riecher.»

«Das glaubten wir anfangs auch», erwiderte Jacobs etwas außer Atem. Dabei fragte er sich, ob er wohl heute noch den Fitnesstest an der FBI-Akadademie bestehen würde. «Meiner Ansicht nach sollten wir das denken. Uff! Könnten Sie nicht ein bisschen langsamer gehen, Sir?»

Der Präsident blickte sich um und lachte. «Bin ich zu schnell für Sie?»

«Die CIA hat nichts gegen dieses Tempo einzuwenden, Sir», grinste Nederman.

«Ich gebe zu, ich bin nicht so gut in Form.» Jacobs erwiderte das Lächeln. «Das passiert allen, die zu lange im Hauptquartier eingesperrt sind. Sir, die Kleinigkeiten, die den Argwohn des Beamten in Halifax erregt haben, könnten absichtlich gestreute Hinweise sein.»

«Die Männer *wollten* verhaftet werden?»

«Sie selbst gewiss nicht. Vermutlich handelt es sich um Sündenböcke. Kuriere. Aber derjenige, der das Boot beladen hat, hat bestimmt absichtlich kleine Fehler eingebaut, damit die Polizei aufmerksam wird und die beiden festnimmt. Zum Beispiel war mit den seltsamen, undichten Luken, die hinunter in die Bilge führten, eindeutig etwas nicht in Ordnung.»

«Okay.»

«Der Beamte hat sie natürlich sofort entdeckt und war mit den Erklärungen der beiden Männer ganz und gar nicht zufrieden. Wahrscheinlich hatten sie keine Ahnung, dass sie in eine Falle gelockt werden sollten. Und wenn das nicht geklappt hätte, wäre sicher ein anonymer Tipp per Telefon eingegangen. Die beiden Verhafteten sind eingebürgerte Pakistani, und wir sind sicher, dass sie hinters Licht geführt wurden und von nichts wussten.»

«Und was ist mit dem anderen Zwischenfall?», fragte der Präsident.

«Der ist sogar noch interessanter, Sir. Es handelte sich um ein Flugzeugteil, einen hydraulischen Fahrwerkskolben, in dem jemand sorgfältig die Bauteile für den Auslöser einer Atombombe versteckt hatte. Das Ding wurde an eine Firma für Flugzeugteile in Atlanta geschickt, die für ihre Qualitätsarbeit berühmt ist. Derjenige, der das Paket auf den Weg gebracht hat, wusste, dass die Firma in Atlanta argwöhnisch werden würde, und so ist es auch gekommen. Das FBI hat zwei Japaner mit Aufenthaltserlaubnis verhaftet, die die Lieferung in Empfang nehmen wollten. Aber wir sind sicher, dass es sich bei ihnen ebenfalls nur um Sündenböcke handelt.»

Der Präsident unterbrach die beiden mit einer Handbewegung und wies auf einige Bäume in der Ferne. «Ein Adler. Da drüben in den Bäumen.»

Die drei Männer spähten eine Weile in die grelle Mittagssonne, bis der Präsident wieder die Hände in die Hüften stemmte und sich zu seinen Beratern umdrehte. «Also haben wir es mit Terroristen zu tun, die Bauteile für Massenvernichtungswaffen nach Nordamerika schicken, und zwar so, dass die Lieferungen hundertprozentig abgefangen werden. Warum? Um uns von Europa abzulenken?»

Ryan nickte. «Wenn wir den Köder schlucken und aus den beiden abgefangenen Lieferungen den Schluss ziehen, dass ein Angriff auf Nordamerika bevorsteht, geschieht Folgendes: Die terroristische Splittergruppe weiß, dass wir es mit der Angst zu tun kriegen und unsere gesamte Ermittlungstätigkeit auf die Verhinderung eines Übergriffs auf die Vereinigten Staaten konzentrieren werden. Während wir panisch unser eigenes Land durchkämmen, werden wir vermutlich die Anzeichen für eine bevorstehende Attacke auf Europa übersehen, ganz gleich, wie viele Leute wir auch im Nahen Osten stationiert haben.»

«Mr President», unterbrach Don Nederman, «die Beweise reichen einfach nicht, um die Briten, die Franzosen oder die Deutschen für diese Theorie zu interessieren. Sie sind immer noch überzeugt, dass die Vereinigten Staaten das wahre Ziel sind. Alles scheint in diese Richtung zu deuten, und so haben diese Gangster freie Bahn – vorausgesetzt, ihnen unterläuft in Europa kein grober Fehler, ehe sie zum Losschlagen bereit sind.»

«Wie könnten sie eine Massenvernichtungswaffe nach Europa einschmuggeln?»

«Bei einer offenen Grenze sogar mit der Bahn», meinte Ryan. «Oder mit einem Flugzeug auf die Methode, die bei der CIA als fliegendes trojanisches Pferd bezeichnet wird. Es wäre sogar möglich, die Einzelteile über einen längeren Zeitraum hinweg mit einer ganz normalen Spedition stückweise zu liefern.»

«Das heißt, die könnten Milzbranderreger mit FedEx verschicken?»

«So ähnlich könnte es funktionieren. Allerdings sind wir überzeugt, dass die Terroristen sich für eine Passagiermaschine entscheiden werden, indem sie entweder einen regulären Flug vortäuschen oder tatsächlich einen solchen benutzen. Angesichts der Warnung von heute Morgen glauben wir – sind wir davon überzeugt, dass die Bedrohung innerhalb der nächsten achtundvierzig Stunden aus Zentralafrika gemeldet werden wird. Stellen Sie sich vor, man verschickt eine Waffe in einer von Tausenden planmäßig gestarteter Linienmaschinen. Keine Entführung. Kein Angriff auf das Cockpit. Man verwendet die Maschine nicht als Bombe, sondern als Lieferwagen. Niemand an Bord weiß von der tödlichen Bedrohung im Frachtraum oder im Radkasten. Wenn die Maschine von jemandem am Boden erwartet wird, könnte derjenige eine einfache Fernzündung benutzen, um das Flugzeug beim Anflug auf Rom oder auf Paris zur Explosion zu bringen. Er könnte auch einfach eine Tüte mit Staub platzen lassen, sodass sich tausend Pfund Anthrax oder etwas ähnlich Schreckliches über die Menschen ergießen. Eine Atomwaffe wäre zwar ebenfalls möglich, doch ich halte einen Angriff mit biologischen Wirkstoffen für wahrscheinlicher. Unsere Satelliten leisten gute Arbeit, wenn es darum geht, spaltbares Material in der Luft zu erkennen, das von A nach B geschafft wird, und unsere Gegner wissen das. Falls die Warnung zutrifft, haben wir die Möglichkeit einzuschreiten, weil wir wissen, wonach wir Ausschau halten müssen.»

«Und was wäre das?»

«Eine Linienmaschine oder ein Privatflugzeug, das groß genug ist, um so eine Waffe zu transportieren. Wir brauchen sofort Ihre Erlaubnis, in den nächsten Tagen alles, was nach Norden und nach Europa fliegt, zu überwachen, Maschinen vor dem Start am Boden zu durchsuchen, engen Kontakt zu den betroffenen Fluggesellschaften zu halten und nach außergewöhnlichen Zwischenfällen, ganz gleich welcher Art, zu fahnden. Wir haben zwar die Unterstützung der Siebten Flotte im Mittelmeer, aber wir brauchen eine Genehmigung des Präsidenten.»

Der Präsident sah die beiden Männer nacheinander an und nickte. «Die haben Sie.»

22

AN BORD VON MERIDIAN FLUG SECHS, 17:15 ORTSZEIT

Judy Jackson schlüpfte durch die Vorhänge in die erste Klasse und eilte zu dem kleinen Einbauschrank am spitz zulaufenden Ende des Hauptdecks der 747. Sie tat so, als suche sie dort etwas, und schloss dann wieder die Tür. Als sie langsam zurückschlenderte, blickte sie so vielen Passagieren wie möglich in die Augen. Sie näherte sich dem Mann, mit dem sie vorhin um das Mikrofon gerangelt hatte, denn sie hatte festgestellt, dass sein Aktenkoffer manchmal vor ihm auf dem Boden und dann wieder auf seinem Schoß stand, was ihren Argwohn weckte.

Janie Bretsen saß, eine Lesebrille auf der Nase, auf ihrem Platz und machte sich Notizen. Als sie Judy bemerkte, hob sie den Kopf.

Auch Brian Logan hatte die Chefstewardess entdeckt, und seine Pupillen verengten sich auf Stecknadelgröße, als er sie auf sich zukommen sah. Die Feindseligkeit, die von ihm ausging, konnte man fast mit Händen greifen. Im Moment hatte er wieder den Aktenkoffer auf dem Schoß und legte schützend die Hand darauf.

«Möchten Sie, dass ich den Koffer für Sie ins Gepäckfach stelle?», fragte Judy so freundlich sie konnte.

«Nein», entgegnete Logan und fixierte sie weiter mit Blicken.

Judy beugte sich zu ihm herunter. «Herr Doktor, es tut mir Leid, dass wir vorhin so unglücklich angefangen haben, aber Sie haben doch sicher Verständnis für mein Verhalten, denn schließlich wollten Sie mir ja das Mikrofon wegnehmen.»

Keine Reaktion. Judy spürte, wie ihr ein beklommener Schauder den Rücken hinunterlief.

«Deshalb ... äh ....», fuhr sie fort, «... möchte ich mich entschuldigen, weil ich so unfreundlich zu Ihnen war. Natürlich waren Sie auch ziemlich grob, aber –»

«Lassen Sie mich in Ruhe!», brüllte Brian Logan. «Gehen Sie doch und verhaften Sie noch ein paar Passagiere.»

Judy richtete sich auf. In ihr rangen Wut und Vorsicht miteinander, doch ihr Hang zu Rechthaberei gewann die Oberhand.

«Doktor Logan, da Sie sich weigern, meine Entschuldigung anzunehmen, hätten wir da noch eine Sache zu klären.»

«Da gibt es mehr als nur eine Sache», erwiderte er leise.

«Ich muss Sie bitten, mir den Inhalt dieses Aktenkoffers zu zeigen.»

Entgeistert starrte er auf den Koffer und sah sie dann wieder an. «Was?»

«Ihr Aktenkoffer. Ich muss wissen, was drin ist.»

«Warum?»

«Weil ich das Recht habe, Sie dazu aufzufordern. Ich mache mir Sorgen, weil Sie ihn ständig festhalten.»

«Hauen Sie ab!»

«Sir! Ich bin für diese Kabine verantwortlich –»

«Wenn Sie diesen Aktenkoffer anfassen, breche ich Ihnen die Hand, und zwar so, dass es richtig wehtut», zischte Brian Logan mit zusammengebissenen Zähnen und öffnete seinen Sicherheitsgurt. Er stand auf und blickte sie so wütend an, dass sie zurückwich. Überall in der ersten Klasse wendeten sich Köpfe, und Judy stellte fest, dass Robert MacNaughton erschrocken das Gesicht verzog.

«VERSCHWINDEN SIE! ICH WILL SIE NICHT MEHR SEHEN!», brüllte Logan, sodass Judy unwillkürlich zusammenzuckte.

Brian hielt den Griff des Aktenkoffers umklammert. Nun hob er den Koffer und zischte: «Nur über meine Leiche werden Sie oder ein anderer Mitarbeiter Ihrer heruntergekommenen Fluggesellschaft diesen Koffer oder mein sonstiges Eigentum berühren.»

Hals über Kopf flüchtete sich Judy in die Bordküche. Obwohl sie sicher war, dass Logan sich wieder gesetzt hatte, befürchtete sie, er könne sie verfolgen. Auf einmal hatte sie das dringende Bedürfnis, sich so rasch wie möglich von der ersten Klasse zu entfernen.

Ich mache einen Rundgang durch die Touristenklasse, beschloss sie.

Judy betrachtete sich im Spiegel und versuchte, ihre Hände am Zittern zu hindern. Als sie sich anschickte, in die Touristenklasse zu gehen, spürte sie, wie ihr aus der ersten Klasse immer noch Wut entgegenschlug. Zu ihrer Überraschung standen zwei ihrer Flugbegleiterinnen verängstigt mit Janie Bretsen zusammen.

«Was soll das werden, eine Konferenz?», schimpfte Judy Jackson. Elle und Cindy wichen verlegen zurück, aber Janie trat vor.

«Ich habe diesen Auftritt mit angesehen», begann sie leise.

«Na und?», erwiderte Judy gespielt gleichmütig. Doch sie spürte, dass sie errötete.

«Tja, wenn ich wirklich die Dienstvorgesetzte der Flugbegleiter wäre, würde ich dich fristlos rausschmeißen. Eine solche Aggressivität und Feindseligkeit ist mir während eines Flugs noch nie untergekommen, angefangen bei deinen unbeschreiblich dämlichen Durchsagen und Drohungen bis hin zu diesem völlig überflüssigen Streit.»

«Geh doch zum Teufel», stieß Judy mit zusammengebissenen Zähnen hervor, auch wenn sie nicht damit rechnete, dass Janie ihr gehorchen würde.

«Dazu hat dich Logan mehr oder weniger deutlich aufgefordert. Und falls er wirklich etwas Gefährliches in diesem Aktenkoffer hat, hast du ihn gerade förmlich angefleht, es einzusetzen, bevor wir eine Möglichkeit haben, es ihm abzunehmen. Grandios!»

Als Judy sich vorbeidrängen wollte, stellte sie sich ihr in den Weg. Aber Judy, die größer war, stieß Janie rüde zur Seite, sodass sie gegen die Tür taumelte.

In der Touristenklasse war die Wut sogar noch stärker zu spüren, und Judy stellte fest, dass die Passagiere sie im Vorbeigehen verärgert ansahen. Anders als bei Doktor Logan lag zwar kein Hass in den Blicken, aber Unzufriedenheit und Misstrauen waren unverkennbar.

Es ist alles nur seine Schuld, sagte sich Judy, die sich an Brian Logans Gebrüll erinnerte.

Die Kolleginnen verdrückten sich rasch, als sie sie näher kommen sahen. Sie bemerkte, dass Elle durch die Bordküche schlüpfte, den anderen Gang entlangschlenderte und alle Passagiere, die sie ansahen, mit dem geübten Lächeln einer Stewardess bedachte, ganz gleich wie aufgebracht und zornig sie auch sein mochten.

Wie immer handelte es sich bei den Passagieren um eine bunt zusammengewürfelte Truppe von Leuten aller Altersgruppen und verschiedener Herkunft. Manche waren elegant gekleidet, andere trugen Jeans: Es war wie ein Busbahnhof in der Luft. Einer der wenigen Fluggäste, die Judy in London zugelächelt hatten, wich nun ihrem Blick aus. Es war ein Mann in einem zerknitterten Anzug und mit der spiegelblanksten Glatze, die Judy je gesehen hatte. Er saß neben einer zierlichen Frau in einem weißen Sari, die in einem Höllentempo strickte. Daneben kauerten zwei kleine Mädchen mit ängstlich aufgerissenen Augen.

Dann kam Judy am jungen asiatischen Paar vorbei, das ihr schon vorhin aufgefallen war. Die Frau war wach, der Mann schlief fest. Sie hatte bemerkt, dass die Frau sie stets genau beobachtete, wenn sie durch die Kabine ging.

In der mittleren Bordküche blieb sie stehen und setzte dann ihren Weg in den hinteren Teil der zweiten Klasse fort. Sie spürte die zornigen Blicke und fühlte, wie ihr eine Welle der Ablehnung entgegenschlug.

Zu ihrer Linken sprang ihr sofort ins Auge, dass am Zeitschriftenhalter am Spant ein Babykörbchen befestigt war. Darin schlief, beobachtet von seiner jungen Mutter, ein kleines Kind.

«Was zum Teufel ist denn das für eine Konstruktion?», fragte Judy und beugte sich vor, um herauszufinden, wie die Frau das Körbchen aufgehängt hatte.

«Ich habe eine Methode gefunden, es so festzumachen wie bei den anderen Fluggesellschaften.»

Judy betrachtete die Sprecherin. Ende zwanzig, zwei Kinder, offenbar müde – und anscheinend nicht über die Vorschriften im Bilde.

«Das dürfen Sie nicht!» Judy wies auf das Babykörbchen. «Nehmen Sie es sofort ab.»

Karen Davidson verzog verdattert das Gesicht. «Eine Ihrer Kolleginnen hat mir dabei geholfen. Und für Start und Landung entferne ich es natürlich.»

«Das ist doch albern», sagte Judy lauter, als sie beabsichtigt hatte. Einige Passagiere schauten bereits hin und fragten sich vermutlich, was jetzt schon wieder geschehen war. «Nehmen Sie es ab! Wenn wir in Turbulenzen geraten, fällt Ihr Kind sonst auf den Boden.»

Karen Davidson holte tief Luft und richtete sich auf. «Entschuldigen Sie, aber vielleicht ist Ihnen ja nicht aufgefallen, dass wir ganz ruhig fliegen. Außerdem kann das Körbchen nicht runterfallen. Ich habe es gut festgemacht.»

Als ein Mann einen Sitz weiter Judy am Arm berührte, zuckte sie zusammen.

«Was gibt es?»

«Was wollen Sie jetzt tun? Das Baby verhaften? Lassen Sie die arme Frau doch in Ruhe, okay?»

«Gehören Sie zusammen?», entgegnete Judy und wies auf Karen.

«Nein, aber –»

«Dann kümmern Sie sich um Ihre eigenen Angelegenheiten. Das hier ist dienstlich.»

Wortlos, aber sichtlich erbost lehnte der Mann sich zurück, während weitere Passagiere die Köpfe wendeten. Judy bemerkte ihre zornigen Blicke sehr wohl und wusste, dass jeden Moment Empörung ausbrechen konnte. Doch schließlich handelte es sich hier verdammt noch mal um ihre Kabine. Sie würde sich von diesen Leuten nicht herumkommandieren lassen – und Janie Bretsen hatte ihr schon gleich gar nichts zu sagen.

Sie drehte sich zu Karen um und beugte sich vor.

«Nehmen … Sie … das … Körbchen … da … weg. Verstanden?»

«Nein, ich verstehe kein Wort.»

«Hier wird gemacht, was ich sage!», schrie Judy. «Nehmen Sie das Ding ab. Wie würden Sie es denn finden, wenn ich in Ihr Wohnzimmer spazieren und einen Getränkehalter an Ihren Couchtisch schrauben würde?»

«Was?»

«Sie haben mich genau gehört. So ein unmögliches Benehmen habe ich bei einem Passagier nur selten erlebt.»

«Ich versuche doch nur, mich um mein Kind zu kümmern.

Was hat das mit meinem Wohnzimmer und meinem Couchtisch zu tun?», entgegnete Karen kopfschüttelnd.

«Hey, Sheriff», rief in diesem Moment eine Männerstimme von hinten, einige Reihen entfernt. «Wir alle sind der Ansicht, dass Sie die Frau in Ruhe lassen sollten!»

Judy achtete nicht auf ihn und drohte Karen mit dem Finger. «Nehmen Sie es ab, oder ich erledige das.»

«Hey!» Wieder erklang eine Männerstimme. Als Judy auf die andere Seite des Ganges blickte, bemerkte sie einen Mann mittleren Alters, der Jeans und einen Pullover trug. Er saß neben dem älteren Kind der Frau.

«Wer sind Sie? Der Ehemann?»

«Was spielt das für eine Rolle?», gab er zurück. «Außerdem war das eine sexistische Frage. Aber eines sage ich Ihnen: Wenn ich ihr Ehemann wäre, wäre ich Ihnen schon längst an die Gurgel gegangen. Lassen Sie die Frau in Ruhe. Das Babykörbchen stört dort wirklich niemanden. Was zum Teufel ist denn bloß los mit Ihnen?»

«Ich setze nur die Vorschriften durch», erwiderte Judy und wandte sich erneut an Karen. «Das ist die letzte Warnung. Nehmen Sie es ab», befahl sie und schlug mit der geballten Faust gegen den Spant, um ihre Worte zu untermalen. «UND ZWAR DALLI!»

Der Spant erzitterte, und das Babykörbchen löste sich, sodass das Baby herausgeschleudert wurde. Karen Davidsons Augen weiteten sich entsetzt, und die junge Mutter warf sich mit ausgestreckten Händen vorwärts. Doch sie verfehlte ihr stürzendes Kind.

Gleichzeitig sprang der Mann auf der anderen Seite des Ganges auf. Als er das Baby in der Luft auffing, prallte sein Körper mit einem dumpfen Krachen gegen die Kante eines Sitzes. Das leere Babykörbchen fiel klappernd zu Boden.

Ganz automatisch ging Judy in die Knie, um zu helfen. Sie bemerkte, dass überall in der Kabine die Menschen aufstanden. Sicherheitsgurte öffneten sich klickend.

Der Mann, der Karen Davidsons kleine Tochter aufgefangen hatte, lag auf der Seite und hielt das gerettete Baby seiner Mutter hin. Dann fasste er sich mit schmerzverzerrtem Gesicht an die Brust. Karen Davidson kniete, ihre Tochter im Arm, auf dem Boden und versuchte herauszufinden, was ihrem Retter fehlte. Judy vernahm Stimmengewirr, Schritte und Geschrei und wusste, dass der Tumult gegen sie gerichtet war.

Als sie aufblickte, stellte sie fest, dass sich ein Meer zorniger Gesichter näherte. Sie stand auf, doch die Leute machten keinen Platz.

«Alles hinsetzen!», befahl sie.

«Ficken Sie sich doch ins Knie!», brüllte jemand.

Als die Leute näher kamen, wich Judy instinktiv in die Nische zwischen den beiden Abteilen der Touristenklasse zurück, wo sich das Bordtelefon befand. Doch als die Passagiere sie festzuhalten versuchten, floh sie weiter.

«VERSCHWINDEN SIE! FINGER WEG VON MIR!», schrie sie.

«EINEN MOMENT MAL!», rief ein hoch gewachsener Mann im Anzug. Die Menge stürmte mit hasserfüllten Gesichtern auf Judy zu. Diese machte schleunigst kehrt, rannte zur Treppe, die zum Oberdeck führte, und konnte es nicht fassen, dass die eiligen Schritte hinter ihr und die wilden Rufe tatsächlich ihr galten.

Sie raste an einer Bordküche vorbei und stieß dabei eine Kollegin um; zwei Stufen auf einmal nehmend, eilte Judy die Treppe hinauf. Oben angekommen, lief sie nach vorne zum Cockpit, wo sie das Bordtelefon aus der Halterung riss und die Hand in das Erkennungsgerät schob.

«Captain! Lassen Sie mich rein!»

Sie hörte, dass sich hinter ihr Schritte und Stimmen näherten.

«Was gibt es?», fragte Phil. Sie kannte die Fragen, die er ihr stellen musste.

«Niemand setzt mich unter Druck. Niemand ist bei mir. Schauen Sie auf den Bildschirm. Meine Hand ist eingescannt. Lassen Sie mich rein!»

Judy hörte, wie die Schlösser entriegelt wurden, drängte sich ins Cockpit und knallte die Tür hinter sich zu.

«Was zum Teufel ist denn los mit Ihnen?», erkundigte sich Phil, als sie sich mit verstörtem Blick zu ihm umdrehte.

«Die Passagiere rebellieren», stammelte sie, denn sie war zu dem Schluss gekommen, dass jetzt nicht der richtige Zeitpunkt war, um den kleinen Zwischenfall zu schildern, der den Tumult ausgelöst hatte.

«Was meinen Sie mit ‹rebellieren›?», wollte der Kapitän wissen. Er erbleichte, und Garth wirkte nicht minder entsetzt.

«Eine wütende Menschenmenge hat mich durch das ganze Flugzeug gejagt.»

«Sie gejagt? Ich verstehe nicht ganz», antwortete Phil.

Sie sah ihn kopfschüttelnd an, und Tränen der Wut und Enttäuschung traten ihr in die Augenwinkel. «Ich auch nicht, Captain… aber Sie müssen sie aufhalten. Die Leute hören nicht mehr auf meine Anweisungen und sind völlig außer Rand und Band.»

«Worüber sind sie denn so verärgert?»

«Über die Verspätung in London, die Temperatur, die Meldung, dass wir umkehren würden – verdammt, ich weiß es nicht!»

Garth schob seinen Sitz zurück und schickte sich an, den Sicherheitsgurt zu öffnen. Doch dann hielt er inne und blickte Phil an. «Wenn es sich nicht um einen Versuch handelt, die Maschine zu entführen, sollte ich vielleicht mal nach dem Rechten sehen.»

«Aber nehmen Sie sich vor diesem Gesindel in Acht!», zischte Judy mit zusammengebissenen Zähnen. «Heutzutage muss ich mich ständig mit ihnen herumärgern, diesem Gesockse, das nichts anderes kann, als sich zu beschweren. Ich fasse es nicht, dass sie mich tatsächlich angegriffen haben.»

«Judy, Sie haben bis jetzt noch gar nicht erwähnt, dass Sie angegriffen wurden», wandte Garth ein.

Überrascht verzog sie das Gesicht. «Es war genauso gut wie ein Angriff. Diese verdammten Dreckskerle haben mich durch das Flugzeug gehetzt.»

Phil musterte den Copiloten wortlos, bis dieser nach hinten zeigte. Dann nickte der Kapitän und wartete, bis Garth die Tür kontrolliert hatte. Widerstrebend betrachtete er das Bordmikrofon. «Glauben Sie… ich sollte etwas sagen?»

«BITTE!», erwiderte Judy in gereiztem Ton. «Vielleicht hören sie ja auf einen Mann.»

Phil Knight griff zum Mikrofon.

Hier spricht der Kapitän. Sofern jemand unter Ihnen daran zweifelt, dass die Besatzung berechtigt ist, Ihnen Anweisungen zu geben, sollte er sich das nochmals überlegen. Wenn eine unserer Flugbegleiterinnen Sie auffordert, etwas zu tun, ist ihr Wort Gesetz. Falls sich diejenigen, die unsere Chefstewardess durch die Maschine gejagt haben, nicht sofort wieder setzen, werde ich sie nach der Landung verhaften lassen.

Der Kapitän legte das Mikrofon weg, rechnete schon mit dem Trommeln von Fäusten an der Cockpittür und fragte sich, wie er in diesem Fall reagieren würde. Doch es blieb still, und auch auf dem Bildschirm war nichts zu sehen.

Als Garth die verschiedenen Kameras durchschaltete, stellte er fest, dass die Leute überall in der Touristenklasse herumstanden und sich unterhielten.

«Vielleicht hat das ja gewirkt», meinte Phil.

«Ich kann dort hinten keine Bedrohung entdecken», fügte Garth hinzu. «Aber wenn sie nicht schon den Aufstand geprobt hätten, hätte Ihre Durchsage sie bestimmt dazu angestachelt.»

Phil Knight warf dem Copiloten einen finsteren Blick zu. Judys Stimme brach das Schweigen.

«Jetzt reicht's. Ich habe die Nase endgültig voll. Diese dämliche Fluggesellschaft bezahlt mir nicht genug, um mich auch noch mit Passagierrevolten herumzuschlagen. Ich bleibe hier», schimpfte sie. «Ich bin so wütend, dass ich platzen könnte.»

«Dann bleiben Sie eben», erwiderte Phil tonlos, während er Garth weiter mit Blicken fixierte.

23

AN BORD VON MERIDIAN FLUG SECHS, 17:25 ORTSZEIT

Nachdem die Chefstewardess aus der ersten Klasse geflohen war, behielt Robert MacNaughton Brian Logan sorgfältig im Auge. Er sah, dass der Arzt seinen Aktenkoffer musterte, als sehe er ihn zum ersten Mal; er öffnete und schloss ihn einige Male, machte ihn dann noch einmal auf und wühlte darin herum, bevor er ihn wieder zuklappte. Dann stellte Logan den Aktenkoffer erneut auf seinen Schoß und klopfte mit den Fingern auf die lederne Oberfläche.

Während MacNaughton diesem Treiben zuschaute, kamen nacheinander drei Flugbegleiterinnen in die Kabine, warfen einen Blick auf Logan und verschwanden wieder. Eine Stewardess, die nicht im Dienst war und sich als Janie Bretsen vorgestellt hatte, kehrte zurück und ließ sich auf ihrem Fensterplatz nieder. MacNaughton stellte fest, dass auch sie dem Arzt verstohlene Blicke zuwarf.

Warum mache ich mir Sorgen, fragte er sich. *Nach unserer Ankunft in Kapstadt werden sie eine Flut von Beschwerdebriefen verfassen. Schlimmstenfalls müssen sie dem armen Doktor eben Handschellen anlegen.*

Doch das mulmige Gefühl ließ nicht nach.

Offenbar war es keine gute Entscheidung gewesen, eine Linienmaschine zu nehmen. Diesen Fehler würde er gewiss nie wieder machen, ganz gleich, wie wichtig die Besprechung auch sein mochte.

Irgendwo hinter der ersten Klasse hörte MacNaughton lautes Stimmengewirr und rasche Schritte. Als er sich umdrehte, bemerkte er, dass Brian Logan aufgesprungen war, seinen Aktenkoffer stehen ließ und auf den Tumult zueilte. MacNaughton zögerte, aber die Neugier war einfach zu stark. Er blickte Logan nach, vergewisserte sich, dass er unbeobachtet war, ging rasch zum Aktenkoffer des Arztes und klappte die beiden Schlösser auf dem

Lederdeckel hoch. Vorsichtig hob er den Deckel und erblickte einige Aktenmappen und in der oberen Tasche ein Bündel Flugtickets.

Der untere Teil war leer bis auf einen kleinen Zinnbehälter, den er herausnahm. Er war ziemlich leicht, und der Verschluss ließ sich mühelos entfernen. In dem Behälter befand sich nichts als ein wenig graues Pulver.

Robert MacNaughton verschloss Behälter und Aktenkoffer wieder und ließ sie auf dem Sitz stehen. Dann grübelte er darüber nach, was er da gerade gesehen hatte.

Als Brian Logan aus der ersten Klasse kam, hatte sich Judy Jackson bereits die Treppe hinauf ins Oberdeck der 747 geflüchtet. Drei Männer folgten ihr, und Brian packte den einen am Arm.

«Was ist passiert?», fragte er.

Der Mann wies mit dem Kopf in die Richtung, in die die Chefstewardess gerannt war. «Die dumme Kuh hat ein Baby auf den Boden geworfen. Das Kind hätte sterben können», antwortete er.

Brian zögerte, während der Mann die Treppe hinauflief. Dann ging er nach hinten, um nach dem Rechten zu sehen. Gerade hatte er die zweite Klasse erreicht, als schon jemand nach einem Arzt rief.

«Ich bin Arzt», erwiderte er. Sofort fiel sein Blick auf einen Mann, der auf dem Boden lag und offenbar Schmerzen litt. Brian ging in die Knie, um ihn zu untersuchen.

«Was ist passiert?»

Alle sprachen durcheinander, um seine Frage zu beantworten.

«... hat sich verletzt, als er verhindern wollte, dass das Baby dieser Frau auf den Boden fällt.»

«... ich glaube, er hat sich ein oder zwei Rippen gebrochen ...»

«... er hat sich wahrscheinlich am Bein dieses Sitzes hier gestoßen ...»

«Wie fühlen Sie sich?», erkundigte sich Brian.

«Tut ziemlich weh», stieß der Mann hervor und schlug die Augen auf. «Doch ich werde es schon überleben. Sind Sie Arzt?»

«Ja.»

«Okay. Ich kann atmen, aber, Mann, das tut weh. Vielleicht eine gebrochene Rippe.» Diese Feststellung hatte den Mann anscheinend Mühe gekostet, denn er verzog vor Schmerzen das Gesicht. Brian brachte ihn in eine andere Lage, öffnete ihm das Hemd und tastete vorsichtig seine Brust ab. Währenddessen schilderten ihm die Umstehenden Judy Jacksons Rechthaberei, ihren Schlag gegen die Wand und die Folgen.

«Ist mit Ihrem Kind alles in Ordnung?», fragte Brian Karen Davidson.

Diese nickte. «Ja. Er hat meine Tochter in der Luft aufgefangen, sonst wäre sie mit dem Kopf auf den Boden geprallt.»

Brian versuchte, sich darauf zu konzentrieren, dem Verletzten erste Hilfe zu leisten. Zu seiner Erleichterung wies nichts auf innere Blutungen oder einen Bruch hin, die sofort medizinisch hätten versorgt werden müssen. Nachdem er sich vergewissert hatte, dass der Passagier so bequem wie möglich lag, stand er auf und lauschte den Verwünschungen der Umstehenden. Für ihn war es sonnenklar, dass Judy Jackson die Situation verschuldet hatte.

«Ich sehe später noch einmal nach Ihnen», meinte er geistesabwesend und eilte den Gang entlang zur Treppe. Oben angekommen, drängte er sich an den drei Männern vorbei, die Judy Jackson verfolgt hatten. Nun standen sie hilflos vor der Bordküche herum und fragten sich, was sie tun sollten.

Vor ihnen befand sich die Tür zum Cockpit. Als Brian darauf zusteuerte, ging die Tür zur Toilette auf, und ein Pilot mit drei Streifen an jeder Schulter kam heraus. Er trug eine der Situation entsprechende säuerliche Miene zur Schau.

«Hallo, Captain!», rief Brian. Der Pilot erstarrte, drehte sich zu dem zornigen Passagier um und hob abwehrend die Hand.

«Ich bin nicht der Kapitän, sondern nur der Copilot.»

Brian zwängte sich in die kleine Nische, sodass der Pilot zwischen ihm und der geschlossenen Cockpittür gefangen war.

«Haben Sie überhaupt eine Ahnung, was hier los ist?»

Der Copilot schnaubte verächtlich und verdrehte die Augen. «Ja, Sir, ich glaube schon. Aber da ich nicht der Kapitän bin, sind mir die Hände gebunden», erwiderte Garth Abbott. «Dürfte ich wissen, wer Sie sind?», fügte er hinzu.

Etwas am Tonfall des Copiloten ließ Brian innehalten. Dieser Mann gehörte zwar zum Feind, doch Brian hatte den Eindruck, dass er durchaus sein Verbündeter werden konnte, auch wenn er den Grund für dieses Gefühl nicht zu fassen bekam. Ganz automatisch hielt er dem Piloten die Hand hin.

«Ich bin Dr. Brian Logan. Ihrer Chefstewardess haben wir es zu verdanken, dass unten ein Verletzter liegt. Ich habe ihn gerade untersucht: Er hat einige Rippenbrüche.»

Brian hörte seine eigenen Worte, die so ruhig und gemessen klangen, als stammten sie von einem anderen. Am liebsten hätte er geschrien und gebrüllt und mit den Händen gefuchtelt, aber wenn dieser Mann tatsächlich ein Verbündeter war...

Seufzend schüttelte der Copilot den Kopf. «Diese Frau ist wirklich ein Problem. Was hat sie denn schon wieder angestellt?»

Brian fasste die Ereignisse kurz zusammen und wies dann auf die geschlossene Cockpittür. «Wie ich annehme, versteckt sie sich im Cockpit.»

«Mag sein. Was kann ich für Sie tun, Herr Doktor?»

Mit dieser Frage hatte Brian nicht gerechnet, und ihm wurde klar, dass er keine Ahnung hatte, was er darauf antworten sollte. Denn es war unmöglich, seinen Wunsch zu erfüllen: Er wollte Daphne zurück. Da er aber darauf verzichten musste, sehnte er sich umso mehr nach blindwütiger Rache; er wollte, dass Meridian zur Strafe für das, was sie ihm – nein, seiner Frau, verbesserte er sich – angetan hatten, Pleite ging. Er wollte das Geld des Unternehmens und außerdem erreichen, dass es dem Erdboden gleichgemacht und öffentlich gedemütigt wurde. Die Menschen sollten sich schämen, dass es eine Fluggesellschaft wie Meridian je gegeben hatte. Und der Kapitän, der Daphne auf dem Gewissen hatte, sollte entlassen und angeklagt werden und alles verlieren.

Und nun stand da einer der Piloten seines Feindes vor ihm und erkundigte sich, was er für ihn tun könne.

Zwei oder drei Mal öffnete Brian den Mund und versuchte, die hasserfüllten Worte hervorzustoßen, die ihm nicht aus dem Kopf wollten. Doch es gelang ihm nicht.

«Doktor?», hakte der Mann nach.

«Ich verlange, dass diese Frau zu uns kommt und sich bei uns allen entschuldigt.»

Garth verharrte eine Weile schweigend. Dann nickte er. «Ich verstehe.»

«In diesem Flugzeug gibt es keinen einzigen Passagier, der nicht die Nase voll von dieser Besatzung hat, insbesondere von dieser Kuh.»

«Meinen Sie die Jackson?»

«Wenn das ihr Name ist.»

«Ist es.»

«Und wo steckt sie? Im Cockpit?»

Garth nickte. «Aber sie sagt, sie sei wütend auf Sie alle und wolle deshalb nicht rauskommen.»

«Dieses Miststück müsste gefeuert werden», entgegnete Brian und wies wieder auf die geschlossene Cockpittür, während der Copilot sich am Kinn kratzte. «Sie wissen doch, was sie getan hat.»

«Ja, aber der Kapitän nicht … Ich glaube, er sollte es von Ihnen aus erster Hand erfahren.» Garth warf einen Blick auf das Zahlenschloss des Cockpits und sah dann Brian an. «Herr Doktor, würden Sie sich bitte auf den freien Platz in der ersten Reihe setzen. Ich … kann nicht mit dem Kapitän sprechen, solange jemand hier steht.»

Brian gehorchte. Garth griff zum Mikrofon, bat um Einlass und steckte dann die Hand in das Lesegerät.

«Wer ist bei Ihnen? Ich kann niemanden auf dem Bildschirm sehen», sagte Phil.

«Nein, der Mann hat sich wie vorgeschrieben gesetzt, Phil. Aber ich glaube, Sie sollten mit ihm reden.»

«Sind Sie sicher?»

«Ja. Sie müssen sich das anhören.»

Als die Schlösser entriegelt wurden, drehte sich Garth um und winkte Brian Logan zu sich. Nachdem dieser ihm ins Cockpit gefolgt war, verriegelte er wieder die Tür.

Judy Jackson blickte erschrocken auf, und Entsetzen malte sich in ihrem Gesicht.

«Phil, Judy hat unten fast eine Revolte ausgelöst und sich die

Mühe gespart, uns zu erzählen, was wirklich passiert ist. Einer unserer Passagiere wird Ihnen alles genau schildern.»

«Sie!», rief Judy aus und starrte Brian Logan an.

«Setzen Sie sich», befahl Brian und zeigte mit dem Finger auf Judy. Dann wandte er sich an den verdatterten Kapitän, der zwischen Brian und Garth hin- und herblickte.

«Abbott, was hat das zu bedeuten?»

«Erklären Sie ihm, was geschehen ist, Herr Doktor», forderte Garth ihn auf.

Nachdem Brian Logan die Vorfälle im unteren Deck geschildert hatte, drehte Phil Knight sich zu Judy um und sah sie finster an.

«Wollten Sie mir das etwa verschweigen, Judy?»

«Es war doch nicht so wichtig», gab sie zurück.

«Captain», fuhr Brian fort, «ich verlange, dass Sie diese Frau wegen Angriffs auf eine Passagierin festnehmen und sie zwingen, sich mit einer Durchsage zu entschuldigen. Und ich möchte, dass auch Sie öffentlich Abbitte leisten, weil Sie nicht mit uns gesprochen haben und auch wegen all der anderen Unsäglichkeiten, die während dieses Flugs passiert sind.»

Phil drehte sich um und bedachte Brian mit einem ärgerlichen Blick. «Sie haben kein Recht, Forderungen zu stellen. Und jetzt verlassen Sie mein Cockpit.»

«Nein, Captain», entgegnete Brian erbost. «Sie werden diese Kuh anweisen, sich zu entschuldigen.»

Phil lachte nervös auf. «Für wen halten Sie sich eigentlich?»

«Dreihundert wütende Passagiere hören auf mein Kommando. Und sie alle haben die Nase voll von dieser elenden Fluggesellschaft, der miserablen Behandlung, den Lügen und dem schauderhaften Essen.»

Phil richtete sich in seinem Sitz auf und starrte Brian Logan wutentbrannt an. «Ich sagte, Sie sollen mein Cockpit verlassen.»

«Nein! Erst wenn Sie sich mit einer Durchsage entschuldigen und dieser Frau ebenfalls den Befehl dazu geben.»

Als Garth die Hand auf Brian Logans Schulter legte, schob der Arzt sie weg und drohte dem Kapitän mit dem Finger. Judy schüttelte entnervt den Kopf.

«Praktisch gesehen», fuhr Brian fort, «führen nicht mehr Sie das Kommando über dieses Flugzeug, sondern wir, Captain. Ihre Passagiere haben die Maschine übernommen, und wir fordern sofortige Entschuldigungen und die Verhaftung dieser Frau.»

Der Kapitän schnaubte verächtlich, und Judy verdrehte die Augen: «Schon gut. Und Sie kriegen zehn Jahre Knast, weil Sie ein Flugzeug entführt und Forderungen gestellt haben. Sie wissen ja, dass man heutzutage nicht gut auf Luftpiraten zu sprechen ist.»

Phil Knight sah seinen Copiloten an. «Schaffen Sie diesen Mann hier raus», zischte er und wies auf Brian. Wieder versuchte Garth, Brian sanft die Hand auf die Schulter zu legen. Doch diesmal drehte sich der Arzt um und drohte dem Copiloten mit der Faust.

«Rühren Sie mich nicht an!»

Der Copilot hob die Hände und wich zurück. Ihm kam die Notfallaxt in den Sinn, die im Cockpit direkt hinter der Tür hing.

Doch Brian hatte bemerkt, dass Garth seine Haltung geändert hatte, und sprang an ihm vorbei zur Tür. Argwöhnisch beobachtete er die Anwesenden. «Wie lautet Ihre Antwort, Captain?», fragte er. «Die Zeit ist um.»

Phil zwang sich, seinen Sitz umzudrehen und Blickkontakt mit dem Mann aufzunehmen, der in sein Cockpit eingedrungen war. Das Herz klopfte ihm bis zum Halse, und es kostete ihn Mühe, ruhig zu bleiben.

«Hören Sie. Sie bleibt hier oben. Ich stelle sie unter Arrest.»

«Was tun Sie?», ereiferte sich Judy. «Ich bin hier nicht das Problem, alter Junge.»

«Halten Sie den Mund, Judy», entgegnete Phil.

«Ach, geh doch zum Teufel, Pilotenschnösel», gab sie zurück, warf den Kopf in den Nacken und verschränkte die Arme.

«Sie wäre also aus dem Weg», fuhr Phil fort. «Aber eine Entschuldigung über Bordlautsprecher kommt nicht in Frage. Und jetzt raus aus meinem Cockpit.»

Einige angespannte Sekunden lang starrten die beiden Männer einander an. Dann nickte Brian. «Für den Moment genügt mir das, aber Sie werden es noch bereuen.» Garth öffnete ihm die Tür.

«Wie war noch mal Ihr Name?», erkundigte sich Phil mühsam beherrscht.

Mit Brian Logans Reaktion hatte er nicht gerechnet. Der Arzt wirbelte herum, zog die Tür hinter sich zu und starrte die drei nacheinander mit einem wahnwitzigen Funkeln in den Augen an.

«Mein Name ist Dr. Brian Logan. Warum greifen Sie denn nicht zum Telefon und fragen in Ihrer Firmenzentrale nach, wer Daphne Logan war?»

Er machte kehrt und knallte die Tür hinter sich zu.

Bis auf das Surren der Geräte und der zahlreichen Ventilatoren war es still im Cockpit. Dann seufzte Judy auf und wies mit dem Kopf zur Tür.

«Sehen Sie jetzt, womit ich mich herumschlagen muss? Ich kann es nicht fassen, dass Sie sich auch noch bei ihm eingeschmeichelt haben.»

«Was meinte er damit, wir sollen nach Daphne Logan fragen?», wollte Garth wissen.

Judy schüttelte den Kopf. «Keine Ahnung.»

Garth betrachtete Phil Knight und machte sich auf eine Gardinenpredigt gefasst. «Das haben Sie ja großartig hingekriegt, Abbott», meinte der Kapitän mit gepresster Stimme. «Einen Verrückten ins Cockpit zu bringen. Dafür wird Sie die Firma vermutlich rausschmeißen.»

«Ich konnte ja nicht wissen, dass er nicht alle Tassen im Schrank hat.»

«Das ist keine Entschuldigung.»

24

WASHINGTON, D.C., 12:05 ORTSZEIT

Das Mobiltelefon ließ ein lautes Schrillen vernehmen, was eine sofortige Entschuldigung notwendig machte. David Byrd, der eigentlich glaubte, das Gerät auf Vibrationsalarm gestellt zu haben, griff nach dem Übeltäter. Die anderen Männer am Tisch, alles leitende Mitarbeiter der Luftfahrtbehörde und gute Freunde, ließen sich davon nicht stören. David meldete sich.

«Wie schnell können Sie im Hauptquartier der NRO sein?», dröhnte eine vertraute Stimme.

«Colonel Blaylock?», verwunderte sich David.

«Wer sonst sollte Sie von meinem Telefon aus anrufen? Bitte beantworten Sie meine Frage.»

«In etwa einer Stunde, aber –»

«Gut, jetzt ist es halb zwölf, und die Fahrt dauert für mich neunzig Minuten. Ich treffe Sie um eins in der Hauptwandelhalle.»

«Moment mal! Warum?»

«Warum?», wiederholte Blaylock ungläubig.

«Genau: Warum?»

«Wollen Sie mich etwa zwingen, Sie später zu erschießen?»

«Natürlich nicht.»

«Dann stellen Sie keine Fragen. Vertrauen Sie mir. Diese Leitung ist nicht abhörsicher, und ich bin ein sehr misstrauischer Mann.»

«Allmählich dämmert es mir.»

«Sehr gut. Beleidigungen sind das Fundament jeder guten Freundschaft. Wir sehen uns in neunzig Minuten.»

David schaltete das Telefon ab und stellte fest, dass zwei seiner drei Kollegen ebenfalls telefonierten.

«Musst du weg?», fragte einer von ihnen.

«Nicht sofort», erwiderte David und schmunzelte über diesen John Blaylock, der sich wieder einmal aufführte wie ein Elefant im Porzellanladen. «Zuerst trinke ich meinen Kaffee aus.»

Als David Byrd die Vorhalle der NRO betrat, wurde er bereits von John Blaylock erwartet. Allerdings hätte David den sauber geschrubbten uniformierten Mann, der ihm gegenüberstand, beinahe nicht erkannt.

Vielleicht noch ein bisschen zerzaust, aber den Vorschriften entsprechend, dachte David, während Blaylock seine Kappe abnahm und auf die Theke des Sicherheitsdienstes wies. Er wich den Fragen aus, bis sie sich, überwacht von einem erfahrenen Mitarbeiter namens George Zoffel, endgültig im Gebäude befanden.

«Können Sie mir jetzt Ihr Geheimnis mitteilen, ohne mich gleich ermorden zu müssen?», begann David.

«Ich bin nicht sicher», erwiderte Blaylock und wandte sich an Zoffel. «Sind diese Flure abhörsicher, George?»

Zoffel lächelte und nickte wortlos.

«Warum sind wir eigentlich hier, John?» David ließ nicht locker.

«Weil Sie sich für den Alarmzustand interessiert haben, in dem wir uns wegen der Suche nach dem trojanischen Pferd befinden. Außerdem müssen Sie die Zusammenhänge zwischen der zivilen Luftfahrt und unseren Ermittlungen kennen und sich ein paar Satellitenbilder ansehen.»

«Ist etwas im Busch?»

«Es ist immer etwas im Busch, David.»

Zoffel hielt vor einer Tür inne, an der nur eine Nummer stand, und zog eine Karte durch ein Lesegerät. Als die Tür aufging, bat er seine Begleiter herein.

«Und das wäre?», erkundigte sich David.

«Es wäre schwer, das einem Zivilisten zu erklären», erwiderte Blaylock, «doch Georgie hier könnte uns vor einige Monitore setzen und uns aktuelle Satellitenbilder vorspielen, die die meisten Depots für spaltbares Material auf der Welt zeigen, auch wenn das die astronomische Summe von einigen Milliarden Dollar kostet.»

George Zoffel nickte.

David folgte ihnen in einen Raum, der von einem geschwungenen Tisch in zwei Hälften geteilt wurde. Darum herum stand ein halbes Dutzend bequemer Drehstühle vor einer ebenfalls geschwungenen Wand aus großen Flüssigkristall-Bildschirmen. Der Tisch selbst war eigentlich eine Bedienungskonsole mit einem Labyrinth aus Schaltern, Knöpfen und Tastenfeldern.

Mit routinierten Bewegungen bediente George Zoffel die Instrumententafel, gab Berechtigungscodes ein und befolgte einige Befehle, zu denen auch gehörte, dass er die Hand in ein Lesegerät legen musste. Die Bildschirme leuchteten auf; dreizehn von ihnen zeigten eine Schwindel erregende Anordnung von Landschaftsansichten und Karten.

«Das ist eine aktuelle Abbildung von Europa», begann Zoffel und erläuterte rasch, was es mit der ständigen satellitengestützten Suche nach spaltbarem Nuklearmaterial und Maschinenbauteilen wie zum Beispiel Zündern auf sich hatte. «Außerdem bemühen wir uns, stets ein Auge auf den kommerziellen Transport, also Fluggesellschaften, Schiffe, die Bahn, ja sogar Lastwagen zu haben, wenn sie Hochrisikozonen passieren. Der Großteil der Bewertungen wird durch Hochleistungsrechner vorgenommen, doch die sind alles andere als narrensicher: So können wir eine biologische oder chemische Bombe aus dem All nicht direkt erkennen, nur verdächtige Bewegungen und Lieferungen. Deshalb vergleichen wir dauernd kommerzielle Lieferaktivitäten und Linienflüge mit den Flugplänen und Lieferscheinen.»

«Das ist ja wie die Suche nach der Stecknadel im Heuhaufen», merkte David an.

«Genau, und es wird immer schlimmer – ein ganzes Team arbeitet rund um die Uhr daran, diese Nadel zu finden.» Er warf einen Blick auf Blaylock. «Ist Colonel Byrd aktiver Geheimnisträger der obersten Stufe?»

«Bestätigt.» John Blaylock nickte.

«Okay. Zwanzig Minuten bevor Sie hier erschienen sind, haben wir so viele Leute wie möglich dafür abgestellt, Afrika südlich der Sahara auf eine terroristische Infiltration hin zu überwachen. Das ist eine große Veränderung, denn bis heute haben wir hauptsächlich unser eigenes Land beobachtet.»

«Woher kam der Befehl?», fragte John Blaylock, während er die Weltkarte auf einem der Bildschirme betrachtete.

«Aus dem Weißen Haus. Man sagte uns, innerhalb der nächsten achtundvierzig Stunden sei mit einem schweren Terrorangriff auf eine europäische Großstadt zu rechnen.»

AN BORD VON MERIDIAN FLUG SECHS, 18:09 ORTSZEIT

Phil Knight musterte den Südteil der Sahara und versuchte sich einzureden, dass die verbleibenden Stunden bis nach Kapstadt rasch vorbeigehen würden. In den letzten zehn Minuten hatte er seinen Copiloten absichtlich angeschwiegen, doch Garth Abbott bemerkte, dass sein Blick immer wieder zur großen Instrumententafel in der Mitte und zur Anzeige für Triebwerk Nummer vier wanderte. Garth wusste, dass Phil auf ein Anzeichen dafür wartete, dass er die ganze Zeit über Recht gehabt hatte und dass mit Nummer vier tatsächlich etwas nicht stimmte. Vermutlich hoffte er sogar darauf.

«Das Ding ist wie ein Fels in der Brandung, Phil», meinte Garth, um Knight zu provozieren. Doch wie vorauszusehen gewesen war, erfolgte keine Antwort.

Auch Judy Jackson schwieg. Starr wie eine Sphinx, mit säuerlicher Miene und immer noch erschüttert von den Vorfällen in der Kabine, saß sie auf dem Notsitz hinter dem Kapitän.

Das Bordtelefon läutete, und Garth griff nach dem Hörer, als ihm klar wurde, dass sonst niemand an den Apparat gehen würde.

«Spreche ich mit dem Captain?», fragte eine angespannte Frauenstimme.

«Nein, ich bin der Copilot. Wer ist da?»

«Cathy aus der Touristenklasse.» *Sie klingt aufgeregt,* dachte er. «Würden Sie bitte eine Durchsage machen, dass das Sicherheitsgurt-Zeichen noch an ist? Die Leute hören einfach nicht auf uns. Einige Passagiere laufen durch die Maschine und weigern sich, Platz zu nehmen. Ich weiß zwar, dass Sie das eigentlich nicht dürfen, aber es wäre schön, wenn Sie oder der Kapitän nach hinten kommen würden, um mit den Leuten zu reden. Es würde sicher etwas nützen.»

Garth warf einen Blick auf Phil Knight und wiederholte die Bitte. Wieder erhielt er keine Antwort.

«Phil, verdammt, diese Kommunikationsverweigerung ist doch kindisch», meinte Garth. «Wenn Sie hier das Kommando führen wollen, müssen Sie mit mir sprechen. Soll ich runtergehen und nach dem Rechten sehen?»

Endlich drehte sich der Kapitän um. Seine Miene war finster und verschlossen, sein Blick zornig. «Wissen Sie was? Es interessiert mich einen feuchten Dreck», entgegnete er. «Aber Sie kennen die Regeln. Falls jemand droht, Ihnen den Kopf abzuschlagen, mache ich nicht auf. Dann haben Sie eben Pech gehabt.»

Garth unterdrückte die Bemerkung, die ihm auf der Zunge lag, nickte und öffnete seinen Sicherheitsgurt.

«Ich kenne die Vorschriften», sagte er. «In ein paar Minuten bin ich zurück.»

Er öffnete die Cockpittür und trat in die Kabine des Oberdecks. Unbewusst rechnete er damit, wie immer freundlich begrüßt zu werden, doch die Mienen derer, die aufblickten, wirkten nicht sehr einnehmend. Garth fühlte sich, als sei er über eine Schwelle getreten und kopfüber in Eiswasser getaucht. Die angespannte und ablehnende Stimmung war fast so quälend wie die feindselige Atmosphäre im Cockpit.

Zwei Stewardessen erwarteten ihn in der Bordküche. «Wer setzt Ihnen denn zu?», fragte Garth.

«Ich bin Cathy. Ich habe angerufen.»

«Okay.»

«Es sind mehrere. Der Arzt aus der ersten Klasse ist gleich nach dem Start nach hinten gekommen und hat sich erkundigt, wer sonst noch die Nase voll hat. Er hat gewissermaßen Verbündete angeworben.»

«Zu welchem Zweck?», wollte Garth wissen.

«Keine Ahnung. Aber ich habe noch nie so viel Feindseligkeit gespürt. Außerdem haben die Leute eine Stinkwut auf die Piloten im Cockpit. Jedes Mal, wenn Sie oder Judy etwas sagen, möchte man meinen, die Hälfte der Passagiere hätte auf eine Zitrone gebissen. Außerdem johlen und buhen sie.»

«Haben sie Judy wirklich bis zum Cockpit verfolgt?»

Cathy nickte. «Etwa ein Dutzend wütender Männer war ihr auf den Fersen. Ich glaube nicht, dass sie ihr etwas tun wollten, aber sie waren schrecklich aufgebracht. Sie hat die Panik gekriegt und ist losgerannt.»

«Sie ist im Cockpit.»

«Und dort sollte sie besser auch bleiben», fuhr Cathy fort. «Die Männer waren wirklich stinksauer, denn sie hätte das Baby wirklich umbringen können … der Mann, der das Kind aufgefangen hat, liegt da hinten und hat große Schmerzen. Wir haben die Sache nicht mehr im Griff, Garth. Niemand hört mehr auf uns.»

«Das glaube ich Ihnen gern», entgegnete er, nahm ein Mikrofon aus der Halterung und schaltete den Bordlautsprecher ein.

Meine Damen und Herren, dürfte ich um Ihre Aufmerksamkeit bitten?

«Scheren Sie sich doch zum Teufel!», brüllte eine Männerstimme, und zwei Männer, die am hinteren Ende des vorderen Touristenklasse-Abteils standen, drehten sich zu ihm um. Auch einige andere Passagiere murrten.

Äh, passen Sie auf, auch wenn Sie mir nicht zuhören wollen, bin ich der Copilot, und es wäre das Beste, wenn Sie sich jetzt zuerst alle wieder setzen und Ihre Sicherheitsgurte schließen. Wir befinden uns immer noch im Steigflug, und die Sicherheitsgurt-Lämpchen brennen.

«Wir lassen uns während dieses Fluges von Ihnen keine Vorschriften mehr machen!», schrie ein anderer Mann, der links auf einem Fensterplatz saß. «Das Sicherheitsgurt-Lämpchen beachten wir, wenn es uns passt, denn diese Besatzung hat uns bis jetzt nur nach Strich und Faden belogen.»

«Hören Sie … Sir –», wandte Garth ein, aber der Mann schimpfte immer weiter.

«Hey! Sie glauben wohl, ich scherze. Dann stimmen wir eben ab.» Er wandte sich an die Passagiere auf den mittleren Plätzen. «Alles mal herhören. Der Copilot nimmt uns nicht ab, dass wir die Schnauze gestrichen voll haben. Zeigen wir ihm doch, wie wir die Behandlung, die Meridian uns heute hat angedeihen lassen, zu schätzen wissen. Alle, die diese Besatzung und diese Fluggesellschaft satt haben, sollen bitte aufstehen.»

Garth bekam den Mund nicht mehr zu, als das Klappern sich öffnender Sicherheitsgurte durch die Kabine hallte und erst drei, dann fünf und schließlich mehr als die Hälfte der Passagiere sich erhoben. Die Frauen waren ein wenig zögerlicher als die Männer.

«Sehen Sie», verkündete der Mann. «Von Ihnen, Mr Copilot, wollen wir nur wissen, wann wir in Kapstadt ankommen werden. Dann können Sie zurück in Ihren Käfig gehen.»

Hinten in der Kabine entdeckte Garth über die Köpfe der wütenden Männer im Mittelgang hinweg den Arzt, der ihm vor einer halben Stunde so zugesetzt hatte. Brian Logan schien die Lage abzuschätzen, schob sich dann an zwei Passagieren vorbei und steuerte direkt auf den Copiloten zu.

Garth wollte schon das Mikrofon an die Lippen heben, überlegte es sich dann jedoch anders und schaltete den Bordlautsprecher ab. Als Brian Logan sich auf Hörweite genähert hatte, flüchteten Cathy und ihre Kollegin sich in die Bordküche.

«Was haben Sie vor, Herr Doktor?», fragte Garth.

«Wir alle hier sind uns einig, dass wir von dieser lächerlichen Fluggesellschaft die Nase voll haben», erwiderte der Arzt und schob trotzig den Kiefer vor. «Nach unserer Ankunft in Kapstadt werden wir die Fernsehsender und die Presse verständigen.»

«Hören Sie, wir tun, was Sie verlangt haben –», begann Garth leise.

«Ich habe noch keine Entschuldigung von dieser unverschämten Stewardess gehört.»

«Ich arbeite noch daran, aber könnten Sie sich bitte wieder beruhigen?» Als er Brian in die Augen sah, erkannte er wie zuvor lodernde Wut darin. Es war ein ganz anderer Blick als bei Phil Knight, dachte er. Phil war einfach nur in seiner Ehre gekränkt, doch in den Augen des Arztes malten sich abgrundtiefer Schmerz und Empörung, und ihr starrer Ausdruck ließ Garth einen Schauder den Rücken hinunterlaufen.

Brian drehte sich um und wandte sich dann wieder an Garth.

«Was tun Sie überhaupt hier?» Sein Tonfall war fast verschwörerisch, und Garth hatte nicht mit dieser Frage gerechnet. Wie sollte ein Copilot einem aufgebrachten Passagier erklären, dass im Cockpit eine feindselige Stimmung herrschte und dass er sich mit dem Kapitän nicht einig war? Wie konnte er ihm begreiflich machen, dass er gerne auf die Wünsche der Passagiere eingegangen wäre, dass der Kapitän es ihm jedoch verboten hatte? War es überhaupt möglich, diesem Mann etwas zu verdeutlichen, ohne dabei an Autorität einzubüßen? Schließlich war Garth der zweite Mann an Bord. Er durfte sich nicht auf die Seite eines wütenden Passagiers ziehen lassen, dessen Verhalten an Luftpiraterie grenzte.

«Hören Sie, Herr Doktor, was soll ich … sollen wir … Ihrer Ansicht nach sonst noch tun?»

Nach einer langen, beklommenen Pause antwortete Brian endlich: «Sagen Sie mir die Wahrheit. Haben Sie die idiotischen Entscheidungen, die wir heute miterlebt haben, gemeinsam gefällt, oder war es nur der Kapitän?»

Garth schluckte. Seine Empörung über Phil Knights Verhalten drohte die Oberhand über die Vorsicht zu gewinnen. «Was für Entscheidungen?»

«Ach, die Funkstille aus dem Cockpit. Die stundenlange Verspätung in London. Dass Sie zugelassen haben, dass diese Frau uns per Durchsage nach Strich und Faden belügt. Die Meldung, wir hätten technische Schwierigkeiten und müssten umdrehen; nein, wir flögen jetzt doch weiter. Ganz zu schweigen von den weiteren Zumutungen.»

«Tja, das hat der Kapitän eigentlich allein beschlossen», erwiderte Garth verärgert.

Brian nickte langsam und fixierte den ersten Offizier mit Blicken. «Das habe ich mir gedacht. Sie haben nicht so einen Eindruck auf mich gemacht. Er hört nicht auf Sie, was?»

Garth schnaubte angewidert. «Hören? Verdammt, er redet ja kaum mit mir. Er … er hat die fixe Idee, dass ich nur Vorschläge mache, um seine Autorität zu untergraben.»

«In anderen Worten ist er nicht gerade ein sympathischer Zeitgenosse.»

«Und das ist noch milde ausgedrückt.»

«Das wusste ich nicht, Niemand von uns wusste es, weil Sie beide nicht mit uns gesprochen haben.»

«Er hat es nicht gestattet, Doc», erwiderte Garth leise. Er war froh, jemandem sein Herz ausschütten zu können, und die Erinnerung an Brians merkwürdiges Verhalten verblasste angesichts der Hoffnung auf einen Verbündeten – auch wenn es sich nur um eine Notgemeinschaft handelte. Brian legte Garth die Hand auf die Schulter und schob ihn in die Bordküche, wo sie unbeobachtet waren.

«Wie heißen Sie?», fragte er.

«Garth Abbott, Doc.»

Brian wies in Richtung Cockpit. «Er ist gefährlich, stimmt's?»

Garth wollte schon nicken, beherrschte sich dann aber und schüttelte den Kopf. Seine Vorsicht meldete sich wieder. «Nein, gefährlich eigentlich nicht ...», sagte er schnell und musste an das Gespräch mit seiner Frau denken. «Auch nicht unfähig, nur ...»

«So arrogant, dass er auch eine Entscheidung mit katastrophalen Folgen fällen würde, wenn Sie ihn nicht zurückhalten.»

«Ja, ich fürchte schon, obwohl ich es nur ungern zugebe», entgegnete Garth. «Mit dieser Fluggesellschaft ist es in letzter Zeit bergab gegangen. Alles dreht sich nur noch ums Geld. Wir sind zu sehr damit beschäftigt, die Expansion des Unternehmens voranzutreiben, und lassen dabei die Einzelheiten außer Acht. Zum Beispiel, ob ein Pilot wirklich schon bereit ist, als Kapitän auf einer internationalen Strecke zu fliegen.»

«Wie hat es dieser Idiot bloß zum Kapitän gebracht?»

«Er ist eigentlich kein Idiot, sondern war viele Jahre lang ein sehr guter Kapitän auf Inlandsstrecken. Ich kenne Kollegen, die mit ihm geflogen sind: Belastbar, kompetent und ausgezeichnet mit der Technik vertraut. Aber wenn Sie lange genug bei einem Unternehmen tätig sind und schließlich zur Beförderung anstehen, beurteilen viele Fluggesellschaften Sie nur nach Ihrem fliegerischen Können. Meridian überprüft nicht, ob der Betreffende auch über Fremdsprachenkenntnisse, Taktgefühl und ein Verständnis für die Gepflogenheiten im ausländischen Luftraum besitzt. Und es interessiert auch niemanden, ob man ein guter Vorgesetzter ist und eine Ahnung von Personalführung hat. Zu Hause brauchte Phil nichts weiter zu tun, als den geflügelten Viehwagen nach Tulsa zu bringen und rechtzeitig am Flugsteig zu stehen. Auf internationalen Strecken sind ganz andere Fähigkeiten gefragt. Phil ist überfordert und hat eine Todesangst – aber er gibt es nicht zu und nimmt keinerlei Ratschläge an.»

«Dann kehren Sie bitte ins Cockpit zurück und sorgen Sie dafür, dass wir wohlbehalten nach Kapstadt kommen, bevor er uns noch durch eine andere Fehlentscheidung umbringt», meinte Brian.

Garth schickte sich zum Gehen an, wandte sich aber noch einmal zu Brian um. «Herr Doktor, Sie haben vorhin oben gesagt, wir sollten uns bei der Firma nach einer Daphne Logan erkundigen. Ich hatte noch keine Gelegenheit dazu.»

«Und?» Der drohende Unterton war wieder da.

«Tja ... ist das Ihre Frau oder Ihre Tochter?»

«Daphne Logan war meine wunderschöne geliebte Frau, Garth. Die Liebe meines Lebens. Meine Gefährtin. Und sie ist letztes Jahr in einem Ihrer Flugzeuge innerlich verblutet, weil der Kapitän sich trotz ihres Flehens geweigert hat zu landen, damit sie ärztlich behandelt werden konnte.» Brian erklärte Garth die Einzelheiten und stellte fest, dass sich Entsetzen im Blick des Copiloten malte.

«Das tut mir schrecklich Leid.»

«Wissen Sie was? Für Bedauern ist es jetzt zu spät. Aber Sie sind der erste Mitarbeiter von Meridian ... nein.» Er hielt inne, als er sich an Janie erinnerte. «Der erste Pilot von Meridian, der das wirklich so meint.»

Logan machte kehrt und eilte den Gang entlang in den hinteren Teil der 747.

Als er an den Roberts' vorbeikam, packte Brenda ihren Mann am Arm und flüsterte: «Da ist er wieder!»

Jimmy nickte.

«Ich habe Angst, Schatz. Du hast ja selbst gesehen, dass die anderen aufgestanden sind. Hätten wir nicht besser mitmachen sollen? Schließlich sind wir genauso sauer.»

Jimmy schüttelte den Kopf und legte die Lippen an ihr Ohr. «Es ist besser, wenn wir uns aus allem raushalten, was in diesem Flugzeug läuft.»

25

NRO-ZENTRALE, CHANTILLY, VIRGINIA, 12:20 ORTSZEIT

Bevor sie das Gebäude der NRO verließen, machte George Zoffel mit John Blaylock und David Byrd einen kurzen Rundgang durch die neue Anlage; allerdings sparte er die streng geheimen Bereiche aus, wo man hoch technisierte Satellitenbilder von den meisten Regionen der Welt nach Belieben aufrufen konnte.

«Ich habe gehört», meinte David auf dem Weg zum Ausgang, «dass Sie auch über einige abschussbereite Raketen verfügen, mit denen Sie innerhalb von zwei Stunden einen neuen Satelliten in jede gewünschte Umlaufbahn befördern können.»

Zoffel setzte eine nichts sagende Miene auf. «Das haben Sie also gehört?»

«Ja. Und Sie?»

«Eine interessante Vorstellung», meinte Zoffel. «Sie wissen offenbar mehr als wir.»

«Schon verstanden», erwiderte David. Ihm war nicht entgangen, wie geschickt George Zoffel der Frage ausgewichen war, ohne sich in eine Richtung festzulegen.

Zoffel winkte den beiden Offizieren der Air Force zu und verschwand wieder im Gebäude. John Blaylock wies auf den Parkplatz.

«Zeit für ein Päuschen am Nachmittag, Colonel. Mögen Sie Guinness vom Fass?»

«Natürlich.»

«Wenn Sie Nein gesagt hätten, hätte ich an Ihrer Identität gezweifelt.»

«Welches Lokal schlagen Sie vor?»

«Eine schäbige kleine Kneipe in Alexandria. Heute Abend können wir uns, wenn Sie möchten, ein luxuriöses Abendessen im Willard gönnen und uns ein wenig weiter unterhalten. Ich nehme an, Sie haben nichts anderes vor?»

«Nicht wirklich.»

«Ausgezeichnet! Hier ist die Visitenkarte der Kneipe. Der Wirt ist ein Freund von mir, ein ehemaliger Spion. CIA in anderen Worten.»

«Verstanden.»

«Wir treffen uns dort in einer halben Stunde. Ich muss unterwegs noch etwas erledigen.» Ohne auf eine Antwort zu warten, machte John Blaylock kehrt und marschierte zu seinem Auto. David betrachtete die Visitenkarte, um sich die Adresse einzuprägen. Als er sie ganz automatisch umdrehte, stellte er fest, dass auf der Rückseite etwas geschrieben stand.

Col. Byrd, ich hatte den Eindruck, dass Sie die Senatorin, die Sie heute Morgen aus London angerufen hat, wirklich scharf fanden. Ach, wenn Sie übrigens das nächste Mal einen alten Geheimdienstmann besuchen, sollten Sie ihn nicht mit Ihrem Mobiltelefon allein lassen. (Ich entferne die Wanze dann in der Kneipe.)

John Blaylock war schon bei seinem zweiten Glas von Irlands bestem Bier, als David sich der abgewetzten Mahagonibank am hinteren Ende des Lokals näherte. Die winzige Kneipe war verraucht und wirkte tatsächlich recht heruntergekommen. Blaylock winkte ihn heran und bestellte bei der leicht geschürzten Kellnerin eine neue Runde. Sie warf ihm eine Kusshand zu und knickste, bevor sie zum Tresen ging.

«Also, Colonel Byrd, was haben Sie heute dazugelernt?»

David legte sein Mobiltelefon vor John Blaylock auf den Tisch und wies mit einem verlegenen Grinsen darauf. «Blaylock, ich glaube, Sie haben gegen ein halbes Dutzend Bundesgesetze verstoßen, aber... wie zum Teufel haben Sie es geschafft, mein Telefon zu verwanzen?»

John grinste ebenfalls. «Jahrelange Erfahrung, alter Junge. Als Sie, falls Sie sich erinnern, auf meinem Boot aufs Klo gegangen sind, haben Sie mich fast eine Minute mit Ihrem Telefon allein gelassen.»

«Mehr Zeit brauchten Sie nicht?»

«Tja, Ihr Telefon ist zufällig ein Modell, auf das ich vorbereitet bin.» John nahm das Telefon, ersetzte die Batterie durch eine andere und gab David das winzige Gerät zurück.

«Die Wanze ist in der Batterie?», wunderte sich David.

«Dachten Sie etwa, ich kann in sechzig Sekunden mit ein paar Schraubenziehern hantieren und mehrere Drähte verlöten? Ich bin zwar gut, aber kein Zauberkünstler.»

David seufzte. «Sie haben gefragt, was ich heute dazugelernt habe. Ich weiß jetzt, dass ich Ihnen keine Minute den Rücken zukehren darf.»

«Nein, dass wir Reservisten noch viel verschlagener sind, als aktive Soldaten wie Sie es sich je träumen lassen würden.»

«Mag sein.»

«Etwas anderes bleibt uns gar nicht übrig. Wir tragen die halbe Last und werden dennoch behandelt wie Bürger zweiter Klasse.»

«Das stimmt nicht mehr, John», widersprach David, so nachdrücklich er konnte, obwohl er einem erfahrenen alten Hasen gegenübersaß, der sich im Pentagon auskannte. «Wir haben die Hälfte von Ihnen wieder reaktiviert, und seit die Reserve eine eigenständige Abteilung geworden ist –»

John Blaylock unterbrach ihn mit einer Handbewegung. «Zugegeben, es ist besser geworden, doch es ist noch immer das alte Lied, Davy. Alter und Gerissenheit siegen auch weiterhin über Jugend und Begeisterung. So lautet das Motto der Reserve.»

«Okay, ich bin gewarnt.»

«Sie haben mir die Hand geschüttelt. Haben Sie auch Ihre Finger nachgezählt?»

«Ach, lassen Sie den Unsinn, John.» David lachte.

«Erzähl mir von deiner Scheidung, David.»

«Meiner Scheidung?»

«Schauen wir mal.» Colonel Blaylock verdrehte die Augen zur Decke, als ob der Lebenslauf von David Byrd dort geschrieben stünde. «1985 hast du in Memphis Katie Ann, geborene Lewis, geheiratet, eine echte Blondine mit einer Traumfigur. Ihr Vater stammte aus Tennessee und war zwei Legislaturperioden lang Kongressabgeordneter, ihre Mutter war Kinderärztin am Baptist Memorial Hospital, wo Elvis gestorben ist. Katie machte 1984 ihren Abschluss an der Ole Miss. Sie haben sie kennen gelernt, als die Air Force Academy gegen die Mannschaft der Ole Miss in Oxford antrat und die Jungs aus Mississippi euch gezeigt haben, was eine Harke ist.»

«Woher zum Teufel –»

«Du hast natürlich die Air Force Academy absolviert und warst der Beste in der Pilotenausbildung des Jahrgangs 1985. Dann hast du dich zu einer F-15-Staffel nach Soesterberg in den Niederlanden gemeldet, doch zuerst hast du dein Verhältnis mit Katie legalisiert, die während des Studiums schon mit dir zusammengelebt hatte. Eigentlich hattet ihr schon 1984 in einer heimlichen Ziviltrauung geheiratet, von der nicht einmal ihre Mutter etwas weiß. Das bedeutet, dass du ein Traditionalist bist, und das gefällt mir.»

«Du kannst das alles unmöglich wissen!»

«Na, Dave, das ist wirklich keine besonders geschickte Methode, um etwas abzustreiten. Ich bin eben ein guter Detektiv und habe beide Trauscheine aufgestöbert. Ein Jammer, dass Katie und du keine Kinder kriegen konntet. Vielleicht hätte sie dann keine Schwäche für diesen wortgewandten jungen Captain aus New Orleans entwickelt, dem sie begegnete, als du als Geschwaderkommandant in Hurlburt stationiert warst. Du bist Spezialeinsätze geflogen und hast dich, wie ich hinzufügen möchte, in einigen wirklich heiklen Situationen sehr wacker geschlagen und alle deine Jungs heil nach Hause gebracht. Zweimal hast du einen Fliegerorden bekommen. Ich bin beeindruckt – ganz im Gegensatz zu Katie. Die Ehe wurde 1997 geschieden.»

David schüttelte den Kopf. Seine Miene war ernst geworden. «Warum mache ich mir überhaupt die Mühe zu fragen? Offenbar weißt du mehr über mich als ich selbst. Ich fasse es nicht.»

«Aber, aber, jetzt sei doch nicht gleich beleidigt.»

«Bin ich auch nicht, nur…»

«Ja, du bist gekränkt. Doch das wirst du überleben. Ich muss dich kennen, um dir vertrauen zu können.»

«Verdammt, John, ein Profil ist eine Sache. Aber bei dir klingt es, als hättest du dich in meinem Schlafzimmerschrank versteckt.

Ich wette, du hast sogar genau mitgezählt, wie oft Katie und ich Sex hatten.»

«Offen gestanden habe ich die abschließende Zahl auf knapp achthundert Mal im Laufe einer zehnjährigen Ehe geschätzt.»

«Das ist ja wohl das Letzte!», empörte sich David.

«Habe ich Recht?»

«Das geht dich einen Dreck an!»

«Falsch, Dave. Du bist im aktiven Dienst und gehörst uns. Ein Leben ohne Sex ist ungesund, und du hast in den letzten Jahren offenbar wie ein Mönch gelebt, was dich verwundbar macht. Ich habe gesehen, wie dir heute Morgen fast die Augen aus dem Kopf gefallen sind, als Jill die Schlafzimmertür öffnete.»

David schob seinen Stuhl zurück und schüttelte entrüstet den Kopf. «Einen Moment mal, verdammt. Mein Sexualleben und meine Privatsphäre gehen niemanden etwas an. Man möchte meinen, ich hätte mich bei der CIA um einen Job als Geheimagent beworben.»

«Nein, es ist noch viel wichtiger.»

David setzte sich wieder. Er war sprachlos und verstand nicht gleich, was sein Gegenüber ihm sagen wollte. «Was?»

«Willst du deinen Stern kriegen? Willst du General werden?»

«Natürlich, aber was hat das mit deinem Herumgeschnüffel in meinem Schlafzimmer zu tun?»

John Blaylock beugte sich vor und fixierte David mit Blicken. «Jim Overmeyer ist für einen Drei-Sterne-General noch ein Küken, David, aber er ist ein kluger Mann und hält dich für fähig. Wusstest du das nicht?»

«Nein. Ich meine, ich habe schon vermutet, dass er zufrieden mit mir ist, aber Komplimente und positive Bestätigung sind nicht unbedingt seine Stärken.»

«Ganz im Gegenteil, er will nur einen General und zukünftigen Stabschef aus dir machen. Sie halten dich für einen geeigneten Kandidaten. Und ich soll dein Mentor werden – also betrachte mich als deinen persönlichen Trainer.»

«Wie bitte?»

«Ich bin nicht nur ein alter, geschwätziger, halbpensionierter Opa, David. Man schickt mir die Auserwählten, wie du einer bist, denen noch eine große Karriere bevorsteht. Ich erkläre euch, wie Geheimdienstarbeit funktioniert, und verabreiche euch eine tägliche Dosis staatsmännisches Denken. Dann löse ich mich wie ein seltsamer Albtraum in Luft auf, während ihr den Ruhm einheimst und befördert werdet.»

«Bei dir klingt das wie ein Lehrgang.»

«Ist es irgendwie auch.»

«Also handelt es sich gar nicht um einen echten Auftrag?», fragte David.

«Meinst du den momentanen Alarmzustand? Doch, der ist sehr echt. Bei den Geheimdiensten ist seit den Angriffen auf New York und Washington die Hölle los. Allerdings ist da auch eine Menge Paranoia im Spiel, und das gehört zu den Dingen, über die wir sprechen müssen, denn wir befinden uns in der von mir so genannten ‹Fehlerzone›. Die Waffe ist entsichert, sodass eine einzige falsch gedeutete Reaktion einen Krieg auslösen kann. Die Geschichte strotzt von derartigen Situationen, von denen einige zu Explosionen geführt haben: die Kubakrise, Berlin... Sei also bitte nicht sauer auf mich; ich habe nur meine Hausaufgaben gemacht.»

«Tja, ich habe mich eben ein wenig überrumpelt gefühlt, weil du so viele persönliche Informationen über mich hattest.»

«Das verstehe ich. Und vor ein paar Jahren wäre das mein Stichwort gewesen, mit einem höhnischen Schnauben vom Tisch aufzustehen und dich als Waschlappen zu bezeichnen, weil du überhaupt bemerkst, dass du Gefühle hast. Inzwischen jedoch erwartet man von mir, dass ich dich frage: ‹Und was macht dir das aus, dass ich so viel über dich weiß?›»

«Also Zuckerbrot und Peitsche.»

«Moment mal», erwiderte John Blaylock in gespielter Entrüstung. «Bist du damals freiwillig zur Air Force gegangen?»

«Das dachte ich eigentlich bis jetzt. Und anscheinend habe ich es sogar zum Colonel gebracht.»

«Dann habe ich nichts mehr hinzuzufügen. Der Begriff Air Force ist gleich bedeutend mit Zuckerbrot und Peitsche – das sollte dir eigentlich bekannt sein. Es ist die Lebensaufgabe der Leute in unserer Personalabteilung in Randolph.»

Wider Willen lachte David auf. «Und wie machen wir jetzt weiter, John?»

«Zuerst fahren wir in die Innenstadt und essen um sieben im Willard. Hier drin ist es mir zu verqualmt.»

David schüttelte den Kopf. «Nein, ich meinte es eher beruflich.»

«Ich eigentlich auch. Ich habe mir erlaubt, jemanden zum Essen einzuladen, den du kennen lernen solltest.»

«Okay.»

«Sie arbeitet beim Verteidigungsausschuss des Senats.»

«*Sie?*»

«Und wirklich atemberaubend, wenn sie die Brille abnimmt.»

«Also eines deiner Mädchen?»

Grinsend schüttelte John Blaylock den Kopf. «Nein. Aus geheimnisvollen Gründen lässt sie sich von meinen Vorzügen nicht beeindrucken – ein Jammer, wie ich hinzufügen möchte. Aber sie ist nicht in festen Händen.»

David beugte sich vor und drohte John Blaylock mit dem Finger. «Augenblick mal! Du willst mich doch nicht etwa verkuppeln?»

Immer noch grinsend stand John auf. «Die Wege von Mentoren sind manchmal seltsam.»

«Das muss Gott heißen, John. *Gottes* Wege sind manchmal seltsam.»

«Seine auch? Wie interessant.»

«Du sagtest doch, wir müssten über Berufliches reden», meinte David, der sitzen geblieben war.

«Das stimmt auch», entgegnete John. «Was unsere Sorgen bezüglich der Verwundbarkeit unserer kommerziellen Luftfahrt angeht, gibt es nämlich eine Menge, was du noch nicht weißt. Aber das kann warten.»

David erhob sich und folgte John zum Tresen, wo dieser die Rechnung bezahlte.

«John, hör mal … ich bin wirklich beeindruckt, was du alles über mich herausgefunden hast, aber vieles davon habe ich noch immer nicht verwunden.»

«Das kann ich mir denken.»

«Es ist schließlich kein Zuckerschlecken, wenn man herausfindet, dass die eigene Frau es mit einem anderen treibt. Es hat einige Jahre gedauert, bis ich einigermaßen darüber hinweg war.»

Ein ungewöhnlich ernster Ausdruck malte sich auf John Blaylocks Gesicht, als er David die Hand auf die Schulter legte.

«Und nach der Scheidung hast du dich in die Arbeit geflüchtet, richtig?»

David nickte.

«Das war deutlich zu erkennen. Du hast durch deine herausragenden Leistungen alle auf dich aufmerksam gemacht. Doch ein solches Engagement ist mit einem Familienleben meistens nicht vereinbar und auf Dauer auch nicht durchzuhalten, David. Das Leben besteht nicht nur aus Dienst.»

«Ich weiß.» Er öffnete die Tür zur Straße und drehte sich noch einmal um. «Also, wie heißt sie, John? Diese hübsche Frau, die du zufällig oder absichtlich zum Essen eingeladen hast?»

John trat durch die offene Tür. «Sie heißt Annette. Wie Annette Funicello.»

«Wer ist Annette Funicello?», fragte David in gespielter Unschuld, als sie nebeneinander her zum Parkplatz gingen.

Stirnrunzelnd wandte John, der nicht bemerkt hatte, dass er auf den Arm genommen wurde, sich um. «Was? Willst du mich veräppeln?»

«Ich?», erwiderte David mit Unschuldsmiene.

«Ja, du. Was ist denn das für eine Frage? Annette Funicello muss man doch kennen.»

«Ich ... ich habe aber noch nie von ihr gehört, John», schwindelte David. «Ist vermutlich ein Generationenproblem.»

«Wo warst du denn Mitte der Fünfzigerjahre?»

«Frag meine Eltern.» David grinste. «Ich bin erst neunundfünfzig geboren.»

«Mein Gott», rief John Blaylock kopfschüttelnd aus. «Jetzt muss ich mich schon mit Kindern herumschlagen!» Er verdrehte die Augen und stieg in seinen Wagen. Dabei fragte er sich, wie die Air Force nur einem Mann vertrauen konnte, der noch nie vom niedlichsten Mitglied der Gruppe Mouseketeers in der ursprünglichen Besetzung gehört hatte.

26

IN DER LUFT, AN BORD VON MERIDIAN FLUG SECHS, 19:44 ORTSZEIT

Garth Abbott schloss die Tür der kleinen Toilette hinter dem Cockpit, verriegelte sie und genoss eine Weile die friedliche Stille in dem winzigen Raum.

Sie waren nun schon seit über sechs Stunden in der Luft, und Garth hatte beschlossen, sich in die Toilette zurückzuziehen, da es sonst nirgendwo Ruhe und eine Möglichkeit gab, sich etwas zu entspannen. Neben Phil Knight zu sitzen, belastete ihn, und für Besatzungsmitglieder war die Kabine inzwischen zum Kriegsgebiet geworden. Judy Jackson war auf dem Notsitz eingeschlafen; die meisten übrigen Flugbegleiterinnen versteckten sich in dem Ruheraum über der hinteren Bordküche und zählten die Stunden bis zur Landung in Kapstadt, die ihren Leiden ein Ende machen würde.

Nachdem Garth sich vergewissert hatte, dass der Toilettendeckel sauber war, setzte er sich und schloss die Augen. Wieder musste er an Carol denken und zuckte schmerzlich zusammen. Das Gespräch, das er vor zehn Minuten mit ihr am Satellitentelefon geführt hatte, hatte seine Befürchtungen bestätigt, dass sie genug von ihm hatte. Eine Trennung, vielleicht sogar eine Scheidung, hatte sie wütend gesagt und ihn angefaucht, weil er ihre Bitte ignoriert hatte, mit diesem Gespräch bis zu seiner Rückkehr zu warten.

Phil Knight hatte so getan, als höre er nicht zu, und hatte mit unverhohlener Missbilligung aus dem Fenster gestarrt, während Garth versuchte, so leise wie möglich zu sprechen.

«Du hast selbst gefragt, Garth. Du hast darauf bestanden!», schimpfte sie. «Du musstest es einfach erzwingen. So, und jetzt weißt du es.»

Nun sah er sich in dem kleinen Raum um und grübelte darüber nach, ob er noch eine Chance hatte, seine Ehe zu retten. Aber wollte er das überhaupt? Was empfand er denn, abgesehen von einer tiefen Erschöpfung? Es erschreckte ihn, dass er sich diese Frage nicht beantworten konnte.

Seufzend gab Garth dem körperlichen Bedürfnis nach, das sein eigentlicher Grund gewesen war, das Cockpit zu verlassen. Gerade hatte er sich die Hände gewaschen und griff nach einem Papierhandtuch, als plötzlich irgendwo auf der rechten Seite der Maschine ein gedämpftes Dröhnen zu hören war. Darauf folgten ein scharfes Schlingern und ein kräftiges Vibrieren – wieder ein Knall und ein Zittern.

Strömungsabriss im Verdichter!, dachte Garth, und erschrocken fiel ihm ein, dass der Kapitän dazu neigte, beim geringsten Anlass Triebwerke abzuschalten. Er musste sofort ins Cockpit; schließlich hatte Knight schon einmal versucht, ein Triebwerk abzustellen, ohne sich mit ihm abzusprechen. Er würde doch sicher nicht denselben Fehler... Sie flogen über Afrika, und es würde bald dunkel werden.

Garth riss die Toilettentür auf, griff nach dem Bordtelefon und betätigte das Zahlenschloss.

«Phil, lassen Sie mich rein!»

Die Schlösser wurden entriegelt. Garth öffnete die Tür und blickte sich hastig im Raum um.

Phil Knight hatte sich umgedreht, als die Cockpittür aufging. Tiefe Besorgnis malte sich in seinem Gesicht. Garth stellte fest, dass er den Autopiloten abgeschaltet hatte und die 747 von Hand flog. Die Daten aller vier Triebwerksanzeigen waren konstant, bis auf...

Garth' Blick wanderte zu den Positionen der Leistungshebel, und er sah, dass Nummer vier auf Leerlauf stand. Er spürte einen Ruck zur Seite. Auf der vorderen Instrumententafel fiel die Anzeige für Triebwerk Nummer vier, als das besagte Triebwerk – das äußere an der rechten Tragfläche, das ihnen bereits so viel Schwierigkeiten gemacht hatte – auslief.

Garth betrachtete die T-förmigen Hebel für das Abschalten der Triebwerke bei einem Notfall während des Fluges. Merkwürdigerweise brannte ein rotes Licht, das auf ein Feuer in Nummer vier hinwies, obwohl der Feuerhebel gezogen worden war.

«Was ist da los?», fragte Garth, nahm rasch auf dem rechten Sitz Platz und schob ihn nach vorne.

«Ich habe Ihnen doch gesagt, dass wir mit diesem Triebwerk nicht fliegen sollten», knurrte Knight angespannt. Er riss das Steuerhorn hin und her, wobei seine Nervosität und Panik die unruhigen Flugbewegungen noch verstärkten.

«Sie haben Nummer vier abgeschaltet?», stellte Garth ungläubig fest.

Phil Knight betrachtete seinen Copiloten mit einem gleichzeitig ängstlichen und triumphierenden Ausdruck, der Garth erschreckte. «Haben Sie nicht gespürt, wie es beinahe von der gottverdammten Tragfläche gefallen wäre?»

«Was?»

«Strömungsabriss im Verdichter.»

«Und das kam ganz plötzlich?»

«Nein. Zuerst die Brandmeldung, dann der Strömungsabriss.»

Garth' Blick schoss zwischen den verschiedenen Anzeigen, Schaltern und Tafeln hin und her. «Also haben Sie es abgeschaltet?»

«Nein. Der Feueralarm ging los, ich habe Gas weggenommen, und dann fing es an zu krachen, als würde es gleich explodieren. Und deshalb habe ich den Feuerhebel gezogen.»

«Du meine Güte, Phil.»

«Wehe, wenn Sie jetzt behaupten, dass alles in Ordnung ist!»

«Sie haben unvermittelt und bei großer Flughöhe Gas weggenommen, richtig?»

«Verdammt richtig! Dabei sollte es eigentlich nicht zu einem Strömungsabriss im Verdichter kommen.»

«Zugegeben. Allerdings kann es trotzdem dazu führen, wenn man auf diese Weise Gas wegnimmt, und zwar wenn das Entlüftungsventil verklebt ist und –»

Ein Rufsignal hallte durch das Cockpit. Garth griff nach dem Hörer.

«Ja? Cockpit.»

«Hier spricht die hintere Bordküche. Wir… haben hier Passagiere, die Ihnen mitteilen wollen, dass offenbar eines der Triebwerke brennt.»

«Was soll das heißen? Sind Flammen zu sehen?»

«Ja. Das sagen sie wenigstens. An der rechten Tragfläche.»

Phil Knight hörte das Gespräch mit. Mit einem ärgerlichen Nicken streckte er die Hand aus und bediente langsam das Tastenfeld des Flugdatenrechners. Sofort zeigte der Bildschirm die nächstgelegenen Flughäfen an.

Garth Abbott hatte sich über das Steuerhorn gebeugt. Sein Verstand arbeitete fieberhaft, als er versuchte, sich ein Bild von der Situation im Heck der Maschine zu machen. «Sind wirklich jetzt, in diesem Moment, Flammen zu sehen?» Garth betrachtete die Brandmeldelampe für Nummer vier, die rot leuchtete wie schon zuvor über dem Mittelmeer – nur mit dem Unterschied, dass die Meldung der Flugbegleiterin diese Information bestätigte.

«Die Leute beharren darauf, dass es brennt.» Die Stimme der Stewardess klang angespannt. Garth spürte, dass Phil den Jumbo nach links steuerte und in den Sinkflug ging. Als er einen Blick auf den Flugdatenrechner des Kapitäns und die Liste der im Notfall anzusteuernden Flughäfen warf, krampfte sich ihm der Magen zusammen.

Oh Gott, er wird es wieder versuchen.

«Bleiben Sie dran», meinte Garth zu der Flugbegleiterin und wandte sich an Phil. «Warten Sie noch mit dem Sinkflug, Phil. Wir befinden uns mitten über dem gottverdammten Kontinent, zum Teufel!»

Keine Reaktion. Allerdings bemerkte Garth, dass Phil wieder die verstockte Miene zur Schau trug, die er nur allzu gut kannte.

Er wandte sich wieder dem Bordtelefon zu, denn er war immer noch nicht sicher, wie es in der hinteren Kabine wirklich aussah. «Passen Sie auf. Ich möchte, dass Sie das Triebwerk Nummer vier selbst überprüfen», sagte Garth.

«Nummer… was? Welches ist das denn?», erwiderte die Frau.

Mein Gott, warum bringen wir den Flugbegleiterinnen nicht einmal die grundlegenden Dinge bei?, dachte Garth. «Es ist der Außenmotor auf der rechten Seite. Und zwar rechts, wenn Sie nach vorne schauen. Verstanden?»

«Ja. Und wonach soll ich suchen?»

«Feuer, Flammen oder sonst etwas Außergewöhnliches Beeilen Sie sich.»

Es wurde still, als die Frau den Hörer einfach zu Boden fallen ließ.

Garth wandte sich nach links. «Phil? Ich habe sie gebeten zu kontrollieren –»

«Das habe ich gehört», zischte er. «Aber ich habe das Feuerlöschsystem schon aktiviert.»

Garth wurde von Entsetzen ergriffen. Sein Blick fiel auf die erleuchtete Instrumententafel vor ihm, und er bemerkte die gelben Lämpchen, die ihm vorhin entgangen waren. Knight hatte panisch reagiert und die beiden Feuerlöschtanks auf der rechten Tragfläche ausgelöst; die gelben Lichter bestätigten, dass sie nun leer waren. Wenn sie jetzt irgendwo landeten, würden sie keine Genehmigung zum Start mehr bekommen.

«Es brennt immer noch», stieß Phil plötzlich hervor und wies mit dem Kopf auf die Bordmeldelampe.

«Ich lasse es überprüfen, Phil. Vielleicht ist es ja wieder Fehlalarm.»

«Wir müssen diesen Vogel auf den Boden bringen.»

«Nein, hören Sie –»

«Wir landen, verdammt. Etwa hundertzwanzig Kilometer voraus in Nigeria gibt es einen Verkehrsflughafen.»

«Nicht schon wieder, Phil. Lassen Sie uns doch zuerst herausfinden, ob es da draußen wirklich brennt.»

Phils Kopf fuhr herum. «Was ist mit dem Strömungsabriss? Wollen Sie mir etwa weismachen, das wäre normal?»

«Nein, aber... es muss nicht heißen, dass es brennt. Ein verklebtes Lüftungsventil und ein plötzliches Gaswegnehmen in großer Höhe kann ebenfalls zu einem Strömungsabriss im Verdichter führen, wobei die Passagiere im Heck kurz Flammen beobachten würden. Wenn nicht mehr dahintersteckt, können wir mit drei Triebwerken zu einem besser geeigneten Flughafen fliegen.»

«Es hat wieder mit einem Feueralarm angefangen», gab Phil zurück. «Das Triebwerk wollte sich von der Tragfläche lösen. Und Sie streiten weiterhin ab, dass uns Gefahr droht? Ich habe keine Lust mehr auf diese Diskussion, Abbott.»

«Aber Sie werden verdammt noch mal mit mir reden, Phil!» Garth griff zum Satellitentelefon und drückte die Wahlautomatik für die Zentrale in Denver, doch zu seiner Überraschung wurde ihm der Hörer aus der Hand gerissen.

«Ich habe Ihnen befohlen, die Finger vom Telefon zu lassen», sagte Phil.

Am Bordtelefon war wieder die Stimme der Flugbegleiterin zu vernehmen. «Okay, können Sie mich hören?»

«Ja», stieß Garth hervor.

«Gut. Ich sehe da draußen keine Flammen, aber einige der Passagiere beharren darauf, dass es brennt.»

«Und was sagen Ihnen Ihre Augen?»

«Ich … weiß nicht. Vielleicht glüht es ja nur.»

Garth murmelte einen Dank und überlegte, ob er nach unten laufen und sich selbst vergewissern sollte. Nun war der Augenblick der Entscheidung gekommen: Der Kapitän war fest entschlossen, auf einem unbekannten Flughafen irgendwo mitten in Afrika zu landen, und zwar kurz vor Einbruch der Dunkelheit in einem Gebiet, wo alle möglichen Gefahren drohten. Selbst wenn er jetzt hinuntereilte, zurückkam und bereit war, einen heiligen Eid darauf zu schwören, dass das Triebwerk Nummer vier nicht brannte, würde Phil Knight niemals auf ihn hören. Er war sich sogar ziemlich sicher, dass der Kapitän immer genau das Gegenteil von dem tun würde, was er vorschlug.

Also musste er bleiben. Aber sollte er das Kommando über das Flugzeug übernehmen? Schließlich konnte der Kapitän auch Recht haben: Der Feueralarm war wieder losgegangen, und der Strömungsabriss – ein neues technisches Problem – hatte tatsächlich stattgefunden.

Was ist, wenn es stimmt?, dachte Garth. *Phil ist zwar ein Arschloch erster Güte, aber er könnte die Lage dennoch richtig einschätzen. In diesem Fall würde ich im Knast landen und alles verlieren. Meridian braucht immer einen Sündenbock, und diesmal würde ich es sein. Nein,* überlegte Garth weiter, *ich bleibe besser hier und verhindere, dass Knight uns noch alle mit einer vermasselten Notlandung umbringt.*

Er seufzte laut auf und beugte sich vor, um den Namen des Flughafens vom Bildschirm abzulesen. «Katsina, Nigeria.»

«Genau.»

«Phil, lassen Sie uns doch nach Abuja in Nigeria fliegen. Das ist die neue Hauptstadt, die nur ein paar hundert Kilometer südlich von hier liegt.»

«Eines unserer Triebwerke brennt. Wir landen in Katsina – und damit basta.»

Garth zögerte und grübelte fieberhaft. Doch er kam immer wieder zu derselben Antwort. «Also gut», sagte er schließlich. «Dann setze ich einen Notruf ab und suche die Anflugtafeln.» Garth stellte die richtige Frequenz ein und funkte «Mayday». Sofort meldete sich der nigerianische Fluglotse und erkundigte sich nach der Natur des Notfalls.

«Wir mussten ein Triebwerk abschalten, das offenbar immer noch brennt. Also muss Notfallausrüstung bereitstehen. Wir gehen jetzt in den Sinkflug und brauchen sofort eine Landegenehmigung für den Flughafen Katsina.»

«Äh… Roger, Flug Sechs. Nehmen Sie Kurs eins-zwei-null und sinken Sie auf eintausendachthundert Meter. Ist Ihnen klar, dass es in Katsina keine Notfallausrüstung gibt?»

Garth' Magen hatte sich bereits auf Erbsengröße zusammengekrampft. «Negativ. Wir hatten keine Ahnung. Haben sie dort einen Tower?»

«Oh, ja, aber dort gibt es offenbar technische Probleme. Wir können zurzeit nicht mit ihnen sprechen; Sie werden sie selbst anfunken müssen.»

«Roger.»

«Zwei-eins-null, eintausendachthundert Meter», wiederholte Phil, und gab auf der vorderen Instrumententafel Flughöhe und Kurs ein.

Garth nahm die in braunes Leder gebundene Jeppesen-Anflugmappe heraus und suchte darin nach den Tafeln für Katsina, sofern sie überhaupt existierten. Seine Hände zitterten leicht, und er wunderte sich, warum der Kapitän so ruhig wirkte.

«Haben Sie die Tafeln?», zischte Phil.

«Ich suche noch. Keine Ahnung, ob es dort überhaupt ein Anflugleitsystem gibt.»

«Ich glaube, ich sehe vor uns den Flughafen.»

«Wenn ich mich recht entsinne, Phil, liegt er mitten in einem Dschungel.»

«Waren Sie schon mal dort?», fragte Knight, und ein wenig Hoffnung schwang in seinem Ton mit.

«Nein, ich bin nur drübergeflogen. Hier!» Garth nahm die Tafeln für den Instrumentenanflug heraus und reichte sie Phil. «Es ist nur ein ungerichteter Funkanflug möglich.»

«Meinen Sie einen NDB?»

«Ja.»

«Dann nennen Sie ihn auch so.»

Garth ging nicht auf die Zurechtweisung ein. «Außerdem hat der Flughafen nur eine Landebahn, und die ist lediglich zweitausend Meter lang.»

«Das schaffen wir.»

Garth holte tief Luft und wandte sich an den Kapitän. «Phil? Hören Sie mir zu. Was ich jetzt sage, wird vom Stimmenrecorder aufgezeichnet, sodass unsere Firma und die ganze Welt es erfahren werden, wenn etwas schief geht. Sie machen einen Fehler. Verstehen Sie mich? Sie machen einen gewaltigen Fehler, mit dem Sie uns alle in Gefahr bringen. Wir sitzen in einer großen 747. Wenn Sie schon unbedingt landen wollen, dann fliegen wir doch nach Abuja, der Hauptstadt, wo man auf eine 747 eingestellt ist und über die nötigen Einrichtungen verfügt. ICH PROTESTIERE!»

«ES REICHT!», brüllte Phil mit vor Wut verzerrtem Gesicht. «KAPIEREN SIE? ICH BIN ...» Er senkte die Stimme ein wenig, aber sie zitterte immer noch vor Zorn. «Ich bin der Kapitän, verdammt. Ganz gleich, was ich auch entscheide, Sie wollen immer genau das Gegenteil, nur um mir zu widersprechen. Damit ist jetzt Schluss.»

«Phil, das ist nicht wahr. Ich –» Garth hielt mitten im Satz inne, denn Phil Knights rechter Zeigefinger war über die Mittelkonsole hinweg auf ihn gerichtet und zitterte leicht, während sein Besitzer die Worte hervorstieß wie eine Kobra, die ihrem Opfer ihr Gift in die Augen spuckt.

«LESEN ... SIE ... DIE ... GOTTVERDAMMTE CHECKLISTE VOR ... ODER VERSCHWINDEN SIE AUS MEINEM COCKPIT!»

Garth starrte den Kapitän eine Weile fassungslos an. Seine Empörung über diesen Mann, der eine falsche Entscheidung nach der anderen fällte, wurde von der Gewissheit überlagert, dass die Sicherheit der Passagiere jetzt ganz allein von ihm abhing. Und eine Prügelei im Cockpit war diesem Ziel eher abträglich.

«Okay, Phil», meinte Garth deshalb leise. «Okay. Beruhigen Sie sich.» Während er nach der Checkliste griff, nahm sein Plan Gestalt an. Zuerst würde er die Sink- und Landeanflugschecks durchführen und dann die Passagiere per Durchsage informieren, ganz gleich, ob das Knight nun gefiel oder nicht.

Und dann würde er sein Bestes tun, um einen Absturz zu verhindern.

Das gewaltige Vibrieren der Strömungsabrisse von Triebwerk Nummer vier hatte nicht nur die Maschine erschüttert; auch die Passagiere waren ziemlich ernüchtert. Die Gespräche kamen schlagartig zum Erliegen, und als das Dröhnen des Triebwerks verstummte, wurde es totenstill in der Kabine. Die Passagiere umklammerten die Armlehnen ihrer Sitze und fragten sich, wie schlimm es wohl um das Flugzeug stand.

Dann änderten sich die Hintergrundgeräusche, ohne dass eine Erklärung dafür erfolgt wäre. Das Surren der Triebwerke wurde leiser, der Bug senkte sich, und die Maschine schlingerte erst nach links und dann nach rechts. Die Passagiere bemerkten, dass die Flughöhe abnahm, und die meisten von ihnen wussten, dass sie sich irgendwo über Afrika befanden und dass der Einbruch der Dunkelheit bevorstand. Dennoch hatten die Piloten noch kein Wort von sich gegeben, und als die Minuten in Schweigen vergingen, wurden die tief besorgten Blicke allmählich von Murren und Aufsässigkeit abgelöst. Diejenigen Passagiere, die schon bei Garth Abbotts Besuch in der Kabine verärgert gewesen waren, droschen auf ihre Rufknöpfe ein, um eine Stewardess herbeizuholen. Einige Männer sprangen auf und forderten lautstark, mit einem Mitglied der Besatzung zu sprechen. Ihr Zorn verstärkte noch das unangenehme Gefühl, dass an Bord von Meridian Flug Sechs ein Krieg ausgebrochen war – und zwar einer zwischen Besatzung und Passagieren.

In der ersten Klasse stellte Robert MacNaughton die bewegliche Karte auf dem kleinen Bildschirm an seinem Sitz ein. Er kannte diesen Teil Afrikas nur allzu gut, denn er hatte in den Sechzigern zu Fuß das Gebiet erkundet, um die abgelegenen Orte zu entdecken, an denen die Natur das Rohöl versteckte, von dem die zivilisierte Welt hoffnungslos abhängig war. Robert wusste, dass es im südlichen Teil von Nigeria nicht so gefährlich war wie in den Ländern Äquatorialafrikas. Dennoch war es nicht ratsam, mit einem Flugzeug hier zu landen, solange es sich irgendwie vermeiden ließ.

Dann hallte die angespannte Stimme des ersten Offiziers durch die Kabine.

Meine Damen und Herren, hier spricht das Cockpit. Wir... mussten unseren rechten Außenmotor abschalten, und zwar als Vorsichtsmaßnahme wegen der lauten Strömungsabrisse im Verdichter, die Sie vorhin gehört haben. Deshalb werden wir auf einem Flughafen in Nigeria landen, um die Sache in Augenschein zu nehmen. Bitte vergewissern Sie sich, dass Ihre Sicherheitsgurte geschlossen sind. – An die Flugbegleiterinnen: Bereiten Sie die Kabine für die Landung vor.

Jimmy Roberts wies ungläubig auf den Lautsprecher über seinem Kopf und sah seine Frau und das Paar an, das hinter ihnen saß.

«War es das etwa? Will uns der Typ denn nicht mehr verraten?»

«Was ist denn ein Strömungswieauchimmer?», erkundigte sich Brenda mit ängstlich aufgerissenen Augen.

«Irgendwas Technisches. Wahrscheinlich etwas Ähnliches wie eine Fehlzündung. Jedenfalls hat es so geklungen», erwiderte Jimmy und versuchte, ein mulmiges Gefühl zu unterdrücken.

«Aber warum sagt er uns dann nicht …?», begann Brenda.
«Weil er glaubt, dass wir zu dämlich sind, um ihn zu verstehen, Schatz.»

27

FLUGHAFEN KATSINA, NIGERIA, 20:05 ORTSZEIT

Da war es wieder, das hohe Surren von Triebwerksturbinen.

Jean Onitsa signalisierte seinen Männern, das Feuer einzustellen, und wartete darauf, dass das Krachen und Knattern der leichten Waffen verstummte. Die übrig gebliebenen Regierungstruppen auf dem Flughafen waren in heller Panik und reagierten allergisch auf ankommende Flugzeuge.

Jean neigte den Kopf und spitzte die Ohren. Da war es wieder, das Surren, das offenbar aus Nordosten kam.

«Was ist das?», fragte einer seiner Männer in der Landessprache.

Onitsa legte den Finger an die Lippen und bat mit einem Kopfschütteln um Ruhe. Doch plötzlich war auf der anderen Seite der Landebahn erneut das Knattern eines Maschinengewehrs zu hören, was ihm wieder ins Gedächtnis rief, in welcher Situation er sich befand. Und das war auch am besten so – schließlich würde kein vernünftiger Mensch versuchen, mitten in einer Schießerei zwischen Rebellen und Regierungstruppen eine Linienmaschine auf dem Flughafen von Katsina zu landen. Gewiss war der einzig verbliebene Regierungsmitarbeiter im Tower mit einem Mikrofon in Deckung gegangen und warnte jetzt alle sich nähernden Flugzeuge.

«Ein Regierungsflugzeug?», fragte Onitsas Lieutenant.

«Nein», erwiderte dieser kopfschüttelnd und gab das Zeichen, die rechte Flanke hundert Meter weiter nach Westen zu verschieben, um die Truppen zu verstärken, die er bereits dorthin verschoben hatte. Der Lieutenant setzte sich in Bewegung, um den Befehl weiterzugeben. Tief geduckt schlich er mit fünfzehn anderen gut ausgebildeten Männern blitzschnell durchs Gebüsch.

Jean dachte schmunzelnd daran, wie sehr sein Leben durcheinander geraten war. Er betrachtete es immer noch als Ironie des Schicksals, dass er, der nach seinem Medizinstudium in

Großbritannien den edlen Entschluss gefasst hatte, nach Afrika zurückzukehren, um seinem Volk zu helfen, inzwischen als gefürchteter Rebellenführer galt.

Aber ein Marxist? Er kicherte bei dem Gedanken, dass die nigerianische Regierung versuchte, mit diesem Vorwand die Leute gegen ihn aufzuhetzen. Und dabei hatte er mit dem Marxismus nun wirklich nichts am Hut.

Die eingekesselten Regierungstruppen, die von einem Halbwüchsigen angeführt wurden, begannen in ihrer Panik wieder, wild um sich zu schießen. Angesichts dieser schlecht ausgebildeten Gegner war es fast zu leicht, die Figuren auf dem Schachbrett des Schlachtfeldes herumzuschieben.

Wieder drangen die Geräusche des Jets an Onitsas Ohr. Inzwischen empfand er diese als störend, und er hob den Kopf, um Ausschau nach der Quelle zu halten. Schließlich bestand immer die – wenn auch weit hergeholte – Möglichkeit, dass die nigerianische Luftwaffe in einem plötzlichen Anfall von Kompetenz früher als geplant eintraf. Allerdings war es ziemlich unwahrscheinlich, dass ein Kriegsflugzeug seinen gut bezahlten Spionen im Süden und im Hauptquartier der Luftwaffe durch die Maschen geschlüpft sein sollte. Und außerdem war bei den Regierungstruppen ohnehin nicht mit einem intelligenten Vorgehen zu rechnen.

Er warf einen Blick auf seine goldene Rolex, die er sich auf seiner letzten Reise nach London gegönnt hatte. In zwanzig Minuten würden seine Männer den Auftrag erledigt haben. Sie würden die Gegner, die sich ergaben, töten und die Leichen dann auf die einfallsreiche und grausige Weise verstümmeln, die – wie er wusste – die Armee in Angst und Schrecken versetzte. Anschließend würde er den Tower stürmen, den Flughafen besetzen, per Satellitentelefon die Verhandlungen mit Abuja beginnen und sich zurückziehen, bevor die Regierung aus dem Norden Verstärkung schicken konnte.

Jean hatte so etwas schon öfter getan. Die Armee würde etwa zwei Tage brauchen, bis sie bemerkte, dass sie eine Rebellentruppe eingekesselt hatte, die es gar nicht gab. Und bis dahin konnte er der nigerianischen Regierung weitere Zugeständnisse abpressen.

«Sir! Sir! Schauen Sie!» Einer seiner Männer kam herbeigeeilt und deutete nach Osten, wo ein gewaltiges Flugzeug in Sicht kam. Es steuerte direkt auf die Landebahn zu.»

«Was ist das?», fragte der Mann.

Jean warf einen sorgfältigen Blick durch seinen Lieblingsfeldstecher, musterte die Form der Maschine und ließ dann gelassen das Fernglas sinken.

«Nur mit der Ruhe», befahl er. «Das ist eine Linienmaschine. Aus Amerika, glaube ich.»

«Was sollen wir tun?»

Lächelnd drehte sich Jean zu dem jungen Mann um. «Die Gelegenheit beim Schopf packen!»

Kapitän Phil Knight befahl, die Klappen der 747 auf vierzig Grad einzustellen, drosselte das Tempo und steuerte die gewaltige Maschine in der berechneten Anflugsgeschwindigkeit von einhundertvierzig Knoten auf den Anfang der Landebahn zu.

«Fünfzehn Meter», rief Garth und las den funkgesteuerten Höhenmesser ab. «Zehn Meter, sieben, drei …»

Phil stellte die Hebel auf Leerlauf, fing das riesige Flugzeug ab und bremste die Sinkrate, bis die sechzehn Räder des Fahrwerks quietschend über den rissigen Asphalt holperten. Phils rechte Hand schoss nach vorne, um den Bremshebel zu betätigen, dann schaltete er die Schubumkehr ein und trat fest auf die Bremspedale. Die mehr als dreihunderttausend Kilogramm schwere 747 erschauderte und wurde langsamer, während das Antiblockier-System verhinderte, dass ein Reifen platzte. Phil gelang es, das Flugzeug gut einhundertfünfzig Meter vor dem westlichen Ende der Landebahn zum Stehen zu bringen.

«Und jetzt?», fragte Garth mit einem sarkastischen Unterton. «Ich kriege keine Antwort vom Tower.»

In einer Baumreihe rechts von ihnen blitzten Lichter auf, doch Garth kümmerte sich nicht darum und wartete stattdessen auf Phils nächsten Schritt.

«Da hinten war eine Rampe», meinte der Kapitän. «Ich glaube, wir wenden hier auf der Landebahn.» Er zog an der Bugradsteuerung, sodass das Bugrad scharf nach rechts schwenkte, und wollte die gewaltige Maschine wenden, als Garth aufachrie. Rechts von ihnen blitzte es wieder, und ein Knallen wie von Feuerwerkskörpern war zu hören. Trotz der dicken Isolierung hallte das scharfe Geräusch durch das Innere der 747.

«Oh, mein Gott, hier wird ja geschossen!», rief Garth aus.

Die Maschine begann, sich nach links zu drehen, als einige Gestalten aus dem hohen Gras auftauchten und vor ihnen über das Flugfeld liefen. Die Augen groß wie Untertassen, starrte Garth geradeaus und versuchte entsetzt zu begreifen, was er da sah.

«Verdammt, Phil! Das sind bewaffnete Soldaten. Sie verlangen, dass wir stehen bleiben.»

«Wo?»

«Da drüben links!»

«Oh, mein Gott!», kreischte Judy. «Da draußen schießen sie wirklich!»

Links vom Cockpit waren sechs bewaffnete Männer erschienen, von denen sich einer mit der Handkante über die Kehle fuhr. Rechts von ihnen ließen sich acht Männer in Uniform zu Boden fallen und zielten mit ihren Waffen nach Norden. Garth konnte das Mündungsfeuer ihrer Gewehre erkennen. Die 747 hatte sich bereits um fünfzehn Grad gedreht, als Phil sie zum Stehen brachte. Die Männer waren nun durch Garth' Fenster deutlich zu sehen. Einer der Soldaten auf der rechten Seite stand auf und rannte los. Plötzlich hielt er inne, und Garth beobachtete, wie er in sich zusammensackte.

«MEIN GOTT, PHIL! Hier herrscht Krieg!»

«Was?»

«Ich habe gerade gesehen, wie einer der Männer erschossen wurde. Vergessen Sie die Befehle. Drehen Sie um. Starten Sie. Wir müssen verschwinden.»

Phil schob die Leistungshebel für die rechte Tragfläche nach vorne, und die riesige Boeing drehte sich weiter nach links.

«Los, beeilen Sie sich!», rief Garth und blickte nach hinten auf die kleine Gruppe, die ihren gefallenen Kameraden im Stich ließ und, wild um sich schießend, die Flucht ergriff. Inzwischen konnte er die gedämpften Salven aus ihren Maschinengewehren deutlich hören, und ihm war klar, dass sie in Lebensgefahr schwebten.

«Bitte holen Sie uns hier raus!», flehte Judy.

«Was zum Teufel ist das?», hörte Garth den Kapitän sagen, während er erneut bremste. Als Garth nach links sah, stellte er entsetzt fest, dass sie in der Falle saßen.

Die Maschine hatte sich um neunzig Grad gedreht, zeigte mit dem Bug nach Süden und stand quer zur Rollbahn. Doch links von ihnen sprangen uniformierte Männer aus Fahrzeugen, die dem Flugzeug den Weg versperrten. Die Soldaten zielten mit ihren Waffen auf das Cockpit, verteilten sich und warteten, bis ein kleinerer, jeepähnlicher Wagen eintraf, in dem offenbar der Kommandant saß. Das Auto stoppte direkt vor der 747, und Garth sah zu, wie der breitschultrige Beifahrer ausstieg, gemächlich auf die Motorhaube kletterte und sich langsam und bedächtig mit der rechten Handkante über die Kehle fuhr. Dann grinste er breit und fletschte die Zähne.

«Hey, er will, dass wir die Triebwerke abschalten, Phil», stieß Garth hervor.

«Okay», lautete die trockene Antwort. «Checkliste.»

Während Garth die Punkte von der laminierten Liste ablas, rechnete er jeden Moment damit, dass die Frontscheibe unter einem Kugelhagel in tausend Scherben zerspringen würde. Er spürte ein innerliches Zittern, denn schließlich wusste er, dass die politischen Führer in Zentralafrika zumeist kein Pardon kannten. Bürger westlicher Staaten, die sich zur falschen Zeit am falschen Ort aufhielten, hatten eine ziemlich geringe Lebenserwartung.

Die Triebwerke liefen aus, und Phil schaltete Treibstoffzufuhr und Zündung ab. «Bestimmt können diese Leute uns einen Mechaniker besorgen», meinte der Kapitän dann.

«Was?», fragte Garth entgeistert, während er den Mann – offenbar war es der Kommandant – anstarrte, der sich vor ihnen aufgebaut hatte.

«Ich sagte, wir könnten diese Typen vielleicht anrufen und sie bitten, uns einen Mechaniker zu besorgen, der sich das Triebwerk einmal ansieht.»

Garth drehte sich zu Phil Knight um und betrachtete ihn mit offenem Mund, als hätte er einen Außerirdischen vor sich. «WAS?»

Phil, der offenbar glaubte, es mit einem Idioten zu tun zu haben, wiederholte seine Äußerung zum dritten Mal und griff dann zum Telefon, um in Denver anzurufen.

«EIN MECHANIKER?», stammelte Garth. «Mein Gott, Phil! Ist Ihnen überhaupt klar, was Sie angerichtet haben? Sie sind soeben in einem Kriegsgebiet gelandet, und zwar mitten in einer gottverdammten Schießerei mit Rebellen. Wenn wir Glück haben, kommen wir vielleicht lebend hier raus!»

28

FLUGHAFEN KATSINA, NIGERIA, 20:30 ORTSZEIT

Jean Onitsa stand unter dem Bug der 747 von Meridian Airlines und bewunderte die gewaltige Größe des Flugzeugs. Selbstverständlich hatte er schon häufig in solchen Maschinen gesessen, doch als Passagier erhielt man nur selten Gelegenheit, so einen Ehrfurcht gebietenden Koloss von der Rampe aus zu betrachten.

Ungeduldig blickte er sich nach dem Mann um, der in dem von Kugeln durchlöcherten Terminal den Kopfhörer holen sollte, den er brauchte, um mit der Besatzung zu sprechen. Schließlich kehrte der Mann zurück, hielt mit quietschenden Reifen und rannte, das Gerät in der Hand, auf seinen Kommandanten zu.

Nachdem Jean sich höflich bei ihm bedankt hatte, suchte er den kleinen Kasten neben dem Bugrad, wo man, wie er schon öfter beobachtet hatte, einen derartigen Kopfhörer einstöpseln konnte. Währenddessen galt sein geschulter Blick seinen Männern, die die Maschine umzingelt hatten und den Feind in Schach hielten. Es war nicht mehr geschossen worden, und Jean wollte, dass das bis auf weiteres auch so blieb. Schließlich musste er noch entscheiden, was er mit dieser Trophäe anfangen sollte, die ihm so unvermittelt in den Schoß gefallen war.

«Captain, hier spricht die Bodenkontrolle», begann Jean. Seine Aussprache war klar und deutlich. Er hatte zwar einen starken afrikanischen Akzent, doch da er in Großbritannien ein Studium abgeschlossen hatte, beherrschte er die englische Sprache absolut fehlerfrei.

Als Jean aus dem Cockpit keine Antwort erhielt, drückte er noch einmal auf den Rufknopf, bis eine erschrockene Männerstimme durch seinen Kopfhörer hallte.

«Hier spricht das Cockpit.»

«Sehr gut. Sind Sie der Kapitän?»

«Ja. Und wer sind Sie?»

«Mein Name ist General Jean Onitsa. Ich bin der Befehlshaber der Truppen, die inzwischen diesen Flughafen besetzt haben. Sie, meine Damen und Herren, sind meine Geiseln. Also seien Sie bitte so freundlich, mir mitzuteilen, wie viele Personen sich an Bord befinden.»

Wieder herrschte Schweigen, und Jean musste ein Grinsen unterdrücken. Gewiss herrschte nun völlige Verwirrung im Cockpit, während die Piloten verzweifelt versuchten, sich ein Bild von der Lage zu machen.

«Äh...», meldete sich wieder die Stimme, «wir... sind hier gelandet, General, weil eines unserer Triebwerke brannte, sodass wir es abschalten mussten. Wir haben gehofft, hier einen Mechaniker zu finden.»

Einer von Jeans Offizieren, ein Major, näherte sich mit fragender Miene. Er traute seinen Augen kaum, als er sah, wie sein Kommandant sich per Kopfhörer mit den Insassen der 747 unterhielt, während zweifellos die Gewehre der Regierungstruppen auf ihn gerichtet waren. Jean Onitsa trug zwar immer eine kugelsichere Weste, doch Kopf, Arme und Beine waren ungeschützt.

Jean beruhigte den Major mit einem Lächeln. «Captain, Sie sagen, Sie hätten einen Notfall. Haben Sie einen Notruf abgesetzt?»

Die Stimme aus dem Cockpit bejahte nach kurzem Zögern.

«Also gut, dann darf ich Sie nicht festhalten. Nigeria hat das internationale Abkommen zu Flugzeugen in Not unterzeichnet, und ich werde es auch achten, wenn ich einmal dieses Land regiere.»

«Dann sind wir doch keine Geiseln?»

«Im Augenblick nicht.»

Der Major wies auf den Rumpf der 747, der sich über ihnen erhob. «Sie lassen sie weg?», fragte er in der Landessprache.

«Das sollen sie für den Moment wenigstens glauben», erwiderte Jean.

Der Major nickte grinsend. Er wusste, dass Jean Onitsa ein schlauer Fuchs war. Ein Versprechen galt nur so lange, bis militärische Gegebenheiten zu einer anderen Vorgehensweise zwangen.

Jean drückte wieder auf den Transmitterknopf. «Captain, was können meine Männer und ich für Sie tun?»

Eine andere Männerstimme antwortete. «Zuerst einmal könnten Sie Ihre Soldaten bitten, nicht mehr mit ihren automatischen Waffen auf uns zu zielen, General.»

«Spreche ich immer noch mit dem Kapitän?»

«Nein, Sir, mit dem ersten Offizier.»

«Einverstanden.» Jean gab per Funk den Befehl. Ein Dutzend AK-47 senkte sich sofort in Paradestellung.

«Außerdem brauchen wir Mechaniker oder ähnliche Fachleute, die es hier möglicherweise gibt», fügte Garth hinzu.

«Tja, Mr Copilot», entgegnete Jean, «wir haben hier leider keine Mechaniker mehr, denn wie ich Ihnen mitteilen muss, haben wir sie offenbar alle erschossen. Schade. Natürlich ahnten wir nicht, dass Sie sie noch brauchen würden. Sonst hätten wir sie am Leben gelassen, damit sie Ihr Triebwerk reparieren können.»

Garth Abbott blickte Phil Knight an und fragte sich, ob der Kapitän die Tragweite der Worte des Rebellenführers verstanden hatte. Phil wirkte merkwürdig ruhig, als ob die Männer da draußen gekommen wären, um sie zu retten, nicht um sie zu töten. Allerdings wusste Garth, dass das kurze Telefonat mit der Einsatzzentrale der Meridian den Kapitän in dem Glauben gelassen hatte, alles sei in bester Ordnung. Nach dem ersten Schock hatte der Telefonist versprochen, ihnen sofort ein Mechanikerteam zu schicken.

«Die haben doch keine Ahnung, wo Katsina überhaupt ist, Phil», hatte Garth gewarnt – vergeblich.

«Verdammt», sagte Phil. «Wir können nicht starten, ohne dass Triebwerk Nummer vier repariert wurde.»

«Phil», widersprach Garth, «dieser Mann ist äußerst gefährlich.»

«Was, kennen Sie ihn etwa persönlich?», höhnte der Kapitän.

«Nein, aber ich habe von ihm gehört. General Onitsa ist sehr gerissen und absolut gnadenlos.»

«Haben Sie nicht bemerkt, wie angenehm seine Stimme ist,

Abbott? Der Mann ist offenbar gebildet, freundlich und höflich. Außerdem hat er uns zugesichert, dass er uns nicht als Geiseln nehmen wird. Also beruhigen Sie sich.»

«Phil, verdammt, wir dürfen Onitsa nicht vertrauen! Er hat doch selbst zugegeben, dass er die Mechaniker umgebracht hat. Anfangs wollte er uns als Geiseln festhalten, und er könnte seine Meinung jederzeit wieder ändern. Er ist als gnadenloser Killer bekannt.»

Phil Knight schnaubte verächtlich, doch wenigstens hörte er zu. Also sprach Garth so schnell wie möglich weiter und betrachtete dabei Judy Jackson, die sich, starr vor Angst und mit weit aufgerissenen Augen, hinter den Sitz des Kapitäns kauerte.

«Okay, Phil», sagte Garth abschließend. «Am besten klettere ich jetzt durch den Elektronikschacht nach unten und schaue mir das Triebwerk an.»

«Sind Sie etwa ausgebildeter Mechaniker?», fragte Phil.

«Nein, aber ich kann die Haube öffnen und wahrscheinlich auch feststellen, ob das Triebwerk wirklich gebrannt hat.»

«Gut. Und dann?»

Wieder ertönte die sanfte Stimme des Rebellenführers.

«Captain? Mr. Copilot? Ich erwarte Ihre Wünsche, meine Herren. Was können wir für Sie tun?»

Garth drückte auf den Transmitterknopf. «General, dürften wir Sie um ein wenig Geduld bitten? Wir sprechen gerade darüber.»

«Gut. Ich warte. Doch da draußen treiben sich feindliche Soldaten herum, die nicht meinem Befehl unterstehen. Also beeilen Sie sich bitte.»

Garth holte tief Luft und schloss die Augen. Er riskierte sein Leben, wenn er die Maschine verließ, doch Knight war eindeutig nicht bereit zu starten, ohne zuvor Triebwerk vier zu untersuchen.

«Phil, ich klettere jetzt durch den Elektronikschacht auf das Flugfeld, steige auf seinen Jeep und werfe einen Blick unter die Haube. Sind Sie bereit, uns hier rauszufliegen, wenn kein Brand und kein offensichtlicher Schaden am Entlüftungsventil vorliegt und wenn Onitsa uns gehen lässt?»

Phil betrachtete die Umgegend und fragte sich, wo wohl die anderen Soldaten steckten. Er nickte viel schneller, als Garth erwartet hätte.

Sofort drückte er auf den Transmitterknopf. «Okay, General, hier spricht der erste Offizier. Darf ich die Maschine verlassen und mir das Triebwerk ansehen? Dazu müsste ich auf eines Ihrer Fahrzeuge klettern.»

«Kein Problem, Mr Copilot. Brauchen Sie eine Leiter?»

Ein Rufsignal ertönte, doch Garth achtete nicht darauf, sondern erklärte, dass es hinter dem Bugrad eine kleine Luke gab, die in den Rumpf der Maschine führte und die man durch den Boden in der Hauptkabine erreichen konnte. Der Rebellenführer war sofort einverstanden, womit sich allerdings Garth' Befürchtungen keineswegs legten.

Garth verließ das Cockpit und eilte durch die Kabine im Oberdeck, ohne auf die Blicke der Passagiere zu reagieren. Als ein Mann ihn aufhalten wollte, hob er abwehrend die Hand: «Nicht jetzt!» Garth lief die Treppe hinunter in die Touristenklasse, wo laut diskutiert wurde. Die Passagiere drängten sich an den Fenstern und versuchten herauszufinden, was geschehen war.

«Hey! Da ist ja ein Pilot!», rief einer. Köpfe wandten sich, und Garth wurde mit Fragen bombardiert.

«Bitte nicht jetzt! Ich erkläre Ihnen später alles», erwiderte Garth. Er zwängte sich durch die Leute auf dem Gang bis zum hinteren Ende der ersten Klasse durch. Dort ging er in die Knie und untersuchte, umringt von einer Menschenmenge, den Teppich. Irgendwo befand sich eine Naht, die die Luke zum Elektronikschacht tarnte. Einige Flugbegleiterinnen näherten sich, als Garth endlich die richtige Stelle fand und den Teppich zurückzog. Doch der Klang einer inzwischen vertrauten Stimme ließ ihn innehalten.

«Wo sind wir, und was zum Teufel wird hier gespielt?», knurrte Brian Logan.

«Ich habe jetzt keine Zeit, Ihnen das zu erklären, Herr Doktor. Ich werde durch eine Luke hinunter aufs Flugfeld klettern, um herauszufinden, ob mit dem Triebwerk alles in Ordnung ist, damit wir starten können.» Garth betrachtete die Gesichter der Menschen, die sich um den Arzt geschart hatten. «Wir befinden uns an einem Ort namens Katsina im Norden von Nigeria und sind leider in einem Kriegsgebiet gelandet.»

Eine der Frauen schnappte nach Luft. Garth hob die Hand. «Nein, sie schießen nicht auf uns. Wir haben mit dem Rebellenführer gesprochen, der diesen Flughafen besetzt hält. Er will uns helfen.»

«Wir haben da draußen aber Schüsse gehört», meldete ein Mann.

«Ist Ihnen klar, junger Mann», unterbrach eine Stimme mit gebildetem britischem Akzent, «dass, als wir gerade angehalten haben, ein Soldat vor unser aller Augen getötet wurde?»

«Ja, Sir... ich habe es auch gesehen», erwiderte Garth. «Deshalb versuche ich ja herauszufinden, ob das Triebwerk funktioniert. Dann kann ich diesen... unseren Kapitän dazu bringen, uns so schnell wie möglich hier rauszuholen.»

«Was hat er denn diesmal vor, Garth?», erkundigte sich Brian Logan. «Wusste er, dass hier gekämpft wird?»

Garth hatte sich wieder der Aufgabe zugewandt, den selten benutzten Riegel der Luke zu öffnen. Er blickte erneut auf. «Ich glaube, unser Herrgott der Lüfte weiß nicht einmal, wie man Afrika schreibt, geschweige denn, welche politischen Verhältnisse hier herrschen. Ich hatte dem Schwachkopf davon abgeraten, hier zu landen.»

Diese Worte sorgten dafür, dass alle schlagartig verstummten.

Brian Logan kniete sich neben den Copiloten und legte ihm die Hand auf die Schulter. «Ihnen ist doch sicher klar, dass er Sie nur da rausschickt, um Sie loszuwerden. Wahrscheinlich will er ohne Sie starten und Sie hier zurücklassen.»

«Was? Nein, es war meine Idee. Warum sollte er so etwas tun?», erwiderte Garth. «Nein, wirklich nicht. Vermutlich hat er Recht. Ich hätte das nicht sagen sollen. Schließlich hat dasselbe Triebwerk wieder Feueralarm gegeben, und die Strömungsabrisse im Verdichter haben Sie sicher auch gespürt.»

Doch Brian drehte sich zu der immer größer werdenden Menschenmenge um. «Der Pilot hier ist unser einziger Verbündeter in dieser Kiste», beharrte er auf seinem Standpunkt. «Und der Kapitän will dafür sorgen, dass er umgebracht wird.»

Garth stand auf und breitete beschwichtigend die Hände aus: «Jetzt passen Sie mal auf, Brian ... Leute ... Es handelt sich wirklich nur um ein technisches Problem. Also regen Sie sich nicht auf. Ich habe übertrieben, okay? Auch wenn der Kapitän und ich nicht in allen Dingen einer Meinung sind, führt er immer noch das Kommando.»

«Vielleicht sollten Sie die Maschine übernehmen», schlug einer der Männer vor.

«Haben Sie mir nicht selbst gesagt, dass dieser Dreckskerl nicht auf Sie hört?», ergänzte Brian.

«Schon, aber –»

«Und ist er mit uns etwa nicht in einem Kriegsgebiet gelandet?»

«Ja, mag sein, doch das war nur –»

«Begreifen Sie denn nicht, was hier vor sich geht?», fuhr Brian fort. «Sie haben seine Autorität in Frage gestellt. Also muss er Sie jetzt beseitigen.»

Bestimmt lag es an der Erschöpfung, dachte Garth, dass die wahnwitzigen Anschuldigungen des Arztes für ihn beinahe sinnvoll klangen. Er zwang sich, in die Wirklichkeit zurückzukehren.

«Herr Doktor... Leute... Sie alle... bitte beruhigen Sie sich! Der Kapitän ist nicht übergeschnappt, sondern nur ein bisschen starrsinnig. Und jetzt bitte... Ich gehe nun raus und bin gleich wieder zurück. Wenn mit dem Triebwerk alles in Ordnung ist, können wir bald von hier verschwinden. Ich gebe zu, dass ich ein paar Schwierigkeiten mit dem Kapitän habe, aber das sind nur Kabbeleien unter Piloten. Wir sind trotzdem ein Team, und ich verspreche Ihnen, dass Kapitän Knight gewiss keine Lust darauf hat, diesen Vogel allein zu fliegen.»

«Garth?», meinte da eine Flugbegleiterin ängstlich. «Was ist denn eigentlich los?»

Garth gab ihr dieselbe Erklärung wie den anderen und drehte sich dann wieder zu den aufgebrachten Männern um. «Ich bin in ein paar Minuten wieder da. Und Sie beruhigen sich jetzt bitte!»

Janie Bretsen erschien neben Garth und tippte ihm auf die Schulter.

«Sie sind doch der erste Offizier.»

«Ja», erwiderte er. «Aber ich bin jetzt wirklich beschäftigt.»

«Wo ist denn die Jackson? Judy Jackson?»

Garth sah sie fragend an.

«Ich bin Janie Bretsen, die Ersatz-Stewardess, die mitgeflogen ist, damit die Besatzungsstärke den Vorschriften entspricht.»

«Aha.»

«Wo ist sie?»

«Sie versteckt sich im Cockpit und glaubt, die Passagiere wollten ihr ans Leder.»

«Da hat sie verdammt Recht», brummte ein Mann, «falls Sie von dem Miststück reden, das beinahe ein Baby umgebracht hätte.»

Etwa zehn Passagiere hatten sich um Brian Logan geschart und beobachteten, wie der Copilot durch die Luke im Boden verschwand. Die Flugbegleiterinnen sahen ängstlich von der Bordküche aus zu.

Garth schaltete das Licht im Elektronikschacht an. Die hydraulische Luke befand sich im Boden der Nische, und Garth bediente einen Hebel, um sie zu öffnen und die kleine Leiter auszufahren. Dann schwang er sich durch das Loch und kletterte über die Leiter in den feuchtheißen afrikanischen Sommerabend hinaus.

Der General, mit dem Garth gesprochen hatte, war nirgendwo zu sehen. Stattdessen näherten sich drei bewaffnete Rebellen mit den Waffen im Anschlag, sodass Garth instinktiv die Hände hob. Am Heck der 747 drängten sich verschiedene Fahrzeuge und bildeten einen Schutzwall gegen das bewaldete Gebiet, wo sich die Regierungstruppen verschanzt hatten.

Als die Männer hektische Befehle in ihrer Landessprache brüllten, zuckte Garth die Achseln, um ihnen klar zu machen, dass er sie nicht verstand. Dann winkte ihn einer der drei zur rechten Seite der Maschine vor die Spitze der Tragfläche. Garth gehorchte und sah sich dabei in heller Angst nach dem General um.

Als er einen ärgerlichen Schrei hörte, blieb er stehen und blickte hinter sich. Die drei Männer fuchtelten mit den Händen und bedeuteten ihm, sich hinzuknien. Garth tat es, ließ die Hände seitlich hängen, schaute nach oben und fragte sich, was wohl in den Passagieren auf der rechten Seite vorging, die das alles mit ansehen mussten. Er erkannte ihre Gesichter in den Fenstern, und ihre Zahl nahm ständig zu. Gewiss schwebten sie ebenso in Todesangst wie er selbst.

Robert MacNaughton hatte den Copiloten durch das Fenster der ersten Klasse beobachtet. Nun beugte er sich mit einem Schreckensschrei vor. Brian Logan und ein paar andere kamen sofort näher und drängten sich um das nächstgelegene Fenster.

«Gütiger Himmel, sie werden den armen Teufel hinrichten», sagte MacNaughton leise. «Wenn solchen Leuten die Einfälle ausgehen, töten sie eben.»

Einige andere Passagiere und zwei Stewardessen drückten ihre Nasen an den Fensterscheiben platt und verfolgten jede Bewegung. Einer der Soldaten ging auf den Copiloten zu und drückte Garth Abbott die Mündung seiner AK-47 an den Hinterkopf. Er hielt die Waffe möglichst weit weg von seinem eigenen Körper und schickte sich offenbar an, sein Opfer aus nächster Nähe zu erschießen.

Im Cockpit schnappte Judy Jackson angesichts der bevorstehenden Exekution nach Luft; sie bemerkte gar nicht, dass Phil neben sie getreten war und das grausige Schauspiel ebenfalls beobachtete. Seine Stimme war so leise, dass man sie kaum hören konnte.

«Oh, Mist», flüsterte er.

Als Garth die Mündung der Waffe an seinem Hinterkopf spürte, wurde ihm klar, dass er getäuscht worden war. Er schloss die Augen, versuchte an seine Frau zu denken und war überzeugt, dass er nur noch wenige Sekunden zu leben hatte. Er fragte sich, ob er den Knall des Schusses wohl hören würde, bevor ihm die Kugel das Bewusstsein raubte. Der Stahl an seinem Kopf war kalt, und als die Sekunden vergingen, ertappte Garth sich dabei, dass er fast klinisch distanziert darüber nachdachte, wie es sich wohl anfühlen und was dabei zerstört werden würde.

Ein einziger Schuss aus einer AK-47 hallte durch die Luft, und Garth wunderte sich, warum er noch denken konnte und dennoch keine Schmerzen hatte. Hinter ihm hörte er eine vertraute Stimme in einer fremden Sprache sprechen, und ihm wurde schlagartig klar, dass der Schuss vermutlich ein Stück neben ihm gefallen war.

Vielleicht trieb aber auch der Himmel seine Scherze mit ihm, und die Kugel hatte tatsächlich seinen Kopf durchschlagen. Vielleicht war er schon tot, ohne es zu wissen.

Doch nun hörte er gemessene Schritte, die sehr real waren und das Klopfen seines Herzens übertönten. Das konnte einfach keine Halluzination sein – und außerdem bekam er vom Knien auf dem Asphalt allmählich Druckstellen. Die sanfte Stimme erklang nun ein Stück entfernt, als ob der Mann unter der Tragfläche stand.

«Bitte, Mr Copilot, seien Sie so freundlich und bleiben Sie ganz ruhig. Meine Männer werden Ihnen kein Haar krümmen, doch die Satelliten sollen etwas anderes glauben.»

«Die Satelliten?», fragte Garth und erhielt einen leichten Schubs mit dem Gewehr, weil er so frech gewesen war, den Mund aufzumachen.

«Natürlich. Wir wollen nämlich die Gier der Vereinigten Staaten nach Satellitenbildern befriedigen; diese werden dann brav an das nigerianische Militär weitergeleitet, gegen das wir zufällig kämpfen. Ich erinnere mich nicht an den Namen des Raumschiffs, das im Moment über unseren Köpfen schwebt, aber es gehört der CIA und wird uns in etwa dreißig Sekunden passieren.»

«Woher wissen Sie das?», erkundigte sich Garth verblüfft.

«Wirklich erstaunlich, was die ehemaligen Sowjets heutzutage so zum Kauf anbieten. Zum Beispiel Aufzeichnungen über die Umlaufbahn aller Spionagesatelliten, auch ihrer eigenen, die man inzwischen überall auf CD-ROM erwerben kann.» Jean Onitsa sah auf seine Digitaluhr. «So, die Zeit ist jetzt vorbei.» Auf einen Befehl wurde der Gewehrlauf von Garth' Kopf entfernt, und einige große Hände halfen ihm beim Aufstehen. Dann schütteten zwei Männer eine klebrige rote Flüssigkeit auf der Rampe aus, wo er soeben noch gekniet hatte. Einige andere zogen einen Lappen durch die Pfütze und ließen die Schleifspuren seitlich auslaufen, als hätte man eine Leiche weggeschafft.

«So!», meinte der General mit einem breiten Grinsen. «Ein wenig Melodramatik à la Hollywood, fürchte ich, aber leider nötig. In elf Minuten kommt der nächste Spionagesatellit mit klickender Kamera vorbei, und deshalb haben wir nicht viel Zeit. Und jetzt, Mr Copilot… welches Triebwerk, sagten Sie, macht Ihnen Schwierigkeiten?»

29

MERIDIAN AIRLINES, EINSATZZENTRALE, DENVER, COLORADO, 12:40 ORTSZEIT

Auf die Nachricht, dass Flug Sechs wegen des erneut aufgetretenen Triebwerksdefekts auf irgendeinem unbekannten Flughafen mitten in Afrika notgelandet war, wurde eilig ein Krisenstab zusammengestellt. Offenbar gab es keinen Verhandlungspartner, und das Außenministerium hatte auf die panischen Anrufe zunächst nur mit Abwimmeln und Ratlosigkeit reagiert. Nach einer knappen halben Stunde jedoch war die Regierung der Vereinigten Staaten endlich bereit, der Tatsache ins Auge zu sehen, dass mehr als dreihundert Menschen – viele davon amerikanische Staatsbürger – irgendwo im nördlichen Nigeria gestrandet waren.

Der Koordinationschef hatte seine Leute angewiesen, eine Werkstatt in Katsina ausfindig zu machen, allerdings vergeblich. Der Flughafen wurde nur von einer einzigen einheimischen Gesellschaft angeflogen, doch im nigerianischen Innenministerium ging niemand ans Telefon, und die Besorgnis steigerte sich, als gemeldet wurde, dass der Airport wegen Schießereien mit den Rebellen vermutlich geschlossen war.

«Ist Triebwerk Nummer vier wirklich nicht mehr funktionstüchtig?», fragte der Koordinationschef den Chefmechaniker.

«Keine Ahnung», erwiderte dieser. «Und auf meine Funksprüche antwortet niemand.»

Als jemand den Koordinationschef am Ärmel zupfte, drehte er sich um. Vor ihm stand der Vizepräsident des Unternehmens, der ihn mit Leichenbittermiene in ein Konferenzzimmer winkte und die Tür hinter sich schloss.

«Was gibt es, Sir?», fragte der Koordinationschef.

«Ich habe gerade einen Anruf von der CIA in Langley, Virginia, erhalten. Flug Sechs ist auf dem afrikanischen Flughafen in einen kleinen Krieg hineingeraten. Falls Sie die Besatzung erreichen, geben Sie Anweisung, wenn irgendmöglich umgehend zu starten. Langley sagt, die Überlebenschancen von Besatzung und Passagieren liegen bei null, wenn sie in die Hände der Rebellen geraten.»

«Mein Gott! Aber wir wissen nicht, ob Nummer vier funktioniert.»

«Kann der Pilot denn nicht auch mit drei Triebwerken starten?»

«Das bezweifle ich. Vor ein paar Jahren ist eine DC-8 in Kansas City bei einem solchen Versuch abgestürzt. Es ist ziemlich gefährlich.»

Der Vizepräsident wies mit dem Kopf zur Tür. «Gehen Sie, und sprechen Sie mit niemandem außer mit der Besatzung darüber. Und holen Sie die Leute da raus, wenn Sie können.»

«Roger.»

«Aber eines schwöre ich Ihnen: Wenn dieser Kapitän nicht schon in Afrika ermordet wird, drehe ich ihm eigenhändig den Hals um.»

NRO-ZENTRALE, CHANTILLY, VIRGINIA, 14:20 ORTSZEIT

Die Meldung der nigerianischen Flugsicherung an die europäische Luftfahrtkontrollbehörde in Brüssel, ein in London gestarteter Flug sei auf einem afrikanischen Flughafen gelandet, war wie gewohnt per E-Mail an das Kontrollzentrum der amerikanischen Luftfahrtbehörde in Herndon, Virginia, weitergeleitet worden. Von dort aus wurde sie über eine sichere Leitung an die CIA in Langley geschickt, wo sich sofort ein Computer darüber hermachte, dessen Aufgabe es war, nach derartigen Außerplanmäßigkeiten zu fahnden. Wenig später erfolgte eine Anfrage aus Langley an die NRO, in der man um zeitgleiche Satellitenaufnahmen des Flughafens in Katsina, Nigeria, bat. Dieser befand sich, wie vom Außenministerium bestätigt, in der Hand von Rebellentruppen, eine Information, die aus einer geheimen Quelle bei der CIA selbst stammte.

Irgendwo im Gebäude der NRO in Chantilly saßen drei Mitarbeiter – zwei Frauen und ein Mann – in bequemen Sesseln in einem der gut ausgestatteten Überwachungsräume und sahen zu, wie die ersten Bilder aus dem Weltall heruntergeladen wurden.

«Okay, die 747 steht am westlichen Ende und quer zur Rollbahn, hat sich also halb gedreht», verkündete der männliche Mitarbeiter.

«Ich sehe zwei LKWs, ein paar Jeeps und eine Art Karren neben dem Bug der Maschine», fügte eine seiner Kolleginnen hinzu. Acht Minuten später riefen die drei auf einer sicheren Leitung in Langley an.

«Das ist erst eine sehr vorläufige Einschätzung», meinte das NRO-Team zu dem Mitarbeiter der CIA, der sich gemeldet hatte. «Anscheinend ist das Flugzeug von Rebellentruppen umzingelt, aber offenbar unbeschädigt. Da wir das Fahrwerk natürlich nicht sehen können, wissen wir nicht, ob die Reifen intakt sind. Allerdings hat ein Mitglied der Besatzung, einer der Piloten, die Maschine verlassen, möglicherweise durch eine Luke im Boden, denn wir können weder eine Notrutsche noch fahrbare Stufen erkennen.»

«Okay, ist das ein aktuelles Bild?»

«Nein, es ist mindestens fünfzehn Minuten alt.»

«Was sehen Sie noch?», wollte der CIA-Mann wissen.

Der NRO-Mitarbeiter betrachtete seine beiden Kolleginnen, die bedrückt den Kopf schüttelten. An dem tragischen Inhalt der Aufnahmen gab es nichts zu rütteln.

«Wir hatten zwei Überflüge innerhalb von zehn Minuten», meldete er. «Auf den ersten Bildern zwingen sie den Piloten, vor der Maschine niederzuknien. Er hat drei Streifen am Hemd.»

«Das ist der erste Offizier der Meridian», entgegnete der Mann in Langley. «Das Flugzeug hat nur zwei Piloten.»

«Aber das Namensschild können wir nicht lesen.»

«Fahren Sie fort. Sie sagen, man habe ihn gezwungen niederzuknien? Mit vorgehaltener Waffe?»

«Richtig. Man hält ihm eine AK-47 an den Kopf. Elf Minuten

später, beim zweiten Überflug, ist an der Stelle, wo er gekniet hat, eine große Blutlache zu erkennen. Der Computer berechnet noch das spektrographische Bild, aber bis jetzt scheint es menschliches Blut zu sein. Hoher Eisenanteil, und auch die übrigen Inhaltsstoffe stimmen.»

«Verdammt», lautete die Antwort aus Langley.

«Die Wahrscheinlichkeit, dass die Rebellen jemandem an genau dieser Stelle in den vergangenen elf Minuten den Schädel weggepustet haben, ist verhältnismäßig hoch. Da wir den ersten Offizier seitdem nicht mehr gesehen haben, ist anzunehmen, dass er das Opfer ist.»

«Sind Sie ganz sicher?»

«Bei der Pfütze handelt es sich jedenfalls nicht um Treibstoff, Öl oder Wasser.»

«Was ist mit den beteiligten Soldaten?»

«Es sind Rebellen, die offenbar den Flughafen besetzt halten. Überall rings um das Terminal liegen Leichen herum. Nur eine kleine Abteilung versteckt sich in einem Graben im Nordwesten, ist aber eingekreist.»

«Okay.»

«Aber… im Norden steht eine Armee von einigen Hundert Mann mit schweren Waffen. Die Rebellen haben sie noch nicht angegriffen. Wir nehmen an, dass es sich um die nigerianischen Streitkräfte handelt.»

«Wie nah?»

«Nah genug für Artilleriebeschuss, doch sie haben das Feuer noch nicht eröffnet, sondern pirschen auf das Feld zu.»

«Sie müssen das verdammte Flugzeug irgendwie starten.»

«Es könnte zu spät sein», erwiderte der NRO-Mitarbeiter. «Da wäre nämlich noch etwas, das Ihnen sicher gar nicht gefällt.»

«Um was geht es?»

«Acht Busse – offenbar gehören sie den Rebellen – sind unterwegs zum Flughafen und noch etwa anderthalb Kilometer entfernt. In einen Bus dieser Bauart passen fünfzig Personen. Rechnen Sie mal nach.»

«Schon verstanden: Ein paar Plätze mehr als in einer 747. Wann findet der nächste Überflug statt?», fragte der CIA-Mann.

«Der Satellit kann nur noch Infrarotbilder machen. Es wird langsam dunkel.»

«Gut, aber wann?»

«In einer halben Stunde. Ich rufe Sie zurück.»

FLUGHAFEN KATSINA, NIGERIA, 21:02 ORTSZEIT

Nachdem einer der Rebellenjeeps unter Triebwerk Nummer vier geparkt worden war, wurde plötzlich ein Werkzeugkoffer hervorgezaubert, dessen Ausstattung jeden Boeing-Mechaniker zufrieden gestellt hätte. Garth' Zuversicht wuchs ein wenig, da zwei von Onitsas Männern ihm halfen, die Haube zu öffnen. Es dämmerte schon, und als sie mit ihren Taschenlampen in das Triebwerk hineinleuchteten, waren auf den ersten Blick keine Anzeichen eines Feuers zu erkennen. Garth zitterten die Knie, denn schließlich hatte er vor wenigen Minuten geglaubt, sein letztes Stündlein hätte geschlagen; seine Gefühle waren noch immer aufgewühlt, und ihm liefen aus für ihn unerklärlichen Gründen Tränen über die Wangen. Er war froh über die Dunkelheit auf dem Flugfeld und hoffte, Onitsas Männer würden nicht bemerken, dass er weinte.

«Okay, Phil», sagte er in sein Walkie-Talkie. «Falls Nummer vier wirklich gebrannt hat, sind keine sichtbaren Spuren davon zu erkennen.»

Das Entlüftungsventil hingegen sah schlecht aus: Es wies tiefe Kratzer auf, als ob man versucht hätte, es mit dem falschen Werkzeug aufzudrehen. Garth konnte jedoch nicht feststellen, ob es dabei beschädigt worden war.

«Wenn es anspringt», funkte Garth, «sollte es laufen wie ein Uhrwerk, solange wir nicht wieder bei großer Flughöhe ruckartig Schub wegnehmen.»

Er erhielt nur ein Brummen zur Antwort. Garth bedeutete seinen Helfern, die Triebwerksabdeckung zu schließen. Darauf kletterte Garth vom Jeep und wies die Soldaten mit Gesten an, den Wagen in sicherem Abstand zu parken.

«Okay», sprach Garth ins Funkgerät. «Nummer vier anlassen.»

Noch nie hatte Garth während eines Starts so dicht am Triebwerk einer 747 gestanden, und das Surren der Turbinen beim Anlassen war ohrenbetäubend.

«Wie sehen die Anzeigen aus?», brüllte Garth ins Funkgerät. Er konnte Phil Knights Antwort zwar nicht hören, doch er sah durch das Fenster, dass der Kapitän den Daumen in die Luft reckte.

«Okay, dann komme ich wieder rein. Lassen Sie die anderen drei Triebwerke auch an.»

Der erste Offizier eilte zum Bugrad, wo er von Onitsa und einigen Soldaten erwartet wurde.

«Wir haben noch ein kleines Anliegen, Mr Copilot», sagte der General.

Voller Dankbarkeit hielt Garth dem hoch gewachsenen Mann die Hand hin. Dieser nahm sie mit einem Lächeln und schüttelte sie feierlich.

«Ich weiß Ihre Hilfe wirklich sehr zu schätzen», sagte Garth.

«Keine Ursache», erwiderte der Rebellenführer. «Ich müsste mir nur noch Ihre Notrutsche ausleihen.» Onitsa lachte, als er Garth' verdatterte Miene sah. «Eine würde mir genügen.»

Garth starrte den General, der strahlend lächelte, fragend an.

«Ich verstehe nicht ganz, Sir.»

«Bitte lösen Sie eine der Notrutschen an der Haupttür aus und blasen Sie sie auf. Dann lassen wir Sie starten.»

Das wird ja immer absurder, dachte Garth.

«Wissen Sie, da gibt es einen Fluss», fuhr Onitsa fort, «und diese großen Rutschen lassen sich wunderbar als Floß verwenden. Unser Feind rechnet nicht damit, dass wir auf diese Weise fliehen könnten.»

«Okay, schon kapiert», entgegnete Garth und hob das Walkie-Talkie. «Also, Phil, die Sache sieht folgendermaßen aus: Wenn wir dem General noch einen Gefallen tun, lässt er uns weg, aber nicht vorher.» Garth erklärte die Geschichte mit der Notrutsche und rechnete eigentlich damit, dass der Kapitän sich weigern würde. Aber Knight war sofort einverstanden.

Garth winkte den General zur linken Seite der Maschine, während sich oben Tür Nummer 1-Links öffnete. Eine gewaltige Masse aus Plastik und Gummi fiel heraus und blies sich dabei selbst auf. Binnen weniger Sekunden war sie fest genug, um eine gefahrlose Flucht aus der in sieben Meter Höhe gelegenen Tür zu ermöglichen.

«Sehr gut», meinte Onitsa.

Im nächsten Moment zog eine der Flugbegleiterinnen einen Hebel, sodass sich der obere Rand der Rutsche von der Tür löste. Dann wurde die Tür wieder geschlossen.

In Windeseile schleppten drei Soldaten die aufgeblasene Notrutsche von der Rollbahn und aus der Reichweite der laufenden Triebwerke.

«Jetzt dürfen Sie starten», verkündete Onitsa. «Aber vergessen Sie nicht, dass von Norden her eine große Armee der Regierung zu uns vordringt. Wenn Sie in die Schusslinie geraten, könnte es zu spät sein.»

«Wir sind schon weg!», antwortete Garth, winkte und hob wieder das Funkgerät an die Lippen. «Phil, können Sie mich hören?»

«Ja, was zum Teufel ist da draußen los?», erwiderte dieser sofort.

«Er lässt uns gehen. Ich komme jetzt an Bord.»

«Moment! Sie müssen mich einweisen, damit ich nicht von der Rollbahn abkomme. Ich muss noch ein paar Meter vorwärts rollen, bevor ich das Bugrad drehen kann.»

Garth betrachtete die Reifen des Bugrades der 747, die im Licht einiger alter Quecksilberdampflampen am Rande eines alten Schuppens auf dem Flugfeld gut sichtbar waren. «Verstanden», entgegnete er. «Laufen jetzt alle vier Triebwerke?»

«Ja.»

Garth eilte zur linken Seite des Bugs, sodass man ihn vom Cockpit aus sehen konnte. Er stellte fest, dass Onitsa und seine Männer zu den Fahrzeugen liefen und in einem Höllentempo, das er nicht erwartet hätte, vom Flugfeld rasten. «Okay, rollen Sie vorwärts, Phil, damit der Vogel in Bewegung kommt. Sie haben etwa fünf Meter, bevor Sie nach links einschlagen müssen.»

Die starken Triebwerke beschleunigten, und plötzlich begann die riesige Maschine zu rollen. Das Bugrad drehte sich rasch nach links, und die 747 wandte sich in Richtung Osten.

In der ersten Klasse hörte Brian Logan, der an der Luke auf die Rückkehr des Copiloten wartete, dass die Triebwerke lauter wurden, und spürte, wie die 747 einen Ruck nach vorne machte. Entsetzt schaute er sich um, bis sein Blick auf eine Flugbegleiterin fiel.

«Hey! Was tut der Kapitän da? Der Copilot ist doch noch draußen.»

Die Stewardess schüttelte den Kopf. «Keine Ahnung.»

«Rufen Sie im Cockpit an und sagen Sie diesem Mistkerl, er soll anhalten!»

Doch die Flugbegleiterin blieb wie angewurzelt stehen, und als Brian sich umdrehte, sah er Robert MacNaughton vor sich.

«Was ist denn los?», erkundigte sich MacNaughton ruhig.

«Dieser Idiot von einem Kapitän will den Copiloten zurücklassen. Ich hatte ihn ja gewarnt.»

«Hat jemand den Kapitän informiert?», fragte MacNaughton, doch Brian ließ sich schon auf die kleine Leiter hinab, die in den Elektronikschacht führte.

Brian hörte Stimmen über sich, als er in die Knie ging, sich an einem Geländer festhielt und den Kopf durch die Luke steckte. Zunächst konnte er den Copiloten nirgendwo sehen, doch schließlich entdeckte er Garth Abbott, der links neben dem Bug herlief und offenbar versuchte, mit der Maschine Schritt zu halten.

Brian streckte den Arm aus, winkte panisch und rief Garth verzweifelt zu, er solle an Bord kommen. Das Dröhnen der Triebwerke übertönte seine Stimme jedoch, sodass der Copilot ihn nicht hören konnte.

Als Brian in den Schacht geklettert war, hatte er dort ein Bordtelefon bemerkt. Nun zog er sich wieder hoch, griff danach und gab den zweistelligen Code für das Cockpit ein, der an der Seite angebracht war.

«Was ist?», meldete sich eine gereizte Männerstimme.

«Halten Sie dieses verdammte Flugzeug an!», befahl Brian.

«Wer zum Teufel spricht da?»

«Dr. Logan, Sie Mistkerl! Offenbar wollen Sie den Copiloten zurücklassen.»

«Nein, will ich nicht. Ich spreche gerade am Funk mit ihm. Machen Sie die Leitung frei!», erwiderte Phil Knight.

«Geben Sie ihm die Zeit, an Bord zu kommen, verstanden?»

Es erfolgte keine Antwort, doch Brian hörte, wie die Triebwerke plötzlich langsamer wurden. Gleichzeitig hallten knallende Geräusche durch die offene Luke.

Garth hielt den Transmitterknopf gedrückt, während er zusah, wie das Bugrad wohlbehalten den Rand der Rollbahn passierte.

«Weiter so, weiter so, das mit dem Bugrad klappt großartig», funkte er, während er loslief, um mit der Maschine Schritt zu halten. Schließlich hatte die Boeing die Drehung vollendet, und das Bugrad stellte sich wieder gerade. In diesem Moment knallten Schüsse und rissen Garth aus seiner Konzentration. Sie kamen von hinten, und zwar vom nördlichen Ende der Rollbahn. Garth blickte sich um, und da wurde das Feuer auch schon aus der Gegenrichtung erwidert.

Mein Gott, wir sind bereits in der Schusslinie!

Auf beiden Seiten sah er Mündungsfeuer blitzen, und er hörte, wie die Kugeln – viel zu dicht – an ihm vorbeipfiffen. Ohne zu zögern, stürmte er auf den Elektronikschacht zu und brüllte dabei in sein Walkie-Talkie.

«SIE SCHIESSEN! ALLES FERTIG ZUM START!»

«Für eine Startbahn wie diese ist der Wind aus Westen zu stark», erwiderte der Kapitän. Da man seine Stimme wegen des Knallens und Krachens kaum hören konnte, hielt Garth das Funkgerät ans Ohr gepresst, während er auf die Leiter zurannte.

«Wir sind zu schwer für einen Start», fuhr der Kapitän fort. «Ich muss zum anderen Ende der Startbahn rollen.»

Es blieben nur noch fünfzehn Meter, als der Copilot wieder das Funkgerät an die Lippen hob und atemlos hervorstieß: «WIR … MÜSSEN … WEG … PHIL! … TRETEN … SIE …AUFS … GAS … SOBALD … ICH … AN … BORD … BIN.» Garth erreichte die unterste Sprosse der Leiter und warf das Walkie-Talkie durch die Luke, ohne die Antwort abzuwarten.

Hoch über dem Flugfeld saß Phil Knight, die rechte Hand auf den Leistungshebeln, da und funkte zurück: «Roger, offenbar sind Sie jetzt an Bord. Halten Sie durch.» Dann schob er die vier Leistungshebel nach vorne. Seine Gedanken überschlugen sich, als er versuchte zu verstehen, warum der General, mit dem sie doch so erfolgreich verhandelt hatten, es zulassen konnte, dass seine Soldaten auf ihr Flugzeug schossen. Es ergab einfach keinen Sinn.

Gerade hatte Garth die unterste Sprosse erreicht und zu klettern begonnen, als ihm plötzlich ein stechender Schmerz durchs Bein schoss. Es sackte unter ihm weg, sodass er nur noch mit einer Hand an der Leiter hing; er wusste nicht, dass eben eine Kugel seinen linken Oberschenkel durchschlagen hatte. Sein Körper trudelte gegen den Uhrzeigersinn, und fast wäre er abgestürzt, bis es ihm endlich gelang, auch die andere Hand um die Leiter zu schließen.

Phil spürte, wie die Triebwerke hochgefahren wurden, als ihm einfiel, dass er die Parkbremse noch nicht gelöst hatte. Er schaltete sie ab, bereute die spontane Bewegung aber sofort, als der riesige Jet einen Satz nach vorne machte. Hoffentlich hatte er niemanden in der Kabine zu Fall gebracht.

Der plötzliche Ruck hatte dafür gesorgt, dass Garth Abbott nur noch mit der rechten Hand an der Leiter hing. Die Boeing beschleunigte und schleppte ihn mit. Seine linke Körperhälfte schmerzte höllisch, und er konnte das linke Bein nicht gebrauchen. Laut um Hilfe rufend, versuchte er, mit der linken Hand wieder nach der Leiter zu greifen, doch die Beschleunigung war zu stark: Er war im Begriff, den Kampf zu verlieren.

Brian, der immer noch im Elektronikschacht saß, war beim Lösen der Bremse rückwärts getaumelt. Als er sich festhalten wollte, bekam er einen Kabelstrang zu fassen, der sich dabei aus seiner Verankerung löste, und Brians Kopf prallte gegen das Schott. Trotz des Dröhnens der Triebwerke hörte er einen Schrei; mühsam kroch er nach vorne, spähte aus der Luke und sah, dass der Copilot sich nur noch mit einer Hand festhielt. Brian warf sich auf den Bauch, hakte den linken Arm im Geländer ein, beugte sich vor und griff nach der Hand des Copiloten. In diesem Moment erhielt die Leiter einen Schlag, und Brian ahnte, dass es eine Kugel gewesen war.

«HALTEN SIE DURCH!», rief Brian und stellte erleichtert fest, dass der Copilot den Kopf hob. Er packte Garth' freie Hand und zog ihn so weit hoch, dass er den rechten Fuß auf die unterste Sprosse setzen konnte. Brian bemerkte, dass ein Bein voller Blut war. Womöglich hatte die Kugel eine Arterie verletzt – sobald er ihn in der Maschine hatte, würde er ihn ärztlich versorgen müssen.

Phil Knight kontrollierte den Geschwindigkeitsmesser, dessen Anzeige auf über sechzig Knoten stieg. *Bei achtzig steuere ich um, bremse kräftig, wende die Maschine am Ende der Startbahn und riskiere es dann.* Auf der Anzeigetafel für die Fehlermeldungen leuchtete immer noch ein Lämpchen: Die untere Luke des Elektronikschachtes stand noch offen. *Wahrscheinlich hatte Abbott noch keine Zeit sie zu schließen*, dachte er. Das Licht würde sicher gleich ausgehen.

Fünfundsiebzig… achtzig. Phil schaltete die Leistungshebel in den Leerlauf, schätzte die Entfernung zum Startbahnende ab und bremste kräftig.

Brian war gerade dabei, Garth Abbott durch die Luke nach oben zu ziehen, als die Leiter in einem Kugelhagel erzitterte. Er spürte, wie der Copilot zusammenzuckte und nach unten sackte, und sofort war ihm klar, dass auch Garth' anderes Bein getroffen war. Nun klammerte sich der Mann nur noch mit beiden Händen fest, während seine Beine über die Startbahn geschleppt wurden. Brian wusste, dass er allein es nicht schaffen würde, den Verwundeten in die Maschine zu ziehen.

«DURCHHALTEN!», rief er dem Copiloten zu und griff wieder zum Bordtelefon.

«Der Copilot ist angeschossen worden!», brüllte Brian in den Hörer. «Halten Sie das verdammte Flugzeug an!»

Schon im nächsten Moment verlangsamte die Maschine, und der Bug wurde nach unten gedrückt, als der Kapitän auf die Bremse trat. Brian spürte, wie die Triebwerke in Gegenrotation gingen, und sah durch die Luke, dass der Asphalt ein wenig langsamer zurückwich.

Er warf den Telefonhörer beiseite, ließ sich auf die Knie fallen und schickte sich an, die Leiter hinunter auf das Flugfeld zu klettern, sobald sie endgültig standen. Von unten würde er den Copiloten in die Maschine heben können, auch wenn es sehr schnell gehen musste. Ihm blieben nur wenige Sekunden.

«HALTEN SIE DURCH! ER STOPPT!», rief Brian nach unten, als der Lärm nachließ.

«Ich bin getroffen!», schrie der Copilot, und seine Stimme war fast eine Oktav höher als gewöhnlich.

Als Brian Logan nach oben blickte, sah er einige Gesichter durch die Luke spähen. Er wollte schon um Hilfe rufen, doch da wurde wieder das Feuer eröffnet, und er spürte, wie die Leiter schwankte.

Abbott war verschwunden! So schnell er konnte, kletterte Brian wieder in die Luke, streckte den Kopf hinaus und schaute sich nach dem Copiloten um. Endlich entdeckte er ihn, etwa dreißig Meter hinter der langsamer werdenden 747 auf der Startbahn liegend. Während Brian die Szene weiter beobachtete, eilte ein Dutzend uniformierter Soldaten vom nördlichen Ende der Startbahn her auf den Verwundeten zu, packte ihn und schleppte ihn weg.

Oh, mein Gott!, dachte Brian. Noch nie im Leben hatte er sich so hilflos gefühlt.

Inzwischen hatte die 747 angehalten und wandte sich in Vorbereitung auf den Start nach links. Von Norden her erschienen weitere Soldaten; einige von ihnen liefen unter lautem Gebrüll direkt auf die Leiter und das Bugrad zu. Brian hing kopfüber aus der Luke und betrachtete den verletzten Copiloten, den die Soldaten achtlos am Rand der Startbahn abgelegt hatten. Dann hoben sie ihre Gewehre, um auf Brian zu schießen.

Rasch flüchtete Brian sich ins Innere der Maschine und versuchte, die Leiter einzuziehen, aber sie rührte sich nicht. Offenbar handelte es sich um eine Art Verriegelungsmechanismus, sodass man die Luke nur bei eingeklappter Leiter schließen konnte.

Geschrei und Schritte näherten sich immer mehr der Maschine, während die 747 sich nach Westen ausrichtete und die Triebwerke wieder hochgefahren wurden. Brian zwang sich zur Ruhe, untersuchte rasch das obere Ende der Leiter und entdeckte den Knopf, mit dem man sie ausklinken konnte. So schnell wie möglich zog er die Leiter nach oben, doch einer der Soldaten sprang gerade noch auf die unterste Sprosse, wodurch sie wieder auf volle Länge ausgefahren wurde. Der Mann begann hochzuklettern, als Brians Blick auf eine hellgelbe Sauerstoffflasche aus Metall fiel. Schon wollte der Soldat durch die Luke steigen, da riss Brian die Flasche aus ihrer Verankerung, holte aus und ließ sie mit voller Kraft auf den unbedeckten Kopf des Soldaten niedersausen.

Mit einem dumpfen Geräusch fiel der Soldat von der Leiter. Die 747 setzte sich wieder mit kreischenden Triebwerken in Bewegung.

Inzwischen hatten zwei weitere Soldaten die Leiter erreicht und stiegen nach oben. Beide waren bewaffnet, und einer zielte über den Kopf seines Kameraden hinweg auf Brian.

Wieder holte Brian mit der Sauerstoffflasche aus und stemmte sich gegen die Fliehkraft, als er von der Beschleunigung nach hinten gedrückt wurde. Er hörte wütende Schreie und sah, wie sich ein Mann mit entsicherter Pistole anschickte, in die Luke zu klettern. Logan wusste, dass er nur eine Chance hatte, sie aufzuhalten.

Judy Jackson klammerte sich krampfhaft an den Sitz des Kapitäns, als dieser sich unvermittelt zu ihr umdrehte.

«Gehen Sie runter und vergewissern Sie sich, dass die Luke geschlossen ist.»

«Luke?»

«Zum Elektronikschacht. Beeilung.»

Judy verließ das Cockpit, ging hinunter in die Kabine zur offenen Luke im Boden, von deren Existenz sie keine Ahnung gehabt hatte. Judy kniete sich hin und spähte durch das Kabelgewirr hinab.

«Machen Sie Platz», forderte ein männlicher Passagier sie auf. «Der Doktor ist da unten; er will den Copiloten holen.»

Verdattert blickte sie auf, drehte sich dann wieder zu der Luke um und steckte den Kopf hinein, um besser sehen zu können.

Im schwachen Licht, das von hinten in die Luke fiel, konnte Judy knapp eine Gestalt ausmachen, die neben der offenen Luke kniete. Die Triebwerke beschleunigten wieder, und Judy bemerkte etwas, das sie für den Kopf des Copiloten hielt, am Rand der Luke. Im nächsten Moment schwang der Mann im Schacht einen schweren gelben Gegenstand und schlug dem anderen Mann damit so fest auf den Schädel, dass auch aus drei Metern Entfernung ein scharfes Knacken zu hören war.

Judy schnappte nach Luft, als sie Logan erkannte. Offenbar versuchte er, den Copiloten am Betreten der Maschine zu hindern! Erneut schlug Logan zu und hieb mit der Flasche immer wieder auf den Copiloten ein.

Kurz darauf hatte er sein Ziel anscheinend erreicht. Logan holte die Leiter ein und schloss die Luke.

Oh, mein Gott!, dachte Judy. Sie zog den Kopf zurück und fragte sich, ob sie die Luke schließen sollte, damit Logan nicht mehr heraufkommen konnte. Vielleicht würde es ihr gelingen, ihn da unten einzusperren, wenn sich genügend Passagiere auf die Luke stellten.

Entsetzt sprang sie auf. Ihr Blick fiel auf zwei der Männer, die sie vor einigen Stunden wütend bis zum Cockpit verfolgt hatten.

«Dieser Doktor hat gerade den Copiloten aus der Maschine geprügelt. Ich glaube, er hat ihn umgebracht.»

«Was?», erwiderte einer der Männer ungläubig.

«Da unten», stammelte Judy und schluckte leer. «Ich habe gesehen … Ich habe gesehen, wie er dem Copiloten den Schädel eingeschlagen hat, als der zurück ins Flugzeug wollte. Schnell! Bitte helfen Sie mir, die Luke zu schließen, und stellen Sie sich drauf, damit er nicht mehr heraufkann!»

«Was? Wir sollen den Doktor da drinnen einsperren? Kommt überhaupt nicht in Frage», entgegnete der Mann.

Judy ging in die Knie und wollte die Luke eigenhändig schließen, worauf einer der Männer sie hochriss.

«Lassen Sie ihn in Ruhe, Sie Miststück!»

Sie drehte sich zu ihm um und wollte protestieren, doch vor Angst und Entsetzen hatte sie nicht mehr die Kraft dazu. Sie stand auf und taumelte in die Bordküche, wo sich ein Bordtelefon befand. Ihre Hände zitterten heftig, und als das Flugzeug beschleunigte, wurde sie gegen die Theke in der Küche gedrückt.

«Was ist denn los, Judy?», fragte Cindy besorgt.

Judy sank auf einen Notsitz und war so außer sich, dass sie vergaß, sich anzuschnallen.

«Wir lassen den Copiloten zurück», stieß Judy hervor «Ich habe gesehen, wie der Doktor ihn umgebracht hat.»

Die Passagiere in der Touristenklasse, die immer noch standen, suchten panisch eine Möglichkeit, sich festzuhalten, als die Maschine auf der Startbahn beschleunigte. Während sie eilig an ihre Plätze zurückkehrten, griff Mary, eine der Flugbegleiterinnen, zum Bordlautsprecher.

«SETZEN SIE SICH! BLEIBEN SIE AN IHREN PLÄTZEN! SCHNALLEN SIE SICH AN! WIR STARTEN! BLEIBEN SIE SITZEN!»

Zwanzig Knoten, dachte Phil, während er die Instrumente kontrollierte und dann die Startbahn betrachtete, die von den starken Landescheinwerfern der 747, hell erleuchtet dalag. Er fragte sich, ob wohl jeden Moment Kugeln durchs Cockpit pfeifen würden.

Da bewegte sich etwas am Startbahnrand, und Phil wunderte sich, warum dort ein Mann in einem kurzärmeligen weißen Hemd lag; offenbar war er von einer Blutlache umgeben. Während die beschleunigende 747 vorbeirumpelte, nahm Phil weitere Einzelheiten wahr:

Der Mann hatte schmale Streifen an den Schultern. Dann wurde Phil plötzlich klar, was er da sah, und ihm blieb fast das Herz stehen.

Oh, mein Gott, das ist Abbott!

Immer noch versuchte Phils Verstand, das Offensichtliche abzustreiten. *Er kann es nicht sein! Er hat doch gefunkt, er sei an Bord!*

Phil presste das Gesicht gegen die Scheibe und hielt Ausschau nach weiteren Personen. In diesem Moment hob der Mann in einer Hilfe suchenden Geste die Hand. Dann glitt der Strahl des Scheinwerfers über ihn hinweg, und das grausige Bild war verschwunden.

Inzwischen hatte der Jumbo auf vierzig Knoten beschleunigt. Auf beiden Seiten der Startbahn waren LKWs und Soldaten zu erkennen, doch offenbar schoss niemand auf die Maschine.

Phil hatte nur wenig Zeit, um sich entscheiden. Sollte er die Triebwerke abschalten und stoppen oder den Start fortsetzen?

Phil betätigte die Seitenruder, um das riesige Flugzeug in der Mitte der Startbahn zu halten. Seine Hand lag auf den Leistungshebeln, und die Geschwindigkeit stieg von Sekunde zu Sekunde. Er zog die Leistungshebel ein Stück zurück, doch der plötzliche Schubverlust erschreckte ihn so, dass er wieder auf volle Kraft ging.

Er ließ seinen ersten Offizier zurück. Sein erster Offizier war verletzt und lag blutend auf dem Asphalt der Startbahn. Wie war das geschehen? Er hatte doch gemeldet, dass er wieder an Bord war – oder etwa nicht? Seine Gedanken überschlugen sich, während die Geschwindigkeit der 747 auf achtzig Knoten stieg. Aber wo war der Copilot, der die achtzig Knoten meldete? Entsprach das überhaupt den Vorschriften? Stattdessen lag der Mann blutend auf der Startbahn. Warum?

Wieder spürte Phil, wie sein Verstand ihm befahl, die Triebwerke abzuschalten, doch da sich das Ende der Startbahn näherte, schob er diesen Impuls beiseite und sagte sich im selben Sekundenbruchteil, dass die Zeit nicht mehr zum Anhalten reichte.

Oder vielleicht doch? Er wusste es nicht, und er durfte das Risiko nicht eingehen. Die Unentschlossenheit machte ihn rasend, und da er völlig ratlos war, fuhr er einfach weiter.

Phil Knight beschleunigte und sah zu, wie die Geschwindigkeit auf über einhundertfünfunddreißig Knoten stieg: Zum Start waren einhundertfünfundvierzig nötig. In wenigen Sekunden würde er den Bug hochziehen müssen, damit die Tragflächen genug Auftrieb erzeugten, um in die Luft gehoben zu werden. Anders als bei den meisten Startbahnen gab es hier am Ende keine roten Lichter und auch keine Markierungen, die auf die verbleibende Distanz hinwiesen – nur undurchdringliche Dunkelheit.

Einhundertvierzig!

Im Licht der Landescheinwerfer war eindeutig zu sehen, dass es bis zum Startbahnende nur noch knapp dreihundert Meter waren. Er hatte keine Zeit mehr: Phil zog das Steuerhorn zurück und spürte, wie der Bug von der Startbahn abhob und sich der Steigwinkel der Maschine auf über fünfzehn Grad erhöhte. Die Bäume verschwanden unter ihnen, und er spürte ein Zittern, als das Fahrwerk die Startbahn verließ. Phil glaubte, rechts von sich Lichter aufblitzen zu sehen, und befürchtete schon, es könnte sich um die Mündungsfeuer von Gewehren handeln, die auf sein Flugzeug gerichtet waren.

Fahrwerk! Blitzschnell beugte Phil sich über die Mittelkonsole und betätigte den Fahrwerkshebel. Fünfzig Meter hinter dem Cockpit öffneten sich gewaltige Luken, und mit einem Vibrieren wurde das riesige Fahrwerk seitlich eingezogen.

Plötzlich fuhr ein unerwartetes Zittern durchs Cockpit, und ein eisiger Schrecken überkam ihn, als er sich vorstellte, wie das Fahrwerk durch die Baumwipfel raste und dadurch blockierte. Doch im nächsten Moment gingen die grünen Lämpchen an, die darauf hinwiesen, dass das Fahrwerk wohlbehalten eingezogen und eingerastet war. Phil schöpfte wieder Hoffnung; offenbar hatte der Zusammenstoß keinen Schaden verursacht.

Sein Blick fiel auf den Radar-Höhenmesser, der die Flughöhe über dem Boden angab.

Fünfzehn Meter. Dreißig Meter. Fünfzig Meter.

Eine Reihe von Rufsignalen hallte durchs Cockpit, doch Phil achtete nicht darauf. Stattdessen konzentrierte er sich auf den Steigflug der 747 und er hatte rasende Kopfschmerzen.

Wir haben es geschafft!, dachte Phil. Doch schon im nächsten Moment wurde seine Erleichterung von Schuldgefühlen wegen seines Verhaltens abgelöst. Der leere Sitz des Copiloten schien ihn zu verhöhnen, und er konnte das grausige Bild nicht verdrängen: Garth Abbott, wie er verletzt auf der Startbahn in Katsina lag, Schmerzen litt und Hilfe suchend die Hand ausstreckte, während sein Kapitän ihn kaltblütig seinem Schicksal überließ.

Unten auf der Rollbahn kämpfte Garth Abbott gegen die Bewusstlosigkeit an und versuchte zu verstehen, warum sein Flugzeug in der Dunkelheit verschwand. Wegen des Blutverlusts und der starken Schmerzen kaum noch bei Besinnung, hörte er plötzlich Schritte, zwang sich, die Augen zu öffnen, und sah, wie sich in der dämmrigen Flughafenbeleuchtung einige Gestalten näherten.

Doch die Anstrengung war zu viel für ihn. Er schloss die Augen wieder, und sein letzter Gedanke war ein verzweifeltes «*Warum?*», auf das er keine Antwort erhielt. Dass plötzlich ganz in seiner Nähe das Feuer eröffnet wurde, nahm er nicht mehr wahr, ebenso wenig den Stiefel, der ihm einen Schubs versetzte.

31

IN DER LUFT, AN BORD VON MERIDIAN FLUG SECHS, 21:14 ORTSZEIT

Keuchend saß Brian Logan im dämmrigen Elektronikschacht der startenden 747. Seine Gedanken überschlugen sich, als er die beschleunigenden Triebwerke hörte.

Unermessliche Wut stieg in ihm auf, und seine Verbitterung über den Verlust des Copiloten steigerte noch den Hass, den er ohnehin gegen Meridian Airlines empfand. Außerdem wuchs sein Argwohn gegen den Kapitän, der – wie er, Brian, allein wusste – den ersten Offizier in voller Absicht zurückgelassen hatte.

Das Gesicht des Copiloten stand ihm noch deutlich vor Augen. *Wie war noch mal sein Name?* Brian grübelte nach und war verärgert, weil er ihm nicht gleich wieder einfiel. Er war es dem Mann doch schuldig, sich mindestens seinen Vornamen zu merken.

Garth. Garth hieß er.

Er erinnerte sich an seine Warnung, der Kapitän werde versuchen, Garth loszuwerden. *Also hatte ich doch Recht.* Kurz kamen Brian Zweifel an der Logik dieses Gedankengangs, aber er schob sie beiseite. Schließlich hatte er mit eigenen Augen gesehen, was der Kapitän getan hatte.

Der Kapitän hat mich klar und deutlich verstanden. Ich habe ihm am Bordtelefon mitgeteilt, dass der Copilot schwer verletzt sei und dass er das Flugzeug stoppen müsse. Und er hat auch wirklich sofort gebremst. Er wusste es. Aber dann ist er doch gestartet.

Brian schüttelte den Kopf, um Müdigkeit, Angst und Verwirrung zu vertreiben. Er ahnte, dass die Grenzen zwischen seiner Trauer wegen Daphnes Tod und seiner Wut aufgrund der aktuellen Ereignisse in gefährlicher Weise zu verschwimmen drohten, aber er war einfach zu erschöpft, um sich gegen den Hass zu wehren, der immer mehr Besitz von ihm ergriff. Er konnte das Bild nicht vergessen, wie der Copilot irgendwo da draußen auf der

Startbahn lag, und da er sich ohnmächtig und schuldig fühlte, wurde der erste Offizier zum Stellvertreter für seine Frau und seinen Sohn. Einmal in die Klauen von Meridian geraten, war jeder Mensch ein Opfer. Genauso gut hätten es Daphne und sein Sohn sein können, die dort verblutend auf dem Asphalt lagen – ebenfalls im Stich gelassen von einem Meridian-Kapitän, der sich einen Dreck um Menschenleben scherte.

Und wieder hatte man ihm nicht die Gelegenheit gegeben, sie zu retten!

Brian fuhr hoch und zwang sich, in die Gegenwart zurückzukehren. Schließlich befanden sie sich immer noch in einer sehr realen und ausgesprochen gefährlichen Situation: Er saß im Bauch eines Jumbo-Jets voller Passagiere, deren Leben bedroht war. Für Garth war es ebenso zu spät wie für Daphne, aber obwohl wieder ein gleichgültiger Kapitän das Kommando über die Maschine führte, hatte er, Brian, noch eine Chance, etwas zu bewirken. Die Menschen oben in der Kabine mussten erfahren, was geschehen war und was der Kapitän im Schilde führte.

Brian rappelte sich auf, blickte nach oben in das Licht, das aus der Kabine nach unten drang, und überlegte, was er nun tun sollte. Er musste eine Möglichkeit finden, dem Kapitän das Steuer zu entreißen – aber wer sollte die Maschine dann fliegen? Denn schließlich hatte der Mann seinen Copiloten ja endgültig außer Gefecht gesetzt. Gewiss gab es an Bord jemanden, der ein Flugzeug steuern konnte, und Brian musste eine solche Person möglichst rasch ausfindig machen.

Aber warum sollte ein Kapitän seinen Copiloten beseitigen?, verwunderte sich Brian dann. Die ganze Angelegenheit ergab keinen Sinn, solange er die Gründe für das Verhalten des Kapitäns nicht kannte. Obwohl es sich bei den Piloten der Meridian offensichtlich um eine grausame und menschenverachtende Bande handelte, war nicht nachzuvollziehen, welcher Teufel diesen Mann geritten hatte, zuerst in einem Kriegsgebiet zu landen und dann den Copiloten zurückzulassen.

Im nächsten Moment lieferte ihm seine Ausbildung als Mediziner die Antwort. Brian war zwar kein Psychiater, doch auch ein praktischer Arzt musste Grundkurse in Psychologie belegen, und nun fiel ihm ein, welche Alarmzeichen er bis jetzt übersehen hatte.

Er erinnerte sich an zwei schreckliche Flugzeugunglücke, angesichts deren die ganze Welt den Atem angehalten hatte: Beim ersten hatte ein ägyptischer Copilot in offensichtlich selbstmörderischer Absicht eine Boeing 767 kurz vor New York abstürzen lassen; beim zweiten war ein anscheinend depressiver Kapitän aus Singapur mit einer 737 irgendwo über Malaysia havariert.

Was ist, wenn er sich umbringen will? Oh Gott, das muss es sein! Er plant, Selbstmord zu begehen und uns mit in den Tod zu nehmen. Welche Erklärung gäbe es sonst für sein Verhalten? Brian überlegte fieberhaft. Das merkwürdige Gebaren des Kapitäns konnte seine Gründe durchaus in Selbstmordabsichten haben. *Und ich bin der Einzige an Bord, der die Ereignisse wirklich durchschaut. Der Einzige, der hieb- und stichfeste Beweise für seinen mörderischen Plan hat.*

Diese Erkenntnis ließ ihn erschaudern.

Er musste etwas unternehmen. Irgendwie musste er einen Weg finden, um dem Kapitän das Kommando zu entreißen, bevor er sie noch alle umbrachte.

Brian stand auf und betrachtete die Sauerstoffflasche. Mit weichen Knien stolperte er zu der kleinen Leiter, die in die Kabine führte, und kletterte durch die Luke nach oben. Zu seinem Erstaunen wurde er von einigen der Passagiere, die ihn zuvor unterstützt hatten, bereits erwartet. Besorgt und neugierig scharten sie sich um ihn und erkundigten sich, was geschehen war und wo der Copilot steckte.

«Der Kapitän hat ihn auf der Startbahn dem sicheren Tod überlassen», erwiderte Brian. Zu seiner Überraschung liefen ihm Tränen die Wangen hinab, und er biss die Zähne zusammen, um sich zu beherrschen.

«Wir stecken in großen Schwierigkeiten», hob er an. «Der Kapitän will offenbar Selbstmord begehen.»

Die Passagiere erstarrten vor Schreck.

«Anfangs war mir das nicht klar», fuhr Brian fort. «Doch es ist die einzige logische Begründung, die mir für sein Verhalten einfällt.»

Dann schilderte Brian, wie der Copilot von der Leiter gefallen war, wie er selbst im Cockpit angerufen und der Kapitän sich geweigert hatte, den Start abzubrechen. Die Umstehenden erbleichten, und Brian schöpfte Hoffnung, dass sie ihm glauben würden. Es würde ein ganzes Stück Arbeit werden, auch die übrigen Passagiere zu überzeugen.

«Wir müssen rasch herausfinden, ob es an Bord jemanden gibt, der ein Flugzeug steuern kann», sagte Brian.

Der Vorstandsvorsitzende der English Petroleum, der ein wenig abseits gestanden und aufmerksam zugehört hatte, trat vor. «Sind Sie wirklich sicher, Herr Doktor, dass der Kapitän von den Verletzungen des Copiloten wusste?»

Der Arzt nickte heftig.

«Er wusste es. Der Schweinekerl wusste es eindeutig. Ich habe dem Kapitän am Bordtelefon mitgeteilt, dass Garth schwer verletzt sei und dass er die Maschine anhalten müsse. Und er hat auch gestoppt – haben Sie nicht auch gespürt, wie er gebremst hat?»

MacNaughton und einige andere nickten ernst.

«Okay. Er ist genau in dem Moment, als ich ihm sagte, was geschehen war, auf die Bremse getreten. Aber dann hat das Schwein gewendet, ist gestartet und hat den armen Teufel verblutend liegen gelassen.»

«Gütiger Himmel!», rief MacNaughton aus. «War er wirklich so schwer verletzt?»

«Wenn man einige Kugeln aus einer Automatikwaffe abbekommen hat, die vermutlich eine Arterie zerfetzt haben, verblutet man binnen weniger Minuten, sofern man nicht sofort ärztliche Hilfe erhält. Ich hätte ihn retten können, aber...» Die Worte schmerzten sehr, als er sie aussprach, und Brian verzog das Gesicht, während er versuchte, seinen viel zu schnell gehenden Atem wieder unter Kontrolle zu bringen.

Die zierliche, hübsche Frau, die sich ihm vor einigen Stunden als Stewardess außer Dienst vorgestellt hatte, nahm ihn am Arm und sah ihn fragend an.

«Was genau bringt Sie denn auf den Gedanken, dass der Kapitän Selbstmord begehen will?», erkundigte sich Janie Bretsen.

Brian betrachtete sie. «Der Copilot hat mir eine Menge darüber erzählt, was seit unserem Abflug aus London im Cockpit vorgefallen ist. Zwischen den beiden war ein Machtkampf ausgebrochen. Der Kapitän hat ständig nach Gründen gesucht, auf irgendeinem gefährlichen Flughafen zu landen, und inzwischen ist mir klar, dass er damit das Ziel verfolgte, den Copiloten loszuwerden. Wenn man die verschiedenen Hinweise zusammen nimmt, ist ein erweiterter Selbstmord das logische Ergebnis.»

Wieder stieg Panik in Brian auf, als er den Umstehenden in die Augen sah und feststellte, dass sie seine Ansicht nicht teilten.

«Das ist doch ziemlich weit hergeholt, finden Sie nicht?», erwiderte MacNaughton, während Janie Bretsen Brian schweigend musterte.

Sie verstehen mich einfach nicht; sie halten mich für verrückt, dachte Brian.

«Hören Sie, ich bin kein Psychiater», sagte er rasch. «Natürlich kann ich mich, was seine Absichten angeht, auch irren. Doch das ändert nichts an den Tatsachen: Wir haben es mit einem Piloten zu tun, der außer Rand und Band geraten ist und uns heute bereits einige Male in große Gefahr gebracht hat. Im Moment sitzt er allein im Cockpit, wir sind in der Luft, und er kann schalten und walten, wie es ihm passt. Es ist stockdunkel, und wir fliegen irgendwo über Afrika; außerdem wurden wir beschossen, und das Flugzeug ist möglicherweise beschädigt worden – und niemand behält diesen Wahnsinnigen im Auge. Wir wissen, dass er seinen Copiloten in voller Absicht zurückgelassen hat, und ich sage Ihnen, wir müssen einen Weg finden, ihn bis zur Landung in Kapstadt zu überwachen. Oder ist jemand anderer Ansicht?»

Gott sei Dank!, dachte Brian, als alle nickten. Nur die zierliche Stewardess wirkte immer noch skeptisch.

«Was schlagen Sie vor?», fragte Janie Bretsen leise und fixierte ihn mit Blicken wie Samt und Laserstrahlen.

«Ich… ich vermute, wir können den Bordlautsprecher nicht benutzen, ohne dass er uns hört. Deshalb müssen wir uns in der Maschine verteilen und uns auf die Suche nach einem Piloten machen.»

«Warum?», erkundigte sich Janie kühl. «Möchten Sie den Kapitän einer Boeing 747 etwa durch jemanden ersetzen, der eine Lizenz für eine Cessna 150 hat? Das ist meiner Ansicht nach mehr als gefährlich.»

Als Brian in Janie Bretsens Augen blickte, wurde ihm klar, dass sie ihn durchschaute und ihm die gespielte Ruhe nicht abnahm. Die anderen verfolgten aufmerksam das Gespräch.

«Nein», erwiderte er gemessen. «Er soll nicht das Steuer übernehmen, sondern den Kapitän bloß im Auge behalten. Eine Übernahme wäre erst dann nötig, wenn er versuchen würde, einen Absturz zu provozieren.»

Endlich nickte Janie, und Brian wurde von einer Woge der Erleichterung ergriffen.

Als das Flugzeug von der Startbahn abhob, hatte sich Judy Jackson aus der Bordküche geflüchtet, nur wenige Minuten, bevor Brian wieder aus dem Elektronikschacht aufgetaucht war. Rasch eilte sie an den Passagieren, deren ärgerliche, vorwurfsvolle Blicke ihr folgten, vorbei zum Oberdeck und zum Cockpit, wo Phil Knight ihr die Tür öffnete.

«Sie haben den Copiloten zurückgelassen», stellte sie sachlich fest, während sie sich hinter Phil auf dem Notsitz niederließ.

Der Kapitän drehte sich um und versuchte, in der Dunkelheit ihren Gesichtsausdruck zu deuten.

Dann nickte er. «Ich weiß. Ich dachte, er wäre an Bord. Beim Start ... Ich habe ihn daliegen sehen, aber ich konnte nicht mehr anhalten.»

«Das ist mir klar», erwiderte Judy. «Ich habe es selbst beobachtet.»

Wieder wandte er sich um. «Sie haben beobachtet, was passiert ist?»

«Der Arzt. Logan. Er hat Garth mit einer Sauerstoffflasche geschlagen, als der zurück ins Flugzeug wollte.»

«WAS?»

Phil Knight blickte zwischen der Instrumententafel und Judy Jackson hin und her. «Setzen Sie sich da drüben hin und schauen Sie mich an», befahl er. «Was zum Teufel behaupten Sie da?»

Judy nahm auf dem Sitz des abwesenden Copiloten Platz und wiederholte, was sie gesehen hatte.

«Warum denn nur?», fragte er.

«Keine Ahnung.»

«Weshalb sollte er einen Piloten töten?»

«Er ist verrückt, Captain. Ich habe versucht, Sie beide zu warnen, aber Sie wollten ja nicht auf mich hören. Das hat alles etwas mit seiner toten Frau zu tun. Ich glaube, er will uns alle umbringen.»

Phil Knight erbleichte. «Judy, sorgen Sie dafür, dass die Cockpittür verschlossen ist. Ich muss die Firma anrufen.»

«Ich habe abgeschlossen.»

Phil griff zum Satellitentelefon. Das Display war zwar erleuchtet, doch als er wählte, bekam er keine Verbindung; nur ein Rauschen hallte durch den Hörer.

«Verdammt!»

«Was ist?», erkundigte Judy sich mit zitternder Stimme.

Er sah sie an, als sei sie schuld an den Ereignissen. «Unser Satellitentelefon ist tot. Und ohne Telefon kann ich nicht anrufen.»

«Was machen wir jetzt?», stieß Judy hervor. «Die Passagiere stehen auf seiner Seite.»

Phil kontrollierte die Instrumente, um sicherzugehen, dass das Flugzeug noch stieg. Alle Lämpchen, die eine offen stehende Tür anzeigten, waren erloschen, und sogar Triebwerk Nummer vier machte keinerlei Probleme. Doch die Situation wuchs ihm allmählich über den Kopf, und er hatte das Gefühl, nicht mehr klar denken zu können. Wenn man Judy glauben konnte, hatten sie einen wahnsinnigen Mörder an Bord, der den Copiloten aus der Maschine geprügelt hatte. Damit war er selbst der einzige Pilot. Wenigstens verfügte das Cockpit über eine der neuen Sicherheitstüren: Niemand konnte hinein – das hatte man zumindest beteuert. Doch wenn sich das als Irrtum erwies, hatte er keine Waffe, um sich zu verteidigen.

Wie soll ich erklären, warum ich Garth zurückgelassen habe? Diese Frage belauerte ihn wie eine Schlange, die immer wieder aus einem dunklen Winkel seiner Gedanken heraus zustieß.

Kurz schloss er die Augen, um sie wegzuschieben. Er würde sich später damit befassen.

Dass ein Passagier Garth Abbott angegriffen und ihn aus der Maschine geworfen haben sollte, erschien ihm absurd. Konnte er Judy Jackson wirklich vertrauen?

Aber er hatte den Copiloten doch selbst neben der Startbahn liegen sehen!

Hatte Abbott nicht per Funk gemeldet, er sei wieder an Bord? *Ich habe das deutlich gehört*, sagte sich Phil. Abbott war an Bord gekommen, aber aus irgendeinem Grund wieder hinunter auf die Startbahn gefallen, was Judys Schilderung ziemlich glaubwürdig machte.

Und hatte Judy nicht beobachtet, wie Logan in den Elektronikschacht geklettert war? Warum hätte er das tun sollen, wenn er den Copiloten nicht angreifen wollte?

Das darf doch nicht wahr sein, dachte Phil. Er warf einen Blick auf die Treibstoffanzeige und berechnete rasch Entfernung, Zeit und Kerosinverbrauch. Ihm wurde klar, dass ihre Chancen, Kapstadt zu erreichen, bevor ihnen der Sprit ausging, immer mehr sanken. Ob sie wohlbehalten ankommen würden, hing zunehmend vom Wind ab. Wo sollte er jedoch landen, wenn dieser weiter aus dem Süden wehte und der Treibstoff schließlich verbraucht war?

Gewiss waren sie noch näher an Europa als an Kapstadt.

Ob ich umkehren soll?, fragte er sich.

Phil fiel die nigerianische Flugsicherung ein, deren Frequenz noch auf dem VHF-Funkgerät eingestellt war. Aber er hatte selbst noch nicht mit ihnen gesprochen, eine Erkenntnis, die ihn verlegen machte. Hier kurvte er also im nigerianischen Luftraum herum, ohne sich eine Genehmigung eingeholt oder wenigstens einen Funkspruch abgesetzt zu haben. *Wie dumm von mir*, schalt er sich. Er drückte auf den Transmitterknopf und meldete sich einige Male, aber niemand antwortete. Dann stellte er eine andere Frequenz ein, doch wieder keine Reaktion. Offenbar bekamen die Funkgeräte keinen Strom.

Was jetzt?, fragte sich Phil.

«Was ist denn los?», wollte Judy wissen.

«Die Funkgeräte sind tot. Ich kann mit niemandem Verbindung aufnehmen.» Phil spürte, dass seine Hände auf dem Steuerhorn leicht zitterten. Er durfte nicht zulassen, dass die Angst ihn am klaren Denken hinderte.

«Was tun wir jetzt, Captain?», beharrte Judy.

«Das haben Sie mich schon mal gefragt», zischte er. Im selben Moment läutete das Rufsignal im Cockpit. Er spürte, wie sich der Druck erhöhte, etwas zu tun, obwohl er den Zwang zur Entscheidung am liebsten mit Händen und Füßen abgewehrt hätte.

Phil griff nach dem Hörer, aber er hatte nicht mit Brian Logans Stimme gerechnet.

«Spreche ich mit dem Kapitän?», fragte Logan leise und drohend. Er atmete schwer.

«Ja. Wer ist da?»

«Das wissen Sie ganz genau, Sie Mörder! Und Sie wissen auch, was Sie getan haben.»

Eine Weile herrschte angespanntes Schweigen, bevor Phil die Sprache wieder fand. «Wovon reden Sie? Was wollen Sie von mir, Herr Doktor?»

«Sie haben Ihren sterbenden Copiloten zurückgelassen! Es wurde zwei Mal auf ihn geschossen. Ich habe Sie aufgefordert anzuhalten, damit ich rausgehen und ihn holen kann. Und obwohl Sie mich ganz genau gehört haben, sind Sie gestartet.»

«Ich verstehe kein Wort von Ihrem Geschwätz, Logan, aber es gibt genug Zeugen für Ihr Verbrechen, das Sie sicher in die Todeszelle bringen wird. Niemand hat auf Abbott geschossen: Sie haben ihn mit einer Sauerstoffflasche erschlagen, und dafür kommen Sie in die Gaskammer.»

Am anderen Ende der Leitung wurde es still. «Sie sind wirklich wahnsinnig», sagte Logan schließlich. «Ich habe doch nur versucht, die Soldaten am Entern der Maschine zu hindern. Ich habe auf Soldaten eingeschlagen, Sie Schwein.»

«Wo ist dann mein Copilot?»

«Sie haben ihn zurückgelassen. Hören Sie, ich weiß nicht, was mit Ihnen nicht stimmt, aber hier sind dreihundert Passagiere, die jetzt die Maschine übernehmen werden, Sie Mistkerl. Ab jetzt tun Sie genau, was wir Ihnen sagen, und wir dulden keine außerplanmäßigen Landungen, keine Lügen und keine Tricks mehr.»

«Oder was? Wollen Sie etwa meine sämtlichen Flugbegleiterinnen mit Sauerstoffflaschen erschlagen und die Maschine selbst fliegen?»

«Bringen Sie dieses Flugzeug so schnell wie möglich nach Kapstadt. Kapiert?»

«Wir fliegen bereits nach Kapstadt. Und Sie setzen sich jetzt auf der Stelle und lassen meine Mitarbeiterinnen in Ruhe.»

«Wollen Sie uns alle umbringen, Captain? Haben Sie Selbstmordabsichten?»

«WAS?»

Brian Logan wiederholte die Frage und missdeutete das Schweigen im Cockpit.

«Natürlich habe ich keine Selbstmordabsichten, verdammt!», stieß Phil schließlich hervor. «Ich möchte nur verhindern, dass ein Unglück geschieht. Wir hatten Probleme mit einem Triebwerk und mussten deshalb landen –»

«Wir führen jetzt das Kommando über dieses Flugzeug», unterbrach ihn Logan. «Und wir schicken Ihnen einige lizenzierte Piloten ins Cockpit, die Sie im Auge behalten sollen. Wenn Sie noch mal irgendwelche Mätzchen versuchen, holen wir Ihren elenden Arsch aus dem Sitz und übergeben jemand anderem das Steuer, Sie arroganter kleiner Mistkerl.»

«Niemand betritt dieses Cockpit, Logan.»

Phil hörte, wie die Stimme des Arztes lauter wurde.

«Sie sind nichts weiter als ein Westentaschendiktator, der auf dem hohen Ross sitzt, Captain. Für Sie ist ein Menschenleben doch keinen Pfifferling wert. Der Copilot ist tot, ein armer Teufel liegt mit gebrochenen Rippen in der zweiten Klasse, ein Baby wäre fast ums Leben gekommen, aber Ihnen ist das ja alles egal. Sie wollen Schluss machen, und die Menschen an Bord interessieren Sie nicht. Ihrem Copiloten wurden beide Beine zerschmettert, und er brauchte Ihre Hilfe, doch Sie haben ihn sterben lassen. Jemand muss Leuten wie Ihnen das Handwerk legen, und diesmal gibt es hier Menschen, die bereit sind, es zu tun.»

«Das ist Luftpiraterie», brüllte Phil Knight. «Außerdem haben Sie den Copiloten angegriffen, und darauf steht die Todesstrafe!»

«Wen kümmert das», entgegnete Logan. «Dank Leuten wie Ihnen bin ich innerlich sowieso schon tot.»

«ICH HABE EINE WAFFE IM COCKPIT!», schrie Knight in heller Angst. Er bemerkte zwar, dass seine Stimme viel zu laut war und umzukippen drohte, aber er war machtlos dagegen. «Wenn Sie versuchen, ins Cockpit einzudringen, schieße ich!» Phil knallte den Hörer auf, bevor Logan antworten konnte. Seine Hände zitterten, als er sich zu Judy Jackson umwandte. Sie starrte ihn mit ängstlicher Miene an.

«Haben Sie wirklich eine Waffe?», erkundigte sie sich.

Er schüttelte den Kopf. «Nein, aber das braucht er nicht zu wissen.» Phil keuchte und rechnete damit, dass eine aufgebrachte Menschenmenge versuchen würde, die Tür einzuschlagen.

Er griff nach dem Bordmikrofon.

Hier spricht der Kapitän, und ich möchte, dass Sie alle mir jetzt genau zuhören. Wir sind unterwegs nach Kapstadt und haben großes Glück, noch am Leben zu sein. Wenn Sie nicht an Ihren Plätzen bleiben, bin ich gezwungen, auf dem nächstbesten Flughafen zu landen, wo es einen Sicherheitsdienst gibt. Also setzen Sie sich – ich werde einen Aufstand nicht dulden. Und noch etwas. Bei Ihnen in der Kabine treibt sich ein Verrückter herum, den Sie besser bändigen sollten. Sein Name ist Logan. Lassen Sie sich von ihm nicht zu einer Wahnsinnstat aufhetzen.

Phil legte das Mikrofon weg und wandte sich an Judy. «Sind Sie sicher, dass Logan Abbott erschlagen hat?»

«Ich habe es selbst gesehen. Ich bin ganz sicher.»

«Okay. Hinter mir an der Wand hängt die Notfallaxt, Judy. Holen Sie sie.»

«Was wollen Sie mit der Notfallaxt?»

«Da ich fliegen muss, liegt es ganz bei Ihnen», erwiderte er.

«Was liegt bei mir?»

«Die Leute vom Cockpit fern zu halten. Wenn sie mich am Fliegen hindern, werden wir alle draufgehen.» Phil betrachtete die Mittelkonsole und überlegte fieberhaft. Er musste Kontakt zur Außenwelt aufnehmen und melden, dass hier eine Flugzeugentführung stattfand.

Flugzeugentführung war doch das richtige Wort für diese Zustände, oder?

Der Code für Flugzeugentführung? Er warf einen Blick auf das kleine Funkgerät, das auf den Radarstrahl jeder Flugsicherung reagierte, indem es ein Bündel identifizierender Daten zurückschickte. Das kleine grüne Licht vorne am Gerät blinkte, denn sie hatten inzwischen die Dreitausend-Meter-Grenze überflogen. Irgendein Radar hatte ihn auf dem Schirm, und das Gerät funktionierte, sodass er nur den internationalen Code für Flugzeugentführung einzugeben brauchte. Auch wenn die afrikanischen Radarempfänger nicht auf dem neuesten technischen Stand waren, würden die Fluglotsen am Boden den Code gewiss erkennen.

Phil beugte sich vor, bediente die kleinen Rädchen und stellte versehentlich den Code für Funkausfall ein.

Okay, dachte er. *Ich melde eine Flugzeugentführung. Jetzt weiß es die ganze Welt.*

Sein Blick fiel auf das ACARS-Gerät, den Telemetrieapparat, der per Satellit ständig Kontakt mit dem Unternehmen hielt. Auf der Konsole befand sich auch ein kleiner Drucker, der dauernd Informationen über das Wetter, die Situation am Terminal oder andere Nachrichten ausspuckte und über ein Tastenfeld verfügte, mit dem man selbst Botschaften verfassen konnte. Vielleicht funktionierte der Apparat ja noch. Phil schaltete den Autopiloten ein, beugte sich vor und tippte langsam den Text, den er nach Denver durchgeben wollte.

Passagierrevolte an Bord. Wütende Passagiere haben das Kommando übernommen. Erster Offizier Abbott wurde offenbar schwer verletzt und beim Start in Nigeria von einem Passagier namens Logan, dem Rädelsführer des Aufstandes, aus der Maschine geworfen. Ich wurde bedroht und erhielt den Befehl, nach Kapstadt weiterzufliegen. Muss jedoch heimlich nach London umkehren, weil der Treibstoff zur Neige geht. Bitte um bewaffnete Intervention bei Landung.

Chefstewardess hat sich mit mir im Cockpit verschanzt; sie hat eine Axt. Wir wissen nicht, ob sie Waffen haben, nehmen aber an, dass sie gewaltbereit sind. Andere an Bord befindliche Piloten drohen, das Steuer zu übernehmen. Alle Funkgeräte ausgefallen.

Nachdem Phil fertig war, drückte er auf den Sendeknopf und beobachtete das Display, bis ihm ein kleines Symbol bestätigte, dass die Nachricht an den Satelliten weitergegeben worden war.

Wieder betrachtete Phil die vordere Instrumententafel und blickte dann nach draußen. Da kein Mond schien, war auf dem Boden nichts weiter zu erkennen als die Lichter einiger weit auseinander liegender afrikanischer Dörfer.

Er streckte die Hand zum Blendschutz aus, betätigte den Kursregler, drehte ihn Grad für Grad und sah, wie sich die 747 nach links neigte und sanft und kaum merklich von dem berechneten Kurs nach Kapstadt abwich.

32

CIA-ZENTRALE, LANGLEY, VIRGINIA, 15:15 ORTSZEIT

Ein rasch anwachsendes Team der CIA drängte sich in einem abhörsicheren Konferenzraum und nahm wieder Verbindung zu den Kollegen bei der NRO im zwanzig Kilometer entfernten Chantilly auf. Chris Marriott, ein altgedienter Kämpe mit zwanzig Jahren Afrikaerfahrung, schaltete den Raumlautsprecher des Telefons ein und stellte sich vor.

«Hier spricht Sandra Collings in Chantilly, Chris», meldete sich eine Frauenstimme. «Wir haben die neusten Bilder hier, und es ist sehr merkwürdig, selbst wenn wir den Luftverkehr in Afrika nicht ständig überwachen würden. Die 747 ist wieder in der Luft und setzt offenbar ihren südlichen Kurs nach Kapstadt fort, doch sie haben keinen Funkkontakt, und die Firma kann sie auch am Satellitentelefon nicht erreichen. Außerdem sind sie ohne Startgenehmigung der Flugsicherung losgeflogen und haben auf dem Transponder den internationalen Code für Funkausfall 7600 durchgegeben. Beim letzten Überflug wurden in der Nähe des Flughafens Katsina einige Busse aufgenommen. Dreiundvierzig Minuten später entfernen sich die Busse in südlicher Richtung vom Flughafen, und offenbar befinden sich Menschen an Bord. Einige Arme ragen aus den Fenstern, und es scheint sich um die Arme von Weißen zu handeln. Außerdem liegt am Flughafen eine Notrutsche neben der Startbahn.»

«Wollen Sie damit andeuten», meinte Chris mit einem Blick auf die übrigen Anwesenden, «dass die Rebellen die Passagiere mit der Notrutsche aus dem Flugzeug geholt und in die Busse umgeladen haben?»

«Ja», erwiderte Sandra Collings. «Natürlich ist es noch zu früh, um etwas Endgültiges zu sagen, aber die Details würden passen. Wir können nur eine Frage nicht beantworten: Warum ist das Flugzeug gestartet, obwohl die Passagiere als Geiseln genommen wurden? Wenn es stimmt, dass sie den Copiloten erschossen haben, muss der Kapitän allein losgeflogen sein, denn es befanden sich nur zwei Piloten an Bord. Die Fluggesellschaft bestätigt, dass keine Ersatzpiloten oder auf dem Heimflug befindliche Piloten in der Maschine saßen. Meridian sagt außerdem, dass dieser Kapitän nicht gerne Risiken eingeht. Allerdings könnte er in Panik geraten sein und einfach die Flucht ergriffen haben. Aber warum dann die Funkstille? Ganz gleich, ob die Passagiere nun an Bord sind oder nicht, kann es doch nur im Interesse der Besatzung liegen, an allen verfügbaren Funkgeräten zu melden, was passiert ist.»

«Haben Sie das Flugzeug live vor der Kamera?», fragte Chris Marriott.

«Haben wir», entgegnete Sandra. «Und plötzlich scheint das Triebwerk Nummer vier einwandfrei zu funktionieren. Außerdem sind wir gar nicht sicher, ob die Maschine mit Passagieren an Bord auf der relativ kurzen Piste in Katsina überhaupt hätte starten können. Gut dreihundert Passagiere wiegen nämlich fast fünfundzwanzigtausend Kilo. Deshalb sind wir uns ziemlich sicher, dass die Maschine ohne Passagiere losgeflogen ist. Vielleicht auch ohne Besatzung.»

«Ohne Besatzung?», hakte Chris nach. «Sie meinen auch ohne Piloten?»

«Durchaus möglich. Vergessen Sie nicht, dass unsere Feinde da draußen gewiss in der Lage sind, nötigenfalls jemanden zu finden, der eine 747 fliegen kann. Nach den Angriffen auf das World Trade Center kann man zwar sicher sein, dass die Betreffenden nicht in den Vereinigten Staaten ausgebildet wurden, doch für genug Geld kann man bestimmt irgendwo eine Besatzung auftreiben.»

«Sandra, wer im Auftrag einer Terrororganisation ein Flugzeug fliegt, handelt sich seit letztem Jahr in jedem zivilisierten Land der Erde eine lebenslängliche Freiheitsstrafe oder sogar die Todesstrafe ein», warf Chris ein.

«Ja, aber vielleicht ahnen die Piloten ja gar nicht, für wen sie arbeiten. Hören Sie, ich kann nicht genau sagen, was all das zu bedeuten hat, aber wir beobachten die Busse. Der nächste Satellit, der das Gebiet überfliegt, wird uns in etwa achtzig Minuten neue, hilfreichere Bilder liefern. Ich würde sagen, wenn wir irgendwo eine Horde Leute aus diesen Bussen steigen sehen, haben wir es mit einer Geiselnahme unter der Regie eines sehr gewieften Rebellenführers zu tun. Onitsa war schon immer dafür bekannt, dass er keine Gefangenen macht und Geiseln nach Erhalt des Lösegeldes umbringt.»

«Richtig», erwiderte Chris. «Das Außenministerium muss sofort verständigt werden. Sie sollen die Nigerianer informieren, dass ihnen eine Geiselkrise und astronomische Lösegeldforderungen ins Haus stehen.»

«Einverstanden», meinte Sandra Collings. «Wir rufen an und melden uns in zehn Minuten wieder bei Ihnen. Ach, übrigens, Chris: Angesichts des momentanen Alarmzustandes im Weißen Haus und im Pentagon sollten Sie noch etwas wissen.»

«Schießen Sie los.»

«Wir haben George Zoffel eingeschaltet. Kennen Sie George?»

«Nein, ich glaube nicht.»

«Er ist unser führender Experte, was das Szenario vom trojanischen Pferd angeht. Nur für den Fall, dass Europa bedroht ist.»

Als Chris auflegte, ergriff eine der anwesenden Frauen das Wort.

«Sie könnte Recht haben, Chris. Keine Passagiere, kein Funkkontakt und ein toter Copilot weisen möglicherweise darauf hin, dass der Pilot zu den Terroristen gehört. Und das könnte wiederum auf eine fliegende Bombe hindeuten.»

«Aber es ist doch ein wenig weit hergeholt, dass ein Start ohne Passagiere *das Ergebnis* einer Geiselnahme sein soll.»

«Nicht das Ergebnis, sondern ein Teil des Plans. Ich kenne Onitsas Methoden», wandte einer der Männer ein. «Er hat es gern, wenn eine Hand die andere wäscht. Sagen wir mal, eine Terrororganisation hat sich mit einem Vorhaben an ihn gewandt. Sie verfügt über einen gut bezahlten Verräter, den sie ins Cockpit einschleusen will, damit er unter irgendeinem Vorwand mitten in Afrika notlandet. Wenn Onitsas Männer helfen, die Passagiere gefangen zu nehmen und das Flugzeug mit irgendwelchen Massenvernichtungswaffen zu beladen, haben beide Seiten gewonnen: Onitsa bekommt Verhandlungsmasse in Form von Geiseln, und die Terroristen haben jetzt ein Flugzeug, das sie als fliegende Bombe einsetzen können. Und wir müssen uns mit einem trojanischen Pferd herumschlagen.»

«Ja, aber wenn Onitsa eine Terrororganisation unterstützt, würde er seinen eigenen Kopf in die Schlinge stecken und den Vereinigten Staaten und der ganzen Welt den Krieg erklären. Der Mann will jedoch Nigeria regieren und von der Weltgemeinschaft anerkannt werden und sich nicht wie ein zweiter Saddam Hussein gebärden.»

«Einen Moment mal», unterbrach Chris. «Vergessen Sie nicht, dass das Flugzeug auf dem Weg nach Kapstadt ist. Der Alarm, der uns alle so nervös macht, gilt hingegen für Europa.»

«Im Moment hält es noch Kurs nach Süden», lautete die Antwort. «Und wir können nur Mutmaßungen anstellen. Aber wenn es nach Norden dreht, haben wir es mit einem trojanischen Pferd zu tun.»

AN BORD VON MERIDIAN FLUG SECHS, 21:25 ORTSZEIT

Das Gerücht, der Copilot sei getötet und auf der Startbahn zurückgelassen worden, verbreitete sich wie ein Lauffeuer unter den entsetzten Passagieren.

Die Flugbegleiterinnen machten einen großen Bogen um Brian Logan und seine Anhänger. Da Judy Jackson ihren Kolleginnen nichts von ihren Beobachtungen erzählt hatte, wussten die Stewardessen nicht, was sie glauben sollten. Cindy und Cathy, die einen Teil von Brian Logans Geschichte kurz nach dem Verlassen des Elektronikschachtes mitgehört hatten, versteckten sich mit Elle in der Bordküche der ersten Klasse und riefen Judy Jackson im Cockpit an.

«Was wollen Sie?», meldete Judy sich mürrisch.

«Was wir *wollen*? Was halten Sie von ein paar Informationen, Judy? Was in aller Welt ist da passiert?»

«Der Doktor hat den Copiloten erschlagen und seine Leiche

vor dem Start aus der Maschine geworfen», erwiderte Judy. «Wir müssen verhindern, dass er auch noch den Kapitän angreift.»

«Der Doktor?»

«Richtig.»

«Aber… er steht gerade vorne und erzählt allen, der Kapitän wäre schuld und hätte Garth zurückgelassen.»

«Ich habe es selbst gesehen!», zischte Judy und schilderte kurz ihre Beobachtungen.

«Judy, er hat uns erklärt, er hätte die Soldaten daran gehindert, das Flugzeug zu entern. Und er befürchtet, der Kapitän könnte Selbstmordabsichten haben.»

«Schwachsinn. Dem Kapitän geht es prima.»

Nach kurzem Schweigen ergriff Cindy wieder das Wort. «Also was sollen wir hier unten tun, Judy?»

«Verhindern, dass Logan ins Cockpit eindringt. Die Tür ist zwar angeblich nicht aufzubrechen, aber der Kapitän hat mich angewiesen, sie mit einer Axt zu bewachen. Bringen Sie ein paar Männer dazu, Logan zu überwältigen. Wir haben Handschellen vorrätig. Rufen Sie mich an, wenn Sie ihn gefesselt haben.»

Mit diesen Worten beendete Judy die Verbindung, und die drei Flugbegleiterinnen sahen einander ratlos an.

«Okay, und wem sollen wir jetzt glauben?», fragte Cindy nach einer Weile.

Elle schüttelte den Kopf. «Ich habe nicht die geringste Ahnung.»

Draußen vor der Bordküche durchsuchte Brian die Gepäckfächer, bis er ein batteriebetriebenes Megafon fand. Gefolgt von acht Männern und zwei Frauen, trat er in den vorderen Teil der Kabine. Als er das Megafon einschaltete, ließ das Geräusch die Passagiere aufmerken.

Leute, hier spricht Dr. Brian Logan. Ich weiß, dass Sie, was die Vorfälle hier betrifft, unterschiedliche Versionen gehört haben, und ich möchte… tja… Ihnen mitteilen, was wirklich passiert ist. Die meisten von Ihnen wissen bereits, dass unser Copilot durch eine Luke nach draußen geklettert ist. Allerdings wurde auf ihn geschossen, als er wieder an Bord kommen wollte, und der Kapitän hat… hat ihn einfach seinem Schicksal überlassen. Ich war unten in der Luke, um ihm wieder heraufzuhelfen, und habe den Kapitän per Bordtelefon angefleht, die Maschine anzuhalten – aber der hat sich einfach geweigert. Der Kapitän hat den Verstand verloren. Er ist ein mordlustiger Wahnsinniger, und wir kennen den Grund dafür nicht. Sie sollten außerdem wissen, dass der Copilot schon den ganzen Tag lang versucht hat, den Kapitän zu bändigen. Das hat er mir selbst gesagt, bevor er nach draußen kletterte, um zu überprüfen, ob das Triebwerk, das uns schon einmal Schwierigkeiten gemacht hat, wie vom Kapitän behauptet, wirklich nicht funktionierte. Der Name des Copiloten war Garth. Wir haben ihn mit zwei von Kugeln zerschmetterten Beinen und verblutend zurückgelassen.

Brians Stimme erstarb kurz, und er schloss die Augen, um sich wieder zu fassen.

Garth war eigentlich auf unserer Seite. Nun gibt es im Cockpit niemanden mehr, der dem Kapitän in den Arm fällt. Wir wissen nicht, was er da treibt, und ahnen auch nicht, aus welchem Grund er uns in Nigeria absichtlich in Gefahr gebracht hat. Sie sind sich doch darüber im Klaren, dass er mitten in einem Bürgerkrieg gelandet ist? Vor ein paar Minuten habe ich versucht, am Bordtelefon mit dem Kapitän zu sprechen. Ich habe ihm mitgeteilt, wir alle forderten, wie geplant nach Kapstadt zu fliegen. Außerdem habe ich ihm angekündigt, wir würden die Maschine übernehmen. Allerdings kann ich nicht sagen, ob er nicht wieder einen faulen Trick versucht. Doch eines steht fest: Wir brauchen dringend jemanden mit einem Pilotenschein, der ihm auf die Finger schaut und dafür sorgt, dass er uns nicht wieder in Gefahr bringt, indem er zum Beispiel anderswo als in Kapstadt landet oder sonst eine Wahnsinnstat unternimmt. Jeder, der einen Pilotenschein hat, soll sich bitte melden, insbesondere Militärpiloten. Unser aller Leben hängt davon ab. Solange er der einzige Pilot im Cockpit ist, kann er uns jeden Moment ins Verderben stürzen.

Ein silberhaariger Mann im Freizeitpulli, der zwei Reihen entfernt saß, hob die Hand und sah Brian an.

«Sind Sie Pilot, Sir?», fragte dieser.

Der Mann schüttelte den Kopf. «Nein, aber wie kommen Sie auf den Gedanken, dass ein bei einer Fluggesellschaft beschäftigter Pilot uns absichtlich gefährdet?»

Brian erwiderte den Blick des Mannes. «Erinnern Sie sich an die EgyptAir?»

Der Mann erstarrte, schluckte leer und ließ die Hand sinken.

Im Cockpit ertönte das Rufsignal, und Phil griff nach dem Hörer.

«Ja?»

«Captain? Hier ist Mary aus der hinteren Bordküche. Der Doktor hat ein Megafon und spricht mit den Passagieren.»

«Was sagt er denn?»

«Er sucht Piloten, die das Steuer übernehmen. Außerdem behauptet er, Sie hätten den Copiloten auf dem Gewissen. Lori Cunningham, Barb Weston und ich verstecken uns im Ruheraum für die Besatzung über der hinteren Bordküche. Wir haben große Angst und wollen wissen, was wir tun sollen und wo zum Teufel Judy steckt.»

Wortlos reichte Phil Judy das Telefon; sie nahm es widerstrebend entgegen.

«Ja?», meldete sie sich und lauschte geistesabwesend. «Hat jemand Sie angegriffen?», erkundigte sie sich dann.

«Nein, aber… was sollen wir machen? Wir sind zwar im Umgang mit lebensmüden Entführern ausgebildet, doch niemand hat uns je erklärt, wie man sich im Fall einer Passagierrevolte verhält. Und diese Leute proben den Aufstand, Judy! Sie hassen uns. Ich meine, ich weiß nicht genau, was eine Revolte ist, aber sie stimmen dem Doktor in allem zu. Einige andere sind auch dabei, die Leute aufzuhetzen.»

«Ich kann nicht nach hinten kommen», erwiderte Judy. «Sie müssen sich selbst darum kümmern.»

«Tja… Sind Sie nun unsere Vorgesetzte oder nicht, Judy?», erkundigte Mary sich spöttisch.

«Ich sage Ihnen mal was, meine Liebe!», zischte Judy. «Ich habe die Nase voll von diesem Gesindel und keine Lust mehr, mich damit rumzuschlagen. Sollen diese Idioten doch ein bisschen Revolution spielen. Sie beide halten sich einfach an die Vorschriften.»

Sie hörte ein verächtliches Schnauben am anderen Ende der Leitung. «Was für Vorschriften? Darüber steht nichts im Handbuch.»

Aber Judy hatte den Hörer schon Phil zurückgegeben, und der legte so schnell wie möglich auf.

33

WASHINGTON, D.C., 15:30 ORTSZEIT

Auf der Fahrt von John Blaylocks Lieblingskneipe in Alexandria zum Kapitol nahm David Byrd fast nichts wahr, so sehr war er mit Blaylocks Worten beschäftigt.

Aus mir wollen sie einen General machen?

Der Gedanke erregte und besorgte ihn zugleich. Und noch seltsamer als die Vorstellung, dass Blaylock sein persönlicher Trainer sein sollte, war das Wissen um James Overmeyers hohe Meinung von ihm. Allerdings wurde Davids Stolz rasch von Argwohn abgelöst.

Plötzlich bemerkte David, dass ihn die Fahrerin des Wagens neben ihm angrinste – vermutlich weil er, in seine Grübeleien versunken, den Kopf geschüttelt und mit den Händen gefuchtelt hatte. David lächelte verlegen, verdrehte verschwörerisch die Augen und winkte der Frau zu, bevor er an der L'Enfant Plaza links abbog und auf das Kapitol zuhielt. Fünf Straßen weiter stand sein Haus.

Seine Kollegen im Pentagon hatten ihn für verrückt erklärt, als er das einhundertfünfzig Jahre alte Gebäude gekauft hatte. Allerdings hatte er seit seiner Scheidung viel gespart und konnte sich das Haus deshalb leisten, und außerdem bestand ja immer die Möglichkeit, es später einmal zu vermieten. Trotz der unerwartet hohen Renovierungskosten hatte er seine Entscheidung nie bereut.

«Wir wissen genau, was du vorhast, Byrd», hatten seine Bekannten bei der Luftfahrtbehörde ihn aufgezogen. «Wenn ein einigermaßen gut aussehender geschiedener Mann in dieser Gegend ein Haus kauft, tut er das nur aus einem Grund, nämlich um hübsche Kongressassistentinnen anzulocken.»

«Keineswegs, ich habe es eher auf die weiblichen Kongressabgeordneten abgesehen, für die sie arbeiten», hatte David zurückgegeben, eine Antwort, die ihm angesichts seiner Reaktion auf den Anruf von Senatorin Douglas inzwischen recht merkwürdig aufstieß.

Erstaunlicherweise entdeckte er genau vor seiner Tür einen freien Parkplatz. Nachdem David den Wagen abgestellt hatte und die Stufen hinaufeilte, läutete wieder sein Mobiltelefon. Er klappte das Gerät auf, während er aufschloss und in sein mit Walnussholz möbliertes Wohnzimmer trat.

«Hallo?»

«Tja, vergiss das Essen im Willard's, mein Freund. Das, worüber wir vor ein paar Stunden gesprochen haben, geschieht jetzt in diesem Augenblick.»

Diesmal erkannte er Blaylocks Stimme auf Anhieb.

«Meinst du das trojanische Pferd, John?»

«Du sprichst über eine Geheimsache, obwohl du ganz genau weißt, dass wir das nicht sollten. Aber, zum Teufel, ja. Etwas ist passiert, und die hohen Tiere in Langley und im Pentagon drehen durch. Kannst du zurück zur NRO kommen? Ich glaube, es wird sehr lehrreich sein.»

«Wir haben Berufsverkehr, John. Selbst wenn ich rase wie ein Bekloppter, wird es eine Stunde dauern. Noch länger, falls ich beschließe, mich an die Verkehrsregeln zu halten.»

«Mit dieser Antwort habe ich gerechnet», meinte John. «Das war auch nur Plan B.»

«Will ich Plan A überhaupt hören?»

«Hast du Angst, in einem Helikopter zu fliegen?»

«Natürlich nicht. Ich bin Pilot, schon vergessen?»

«Ja, aber du bist an fest stehende Tragflächen gewöhnt, nicht an Rotoren. Und normalerweise sind Leute wie du misstrauisch, was Hubschrauber anbelangt, und zwar aus gutem Grund. Plan A verlangt, dass du dich sofort zu Hangar Fünf auf dem Reagan-National-Flughafen begibst, wo ein ziviler Hubschrauber – ein Bell JetRanger – mit einem echten Helikopterpiloten an Bord schon darauf wartet, deine werte Existenz hierher zu schaffen.»

«Verstanden. Bin schon unterwegs.»

«Ausgezeichnet. Also beeil dich, wir geben uns Mühe, den Dritten Weltkrieg nicht ohne dich anzufangen.»

IN DER LUFT, MERIDIAN FLUG SECHS, 21:45 ORTSZEIT

Janie Bretsen war nicht sicher, wann genau sie ihre Toleranzgrenze erreicht hatte, doch in den Minuten nach Brian Logans emotionsgeladener Durchsage hielt sie es nicht länger an ihrem Platz aus. Jemand musste die Lücke füllen, die Judy Jackson durch ihr Verschwinden hinterlassen hatte. Zu Beginn waren das Verhalten der Kabinenbesatzung und ihre absolute Unfähigkeit im Umgang mit den Passagieren Janie nur auf die Nerven gegangen.

Inzwischen machte es ihr Angst.

Also begab sie sich in die Bordküche und griff nach einem Bordtelefon, um Judy Jackson im Cockpit anzurufen.

«Was zum Teufel treibst du da oben, Judy?», fragte sie. «Wo in den Vorschriften steht, dass sich die Chefstewardess im Cockpit verstecken soll?»

«Mir bleibt nichts anderes übrig», erwiderte Judy und erklärte ihr, dass sie mit der Notfallaxt Wache halten müsse, ein Vorwand, an den sie sich mit aller Macht klammerte.

«Dann lässt du mir keine Wahl», entgegnete Janie. «Ich bin nach dir die Ranghöchste an Bord und werde jetzt die Leitung der Kabinenbesatzung übernehmen. Meinetwegen kannst du im Cockpit verschimmeln.»

«Geh doch zum Teufel, Bretsen.»

Janie knallte den Hörer auf. Als sie sich umdrehte, stand eine verängstigte Cindy hinter ihr.

«Wo sind die übrigen Mädchen?», fragte Janie.

Cindy zeigte gleichzeitig nach vorne und hinten. «Die meisten verstecken sich.»

«Damit ist jetzt Schluss. Ich übernehme die Leitung. Irgendwelche Einwände?»

Cindy verdrehte die Augen. «Machen Sie Witze? Es ist wirklich eine Erleichterung, wieder eine Vorgesetzte zu haben.»

«Dann rufen Sie Elle und die anderen zu einer kurzen Lagebesprechung zusammen. Aber bevor sie nach vorne kommen, sollen sie hinten die Essens- und Getränkebestände kontrollieren.»

«Okay!» Cindy lief los, während Janie die Servierwagen und

Schrankfächer durchsuchte und Inventur machte. Wer hungrig, durstig, verängstigt und über die ihm angediehene Behandlung empört war – was heutzutage auf die meisten Passagiere von Meridian zutraf –, war viel eher bereit, sich an einem Aufstand zu beteiligen, dachte sie. Der grässliche Flug von Chicago nach London war da keine Ausnahme gewesen, doch inzwischen drohte die Situation völlig außer Kontrolle zu geraten. Ein Mensch war gestorben, ein Passagier war verletzt worden. Inzwischen war es zwecklos, sich über gesetzliche Folgen Gedanken zu machen – schließlich versuchten einige Passagiere, die anderen zur Revolte gegen einen Kapitän aufzuhetzen, der sie tatsächlich in Gefahr gebracht hatte.

Janie spähte durch den Vorhang in die Touristenklasse und versuchte, die Stimmung einzuschätzen; Robert MacNaughton bemerkte sie erst, als er ihr auf die Schulter tippte, sodass sie zusammenzuckte.

«Oh. Entschuldigen Sie!»

«Wir haben uns bereits kennen gelernt, Ms Bretsen, aber ich weiß immer noch nicht, ob Sie Mitglied dieser Besatzung sind.»

«Ja, bin ich.» Sie schilderte ihm ihre Auseinandersetzung mit der Chefstewardess und deren Flucht ins Cockpit. «Ich habe die Leitung übernommen.»

«Gut. Ich würde sagen, dass wir ziemlich in der Klemme stecken.»

«Mr. MacNaughton, darf ich Sie offen etwas fragen? Schließlich haben Sie vorhin auch mit Dr. Logan gesprochen.»

«Nur zu.»

«Wie schätzen Sie ihn ein?»

Robert MacNaughton musterte Janies Gesicht, während er sich eine Antwort überlegte. «Nun, da gibt es zwei Dinge. Dr. Logan hat, wie ich es verstehe, gute Gründe, diese Fluggesellschaft zu hassen, und er war bereits sehr aufgebracht, als er an Bord kam.»

Janie nickte. «Ich habe von seiner Frau und seinem Kind gehört.»

«Deshalb», fuhr Robert fort, «ist damit zu rechnen, dass er die Dinge übersteigert sieht.»

«Das denke ich auch», pflichtete sie ihm bei.

«Aber es ist ebenfalls ziemlich deutlich, dass unser merkwürdiger Kapitän den Copiloten tatsächlich und offenbar mit Absicht zurückgelassen hat. Und unsere Lage ist sehr verworren und ziemlich gefährlich. Vermutlich hat der Doktor insofern Recht, dass wir es entweder mit einem absolut inkompetenten oder einem lebensmüden Piloten zu tun haben. Jedenfalls können wir es uns nicht leisten, tatenlos herumzusitzen und abzuwarten, was dieser Mensch als Nächstes anstellt.»

Janie schüttelte den Kopf. «Ich kann mir nicht vorstellen, dass er Selbstmordabsichten hat.»

«Doch Logans Verdacht hat etwas für sich», wandte Robert ein. «Ich halte es für einen recht guten Vorschlag, einen lizenzierten Piloten aufzutreiben, der ihn im Auge behält. Glauben Sie nicht?»

Janie nickte zögernd. «Aber wir dürfen ihn nicht in die Enge treiben und ihn dadurch zu einer gefährlichen Reaktion provozieren.»

«Zum Beispiel einer Landung mitten in einer Schießerei und einem Bürgerkrieg?», ergänzte Robert und bemerkte, dass Janie schluckte und kurz den Blick abwandte, bevor sie ihn wieder ansah.

«Schon verstanden.»

«Ich muss sagen, dass ich noch nie das Pech hatte, einer derart miserablen Besatzung in die Hände zu fallen. Damit meine ich insbesondere Miss Jackson – hoffentlich habe ich Sie jetzt nicht gekränkt.»

«Keineswegs», erwiderte sie. «Und was den Service und die Entscheidungen des Kapitäns angeht, stimme ich Ihnen völlig zu.»

«Noch etwas, nur für den Fall, dass der gute Doktor keinen anderen Piloten auftreibt – ich besitze ebenfalls den Pilotenschein, auch wenn ich für eine so große Maschine keine Zulassung habe.»

«Was ist denn das Größte, was Sie fliegen dürfen?»

Sie glaubte, ein leichtes Grinsen zu bemerken, als er antwortete: «Die Boeing 737.»

Das Kabinen-Rufsignal ertönte, und Janie drehte sich nach dem Signallämpchen um, als sie aus der ersten Klasse Geschrei hörte. Brian Logan kam nach vorne gestürmt; er folgte einem kleinen, kahlköpfigen Mann, der Janie bis jetzt noch nicht aufgefallen war. Die beiden deuteten aus dem Fenster.

«Sehen Sie? Wir wenden!», verkündete der Glatzkopf.

Janie näherte sich den Männern, und auch andere reckten die Hälse, um festzustellen, was sich da tat.

«Woran erkennen Sie das?», erkundigte sich Brian Logan.

«Da. Sehen Sie dieses W-förmige Sternenbild? Und jetzt schauen Sie zu, wie es sich nach links bewegt. Wir fliegen eine sehr langsame Kurve, aber der Kapitän hat den Kurs bereits um über neunzig Grad geändert. Als er damit angefangen hat, stand Kassiopeia genau über der linken Tragfläche.»

Brian trat grimmig nickend zurück. Als er mit leichenblassem Gesicht den Gang entlangeilte, stellte Janie sich ihm in den Weg.

«Bitte machen Sie Platz», sagte er.

«Was ist denn los, Dr. Logan?», fragte Janie, ohne sich von der Stelle zu rühren.

Brian starrte sie eine Weile verdattert an, bevor er antwortete: «Er hat drastisch den Kurs geändert. Eigentlich sollten wir doch nach Süden fliegen.»

Janie holte tief Luft und blickte sich nach Robert MacNaughton um, der sie wortlos betrachtete. Dann wandte sie sich wieder an Brian.

«Was haben Sie vor?»

«Den Mistkerl anzurufen, um herauszufinden, was er jetzt schon wieder plant.» Sanft schob Brian Janie beiseite und steuerte auf das Bordtelefon zu. Sie unternahm keine Anstalten, ihn aufzuhalten, als er die Ziffern auf der Rückseite des Hörers studierte und die Nummer des Cockpits eingab.

Phil Knight griff zum Hörer. «Was ist?», knurrte er.

«Was zum Teufel treiben Sie da oben?», gab Brian barsch zurück.

«Ich muss wenden … Unwetter.»

«Draußen ist es sternenklar.»

«Im Gegensatz zu mir haben Sie kein Radar, und ich sehe darauf Unwetter, durch die ich auf keinen Fall fliegen werde.»

«Eine Kurve von neunzig Grad, um einem Unwetter auszuweichen? Das hört sich ziemlich drastisch an. Sie fliegen ja nach Osten.»

«So läuft es nun mal in Afrika. Und jetzt machen Sie die Leitung frei.»

«Passen Sie auf, Captain», entgegnete Brian. Er wusste, dass Janie Bretsen neben ihm stand und jedes Wort aufmerksam verfolgte. «Es sind einige Leute an Bord, die etwas von Sternenkunde verstehen. Sie wissen, in welche Richtung wir gerade fliegen. Und wenn wir nicht sofort wieder Kurs auf Kapstadt nehmen, kommen wir rauf.»

«Dann puste ich Ihnen den Schädel weg, Logan. Also wagen Sie es nicht, diese Tür zu öffnen, verstanden?», gab Phil zurück, doch Brian hatte bereits aufgelegt. Schweigend saß Phil da und versuchte, sich an einige der Tricks zu erinnern, mit denen es Besatzungen in der Vergangenheit gelungen war, Luftpiraten außer Gefecht zu setzen. Eine Methode hatte ihn ganz besonders beeindruckt. Vielleicht, so dachte er, war sie in dieser Situation ebenfalls geeignet – schließlich handelte es doch um eine Flugzeugentführung, oder etwa nicht? Logan hatte ihm das deutlich per Bordmikrofon mitgeteilt, was bedeutete, dass seine Worte vom Stimmenrecorder im Cockpit aufgezeichnet worden waren.

Das reicht, um ihn in die Gaskammer zu bringen, sagte sich Phil, während er die vordere Instrumententafel betrachtete und die Schritte, die er jetzt unternehmen musste, im Geiste noch einmal durchging. Damit würde er zwar die Passagiere in große Gefahr bringen, aber die waren doch eigentlich selbst schuld an ihrer Lage. Er war voll und ganz dazu berechtigt, ein solches Risiko einzugehen.

«Judy!», rief er.

«Ja?», erwiderte sie argwöhnisch.

«Wir werden dieser Revolte jetzt ein Ende setzen.»

34

NRO-ZENTRALE, CHANTILLY, VIRGINIA, 16:20 ORTSZEIT

David Byrd begrüßte den Mitarbeiter der NRO, der ihn in der Vorhalle erwartete, und steckte sich den Besucherausweis an, während der junge Mann ihn aufforderte, ihm zu folgen.

Nach einem kurzen Marsch entlang einiger Flure bat der Mitarbeiter David in einen abhörsicheren Raum, der ein wenig größer war als der, den er zuvor gesehen hatte. Drei NRO-Männer, zu denen auch George Zoffel gehörte, saßen vor den Tastenfeldern ihrer Computer an einer runden Konsole und schienen emsig Informationen auszutauschen. David sah John Blaylock an einem etwas erhöht stehenden eingebauten Schreibtisch sitzen und begrüßte ihn. Nachdem Blaylock David herangewinkt hatte reichte er ihm einen leichten Kopfhörer von derselben Bauart, wie auch die anderen ihn trugen, und flüsterte ihm zu, es finde gerade eine wichtige Besprechung mit einem CIA-Team in Langley statt.

John machte sich an einigen Schaltern zu schaffen, und plötzlich dröhnte seine Stimme David in den Ohren.

«Kannst du mich verstehen?»

«Ja», entgegnete David und wies fragend mit dem Kopf auf die anderen.

«Sie hören uns nicht, wenn wir auf dem privaten Gesprächskanal sind», erklärte John. «Das da neben George Zoffel ist übrigens Sandra Collings. Den anderen Typen kenne ich nicht.»

«Was ist los, John? Warum sind wir hier?»

«Es handelt sich um eine sehr eigenartige Krise, in die eine zivile 747 verwickelt ist», erwiderte John und schilderte David rasch die Geschehnisse. Dann ließ ihn etwas am Gespräch der übrigen Anwesenden aufmerken, und er unterbrach David, der gerade eine Frage stellen wollte, mit einer Handbewegung.

«Moment!»

«Holen Sie das näher ran», befahl George Zoffel, als sich eines der vielen elektronischen Bilder auf den Schirmen veränderte. «Das ist das andere Ende der Startbahn», fuhr Zoffel fort. «Das östliche ... zweitausend Meter entfernt von der Stelle, wo der Copilot offenbar getötet wurde oder wo man ihn zumindest zuletzt gesehen hat.»

«Okay», antwortete eine Stimme aus dem CIA-Hauptquartier.

«Diese Aufnahme entstand, als die Maschine in westlicher Richtung startete, bevor sie sich nach Süden wandte. Wie Sie sehen, liegt ein Mensch auf der Startbahn, und aus Norden und Süden wird geschossen.»

«Aktives Kreuzfeuer?», fragte Sandra Collings.

«Ich denke schon, aber sehen Sie sich die Vergrößerung an ... sie wurde bei natürlichem Licht gemacht, nicht mit Infrarot. Es handelt sich offenbar um einen Mann, der Hosen trägt. Er blutet stark und hat ein weißes Hemd an. Näher, Ray, auf die Schultern», ordnete George Zoffel an und beobachtete den Bildschirm. «Es ist zu unscharf.»

«Moment», erwiderte Ray. «Mal sehen, was ich machen kann.» Er tippte einige Befehle ein, und alle sahen schweigend zu, wie sich die Pixel des Bildes verschoben, sodass es schrittweise immer schärfer wurde. Auf den Schultern der Gestalt erschienen dunkle Flecken, und als der Computer das Bild zum sechsten oder siebten Mal schärfer stellte, zeigten sich auf einem davon Streifen.

«Ach, du grüne Neune! Also doch», seufzte George Zoffel auf und lehnte sich zurück. «Sehen Sie die dunklen Flecken an den Schultern? Das sind Epauletten, wie sie zivile Piloten tragen; so haben wir den Copiloten identifiziert. Es waren nur zwei Piloten an Bord. Wie ich Ihnen bereits sagte, wurde der Copilot unseres Erachtens kurz nach der Landung getötet – das hier ist der andere Pilot. Ich weiß nicht, ob es sich um die Epauletten eines Kapitäns mit vier Streifen handelt, doch wenn es so ist, haben wir den toten oder schwer verletzten Kapitän vor uns. Die Maschine ist ohne ihn gestartet.»

«Aus diesem Winkel ist das schwer festzustellen», erwiderte

Ray, der immer noch versuchte, dem Computer ein schärferes Bild zu entlocken. «Doch besser geht es nicht. Nicht schlecht, wenn man bedenkt, dass es bei Dämmerung aus dreihundert Kilometern Entfernung aufgenommen wurde.»

«Also ...», fragte eine Männerstimme aus Langley, «glauben Sie, dass der Kapitän und der Copilot beide getötet und aus der Maschine geworfen wurden?»

«Das würde ich für sehr wahrscheinlich halten», entgegnete George Zoffel. «Was zu der praktischen Frage führt, wer zum Teufel das Flugzeug der Meridian jetzt steuert.»

John Blaylock wandte sich an David, der das Gespräch aufmerksam verfolgt hatte.

«David, das könnte der Angriff sein, wegen dem der Alarm ausgelöst wurde. Die Maschine ist offenbar ohne Passagiere gestartet, und vor einer halben Stunde zeigten die Aufnahmen, dass sie die Route geändert hat und nun mit einem Kurs von etwa null-sieben-fünf Grad nach Osten fliegt. So kommt man in den Jemen und in andere nicht sehr gastliche Länder. Das war die letzte Satellitenaufnahme. Man arbeitet daran, das Flugzeug mit einem anderen Satelliten wieder zu orten.»

«Woher wissen wir, dass die Passagiere ausgestiegen sind?», fragte David.

Ein Aufschrei ertönte, und David und John drehten sich um.

«Okay, wir haben schon wieder eine Kursänderung, Leute», sagte Ray. «Er fliegt nach Norden!» Sie betrachteten das geisterhaft bleiche Infrarotbild der 747, die einen Kondensstreifen hinter sich herzog.

«Welchen Kurs haben sie, George?», erkundigte sich der CIA-Mann.

Mit einem verlegenen Auflachen schüttelte George Zoffel den Kopf. «Grob gesagt direkt nach London, wie es in der Nachricht hieß. Rom, Paris, Genf, Brüssel, Amsterdam und Kopenhagen kämen auch in Frage.»

«Er kann nicht alle diese Städte gleichzeitig anfliegen», wandte der Mann aus Langley ein.

«Nein, aber es bedarf nur einer winzigen Kursänderung, um sich in letzter Minute zu entscheiden.»

«Ist die Suche nach spaltbarem Material immer noch negativ?», wollte der Mann aus Langley wissen.

George Zoffel nickte und antwortete dann: «Nichts weist darauf hin, dass der Jet spaltbares radioaktives Material an Bord hat … noch nicht. Aber Sie wissen ja, dass man dieses Zeug auch perfekt abschirmen kann. Möglicherweise erkennen wir es erst in ein paar Stunden, wenn die Satelliten es erfassen und genug Strahlung auffangen.»

«Die nächsten Bilder kommen in sechzig Sekunden», meldete Ray.

John Blaylock wandte sich wieder an David, ging die Informationen mit ihm durch und wies auf ein Standbild auf dem Bildschirm oben links. «Das ist auch gerade erst hereingekommen. Die Busse, mit denen die Passagiere unserer Ansicht nach von der Maschine weggeschafft wurden, fahren immer noch. Allerdings befanden sie sich auf einer Straße, die zu einem Lagerhaus führt, als der letzte funktionierende Satellit über den Horizont und außer Reichweite flog. Außerdem hat das Flugzeug begonnen, Code 7600 abzusetzen.»

«Funkausfall», meinte David.

«Genau.»

«Hatte er Startgenehmigung?», fragte David, während er die verschiedenen Aufnahmen auf den Bildschirmen betrachtete.

«Er hat nie eine angefordert», erwiderte John Blaylock. «Seit dem ersten Anruf vor dem Start hat er auch nicht mehr mit seiner Firma telefoniert. Aber er … oder jemand anderer … hat eine geheimnisvolle Botschaft über das ACARS-System per Satellit geschickt. Wir haben sie vor etwa zwanzig Minuten erhalten.» John schob einen Ausdruck von Phil Knights Nachricht zu ihm hinüber. «Er sagt, an Bord habe ein Aufstand der Passagiere stattgefunden. Wütende Passagiere hätten die Maschine in ihre Gewalt gebracht. Der erste Offizier Abbott sei offenbar schwer verletzt und beim Start in Nigeria von einem Passagier namens Logan über Bord geworfen worden, der auch der Rädelsführer sei. Der Kapitän sei bedroht worden und man habe ihm befohlen, nach Kapstadt weiterzufliegen. Allerdings müsse er heimlich nach London umkehren, weil der Sprit knapp würde.»

«Ach, du meine Güte!»

«Zu guter Letzt verlangt er bewaffnete Intervention nach der Landung. Und er schreibt, seine Funkgeräte seien ausgefallen.»

«Das stimmt doch mit seinem Notruf überein, John.»

«Richtig. Aber eigentlich hätte er beide Codes schicken müssen. Dass er nur den Funkausfall meldet, ist interessant: Schließlich würde eine Flugzeugentführung mit viel größerer Dringlichkeit behandelt. Allerdings ist es ein ausgezeichneter Trick, einen Funkausfall vorzuspiegeln, wenn man so tut, als wolle man nach Hause, aber verhindern möchte, dass jemand die Stimme des Piloten erkennt. Ganz bestimmt ahnen sie nicht, dass wir die Streifen am Hemd einer Leiche auf der Startbahn orten können. Das Seltsame am Ganzen ist, dass die Nachricht keine von Bord geschafften Passagiere erwähnt. Er schreibt zwar, er habe den Copiloten verloren – doch der Kapitän, der angeblich im Cockpit sitzt, wurde ganz sicher tot oder sterbend auf dem Flughafen von Katsina zurückgelassen.»

«Vielleicht auch nicht. Wir dürfen nicht voreilig daraus schließen, dass wir es mit einem Terroristen zu tun haben.»

«Ich stimme zu, dass es dafür noch zu früh ist. Aber wir sollten uns trotzdem mit dieser Theorie befassen und Vorsichtsmaßnahmen ergreifen.»

David Byrd schüttelte nachdenklich den Kopf und sah John Blaylock in die Augen. «John, vergiss nicht, was du mir heute Morgen gepredigt hast, nämlich dass eine Verwendung einer Linienmaschine als trojanisches Pferd ziemlich unwahrscheinlich sei. Wie nanntest du es noch mal – das Prinzip der sich selbst bestätigenden Paranoia?»

«Du bist ein gelehriger Schüler.»

«Ich tu mein Bestes.»

«Aber wir haben beide nicht an die Möglichkeit gedacht, dass jemand eine Passagierrevolte vortäuschen könnte, um ein trojanisches Pferd zu tarnen. Unsere einzige Frage war, ob es möglich ist, einen tatsächlich spontanen Zwischenfall zur Ablenkung zu benutzen.»

«Die Jungs in General Overmeyers Büro, von denen ich dir erzählt habe, sprachen nicht von Ablenkungen, John. Sie hatten eine Heidenangst davor, dass irgendwelche Terroristen aufgebrachte Passagiere zu einem tödlichen Übergriff aufhetzen könnten.»

«Ich glaube, damit haben wir es nicht zu tun.» John kratzte sich am Kinn. «Außer dieser Nachricht, die vielleicht gefälscht und Teil eines ausgeklügelten Plans ist, weist nichts auf eine Passagierrevolte hin. Und der Urheber könnte Dr. Onitsa sein, was heißt, dass diese Leute gut genug Bescheid wissen, um aus unserer Angst vor einem Übergriff aufgebrachter Passagiere Kapital zu schlagen.»

«Moment mal ... Doktor Onitsa?»

John kramte in einer Aktenmappe und holte ein zweiseitiges Geheimdokument heraus, das er David reichte. «Man nennt ihn inzwischen zwar General, aber dieser mit allen Wassern gewaschene Rebellenführer, der den Nigerianern das Leben schwer macht, ist eigentlich Arzt.»

David überflog den Text und hob den Kopf. «Noch nie von ihm gehört, John. Aber wir lassen doch nicht die Möglichkeit außer Acht, dass die Nachricht aus dem Cockpit auch echt sein könnte, oder?»

John Blaylock schüttelte den Kopf. «Die besteht immer. Aber selbst wenn es so ist, bleibt die Frage, woher der zweite tote Pilot auf der Landebahn kommt.»

«Haben wir die Passagierliste überprüft?», erkundigte sich David. «Wo ist diese Maschine eigentlich gestartet? Das Rufzeichen erscheint mir irgendwie vertraut.»

«Eine Passagierliste haben wir noch nicht», erwiderte John.

«Weißt du, was mir Sorgen macht?», fügte David hinzu. «Die ganze Art, wie die Nachricht abgefasst ist, klingt für mich sehr amerikanisch. Und wenn das stimmt, muss ein amerikanischer Pilot an Bord sein.»

«Oder ein amerikanischer Überläufer gehört zu den Terroristen. Weißt du, vielleicht lief in den Achtzigerjahren in Moskau ja auch von dir ein Doppelgänger mit gültigem Pass herum.»

«Was?»

«Unsere alten Intimfeinde, die früheren Sowjets, hatten eine Menge Asse im Ärmel. Einer ihrer Tricks war, ausgewählte Mitarbeiter, die amerikanischen Offizieren ähnlich sahen, auszubilden und sie an der KGB-Akademie Amerikanisierungskurse durchlaufen zu lassen. Der Unterschied war kaum zu bemerken. Falls ihr Einsatz je nötig gewesen wäre, wäre beispielsweise der echte Major Byrd beseitigt und durch einen Doppelgänger ersetzt worden. Die Linguisten und ihre Studenten gibt es immer noch. Schließ nie eine Möglichkeit aus, bevor der richtige Zeitpunkt da ist.»

«Wir haben Fotos», verkündete Ray, als neue Aufnahmen auf dem Bildschirm erschienen. Sie betrachteten die Bilder, als ein kleiner Pfeil auf dem Schirm aufleuchtete.

«Okay, ich zeige Ihnen jetzt, worauf es mir ankommt», sagte George Zoffel. «Offenbar steht hier drüben ein großer Schuppen … anscheinend mit Wellblechdach und etwa fünfundzwanzig mal dreißig Meter groß.»

«Genug, um dreihundertzwanzig Personen unterzubringen», ergänzte Sandra.

«Ja, und davor parken die Busse und … Moment mal. Ich sehe Leute, die in Reihen dasitzen. Die Reihen verlaufen bis außerhalb des Gebäudes.»

«Wie viele sind es?»

«Ray, können Sie eine zeitgleiche Aufnahme kriegen?»

«Ja, aber nur ungefiltertes Infrarot.» Ray tippte Befehle in den Computer ein, und ein verschwommenes Bild erschien. Weiße menschliche Umrisse, die zwischen den am Boden Sitzenden umhergingen, stachen vom Bildhintergrund ab.

«Es sind wirklich lebendige Menschen, die in Reihen dasitzen. Ich sehe etwa fünfundzwanzig von ihnen. Könnten es auch Soldaten sein?»

Ray stellte eine Standaufnahme ein, vergrößerte sie und beseitigte die Infrarotbilder, sodass die natürlichen Lichtverhältnisse dargestellt wurden. «Sie haben dort elektrischen Strom, und drinnen brennt Licht», verkündete er, während er das Bild weiter vergrößerte und schärfer stellte, bis deutlich Armbanduhren, kleine Gepäckstücke und westliche Kleidung zu erkennen waren. «Rechts befindet sich offenbar ein Elektrizitätswerk.»

«Und welchen ethnischen Gruppen gehören die Menschen

an? Wenn es sich um die Passagiere der Meridian handelt, müssten alle Hautfarben vertreten sein.»

«Das ist auch so», erwiderte Ray. «Einige der Leute haben helle Haut, und es sind auch ein paar Schwarze dabei. Aber es sind zu viele Weiße, als dass es General Onitsas Söldner sein könnten.»

Die Tür ging auf, und ein Mitarbeiter übergab George Zoffel einen zusammengefalteten Zettel. Nachdem dieser die Nachricht studiert hatte, drehte er sich mit einem Nicken zu John Blaylock und David Byrd um, bevor er sich per Mikrofon an seinen Kollegen in Langley wandte.

«Also, Leute, wir haben gerade eine weitere Hiobsbotschaft erhalten, die den Albtraum noch schlimmer macht: Das Außenministerium meldet, General Onitsa habe sich soeben mit der nigerianischen Regierung in Abuja in Verbindung gesetzt. Er verlangt, dass binnen zwei Stunden dreihundert Millionen amerikanische Dollar auf ein Offshore-Konto überwiesen werden. Ansonsten würde er mit der Hinrichtung seiner dreihundertzwanzig Geiseln beginnen. Er behauptet, er habe die Piloten freigelassen.»

«Aber wir wissen es besser», meinte Sandra.

«In anderen Worten», sagte der Mann aus Langley leise, «sind es eindeutig nicht die Passagiere, die Flug Sechs nach Europa zurückzubringen versucht.»

«Im Moment fällt mir keine andere vernünftige Erklärung ein», seufzte Zoffel erschöpft. «Vorausgesetzt, all diese Tatsachen erweisen sich als wahr. Wir sollten im Weißen Haus und im Pentagon Alarm schlagen. Offenbar haben wir es mit einer tatsächlichen Bedrohung zu tun.»

35

IN DER LUFT, AN BORD VON MERIDIAN FLUG SECHS, 22:35 ORTSZEIT

Janie Bretsen griff zum Bordlautsprecher und sah Cindy an, die sie mit verängstigter Miene beobachtete. Es war schon schlimm genug, dass die Mehrheit der über dreihundert beengt sitzenden, müden und verärgerten Passagiere den Kapitän und die Besatzung ablehnten, doch nun drohte die passive Aggression in eine offene Revolte umzuschlagen. Und all das war nur Brian Logan zu verdanken, der in der Maschine herumging, Fragen über den Copiloten und den Kapitän beantwortete und vom Tod seiner Frau erzählte, die er durch die Schuld dieser bösen Fluggesellschaft verloren hatte.

Janie holte tief Luft und zwang sich, den Zugangscode zum Bordlautsprecher einzugeben. Es war Zeit, etwas zu unternehmen, auch wenn das unvorhergesehene Folgen haben konnte.

Als der Lautsprecher ansprang, verstummten wie immer die Gespräche, und die Menschen hoben die Köpfe.

Meine Damen und Herren, ich bitte Sie um Ihre Aufmerksamkeit und flehe Sie an, mir zuzuhören.

Sie spürte, wie ihr Herz klopfte, und stellte sich die Empörung in der Firmenzentrale der Meridian vor, wenn der Stimmenrecorder im Cockpit abgehört wurde und jeder wusste, was sie nun sagen würde. *Das war's dann wohl mit meiner Karriere als Flugbegleiterin*, dachte sie.

Eine neue Chefstewardess, also ich, hat die Leitung der Kabinenbesatzung übernommen, und jetzt werden sich die Dinge schlagartig zum Besseren ändern. Mein Name ist Janie Bretsen, und ich hatte auf dem Flug nach Kapstadt eigentlich dienstfrei. Doch wegen der Vorkommnisse und auch deshalb, weil meine Vorgängerin Miss Jack-

son Sie seit dem Start in London grob beleidigt, schikaniert und belogen hat, habe ich beschlossen, das nicht länger hinzunehmen. Wahrscheinlich werde ich deshalb meinen Job verlieren, aber ich habe Miss Jackson abgelöst. Sie ist die unverschämte Stewardess, die einige von Ihnen vor einer Weile hinausgejagt haben.

Die Passagiere wechselten erstaunte Blicke, und einige von ihnen sahen Janie in die Augen. Aber niemand murrte oder machte Anstalten, sich ihr zu nähern.

Okay. Hören Sie, ich bin genauso wütend wie Sie, und ich habe ebenso große Angst. Ich verstehe die heutigen Ereignisse auch nicht besser als Sie. Aber bitte glauben Sie mir, wenn ich Ihnen beteuere, dass die Schuld nicht bei Ihren Flugbegleiterinnen liegt. Wir sind nicht Ihre Feinde – das heißt mit Ausnahme von Judy Jackson. Ihre Flugbegleiterinnen haben sogar von Judy Jackson die Anweisung erhalten, Ihnen nur dann Wasser, Kaffee oder Essen zu bringen, wenn es ihr gnädigerweise in den Kram passt – und sie drohte ihnen im Fall von Widerspruch mit Kündigung. Jetzt bin ich für diese Kabine verantwortlich, und wir werden unser Bestes für Sie tun. Wir servieren Ihnen jedes Getränk und jeden Imbiss, die wir an Bord haben, und werden uns bemühen, den Kapitän zu bremsen.

Es ist wahr, dass niemand weiß, wie es zum Verlust von Garth Abbott, unserem Copiloten, gekommen ist oder warum der Kapitän ihn zurückgelassen hat. Wir begreifen sein Verhalten ohnehin nicht. Aber ich habe eine riesengroße Bitte an Sie. Mir ist klar, dass einige von Ihnen planen, das Cockpit zu stürmen. Bitte … ganz gleich, wie wütend Sie auch sein mögen … Sie dürfen nicht einmal daran denken, die Cockpittür aufzubrechen. Wir alle wollen am Leben bleiben, und in der Luft eine Schlägerei mit dem einzigen an Bord befindlichen Piloten anzuzetteln, könnte für uns tödliche Folgen haben. Ganz abgesehen davon, dass der Kapitän dem Gesetz nach immer noch das Kommando führt und jeder Versuch, ins Cockpit einzudringen, möglicherweise strafrechtlich verfolgt wird.

Und ich habe noch ein wichtiges Anliegen: Bitte bleiben Sie mit geschlossenem Sicherheitsgurt an Ihren Plätzen. Als Gegenleistung verspreche ich Ihnen, dass Ihre Flugbegleiterinnen, deren Vorgesetzte ich bin, Sie nie wieder belügen werden. Außerdem werden wir unser Bestes tun, damit Sie es so bequem wie möglich haben, bis wir alle diese Maschine verlassen können.

«Uns ist klar, dass Sie unsere Situation verstehen, Janie», rief eine Männerstimme aus dem hinteren Teil der Kabine. «Aber stehen Sie wirklich auf unserer Seite?»

Janie griff wieder zum Mikrofon, zögerte jedoch mit einer Antwort und dachte an die Folgen, die jede ihrer Äußerungen haben würde. Doch sie kam zu dem Schluss, dass es besser war, sich als Verbündete auszugeben, um die Gemüter zu beruhigen.

Das Verhalten dieses Kapitäns entspricht nicht den Standards unserer Fluggesellschaft. Also ja, ich stehe auf Ihrer Seite. Doch wir müssen sehr vorsichtig sein, denn wir schweben in Gefahr. Meine Besatzung und ich halten zu Ihnen.

Der Mann, der die Frage gerufen hatte, stand auf und applaudierte. Immer mehr schlossen sich ihm an, bis der Großteil der Passagiere stehend Beifall klatschte.

Janie nickte ihnen zu, und als sie das Mikrofon sinken ließ, stellte sie erleichtert fest, dass sich fast alle setzten und an ihren Sicherheitsgurten nestelten. Sie fragte sich, ob der Kapitän im Cockpit wohl zugehört hatte. Dass sie den Plan, sich mit den Passagieren zu verbünden, um sie so unter Kontrolle zu halten, zuvor mit ihren Kolleginnen abgesprochen hatte, würde sie vielleicht vor disziplinarischen Maßnahmen von Seiten der Meridian schützen, doch es war immer noch ein Risiko. Allerdings war ihr nichts anderes übrig geblieben, denn bis jetzt hatten die meisten Passagiere nach Brian Logans Pfeife getanzt.

Sie sah, wie der kleine, kahlköpfige Mann aus dem Fenster starrte und Logan heranwinkte.

«Er fliegt nach Norden», hörte sie den Mann sagen. «Er hält einen Kurs von etwa zehn Grad links von Nord.»

«Also zurück nach London», stellte Brian fest.

Der Mann nickte, schüttelte dann aber den Kopf und blickte seine Sitznachbarn an. «Oder in irgendein Land, das dazwischen liegt. Vielleicht bringt er uns mitten in die Sahara oder sogar nach Libyen.»

Logan drehte sich zu Janie um und deutete kopfschüttelnd aus dem Fenster. Sie stellte fest, dass er zornig die Lippen zusammenpresste, und winkte ihn rasch zu sich.

Widerstrebend folgte er der Aufforderung.

«Bitte hier entlang», sagte Janie, als er vor ihr stand. Sie wies auf die Vorhänge, die die Bordküche vor Blicken schützten.

«Warum?», erwiderte Brian argwöhnisch.

«Weil wir beide versuchen, diese Situation in den Griff zu bekommen», entgegnete sie, als ob sie sich bereits auf eine Zusammenarbeit geeinigt hätten. Mit angehaltenem Atem drehte sie sich um, ohne eine Antwort abzuwarten oder sich zu vergewissern, ob er ihr folgte.

Doch er tat es.

«Dieser Schweinekerl hat schon wieder den Kurs geändert, Janie», verkündete Brian Logan. «Jetzt fliegt er nach Norden.»

«Glauben Sie, er könnte versuchen, nach London zurückzukehren?», fragte sie.

Brian Logan keuchte und fuchtelte aufgebracht mit den Händen. «Ich habe keine Ahnung, aber ich weiß, dass wir ihm nicht über den Weg trauen können.»

«Doch es gibt keinen anderen Piloten an Bord, und unser Leben hängt von ihm ab. So sieht eben die Realität aus», gab sie leise zurück.

Er nickte widerstrebend. «Das ist es ja, was mich so wahnsinnig macht. Wir sind seine Geiseln!»

Janie berührte sanft seinen linken Arm und schloss ihre kleine Hand darum, so weit sie konnte. Zu ihrem Erstaunen fühlte sie sich von ihm angezogen. Er betrachtete sie eindringlich, und sie fragte sich, ob es ihm wohl genauso ging. Doch sie schob den Gedanken rasch beiseite.

«Doktor... Brian... solange wir noch in der Luft sind und einen sicheren Flughafen ansteuern, sollten wir vielleicht besser einfach abwarten. Ich habe Angst, dass er in Panik geraten könnte.»

Er unternahm keine Anstalten, sich loszumachen, und sie

spürte, wie sich seine Anspannung ein wenig legte. Man konnte also mit ihm reden. Es würde zwar mühsam werden, sein Vertrauen zu gewinnen, aber er war nicht unerreichbar. *Gott sei Dank*, dachte sie. Dann wich er ihrem Blick aus.

«Wir dürfen nicht zulassen, dass dieses arrogante Schwein uns alle umbringt», sagte Brian.

«Aber… aber…», beharrte sie und drückte seinen Arm, «wenn wir versuchen, die Maschine zu übernehmen, und niemanden haben, der eine 747 fliegen kann…» Sie beendete den Satz nicht, doch als sie daran dachte, dass sie eine Formalie vorschob, um eine Lüge zu tarnen, bekam sie ein schlechtes Gewissen. Offiziell durfte Robert MacNaughton zwar keine 747 fliegen, aber er besaß eine Lizenz für die 737, war also mit großen Flugzeugen und ihrer Technik vertraut. Allerdings kam es nur im äußersten Notfall in Frage, MacNaughton ans Steuer der Maschine zu setzen. «Ich stimme zu, dass der Kapitän ein ausgemachter Dreckskerl ist, Brian, aber seien Sie doch vernünftig! Wenn… wenn wir einen anderen Piloten mit einer Lizenz für eine 747 an Bord hätten, wäre es vielleicht etwas anderes, doch so ein großes Flugzeug kann nicht von jedem X-Beliebigen gelandet werden. Außerdem hat das Cockpit eine verstärkte Tür, und ich besitze keinen Schlüssel. Man kommt nur hinein, wenn der Kapitän aufmacht, und er hat Anweisungen, das auf keinen Fall zu tun, auch wenn jemand Mitglieder der Besatzung bedroht.»

«Das weiß ich selbst», stieß Brian mit zusammengebissenen Zähnen hervor. Als er die Augen schloss, wurde Janie von Angst ergriffen, denn sie spürte, dass seine Wut wieder zunahm und dass er kurz vor einem Tobsuchtsanfall stand. Sie zupfte ihn am Ärmel, damit er sie ansah, doch er weigerte sich. Dann hielt er sich plötzlich die Nase zu und schüttelte leicht den Kopf.

Sein Blick war plötzlich wieder so argwöhnisch wie zuvor.

«Meine Ohren!»

«Verzeihung?», fragte Janie perplex.

«Spüren Sie es nicht? Der Druck ändert sich.»

«Nein.»

«Warum ändert sich der Kabinendruck?»

Drei weitere Männer aus der zweiten Klasse drängten sich in die Bordküche.

«Hallo, Doc», sagte einer von ihnen. «Hickson meint, der Kapitän versucht jetzt, nach Libyen zu fliegen.»

Brian wirbelte herum und riss sich von Janie los, ohne auf diese Meldung zu achten. «Haben Sie auch ein Knacken in den Ohren?»

Die Männer wechselten Blicke und konzentrierten sich schweigend auf ihre Ohren. Einer zuckte die Achseln. «Ich weiß nicht ...»

Dann begann einer von ihnen heftig zu nicken, und seine Augen weiteten sich. «Ja, wirklich! Meine Ohren knacken ebenfalls. Was hat das zu bedeuten, Doc?»

«Schließen Sie den Mund, halten Sie sich die Nase zu und pusten Sie, bis Ihre Ohren wieder frei sind.»

Die beiden Männer sahen einander an. «Äh, es geht nicht. Es knackt nur so komisch.»

Brian riss den Vorhang beiseite, um die übrigen Passagiere zu betrachten.

«Was hat das zu bedeuten?», wiederholte der Mann hinter ihm.

Brian wandte sich an Janie, die seine plötzliche Distanziertheit immer noch nicht verwunden hatte. «Okay, Janie, was ist da los?»

«Ich ... ich habe keine Ahnung», erwiderte sie verdattert. «Vermutlich steigen wir. Warum?»

Brian wies mit dem Kopf auf die Kabine. «Weil alle Passagiere versuchen, ihre Ohren wieder freizubekommen. Meine knacken ebenfalls, und ich habe nicht gehört, dass sich das Triebwerksgeräusch verändert hätte.»

«Ich kann Ihnen den Grund auch nicht sagen», erwiderte sie. «Aber machen Sie sich keine Sorgen. Das Ändern der Flughöhe während eines Fluges ist Routine. Die Piloten sind ... Ganz sicher will er nur Turbulenzen ausweichen.»

Brian ließ den Vorhang los und drehte sich kopfschüttelnd zu ihr um.

«Wir hatten keine Turbulenzen.»

«Tja ... dann weiß ich es auch nicht.»

«Sie lügen mich doch schon wieder an», zischte er.

«Nein!», entgegnete Janie. Ihr wurde schwindelig, und auch ihre Ohren knackten.

Brian Logan wies zur Decke. «Offenbar spielt er da oben mit dem Kabinendruck herum, und Sie mimen hier die Unschuldige.» Die anderen beiden Männer machten ihm Platz, sodass er sich, die Hände in die Hüften gestemmt, vor ihr aufbauen konnte. Er musterte sie mit zornigen Blicken.

«Was hat er vor, Janie? MACHEN SIE DEN MUND AUF!»

Sie schüttelte energisch den Kopf. «ICH WEISS ES NICHT! Ehrenwort. Meine Ohren knacken auch. Entweder steigen wir oder… oder…»

«Oder was?» keuchte Brian.

Janie spürte, wie auch ihr Atem schneller ging, allerdings nicht vor Angst. Irgendetwas stimmte hier nicht, doch es geschah so langsam, dass es sich nicht um einen plötzlichen Druckabfall handeln konnte.

«Moment bitte», sagte sie und wies zum Eingang. Dann schob sie sich an ihm vorbei, spähte durch den Vorhang und betrachtete die Passagiere, wie er es zuvor getan hatte. Sie stellte fest, dass mindestens zwei Dutzend von ihnen schliefen. Doch dann sah sie, wie der Kopf einer älteren Frau in der vorderen Reihe plötzlich vornüberkippte und die Passagierin das Bewusstsein verlor.

Mit einem flauen Gefühl im Magen wartete Janie darauf, dass die Sauerstoffmasken herunterfielen.

Wann werden sie ausgelöst?, fragte sie sich, und schon im nächsten Moment wusste sie die Antwort, die sie ein Jahrzehnt lang immer wieder auf Lehrgängen gehört hatte: *Auf viertausend Meter natürlich. Wenn eine Maschine über viertausend Meter steigt, fallen die Masken automatisch herunter. Aber da wir unterhalb dieser Grenze problemlos atmen können, wurden sie nicht ausgelöst…*

Sie drehte sich zu Brian und den anderen beiden Männern um. «Fühlt sich einer von Ihnen schwindelig?»

«Ja, ich», erwiderte einer.

«Ich glaube, ich auch», fügte der Zweite hinzu.

Brian betrachtete erst die beiden und dann Janie. «Er senkt den Druck ab, richtig?»

Sie nickte langsam und widerstrebend, und es gelang ihr nicht, ihre Besorgnis zu verbergen. Es hatte keinen Zweck, den Passagieren etwas vorzumachen. In ihren Ohren knackte es so stark, dass die Masken sicher gleich herunterfallen würden. «Kann sein», sagte sie deshalb. «Allerdings sind die Masken nicht heruntergefallen, weshalb wir uns offenbar noch unterhalb einer Kabinendruckhöhe von viertausend Metern befinden.» Rasch erklärte sie, wie es funktionierte: «Keine Masken, kein Problem. Vielleicht wird uns ein wenig schwummerig, aber er kann uns auf dieser Kabinendruckhöhe nicht durch Sauerstoffmangel schachmatt setzen. Natürlich würden wir bei einer Kabinendruckhöhe von beispielsweise achttausend Metern große Probleme kriegen, doch selbst dann könnten wir ohne Masken etwa dreißig Minuten lang durchhalten, mit Sauerstoff wäre es bis zu einer Stunde. Wenn er die Kabinendruckhöhe auf über neuntausendfünfhundert Meter steigert, wäre es natürlich eine andere Geschichte.»

«Warum neuntausendfünfhundert?», erkundigte sich Brian.

Janie sah ihn an; sie wusste, dass sie zu offen mit ihm war, aber andererseits handelte es sich hierbei nur um die Grundbegriffe der Flugphysiologie. Sie erinnerte sich an den Lehrgang in der Druckkammer der Air Force, den sie einmal auf Beharren ihres damaligen Freundes, eines Kampfpiloten, absolviert hatte. Er wusste, dass sie diese Kenntnisse brauchte, wenn sie einen beträchtlichen Teil ihres Lebens in großer Höhe verbringen wollte, und er war entsetzt gewesen, dass die meisten Flugbegleiter keine derartige Ausbildung erhielten.

«Über neuntausendfünfhundert Metern», fuhr Janie fort, «bräuchten wir Drucksauerstoff und außerdem Spezialmasken und Regulatoren, wie die Piloten sie haben. Der Sauerstoff aus den Passagiermasken steht nicht unter Druck. Also würden wir oberhalb von neuntausendfünfhundert Metern innerhalb einer Minute das Bewusstsein verlieren.»

Als drei weitere Passagiere, zwei Männer und eine Frau, durch die Vorhänge in die Bordküche kamen, drehte Brian sich zu ihnen um. «Haben wir noch andere Piloten an Bord?»

Alle drei schüttelten den Kopf. «Wir haben alle gefragt», sagte die Frau, «und zwei Privatpiloten gefunden, die Erfahrung mit einmotorigen Flugzeugen haben. Aber sie meinen, im Cockpit einer 747 wären sie aufgeschmissen.»

Janie erkannte einen der Passagiere, der auch auf dem Flug von Chicago nach London dabei gewesen war. Er saß in der Touristenklasse und wirkte eigentlich recht besonnen, hatte sich aber unterwegs bei ihr über ihre Kollegen beklagt. Sie hatte ihm beim Schreiben einer Beschwerde geholfen. Nun fiel ihr sein Name wieder ein: Brown, Dan Brown.

«Sie haben diesem Idioten doch gesagt, er soll nach Kapstadt fliegen, richtig?», begann Brown. «Und jetzt will er uns schon wieder austricksen und nimmt Kurs nach Norden.»

«Stimmt», erwiderte Brian. «Aber wir haben jetzt ein dringenderes Problem.» Er erklärte ihnen, dass der Kabinendruck abfiel.

«Dann müssen wir raufgehen und ihn zur Rede stellen», schlug Dan Brown vor.

«Er hat angeblich eine Waffe, und die Tür ist unzerstörbar», entgegnete Brian. Er blickte automatisch zur Decke, und sein Atem wurde schneller. Dann sah er Janie vorwurfsvoll an. «Offenbar liegt die Kabinendruckhöhe weit über viertausend.»

Wieder warf Janie einen Blick durch die Vorhänge in die erste Klasse, um sich zu vergewissern, dass wirklich keine Sauerstoffmasken heruntergefallen waren; dann drehte sie sich wieder zu Brian um. «Die Masken wurden nicht ausgelöst, also können wir nicht mehr als viertausend Meter Kabinendruckhöhe haben. Vielleicht möchte er uns alle ein wenig schläfrig machen, aber ich kann mir nicht vorstellen, dass er uns umbringen will.»

«Aber ich kann es», gab Brian zurück. «Sie vergessen wohl, dass dieser Mensch gerade seinen ersten Offizier zurückgelassen hat.»

Als Janie die Umstehenden musterte, erkannte sie eine Mischung aus Panik und Wut in ihren Augen.

«Ich habe Atemnot», fuhr Brian fort. «Janie, sind Sie sicher, dass die Masken automatisch ausgelöst werden?»

«Ja», erwiderte Janie. Sie überlegte fieberhaft.

«Wie funktioniert das? Was genau löst sie aus?»

«Keine Ahnung. Vermutlich geht das elektrisch.»

Brian betrachtete sie nachdenklich.

«Wenn der Mechanismus elektrisch ist, wird er sicher durch einen Unterbrecher geschützt», stellte Dan Brown fest.

«Vermutlich», meinte Janie.

«Und der ist im Cockpit?», fragte Brian.

«Ich ... ich weiß es nicht. Vielleicht. Das gilt ja für die meisten Geräte an Bord, abgesehen von der Küchenausstattung.»

«Bestimmt ist das die Lösung», keuchte Brian. Er fühlte sich schwach. «Der Schweinekerl hat den Unterbrecher aktiviert, damit die Masken nicht runterfallen, und jetzt steigert er die Kabinendruckhöhe, bis wir alle wegen Sauerstoffmangels die Besinnung verlieren. Wenn man zu wenig Sauerstoff im Blut hat, führt das zunächst zu Verwirrung, dann zu Bewusstlosigkeit und schließlich, wenn der Zustand zu lange anhält, zu Hirnschädigungen und zu guter Letzt zum Hirntod.»

Janie sah, wie sich in Browns Gesicht Entsetzen malte. Brian erhob die Stimme, damit ihn die anderen Passagiere, die sich um ihn scharten, gut verstehen konnten.

«Okay, Leute, offenbar hat er Folgendes vor: Er will den Kabinendruck absenken, bis wir alle umkippen, und wahrscheinlich ahnt er nicht, dass er uns damit umbringen könnte.»

«Brian –», begann Janie, aber er ließ sie nicht zu Wort kommen.

«Sie haben doch tragbare Sauerstoffflaschen da?»

«Ja, aber nur ein paar.»

«Wo sind sie?»

«Brian, bitte. Rufen wir ihn doch zuerst an ...»

«Nein! Dazu reicht die Zeit nicht. Er wird sowieso nicht auf uns hören. Wir müssen etwas unternehmen.»

«Er ist bewaffnet», wandte Janie ein. «Ich habe Ihnen doch schon erklärt, dass es Wahnsinn wäre, den einzigen Piloten an Bord anzugreifen. Außerdem würden Sie es ohnehin nicht schaffen, die Tür aufzubrechen. Wir haben keine Ersatzpiloten ...» Sie verstummte, als ihr einfiel, dass Robert MacNaughton über die nötigen Qualifikationen verfügte. Nun war der Zeitpunkt gekommen.

«Wenn er sich durchsetzt, sind wir alle tot», widersprach Brian. Während er seinen Standpunkt erläuterte, lauschten alle nickend. Inzwischen waren es so viele geworden, dass in der kleinen Bordküche drangvolle Enge herrschte. Die Menschen atmeten immer schneller, und ihre Angst wuchs.

Fest umfasste Brian Janies Arm. «Es geht um Leben und Tod! Vermutlich haben wir schon eine Kabinendruckhöhe von mehr als sechstausend Metern. Möglicherweise weiß er ja nicht, was er tut, aber wenn wir zu viel Zeit auf dieser Höhe verbringen, wird er nur noch Leichen an Bord haben.»

Ein Rufsignal ertönte. Es kam aus der hinteren Bordküche, und als Janie automatisch nach dem Telefon griff, hörte sie eine vertraute Stimme. «Janie? Gerade ist Elle umgefallen, und uns allen ist ziemlich schwindelig. Was ist passiert? Die Masken sind nicht runtergekommen, aber es fühlt sich an, als würde der Kabinendruck rasch absinken.»

«Holt die tragbaren Sauerstoffflaschen raus und setzt euch. Teilt euch die Masken», wies Janie sie an und gab dann die Nummer des Cockpits ein.

Sie hörte, wie es immer wieder läutete, aber niemand hob ab.

«Sie rufen ihn an, und er antwortet nicht, richtig?», fragte Brian.

Sie nickte und wollte das Gerät schon weglegen, doch Brian nahm es ihr ab und hob es an die Lippen.

Captain? Falls Sie mich hören können, hier spricht Doktor Logan. Ihr Spielchen mit dem Kabinendruck ist uns nicht entgangen. Entweder stoppen Sie es sofort und erhöhen den Druck wieder, oder wir schlagen die verdammte Tür ein und zwingen Sie dazu. Verstanden, Sie Mistkerl? Erhöhen Sie auf der Stelle den Kabinendruck!

Brian riss den Vorhang beiseite und schaltete auf Bordlautsprecher um.

Leute, der Kapitän senkt den Kabinendruck, damit wir alle ohnmächtig werden – genau das geschieht in diesem Augenblick. In anderen Worten versucht er, uns umzubringen.

Seine Worte hallten durch die gewaltige 747. Als Brian das Mikrofon weglegte, wusste er, dass seine Ansprache die Passagiere von Meridian Flug Sechs vermutlich bis ins Mark erschüttert hatte.

«Also schnappen wir uns dieses Schwein», knurrte einer der Männer.

Keuchend drehte Janie sich zu ihm um. «Und was wollen Sie dann mit ihm machen?», zischte sie.

Sanft legte Brian ihr die Hand auf die Schulter. «Wenn wir den Unterbrecher finden, an dem er rumgefummelt hat, können wir ihn wieder reinschieben und die Masken damit auslösen.»

«Moment mal», wandte Janie ein. «Warten Sie! Vielleicht gibt es ja noch eine andere Lösung. Ich bin gleich wieder da.»

Brian blickte ihr nach und drehte sich dann zu den anderen um. «Okay, Sie alle gehen jetzt nach hinten, holen alle Sauerstoffflaschen, die Sie finden können, aus den Gepäckfächern und bringen sie her.»

Während Dan Brown und vier weitere Passagiere der Aufforderung Folge leisteten, wandte Brian sich nach Janie Bretsens wohlgeformter Gestalt um, die gerade in der ersten Klasse verschwand. Er ertappte sich bei der Frage, warum sein nach Sauerstoff lechzendes Gehirn diesen angenehmen Anblick überhaupt noch wahrnahm.

Am hinteren Ende der ersten Klasse blieb Janie stehen, öffnete ein Gepäckfach und nahm die Sauerstoffflasche und die abgepackte Maske heraus, bevor sie zu Robert MacNaughtons Sitz eilte. Sie kniete sich neben den Schlafenden. Als sie ihn an der Schulter rüttelte, bewegte er sich kaum, und sie wurde von Angst ergriffen; dann schüttelte sie ihn erneut, diesmal ein wenig heftiger.

MacNaughton schreckte hoch.

«Ja?»

«Mr. MacNaughton, ich bin es, Janie Bretsen.»

«Ja?» Er setzte sich auf und rieb sich die Augen. «Ich fühle mich so komisch.»

«Sie sagten doch vorhin, Sie könnten eine Boeing 737 fliegen.»

Er sah sie an und nickte zögernd. «Was ist passiert?»

«Bis jetzt noch nichts, aber die Zeit wird allmählich knapp. Der Kapitän ist dabei durchzudrehen.» Rasch schilderte sie ihm die Lage. «Wenn die Männer es schaffen, die Cockpittür aufzubrechen und ihn zu überwältigen, sind Sie unsere letzte Hoffnung.»

«Ich soll das Steuer übernehmen?»

«Ja, Sir.»

«Das könnte man mir als Akt der Luftpiraterie auslegen. Ist Ihnen das bewusst?»

«Ja, Sir, aber ich versuche, die Lage in den Griff zu bekommen, und –»

«Für ein Besatzungsmitglied eine reichlich seltsame Methode», sagte er und rieb sich immer noch die Augen.

Janie stand auf. Sie spürte, dass ihr die Knie zitterten, als ihr die Tragweite seiner Worte bewusst wurde. *Mein Gott, was denke ich nur?*

«Bleiben Sie sitzen, ich bin gleich wieder da», erwiderte sie. Sie zwang sich, in die Bordküche zurückzukehren. Die Sauerstoffflasche ließ sie neben seinem Sitz liegen. Als sie in die Bordküche kam, stellte sie fest, dass Brian eine weitere Flasche in der Hand hielt und die Maske herumreichte.

«Okay, Janie. Wir gehen jetzt rauf. Was hatten Sie denn so Dringendes zu erledigen?», fragte er und wies auf die erste Klasse.

Sie griff zum Bordtelefon, ohne auf seine Frage zu antworten. Erst nach drei Versuchen gelang es ihr, die Nummer des Cockpits richtig einzugeben. Ihre Finger wollten ihr nicht gehorchen, doch inzwischen fühlte sie sich so benommen, dass sie sich nicht einmal mehr darüber ärgern konnte.

Diesmal nahm Phil Knight nach dem zweiten Läuten ab.

«Ja?», meinte der Kapitän mit offenbar durch eine Sauerstoffmaske gedämpfter Stimme.

«Äh … Captain», keuchte sie. Als Brian ihr die Sauerstoffmaske hinhielt, holte sie ein paarmal tief Luft und fragte sich, warum ihr die Farben ringsherum plötzlich so viel heller erschienen. Sie schob die Maske weg. «Captain, hier spricht Janie Bretsen, ein Mitglied Ihrer Besatzung.»

«Ach, ein Mitglied *meiner* Besatzung? Ich habe Ihre Durchsage gehört, Bretsen. Sie sind gefeuert. Wissen Sie, was Meuterei ist?»

«Captain, Sie müssen sofort die Kabinendruckhöhe reduzieren. Allen ist klar, was Sie vorhaben, und wenn Sie es nicht rückgängig machen, werden die Leute nach oben kommen und Sie überwältigen. Ich kann sie nicht zurückhalten.»

«Wer an die Cockpittür klopft, kriegt einen Schuss vor den Bug. Das können Sie denen ausrichten.»

Sie ging nicht auf die Drohung ein.

«Einige Passagiere werden Ihretwegen sterben, Captain. Ein paar haben schon das Bewusstsein verloren. Dazu haben Sie kein Recht.»

«Das werden wir schon noch sehen!», zischte er.

Wieder bekam Janie keine Luft mehr. Es wurde sehr kalt in der Kabine, während sie sich das Hirn nach einer passenden Antwort zermarterte, die ihn überzeugen würde. Sie spürte, wie Wut in ihr aufstieg, und sie erkannte ihre eigene Stimme nicht wieder, als sie ins Telefon schrie: «HÖREN SIE MIR ZU, VERDAMMT! ICH VERSUCHE DIE LEUTE ZU BERUHIGEN.»

Erschrocken von ihrem heftigen Tonfall, wichen die Umstehenden ein Stück zurück. Janie wurde schwindelig, und mühsam dämpfte sie ihre Stimme. «Captain, bitte! Ich tue mein Bestes, aber ich kann die Leute nicht länger bremsen. Wenn Sie nicht auf mich hören, werden sie Sie angreifen. Und da ist noch etwas, das Sie wissen sollten.»

«Und was wäre das?», höhnte Phil.

«Es ist ein weiterer Boeing-Pilot an Bord, der bereit ist, das Kommando zu übernehmen, wenn Sie sich weiter stur stellen.»

Sie hörte ein Klicken, als die Verbindung unterbrochen wurde. Um sie herum herrschte erstauntes Schweigen.

«Sie haben einen anderen Piloten gefunden?», verwunderte sich Brian. «Wer ist es?»

Sie blickte auf und überlegte, was sie antworten sollte, als sie Robert MacNaughton, Sauerstoffflasche und Maske in der Hand, näher kommen sah.

«Ich fürchte, ich bin es», meinte er. «Und wenn ich mir anschaue, wie die Leute rings um uns herum umfallen, würde ich sagen, dass uns nicht mehr viel Zeit bleibt.»

Brian musterte MacNaughton, holte einmal tief Luft durch die Maske und gab die Flasche dann an Janie weiter. «Wahrscheinlich haben wir inzwischen eine Kabinendruckhöhe von mehr als siebentausend Metern. Sie sagt, dass es aus mit uns ist, wenn wir über neuntausendfünfhundert erreichen.»

«Im Großen und Ganzen stimmt das. Also los», verkündete Robert.

Brian warf Janie einen Blick zu. «Haben Sie einen Schlüssel zum Cockpit?»

Sie schüttelte den Kopf. «Nicht mehr. Nach den Angriffen auf das World Trade Center hat man uns die Schlüssel abgenommen. Der Kapitän muss einen reinlassen, und außerdem muss man seine Hand in so ein ... Ding legen.»

«Dann brechen wir die Tür eben auf, ganz gleich, wie lange es dauert. Sobald wir uns vergewissert haben, dass er nicht bewaffnet ist.» Brian nickte MacNaughton zu. «Sie setzen sich auf den rechten Platz und sorgen für Ordnung, während wir seinen traurigen Arsch aus dem linken Sitz schleppen.»

«Ich neige dazu, diesem Plan zuzustimmen», erwiderte Robert.

«Das ist doch Wahnsinn!», rief Janie aus und blickte zwischen den beiden Männern hin und her. «Was ist, wenn er den Autopiloten abschaltet, sobald Sie das Cockpit stürmen? Was geschieht dann?»

«Dann», entgegnete Robert MacNaughton, «habe ich nur noch ein paar Sekunden.»

«Wir dürfen keine Zeit verlieren», rief Brian. «Alle anderen bleiben hier.» Er machte auf dem Absatz kehrt und eilte auf die Treppe zum Oberdeck zu, die er, zwei Stufen auf einmal nehmend, hinaufrannte. Robert MacNaughton folgte ihm, und Janie versuchte, mit den beiden Männern Schritt zu halten. Zwei weitere Männer wollten sich ihnen anschließen, doch der eine musste sich auf die unterste Stufe setzen, um Luft zu holen, während der andere plötzlich bewusstlos zu Boden sank.

Brian hatte die oberste Stufe schon erreicht. Als er sich umdrehte, stellte er ungeduldig fest, dass Robert MacNaughton auf halber Höhe stehen geblieben war.

«Der Sauerstoff!», schrie Brian und bedeutete dem älteren Mann, die Maske aufzusetzen und die Flasche aufzudrehen.

Verwirrung malte sich auf MacNaughtons Gesicht, und er fingerte an der Maske herum, während Janie sich von hinten näherte. Auch sie stand kurz vor einer Ohnmacht.

«Ich erledige das», keuchte sie und nahm ihm die Maske aus der Hand. Nachdem sie den Regler aufgedreht und einige Male tief Luft geholt hatte, setzte sie ihm die Maske auf.

Brian sah zu, wie MacNaughton langsam wieder zu Kräften kam, nach Janies Hand griff und sie weiter in Richtung Cockpit zog.

Die drei eilten durch die obere Kabine. Brians Puls ging schneller, als ihm klar wurde, dass sie nicht mehr viel Zeit hatten, denn die meisten Passagiere hingen bewusstlos in ihren Sitzen. Er stürmte zur Cockpittür, hob die Sauerstoffflasche und ließ sie kräftig auf den Türknauf hinuntersausen.

Die Tür rührte sich nicht. Als er drinnen Stimmen hörte, wich er zur Seite, da er mit Schüssen durch die Tür rechnete.

Aber nichts geschah.

Erneut schlug er mit der Flasche auf den Türknauf, aber wieder vergebens. Es war nicht einmal ein Kratzer entstanden.

Plötzlich gab es einen Ruck, und die gewaltige Maschine rollte nach links, sodass Brian in die entgegengesetzte Richtung geschleudert wurde. Er prallte schmerzhaft gegen die Toilettentür und fiel zu Boden. Währenddessen vergrößerte sich der Neigungswinkel, sodass immer mehr Gegenstände nach links rutschten. Als Brian sich umblickte, sah er, dass Janie an einem Geländer Halt gefunden hatte. Beinahe verlor sie den Boden unter den Füßen, als sich die 747 weiter nach links neigte.

Robert geriet ins Wanken, bevor er den kleinen Flur vor dem Cockpit erreichte. Wie in Zeitlupe streckte der Manager die Hände aus, um sich festzuhalten. Die Sauerstoffflasche entglitt seinem Griff, und er kippte nach links, wo er mit dem Kopf gegen die Wand prallte. Die Sauerstoffflasche kullerte über den Boden, und die Maske wurde ihm vom Gesicht gerissen.

Janie ließ das Geländer los und kroch zu MacNaughton hinüber.

Draußen vor den Fenstern der 747 war es stockfinster, doch Brian hatte trotzdem das Gefühl, dass die Maschine sich auf den Kopf stellte. Dennoch befanden sich Janie und Robert MacNaughton weiterhin auf dem Boden, während die Rolle fortgesetzt wurde.

Janie versuchte, Robert wachzurütteln, aber vergeblich. Kopfschüttelnd sah sie Brian an und rief:

«Er ist bewusstlos. Wir haben niemanden mehr, der die Maschine fliegen kann!»

In diesem Moment sprang der Bordlautsprecher an, und die Stimme des Kapitäns hallte durch die Kabine.

Okay… verdammt… derjenige, der gegen die Cockpittür schlägt, sollte sich klar machen, dass ich so waghalsige Manöver fliegen werde, wie nötig sind, um ein Eindringen zu verhindern… wenn ich die Maschine noch einmal auf den Kopf stellen muss, könnte sie in der Luft auseinander brechen, sodass wir alle umkommen. Niemand betritt dieses Cockpit. Also geben Sie auf, kapiert? Es reicht, Logan oder wer auch sonst da draußen steht.

Brian fühlte sich wie betäubt, was eigentlich keinen Sinn ergab. Obwohl er eine Maske trug und reinen Sauerstoff atmete, hatte er den Eindruck, dass sein Gehirn aus Watte bestand. Janie, die etwa fünf Meter entfernt von ihm lag, schien es nicht besser zu ergehen. Trotz der Warnung wollte er wieder mit der Sauerstoffflasche ausholen, doch die war inzwischen erstaunlich schwer geworden. Als er einen Blick auf die kleine Füllmengenanzeige warf, fragte er sich beinahe gleichgültig, warum die Nadel wohl schon im roten Bereich angelangt war.

Er versuchte, tiefer Luft zu holen. Es kam zwar noch Sauerstoff, aber es war zu wenig, und er fuhr zusammen, als ihm plötzlich ein Schauder den Rücken hinunterlief. Er konnte sich nicht mehr konzentrieren, doch das spielte eigentlich auch gar keine Rolle. Was hatte er bloß vorgehabt?

Cockpit! Ja, ich muss da rein, dachte er. Das war die Mission, doch es fiel ihm schwer, sie in Worte zu fassen. Da war noch etwas mit einer Flasche, aber er hatte es vergessen. Brian sank zu Boden und lehnte sich gegen die Wand. Eigentlich fühlte er sich recht wohl und sehr entspannt.

Keine Angst, alter Junge, von wem war noch mal der Satz?, dachte er.

Die Tür. Irgendwo gab es eine Tür. Er musste mit einer schweren Flasche irgendwo eine Tür einschlagen. Oder wenigstens so ähnlich.

Aber zuerst konnte ein Nickerchen ja nicht schaden.

36

LAGERAUM, WEISSES HAUS, WASHINGTON, D.C., 16:40 ORTSZEIT

William Sanderson, Stabschef im Weißen Haus und ehemaliger Vier-Sterne-General bei der Navy, erschien wie gewöhnlich zeitiger, als es die Mitarbeiter im Lageraum erwartet hätten.

Diesmal allerdings waren die Kollegen darauf vorbereitet, denn sie hatten schon vor Monaten die Lektion gelernt, dass der Stabschef immer zu früh kam und sich unbemerkt wie eine B-2 hereinstahl.

Sanderson ließ sich am Ende des kleinen Besprechungstischs in dem verhältnismäßig engen Kellerraum nieder und wies auf den Bildschirm an der Wand. Dort flimmerten die streng geheimen Liveaufnahmen, die gerade aus Chantilly übermittelt wurden.

«Ich bin über die Ereignisse informiert», begann er. «Warum nimmt man in Langley und bei der NRO an, dass wir es mit einem Angriff durch ein trojanisches Pferd zu tun haben?»

Der Leiter des Lageraums schob einige Papiere zu ihm hinüber, die den roten Stempel «STRENG GEHEIM» trugen.

«Sir, das sind die Hinweise, die unsere ursprüngliche Vermutung belegen. Langley glaubt, dass General Onitsa ein Abkommen mit irgendwelchen Unbekannten getroffen hat. Er hat sich zwar bis jetzt noch nie mit Terroristen eingelassen und stets darauf geachtet, sich nicht bei uns unbeliebt zu machen, doch wenn wirklich eine solche Verabredung besteht, hat er jetzt dreihundertundzwanzig Geiseln in seiner Gewalt. Weiterhin verfügt besagte Organisation, mit der er sich verbündet hat, nun über die Möglichkeit, eine Passagiermaschine mit offizieller Flugnummer zu einer Massenvernichtungswaffe umzubauen. Bilder aus dem All belegen, dass sich die Passagiere am Boden befinden und gefangen gehalten werden. Die einzigen beiden Piloten, die an Bord waren, sind offenbar tot. Außerdem ist die 747 mittlerweile gestartet. Anscheinend funktionieren die Funkgeräte nicht, und der Pilot hat den Code für Funkausfall abgesetzt. Darüber hinaus liegt uns eine ausgesprochen geschickt formulierte, digital übermittelte Nachricht vor, die angeblich vom Kapitän selbst stammt. Er behauptet, die Maschine sei von den Passagieren – die nach Auffassung der CIA allerdings in Nigeria zurückgeblieben sind – entführt worden. Wie die NRO annimmt, hat ein Satellit vor erst fünf Minuten Signale aufgefangen, die auf spaltbares Material an Bord hinweisen.»

«Was für Signale genau? Hat der Beschuss mit Neutronen ein positives Ergebnis gehabt?»

«Nicht ganz, Sir. Es gab nur ein paar Abstrahlungen, die von etwas herrühren könnten, das in der Maschine versteckt ist – vielleicht ist es ja auch falscher Alarm. In anderen Worten weiß man zurzeit noch nichts Genaues. Jedoch ist nicht auszuschließen, dass das Flugzeug eine Atomwaffe an Bord hat. Die NRO meldet außerdem, dass vor der Landung nichts auf atomare Strahlung auf dem Flughafen in Nigeria hindeutete. Aber das Material könnte auch gut abgeschirmt gewesen sein.»

«Solange es keine Bestätigung dafür gibt, kümmert mich das wenig», erwiderte der Stabschef. «Vielleicht haben sie ja auch Milzbrandbakterien oder chemische Kampfstoffe bei sich.»

«Und was bedeutet das für uns?», hakte der Leiter des Lageraums nach. «Langley empfiehlt, sofort den Präsidenten zu informieren.»

Ruckartig wandte der General den Blick von den Papieren ab und musterte den Leiter des Lageraums. «Und was sollen wir von ihm verlangen?»

«Die Erlaubnis, die NATO und SHAPE, das Oberkommando der Alliierten in Europa, zu alarmieren. Ebenso die Israelis, für den Fall, dass die Maschine plötzlich nach rechts abschwenkt. Weiterhin sollte das Außenministerium sämtliche europäische Länder warnen, die in der Flugbahn der 747 liegen.»

Sanderson betrachtete wieder seine Papiere. «Hier steht, dass Doktor Onitsa bereits Forderungen gestellt hat. Was werden die Nigerianer tun?»

«Abwarten, ob wir ihnen das Geld geben. Ansonsten werden

sie sich ruhig verhalten, bis sie wissen, was Onitsa vom nigerianischen Militär verlangt. Das erste Ultimatum – das für die Geldübergabe – läuft in ein paar Minuten ab.»

«Wie steht das Pentagon dazu?»

«Es verhält sich ebenfalls abwartend, Admiral. Die Siebte Flotte im Mittelmeer wurde für den Notfall in Alarmbereitschaft versetzt.»

Lächelnd hob Sanderson den Kopf. «Gut. Vielleicht brauchen wir sie ja. Die *Enterprise* ist da draußen, außerdem die *Eisenhower*...»

«Einmal Marine, immer Marine...»

«Da können Sie Gift drauf nehmen», entgegnete Sanderson und schob die Papiere über den Tisch. «Also gut. Wo ist die *Air Force One* im Moment?»

«In der Gegend von Des Moines. Der Präsident telefoniert gerade mit der First Lady.»

«Unterbrechen Sie die beiden, verbinden Sie mich und sorgen Sie dafür, dass im Pentagon jemand für ein kurzfristiges Informationsgespräch bereitsteht. Sie wissen ja, dass der Präsident immer spontan die Meinung des Pentagons von mir hören will. Tja, und wenn wir wirklich eine amerikanische 747 über dem Mittelmeer abschießen müssen, will ich zuerst alle Fakten auf dem Tisch haben.»

Der Leiter des Lageraums, der diese Möglichkeit offenbar noch gar nicht in Betracht gezogen hatte, zuckte zusammen. «Glauben Sie... es wird dazu kommen?»

William Sanderson stand auf, um sich einen Kaffee einzuschenken.

«Wenn wir nicht hundertprozentig wissen, dass keine Bedrohung von der Maschine ausgeht, bleibt uns vielleicht nichts anderes übrig. Es existiert bereits eine pauschale Genehmigung, nötigenfalls ein Passagierflugzeug über den Vereinigten Staaten abzuschießen. Doch anders als bei der Maschine von Quantum Airlines vor ein paar Jahren, die angeblich ein Virus an Bord hatte, brauchen wir uns diesmal wenigstens keine Gedanken über Passagiere zu machen.»

NRO-ZENTRALE, CHANTILLY, VIRGINIA, 16:45 ORTSZEIT

George Zoffel drehte sich um, sah John Blaylock an und wies auf den Hauptbildschirm, wo die geisterhaften Umrisse von Meridian Flug Sechs, gefolgt von weißen Kondensstreifen aus den vier Triebwerken, zu sehen waren.

«Was denken Sie, John? War das gerade eine gesteuerte Rolle?»

John Blaylock nickte heftig. «Richtig. Und ich bin sicher, dass kein Flugkapitän, der noch alle Tassen im Schrank hat, mit einer 747 ein solches Manöver fliegen und sich in einem so steilen Neigungswinkel drehen würde. Bestimmt sitzt keiner der Jungs von Meridian am Steuerknüppel. Dieses Kunststückchen verrät mir mehr als die Satellitenbilder von den toten Piloten oder Onitsas Forderungen.»

«Sie sind doch selbst als Kapitän auf einer 747 geflogen, richtig?»

«Mehr Jahre, als ich zugeben möchte», erwiderte John. «Eine Rolle ist durchaus möglich, das ist nicht das Problem. Allerdings würde kein Mensch so etwas freiwillig tun.»

David Byrd beugte sich vor, musterte Zoffel und Blaylock eindringlich und hob dann den Finger.

«Haben Sie etwas anzumerken, Colonel?», fragte Sandra Collings.

«Tja… ich bin ja eigentlich nur als Beobachter hier, aber da gibt es etwas, das mich stört.»

«Schießen Sie los.»

«Also, zuerst… was ist, wenn an Bord wirklich gerade eine Meuterei der Passagiere stattfindet? Im Falle eines Kampfes wäre eine Rolle doch gar nicht so abwegig, oder? Während der Angriffe auf New York und auf das Pentagon gab es doch auch eine Gruppe mutiger Passagiere, die versuchten, die Entführer im Cockpit zu überwältigen, und damit das Flugzeug zum Absturz brachten.»

«Aber zu einer Passagierrevolte braucht man Passagiere, Colonel», entgegnete Sandra und wies auf eine Standaufnahme von General Onitsas Lager mit den verräterischen Bussen.

Seufzend musterte David noch einmal das Bild und blickte Sandra dann in die Augen.

«Stimmt, aber... ich bin noch nicht ganz überzeugt davon, dass die Passagiere wirklich nicht mehr an Bord sind. Schauen Sie, wenn Onitsa dieses Theater im Rahmen einer Abmachung mit einer Organisation X veranstaltet, hat die doch ganz sicher nicht vorgehabt, eine 747 zu klauen, die auch ein bisschen schwierig zu verstecken wäre. Was also wollen diese Leute dann?»

«Am allerwahrscheinlichsten das, was wir hier vermuten», meinte Sanda, «nämlich ausnutzen, dass eine Passagiermaschine im internationalen Luftraum keinen Verdacht erregt; man ändert wegen eines vorgetäuschten Notfalls den Kurs und kann auf diese Weise eine Waffe transportieren. Wirklich eine wundervolle Idee, und sie wird dadurch noch besser, dass an Bord ja angeblich die Hölle los ist und dass ein armer, einsamer Kapitän, der sich tapfer zur Wehr setzt, verzweifelt eine Möglichkeit zur Landung sucht.»

«Schon, aber Moment mal», sagte David. «Auf diesem Monitor haben wir die visuelle Bestätigung dessen, dass die Passagiere aus der Maschine geholt wurden, richtig?»

«Richtig», echote Zoffel.

«Aber wenn General Onitsa von Anfang an vorhatte, die Passagiere und die Besatzung als Geiseln zu nehmen und Lösegeld zu erpressen, wussten seine Komplizen, also Organisation X, doch sicher davon – schließlich ist das der Nutzen, den Onitsa sich von dieser Abmachung verspricht. Infolgedessen musste Organisation X sich darüber im Klaren sein, dass Onitsa der Welt irgendwann reinen Wein einschenken würde: *Die gestohlene 747 hat bis auf die Piloten niemanden an Bord.* Deshalb verschickt Organisation X ein ausgeklügelt formuliertes Schreiben, in dem von einer Passagierrevolte die Rede ist; die Maschine sei von ihren eigenen Passagieren entführt worden, was, wie ich zugeben muss, wirklich gerissen und außerdem sehr originell ist. Allerdings steht diese Behauptung in krassem Gegensatz zu Onitsas Äußerungen gegenüber der nigerianischen Regierung, denen zufolge ja gar keine Passagiere mehr an Bord sind! Warum also sollte Organisation X sich auf einen Plan einlassen, der von vornherein zum Scheitern verurteilt ist?»

«Wer spricht denn hier von scheitern?», wandte George Zoffel ein. «Schließlich haben sie jetzt unsere ungeteilte Aufmerksamkeit.»

«Ja, aber was wollen diese Leute uns denn nun eigentlich weismachen? Da stimmt etwas nicht mit unserer Logik.»

John Blaylock hatte schweigend vor sich hin geschmunzelt. Nun begann er zu kichern, und David drehte sich ein wenig gereizt zu ihm um.

«Was gibt es, John?»

John schüttelte den Kopf. «Tut mir Leid … es liegt nicht an dir, Davey… sondern an General Onitsa, oder besser Doktor Onitsa.»

«Ich verstehe nicht», entgegnete David, dem die Selbstzufriedenheit seines älteren Kollegen ein wenig auf die Nerven fiel. «Ich weiß, dass ich, was internationale Geheimdienstangelegenheiten betrifft, ein blutiger Anfänger bin, aber Logik ist und bleibt Logik.»

John Blaylock räusperte sich. Sein Grinsen war verschwunden, und er hatte aufgehört zu kichern. «Ich kenne die Vergangenheit und die Persönlichkeitsstruktur dieses Mannes. Der Doktor ist ein Meister der Täuschung, und er ist viel zu schlau, um sich in Kriegszeiten auf die Schurkenliste der Vereinigten Staaten setzen zu lassen. Was tut er also? In diesem Fall hat er Organisation X schlicht und ergreifend ausgetrickst, nur dass die es noch nicht wissen.»

«Da komme ich nicht mehr mit», meinte David.

«Ich auch nicht», schloss sich George Zoffel mit einem spöttischen Lächeln an.

Blaylock erhob sich und wies auf den Bildschirm, wo sich die Umrisse der 747 immer noch nach Norden bewegten. «Der Plan ist sehr schlau, Kinder», fuhr er fort. «Organisation X, wie Sie sie nennen, beabsichtigt, mithilfe der 747 biologische Kampfstoffe oder eine Atomwaffe über dem Zentrum einer europäischen Stadt abzuwerfen. Aller Wahrscheinlichkeit nach handelt es sich um eine Biowaffe. Die Piloten sind vermutlich keine Selbstmordattentäter; möglicherweise wissen sie gar nicht, was sie an Bord haben und was geschehen wird. Doch um die Mission auszuführen, erfinden sie zu ihrer Tarnung das Märchen von der Passagierrevolte. Der bedrängte Kapitän hat sich im Cockpit verbarrikadiert und befindet sich bequemerweise in Begleitung einer einsamen Stewardess.

Bestimmt hat Onitsa der Organisation X geschworen, er werde seine Forderungen an die nigerianische Regierung erst stellen, nachdem sie ihren Milzbranderreger oder ihre Bombe abgeworfen haben – denn dann kann ja ruhig bekannt werden, dass gar keine Passagiere an Bord sind. Wenn alles vorbei ist, braucht sich Organisation X ja nicht mehr für den Verbleib der Passagiere zu interessieren, denn schließlich ist ihre Mission erfüllt. Die USA hingegen, die entweder einige Millionen Tote betrauern oder versuchen, die Seuchengefahr einzudämmen, werden unbeschreiblich erleichtert sein, dass zumindest die dreihundert Passagiere der Meridian in Nigeria noch am Leben sind. Wie ich uns kenne, werden wir jede geforderte Summe bezahlen, um sie zurückzubekommen.

So kriegt Onitsa sein Geld, den Passagieren geschieht nichts, und Organisation X erhält die Gelegenheit, einige Millionen Menschen in Rom, Paris oder London ins Jenseits zu befördern. Nach einem Abstecher nach Bagdad oder nach Teheran tauchen sie rasch unter, in der Hoffnung, dass wir irgendeine Großstadt mit unseren Bomben platt machen und damit das internationale Bündnis gegen den Terrorismus gefährden. Das wäre eine Erklärung dafür, auf welcher Grundlage Onitsa die Abmachung getroffen hat. Aber…» Wild gestikulierend lief John im Raum auf und ab.

«Ich wusste, dass da noch ein ‹Aber› kommt», meinte Sandra und zwinkerte David zu. «Das ist bei John Blaylock immer so.»

«Bitte unterlassen Sie es, ältere Herren zu unterbrechen, meine Liebe», erwiderte John mit einem Blinzeln und hob mahnend den Zeigefinger. «Aber», fuhr er dann fort, «unser durchtriebener Doktor Onitsa hat einen Fehler, der ihm bis jetzt noch nicht zum Verhängnis geworden ist. Er ist ein Heiler. Ein Arzt. Ein Mann, der den hippokratischen Eid geschworen und gelobt hat, sein

Volk zu retten. Obwohl er sich gut aufs Töten versteht, hat er eigentlich keinen Spaß daran. Allerdings ist er ein begabter Schauspieler und Militärstratege und hat sich einen Ruf als blutrünstiger Tyrann aufgebaut. Doch während des Volksaufstandes, den er vor acht Jahren angezettelt hat, hat er so viele Menschen wie möglich verschont. Bestimmt ist ihm nicht daran gelegen, London, Genf oder Paris auszulöschen, denn er liebt diese Städte und Europa im Allgemeinen.»

«Soll das heißen –», begann David.

«Das heißt, er weiß genau, was für ein grausiges Verbrechen Organisation X plant, und ist ihr deshalb zuvorgekommen, indem er Forderungen an die nigerianische Regierung gestellt hat. Ihm ist klar, dass wir dahinter kommen und uns sofort mit dem Fall befassen werden. Und er baut darauf, dass wir die 747 als fliegende Bedrohung enttarnen, noch ehe sie die südliche Küste des Mittelmeeres erreicht.»

«Da ist aber noch eine offene Frage, John», unterbrach George Zoffel. «Wie haben sie die Maschine überhaupt in die Finger gekriegt? Wie um alles in der Welt haben sie zwei Piloten dazu gebracht, auf einem abgelegenen Flughafen wie Katsina zu landen?»

«Das ist doch ganz einfach, George. Sie haben ein technisches Problem ausgelöst, das im richtigen Augenblick genau über Nigeria auftrat. Vielleicht haben sie auch mit einem ihrer eroberten Kampfflugzeuge auf eines seiner Triebwerke geschossen. Vermutlich besitzen sie ein starkes Funkgerät, mit dem sie den Kontakt mit der nigerianischen Flugsicherung stören und die Maschine nach Katsina locken konnten. Die Piloten der Meridian wurden nach der Landung getötet. Doch Onitsa oder Organisation X haben den großen Fehler gemacht, nicht an unsere Satelliten zu denken.»

George Zoffel nickte. «Das klingt im Großen und Ganzen recht sinnvoll. So muss es gewesen sein.»

«Also haben wir nun dank der freundlichen Hilfe von General Dr. Jean Onitsa die Gelegenheit, die leere 747 abzuschießen, sobald sie sich über dem Mittelmeer befindet. Und das heißt, dass Onitsa auf eine verquere Weise unser Verbündeter geworden ist», sagte John Blaylock. Er streckte die Arme aus und vollführte eine leichte Verbeugung: «Und hiermit schließe ich die Beweisaufnahme ab. Ich danke Ihnen für Ihre Aufmerksamkeit.»

George Zoffel und Sandra Collings applaudierten lachend. David Byrd stimmte ein. Der Plan war wirklich brillant, doch ein leichter Zweifel ließ ihm immer noch keine Ruhe.

«Deshalb bezahlt man mich auch so gut, Leute», meinte John, der den Moment genoss. «Obwohl mir Blondinen lieber wären als Geld.»

Sandra räusperte sich und verdrehte die Augen, während George Zoffel zu dem Telefon griff, das ihn mit dem Lageraum verband.

«Rufen Sie im Weißen Haus an?», fragte John.

George nickte.

«Gut. Sagen Sie ihnen, wenn wir falsch liegen, ist das die alleinige Schuld eines Grünschnabels von einem Colonel namens Byrd.»

37

IN DER LUFT, AN BORD VON MERIDIAN FLUG SECHS, 22:45 ORTSZEIT

Seit dem letzten lauten Hämmern gegen die Cockpittür waren einige Minuten vergangen, und Phil Knight sah sich um. Judy Jacksons Augen waren vor Angst geweitet, eine Sauerstoffmaske bedeckte ihren Mund und ihre Nase, und ihre Hände umklammerten die Notfallaxt auf ihrem Schoß.

Dann warf Phil einen Blick auf die Schalttafel für den Kabinendruck. Inzwischen betrug die Kabinendruckhöhe gut zehntausend Meter, und Phil hatte ein seltsames Gefühl beim Luftholen, als bliese der Sauerstoff gewaltsam seine Lungen auf, sodass ihm das Ausatmen Mühe bereitete.

Der Regler für den Kabinendruck stand auf manueller Bedienung, und Phil betätigte den Schalter, bis sich das große ausgehende Ventil im Heck wieder schloss. Der Steiggeschwindigkeitsanzeiger für die Kabine stoppte und sank dann wieder auf null. Zehntausend Meter genügten, dachte Phil. Inzwischen waren sicher auch die tragbaren Sauerstoffflaschen leer, sodass in zehn Minuten nur noch Judy Jackson und er bei Bewusstsein sein würden. Dann konnte er die Chefstewardess nach hinten schicken, damit sie Logan Plastikhandschellen anlegte. Schließlich hatte er auf dem Bildschirm beobachtet, dass der Doktor versucht hatte, die Tür einzuschlagen. Nun lag er zusammengesackt auf dem Boden des kleinen Flurs.

Phil warf einen Blick auf die vordere Instrumententafel und kontrollierte den Fluglageanzeiger. Sie befanden sich wieder in einem Winkel von zwanzig Grad. Er brachte die 747 erneut auf einen Steuerkurs von 350 Grad und schaltete den Autopiloten ein. Sein Herz klopfte immer noch, da er mit einem weiteren Angriff auf die Tür rechnete.

Dann ließ ihn etwas auf dem Radarschirm aufmerken. Sie flogen auf einer Höhe von dreizehntausend Metern, und die starken Radarstrahlen, die die Boeing in die Nacht hinausschickte, kehrten mit der Information zurück, dass in zweihundertsiebzig Kilometern Entfernung gewaltige Unwetter heranzogen. Phil betrachtete die riesige von Norden nach Süden verlaufende Linie gelber Radarechos, die rot gefleckt über den Bildschirm krochen, und kam zu dem Schluss, dass er die Gewitter würde umfliegen müssen.

Langsam drehte er den Steuerkursregler im Uhrzeigersinn und korrigierte den Kurs erst um zehn, dann um zwanzig Grad nach rechts. Dabei behielt er den Radarschirm im Auge, um sicherzugehen, dass er auch wirklich am östlichen Rand des Unwettergebiets vorbeifliegen würde. Die Spitzen solcher Mammutgewitter erreichten häufig Höhen von über zwanzigtausend Metern: Über dem Mittleren Westen der USA hatte er schon unzählige von ihnen rechtzeitig erkannt und vermieden, und hier, über der Einöde der Sahara, waren sie bestimmt noch schlimmer.

Über welchem Land fliegen wir überhaupt?, fragte sich Phil und suchte nach der Fliegerkarte. Doch im nächsten Moment sagte er sich, dass das keine Rolle spielte. Schließlich befand er sich über der Sahara, wo keine Grenzen zu erkennen waren. Wen interessierte es schon, zu welchem Land das jeweilige Gebiet gehörte? Außerdem hatte er ja einen Notfall gemeldet und den Code für eine Flugzeugentführung abgesetzt. Also war die ganze Welt gesetzlich verpflichtet, ihn alles tun zu lassen, was nötig war, um die Maschine wohlbehalten zu landen.

Fünf Meter entfernt auf der anderen Seite der Cockpittür sah Brian Logan, dass die Welt um ihn herum wieder Gestalt annahm, während frischer Sauerstoff in seine Lungen strömte. Farben leuchteten auf, als er langsam zu Besinnung kam und eine Hand bemerkte, die ihm eine Sauerstoffmaske gegen das Gesicht presste.

Brian blickte auf und in Janie Bretsens Augen. Sie waren grün, weit aufgerissen und ausdrucksvoll und das Einzige, was an ihrem von einer Sauerstoffmaske bedeckten Gesicht zu erkennen war.

Sie nahm kurz die Maske ab, damit sie sprechen konnte.

«Hören Sie mich, Brian?»

Er nickte.

«Behalten Sie die Maske. Wir atmen Sauerstoff aus einer Flasche; und Ihre war leer. Uns bleiben nur ein paar Minuten, wenn er die Kabinendruckhöhe nicht senkt. Ich glaube, außer uns ist niemand bei Bewusstsein, und in dieser Flasche ist auch nicht mehr viel drin.»

Brian war zu dem Schluss gekommen, dass der Kapitän in seiner Panik nur weitere gefährliche Manöver fliegen würde, falls er noch einmal versuchen sollte, die Tür einzuschlagen. Außerdem war es ihm, wie er zugeben musste, ja schon beim ersten Mal nicht gelungen, das Schloss aufzubrechen. Wenn ihnen wirklich nur noch ein paar Minuten blieben, war Verhandeln ihre einzige Chance.

Er nahm die Maske ab. «Wo ist das Bordtelefon?»

Janie sah sich um und entdeckte eines in wenigen Metern Entfernung. Nachdem sie Brian die frische Sauerstoffflasche gegeben hatte, stand sie auf, um es zu holen.

«Behalten Sie die Maske auf. Wenn Sie sie abnehmen, fallen Sie in etwa dreißig Sekunden in Ohnmacht.»

Er nickte und setzte die Maske wieder auf.

«Möchten Sie ihn anrufen?», fragte sie und wies auf die geschlossene Cockpittür.

Als Brian wieder nickte, tippte Janie die Nummer ein.

Phil Knight zögerte, als er das Läuten hörte. Vermutlich waren noch ein oder zwei Flugbegleiterinnen bei Bewusstsein und atmeten den letzten Sauerstoff aus ihren Flaschen. Inzwischen machte er sich ein wenig Sorgen, er könnte wieder einmal eine falsche Entscheidung getroffen haben. Schließlich gewann seine Neugier die Oberhand; er nahm den Hörer ab und hörte zu seinem Erstaunen Logans Stimme. Als er einen Blick auf den Videoschirm warf, konnte er ihn nicht mehr auf dem Boden liegen sehen.

«Ich habe genügend Sauerstoffflaschen», begann der Arzt, «sodass die Zeit reicht, die Tür einzuschlagen und Sie an Ort und Stelle umzubringen. Außerdem befindet sich ein weiterer Pilot an Bord, der das Steuer übernehmen könnte. Also möchte ich Ihnen einen Vorschlag machen.»

«Was?», fragte Phil nach einigen Sekunden angespannten Schweigens. «Was für einen Vorschlag?»

«Sinken Sie sofort auf weniger als dreitausend Meter, dann lassen wir Sie in Ruhe. Aber Sie müssen uns auch versprechen, dass Sie wirklich nach London oder an einen anderen akzeptablen Zielort fliegen.»

«Ich fliege nach London, verdammt! Das habe ich Ihnen doch schon gesagt.»

«Und keine Kunststückchen mehr.»

«Einverstanden.»

«Und schalten Sie die Bildschirme ein, die beweglichen Karten, die uns zeigen, wo wir sind, damit wir wissen, ob Sie Ihren Teil der Abmachung auch erfüllen.»

«Ich denke, das lässt sich machen.»

«Also steht die Abmachung?», fragte Brian.

Wieder herrschte Schweigen, während Phil Knight versuchte, trotz des Dröhnens in seinem Schädel über das Angebot nachzudenken. Keine weiteren Einbruchsversuche als Gegenleistung für Sauerstoff. Falls die Passagiere die Meridian wegen ihrer Bewusstlosigkeit verklagten, konnte er in Schwierigkeiten geraten, und vielleicht war das deshalb wirklich die bessere Lösung.

«Verstanden, Logan», erwiderte Phil. «Wenn Sie Ihr Wort brechen, senke ich einfach wieder den Druck, öffne das Ventil, und wir steigen sofort auf dreizehntausend Meter; dann sind Sie schwuppdiwupp weg vom Fenster.»

«Ja, verstanden. Natürlich würde ich Ihnen noch den Hals umdrehen, bevor ich umkippe. Aber ich stimme zu. Also abgemacht?»

«Solange Sie sich an die Regeln halten», erwiderte Phil, immer noch argwöhnisch. Im Hintergrund hörte er, wie eine Frauenstimme etwas über die Sauerstoffmasken für die Passagiere sagte; dann meldete Logan sich wieder.

«Okay. Sie haben doch irgendeinen Unterbrecher für die Sauerstoffmasken der Passagiere gezogen, richtig?»

«Ja», entgegnete Phil zögernd.

«Schieben Sie ihn wieder rein.»

Sekunden vergingen. Dann ging ein Rascheln durch die Kabine, und ein Gewirr aus gelben Sauerstoffmasken fiel aus den Fächern über den Köpfen der Fluggäste.

«Gut. Der Unterbrecher ist drin. Sind die Masken runtergefallen?»

«Ja. Ich hoffe nur, dass Sie niemanden umgebracht haben. Keiner der Passagiere ist in der Lage, selbst seine Maske aufzusetzen.»

«Ich bin befugt, alles Nötige zu tun, um eine Meuterei in meinem Flugzeug niederzuschlagen», zischte Phil.

«Senken Sie die Kabinendruckhöhe. Rasch. Ich will auf der Stelle ein Knacken in meinen Ohren hören», fügte Brian hinzu.

«Einverstanden, ich erhöhe den Druck.»

«Vermutlich haben Sie Dutzende von Menschen gesundheitlich geschädigt, Sie Narr. Wussten Sie das denn nicht?»

«Zum Teufel mit Ihnen, Logan. Sie kommen sowieso wegen Luftpiraterie und Mordes in die Gaskammer.»

Schweigen entstand, während die beiden Männer versuchten, ihre ohnmächtige Wut zu bändigen.

«Passen Sie auf», meinte Brian schließlich, «Sie haben doch vorhin gesagt, Sie hätten keine Selbstmordabsichten.»

«Natürlich nicht.»

«Dann müssen Sie einen Plan haben, und den würde ich gerne hören. Warum sind Sie umgekehrt, obwohl wir verlangt haben, nach Kapstadt zu fliegen?»

Phil Knight schnaubte in den Hörer.

«Sie waren zu sehr damit beschäftigt, Drohungen auszustoßen, um mir geistig zu folgen, Logan. Unser Sprit reicht nicht bis nach Kapstadt, so einfach ist das. Also fliegen wir nach London, wie ich gesagt habe. Und wenn ich zu vielen Schlechtwetterzonen ausweichen muss, könnten wir sogar gezwungen sein, stattdessen in Paris zu landen.»

Brian blickte an Janie vorbei in die Kabine auf dem Oberdeck. Keiner der Passagiere rührte sich; doch da es bereits in seinen Ohren knackte, stieg der Druck offenbar wirklich.

Brian gab den Code für den Bordlautsprecher ein.

Leute, hier spricht Doktor Logan. Hören Sie mir bitte zu... Wachen Sie auf! WACHEN SIE AUF! Wir erhöhen den Kabinendruck, aber

Sie müssen auf Ihre Ohren achten. Wenn sie zugehen, halten Sie sich fest die Nase zu, schließen Sie den Mund und schnauben Sie durch die Nase. Dann knacken Ihre Ohren und gehen wieder auf.

Brian wusste nicht, was ihn dazu trieb, anschließend wieder den Code für das Cockpit einzugeben.

Phil antwortete sofort.

«Ja?»

«Ich habe eine Frage.»

«Was ist, Logan?»

«Warum haben Sie den Copiloten zurückgelassen? Er verblutete. Wie zum Teufel konnten Sie so etwas tun?»

«Ich habe ihn nicht zurückgelassen. Das heißt, ich habe ihn erst gesehen, als wir schon mitten im Startvorgang waren. Und falls es Ihnen nicht aufgefallen sein sollte, musste ich an dreihundert Passagiere denken. Ich glaubte, er sei bereits an Bord, als ich mit dem Start begann. Das ist die volle Wahrheit.»

«Ich habe Ihnen doch gesagt, dass er nicht an Bord war und dass er angeschossen wurde.»

«Ich habe Sie erst gehört, als wir uns schon in der Luft befanden, und da haben Sie mich nur angeschrien.»

«Verdammt», zischte Brian. «Sie lügen doch. Und wollen Sie wissen, wie ich darauf komme? Ich habe Sie aufgefordert, die Maschine anzuhalten, und Sie sind sofort auf die Bremse getreten.»

«Ich habe nicht gehört, dass Sie stoppen wollen, Logan.»

«Die Verbindung war gut. Ich habe alle Geräusche aus dem Cockpit mitbekommen», wandte Brian ein.

«Mag sein, aber der Hörer lag auf dem Boden. Ich war damit beschäftigt, das verdammte Flugzeug zu steuern, und hatte keine Zeit zum Telefonieren. Zufällig näherte sich gerade das Ende der Piste, und wir hatten ein ziemliches Tempo drauf. Ich musste anhalten, sonst wären wir von der Startbahn abgekommen. Mit Ihnen hatte das gar nichts zu tun.»

«Sie behaupten also, Sie hätten mich nicht gehört?»

«Nein, verdammt. Aber dafür habe ich jedes Wort meiner Chefstewardess verstanden, und die hat mir erzählt, was Sie Garth ... meinem Copiloten ... angetan haben.»

«Ich habe versucht, ihn zu retten.»

«Da lachen ja die Hühner.»

«Moment mal. Welches Märchen hat die Jackson Ihnen denn aufgetischt?»

«Sie ist Augenzeugin und hat selbst gesehen, dass Sie Garth totgeschlagen und aus dem Elektronikschacht geworfen haben.»

«WAS! Das gibt's doch nicht – die Frau lügt wie gedruckt!»

«Leugnen Sie nicht, Logan», erwiderte Phil Knight. «Sie sitzt hier neben mir und nickt. Sie hat gesehen, wie Sie den Copiloten mit einer Sauerstoffflasche erschlagen haben.»

«Das war nicht der Copilot, Sie Schwachkopf! Das habe ich Ihnen doch schon mal erklärt. Es war... es waren zwei Soldaten, die den Copiloten verfolgten, nachdem er angeschossen worden und aus der Maschine gefallen war.»

Wieder herrschte Schweigen im Cockpit.

«Warum sollte ich Ihnen glauben, Logan?»

«Welchen Grund hätte ich gehabt, den Copiloten anzugreifen, verdammt? Er hatte mir bereits erzählt, was für ein Arschloch Sie sind. Wenn ich Lust hätte, einen Piloten zu erschlagen, hätte ich mich an Sie gehalten, nicht an ihn. Vor allem, wenn ich bedenke, was Sie mit uns hier veranstalten.»

«Bleiben Sie bloß vom Cockpit weg», zischte Phil wütend. «Es kostet mich nur eine Bewegung mit dem Finger, und der Kabinendruck sinkt wieder.»

Brian setzte zu einer Antwort an, doch ein Klicken sagte ihm, dass Phil Knight die Verbindung unterbrochen hatte.

OBERKOMMANDO DER LIBYSCHEN ARMEE, TRIPOLIS, LIBYEN, 23:05 ORTSZEIT

Die Notlandung von Meridian Flug Sechs sechs Stunden zuvor in Nigeria hatte bereits Libyens umfangreichen Geheimdienstapparat auf den Plan gerufen. Da die Route von Meridian Flug Sechs dicht am libyschen Luftraum vorbeiführte, war eine Überwachung Routineangelegenheit. Doch dass eine Maschine, die sonst Kurs auf Süden hatte, nun plötzlich nach Norden flog, erregte Aufmerksamkeit, schon bevor die nigerianische Flugsicherung den Großteil der Welt von der Flugzeugentführung in Kenntnis setzte.

Der Radar der libyschen Luftwaffe begann seine Suche im Süden, und mit dem immer länger dauernden Warten verwandelte sich die Neugier bald in Besorgnis. Als die amerikanische 747 endlich auf dem libyschen Radar erschien, stellten die Fluglotsen fest, dass die Piloten den Kurs geändert hatten: Flug Sechs hielt nun geradewegs auf den südwestlichen Rand von Libyen zu, und zwar ohne Überfluggenehmigung.

Obwohl sich im Südwesten Libyens nichts weiter befand als eine der unwirtlichsten Wüsten der Erde, wurde ein herannahendes entführtes US-Flugzeug als Kränkung der ohnehin schon angekratzten Ehre des libyschen Dikators Muammar Gaddhafi betrachtet – und so deutete man den amerikanischen Krieg gegen den Terrorismus als Freibrief, die Maschine abzuschießen. Wie Gaddhafi ein Jahrzehnt zuvor verkündet hatte, sollten die Amerikaner nie wieder Gelegenheit erhalten, sich unbemerkt in sein Land zu schleichen. Dies nämlich war einem Geschwader von F-111 der Air Force Anfang der Achtzigerjahre gelungen, als Tripolis bombardiert wurde und der Diktator nur knapp dem Tod entronnen war. Die bloße Möglichkeit, dass es sich bei der 747 der Meridian um eine fliegende Bombe handeln könnte, genügte, um sofortige Maßnahmen einzuleiten – insbesondere nachdem der libysche Geheimdienst von den Zwischenfällen in Nordnigeria erfahren hatte.

Schon eine Viertelstunde später wurde die Tür des Kommandopostens auf einem abgelegenen libyschen Luftwaffenstützpunkt in der südlichen Sahara aufgerissen. Vier Kampfpiloten stürmten hinaus und setzten ihre Helme auf, während sie in der Dunkelheit über den rissigen Asphalt eilten. Mit dem Befehl, sofort zu starten und die fremde Maschine abzufangen, rannten sie auf ihre altersschwachen, aber gut bestückten MiG-21-Kampfflugzeuge zu.

Die Regeln für den Kampf waren einfach und kamen direkt von Gaddhafi selbst: Wenn die 747 in libyschen Luftraum eindrang, musste sie abgeschossen werden.

LAGERAUM, WEISSES HAUS, WASHINGTON, D.C., 17:15 ORTSZEIT

Das Gesicht des Präsidenten der Vereinigten Staaten erschien in Farbe auf dem Flüssigkristall-Bildschirm, der die gesamte Wand hinter dem kleinen Konferenztisch einnahm.

Stabschef William Sanderson nickte seinem alten Freund zu und betrachtete das Bild. Er war immer noch erstaunt, dass man die achtundzwanzig Kameralinsen, die auf ihn gerichtet waren, nicht erkennen konnte. Es funktionierte besser, als er gedacht hatte.

«Okay, Bill», meinte der Präsident. «Was gibt es Neues?»

Admiral Sanderson kicherte und schüttelte den Kopf. «Verzeihung, Sir, ich habe mich immer noch nicht daran gewöhnt, dass Sie einfach so auftauchen. Es sieht aus, als wären Sie hier im Raum.»

«Hier bei mir ist es genauso. Ich dachte schon, wir hätten einen blinden Passagier an Bord.» Der Präsident ordnete ein paar Papiere und hob dann den Kopf. «Okay, wo waren wir?»

«Meridian Flug Sechs hat den Kurs geändert und fliegt jetzt geradewegs auf die Südgrenze von Gaddhafiland zu. Der durchgeknallte Colonel hat vier MiG-21 losgeschickt, die der Maschine auflauern sollen.»

Admiral Anderson sah, wie der Präsident den Kopf zur Seite neigte.

«Wirklich?»

«Ja, Sir.»

«Ich habe die Meldung bekommen, Bill, dass an der Grenze zwischen Libyen und Algerien schwere Unwetter aufziehen.»

«Das ist richtig.»

«Also ist die Frage, ob der Pilot der Maschine wirklich vorhat, in libyschen Luftraum einzudringen, oder ob er einfach nur die Unwetter umfliegen will und gar nicht merkt, was er damit anrichtet.»

«Schwer zu glauben», begann Sanderson, «dass jemand, der eine 747 steuern kann, nicht weiß, wo die libysche Grenze ist, insbesondere wenn es sich bei diesem Jemand um einen ausgebildeten Terroristen handelt.»

«Vielleicht ist er oder sie ja gar kein ausgebildeter Terrorist.»

«Sir?»

«Vielleicht sitzt im Cockpit nur irgendein Idiot von einem Piloten, der über die nötigen Flugkenntnisse verfügt und für eine astronomische Summe angeheuert wurde. Es kann sein, dass er naiverweise annimmt, seine Auftraggeber seien lediglich harmlose Schmuggler und würden ihn am Leben lassen, damit er sein Honorar kassieren kann.»

«Durchaus möglich. Es ist schließlich schwer vorzustellen, dass heutzutage noch jemand wissentlich eine Terrormission fliegt.»

«Wie schätzt die CIA die Lage ein?», fragte der Präsident und wies auf einen anderen Mitarbeiter im Lageraum. «Jeff war der Name, richtig?»

«Ja, Sir. Unserer Vermutung nach liegt das Ziel der Maschine in Europa, wie ich bei unserem letzten Gespräch vor einer Stunde bereits erläutert habe. Falls wir es mit einer Aktion der Libyer zu tun hätten, würde die Maschine gewiss nicht nach Libyen fliegen. Immerhin weiß Gaddhafi nur allzu gut, mit welcher schweren Bestrafung durch Sie er rechnen müsste, falls er sich an einem derartigen Angriff beteiligt. Es besteht die entfernte Möglichkeit, dass das Flugzeug Tripolis angreifen will, aber wir glauben das nicht.»

«Und wenn es wirklich nur ein Irrtum des Piloten ist?»

«Gaddhafi wird ihn abschießen lassen, sobald er die Grenze überquert. Das Flugzeug ist in Amerika registriert, was es automatisch zum Feind macht. Außerdem handelt es sich bei diesem Landstrich am südwestlichen Rand von Libyen und südöstlichen Rand von Algerien um umstrittenes Gebiet, das von Libyen beansprucht wird. Aufgrund unserer neuen weltweiten Regelung im Umgang mit Terrorattacken muss eine entführte Linienmaschine, die nicht auf Funksprüche reagiert, abgeschossen werden, bevor sie eine Stadt erreicht.»

«Gut, und was hält das Pentagon davon?», erkundigte sich der Präsident.

«Im Moment haben wir keine Verbindung, Sir, aber ich kann Ihnen alles erläutern», erwiderte Sanderson und konsultierte einige Papiere. «Wie Sie befohlen haben, wurden all unsere Schiffe im Mittelmeer in Alarmbereitschaft versetzt. Unsere einzige Möglichkeit wäre, dem Piloten der 747 per Funk eine Warnung zukommen zu lassen, was nicht geht, weil sein Funkgerät ausgefallen ist. Ansonsten verfügen wir nicht über die Mittel, in den südlibyschen Luftraum einzudringen, selbst wenn Sie das riskieren wollten.»

«Mr President, da gäbe es noch etwas», wandte Jeff ein.

«Schießen Sie los.»

«Da wir davon ausgehen, dass weder Passagiere noch Besatzung an Bord sind und dass sich aller Wahrscheinlichkeit nach eine atomare, chemische oder biologische Massenvernichtungswaffe in der Maschine befindet, und da wir ohnehin planen, das Flugzeug über dem Mittelmeer abzufangen und zu zerstören –»

«Wäre es doch nett, wenn der liebe Onkel Gaddhafi uns die Arbeit abnimmt?», fiel der Präsident ihm grinsend ins Wort. «Wollten Sie darauf hinaus?»

«Ja, Sir.»

«Tja, im Moment sieht es aus, als müssten wir tatenlos zuschauen, bis die Maschine das Mittelmeer erreicht. Allerdings würde ich mich viel wohler fühlen, wenn unsere F-14 sich die 747 mal aus der Nähe ansähen – das heißt, bevor ich entscheiden muss, ob ich sie abschießen lasse.»

«Daran hat die Gegenseite sicher auch gedacht, Mr President», widersprach Jeff. «Was unsere Piloten durch die Fenster des Jumbos sehen, wird sie sicher in ihrer Meinung bestätigen, dass es sich um eine voll besetzte Passagiermaschine handelt, die für niemanden eine Bedrohung darstellt.»

«Mag sein, aber –»

«Sir, darf ich noch einen Vorschlag machen?»

«Tun Sie sich keinen Zwang an.»

«Falls Gaddhafi glaubt, dass die Maschine nach Tripolis fliegt, würden seine Piloten den Befehl zum Abschuss erhalten, auch wenn sie sich nicht über libyschem Gebiet befindet.»

«Was», ergänzte der Präsident, «eine verabscheuungswürdige Tat wäre, die gegen eine Unzahl von Abkommen verstößt und außerdem die Staatsgrenzen von Algerien verletzt, auf dessen Gebiet die Wrackteile vermutlich hinunterfallen würden.»

«Genau.»

«Sie wollen wohl, dass ich einen Befehl gebe?»

«Nein, Sir, das habe ich nicht gesagt. Ich habe mich nur gefragt, ob wir nicht lieber vorsichtig sein sollten, um Gaddhafi keinen Floh ins Ohr zu setzen. Oder sollen wir ihn unsere Funksprüche so interpretieren lassen, wie es ihm gefällt?»

Der Präsident wechselte einen Blick mit Bill Sanderson; dieser zog leicht die rechte Augenbraue hoch, eine missbilligende Geste, die dem Präsident sehr wohl vertraut war.

«Also, Jeff», erwiderte der Präsident und betrachtete den Mann aus Langley. «Ich werde keinen Befehl unterzeichnen, der die CIA befugt, der libyschen Regierung weiszumachen, dass sich die Maschine der Meridian in tödlicher Absicht auf dem Weg nach Tripolis befindet. Ich billige keine Aktionen mit dem Ziel, die Libyer aus ihrem Luftraum herauszulocken. Falls sie andererseits jedoch eine … private Nachricht, die wir an Dritte schicken und die sie verbotenerweise abfangen, falsch verstehen sollten, geht dieser Irrtum uns nichts an.»

«Ja, Sir.»

«Bill, Sie sagten doch, die Siebte Flotte stehe bereit?»

«Ja, Sir.»

«Wann hat das Flugzeug das Mittelmeer erreicht?»

«In knapp neunzig Minuten, Mr President.»

«Okay. Wir treten in neunzig Minuten wieder zusammen, um einige schwerwiegende Entscheidungen zu fällen. Sobald unsere Piloten den Flug nördlich von Gaddhafis Luftraum abfangen können, ohne sich selbst zu gefährden, will ich erfahren, was sie sehen. Aber sie sollen sich gefechtsbereit halten. Nachdem das erledigt ist, kümmern wir uns darum, unsere Leute aus Nigeria freizukaufen.»

39

IN DER LUFT, AN BORD VON MERIDIAN FLUG SECHS, 23:15 ORTSZEIT

Eine schiere Ewigkeit saßen Janie Bretsen und Brian Logan nebeneinander in der kleinen Nische hinter dem Cockpit, atmeten den restlichen Sauerstoff aus ihren Flaschen und versuchten, die Ohren freizubekommen, während sich der Kabinendruck wieder erhöhte. Als die Sauerstoffflaschen nicht mehr nötig waren, krochen Janie und Brian zu Robert MacNaughton hinüber, der immer noch auf dem Boden lag. Sie drückten ihm die Maske auf das Gesicht und verabreichten ihm Sauerstoff, bis er sich zu bewegen begann.

«Was ... wo ...», stammelte er, sah sich um und starrte die beiden an.

«Im Augenblick haben wir die Lage im Griff», meldete Brian und schilderte ihm rasch, was geschehen war.

«Gütiger Himmel!», rief Robert aus und rieb sich die Stirn. «Sind alle wieder bei sich?»

«Ich werde nachschauen», meinte Janie und stand auf. Sie ging die Sitzreihen ab und setzte den bewusstlosen Passagieren einem nach dem anderen die gelben Sauerstoffmasken auf. Währenddessen half Brian Robert auf die Beine.

«Das war wirklich Rettung in letzter Minute», stellte Robert fest.

Als sie die Treppe hinunterkamen, winkte Janie Brian zu sich und bat ihn, die Passagiere der ersten Klasse mit Sauerstoffmasken zu versorgen, während sie sich um ihre Kolleginnen und um die übrigen Fluggäste kümmerte. Brian trat in die Kabine und bemerkte erleichtert, dass alle Passagiere standen oder aufrecht saßen und sich die Augen rieben.

«Ist bei Ihnen alles in Ordnung?», fragte er.

Die Leute nickten und bestürmten Brian mit Fragen, die er ihnen rasch beantwortete.

«Soll das heißen, er hat es absichtlich getan?», erwiderte einer mit ungläubiger Miene.

Brian nickte und stellte erschrocken fest, wie verärgert die Passagiere waren.

In der Touristenklasse kamen die Menschen allmählich wieder zu sich, öffneten die Augen und sahen sich verdattert um. Als sie erfuhren, dass der Kapitän vorsätzlich ihr Leben aufs Spiel gesetzt hatte, wurden sie von Wut ergriffen.

Dan Brown war vor der Tür 2-Links umgekippt, während seine Frau in ihrem Sitz zusammengesackt war. Erst nachdem Janie ihren Platz erreicht und ihr die Sauerstoffmaske aufgesetzt hatte, kam sie langsam wieder zu sich und stellte fest, dass der Sitz ihres Mannes leer war. Sofort sprang sie auf, um nach ihm zu suchen. Sie hatte von Schießereien und Gebrüll geträumt und befürchtete schon, ihm könnte etwas Schreckliches zugestoßen sein. Deshalb eilte sie in panischer Angst weiter, bis sie ihn auf dem Boden liegen sah.

Neben dem Sitz für die Flugbegleiter befand sich ein Fach mit Sauerstoffmasken, das offen stand. Mrs. Brown griff nach einer der Masken, drückte sie ihrem Mann auf das Gesicht und atmete auf, als sie seinen Puls fühlen konnte. Während sie seine Hände massierte, kam er langsam wieder zur Besinnung.

«Ist alles in Ordnung, Liebling?»

Er starrte sie nur ausdruckslos an, doch bald legte sich seine Verwirrung.

«Was ist denn passiert?»

«Ich weiß es nicht.»

«Sind wir noch in der Luft?»

«Ja, ich war auch bewusstlos. Ich glaube, die anderen ebenfalls.»

«Die Sauerstoffmasken sind runtergefallen», meinte er, blickte sich um und zuckte zusammen, als ihm ein Schmerz durch die Stirn schoss.

«Mir ist ein wenig übel, aber sonst geht es mir gut. Und dir?», fragte Linda Brown.

«Noch ein bisschen durcheinander», erwiderte Dan. «Da war etwas ... eine Durchsage, glaube ich ... der Doktor hat gesagt, der Kapitän würde den Kabinendruck erhöhen, richtig?»

«Ich glaube schon», entgegnete Linda.

«Dann … dieser Dreckskerl.» Dan versuchte, sich aufzurappeln, hielt aber inne, als das ganze Flugzeug um ihn herum zu schwanken begann. Er rieb sich den Kopf und setzte sich wieder.

«Schatz, du solltest dich besser auf deinen Platz setzen», schlug Linda vor.

«Moment.» Er öffnete wieder die Augen und holte tief Luft. «Nein, jetzt reicht es. Wo ist der Doktor?»

«Keine Ahnung. Warum?»

«Wissen alle, was geschehen ist?»

«Ich bin nicht sicher.»

Sie hörte Schritte hinter sich; dann half eine Männerhand Dan Brown beim Aufstehen.

«Alles in Ordnung?», fragte der Mann.

Dan nickte.

«Und bei Ihnen, kleines Frollein?»

Verärgert über seine frauenfeindliche Ausdrucksweise blickte Linda auf und erkannte einen Stänkerer, der ihr schon vorhin aufgefallen war. Der harte Zug um den Mund des Mannes sprach Bände.

Linda Brown erhob sich, blickte sich in der Kabine um und stellte bestürzt fest, dass die meisten Passagiere in den Gängen standen und wütend durcheinander redeten. Die Worte des Kapitäns, der Sauerstoffentzug und die wilden Flugmanöver hatten die Empörung noch weiter angeheizt.

«Mit Absicht! So habe ich es wenigstens gehört.»

«Was hat er da in seiner Durchsage gebrüllt? Ich war schon ein bisschen benommen, als –»

«Ich sag Ihnen mal was. Vorhin war ich ja dagegen, etwas zu unternehmen, aber wir können nicht untätig zusehen, wie dieser Dreckskerl von einem Piloten uns ins Jenseits befördert.»

Die Flugbegleiterinnen, die aus der hinteren Bordküche kamen, wurden von verärgerten Passagieren aufgehalten und mit Fragen überhäuft.

Inzwischen war Dan Brown wieder hellwach und außer sich vor Wut. Er hatte gesehen, in welchem Gepäckfach die Megafone aufbewahrt wurden. Nun griff er nach einem, schaltete es ein und baute sich vor der erbosten Menschenmenge auf.

Hey, zweifelt jetzt noch jemand daran, dass Dr. Logan die Wahrheit sagt?

«Nein!», riefen die Passagiere im Chor. Dann wurde es wieder still.

Ist Ihnen klar, dass dieser Dreckskerl im Cockpit versucht hat, uns umzubringen?

Das «Ja» kam zwar nicht so laut wie zuvor das «Nein», klang aber deshalb nicht minder entschlossen.

Inzwischen war Robert MacNaughton in die Kabine getreten und ruhig hinter Dan Brown stehengeblieben. Als Brown sich umdrehte und ihn bemerkte, wies MacNaughton auf das Megafon. Brown reichte es ihm, hatte aber nicht mit dem Hass gerechnet, der in den Worten des Vorstandsvorsitzenden mitschwang, als dieser ruhig den neuen Plan umriss, wie man Phil Knight aus dem Pilotensitz entfernen würde.

Brian Logans Eintreten wurde von den Passagieren in der vordersten Reihe mit einem spontanen Jubelruf begrüßt. Robert MacNaughton erläuterte Brian sein Vorhaben, das Cockpit zu stürmen, während Männer und Frauen von hinten nachdrängten. Brian bemerkte, dass Janie Bretsen mit aschfahlem Gesicht dastand; zwei andere Flugbegleiterinnen waren von der aufgebrachten Menschenmenge eingekeilt worden. Eine von ihnen reckte sogar wie die Passagiere trotzig die Faust, als Robert die Anwesenden fragte, ob sie einverstanden seien.

«Das geht nicht», sagte Brian so leise wie möglich zu Robert.

«Und ob es geht. Wir haben keine andere Wahl», erwiderte Robert MacNaughton. «Dieser Kapitän ist eine Gefahr für uns alle.»

«Aber –», begann Brian, doch er verstummte, als er die zornigen Blicke der Umstehenden sah.

«Wir hätten von Anfang an auf Sie hören sollen, Doc», meinte einer der Männer, dessen Gesicht er nicht erkannte.

Alle jubelten laut, als Robert Brian weiter in den Angriffsplan einweihte: Fünf Männer sollten ohne Vorwarnung mit einem eisernen Servierwagen als Rammbock die Cockpittür aufbrechen.

«Was sagen Sie dazu, Herr Doktor?», fügte Robert hinzu und fixierte Brian mit Blicken. «Fühlen Sie sich nicht wohl?»

«Was?»

«Ich habe mich erkundigt, ob Sie sich nicht wohl fühlen. Wir müssen sofort losschlagen.»

Brian hatte den Eindruck, dass die Kabine um ihn herum heftig zu schwanken begann. Dreißig oder vierzig wütende und ungeduldige Passagiere umringten ihn und erwarteten von ihm, dass er die Führung übernahm. Robert MacNaughton hatte zwar durch seinen neuen Angriffsplan eine Beraterrolle übernommen, doch die Menge betrachtete ihn, Brian, offenbar als ihren Anführer. Es war sein Werk, sein Aufstand, seine Armee, die in den Schützengräben wartete und endlich losschlagen wollte. Stundenlang hatte er diese Leute offen und verdeckt aufgehetzt, damit sie sich gegen die arrogante und gleichgültige Judy Jackson, die Besatzung und den Kapitän auflehnten. Er hatte sie dazu angestiftet, sich gegen die miserable Behandlung durch die Mitarbeiter der Firma zu wehren, die er am allermeisten auf der Welt hasste: Meridian Airlines.

Und er hatte es geschafft. Aber wollte er das wirklich?

Die Tragweite der Ereignisse lastete schwer auf Brians Schultern, und zwar vor allem deshalb, weil seine Überzeugungen und sein Weltbild inzwischen ins Wanken geraten waren. Selbst die heftige Auseinandersetzung mit dem Kapitän hatte dazu beigetragen, dass er angefangen hatte, seine bisherige Meinung über Meridian zu überdenken.

Der Copilot zum Beispiel hatte sich als anständiger Kerl entpuppt. Und Janie... Janie war ein mitfühlender Mensch und ihm eine große Hilfe gewesen. Nur Judy Jackson und der Kapitän hatten Brians Feindbild bestätigt; und außerdem wollte ihm die – wenn auch recht unwahrscheinliche – Möglichkeit nicht aus dem Kopf, der Kapitän könnte vielleicht wirklich nicht bemerkt haben, dass der Copilot auf der Startbahn verblutete.

Wieder betrachtete er die aufgebrachte Menge, aufgepeitscht durch den vielleicht besonnensten, wortgewandtesten und vernünftigsten Mann in der ganzen Maschine: Robert MacNaughton. Oder hatte er Robert vielleicht auch mit seiner blinden Wut angesteckt?

Mein Gott, was habe ich getan?

Brian holte tief Luft, hob die Hand und sah erst Robert MacNaughton und dann die Passagiere an.

«Augenblick! Moment bitte! Ich hatte noch keine Gelegenheit, Ihnen zu sagen, dass wir den Kapitän gezwungen haben, einer Abmachung zuzustimmen.»

«Eine Abmachung», höhnte jemand. «Mit diesem Schweinekerl?»

«Warten Sie! Hören Sie mich an!» Brian trat einen Schritt vor, sodass Robert ihm Platz machen musste.

«Was soll das, alter Junge?», flüsterte MacNaughton gereizt. «Wir vergeuden wertvolle Zeit.»

Ohne darauf einzugehen, bat Brian mit erhobener Hand um Ruhe und schaltete das Megafon ein.

Also, Leute, immer mit der Ruhe! Ich weiß, dass der Idiot im Cockpit versucht hat, uns schachmatt zu setzen, und beinahe hätte er es auch geschafft. Doch er hat es nicht getan, weil wir oben waren und versucht haben, die Tür einzuschlagen. Also habe ich ein Abkommen mit ihm getroffen. Vergessen Sie nicht, dass er nur einen Hebel umlegen muss, dann verlieren wir alle innerhalb weniger Sekunden das Bewusstsein. Als Gegenleistung dafür, dass wir nicht versuchen, ins Cockpit einzudringen, hat der Kapitän versprochen, uns nach London zu bringen, den Kabinendruck normal zu halten und keine waghalsigen Flugmanöver mehr zu unternehmen. Außerdem hätte ich es sowieso nicht geschafft, die Tür aufzubrechen.

Brian ließ den Knopf des Megafons los. Er hörte die Passagiere murren.

«Haben Sie vergessen, dass wir eigentlich nach Kapstadt wollten, verdammt?», schrie einer.

«Und was ist mit dem Copiloten, den er ermordet hat?», brüllte ein anderer.

Er sagt, der Sprit reicht nicht bis nach Kapstadt. Deshalb kehren wir nach London zurück. Er... außerdem schwört er, er hätte mich nicht gehört, als ich ihn in Nigeria am Bordtelefon gebeten habe, die Maschine anzuhalten. Er beteuert, er hätte erst während des Starts bemerkt, dass sich der Copilot nicht an Bord befand.

Robert packte Brian fest am Arm.

«Logan, wir müssen ihn überrumpeln und jetzt losschlagen.»

«Und was ist, wenn das gar nicht nötig wäre? Er könnte uns jederzeit alle umbringen, wenn wir versuchen, ihn gewaltsam aus dem Cockpit zu holen. Vergessen Sie nicht, dass er da drinnen eine Notfallaxt hat. Außerdem behauptet er, auch eine Pistole zu besitzen, obwohl ich ihm das nicht ganz abnehme.»

«Wenn wir schnell genug handeln», gab Robert zurück, «haben er und diese Vogelscheuche von einer Stewardess keine Gelegenheit mehr, sich gegen uns zu wehren. Mir ist es gleichgültig, wie dick diese Tür ist. Wenn wir alle sie mit jedem verfügbaren Gegenstand bearbeiten, werden wir es schaffen, ins Cockpit einzudringen und diesen Kerl rauszuholen.»

«Robert... Wir haben die Leute aufgestachelt, ohne über die Folgen nachzudenken. Wir dürfen nicht riskieren, dass uns die Sache entgleitet.»

«Wir hatten sie doch nie im Griff, Dr. Logan.»

«Was reden Sie denn so lange herum?», fragte einer der Männer. «Schlagen wir jetzt los oder nicht?»

Robert drehte sich zu ihm um und hob die Hand. «Nur Geduld. Wir besprechen die Strategie.»

«Tut mir Leid, Robert», sagte Brian mit fester Stimme. «Wir müssen die Sache stoppen. Inzwischen glaube ich, dass es das Beste ist, sie auszusitzen – schließlich habe ich mit ihm gesprochen. Ich habe mich geirrt: Der Mann ist zwar ein miserabler

Kapitän, aber kein Selbstmörder. Sonst wären wir nämlich alle schon tot.»

Robert MacNaughton musterte ihn eindringlich. «Sie glauben also, dass wir ein wenig überreagieren?»

Brian nickte. «Für mich gilt das auf jeden Fall. Ich habe es übertrieben.»

«Mag sein. Aber ich möchte Sie trotzdem daran erinnern, dass es, wenn ich nicht völlig falsch liege, nicht Sie waren, der sich für diese seltsame und offenbar überflüssige Notlandung in Nigeria entschieden hat. Nicht Sie haben diese Menschen stundenlang schikaniert und belogen.»

«Ich weiß.»

«Und ganz eindeutig waren es auch nicht Sie, der den Copiloten erschossen hat. Und dennoch finden Sie, dass wir überreagieren, obwohl der Kapitän versucht hat, uns durch Sauerstoffentzug umzubringen?»

«Ich bin nicht sicher...»

«Nicht sicher, dass er uns schachmatt setzen wollte, und zwar auf eine Methode, die tödlich sein kann?»

«Vielleicht kennt er die Folgen von langfristigem Sauerstoffmangel nicht, Robert. Das ist bei den meisten Zivilisten so. Außerdem hat der Copilot mir anvertraut, dass dieser Typ ziemlich unfähig ist.»

Mit trotzig vorgeschobenem Kiefer musterte Robert die Gesichter der Umstehenden und drehte sich nach einer Weile wieder zu Brian um.

«Also gut. Anscheinend haben Sie mich dazu verleitet, gegen einen meiner persönlichen Grundsätze zu verstoßen: Ich habe gehandelt, ohne nachzudenken.» Robert wandte sich an die Passagiere und erhob die Stimme. «Wir warten noch! Doktor Logan hat Recht. Vielleicht ist Gewalt ja überflüssig. Aber diejenigen, die die Tür aufbrechen wollen, möchten sich bitte bereithalten, falls wir sie doch noch brauchen.»

Möglicherweise lag es an der kerzengeraden Haltung des Mannes oder an seinem gepflegten britischen Akzent – auf jeden Fall sorgten die Worte des Vorstandsvorsitzenden dafür, dass die explosive Spannung sofort nachließ.

Und dabei wissen die meisten gar nicht, wer er ist, dachte Brian.

Während Robert durch die Menge ging, die Entscheidung erläuterte und die Gemüter beruhigte, sah Janie Brian an und lächelte ihm rasch zu. Er erwiderte ihr Lächeln. Plötzlich hatte er das Bedürfnis, seine Worte und sein Verhalten seit London einer gründlichen Prüfung zu unterziehen, und er fühlte sich verwirrt und verlegen.

Als er wieder in Janies Richtung blickte, war sie verschwunden.

Eine Instrumententafel am Spant leuchtete auf, und als Brian den Kopf hob, stellte er zu seiner Erleichterung fest, dass der Kapitän ein weiteres Versprechen gehalten und den Videoschirm wieder eingeschaltet hatte. Brian betrachtete das blaue Meer vor der nordafrikanischen und westafrikanischen Küste und das kleine Symbol, das die 747 auf ihrem Flug nach Norden darstellte. Zunächst war er zu sehr in Gedanken versunken, um die Bedeutung der Linien und Symbole zu verstehen. doch irgendetwas stimmte da nicht: Die geplante Flugroute würde in etwa einhundertfünfzig Kilometern die südwestliche Grenze zu Libyen kreuzen … mit Kurs auf Tripolis.

40

ASSOCIATED PRESS, ZENTRALBÜRO, NEW YORK CITY, 17:20 ORTSZEIT

Robert Henley freute sich schon auf das frühe Abendessen, das diesem langweiligen Arbeitstag ein Ende bereiten würde, als plötzlich die E-Mail auf seinem Computerbildschirm erschien.

Ach, zum Teufel, dachte er, warf die Jacke wieder über die Rückenlehne seines Stuhls und las den eingegangenen Text. Schließlich bestand immer die Möglichkeit, dass so eine Nachricht die flüchtige Substanz enthielt, die in einem wahren Journalisten die größten Glücksgefühle auslöste: die unerwartete Sensationsstory, von der sonst noch niemand wusste. Die Chance, eine derartige Enthüllung als Erster über sämtliche elektronische Kanäle zu verbreiten, war so verheißungsvoll wie der Jackpot für einen Spieler oder die Aussicht auf Sex für einen männlichen Single.

Die Mail war von einer Adresse abgeschickt worden, die ihm vertraut erschien, und als er seine Datenbank aufrief, stellte er fest, dass es sich um einen selten genutzten Kontakt bei Meridian Airlines in Denver handelte. Nachdem er sich den Namen notiert hatte, wandte er sich wieder dem Schreiben zu.

«Wir haben einen merkwürdigen Notfall über Afrika», meldete der Mann und schilderte Einzelheiten über Meridian Flug Sechs, die Notlandung und die Botschaft aus dem Cockpit, die er im genauen Wortlaut angefügt hatte.

Robert lehnte sich zurück. *Eine 747 ist von ihren eigenen Passagieren entführt worden? Will der Kapitän darauf hinaus?* Er versuchte, sich einen Aufstand von drei- oder vierhundert Passagieren vorzustellen.

Zu guter Letzt warnte der Mann, er werde seine Stelle verlieren, wenn sein Name bei Meridian bekannt würde.

Warum will jemand seinem eigenen Arbeitgeber eins auswischen?, fragte sich Robert, doch der Mann hatte offenbar mit diesem Einwand gerechnet.

Wenn wir es noch mit der Meridian Airlines zu tun hätten, die wir alle achteten, würde ich diese Informationen nie an Sie weitergeben. Doch angesichts der heutigen Zustände würde mich eine Passagierrevolte nicht mehr überraschen. Wir behandeln unsere Passagiere so schlecht, dass es mich eher wundert, warum es nicht jeden Tag zu Protesten kommt. Nach den Angriffen auf das World Trade Center haben wir die Steuergelder angenommen, die uns wieder auf die Beine helfen sollten – und dann haben wir die Bürger ordentlich über den Tisch gezogen. Ich vertraue darauf, Robert, dass Sie mich nicht als Quelle nennen werden. Und rufen Sie mich um Himmels willen nicht im Büro an.

Robert stand auf, ging langsam um seinen Schreibtisch herum und überlegte, wen – wenn nicht den Verschicker der Botschaft – er zuerst anrufen sollte. Natürlich würde Meridian Airlines alles abstreiten, auch wenn er früher oder später mit ihnen würde sprechen müssen.

Komm schon, Mann, denk nach. Wer in Washington hat Zugang zu solchen Informationen? Okay, die CIA. Vielleicht auch das FBI ... das Pentagon ... NRO ...

Da fiel ihm noch etwas ein. Der Schreiber hatte den Begriff ACARS für das Gerät im Cockpit benutzt, mit dem der Kapitän von Meridian Flug Sechs vermutlich seinen Hilferuf abgeschickt hatte. ACARS-Signale wurden von Satelliten übertragen, und er hatte einmal ein Gebäude der Organisation besichtigt, die Fluggesellschaften diesen Dienst zur Verfügung stellte.

Robert kehrte an seinen Schreibtisch zurück und gab den Firmennamen ein. Seine Aufregung steigerte sich; mit ein wenig Glück würde er die nötige Bestätigung erhalten und die Story in zwanzig Minuten in den Ticker geben können.

Das Abendessen war schlagartig vergessen.

NRO-ZENTRALE, CHANTILLY, VIRGINIA, 17:28 ORTSZEIT

Colonel David Byrd verließ den abhörsicheren Raum mit den Monitoren, um zur Toilette zu gehen und in Ruhe nachzudenken. Gleich um die Ecke befand sich ein Pausenraum, der zu seiner Erleichterung leer war. Er holte sich eine Cola aus dem Automaten und setzte sich. Er kam einfach nicht dahinter, was ihn an den gerade getroffenen Schlussfolgerungen störte.

Du bist weder ein Spion noch ein NRO-Analytiker, hielt er sich vor Augen. *Also halt dich da raus.*

Aber seine Zweifel wollten sich einfach nicht legen.

David öffnete die Coladose, trank und klopfte mit den Fingern auf den Tisch, während er die Fakten noch einmal Revue passieren ließ. Wütende Passagiere, die ein Flugzeug kaperten, aber den ursprünglichen Kurs beibehalten wollten? Die Botschaft strotzte nur so von Widersprüchlichkeiten, auch wenn man die in Afrika zurückgebliebenen Geiseln und die plötzliche Kursänderung nach Norden außer Acht ließ. War «wütende Passagiere» gleichbedeutend mit einer Revolte an Bord? Hatte der Kapitän von einigen oder von allen Fluggästen gesprochen? Und noch wichtiger war, ob ausländische Terroristen überhaupt die Sprachkenntnisse besaßen, um so ein Schreiben zu verfassen.

Aber ich vergesse, sagte sich David, *dass uns Satellitenbilder von zwei schwer verletzten Piloten auf der Startbahn vorliegen.*

Er erinnerte sich an seinen ersten Eindruck, als er den Raum betreten hatte und über die bisherigen Erkenntnisse instruiert worden war. Eigentlich hatte er von John Blaylock mehr Skepsis erwartet und nun war John felsenfest von der offiziellen Lesart überzeugt, während er, der Grünschnabel, von Zweifeln geplagt wurde.

Deshalb habe ich lieber die Finger vom Geheimdienst gelassen, dachte David kichernd. *Zu viele Grautöne.* Er hingegen bevorzugte eindeutige Ergebnisse.

Dann erklang John Blaylocks Stimme hinter ihm.

«Also hat es etwas mit Coca-Cola zu tun.»

«Was?»

John zog sich einen Stuhl heran, nahm rittlings darauf Platz und wies auf die Coladose. «Du hast über der Cola meditiert, als steckte das Geheimnis des Lebens darin.»

David lachte auf. «Das glaubt man wenigstens bei Coca-Cola. Bei Pepsi ist man anderer Meinung.»

«Irgendwas stört dich gewaltig an dieser Sache, Colonel Byrd, das sehe ich dir an der Nasenspitze an. Also, raus mit der Sprache.»

«Ich weiß nicht», seufzte David. «Genau das ist ja das Problem. Auf der anderen Hälfte der Erdkugel spielt sich ein schreckliches Drama ab, und wir haben keine Ahnung, worum es eigentlich geht. Sind die Passagiere in diesem Flugzeug oder nicht? Ich sitze hier und zermartere mir das Hirn, aber ich kann keine logische Lücke in deinen Schlussfolgerungen erkennen, John. Und trotzdem passt da für mich etwas nicht zusammen.»

«Wenn mir das passiert, gehe ich die Grundlagen Stück für Stück durch. Wir haben heute viel spekuliert. Also schau, ob du in irgendeiner dieser Mutmaßungen einen Fehler findest.»

David lachte. «Meinst du damit, ob er wirklich in Katsina gelandet ist oder ob wir es mit einer Pappschablone zu tun haben?»

«Das wäre ein Anfang.»

«Gibt es was Neues, John?»

«Ja. Vor zwei oder drei Minuten befand sich unsere vom Weg abgekommene 747 genau sechzig Kilometer entfernt vom libyschen Luftraum, doch dann wurde der Kurs plötzlich zwanzig Grad nach links korrigiert. Nun folgt das Flugzeug einem Kurs, der es in etwa fünfzehn Minuten fünf Kilometer vor die libysche Grenze bringen wird. In einer Dreiviertelstunde kommt es zum zweiten Kontakt mit der Grenze, und zwar im Westen, wo ein Stück Land nach Algerien hineinragt.»

«Was sagt Gaddhafi dazu?»

«Seine Jungs kreisen an der Stelle dicht hinter der Grenze, die die 747 vermutlich passieren wird, und du kannst sicher sein, dass ihnen der Finger locker am Abzug sitzt. Niemand weiß, ob sie in algerischen Luftraum eindringen werden, um die Boeing abzuschießen. Schließlich ist schwer zu sagen, welches Durcheinander an Funksprüchen man in Tripolis abhört. Wir müssen also abwarten. Ach, übrigens, die Nachrichtenagenturen haben gerade gemeldet, eine 747 sei von ihren eigenen Passagieren entführt worden. In wenigen Minuten werden CNN und die anderen Sender ihre Übertragungs-Flugzeuge losschicken. Irgendwann haben diese Fernsehfritzen sicher ihr eigenes Netz von Überwachungssatelliten.»

«Eines Tages bestimmt.» David schwieg eine Weile. «Und wie beurteilst du die Kursänderung, John?»

«Ich bin mehr als je zuvor überzeugt, dass kein normaler Flugkapitän im Cockpit sitzt», erwiderte Blaylock und stand auf. «Kommst du wieder rein? Es könnte interessant werden, sich die Sache bis zum Ende anzusehen.»

«Ich möchte es auf keinen Fall verpassen. Aber zuerst muss ich telefonieren.»

John Blaylock nickte und kramte eine Karte aus der Tasche. «George hat sich das schon gedacht. Er sagt, du sollst sein Büro am Ende des Flurs benutzen.» Er schob David die Karte mit der Zimmernummer zu. «Dort sitzt eine wirklich niedliche kleine Brünette namens Ginger, strotzt nur so vor Sexappeal und spielt die dienstbeflissene, aber viel zu hübsche Sekretärin.»

Grinsend schüttelte David den Kopf. «Denkst du eigentlich auch mal an was anderes als an Sex, Colonel Blaylock?»

«Aber nein, Colonel Byrd. An was sollte ich denn sonst denken? Frauen und Sex, vorzugsweise in Kombination, sind es doch, die die Welt am Laufen halten – genau genommen sind diese beiden Dinge eigentlich der einzige Grund für alles, was wir Männer tun. Mach dir da nichts vor.»

«Ginger also.»

«Sie weiß, dass du kommst. Sei nett zu ihr.»

«Ach, lass das, John.»

«Niemals. Also bis gleich.»

Während John kehrtmachte und den Flur entlangging, griff David nach der Karte und stand auf. Immer noch zermarterte er sich das Hirn über die Widersprüche zwischen den Satellitenaufnahmen von den Geiseln und dem Hilferuf aus dem Cockpit von Meridian Flug Sechs. Für eine Passagierrevolte brauchte man Passagiere, und die mussten einen Grund für ihre Wut haben. Was hatte die Senatorin heute Morgen noch einmal über den Niedergang des Systems gesagt?

Auf der Suche nach George Zoffels Büro eilte David den Flur entlang, als es ihm plötzlich wieder einfiel und er mitten im Laufen innehielt.

Moment mal! Senatorin Douglas war gerade mit der Meridian nach London geflogen und hatte dabei ziemlich unangenehme Erfahrungen gemacht. Sie meinte, sie hätte auch kurz davorgestanden, die Besatzung anzugreifen. Welche Nummer hatte dieser Flug?

David beschleunigte seinen Schritt; er hatte es plötzlich sehr eilig. Offenbar war er der Einzige, der Zweifel hegte, und er musste sich umgehend Gewissheit verschaffen – schließlich warteten zwei Flugzeugträger voller Kampfjets darauf, Meridian Flug Sechs abzuschießen.

CNN-ZENTRALE, ATLANTA, GEORGIA, 17:38 ORTSZEIT

Zwischen der ersten Meldung von Associated Press und der Ankündigung der Story bei CNN vergingen genau sechs Minuten. Die Nachricht, dass eine amerikanische 747 von ihren eigenen Passagieren entführt worden war, war eine Sensation. Und innerhalb weniger Minuten bemühten sich die zuständigen Büros, Informanten und Nachrichtensender in einem Dutzend Länder, dem so typisch amerikanischen Anspruch nachzukommen, das Unmögliche möglich zu machen – und das am besten schon gestern. Während ABC, NBC, CBS und Fox News in das Rennen einstiegen, wurden Jets gechartert, Kameraleute aus ihren Betten geholt und diplomatische Genehmigungen für Nachrichtenteams beschafft, all das unter der Annahme, dass sich das Schicksal von Meridian Flug Sechs erst entscheiden würde, wenn die Fernsehnation vor ihren Bildschirmen saß.

In den Redaktionen wurde wie immer hitzig darüber debattiert, wie viel Raum man Mutmaßungen geben durfte. Sollte man bringen, dass ein Copilot namens Abbott – übrigens der einzige Copilot an Bord – schwer verletzt irgendwo in Afrika zurückgelassen worden war? War die Familie des Mannes überhaupt schon verständigt? Würden seine Frau, seine Kinder, seine Eltern und seine sonstigen Angehörigen die Flugnummer erkennen, auch wenn man seinen Namen nicht nannte?

Insbesondere in London mobilisierten die Nachrichtenagenturen ihr Personal; es herrschte eine Alarmstimmung wie bei der Feuerwehr während eines Großbrandes. Schon eine Stunde später hingen die Korrespondenten an ihren Telefonen, um die verschiedensten Leute – die so genannten «üblichen Verdächtigen» – aus dem Schlaf zu reißen, an die man sich immer wandte, wenn mit der kommerziellen Luftfahrt etwas im Argen lag. Für Meridian Airlines stand die Privatnummer des Dienststellenleiters in Heathrow, James Halverston, ganz oben auf der Liste. Widerstrebend setzte er sich im Bett auf, rieb sich die Augen und ließ einen Ansturm von Fragen über sich ergehen, auf die er keine Antwort wusste.

«Reden Sie ruhig mit den Leuten, James», hatte der Pressesprecher von Meridian erwidert, als Halverston endlich Gelegenheit hatte, sich telefonisch Rat in der Firmenzentrale zu holen.

«Ist Ihnen klar, dass Flug Sechs erst mit großer Verspätung in Heathrow gestartet ist?»

«Ja, aber nennen Sie einfach die Fakten.»

Angewidert legte James den Hörer auf. Seine jahrelange Erfahrung hatte ihn gelehrt, derart vagen und allgemein gehaltenen Anweisungen zu misstrauen, denn wenn er sich an die Tatsachen hielt und Meridian unter Beschuss der Medien geriet, war die Reaktion des Pressesprechers gegenüber der Chefetage vorauszusehen: «Ich habe ihm streng verboten, so etwas zu äußern!», würde der Mann sich beschweren, und James würde seinen Job verlieren.

Er schlurfte in die Küche, machte sich schnell einen Kaffee, nahm vor lauter Geistesabwesenheit zu viel Sahne und grübelte darüber nach, was geschehen war und was er sagen durfte. Die Verspätung in London war Folge eines Triebwerkdefekts gewesen, der fast drei Stunden gekostet hatte, doch die Besatzung hatte keine Probleme mit den Passagieren gemeldet. Für Fragen mit Bezug auf Vorfälle nach dem Start war die Zentrale in Denver zuständig. Gewiss war mit einer Rückkehr nach London gedroht worden: Die gesamte Belegschaft tauschte schon fleißig E-Mails zu diesem Thema aus, und bevor James sein Büro im Flughafen verlassen hatte, hatte er von der verhängnisvollen Landung in Afrika gehört – offiziell jedoch durfte er von all diesen Vorgängen nichts wissen.

Die Aussicht, sich Fernsehkameras stellen zu müssen, schreckte ihn nicht, denn er war im Laufe der Jahre bereits zu einigen Flugzeugunglücken befragt worden. Allerdings musste er zugeben, dass ihm der Anblick von Janie Bretsens hübschem Gesicht nicht aus dem Kopf wollte, in dem sich bei dem Gedanken an den langen Flug nach Kapstadt Erschöpfung und Gereiztheit gemalt hatten. Weiterhin Besorgnis erregend war, dass sich Judy Jackson an Bord befand, ebendie «Chefstewardess», die sich angeblich mit dem Kapitän im Cockpit von Flug Sechs verschanzt hatte.

Seufzend sah James auf die Uhr. In dreißig Minuten wurde er von den Kamerateams erwartet. Er fragte sich, ob Janie wohlauf war. Sie war immer eine gute Vorgesetzte gewesen, engagiert, freundlich, so tüchtig wie belastbar. Doch eine Passagierrevolte? Offenbar hatte der sprichwörtliche Tropfen das Fass zum Überlaufen gebracht: Nach Ansicht dieser Passagiere hatte es die Meridian mit ihrer menschenverachtenden Haltung anscheinend zu weit getrieben.

Er spürte, wie ihm flau im Magen wurde, und eine düstere Vorahnung ergriff ihn.

Die Nachricht des Kapitäns erwähnte auch einen Passagier namens Logan, der angeblich den Copiloten angegriffen hatte. Zunächst hatte der Name dem Dienststellenleiter nichts gesagt, doch dann fiel ihm die Notiz in dem kleinen Block auf seinem Schreibtisch ein.

Bitte lass es ein anderer Name sein, dachte James inbrünstig.

Er trank seinen Kaffee aus, begab sich raschen Schrittes zum Auto und fuhr durch die verlassenen nächtlichen Straßen die gewohnte Strecke nach Heathrow. Der Name gehörte einem wütenden Mann, dessen Gesicht James einfach nicht aus dem Kopf wollte. Der Grund für den Zorn des Mannes war nur allzu verständlich, denn der gleichgültige Eintrag im Computer von Meridian sprach vom Tod seiner Frau und seines ungeborenen Kindes. Dieser Passagier hatte am Flugsteig einen merkwürdigen Eindruck gemacht, und James hatte seinetwegen sogar den Sicherheitsdienst gerufen.

Aber dann hatte er ihn trotzdem an Bord gelassen. Seine Entscheidung. Seine Verantwortung.

War es ein Fehler gewesen?

Zum zweiten Mal wurde ihm flau im Magen.

Habe vielleicht sogar ich das alles verschuldet?, fragte er sich, ein Gedanke, der ihn schwer erschütterte. War der Copilot wirklich verwundet auf einem abgelegenen afrikanischen Flughafen zurückgelassen worden? James erinnerte sich an dessen Gesicht, denn sie waren sich kurz am Flugsteig begegnet: ein netter Bursche, kein sauertöpfischer Zeitgenosse wie dieser Kapitän Knight.

James parkte den Wagen und zögerte, bevor er die Tür öffnete. *Was ist, wenn der Name auf dem Notizblock «Logan» lautet? Was darf ich der Presse dann sagen?*

Doch die Antwort war allzu offensichtlich: Er musste schweigen.

41

LAGERAUM, WEISSES HAUS, WASHINGTON, D.C., 18:10 ORTSZEIT

Die Liveübertragung – verschlüsselt, über abhörsichere Fiberglaskabel übermittelt, dann wieder dechiffriert und nun auf dem Flüssigkristall-Bildschirm im Lageraum zu sehen – nahm schon seit einer halben Stunde die Aufmerksamkeit aller Anwesenden in Anspruch. Admiral Bill Sanderson, Stabschef im Weißen Haus, hatte das Hantieren mit den vielen verschiedenen Telefonhörern satt und sich deshalb für einen leichten Kopfhörer mit Mikrofon entschieden. Die snobistische Einstellung, dass derartige Geräte nur etwas für Sachbearbeiter und Sekretärinnen waren, kümmerte ihn herzlich wenig.

«Sir?», sagte der Leiter des Lageraums leise. «Der Präsident ist auf Leitung eins.»

Sanderson betätigte den entsprechenden Schalter. «Schießen Sie los, Mr President.» Er lauschte nickend und betrachtete dabei das Infrarotbild von Meridian Flug Sechs, dem etwa sieben Kilometer weiter östlich vier MiG-21 in lockerer Formation folgten. «Wir wissen, oder wenigstens versichert es uns die NSA, dass Tripolis unsere Nachricht abgehört hat. Doch Gaddhafi ist nicht auf den Kopf gefallen. Seine vier Kampfjets fliegen noch in Formation und warten ab. Der nächste Kontakt mit der Grenze wird in etwa zwei Minuten stattfinden. Angesichts des Kurses, den der Jumbo fliegt, wird er die Grenze in etwa drei Kilometer Entfernung passieren, also nicht in den libyschen Luftraum eindringen. Wenn sie ihre eigene Grenze überqueren, um ihn abzuschießen, ist das Argument hinfällig, dass die Meridian ihr Hoheitsgebiet verletzt hat.»

Admiral Sanderson ließ seine hagere, einen Meter neunzig große Gestalt in einen Sessel sinken und nickte wortlos. «Ich sehe mir gerade dasselbe Bild an. Ich halte die Leitung frei.» Er drückte auf den Warteknopf und blickte sich im Raum um, bevor er den Finger nach dem Schalter ausstreckte, der ihn mit dem voll besetzten Kriegsraum im Pentagon verbinden würde. Wenn die gestohlene 747 ihre Begegnung mit den Libyern überstand, würde die Siebte Flotte auf den Plan treten. Ein Jammer, dachte er. Es wäre viel besser, wenn die Libyer die Maschine zerstörten und ins Kreuzfeuer der Kritik gerieten, als wenn die Navy sich dazu gezwungen sehen würde.

Sanderson warf einem jungen Major der Air Force, der dem Team des Lageraums zugeteilt worden war, einen Blick zu und versuchte sich zu erinnern, wann er selbst den Rang eines Lieutenant Commander innegehabt hatte. Manchmal fand er es verwirrend, dass er sich immer noch als ehemaliger Oberkommandierender der Navy verstand, aber als Stabschef des Weißen Hauses wie ein Zivilist reagieren musste, wenn es um militärische Fragen ging.

«Sir, sie kommen näher», meldete der Major jetzt und wies auf den Bildschirm.

«Wie weit ist es noch zur Grenze?», fragte Sanderson.

«Die MiGs überfliegen nun algerischen Luftraum. Die 747 befindet sich in neun Kilometer Entfernung; es sind noch fast exakt drei Kilometer zur westlichen Seite der Grenze.»

«Aber die Maschine würde dennoch nicht in libyschen Luftraum eindringen, richtig?»

«Richtig, Sir. Das steht außer Frage.»

Die Computerdarstellung der libyschen Grenze zeigte, dass das Gebiet im Westen scharf nach Algerien hineinragte. Die vier MiGs verfolgten die 747 in hohem Tempo und befanden sich inzwischen eindeutig im algerischen Luftraum; die Algerier verfügten in diesem Teil der Sahara jedoch nur über ungenügende Radarüberwachung, sodass sie das nicht mit Sicherheit würden feststellen können.

«Die NRO sagt, dass mindestens zwei der Marschflugkörper-Gefechtsköpfe scharf gemacht sind», meldete der Major der Air Force, der etwa acht Jahre Flugerfahrung in F-15 Eagles besaß. «Mindestens eine Rakete hat die 747 im Visier. Jetzt sind es zwei ... und nun eine dritte.»

Bill Sanderson holte tief Luft und beobachtete, wie sich die geometrische Anordnung in hoher Geschwindigkeit entfaltete.

«Wie viel Zeit bleibt uns noch mit diesem Satelliten?», fragte er.

«Vier Minuten, aber es wird keine Lücke entstehen: Der nächste befindet sich bereits am Horizont in Position.»

«Jetzt haben Marschflugkörper fünf, sechs und sieben ... und acht ihn ebenfalls als Ziel erfasst. Acht Raketen sind auf die Maschine gerichtet.»

Die Kampfflugzeuge flogen inzwischen in Vierer-Formation und folgten der 747 in einem Abstand von vierzehn Kilometern.

«Die Maschine befindet sich fünf Kilometer von der Grenze entfernt, doch die Grenze wölbt sich in Richtung des Jumbos», verkündete der Major. «Er passiert den nächstgelegenen Punkt in vierzig Sekunden.»

«Sie werden versuchen, das Flugzeug über Libyen zu zerstören», sagte Sanderson. «Ich wette, dass sie die rechten Triebwerke als Ziel erfasst haben, um die Maschine nach einem Treffer zu einer Rechtskurve zu zwingen. Zuerst schießen sie vier Raketen auf die rechte Seite der 747 ab, und wenn sie eindeutig über der Grenze ist, geben sie ihr den Rest.»

In den vergangenen zehn Minuten hatten im Osten ständig rote Flugzeugleuchtfeuer im Nachthimmel aufgeblitzt. Allerdings hatte wegen der Verwirrung nach dem Druckabfall in der Kabine niemand an Bord von Meridian Flug Sechs etwas davon bemerkt. Plötzlich jedoch entdeckte eine erstaunte Passagierin auf der rechten Seite die anderen Flugzeuge und wies sofort ihre Sitznachbarin darauf hin. Bald hatte es sich wie ein Lauffeuer herumgesprochen, dass sie nicht mehr allein waren.

Cindy war das erste Besatzungsmitglied, das davon erfuhr. Als sie sich vorbeugte, sah sie die Lichter, die in der Ferne stetig blinkten und der 747 auf der rechten Seite folgten. Sie verständigte Janie, die ihrerseits Robert MacNaughton bat, einmal einen Blick darauf zu werfen.

«Schwer zu sagen», meinte er. «Es sind einige Leuchtfeuer. Wahrscheinlich werden wir von den Kampfflugzeugen irgendeines Landes beschattet.» Robert kehrte zu seinem Sitz zurück und schaltete den Videoschirm ein. Er beobachtete das Bild, bis es eine detailgetreuere Ansicht von Nordafrika und seiner politischen Grenzen zeigte. Dann stieß er einen leisen Pfiff aus.

«Ach, du meine Güte», murmelte er, ohne zu bemerken, dass Brian Logan aus einem Fenster auf der rechten Seite spähte und ebenfalls die Leuchtfeuer sah.

«Was ist?», fragte Janie.

Robert wies auf den Videoschirm. «Libyen. Wir sind viel zu nah dran, und das ist sehr gefährlich. Ich nehme nicht an, dass unser wahnwitziger Kapitän sich die Mühe gemacht hat, sich eine Überfluggenehmigung für Libyen zu besorgen.»

«Und was passiert, wenn wir keine haben?», erkundigte sich Janie.

«Erinnern Sie sich an die Korean Airlines 007, die sich in den Achtzigerjahren über die Kyrillen verirrt hatte und von den Sowjets abgeschossen wurde?», erwiderte Robert und stand auf.

Janie nickte.

«Das war auch eine 747, und Gaddhafi ist noch durchgeknallter als die Sowjets damals.» Robert wies auf die Bordküche. «Wo ist das Bordtelefon?»

Dass die Maschine offenbar von Kampfflugzeugen verfolgt wurde, kam für Phil Knight erst an zweiter Stelle. Viel wichtiger für ihn war, dass es sich bei dem Anrufer anscheinend um den Piloten handelte, der, wie Logan ihm gedroht hatte, bereitstand, um das Kommando an Bord zu übernehmen.

Also war es kein Trick gewesen, dachte Phil. Der Mann kannte sich zu gut mit flugtechnischen Ausdrücken und Abläufen aus, um ein Hochstapler zu sein; außerdem erwähnte er Dinge, die nur der Pilot eines großen Jets wissen konnte. Und zu dieser Erkenntnis kam auch noch der Schock hinzu, dass dieser Pilot kein Geringerer war als der Vorstandsvorsitzende von English Petroleum.

Moment mal, sagte sich Phil. *Er behauptet zwar, MacNaughton zu sein, aber das ist ganz bestimmt eine Lüge. Der Mann ist zwar eindeutig Pilot, doch MacNaughton ist schließlich Vorstandsvorsitzender und wird von hinten bis vorne bedient. Gewiss kann er kaum Auto fahren, geschweige denn ein Flugzeug lenken.*

Der Anrufer war besorgt, weil sie sich zu dicht an Libyen befanden – aber warum? Schließlich mussten es selbst die Libyer akzeptieren, wenn eine Passagiermaschine in Not geriet. Wahrscheinlich wusste inzwischen die ganze Welt, dass Meridian Flug Sechs Opfer einer Flugzeugentführung geworden war, weshalb der Kapitän für die Flugroute keine Verantwortung trug.

Phil hielt Ausschau nach den blitzenden roten Leuchtfeuern, die der Mann erwähnt hatte.

Da sind sie! Hinter der rechten Tragfläche und in einiger Entfernung im Osten. Doch diese Flugzeuge stellten offensichtlich keine unmittelbare Bedrohung dar.

Vermutlich handelt es sich nur um die übliche Eskorte für ein entführtes Flugzeug.

Als Phils Blick über das ACARS-Gerät glitt, bemerkte er erschrocken das Lämpchen, das eine eingegangene Nachricht ankündigte. Er schaltete den Drucker ein, wartete, bis die Nachricht ausgedruckt war, und riss das Papier ab.

An den Kapitän von Flug Sechs von der Firmenzentrale – London für den Empfang bereit; wie verlangt werden Sie bei der Landung von bewaffneten Sicherheitskräften erwartet. Bitte nehmen Sie zur Kenntnis, dass die Flugsicherung keinen Kontakt mit Ihnen hat und dass Sie nicht über die nötigen Genehmigungen verfügen. Können Sie sich mit uns in Verbindung setzen? Haben Sie die Zeit, Ihren Funkausfall genau zu beschreiben, damit wir von hier aus eingreifen können? Bitte melden Sie sich.

Phil blickte sich nach Judy Jackson um, die eingeschlafen war und schnarchte. Die Axt lag immer noch auf ihrem Schoß, und sie umfasste sie mit einer Hand, aber offenbar hatten seine Drohungen die Lage in der Kabine beruhigt. Also konnte er sie schlafen lassen.

Die Lichter rechts von ihm machten ihm weitaus mehr Sorgen. Die Zentrale hatte Recht. Er besaß keine Freigaben der Flugsicherung – aber er hatte doch den internationalen Code für eine Flugzeugentführung durchgegeben! Phil beschloss, gleich über ACARS zu antworten.

Wo ist nur die verdammte Karte?, fragte sich Phil und kramte auf der Suche nach der Fliegerkarte auf dem Boden herum. Dunkel erinnerte er sich, dass sie hinuntergefallen war, als er die Maschine herumgerissen hatte, um Logan vom Cockpit fern zu halten.

Da ist sie ja! Er griff nach der Karte und klappte die Region auf, die sie gerade überflogen. Nachdem er die Deckenbeleuchtung eingeschaltet und auf dem Flugdatenrechner Längen- und Breitengrad überprüft hatte, suchte er auf der Karte die richtige Stelle.

Also. Wir sind genau ... hier.

Phil lehnte sich zurück und überlegte fieberhaft. Die Grenze zwischen Libyen und Algerien war eine Schlangenlinie, die grob von Südost nach Nord-Nordwest verlief. Er hatte sich zwar auf der algerischen Seite gehalten, doch ein Stück voraus ragte ein Teil von Libyen nach Algerien hinein, und es sah aus, als würden sie gleich über die Spitze dieses Landstücks hinwegfliegen.

Wieder sah er nach: nur noch ein paar Kilometer. Er blickte aus dem rechten Fenster, doch die blitzenden Lichter waren inzwischen verschwunden. Er fragte sich, ob die Kampfjets sich aus dem Staub gemacht hatten oder ob sie nur ein wenig zurückgefallen waren.

Erst in der vergangenen Woche hatte er etwas über Libyen gelesen, aber er konnte die vielen Namen nicht auseinander halten. Libyen, Tschad, Ägypten oder wie all die Länder sonst noch hießen. Er flog über einer Einöde. Warum sollte sich hier draußen jemand für Grenzen interessieren? Schließlich befand er sich ja schon mehr als eine Stunde über Algerien, ohne dass etwas passiert wäre.

Allerdings hatte der Name Libyen einen unguten Beigeschmack, und dicht voraus begann libysches Hoheitsgebiet.

Phil streckte die Hand nach dem Autopiloten aus und schaltete das rechnergestützte Navigationssystem ab. Dann drückte er auf Kurswahl und drehte den Kurswahlregler langsam etwa fünfzehn Grad nach links, sodass die riesige Boeing eine sanfte Kurve flog. Ganz bestimmt war das überflüssig, dachte er, aber vielleicht war es dennoch ratsam, einen großen Bogen um Libyen zu machen.

AN BORD DER *AIR FORCE ONE*, EINHUNDERTACHTZIG KILOMETER ÖSTLICH VON BOISE, IDAHO, 16:12 ORTSZEIT

Seit zehn Minuten beobachtete der Präsident nun schon die mit dem Computer bearbeiteten Bilder, die der abhörsichere Satellit aus Chantilly übermittelte. Die geisterhaften und unverkennbaren Umrisse der 747 wurden offenbar von vier MiG-21 verfolgt, die sich an ihre Fersen geheftet hatten. Die Raketen waren scharf gemacht und hatten ihr Ziel erfasst. Der Gedanke, dass er gerade im Begriff war, die Zerstörung einer amerikanischen Passagiermaschine zu dulden, hatte den Präsidenten zu einigen Zweifeln und Grübeleien veranlasst. Doch jedes Mal hatte er sich wieder die Tatsache vor Augen gehalten, dass sich – soweit bekannt – weder Fluggäste noch Besatzung an Bord befanden. Stattdessen wies alles darauf hin, dass es sich bei Meridian Flug Sechs um eine fliegende Massenvernichtungswaffe handelte. Warum also sollte man den Libyern nicht Beifall klatschen, wenn sie das Ding vom Himmel holten?

Dennoch hielt er Wache, ohne zu wissen warum, und wartete auf den ersten hellen Lichtstreifen, der darauf hinwies, dass eine der MiG-21 eine Rakete abgefeuert hatte.

In diesem Augenblick, in letzter Sekunde, wendete die 747 nach links und entfernte sich, dicht gefolgt von den Kampfflugzeugen, von der libyschen Grenze.

Der Präsident beugte sich in seinem Sitz vor und griff wieder zum Hörer. «Bill? Was macht er da?»

«Keine Ahnung, Mr President. Er wendet… aber…»

«Er ist genau über dem hereinragenden Landstück!»

«Er hätte es um drei Kilometer verpasst. Jetzt sind es eher fünf bis sechs. Und was noch wichtiger ist: Nun würde er vielleicht nicht mehr über Libyen runtergehen, auch wenn sie die rechten Triebwerke zerstören.»

«Verdammt! Verfolgen sie ihn noch?»

«Moment… wir sprechen gerade mit Chantilly. Sie sagen, sie hätten hektischen Funkverkehr zwischen den Piloten und ihrem Kommandoposten aufgefangen.»

Der Präsident legte die Hand über den Hörer und drehte sich zu seinem nationalen Sicherheitsberater um. «Ich war ganz sicher, dass die Libyer ihn sich kaufen würden. Inzwischen aber frage ich mich, ob es sich nicht um einen Trick von Gaddhafi handelt. Treibt er etwa seine Spielchen mit uns?» Er stellte dieselbe Frage an den Lageraum.

«Chantilly kann es immer noch nicht fassen, dass er im letzten Moment abgedreht hat», erwiderte Bill Sanderson. «Okay. Moment… Die MiGs fallen zurück. Die Radarpeilung wird abgeschaltet.»

«Das sehe ich, Bill. Die MiGs machen sich in Richtung Osten davon. Verdammt!»

«Tja, Sir, auch die besten Pläne –»

«Ihre Pläne, nicht unsere, Bill.»

«Sind Sie bereit für Plan B?»

«Genau genommen ist es Plan A.»

«Verstanden, Mr President.»

«Versetzen Sie die Siebte Flotte in Gefechtsbereitschaft und sagen Sie mir, wer für den ersten Einsatz vorgesehen ist.»

«Die *Enterprise* leitet den ersten Verband. Bestimmt werden wir die *Eisenhower* nicht brauchen, aber sie steht ebenfalls bereit. Kontakt in etwa vierzig Minuten. Sie… sollen wir uns wirklich zuerst mit eigenen Augen vergewissern?»

«Sofern niemand einen triftigen Grund vorbringt, warum wir damit unsere Piloten gefährden würden, lautet die Antwort ja. Vor allem jetzt, nachdem sie den Libyern durch die Finger geschlüpft sind. Halten Sie mich auf dem Laufenden, Bill.»

IN DER LUFT, AN BORD VON MERIDIAN FLUG SECHS, 00:15 ORTSZEIT

Jimmy Roberts war verwirrt und mit rasenden Kopfschmerzen aus seiner Bewusstlosigkeit erwacht und hatte festgestellt, dass seine Frau ohnmächtig auf dem Nachbarsitz lag. Trotz der Sauerstoffmaske, die ihr jemand aufgesetzt hatte, blieb sie noch einige beängstigende Minuten ohne Besinnung, während Jimmy ihr Gesicht und Hände massierte und versuchte, die panische Angst zu unterdrücken, dass er sie verloren haben könnte.

Endlich wachte Brenda Roberts wieder auf. Sie ahnte, dass sie beide in großer Lebensgefahr geschwebt hatten, und ihre Tränen wollten nicht versiegen, während ihr Mann sie in den Armen hielt und ihr Gelegenheit gab, sich so richtig auszuweinen.

«Okay», sagte sie schließlich, nachdem sie sich die Augen abgetupft und sich die Nase geputzt hatte. «Ich will nichts mehr von diesem gottverdammten Flugzeug oder diesem Kapitän wissen. Wo sind die Ohrenstöpsel?»

«Meinst du die Ohrhörer, Liebling?», fragte Jimmy.

«Ja. Ich brauche jetzt wirklich ein bisschen Unterhaltung.»

Jimmy hob die Ohrhörer vom Boden auf und steckte sie in die Armlehne ein. Dann schaltete er die verschiedenen Kanäle durch, während Brenda das Programm studierte.

«Hier steht, dass sie auch CNN haben, Jimmy. Was hältst du davon? CNN im Nirgendwo.»

«Wirklich?»

«Liveübertragungen per Satellit, steht hier. Versuch es auf Kanal neununddreißig.»

Er tippte die Zahlen ein. Ein CNN-Nachrichtensprecher in Atlanta gab eine Meldung über ein Flugzeug durch, dessen Abbildung auf dem kleinen Flüssigkristall-Bildschirm in der Sitzlehne zu sehen war.

... keine weiteren Einzelheiten über den verbliebenen Piloten. In der letzten Stunde hat gut informierten Kreisen zufolge keine weitere Verbindung mit der Maschine mehr stattgefunden. Kurz zusammengefasst hat eine Passagierrevolte an Bord einer Boeing 747 von

Meridian Airlines über Nordafrika am heutigen Abend dazu geführt, dass die Fluggäste ihr eigenes Flugzeug gekapert haben. Der Kapitän und eine Flugbegleiterin haben sich im Cockpit verschanzt und versuchen, die Angelegenheit im Griff zu behalten. Bei Meridian verweigert man jeden Kommentar zur Frage, ob bereits Vorbereitungen stattfinden, die Maschine nach ihrer Landung in London zu stürmen. Ganz gleich, was wirklich an Bord geschehen ist, besteht die Möglichkeit, dass gegen eine große Anzahl von Fluggästen Anzeige wegen Luftpiraterie erhoben wird. So etwas ist in der zivilen Luftfahrt der Vereinigten Staaten noch nie vorgekommen. Luftpiraterie gilt als ein bundesweit verfolgtes Kapitalverbrechen, auf das die Todesstrafe steht.

Jimmy Roberts spürte, wie sich ihm der Magen zusammenkrampfte, während Brenda erschrocken die Augen aufriss.

«Jimmy? Der redet doch von uns, oder?»

«Verdammt», erwiderte er und fühlte sich hilflos, weil ihm einfach nicht die richtigen Worte einfielen. «Die Todesstrafe? Mein Gott, Brenda, und er sagt, dass wir alle als Luftpiraten betrachtet werden.»

42

NRO-ZENTRALE, CHANTILLY, VIRGINIA, 18:18 ORTSZEIT

In George Zoffels Büro legte David Byrd wieder einmal den Hörer auf und setzte sich. Seine Verzweiflung wuchs, als er sich fragte, was wohl an Bord von Meridian Flug Sechs vor sich ging und ob es wohl sinnvoll war, seinem Instinkt zu folgen. Mitten in der Nacht Senatorin Sharon Douglas ausfindig zu machen, hatte sich als schwieriger entpuppt, als er erwartet hätte. Sie war noch in London und schlief bestimmt, aber es gab dort zu viele gute Hotels, und die Zeit reichte nicht, um einfach die Liste durchzugehen.

Ein Telefon läutete, und David sah, wie eines der Lämpchen aufleuchtete. Ginger, Zoffels Sekretärin, blickte durch die offene Tür, reckte zwei Finger hoch und flüsterte das Wort *Leitung*.

David schaltete auf Leitung zwei.

«Colonel Byrd? Hier spricht Ron Olson, der Assistent von Senatorin Douglas. Gerade habe ich einen Anruf von der Telefonzentrale des Weißen Hauses erhalten, dass Sie sie verzweifelt zu erreichen versuchen.»

Da sie sich auf einer nicht abhörsicheren Leitung unterhielten, drückte David sich vorsichtig aus. «Ich … muss eine Angelegenheit von höchster Wichtigkeit mit ihr besprechen; sie duldet keinen Aufschub.»

«Sie können mir nicht sagen, worum es geht?»

«Nein, Mr Olson, das kann ich nicht.»

«Und trotzdem verlangen Sie von mir, dass ich die Frau Senatorin wecke? In London ist es immerhin drei Uhr morgens.»

«Wenn Sie es nicht tun, Sir, wird sie Ihnen vermutlich den Kopf abreißen. Hören Sie, es ist wirklich dringend – geben Sie mir einfach die Nummer ihres Hotels, dann rufe ich selbst an.»

«Woher zum Teufel soll ich wissen, ob Sie wirklich der sind, für den Sie sich ausgeben?»

«Überlegen Sie mal. Wer hat Sie meinetwegen angerufen?», gab David zurück.

«Ach ja, der Telefonist im Weißen Haus», antwortete Olson nach einer Weile. «Einen Moment, ich hole die Nummer in London.»

Er kehrte zurück und diktierte David eine endlose Zahlenreihe.

Das Telefon in London wurde von jemandem abgenommen, der offenbar Schwierigkeiten hatte, den Hörer zu halten. Das Gerät knallte gegen den Nachttisch und fiel anscheinend zu Boden, worauf ein lautstarkes Grunzen folgte. Dann wurde der Hörer wieder aufgehoben und landete offenbar endlich an Sharon Douglas' Ohr.

«Äh … hallo?»

Nachdem David seinen Namen genannt und sich für die Störung entschuldigt hatte, schilderte er ihr rasch den Fall und bat sie um Hilfe. Am anderen Ende der Leitung ertönte ein müder Seufzer.

«Wer spricht da? David Byrd?»

«Ja, Ma'am.»

«Der junge Mann von der Air Force, mit dem ich heute, nein, gestern telefoniert habe?»

«Ja, Frau Senatorin.»

«Wie spät ist es?»

«Noch sehr früh, und es tut mir wirklich Leid.»

«Und wo bin ich? Es ist hier so dunkel.»

«In London.»

«Oh. Richtig. Und was kann ich für Sie tun, David?»

«Erinnern Sie sich noch an die Nummer des grässlichen Flugs aus Chicago, von dem Sie mir erzählt haben?»

«Ja, Meridian Flug Sechs», erwiderte sie. «Konnte das nicht bis zum Morgen warten?»

David schnappte nach Luft. «Ich habe mir gedacht, dass das die Flugnummer war.»

«Aber …» Sie räusperte sich und war dann ganz Ohr. «Warum? Wozu wollen Sie das wissen?»

«Es gibt da einige Punkte, die ich nicht an einer nicht abhörsicheren Leitung erörtern kann. Aber lassen Sie mich die Lage kurz zusammenfassen.» Er schilderte ihr die immer noch andauernde Odyssee von Flug Sechs seit dem Start in Heathrow.

«Gütiger Himmel! Entführt? Von den Passagieren, sagten Sie?»

«Genau das muss ich ja herausfinden, und zwar schnell. Der Kapitän hat einen Aufstand an Bord gemeldet, der für mich klingt wie ein Übergriff von aufgebrachten Passagieren. Ich versuche zu ermitteln, ob das einen Sinn ergibt.» David erzählte ihr, was in der ACARS-Botschaft von Flug Sechs stand. «Aber offiziell glauben wir nicht, dass die Nachricht vom Kapitän stammt.»

«David, wer ist *wir*?»

«Äh ... Frau Senatorin, das darf ich Ihnen nicht sagen. Ich bin zu einer offiziellen Analyse der Situation hinzugezogen worden und kann Ihnen nur Folgendes antworten: Ich muss wissen, ob wirklich eine ernsthafte Chance besteht, dass die Passagiere auf diesem Flug einen Aufstand angezettelt haben. Ist es auf dem Flug nach London bereits zu Unmutsäußerungen gekommen?»

«Machen Sie Witze? Wenn auch nur ein einziger Passagier aus Chicago noch an Bord ist, stehen die Chancen für einen gewalttätigen Übergriff einfach großartig. Ich habe sogar selbst mit angesehen, wie ein Mann den Kapitän beschimpfte, als dieser die Maschine verließ. Ich glaube, er und seine Frau wollten weiterfliegen.»

«Okay.»

«Natürlich habe ich keine Ahnung, was für eine Besatzung beim Start in London Dienst hatte; vielleicht sind es ja ganz andere Leute als das unfreundliche Pack, mit dem wir uns herumärgern mussten. Tja, eine Stewardess war nicht so pampig wie die anderen, aber sie war die Ausnahme. Augenblick, ich habe die Nummer des Dienststellenleiters in London. Ich glaube, es ist seine Mobilfunknummer.» David hörte, wie sie auf der Suche nach der Nummer in Papieren wühlte. «Er hat mich gestern Abend angerufen», fuhr sie fort, «und sich ausführlich entschuldigt. Außerdem hat er mir Wein und Blumen geschickt und sich mächtig ins Zeug gelegt, um die Fehler seiner Fluggesellschaft wieder auszubügeln. Aber offen gestanden halte ich das für vergebliche Liebesmüh. Da ist sie ja.»

David schrieb die Nummer auf, die sie ihm diktierte.

«Vielen Dank, Frau Senatorin.»

«Da wäre noch etwas», meinte sie. «Würden Sie mich zurückrufen, nachdem Sie mit ihm gesprochen haben? Ich bin jetzt sowieso hellwach, und ich mache mir große Sorgen.»

Er versprach es, legte auf und wählte sofort James Halverstons Nummer. Der Dienststellenleiter klang so frisch und ausgeruht, dass David zusammenzuckte.

«Ja, wir sind mit großer Verspätung in London gestartet, aber mehr kann ich Ihnen auch nicht sagen. Ich weiß von keinem gewalttätigen Zwischenfall an Bord. Wer sind Sie eigentlich?»

«Colonel David Byrd, U.S. Air Force.»

«Passen Sie auf, Colonel, ich bin sicher, dass Sie derjenige sind, für den Sie sich ausgeben, aber ich muss meinen Arbeitgeber vor gerissenen Reportern schützen. Wenn Sie eine Telefonnummer hätten, unter der ich Sie zurückrufen kann, wäre ich beruhigter.»

«Moment bitte.»

Er stand auf und ging in George Zoffels Vorzimmer, wo Ginger ihm die Nummer der NRO-Telefonzentrale und der Nebenstelle gab, die er Halverston weitergab.

Während David auf den Rückruf aus London wartete, erschien Ginger in der Tür.

«Ich soll Ihnen von Mr Zoffel ausrichten, dass die Gefahr in Libyen gebannt ist. Die Maschine hat bald das Mittelmeer erreicht.»

«Danke», lächelte er ihr zu und gestattete sich den Gedanken, dass John Blaylock Recht hatte: Sie war wirklich eine schöne Frau.

Das Telefon läutete.

«Colonel? James Halverston hier. Ich habe mich zwar zu meiner Zufriedenheit vergewissern können, dass Sie kein Reporter sind, aber ich glaube nicht, dass ich Ihnen helfen kann.»

«Wissen Sie denn sonst nichts über die Sache?», fragte David.

James Halverston erzählte ihm, dass sich der Vorstandsvorsitzende der English Petroleum Corporation an Bord befand. «Das wird sicher bald an die Öffentlichkeit gelangen, aber ich habe keine Ahnung, ob es irgendwelche Auswirkungen haben wird. Sie wollten doch wissen, ob die Nachricht des Kapitäns echt sein könnte.»

«Haben Sie eine Kopie dieser Nachricht gesehen?»

«Ich bin gerade unterwegs zum Flughafen, um mich mit einigen Kamerateams zu treffen, Colonel. Die Nachricht ist mir mindestens zweimal vorgelesen worden.»

«Also könnte sie echt sein? Ist es möglich, dass es auf diesem Flug zu einem gewalttätigen Übergriff durch aufgebrachte Passagiere gekommen ist?»

«Ich weiß nicht. Mir ist nicht mehr bekannt als das, was ich Ihnen über Mr MacNaughton gesagt habe.» Am anderen Ende der Leitung herrschte kurzes Schweigen. «Allerdings ist meine persönliche Meinung, dass eine voll gepackte Passagiermaschine, die schon die zweite Verspätung an einem Tag hat –»

«Die zweite?»

Halverston schilderte das Warten auf dem Flugfeld in London. «Ich kann nicht sagen, was die Flugbegleiter den Passagieren mitgeteilt haben oder welche Stimmung in der Kabine herrschte. Doch das technische Problem wurde in gut zwei Stunden behoben.»

«Hören Sie, Mr Halverston, das ist jetzt sehr, sehr wichtig. Sie müssen mir vertrauen und offen sein, falls Sie noch etwas wissen. Ich darf Ihnen nicht erklären, warum ich diese Fragen stelle, aber wenn ich es könnte, würden Sie sicher sofort Himmel und Hölle in Bewegung setzen, um mir die nötigen Informationen zu beschaffen. Wenn wir nicht beweisen können, dass die von Flug Sechs abgesetzte Nachricht logisch und vernünftig ist und dass in dieser Maschine aller Wahrscheinlichkeit nach eine Passagierrevolte stattgefunden hat, könnten alle Menschen an Bord ums Leben kommen.»

«Verzeihung, wie bitte?»

«Ich bin nicht befugt, Ihnen mehr zu verraten, aber Sie können sich ja bestimmt denken, dass die britische Regierung ebenso wie die der meisten EU-Staaten und jene der USA ziemlich nervös werden, wenn ein Flugzeug ohne Funkkontakt auf eine Großstadt zusteuert.»

«Ich verstehe kein Wort, Colonel. Was wollen Sie von mir?»

«Ich glaube, dass Sie mir etwas verschweigen, Mr Halverston, und das könnte für Passagiere und Besatzung zum Verhängnis werden. Bitte. Was war sonst noch los?»

«Ich parke gerade vor meinem Büro. Drinnen liegt ein Zettel, den ich mir ansehen muss.»

«Nennen Sie mir den Grund.»

Er hörte, wie eine Wagentür zugeknallt wurde. Darauf folgten Schritte und das Klimpern von Schlüsseln.

«Auf diesem Zettel steht der Name eines Passagiers, der nach Ansicht des Kapitäns den Copiloten verletzt hat.»

«Ja, der Name ist Logan.»

«Genau.»

Eine Tür wurde aufgeschlossen. «Gestern ist ein sehr aufgebrachter amerikanischer Arzt in die Maschine gestiegen. Ich muss den Namen überprüfen, den ich mir notiert habe, um sicherzugehen, dass es sich nicht um denselben Mann handelt.»

«Meinen Sie Logan?»

«Ja.»

«Hatten Sie Schwierigkeiten mit ihm?»

James Halverston fasste zusammen, was im Computer der Meridian über den Tod von Logans Frau und Kind verzeichnet war. «Es war eine ausgesprochen unerfreuliche Begegnung, aber wir... ich... hielt ihn nicht für eine Bedrohung und erlaubte ihm, an Bord zu gehen. Ich sitze jetzt an meinem Schreibtisch. Moment bitte.»

Papier raschelte. Dann herrschte Schweigen.

«Mr Halverston?»

Es blieb still.

«Sir?»

«Ja, verdammt.»

«Was gibt es?»

«Ich kann das dämliche Ding nicht finden. Ich dachte, ich hätte es hier hingelegt.»

«Und Sie können sich nicht mit Gewissheit an den Namen erinnern?»

«Nein. Ich bin sicher, dass es ein anderer Name ist. Aber – hören Sie, Colonel, ich melde mich bei Ihnen, wenn ich den Zettel aufgestöbert habe.»

«Bitte! Sobald Sie ihn haben und wenn es sich um denselben Namen handelt, rufen Sie mich am Mobiltelefon an.» Er diktierte die Nummer und legte auf. Dann saß er grübelnd da. *Ich schaffe das nicht allein!*

David eilte an Ginger vorbei auf den Flur hinaus, ohne zu bemerken, dass sie aufgesprungen war und ihm nachlief.

«Colonel? Ich muss Sie wieder hineinlassen.»

«Oh.» David folgte ihr und versuchte, den Blick von ihrer Figur abzuwenden, während sie den Flur entlangstöckelte, das Zahlenschloss betätigte und ihre zierliche Gestalt gegen die schwere Tür stemmte.

«Danke, Ginger», sagte er und erhielt ein reizendes Lächeln zur Antwort. Dann betrat er den Raum, nahm seinen Platz wieder ein und setzte den Kopfhörer auf.

«Was gibt es?», fragte er.

«Er nähert sich der Küste», erwiderte Blaylock und fasste die Begegnung mit den Kampfpiloten und das plötzliche Abdrehen kurz zusammen. «Er weiß genau, was er tut, David. Also könnte der Pilot auch Libyer sein, und die MiGs waren sein Geleitschutz. Wenn ja, haben sie ihn mit ihren Marschflugkörpern angepeilt, um einen guten Eindruck zu machen.»

David biss sich auf die Unterlippe und betrachtete die verschiedenen Bildschirme.

«Wie lange noch?»

«Die *Enterprise* schickt gerade ihre Tomcats los. Sie haben vor, die 747 abzufangen, Funkkontakt herzustellen und sie, falls das nicht klappt, zur Rückkehr nach Nordafrika zu zwingen. Südlich von Algier gibt es einen abgelegenen Flugplatz, den die Algerier uns benützen lassen. Doch wenn der Mann im Cockpit weder mit uns reden noch umkehren will, hat er sein Leben verwirkt. Die F-14 haben ihre Befehle bereits erhalten.»

43

IN DER LUFT, AN BORD VON MERIDIAN FLUG SECHS, 00:18 ORTSZEIT

Jimmy Roberts stand auf und bat Brenda, sitzen zu bleiben. Ohne sich Gedanken darüber zu machen, ob er dort überhaupt erwünscht war, eilte er an der vorderen Bordküche vorbei in die erste Klasse. Eigentlich hasste er Situationen, in denen er sich so fehl am Platze fühlte wie ein Stinktier auf einer Gartenparty, und normalerweise mied er sie wie die Pest. Aber heute war es anders – schließlich sollten er, Brenda und alle anderen an Bord eines Verbrechens beschuldigt werden, und das machte ihm Angst.

Obwohl die gewaltigen Sitze in der ersten Klasse einschüchternd wirkten, zwang er sich, in die Kabine zu treten. Er musterte die Gesichter der Passagiere, bis er den Doktor, den Rädelsführer der Revolte, die in den Nachrichten erwähnt worden war, entdeckte. Logan beugte sich über die Sitze auf der rechten Seite und spähte aus dem Fenster hinaus in die Dunkelheit. Eine Reihe hinter ihm saß ein anderer Mann, den Jimmy ebenfalls erkannte, tat das Gleiche und unterhielt sich dabei mit der Frau, die sich als Janie, die neue Chefstewardess, vorgestellt hatte.

«Doc? Entschuldigen Sie», begann Jimmy und steckte beide Hände in die Hosentaschen.

Aus der Nähe wirkte der Doktor gar nicht so riesenhaft wie vorhin, als er mit dem Megafon in der Kabine herumgelaufen war, dachte Jimmy.

Der Doktor wandte den Blick vom Fenster ab und sah sich mit müden Augen um; sein Gesicht war aschfahl. Dann richtete er sich auf und musterte Jimmy.

«Ja bitte?»

«Äh … hören Sie, ich heiße Jimmy Roberts und sitze hinten in der Touristenklasse. Meine Frau und ich haben gerade eine Nachrichtensendung auf CNN gesehen. Der Sprecher erwähnte diesen Flug und sagte, alle Passagiere würden als Luftpiraten behandelt. Ich … tja, wir sind aber keine Verbrecher, und ich muss wissen, was … zum Teufel hier gespielt wird.»

«Luftpiraten?», erwiderte Brian Logan.

«Ja.» Jimmy wiederholte die Worte des Nachrichtensprechers, so gut er sie noch im Gedächtnis hatte. Der andere Mann und die Chefstewardess hörten aufmerksam zu und rückten näher.

«Meine Frau und ich befürchten», fuhr Jimmy fort, «dass wir alle verhaftet und wegen Flugzeugentführung angeklagt werden könnten. Ich weiß nicht, was mit Ihnen ist, Leute, aber wir haben nichts getan. Wir haben diese Flugreise in einem Preisausschreiben gewonnen und wollen nicht in etwas hineingezogen werden.»

Robert MacNaughton stand auf, hielt Jimmy die Hand hin und stellte sich vor.

«Nett, Sie kennen zu lernen, Mr MacNaughton», erwiderte Jimmy und schüttelte Robert die Hand.

«Zerbrechen Sie sich nicht den Kopf über so einen Unsinn, Mr Roberts», sagte MacNaughton dann. «Der Pilot ist der Einzige, der sich etwas zuschulden hat kommen lassen, nicht Dr. Logan oder ich selbst. Es … könnte nötig werden, der Polizei nach unserer Landung einige Erklärungen abzugeben, aber ich kann Ihnen versichern, dass niemand Anzeige gegen Sie oder Ihre Frau erstatten wird.»

«Aber warum behaupten sie das dann im Fernsehen?», beharrte Jimmy und sah Robert MacNaughton in die Augen. «Ich meine, ich habe gehört, was Sie beide über Bordlautsprecher gesagt haben. Besonders Sie, Doc: Sie wollten doch das Flugzeug übernehmen.»

«Das hieß nur», unterbrach ihn Robert mit erhobener Hand, «dass wir den Kapitän zwingen wollten, an den ursprünglichen Zielort weiterzufliegen. Das ist eindeutig keine … keine …» Als Robert die Ereignisse der letzten Stunde von einem juristischen Standpunkt aus betrachtete, verstummte er verlegen.

«Hören Sie», fügte Brian Logan hinzu, «man kann kein Flugzeug an seinen ursprünglichen Zielort entführen. Das ist doch albern. Offenbar hat der Kapitän diese Verdächtigungen über

Funk verbreitet, ohne dass jemand von uns ihm widersprechen konnte. Alles nur Schwachsinn.»

«Hoffentlich haben Sie Recht», entgegnete Jimmy. «Wir, das heißt meine Frau und ich, sind nämlich noch nicht so oft geflogen.»

Brian nickte, ohne Jimmys letzte Bemerkung wirklich wahrzunehmen. Stattdessen blickte er Robert MacNaughton an, der sich schweigend am Kinn kratzte.

«Sie sind doch Mr Roberts, richtig?», erkundigte sich Janie.

«Ja, Ma'am.»

«Kommen Sie. Ich begleite Sie nach hinten und beruhige auch Ihre Frau», schlug sie vor.

«Das wäre sehr nett von Ihnen», erwiderte Jimmy und folgte Janie durch die Vorhänge in die Touristenklasse. Währenddessen drehte sich Brian zu dem Vorstandsvorsitzenden von English Petroleum um.

«Was ist denn?»

«Kinder und Betrunkene – oder in diesem Fall besser Ahnungslose – sagen stets die Wahrheit.»

Brian hielt sich an seiner Sitzlehne fest und musterte den älteren Mann. «Was soll das heißen?»

Seufzend ließ Robert MacNaughton sich auf seinem Platz nieder, verschränkte die Hände über dem Bauch und blickte Brian kopfschüttelnd an. «Ich gebe es ja nur ungern zu, aber ich fürchte, unser Freund könnte Recht haben, Herr Doktor. Sie und ich haben versucht, die Kontrolle über dieses Flugzeug zu übernehmen. Und das entspricht, ungeachtet der Gründe, mehr oder weniger exakt der Definition von Luftpiraterie, ganz gleich, welche Forderungen wir an den Kapitän gestellt haben.»

«So ein Blödsinn!»

«Ich bin natürlich kein Jurist, doch ich habe ständig mit gesetzlichen Fragen zu tun, und ich glaube, dass Sie sich irren. Das bedeutet zwar nicht zwangsläufig, dass jemand ein Verfahren eröffnen wird, aber...»

«Aber was?»

«Tja, angesichts der Tatsache, dass Sie vorhin zur Mäßigung aufgerufen haben, während ich es war, der die Cockpittür einschlagen wollte, sollten wir beide uns jetzt zurückhalten und hoffen, dass dieser Schwachkopf uns heil zurück nach London bringt. Dort können wir uns dann mit der Polizei auseinander setzen.»

«Polizei?»

Robert neigte den Kopf zur Seite und musterte Brian. «Mit welchen Folgen haben Sie denn gerechnet, Dr. Logan? Ich muss einräumen, dass ich nicht richtig nachgedacht und mich stattdessen wie ein blutrünstiger Feldherr aufgeführt habe. Auch ich habe es mir so vorgestellt, dass wir nach unserer Landung den Piloten den Behörden übergeben würden. Aber inzwischen bin ich ein wenig besorgt, er könnte uns einer Straftat beschuldigen.»

«Sie wollen doch nicht etwa andeuten, dass ich... oder wir... oder sonst jemand ein Verbrechen begangen haben könnte?»

«Verzeihen Sie mir, Herr Doktor, aber genau das will ich.»

Im Cockpit schreckte Judy Jackson aus dem Schlaf hoch und erinnerte sich im nächsten Moment, wo sie war... und warum. Argwöhnisch blickte sie sich um, doch niemand hatte das Cockpit betreten, während sie geschlafen hatte. Sie und der Kapitän standen nun ganz allein gegen sämtliche Passagiere und die restliche Besatzung – dafür hatte Janie Bretsen schon gesorgt.

Judy fühlte sich fast, als würde der leere Sitz des Copiloten sie verspotten und sie ständig daran erinnern, dass der Albtraum weiter andauerte. Wütende Passagiere, eine seltsame Landung mitten in einem Feuergefecht und der peinlichste Augenblick ihrer gesamten beruflichen Laufbahn vermischten sich zu einem beängstigenden Gebräu.

Offenbar hatte der Mob vor der Tür aufgegeben. Obwohl sie dem Kapitän gesagt hatte, sie habe um ihr Leben gefürchtet, hatten die Menschen, die sie zum Cockpit verfolgt hatten, sie weniger geängstigt als sie vielmehr in ihrer Feigheit bloßgestellt.

Bei diesem Gedanken errötete Judy unwillkürlich, besonders als ihr einfiel, welche Leere in ihrem Kopf geherrscht hatte. Und dabei hatte sie sonst immer sofort die passende Ausrede parat, wenn ihr ein Fehler unterlief. Diesmal jedoch gab es keine Rechtfertigung; sie konnte ihren Schnitzer nicht wegerklären. So als wäre Judy, die Flugbegleiterin, nur ein Konstrukt, das auf tönernen Füßen stand und angesichts von so viel Wut und Hass in tausend Scherben zerspringen würde.

Sie richtete sich auf und tippte dem Kapitän auf die rechte Schulter, sodass er sich zu ihr umdrehte.

«Ja?»

«Verzeihung», sagte sie und fragte sich gleichzeitig, warum sie mit einer Entschuldigung begann, auch wenn sie den Grund eigentlich kannte. «Wo sind wir? Ich weiß nicht, wie lange ich geschlafen habe.»

«Gleich erreichen wir die nordafrikanische Küste. In knapp drei Stunden sind wir in London.»

«Was werden wir tun, Captain?», erkundigte sie sich. «Ich meine, nach der Landung.»

«Vermutlich werden alle Passagiere festgenommen, und wir müssen eine Aussage machen.»

Judy schnappte nach Luft, als sie sich die Ausmaße dieser Verhaftungsaktion vorstellte.

«Wir haben über dreihundert Fluggäste an Bord. Sie können doch nicht alle verhaften!»

Phil Knight zuckte die Achseln. «Ich weiß nur, dass Logan behauptet hat, für alle zu sprechen. Die Leute haben Sie hier hinaufgejagt, und ein paar von ihnen haben versucht, die Tür aufzubrechen. Also würde ich von mehr als dreihundert Festnahmen ausgehen.»

«Es waren doch nicht sämtliche Passagiere daran beteiligt.»

«Das sollen die Behörden herausfinden. Wenigstens wird dieser Logan dann wegen Flugzeugentführung zum Tode verurteilt.»

«Ich kenne die Gesetze nicht…», begann sie und ließ den Satz unbeendet.

«Seine Verurteilung wird besonders von Ihrer Aussage, was den Mord an Abbott betrifft, abhängen.»

«Aussage?»

«Bezüglich dessen, was Sie beobachtet haben, nämlich dass Logan Abbott im Elektronikschacht erschlagen hat.»

«Ja.»

«Sind Sie überzeugt, dass es Abbott war und nicht vielleicht jemand anderer, der versuchte, in die Maschine einzudringen?»

«Ja.»

Phil, der mit den einsilbigen Antworten nicht zufrieden war, drehte sich um, um ihr in die Augen zu sehen.

«Judy?»

«Ja!», erwiderte sie trotzig.

«Wissen Sie, was Logan mir vor einer Weile am Bordtelefon erzählt hat? Er habe nur die Soldaten abgewehrt; Abbott sei bereits aus der Maschine gefallen. Ist Ihnen klar, dass Sie die einzige Zeugin sind?»

«Ich weiß, was ich gesehen habe.»

Er zögerte, und als er sie weiter musterte, wandte sie den Blick ab.

«Sind Sie sich dessen bewusst, dass ich mich auf Sie verlassen habe? Ich habe den Sachverhalt der Firma und auch sonst noch allen möglichen Leuten weitergegeben, nicht gesagt: ‹Judy hat es mir erzählt›, sondern es als Tatsache dargestellt.»

Er hörte, wie ein Sicherheitsgurt geöffnet wurde. Judy sprang aus dem Notsitz auf und stand nun an der Tür. Sie zitterte am ganzen Körper, schob jedoch trotzig den Kiefer vor und starrte den Kapitän aus blitzenden Augen an.

«Verdammt! Ich habe Ihnen berichtet, was ich gesehen habe, zum Teufel! Warum setzen Sie mich so unter Druck, Sie blöder Idiot!»

«Das will ich doch gar nicht, Judy. Ich –»

«Dieser Mistkerl kommt damit nicht durch!»

«Damit, dass er Ihnen widersprochen hat?»

«Ja! Nein, nein, ich meine… er kann nicht so einfach seine Geschichte ändern… und behaupten, dass ich lüge. Ich habe es mit eigenen Augen gesehen! Er hat den Copiloten getötet!»

«Schon gut, schon gut. Beruhigen Sie sich und setzen Sie sich.»

«Ich muss auf die Toilette», erwiderte sie, spähte durch den Spion in der Cockpittür und drehte sich dann zu ihm um. «Lassen Sie mich anschließend wieder rein?»

«Ja. Die übliche Vorgehensweise.»

Sie warf einen weiteren langen Blick durch den Spion. «Ich… ich glaube, die Luft ist rein.»

«Gehen Sie nur», meinte er. «Ich habe den Bildschirm kontrolliert. Niemand da.»

Das rote Lämpchen, das wieder an der Instrumententafel aufleuchtete, ließ Phil aufmerken. In den letzten beiden Stunden hatte es sich immer wieder gemeldet, doch Phil hatte den Alarm abgeschaltet, die Triebwerkstemperatur überprüft und versucht, nicht daran zu denken.

Verdammtes Triebwerk vier!

Es war schuld an all seinen Problemen, und Abbott hatte offenbar Recht gehabt. Die ständigen Brandmeldungen waren eindeutig falscher Alarm, denn Nummer vier lief genauso stetig wie die übrigen drei Triebwerke. Es schien all seine Entscheidungen zu verspotten und machte Garth Abbotts Tod noch sinnloser, als er ohnehin schon war.

Dass sich im Heck der 747 ein hoch technisierter digitaler Flugdatenschreiber befand, war für alle Piloten selbstverständlich. Phil allerdings schmeckte diese Vorstellung gar nicht, denn so war jedes Aufleuchten des Lämpchens aufgezeichnet worden. Phil ertappte sich bei dem Wunsch, die rechte Hand auszustrecken und den Feuerhebel für Nummer vier zu ziehen, doch er unterdrückte das Bedürfnis erneut. Es war zwecklos.

Janie Bretsen und die übrigen Flugbegleiterinnen hatten rasch die restlichen Wasserflaschen und Imbisspäckchen verteilt und sämtliche verfügbaren Aspirintabletten an diejenigen Passagiere ausgegeben, die wegen der großen Kabinendruckhöhe noch an Kopfschmerzen litten. Erstaunlicherweise schienen die Fluggäste – vom Kleinkind bis zum über Achtzigjährigen – die körperliche Belastung des Druckabfalls gut überstanden zu haben. Die dreihundert Menschen beruhigten sich allmählich, gut versorgt von den Flugbegleiterinnen, die nun Janies Kommando unterstanden.

Janie schaltete den Bordlautsprecher ein und begann mit sanfter Stimme:

Meine Damen und Herren, ich weiß, dass viele von Ihnen genauso müde sind wie ich. Könnten diejenigen, die möchten, dass ich die Kabinenbeleuchtung abschalte, bitte die Hand heben? Es wäre besser, wenn Sie versuchen würden, ein wenig zu schlafen. Außerdem haben Sie ja noch Ihre Leselampen …

Mehr als die Hälfte der Hände reckten sich in die Luft.

Danke. Hätten diejenigen, die sich nicht gemeldet haben, etwas dagegen, wenn ich dem Wunsch der Mehrheit nachkomme und das Licht ausschalte?

Niemand hob die Hand. *Gut*, dachte Janie. Wenn wir noch ein paar Stunden durchhalten, ist es ausgestanden.

Okay. Ich mache jetzt das Licht aus. Vielen Dank.

Sie kehrte in die Bordküche zurück und bediente die entsprechenden Schalter. Dann lehnte sie sich eine Weile an die Wand und schloss die Augen, um wieder zu Kräften zu kommen. Sie musste dringend Energie auftanken, denn sie konnte sich kaum noch auf den Beinen halten.

Jimmy Roberts hatte die Armlehne hochgeklappt, die ihn und Brenda trennte, seine Frau fest an sich gezogen und den kleinen Fernseher abgeschaltet. Sie hatte widerspruchslos geglaubt, dass ihnen keine strafrechtlichen Konsequenzen drohten. Janie, die Stewardess, die ihren Mann begleitet hatte, hatte einen so netten und mitfühlenden Eindruck gemacht, dass Brenda nicht an ihren Worten zweifelte. Nun schlief sie fest.

Während Jimmy seine Frau in den Armen hielt, hörte er ein leises Geräusch, das er zunächst nicht einordnen konnte. Es war ein kaum wahrzunehmendes, immer wiederkehrendes Knistern, das von irgendwo hinter ihm kam. Es klang wie die Walkie-Talkies, die er in seiner Werkstatt in Midland benutzte: Rauschen, Stimmen und wieder Rauschen. Ganz leise und fast nicht zu hören. Die Neugier packte Jimmy, sodass an Schlaf nicht mehr zu denken war, und außerdem hatte er nach dem stundenlangen Herumsitzen starken Bewegungsdrang.

Nach einem Blick auf seine Frau begann er, sie langsam und vorsichtig nach links zu schieben, und bettete ihren Kopf auf ein Kissen, das er an das Fenster gelehnt hatte. Wenn sie zusammen waren, schlief sie stets tief und fest, sodass er schon gewitzelt hatte, selbst ein Güterzug im Schlafzimmer würde sie vermutlich nicht wecken können. Doch war er gezwungen, die Nacht in der Werkstatt zu verbringen, empfing sie ihn am nächsten Morgen jeweils völlig erschöpft und mit zugeschwollenen Augen, da sie immer wieder vom leisesten Geräusch aufgewacht war.

Jimmy legte eine zweite Decke über sie, küsste sie zärtlich, öffnete lautlos seinen Sicherheitsgurt und stand auf. Reihe um Reihe schlich er den Gang entlang, bis er vor einem halbwüchsigen Burschen stand, der auf dem Fensterplatz saß. Der Sitz neben ihm war frei. Im Dämmerlicht erkannte Jimmy, dass der Junge etwa fünfzehn Jahre alt war. Ohrhörer in den Ohren, beugte er sich über die Digitalanzeige eines kleinen Funkgeräts – die Quelle der Geräusche, die Jimmy gehört hatte. Als der Junge ihn bemerkte, blickte er auf.

Lächelnd wies Jimmy auf das Funkgerät. «Was hast du denn da?»

«Das ist nur, um den Polizeifunk abzuhören», erwiderte er.

«Hast du was dagegen, wenn ich mich setze?»

«Nein», antwortete der Junge, und Jimmy ließ sich auf dem Gangplatz nieder.

«Du kannst hier oben den Polizeifunk abhören?»

«Nicht richtig… hauptsächlich Flugzeugfunk und ein paar Sachen, die ich nicht verstehe.»

«Darf ich mal?»

«Klar», sagte der Junge, stöpselte den Ohrhörer aus und senkte die Lautstärke. Eine Männerstimme klang knisternd aus dem Lautsprecher, wies jemanden an, nach rechts zu wenden, und erhielt eine knappe Antwort.

«Was war das?», erkundigte sich Jimmy.

«Keine Ahnung. Im Augenblick habe ich es auf Luftverkehrsfunk eingestellt, und es durchsucht ein paar Frequenzen. Ich glaube, das ist ein Kontrolltower, klingt, als würden sie Spanisch sprechen.»

Eine andere Stimme, die eindeutig amerikanisch klang, unterbrach:

Meridian Sechs, Meridian Sechs, hier spricht die Navy. Antworten Sie auf eins-zwanzig-eins-komma-fünf. Wiederhole, Meridian Sechs, hier spricht die U.S. Navy. Melden Sie sich sofort auf eins-zwanzig-eins-komma-fünf.

«Moment mal …», begann Jimmy, aber der Junge nickte bereits.

«Ja, das ist unser Flug, aber der Kapitän antwortet nicht. Das geht schon seit ein paar Minuten so.»

44

KOMMANDOBRÜCKE, USS *ENTERPRISE*, CVN-65, 00:23 ORTSZEIT

Wie immer während eines Lufteinsatzes wurde die Stille im elektronischen Nervenzentrum der USS *Enterprise* alle paar Minuten vom Zischen der Dampfkatapulte auf dem Flugdeck durchbrochen, als einige F-14 Tomcats, mit Raketen bestückt, in die Nacht hinausgeschickt wurden. Zwanzig Minuten waren vergangen, und die Tomcats befanden sich nun in Position auf zwölftausend Metern Höhe und warteten auf ihr Ziel, während man auf dem Schiff versuchte, den Piloten der verirrten 747 auf verschiedenen Frequenzen per Funk zu erreichen. Meridian Flug Sechs näherte sich dem mittleren Punkt seiner Flugroute über dem Mittelmeer, und man beabsichtigte, die Maschine so weit wie möglich vom Land entfernt abzuschießen.

Im Cockpit der Führungs-Tomcat überprüfte Lieutenant Commander Chris Burton, Rufzeichen «Critter», noch einmal seine Position und wendete wieder nach Süden. Das Radarziel der 747 war bereits auf dem Radarschirm seines Hintermannes, Waffenoffizier Lieutenant Luke Berris, zu sehen. Der Plan lautete, zu viert fünfundvierzig Kilometer weit nach Süden zu fliegen und sich nach einer Einhundertachtzig-Grad-Kehre der Boeing von hinten zu nähern, während die anderen vier nur wenn nötig von ihrer Flughöhe von dreizehntausend Metern herunterkommen sollten. Es war Lieutenant Commander Burtons Aufgabe, zu melden, was er durch die Fenster des Flugzeugs sah. Außerdem sollte er die 747 zur Umkehr nach Süden zwingen. Doch die letzten Worte unter vier Augen vor dem Bereitschaftsraum hatten der Mission noch eine besondere Note gegeben: «Der Käpt'n lässt Ihnen sagen», hatte sein vorgesetzter Offizier geraunt, «dass wir alle Ihre Berichte möglicherweise direkt an die *Air Force One* weitergeben. Der Präsident möchte live dabei sein.»

«Wie ist die Reichweite, Blackberry?», fragte Burton, wobei er Berris' offizielles Rufzeichen benutzte, das er normalerweise mit Blackie abkürzte.

«Nähert sich auf neunzig. Fünf-komma-fünf Minuten bis zur Kehre.»

NRO-ZENTRALE, CHANTILLY, VIRGINIA, 18:23 ORTSZEIT

David Byrd stand auf und beugte sich vor, um John Blaylock etwas ins Ohr zu flüstern. «Ich muss draußen mit dir reden. Dringend.»

John sah ihn fragend an, nickte, erhob sich und wandte sich an George Zoffel.

«Wir müssen kurz mal raus, George. Wie kommen wir wieder rein?»

«Draußen an der Wand hängt ein Telefon. Ich komme Sie dann holen», entgegnete Zoffel, ohne den Blick vom Bildschirm abzuwenden.

David und John traten auf den Flur hinaus und vergewisserten sich, dass die Sicherheitstür hinter ihnen ins Schloss gefallen war.

«John, ich weiß, dass du der Experte bist und dass ich nur wenig Geheimdiensterfahrung habe», begann David Byrd. «Aber ich finde, die machen hier einen Riesenfehler. Wir müssen sie irgendwie stoppen.»

«Warum? Weil du ein ungutes Gefühl hast?»

«Ja, ich habe ein ungutes Gefühl. Genau wie du. Ich war lange genug Pilot bei der Air Force, und mein Instinkt hat mich bis jetzt nur selten getäuscht.»

«Das habe ich ja gar nicht behauptet, Davey. Erklär es mir. Sag mir, warum wir trotz der eindeutigen Fotos, die belegen, dass sich die Passagiere nicht in der Maschine befinden und dass beide Piloten tot sind, und trotz der bei den Geheimdiensten eingegangenen Warnungen vor einem derartigen Zwischenfall diesen Vogel nicht vom Himmel holen sollten, bevor er Teile von Europa in die Luft jagt oder mit Viren verseucht.»

«Weil der Anschein trügt.»

«Und das heißt?»

«Ich glaube, dass der Kapitän noch lebt und an Bord ist.»

«Vielleicht ist er ja der Überläufer und glaubt, dass er die geplante Aktion überleben wird.»

«Und was für Beweise hast du?», gab David zurück.

«Die Aufnahmen aus dem Lager der Rebellen in Nigeria, David. Du hast sie auch gesehen. Außerdem weisen Indizien wie die Notrutsche und die Busse ebenfalls in diese Richtung. Wir besitzen echte Liveaufnahmen von Menschen, zum Großteil hellhäutig, von denen etwa zweihundert in dem Schuppen und rings herum sitzen.»

«Ja, und angeblich handelt es sich zu achtzig Prozent um Weiße», wiederholte David. Er biss sich auf die Lippe und hob den Zeigefinger. «Aber wir haben nicht alle gesehen. Vielleicht befinden sich einige Passagiere noch im Flugzeug. Verdammt, John, womöglich weiß der Kapitän nicht einmal, dass die Leute zum Aussteigen gezwungen wurden.»

«Und jetzt erzähl mir mal, was dich am meisten stört. Wo liegt für dich die größte logische Lücke?»

David nickte, überlegte und blickte sich dann in alle Richtungen um, um sicherzugehen, dass sie allein auf dem Flur waren.

«An der Nachricht des angeblichen Kapitäns konnte nichts widerlegt werden. Aufgrund der Geiselnahme ziehen wir… nein, ziehen *sie* den Schluss, dass eine Passagierrevolte, also ein gewalttätiger Übergriff aufgebrachter Fluggäste, nicht in Frage kommt, da sich ja keine Passagiere an Bord befinden. Allerdings ist es keine unwiderlegbare Tatsache, dass wirklich keine Passagiere in der Maschine sind.»

«Da bin ich anderer Auffassung», gab John Blaylock zurück.

«Betrachte es doch einmal umgekehrt, John. Falls es im Bereich der Wahrscheinlichkeit liegt, dass ein paar wütende Passagiere, wenn auch nur wenige an der Zahl, das Kommando übernommen haben, dürfen wir die Botschaft des Kapitäns nicht als hinterlistiges Täuschungsmanöver abtun. Ich spreche nur von Wahrscheinlichkeit! Und diese Wahrscheinlichkeit besteht – es ist sogar durchaus möglich. Das mag zwar absurd klingen, aber ich habe Untersuchungen mit Passagieren durchgeführt, die kurz vor so einer Revolte standen. Warum ist die Vorstellung so schwierig, solche Menschen könnten einen Kapitän derart einschüchtern, dass dieser sich tatsächlich bedroht fühlt? Insbesondere in einem Flugzeug, das bereits eine Notlandung mitten in einem afrikanischen Bürgerkrieg hinter sich hat. Eine Passagierrevolte ist da gar nicht so abwegig.»

«Komm auf den Punkt.»

«Da wollte ich gerade hin, John.»

«Geheimdienstarbeit basiert auf verlässlichen Einschätzungen, Graden der Zuverlässigkeit und Vermutungen, die sich allesamt auf verfügbare Beweise gründen. Und du willst all das mit einem philosophischen Argument außer Kraft setzen.»

«Den Teufel will ich», erwiderte David. Er machte kehrt, ging ein paar Schritte, wirbelte dann herum und schnippte mit den Fingern.

«Okay, John, du willst harte Fakten? Hier hast du einen: Vor einer Weile habe ich mit Senatorin Douglas in London gesprochen. Sie ist mit Meridian Flug Sechs von Chicago nach London geflogen.» David schilderte die Aneinanderreihung von Verspätungen und Schikanen, die Sharon Douglas ihm beschrieben hatte. «Außerdem habe ich mit dem Dienststellenleiter in Heathrow telefoniert. Über einhundert dieser bereits aufgebrachten Passagiere sind nach Kapstadt weitergeflogen.»

«Ich verstehe», meinte John. Er war zwar keineswegs überzeugt, hörte aber wenigstens zu.

«Außerdem hatte der Dienststellenleiter der Meridian in London gestern eine unschöne Begegnung mit einem amerikanischen Arzt, der ebenfalls in die Maschine nach Kapstadt gestiegen ist. Er versucht, den Zettel zu finden, auf den er sich den Namen des Mannes notiert hat, denn er ist nicht sicher, ob es sich um denselben Arzt handelt, dessen Frau im vergangenen Jahr in einer Maschine der Meridian gestorben ist, weil die Besatzung sich geweigert hatte, ihr ärztliche Hilfe zu gewähren. Er hat eine Millionenklage gegen die Fluggesellschaft angestrengt. Und warum setzt sich so ein Mensch ausgerechnet in ein Flugzeug dieser Airline? Vielleicht, weil er eine Revolte anzetteln will.»

«Oder weil er eine Entführung plant und dafür von einer Terrororganisation bezahlt wird», fügte John hinzu und breitete die Hände aus. «Okay, David, pass auf. Einigen wir uns darauf, dass die Stimmung unter den Passagieren ziemlich aufgeheizt war. Es gibt Dutzende von Gründen, warum wir es dennoch mit einem geplanten Terrorakt zu tun haben könnten. Tatsache ist, dass derjenige, der die Entführung der 747 vorbereitet hat, vermutlich einen Verbündeten oder bezahlten Helfershelfer auf dem Flug von Chicago nach London hatte. So haben die Terroristen überhaupt erst von der Wut der Passagiere erfahren und konnten in letzter Minute entscheiden, sich dieser Wut zu bedienen, um ihren Plan noch realistischer erscheinen zu lassen. Vergiss nicht, dass wir es mit einer sehr schlauen Gruppe zu tun haben. Ganz sicher gab es verschiedene Ausweichpläne.»

«Ist es überhaupt eine Gruppe? Wir sind doch völlig überrumpelt worden, John. Unsere absolut berechtigte Entschlossenheit, uns nie wieder mit runtergelassenen Hosen erwischen zu lassen, ist uns zum Verhängnis geworden. Dennoch urteilen wir vorschnell, und wenn wir uns irren, werden unsere Tomcats in ein paar Minuten ein paar Hundert unschuldige Amerikaner in die Luft jagen. Die Folgen werden weitere Verschwörungstheorien und ein enormer politischer Schaden sein, ganz zu schweigen von den vielen Toten und den Menschen, deren Leben wir damit zerstören.»

«Moment, David. Du sagst also, der ganze Entscheidungsprozess sei von Anfang an auf einen Angriff hin ausgerichtet gewesen?»

«Man nimmt an, dass fehlender Funkverkehr, fehlende Überfluggenehmigungen und fehlende Hinweise auf das Vorhandensein von Passagieren automatisch ein trojanisches Pferd ergeben müssen – und das ist einfach nicht logisch. Deshalb basiert die Entscheidung auf vorgefassten Meinungen. Es könnte andere Erklärungen geben, verdammt. John, haben wir überhaupt irgendwelche Beweise, und seien es nur Vermutungen oder Indizien, dass es überhaupt eine Waffe gibt?»

«Nein.»

«Nein! Wir haben keine. Wir schlussfolgern nur, die Verdacht erregende Flugroute und die Annahme, es seien keine Passagiere an Bord, bedeuteten zwangsläufig, dass die Maschine eine Bombe oder eine Biowaffe transportiert.»

John Blaylock schüttelte den Kopf.

«Würdest du zögern, wenn das Flugzeug Kurs auf New York oder Washington hätte?»

«Nein, vermutlich nicht.»

«Du weißt nicht, was ich gesehen habe, David. Die Warnungen, dass die Reste der Terrornetzwerke, die wir Schritt für Schritt auf der ganzen Welt ausräuchern, eine derartige Aktion planen, nehmen von Monat zu Monat zu … Ist dir klar, dass es vor kurzem zwei Zwischenfälle gegeben hat, die diese Theorie bestätigen?»

David schwieg und legte sich seine Worte sorgfältig zurecht. «John, du musst mir jetzt gut zuhören. Wir sind im Begriff, einen Fehler von historischer Tragweite zu begehen. Ich habe dich gefragt, ob irgendetwas auf eine Bombe oder auf so etwas wie Milzbranderreger hinweist, und du sagtest Nein. Die Warnungen, mit denen wir unsere Annahme begründen, dass wir es mit einer fliegenden Waffe zu tun haben, sind sogar noch vager und unbeweisbarer als das, was ich dir gerade erklärt habe. Wie, John, sollte ein Terrorpilot oder eine Terrorgruppe wissen, dass die Wut an Bord genügt, um das Märchen von einer Passagierrevolte glaubhaft zu machen?»

«Ich sagte doch, vielleicht hatten sie in London oder in der Maschine einen Verbündeten.»

«Aber, John, selbst wenn das so war, hätte die Geschichte mit der Passagierrevolte im Voraus geplant gewesen sein müssen. Überleg mal: Alle anderen Bestandteile der Aktion waren bereits arrangiert. Diese Luftpiraten oder Terroristen, wenn es sie überhaupt gibt, hätten es doch nicht dem Zufall überlassen, dass in letzter Minute eine Botschaft aus dem Cockpit abgeschickt wird – dazu war sie viel zu wichtig, sofern sie dazu dienen sollte, diesen Leuten den Rücken frei zu halten und unseren Verdacht zu zerstreuen. Wer zum Teufel hätte denn eine Passagierrevolte erfinden und eine Nachricht in amerikanischem Englisch schreiben sollen? Nein, John, dort im Cockpit sitzt ein echter Pilot der

Meridian. Hinten in der Kabine befinden sich Passagiere, und wir sind im Begriff, sie alle umzubringen.»

«Onitsa war recht überzeugend, Dave. Die nigerianische Regierung hat uns ziemlich überrascht und ihm zehn Millionen Dollar überwiesen, um zu verhindern, dass er mit den angedrohten Exekutionen beginnt. Das Geld wollen sie bestimmt irgendwann von uns wiederhaben.»

David seufzte und schüttelte den Kopf. «Vielleicht haben sie einige Passagiere in ihrer Gewalt, aber sicher nicht alle. Und noch einmal: Wo ist die Waffe, die angeblich an Bord verladen wurde? Die Satelliten haben nicht aufgezeichnet, dass man irgendwelche großen Pakete oder Bomben in die Maschine gebracht hat.»

«Es könnte ja ein kleines Päckchen sein. Vielleicht kennt Onitsa die Überflugzeiten der Satelliten auswendig und hat die Pausen dazwischen ausgenützt.» John nickte. «Ja, das würde zu ihm passen.» Er sah David an. «Hör zu, deine Einwände sind absolut logisch, David, und du hast dir alles gut überlegt. Da gibt es nur einen verhängnisvollen Fehler.»

«Und der wäre?»

«Ich werde es noch drinnen ansprechen, aber... die Fotos von den als Geiseln genommenen Passagieren sind so überzeugend, und das Verhalten des Flugzeugs ist derart bedrohlich, dass dies nach Meinung der Geheimdienste einfach Priorität über deine Logik hat: Es genügt als Beweis. Vergiss nicht, dass wir uns im Krieg befinden und dass die Alarmbereitschaft für die gesamte Welt gilt.»

«Womit kann ich wenigstens dich überzeugen, John?»

Seufzend schüttelte John Blaylock den Kopf, betrachtete seine Uniform und blickte dann auf. «Ich müsste etwas in dieser Botschaft entdecken, das niemand außer dem echten Kapitän wissen kann. Und die Zeit wird langsam knapp.»

EINHUNDERTSECHSUNDNEUNZIG KILOMETER WESTLICH DER USS *ENTERPRISE*, 00:24 ORTSZEIT

Chris Burton beobachtete die Leuchtfeuer und die Positionslichter der 747 von Meridian Airlines, die siebeneinhalb Kilometer links von ihm vorbeiglitten. Gefolgt von seinen drei Rottenfliegern, setzte er zu einer Neunzig-Grad-Kurve nach links an, pirschte sich von hinten an Meridian Flug Sechs heran und hielt einen geringen Abstand.

«Okay, Critter, bestätige Identifizierung des Emblems von Meridian Airlines und Hecknummer. Ich fliege jetzt von links näher ran.»

Chris zog die Leistungshebel zurück und betätigte die Luftbremse, um die Annäherungsgeschwindigkeit zu verringern, als er querab links von der 747 in Position ging.

«Was denkst du?», fragte er Berris am Sprechfunk.

«Fast alles dunkel, Critter. Ich erkenne einige Leselampen. Sieht aus … Ich weiß nicht. Es könnten ein paar Leute drinsitzen und lesen. Schwer zu sagen. Ich würde mich da nicht festlegen wollen.»

«Vielleicht sind es auch Puppen, Blackie», fügte Burton hinzu, lenkte die Tomcat an den hinteren Teil der 747 heran und spähte durch die Fenster, von denen beinahe alle dunkel waren.

«Könnte sein. Niemand bewegt sich.»

«Ich fliege näher ans Cockpit.» Chris bewegte fast unmerklich die Leistungshebel und stieg etwa zehn Meter über die Tragflächen.

«Siehst du jemanden da drin?», fragte er seinen Hintermann.

«Ja … vielleicht. Ich habe einen Kopf im Fenster, der sich von der Instrumentenbeleuchtung abhebt. Könnte sein.»

Das Führungsflugzeug meldete die Ergebnisse an das Schiff weiter.

«Roger, Critter. Funk ihn an», erwiderte das Schiff. «Wir hier unten kriegen keine Antwort von ihm.»

«Wird gemacht, Critter», sagte Berris, griff zum Funkgerät mit VHF-Frequenzfunktion, gab 121,5 ein und drückte den Transmitterknopf.

«Meridian Sechs, Meridian Sechs. U.S.-Navy-Bomber auf zehn Uhr. Kommen Sie auf eins-zwanzig-eins-komma-fünf.»

«Antwortet er?», fragte Burton.

«Negativ.» Berris versuchte es noch zwei Mal, während das Führungsflugzeug die Position überprüfte.

«Kein Glück, Heimatbasis», funkte er an das Schiff zurück. «Negative Antwort. Wir werden versuchen, ihn zum Umkehren zu zwingen.»

Burton ließ den Transmitterknopf los. «Probier es weiter, Blackie, okay?»

«Wird gemacht. Aber ich würde empfehlen, dass wir nicht zu nah rangehen, alter Junge.»

«Noch etwa drei Meter, dann reicht es.» Wieder betätigte Burton den Leistungshebel, tastete sich näher heran und schaltete gleichzeitig alle Scheinwerfer der Tomcat ein. Dann nahm er eine Taschenlampe aus der Tasche seines Fliegeroveralls und ließ sie aufblitzen, um die Aufmerksamkeit der Cockpitinsassen zu erregen. Auf dem linken Sitz drehte sich jemand nach rechts, und Chris konnte im Schein der Taschenlampe das Profil der Person erkennen. Doch diese bemerkte offenbar nicht, wie sich das Licht der Taschenlampe im Cockpit spiegelte.

«Okay, Blackie. Ich schubse ihn mal ein bisschen an», meinte Burton und sank absichtlich, damit die Nachlaufturbulenz der Tomcat über die Tragfläche des Jumbos hinwegglitt und dieser ins Schlingern geriet. Als er sich umblickte, sah er, dass die Positionslichter der 747 wie erwartet ein plötzliches Kippen nach links und dann nach rechts anzeigten und sich dann wieder stabilisierten.

Burton kehrte an die Position zurück, von der aus er Einblick ins Cockpit hatte. Doch die Gestalt im Fenster starrte in die andere Richtung.

«Immer noch keine Antwort», meldete Berris.

«Ich habe ihn angeschubst, aber der Autopilot ist an.»

«Chris …»

«Ich weiß, ich weiß … uns geht die Zeit aus.» Er spürte, wie sich ihm wegen der zunehmenden Spannung der Magen zusammenkrampfte, begann mit den Tragflächen zu wackeln und ließ die Positionslichter und die Scheinwerfer aufblitzen, wie es die internationalen Regeln zum Abfangen in der Luft vorschrieben. Doch im Cockpit der 747 erfolgte keinerlei Reaktion.

«Ich sage es ja nur ungern, Critter, aber wir haben die ID-Zone fast verlassen. In knapp fünfundzwanzig Kilometern müssen wir ihn entweder zum Umkehren gezwungen haben oder abschießen.»

«Ich probiere es mal auf der anderen Seite.» Er drückte kräftig auf den Transmitterknopf. «Zwei, drei und vier – auf Position bleiben. Ich versuche, ihn auf uns aufmerksam zu machen.» Burton ließ die F-14 über den Rumpf steigen und sank dann auf der rechten Seite, ein kleines Stück voraus, auf Augenhöhe mit dem Cockpit. Wieder wackelte er mit den Tragflächen und blendete die Scheinwerfer auf; diesmal regte sich etwas, denn die einsame Gestalt im Cockpit verschwand plötzlich.

«Heimatbasis, Critter. Ich habe ihn angeschubst, ihn von links mit einer Taschenlampe angeleuchtet und alle vorgeschriebenen Manöver unternommen, aber ohne Reaktion. Nun bin ich auf der rechten Seite, und der einzige Pilot im Cockpit hat sich weggeduckt, sobald er mich sah.»

«Eine Person, richtig?»

«Roger.»

«Männlich oder weiblich?»

«Nicht festzustellen.»

«Warten Sie, Critter. Sie sind fast am Ende der Zone.»

Burton schüttelte den Kopf und pfiff ins Bordmikrofon.

«Was hältst du davon, Blackie?»

«Ich glaube, Sie werden uns befehlen, ihn abzuschießen, Chris. Und Gott sei uns gnädig, wenn sie sich irren.»

45

IN DER LUFT, AN BORD VON MERIDIAN FLUG SECHS, 00:25 ORTSZEITO

«Ich finde, wir sollten es jemandem sagen, meinst du nicht?»

Jimmy Roberts sah, dass der Fünfzehnjährige nickte und ihm das Funkgerät reichte.

«Wahrscheinlich schon.»

«Ich bin in ein paar Minuten zurück, einverstanden?»

«Klar.»

Jimmy stand auf und eilte den Gang entlang. An seinem Platz hielt er kurz inne, um nach Brenda zu sehen. Sie schlief, und die Decke, in die er sie liebevoll eingemummelt hatte, war auch nicht verrutscht. Dann lief er durch die dämmrige Kabine weiter und suchte nach einer Flugbegleiterin.

Wieder knisterte eine Stimme durch das Funkgerät, sodass er stehen blieb und es ans Ohr hob. Doch die Lautstärke war zu leise eingestellt, und er konnte den richtigen Knopf nicht finden. Da die Stimme sich nicht mehr meldete, ging Jimmy weiter.

Obwohl auch in der ersten Klasse kein Licht brannte, entdeckte er Janie Bretsen, die seitlich auf der Armlehne eines Sitzes kauerte.

«Entschuldigen Sie, ich möchte ja nicht stören …»

Janie sprang sofort auf, und er sah im dämmrigen Licht einer Leseleuchte, dass sie ihn müde anlächelte.

«Keine Ursache. Was kann ich für Sie tun?», fragte sie.

Er hielt das Funkgerät hoch und erklärte ihr, was er vor wenigen Minuten gehört hatte. Aber als er es ihr vorführen wollte, streikte das Gerät.

«Es war vor einer Minute. Die Navy hat Meridian gerufen. Das sind doch wir, oder?»

«Ja», erwiderte Janie, begleitete ihn durch die Vorhänge in die Bordküche und machte Licht, um das Funkgerät besser betrachten zu können. «Sie haben Meridian Sechs gerufen?»

«Ja, Ma'am. Einige Male. Ich dachte, Sie sollten das wissen.»

«Ist das Ihr Funkgerät?»

Er schüttelte den Kopf. «Nein, es gehört einem jungen Burschen, der ein paar Reihen hinter uns sitzt.»

Janie wies auf das kleine, kreisförmige Fenster in der Eingangstür. «Wenn wir die Antenne an die Scheibe halten, funktioniert es vielleicht wieder.»

Sie musterte das Funkgerät und betätigte ein paar Knöpfe. «Es war abgeschaltet.»

«Abgeschaltet? Oh, das ist mir wahrscheinlich vorhin passiert, während ich Sie gesucht habe.»

Janie drehte an dem Knopf, bis ein lautes statisches Knistern sie beide zusammenzucken ließ, und senkte rasch die Lautstärke. Sie sah, dass das Flüssigkristall-Display die Frequenz 135 anzeigte.

«Wissen Sie, wie es funktioniert?», fragte sie.

«Nein. Aber ein Freund von mir besitzt so ein Gerät zum Abhören des Polizeifunks. Er hat nämlich ein Abschleppunternehmen.»

«Ich höre gar nichts. Vermutlich hängt es auf einer Frequenz fest.»

«Doch ich bin ganz sicher, dass sie uns gerufen haben», meinte Jimmy.

Janie legte ihm die Hand auf die Schulter. «Ich glaube Ihnen ja. Ich muss mir nur überlegen, was ich tun soll. Der Besitzer kann das Gerät bedienen, richtig?»

Jimmy nickte. «Soll ich ihn holen?»

«Bitte.»

Während Jimmy sich auf den Weg machte, griff Janie zum Bordtelefon, um im Cockpit anzurufen.

Erst nach dreißig Sekunden wurde abgenommen. Als sie Judy Jacksons Stimme zögernd «Hallo?» sagen hörte, zuckte sie zusammen.

«Judy? Wo ist der Kapitän? Ich bin es, Janie.»

«Warum?»

«Hör zu, verdammt. Ich habe dich etwas Wichtiges gefragt, denn ich muss ihm etwas mitteilen, was vielleicht von Bedeutung ist.»

«Er... ist gerade beschäftigt.»

Das Flugzeug wurde von plötzlichen Turbulenzen nach links gerissen, sodass Janie beinahe gestürzt wäre. Am Bordtelefon war ein leiser Schreckensschrei zu hören.

«Judy, was war das?»

«Ich weiß nicht. Gar nichts.»

Wieder wurde die 747 von Turbulenzen erschüttert, doch die riesige Maschine stabilisierte sich erneut. Janie hielt sich an dem zusammengeklappten Notsitz fest. Sie lehnte sich an die Tür, sodass sie ins Innere der Bordküche blickte, und nahm deshalb das blitzende rote Leuchtfeuer der Führungs- Tomcat nicht wahr, die nun am oberen Rand des Fensters erschien.

«Hol den Kapitän an den Apparat, Judy. Und zwar ein bisschen plötzlich.»

«Er kann gerade nicht. Er ist beschäftigt.»

Janie schloss die Augen und seufzte. «Hör zu, Judy, er muss erfahren, dass die Navy versucht hat, uns anzufunken. Ich habe keine Ahnung, auf welcher Frequenz, und wir können den Funkspruch zurzeit nicht empfangen. Aber ein Passagier hat ein Gerät zum Abhören des Polizeifunks bei sich.»

«Okay, ich richte es ihm aus.»

«Judy, ist alles mit ihm in Ordnung? Was ist bei euch los? Wir haben ein Recht, es zu wissen.»

«Es geht ihm gut. Er hat nur gerade keine Zeit.»

«Wirst du es ihm weitersagen?»

«Ja.»

«Ich bin bei Tür 1-Links. Er soll mich zurückrufen, damit ich ihm alles erklären kann. Wir warten hier.»

«Okay.»

Sie hörte, wie die Verbindung unterbrochen wurde, und stand verdattert da. Was zum Kuckuck geschah nur gerade im Cockpit?

Judy legte den Hörer auf und versuchte, die Panik zu unterdrücken, die in ihr aufstieg. Sie wusste, dass der Kapitän die Turbulenzen auch gespürt haben musste, und sie hörte, wie er sich in der Toilette gleich hinter der Cockpittür bewegte. Im nächsten

Moment spähte Phil Knight, der seine Hose mit einer Hand hochhielt, durch die Tür.

«Was war das, verdammt?», zischte er.

«Keine Ahnung. Wahrscheinlich nur Turbulenzen.»

Sie sah, wie er rasch die Instrumente kontrollierte. «Sie haben doch nicht etwa das Steuerhorn oder die Instrumententafel angefasst?»

«Nein.»

«Okay.» Er zog sich wieder in die Toilette zurück und schloss die Tür hinter sich.

Im Cockpit blitzten Lichter auf, doch Judy starrte unbewegt auf die Cockpittür und wartete mit angehaltenem Atem auf die Rückkehr des Kapitäns.

Aus dem Augenwinkel nahm sie einen Lichtfunken wahr, und sie spürte, wie ihr Herz einen Schlag aussetzte.

Was war das?

Sie sah etwas draußen neben der Maschine. Ein anderes Flugzeug vielleicht. Und die Gestalt darin leuchtete mit einer Lampe ins Cockpit.

Judy sprang auf und eilte zur Toilettentür und hämmerte mit den Fäusten dagegen.

«Captain! Captain! Da draußen ist ein anderes Flugzeug!»

«Was?», erwiderte Phil Knights gedämpfte Stimme, worauf sie die Mitteilung wiederholte. Sie hörte Geraschel aus der Toilette. Dann wurde die Tür aufgerissen, und Phil drängte sich an ihr vorbei zu seinem Sitz. Rasch blickte er sich in alle Richtungen um. Judy lief ihm nach, zeigte nach rechts und erzählte ihm von dem plötzlichen Licht im Cockpit.

«Ich sehe nichts», meinte er.

«Außerdem hat die Bretsen angerufen», fuhr Judy fort und berichtete ihm alles, woran sie sich in ihrer Panik noch erinnern konnte.

«Auf welcher Frequenz waren diese Funksprüche?»

«Was?»

«AUF WELCHER FREQUENZ, zum Teufel!?»

«Ich … ich weiß nicht. Sie sagte, Sie sollen sie an Tür 1-Links zurückrufen. Keine Ahnung.»

Phil grapschte nach dem Hörer. Janie Bretsen nahm sofort ab und wiederholte die Informationen.

«Der Besitzer des Funkgeräts ist auf dem Weg hierher», sprach sie weiter. «Wir haben es nicht geschafft, die Nachricht noch einmal zu empfangen, und kennen deshalb die Frequenz nicht.»

«Ich kann sie sowieso nicht rufen», erwiderte Phil. «Alle unsere Funkgeräte sind nämlich defekt. Wenn Sie das Funkgerät haben, bringen Sie es sofort ins Cockpit. Falls uns da draußen jemand anfunkt, muss ich wissen, was er von uns will.»

NRO-ZENTRALE, CHANTILLY, VIRGINIA, 18:31 ORTSZEIT

David Byrd hatte aufmerksam gelauscht, während John Blaylock seinen Standpunkt sachlich den beiden leitenden NRO-Mitarbeitern und ihren Kollegen von der CIA erläuterte. Nach einigen Minuten jedoch war ihm ein Einfall gekommen, der viel zu wichtig war, um das Problem auf die lange Bank zu schieben: Der Raum, in dem er sich befand, lag so tief innerhalb des NRO-Gebäudes, dass man hier keinen Empfang mit dem Mobiltelefon hatte.

David warf einen Blick auf sein Telefon: Ein rotes Lämpchen blinkte.

«Verzeihung, ich muss etwas überprüfen», unterbrach er Zoffel und Blaylock, ging zur Tür und öffnete sie. Auf der anderen Seite wurde er von Ginger erwartet.

«Ach, Colonel Byrd, Sie sind der Herr, den ich gerade holen wollte. Ein Mr Halverston aus London hat versucht, Sie am Mobiltelefon zu erreichen.»

«Oh Gott», erwiderte David.

«Als es nicht klappte, hat er die Nummer hier angerufen, die Sie ihm gegeben hatten, und eine Nachricht für Sie hinterlassen.»

«Ja?» David blickte sie an.

«Es ist derselbe Name. Er sagte, ich solle Ihnen ausrichten, er habe den Zettel gefunden. Bei dem Mann, der ihm gestern verdächtig erschienen sei, handle es sich um einen Dr. Logan. L-O-G-A-N.»

David wies hinter sich. «Lassen Sie mich bitte wieder rein und begleiten Sie mich.»

Sie betätigte bereits das Zahlenschloss; als das Lämpchen auf Grün sprang, öffneten sie die Tür und schlüpften in den Raum.

«John, ich muss sofort mit dir reden», meinte David. Zoffel, Collings und John Blaylock drehten sich um.

«David, die Tomcats kriegen gleich den Befehl zum Angriff. In der Maschine befindet sich niemand bis auf einen Piloten, der –»

«Wir haben etwas zu besprechen», unterbrach David, nahm John beiseite und begann rasch zu erklären.

«Ich habe gerade einen Anruf vom Dienststellenleiter der Meridian in London erhalten, der sich gestern wegen eines sehr aufgebrachten Passagiers Sorgen gemacht hat.»

«Ja, das hast du mir bereits erzählt.»

«Du sagtest, um dich zu überzeugen, John, bräuchtest du eine Information, die nur der Pilot der 747, ein echter Kapitän der Meridian, besitzen kann. Jetzt haben wir sie: In der Nachricht, die die 747 vor einigen Stunden abgesetzt hat, hieß es, ein Passagier namens Logan sei der Rädelsführer der Revolte. Erinnerst du dich?»

«Ja.»

«Und weißt du auch noch, was ich dir über den amerikanischen Arzt berichtet habe, der die Meridian auf Millionen von Dollar verklagt hat, weil seine Frau auf einem ihrer Flüge ums Leben gekommen ist? Als der Mann gestern an Bord ging, hatte er eine Mordswut im Bauch.»

«Komm auf den Punkt.»

«Der Punkt ist, John, dass der Name des wütenden Passagiers mit dem übereinstimmt, den der Pilot der 747 durchgegeben hat. Es ist derselbe Mann! Es besteht nicht die geringste Möglichkeit, dass ein Terrorist den Namen kennen und ihn in so eine Nachricht einarbeiten könnte.»

John Blaylock kratzte sich am Kinn und musterte David

schweigend. Nach einer Weile nickte er. «Der Schluss ist zwar nicht zwingend, aber –»

«Er verschiebt die Perspektive, John. Wir müssen die Aktion stoppen ...»

John warf Ginger, die ein Stück entfernt dastand, einen fragenden Blick zu.

«Ich habe sie gebeten mitzukommen, falls jemand möchte, dass sie den Wortlaut des Anrufs aus London wiederholt», meinte David.

John Blaylock wandte sich um und gab die neuen Informationen an George Zoffel und Sandra Collings weiter, die umgehend ihre Kollegen in Langley instruierten. Emsig wurde per Kopfhörer konferiert; dann machte John einen großen Satz über den Schreibtisch, griff nach einem Telefonhörer und begann, eine Nummer zu wählen. Als David ihm folgte und den Kopfhörer aufsetzte, war darin die Stimme des Präsidenten aus der *Air Force One* zu hören.

IN DER LUFT, AN BORD DER *AIR FORCE ONE*

«Wie ist die Lage, Bill?», erkundigte sich der Präsident, lehnte sich in seinem Schreibtischsessel zurück und betrachtete den auf dem Monitor abgebildeten Lageraum.

Der Stabschef des Weißen Hauses gab einem Assistenten ein Zeichen, und eine Rasterkarte des Mittelmeers war auf der linken Seite des Bildschirms des Präsidenten zu sehen.

«Die Zeit läuft gleich ab, Sir», meldete Sanderson. «Die Tomcats haben es nicht geschafft, jemanden an Bord auf sich aufmerksam zu machen.» Er schilderte die unternommenen Versuche.

«Ist er sicher, dass niemand an Bord ist?»

«Das können wir nicht mit Gewissheit sagen, Sir. Die Piloten berichten, es könnten sich auch einige Leute mit eingeschalteten Leselampen im Flugzeug befinden. Allerdings könnte es sich auch um Puppen handeln, die man einfach in den Sitzen platziert hat.»

Der Präsident seufzte. «Wie weit noch bis zur Küste?»

«Sie befinden sich auf der direkten Route nach Marseille in Frankreich, Mr President. Die französische Luftwaffe hat bereits einige Mirages mobilisiert. Die Maschine nähert sich dem Ende der Zone, die die Navy für den Abschuss vorgesehen hat.»

«Wie lange also noch, Bill?»

«Höchstens zwei Minuten. Wir brauchen eine Entscheidung, Sir.»

Der Präsident sank in seinen Sessel zurück. «Erklären Sie mir noch mal Schritt für Schritt, warum wir dieses Flugzeug als tödliche Bedrohung einstufen.»

«Sir, CIA, DIA, NRO und die europäischen Geheimdienste stimmen überein, dass wir es mit an Sicherheit grenzender Wahrscheinlichkeit mit einem trojanischen Pferd zu tun haben und dass uns ein gewaltiger Terrorangriff bevorsteht. Wir wissen, dass sich die meisten, wenn nicht gar alle Passagiere noch in Nigeria befinden. Wir gehen davon aus, dass beide Piloten der Meridian in Afrika getötet oder verwundet wurden und dass die Maschine deshalb von einem der Entführer geflogen wird. Uns liegt eine Nachricht aus dem Flugzeug vor, es habe eine Passagierrevolte an Bord stattgefunden, doch uns ist klar, dass dort gar keine Passagiere sind oder zumindest nur ein paar wenige, die als Geiseln genommen wurden. In anderen Worten haben wir ein Täuschungsmanöver durchschaut, dessen Ausmaß sowie die dazu nötigen Vorbereitungen auf große kriminelle Energie hinweisen – und das wiederum bestätigt unsere Theorie.

Das gestohlene Flugzeug ist unterwegs nach Europa, und zwar aus unbekannten Gründen. Die Geheimdienste und unsere verdeckten Ermittler an den verschiedensten Einsatzorten warnen bereits seit sechs Monaten vor einem Terrorangriff mit Massenvernichtungswaffen. Angesichts der Informationen, die Sie meines Wissens bereits in Camp David erhalten haben, hatten die kürzlichen Aktivitäten in Nova Scotia und Atlanta, Georgia, nach Auffassung von CIA und DIA nur den Zweck, uns von einem bevorstehenden Anschlag in Europa abzulenken. Aus dem Nahen Osten erfolgte die Warnung, dass wir mit genau so einem

Angriff, ausgehend von dem Gebiet, das die Maschine gerade verlassen hat – also Afrika südlich der Sahara –, zu rechnen hätten. Und mindestens eine Satellitenmeldung, wenn auch bereits vor einigen Stunden eingetroffen, weist auf das mögliche Vorhandensein von spaltbarem Material an Bord hin.»

«Okay.»

«Außerdem hat uns die NATO offiziell um militärischen Beistand gebeten, um zu verhindern, dass die Maschine in den europäischen Luftraum eindringt. Die Franzosen sind sehr besorgt. In anderen Worten haben wir das Recht und angesichts dessen, dass das Flugzeug unter amerikanischer Flagge steht, vermutlich auch die Pflicht, uns des Problems anzunehmen.»

«Ich stimme zu, dass wir dafür zuständig sind, solange sich das Flugzeug über dem Mittelmeer befindet.»

«Also, Mr President. Die Zeit wird knapp», drängte Sanderson. «Wir haben guten Grund zu befürchten, dass dieses Flugzeug sich zu sehr der Küste nähern könnte. Und es existieren keine hieb- und stichfesten Beweise dafür, dass es sich nicht um einen Terroranschlag handelt. Der Pilot reagiert einfach nicht, und wie ich Ihnen bereits sagte, hat sich die einzige Person, die im Cockpit gesichtet wurde, sofort geduckt.»

«Was ist, wenn wir uns irren, Bill? Was ist, wenn sie die Wahrheit sagen?»

«Sir, und was ist, wenn wir Recht haben und nicht handeln? Wenn New York in Gefahr schweben würde und nicht Marseille? Die Entscheidung liegt bei Ihnen, aber wir sprechen hier von einem möglichen Angriff mit atomaren oder biologischen Waffen gegen Frankreich oder Großbritannien. Die Wahrscheinlichkeit, dass sich unschuldige Amerikaner in der Maschine befinden, ist hingegen äußerst gering.»

«Verbinden Sie mich mit dem Piloten des Führungsflugzeugs, Bill.»

«Mr President, während wir uns hier unterhalten, hat die Maschine die so genannte Todeszone verlassen. Die Zeit ist abgelaufen.»

«Verbinden Sie mich, Bill, und zwar sofort.»

«Ja, Sir», erwiderte der Stabschef mühsam beherrscht und wies einen der Techniker im Raum an, sofort eine Verbindung herzustellen.

«Er hört Sie, Mr President. Ihr Gesprächspartner heißt Lieutenant Commander Chris Burton, Rufzeichen Critter. Und Sie sprechen Klartext auf einem offenen Kanal.»

«Commander? Hier ist der Präsident der Vereinigten Staaten. Verstehen Sie mich?»

«Laut und deutlich, Mr President», erwiderte Chris Burton wie aus der Pistole geschossen.

«Man hat mir berichtet, was Sie unternommen haben, um die Lage zu sondieren. Doch jetzt möchte ich Ihre persönliche Meinung hören. Haben wir alles Menschenmögliche getan, um uns zu vergewissern, dass dieses Flugzeug keine freundlichen Absichten verfolgt?»

Kurz herrschte Rauschen in der Leitung.

«Äh, Sir… wenn Sie mir noch fünf Minuten geben würden, könnte ich das mit mehr Gewissheit beantworten.»

Die Reaktion aus der *Air Force One* erfolgte ohne Zögern: «Sie haben drei Minuten, Commander, keine Sekunde länger. Ich warte.»

46

IN DER LUFT, AN BORD VON MERIDIAN FLUG SECHS, 00:31 ORTSZEIT

Aus dem Augenwinkel bemerkte Phil Knight ein rotes Leuchtfeuer, als sich ein unbekanntes Flugzeug von links dem Cockpit näherte. Im aufblinkenden Licht der Scheinwerfer der 747 erkannte er ein Kampfflugzeug mit Doppelleitwerk, offenbar amerikanischer Bauart. Aus dem Cockpit des Jets streifte ein Lichtstrahl sein Gesicht, sodass Phil sich erschrocken die Hand vor die Augen hielt. Dann richtete der Mann im Kampfflugzeug das Licht auf sich selbst.

Eine Taschenlampe, dachte Phil. *Aber was will er mir damit mitteilen?*

Vor Angst schlug sein Herz schneller. Die Möglichkeit, er könnte wieder einen Fehler gemacht haben, sodass man Kampfflugzeuge losgeschickt hatte, um ihn abzufangen, steigerte seine Nervosität. Aber er hatte doch durchgegeben, dass er entführt worden war! Und er hatte der Firma seine Pläne mitgeteilt... Also waren die Flugzeuge gewiss als Sicherheitseskorte hier.

Das muss der Grund sein. Nur ein Geleitschutz.

Wieder erschauderte er, als er sich an das ACARS-Gerät erinnerte. Er hatte die Anfrage bezüglich der Überfluggenehmigungen nicht beantwortet, die die Firma vor vielen Stunden an ihn gerichtet hatte. Und was hatte Abbott nur damit gemeint, dass die Dinge hier draußen anders liefen?

Als er mit der Hand nachtastete, stellte Phil fest, dass keine neue Nachricht im Drucker steckte. Allerdings hatte er im Augenblick andere Sorgen, als sich darum zu kümmern, ob dem kleinen Gerät vielleicht nur das Papier ausgegangen sein könnte.

Phil starrte zu dem Cockpit des Kampfflugzeugs hinüber und stellte fest, dass der Pilot ihm Handzeichen gab, als wolle er ihn auffordern, ihm zu folgen. Gleichzeitig ließ er die Positionslichter aufblinken.

Was zum Teufel will er nur von mir?

Meridian hatte die Piloten nie instruiert, wie man sich zu verhalten hatte, wenn man unterwegs abgefangen wurde – und falls doch, hatte Phil den Lehrgang vermutlich verpasst. Er hatte ehemalige Militärflieger über die Handzeichen sprechen hören, mit denen man abgefangenen Piloten im Kalten Krieg Anweisungen gegeben hatte. Aber die galten nur, wenn man in den Luftraum einer kommunistischen Nation eingedrungen war und zur Landung aufgefordert wurde. Phil kramte in seinem Gedächtnis, konnte sich allerdings nicht an irgendwelche Handzeichen erinnern. Vielleicht stand ja in einem der Handbücher etwas darüber, aber er hatte jetzt keine Zeit, danach zu suchen.

Der Kampfpilot wackelte mit den Tragflächen, ließ die Scheinwerfer aufblitzen und wies immer wieder zu Boden, doch der Kapitän von Flug Sechs verstand kein Wort.

Wahrscheinlich will er, dass ich ihm folge. Vermutlich soll ich auf einem Flughafen landen, der näher liegt als London.

Wieder wurde die Taschenlampe des Kampfpiloten auf das Cockpit der 747 gerichtet. Phil reckte den Daumen in die Höhe.

Das war es also, dachte Phil. *Er erwidert die Geste.*

Er warf einen Blick auf den Flugdatenrechner. Bis zur französischen Küste waren es noch etwa einhundertsechzig Kilometer; der Flugpfad führte nach Marseille.

Soll ich dorthin fliegen?, fragte sich Phil. Wie sollte er das ohne Funkgerät je erfahren? Phil streckte die Hand aus und schaltete die Cockpitbeleuchtung ein. Wieder winkte er dem Kampfpiloten zu und deutete nach unten, wusste aber nicht, ob sein Gegenüber ihn verstand. Er kramte seinen Notizblock und einen schwarzen Filzstift heraus, kritzelte hastig «LANDEN MARSEILLE?» darauf und hielt den Block ans Licht.

Doch der Kampfpilot flog schon weiter und konnte das Schild deshalb nicht mehr lesen.

AN BORD DER *AIR FORCE ONE*

«Er hat endlich auf meine Gesten reagiert, und ich glaube, er versteht, dass er mir folgen soll», meldete Lieutenant Commander Burton dem Präsidenten.

Das Erscheinen eines neuen Videobildes auf der Telekonferenzwand aus Flüssigkristall ließ den Präsidenten aufmerken. Wieder war eine infrarote Liveaufnahme der 747 von Meridian Airlines und der Tomcats zu sehen. Die Führungs- F-14 berührte beinahe den Bug der 747, während die anderen dahinter in Formation blieben. Er beobachtete, wie die Führungs-Tomcat ein Stück vorausflog und leicht nach links schwenkte, doch obwohl die F-14 die Linkskurve fortsetzten, flog die 747 weiter geradeaus.

«Führungsflugzeug zwei, Ziel folgt nicht. Wiederhole, Ziel folgt nicht. Kurs bleibt auf drei-vier-null.»

IN DER LUFT, AN BORD VON MERIDIAN FLUG SECHS

«Okay, wir gehen in den Sinkflug», sagte Phil Knight, hauptsächlich zu sich selbst, während er die Höhenstabilisierungs-Funktion des Autopiloten abschaltete und die Sinkrate und eine Flughöhe von eintausendsiebenhundert Metern eingab. Er griff nach der laminierten Checkliste und studierte sie, bevor er den Kopf hob. Für gewöhnlich las der Copilot die Checkliste vor, während der Kapitän antwortete. Und als Phil nun den leeren rechten Sitz sah, musste er wieder an Garth Abbott denken, der in einer Blutlache auf dem Flughafen von Katsina lag.

Phil schob das schreckliche Bild beiseite und hielt stattdessen nach dem Kampfflugzeug Ausschau. Doch die andere Maschine war verschwunden, was gewiss bedeutete, dass er die Lage richtig gedeutet hatte.

Marseille... Ich brauche Anflugtafeln für Marseille... Er nahm die in Leder gebundenen Jeppesen-Tafeln für Europa heraus und blätterte die Frankreich-Liste durch, bis er die richtige Tafel gefunden hatte. Er nahm sie aus der Mappe und kontrollierte die Flughöhe.

Wir sinken durch Flugfläche drei-sechs-null. Kriege keinen Funkkontakt. Also muss ich einfach zur Landebahn fliegen und landen.

Phil drehte die Anflugtafel zwischen den Händen, betrachtete das Diagramm des Flughafens und prägte sich die Lage der längsten Landepiste ein. Hoffentlich war sie beleuchtet.

Natürlich ist sie beleuchtet, verbesserte er sich. *Sie wissen ja, dass ich komme.*

NRO-ZENTRALE, CHANTILLY, VIRGINIA

George Zoffel drehte sich zu John Blaylock um, der mit dem Telefonhörer am Ohr dasaß.

«John?»

«Ja?»

«Er hat die Anweisungen des Kampfpiloten missachtet und ist in den Sinkflug gegangen. Offenbar will er nach Marseille.»

«Was werden sie tun?», fragte David.

John warf ihm einen raschen Blick zu und hielt die Hand über den Hörer. «Überlass mir das», schien seine Miene zu sagen. Dann sah John wieder Zoffel an. «Lage?»

«Die CIA betrachtet es als ein geplantes Täuschungsmanöver. Sie drängt den Präsidenten, sofort die Genehmigung zum Abschuss zu geben.»

«Nein!», schrie David auf.

«Bitte, Colonel Byrd!», tadelte John.

«Vergessen Sie das Protokoll, und vergessen Sie die Aufnahmen aus Nigeria. Dieses Flugzeug stellt keine terroristische Bedrohung dar. Wir dürfen es nicht abschießen!»

John Blaylock sprang auf. Während er David mit einer Handbewegung zum Schweigen brachte, wandte er sich an Zoffel und Collings.

«Ich habe gute Gründe für die Annahme, dass David Recht hat», verkündete er.

George Zoffel schüttelte den Kopf. «Wir haben alle Möglichkeiten in Erwägung gezogen, John. Organisation X könnte einen Helfershelfer an Bord gehabt haben, der bereits über Logans Wut im Bilde war und sich deshalb seines Namens bedient hat. Tut mir Leid, wir mischen uns da nicht ein.»

«Haben Sie es in Langley gemeldet?», fragte John.

«Ja, aber man hielt es dort nicht für wichtig. Und dasselbe gilt auch für uns.»

«Gut, dann sagen Sie es ihnen eben noch mal, verdammt. Schließlich versuchen sie gerade, eine Genehmigung für einen Abschuss zu kriegen.»

«Nein, John», erwiderte Zoffel ruhig. «Und jetzt seien Sie bitte still.»

«Zum Teufel, George, Sie müssen uns einfach anhören. Sie machen einen Fehler. Anfangs habe ich nicht so gedacht, doch inzwischen bin ich überzeugt, dass David richtig liegt. Ich suche noch ein weiteres Stückchen zu dem Puzzlespiel, aber ich brauche noch ein paar Minuten.»

«Die haben wir nicht», gab Sandra Collings zurück.

Als John Blaylock etwas entgegnen wollte, sprang sie hoch und baute sich vor ihm auf. «SETZEN SIE SICH, Colonel! Sie sind hier nur Gast und haben nicht das Recht, sich so aufzuführen. Noch eine Störung, und wir lassen Sie beide entfernen.»

Einige angespannte Minuten vergingen, während John Blaylock fieberhaft überlegte, was er tun sollte. Dann hob er langsam wieder den Hörer ans Ohr, während Collings Platz nahm und sich erneut den Monitoren zuwandte. Über seinen Kopfhörer verfolgte David, wie die Kampfpiloten weiterhin einen Weg suchten, den Piloten der 747 zum Befolgen der Anweisung zu zwingen. Doch die Maschine setzte ihren Landeanflug auf Marseille unbeirrt fort, während man erneut die Bitte um Abschussgenehmigung an den Präsidenten richtete.

IN DER LUFT, AN BORD VON MERIDIAN FLUG SECHS

Jimmy Roberts scheuchte den jungen Besitzer des Funkgeräts in den vorderen Teil der Maschine, wo Janie sie erwartete. Rasch drückte sie ihm den Apparat in die Hand und flehte ihn an, ihn wieder zum Laufen zu bringen. Der Junge betätigte einige Knöpfe an der Oberseite, und das Gerät begann erneut mit der Frequenzsuche, der Beweis dafür, dass es funktionierte.

Doch es waren keine Stimmen zu hören.

«Bist du sicher, dass es dieselben Frequenzen auffängt wie zuvor?», erkundigte sich Janie.

Der Junge nickte.

Als durch das kleine runde Fenster in der Tür etwas ihre Aufmerksamkeit erregte, ging sie hinüber, um einen Blick nach draußen zu werfen.

«Was gibt es da zu sehen?», fragte Brian Logan, der hinter sie getreten war.

«Ein anderes Flugzeug», entgegnete Janie. «Oder besser zwei. Sie fliegen neben uns her.»

Brian spähte hinaus und wich rasch zurück. «Kampfflugzeuge. Ich weiß nicht, aus welchem Land. Aber eigentlich wundert mich das nicht.»

Ein leichtes Rütteln ging durch die 747, und Janie sah Brian erschrocken an. Dieser warf einen Blick auf seine Armbanduhr.

«Beginnen wir etwa schon mit dem Landeanflug auf London?», meinte Janie, obwohl sie die Antwort bereits kannte.

«Unmöglich. Wir haben gerade erst Libyen überflogen und befinden uns jetzt über dem Mittelmeer. Allerdings weiß ich nicht, wie weit es noch bis zur Küste ist», erwiderte Brian. «Ich habe mir vor ein paar Minuten die Karte angesehen. Irgendwas tut sich zwischen unserer Maschine und diesen Kampfflugzeugen.»

Janie kehrte in die Bordküche zurück, wo Jimmy Roberts und der Teenager vergeblich versuchten, die Frequenz aufzufangen, die sie zuvor abgehört hatten.

«Glück gehabt?»

Jimmy schüttelte den Kopf. «Nein, Ma'am. Wir hören nichts.»

«Bitte probieren Sie es weiter», meinte Janie und wandte sich an Brian. «Was halten Sie von der Sache?»

«Wir sollen irgendwo zur Landung gezwungen werden.»

«Zur Landung gezwungen?»

«Und dort werden uns bewaffnete Soldaten erwarten. Wer weiß, was der Kapitän ihnen vorgelogen hat.»

AN BORD DER *AIR FORCE ONE*

Der Präsident schüttelte seufzend den Kopf. Während er fieberhaft überlegte, wurde er aus dem Lageraum und dem Pentagon eindringlich beobachtet. Es stand einfach zu viel auf dem Spiel, dachte er. Falls es sich wirklich um eine Terrorgruppe handelte, hatten diese Leute sicher alles dafür getan, um ihm die Entscheidung zu erschweren, indem sie es ihm unmöglich machten festzustellen, ob er nun eine tatsächliche Bedrohung abwehrte oder einen tragischen Fehler beging.

Falls es sich wirklich um Milzbranderreger oder eine Atombombe handelte und er, der Präsident, nichts unternahm, würden Millionen von Menschen sterben. Irrte er sich hingegen, würden dreihundert Fluggäste dafür büßen. Die Güterabwägung ließ ihm keine Wahl: Es war einfach zu gefährlich.

«Also gut», meinte der Präsident schicksalsergeben. «Zerstören Sie das Flugzeug.»

«Ja, Sir», entgegnete Bill Sanderson und nickte einem Mitarbeiter im Lageraum zu, damit dieser den Befehl weitergab – ohne zu wissen, dass das Pentagon alles mitgehört hatte.

Wenige Sekunden später ging die Anweisung bei Lieutenant Commander Chris Burton ein.

«Grünes Licht, Critter. Wiederhole, Heimatbasis gibt grünes Licht.»

«Roger», erwiderte Burton enttäuscht. «Gehen auf Position.»

Wieder meldete sich der Funker von der *Enterprise*. «Critter, Ihr Ziel befindet sich einhundertzwanzig Kilometer entfernt von der Küste», meldete er hastig. «Holen Sie ihn jetzt runter. Acht französische Mirages nähern sich als Verstärkung; Entfernung siebzig Kilometer.»

«Wir haben sie auf dem Radar», gab Burton zurück. «Zwei, drei, vier, Fox eins und zwei angepeilt.»

Die Rottenflieger bestätigten, während auch sie mit ihren

Sidewinder-Raketen die Triebwerke der Boeing als Ziel erfassten.

Chris Burton spürte, wie sein Finger über den Startknopf strich. Doch etwas ließ ihn zögern.

«Hilf mir, Blackie», meinte er zu seinem Hintermann. «Haben wir etwas vergessen?»

«Mach schon, Critter. Verdammt, das Ding könnte eine fliegende Atombombe sein.»

Chris fühlte, wie sein Gehirn seinem Finger den Befehl gab, den Auslöser zu betätigen. Aber er hielt erneut inne. Ein innerer Konflikt tobte in ihm, während er versuchte, die Befürchtung zu unterdrücken, dass er möglicherweise im Begriff war, unschuldige Zivilisten zu töten.

«Worauf wartest du, Critter?», fragte Blackie.

«Mir ist noch etwas eingefallen», entgegnete Chris und gab seinen Rottenfliegern Befehl, die Position zu halten. «Blackie, stelle das VHF-Funkgerät auf eins-zwanzig-eins-komma-fünf ein und sag ihm, dass wir ihn abschießen, wenn er mir nicht folgt.»

«Roger», antwortete Blackie.

«Heimatbasis», sprach Burton ins Funkgerät. «Ich versuche noch ein Manöver, um ihn dazu zu bringen, mir zu folgen.»

Er sicherte seine Raketen, schob die Leistungshebel vor und beschleunigte, um die Boeing einzuholen.

«Negativ, Critter», funkte die Heimatbasis. «Führen Sie sofort den Befehl aus.»

«Noch nicht, Sir. Irgendwas stimmt da nicht.»

«Critter, Sie schießen jetzt auf der Stelle.»

«Warten Sie, Heimatbasis.»

«Negativ, verdammt. Feuern Sie die Raketen ab, und zwar ein bisschen plötzlich.»

«Warten Sie, Heimatbasis. Ich gebe eine Salve ab, um ihn auf mich aufmerksam zu machen.»

«Dafür ist keine Zeit, Critter. Befolgen Sie den Befehl.»

Auf dem hinteren Sitz der Tomcat hielt Blackie den Transmitterknopf gedrückt.

«Meridian Sechs, das ist die letzte Warnung. Wiederhole: Das ist die letzte Warnung. Offenbar ist außer dem Piloten im Cockpit niemand an Bord. Und wenn Sie nicht umkehren und Kurs zurück nach Algerien nehmen, um dort zu landen, werden wir Sie abschießen. Wiederhole: Da nichts auf das Vorhandensein von Passagieren hinweist und Sie unseren Anweisungen nicht gehorchen, werden wir Sie abschießen. Das ist Ihre letzte Chance.» Er ließ den Knopf los und hoffte auf eine Antwort – doch es blieb still.

Burton flog neben der 747 her und betätigte die nötigen Schalter, um die Kanonen scharf zu machen. Dann feuerte er eine Salve in die Dunkelheit ab. Anschließend leuchtete er wieder mit seiner Taschenlampe ins Cockpit und bedeutete dem Piloten mit Handzeichen, ihm zu folgen und nach links zu fliegen. Erneut schien der Pilot der 747 zu nicken, und Burton flog eine möglichst sanfte Linkskurve. Wieder betete er, dass der Pilot ihm folgen würde.

«Ich sehe zu, Critter… Moment…», sagte Blackie und drehte sich im Sitz um. «Verdammt, er hält weiter Kurs. Er folgt uns nicht.»

Vom vorderen Sitz ertönte ein leiser Fluch.

«Critter, was ist bei Ihnen los?», erkundigte sich eine Stimme, eindeutig die seines Geschwaderkommandanten.

Seufzend zog Burton wieder die Leistungshebel zurück und betätigte die Bremse, um hinter die 747 zurückzufallen, machte die Raketen scharf, peilte sein Ziel an und bereitete sich auf den Abschuss vor.

«Ich gehe zurück auf Position. Ich habe alles versucht.»

47

IN DER LUFT, AN BORD VON MERIDIAN FLUG SECHS, 00:35 ORTSZEIT

Als plötzlich die Stimme eines Amerikaners aus dem Lautsprecher des kleinen Funkgeräts hallte, hätte Jimmy Roberts es vor Schreck fast fallen gelassen. Und als sie die Worte verstanden, wurden sie von kalter Furcht ergriffen.

... wir Sie abschießen. Wiederhole: Da nichts auf das Vorhandensein von Passagieren hinweist und Sie den Anweisungen nicht gehorchen, werden wir Sie abschießen. Das ist Ihre letzte Chance.

Auch Janie hatte es gehört und drehte sich mit entgeisterter Miene um.

Während Jimmy das Gesicht an das Fenster auf der linken Seite presste, war plötzlich Geknatter zu hören.

«Sie beschießen uns», meldete er. «Die Flugzeuge beschießen uns. Ich habe die Kugeln gesehen.»

Janie eilte zu ihm hinüber, und auch Brian Logan und Robert MacNaughton kamen aus der ersten Klasse herbeigelaufen.

«Er war dicht vor uns», verkündete Jimmy Roberts.

«Was haben sie in dem Funkspruch genau gesagt?», fragte Janie. Ihr klopfte das Herz bis zum Halse. Als Jimmy angestrengt aus dem Fenster spähte, sah er nur noch, dass das blinkende rote Leuchtfeuer zurückfiel und verschwand.

«Dass nichts auf das Vorhandensein von Passagieren hinweist», wiederholte Jimmy. «Und dass er uns abschießt, wenn wir den Befehl nicht befolgen.»

«Welchen Befehl?», wollte Brian wissen. Auch einige weitere Männer waren in die Bordküche gekommen.

«Und warum um alles in der Welt verlangt er, Passagiere zu sehen?», verwunderte sich Janie, deren Verwirrung von Sekunde zu Sekunde zunahm.

Nachdem Phil Knight die Leuchtspurgeschosse gesehen und das gedämpfte Knattern der Kanonen der Tomcat gehört hatte, saß er da wie erstarrt. Er flog doch nach Marseille! Hatte der Pilot des Kampfflugzeugs ihm dieses Ziel nicht mit hochgerecktem Daumen bestätigt? Warum schoss er dann auf ihn?

Phil stellte fest, dass der Kampfjet wieder nach links auswich. Angst machte sich in ihm breit. Die Schüsse bedeuteten, dass er wieder einen schweren Fehler begangen hatte. Aber er hatte keine Ahnung, was es gewesen sein mochte: Er tappte völlig im Dunkeln.

Verzweifelt betrachtete Phil die Funkgeräte und überlegte, wie er nur Verbindung zu den Kampfflugzeugen aufnehmen sollte. Er brauchte jemanden, der ihm einen Rat gab, eine zweite Meinung. Doch er war allein. Ohne einen erfahrenen – wenn auch arroganten – Copiloten, der sich mit Funkgeräten auskannte.

Kurz musste er an den Bordlautsprecher denken, obgleich ihm der auch nicht weiterhelfen würde. Sollte er vielleicht die Passagiere fragen?

Ja, sagte sich Phil, dem der Einfall von Sekunde zu Sekunde besser gefiel. *Was bleibt mir anderes übrig? Nichts.*

Also griff er zum Mikrofon.

Hier spricht der Kapitän. Bitte hören Sie mir zu. Möglicherweise stecken wir in argen Schwierigkeiten … und ich brauche dringend Ihre Hilfe. Da draußen ist ein Kampfflugzeug, vermutlich sind es auch mehrere, wie einige von Ihnen vielleicht bereits bemerkt haben. Das Flugzeug gibt Warnschüsse auf uns ab. Ich dachte, der Pilot wolle, dass ich in Marseille, Frankreich, lande, was ganz in der Nähe ist. Aber offenbar habe ich ihn falsch verstanden. Und ohne Funkkontakt kann ich nicht mit ihm sprechen. Ich brauche … Gut, Leute, ich weiß nicht, was ich brauche, das muss ich ehrlich zugeben. Mir ist klar, wie sauer Sie auf mich sind und … das gilt auch umgekehrt, doch … wir sitzen alle im selben Boot, und falls sich jemand mit einem Funkgerät, einem Mobiltelefon, das in Frankreich funktioniert, oder etwas Ähnlichem an Bord befindet, geben Sie mir bitte Bescheid. Ich habe keine Ahnung, ob sie ernsthaft beabsichtigen, auf uns zu schießen.

Er wollte die Verbindung schon unterbrechen, doch dann hob er noch einmal das Mikrofon.

Äh ... und noch etwas ... Ich entschuldige mich offiziell für alles, was Sie durchgemacht haben.

Sofort ertönte das Rufsignal im Cockpit.

«Ja?»

«Hier spricht Janie. Ich habe vor einer Stunde die Kabinenbeleuchtung abgeschaltet, damit die Leute schlafen können. Wir haben aber gerade mit einem tragbaren Funkgerät eine Nachricht aufgefangen, dass sich nach Ansicht dieser Kampfflugzeuge keine Passagiere an Bord befinden. Sie wollen Beweise. Sollen wir die Beleuchtung wieder einschalten?»

«Mein Gott, ja. Machen Sie Licht, Janie, und ... die Leute sollen sich bitte an die Fenster setzen, damit man sie sehen kann.»

Janie schaltete die Kabinenbeleuchtung und das Bordmikrofon ein.

Achtung, Achtung! Alles aufwachen! BITTE ALLES AUFWACHEN! Wer von Ihnen auf einem Fensterplatz sitzt, soll seine Leselampe anmachen und sein Gesicht ... Nein, Moment. Sorgen Sie dafür, dass die Lampen Ihre Gesichter beleuchten, damit man von draußen möglichst viele von uns sehen kann. Da ist nämlich ein Kampfflugzeug, das sich aus irgendwelchen Gründen vergewissern will, dass es uns wirklich gibt. Also zeigen Sie sich – an jedem Fenster müssen beleuchtete Gesichter zu sehen sein. Winken Sie. Bewegen Sie sich. Machen Sie auf sich aufmerksam. Beeilen Sie sich! Bitte beeilen Sie sich!

Als sie das Mikrofon senkte, bemerkte sie, dass Brian Logan sich an der Luke zum Elektronikschacht zu schaffen machte.

«Was machen Sie denn da?», fragte sie.

«Der Funk», erwiderte er, was ihr nicht viel weiterhalf. Er riss die Luke auf und kletterte in den Schacht hinunter. Janie spähte durch die Luke, konnte jedoch nichts erkennen. Als Brians Kopf wieder nach oben kam, wären sie beinahe zusammengestoßen. Er kletterte hinaus und hielt dabei etwas in der Hand.

«Was ist das?», fragte Janie und folgte ihm, als er zur Treppe wies und zu rennen begann.

«Das Walkie-Talkie des Copiloten», rief er und schlängelte sich an einigen Passagieren vorbei. Oben an der Treppe angekommen, wurde Janie klar, dass er zum Cockpit wollte. Sie blieb stehen, griff nach einem Bordtelefon und gab den Code ein.

«Ja?», meldete sich Phil Knight.

«Captain, hier spricht Janie. Öffnen Sie die Cockpittür. Brian Logan kommt, um Ihnen zu helfen. Er hat das Funkgerät des Copiloten gefunden.»

«Logan?»

«Tun Sie es, wenn Sie das vorhin ernst gemeint haben, Captain.»

«Ich mache auf», erwiderte Phil.

Janie formte die Hände zu einem Trichter und rief Brian nach: «Er öffnet Ihnen die Tür, Brian!» Sie sah, dass er ihr zuwinkte und sich der Tür zum Cockpit näherte.

Phil Knight griff nach dem Hebel, um die Cockpittür zu entriegeln.

«Was machen Sie da?», fragte Judy erschrocken, als sie das Klicken hörte.

«Logan bringt mir das Funkgerät des Copiloten.»

«Logan?»

«Ja.»

«NEIN!», kreischte sie und krallte sich an der Rückenlehne seines Sitzes fest. «Lassen Sie ihn nicht rein. Es ist ein Trick!»

Als die Cockpittür aufging, sprang Judy von ihrem Sitz auf. Zu spät bemerkte Phil die Notfallaxt in ihrer Hand.

«Judy, lassen Sie das!», brüllte Phil und öffnete hastig seinen Sicherheitsgurt; beim Aufstehen blieb er mit dem Bein an der Mittelkonsole hängen und stieß mit dem Fuß ans Steuerhorn. Er machte einen Satz auf die Axt zu, verfehlte sie aber.

«ABHAUEN!», schrie Judy und holte nach dem Mann aus, der hereinkam.

Während Phil bäuchlings auf dem Boden des Cockpits landete, warf Brian sich nach rechts, um Judys Angriff auszuweichen, und hob schützend den Arm. Doch es war zu wenig Platz, weshalb die Axt seinen linken Oberarm traf und eine Wunde hinunter bis zum Knochen schlug. Brian taumelte nach links und landete auf dem Kapitän.

Judy stürzte gegen den hinteren Spant des Cockpits, und die Axt fiel ihr aus der Hand. Rasch rappelte sie sich auf und sah sich nach einer anderen Waffe um. Auf der Instrumententafel blinkte ein rotes Lämpchen, und ein Warnsignal ertönte, doch Judy nahm gar nicht wahr, dass die 747 in immer steilerem Winkel sank und nach rechts rollte. Der Kapitän hatte beim Aufspringen versehentlich den Autopiloten abgeschaltet.

Ein grauenhafter Schmerz schoss durch Brians Arm, als er sich auf dem Boden wand und versuchte aufzustehen. Sein Arm gehorchte ihm nicht mehr, und als er sich nach links drehte, wuchsen die Schmerzen schier ins Unerträgliche. Er blickte auf und sah in die wahnwitzig geweiteten Augen von Judy Jackson, die sich gerade anschickte, ihm mit einem Feuerlöscher den Schädel einzuschlagen.

Verwirrt betrachtete Phil die Blutlache um sich herum, die immer größer wurde. Als er sich umschaute, sah er Judy mit dem Feuerlöscher ausholen. Er reagierte sofort: «JUDY! FALLEN LASSEN! LASSEN SIE SOFORT DAS DING FALLEN!» Wie in Trance hielt sie inne, während Phil mühsam unter dem verletzten Doktor hervorkroch.

Verwirrt, völlig verunsichert und am ganzen Leibe zitternd, stand Judy da und starrte, den schweren Zylinder immer noch über den Kopf erhoben, ausdruckslos vor sich hin, bis Janie sich durch die Cockpittür drängte und sie packte.

Immer noch hallte ein schrilles Alarmsignal durch das Cockpit. Phil rappelte sich auf, zog sich am Notsitz hoch und kontrollierte die Instrumente.

Der Autopilot. Wir sind im Sturzflug.

Mühsam kroch er zu seinem Sitz hinüber.

«Was zum Teufel tust du da?», sagte Janie Bretsen zu Judy, während sie ihr den Feuerlöscher aus der Hand riss und ihn weglegte. «Was hast du nur angerichtet?» Erschrocken durch den Anblick des schwer verletzten Brian Logan, zerrte sie Judy aus dem

Cockpit und wandte sich an einige Männer, die näher gekommen waren. «Halten Sie sie bitte fest. Fesseln Sie sie», ordnete Janie an, worauf einer der Männer die hysterische Frau an den Armen packte.

Janie eilte zurück ins Cockpit, doch sie hatte nicht mit der Tiefe der Wunde in Brian Logans Arm gerechnet.

«Sie hat ihn mit der verdammten Axt erwischt», erklärte Phil, der damit beschäftigt war, die Boeing wieder zu stabilisieren.

«Ich muss ihm einen Druckverband anlegen.»

«Und ich brauche das Funkgerät», wandte Phil ein.

«Rechts ... unten ...», stieß Brian mit zusammengebissenen Zähnen hervor. «Klettern ... Sie ... über ... mich», fügte er hinzu.

«Wo?»

«Rechts ... auf dem Boden ...», antwortete Brian.

«Beeilen Sie sich», drängte Phil. «Bitte beeilen Sie sich.»

NRO-ZENTRALE, CHANTILLY, VIRGINIA

«Entweder sind das Ausweichmanöver», hörte David Byrd den Piloten der Navy-Tomcat sagen, der gerade in die Feuerposition zurückkehrte, «oder er wendet endlich. Ich weiß nicht genau, was. Moment mal ... sieht aus, als ginge er in den Sturzflug.»

David umklammerte John Blaylocks Arm, sodass dieser, der gerade am Telefon versuchte, irgendwo im Gebäude der NRO neue Informationen zu bekommen, aufmerkte.

«Was ist?», flüsterte er.

«John, es ist so weit. Jetzt oder nie. Sie haben grünes Licht und werden die Raketen gleich abfeuern.»

Blaylock nickte seufzend. «Geben Sie nicht auf. Arbeiten Sie bitte weiter daran», sagte er ins Telefon und stand auf. «Wir brauchen nur eine vorläufige Analyse ... warten Sie nicht auf Bestätigung, sondern geben Sie mir die Rohdaten, sobald der Computer sie ausspuckt.»

Er ließ den Telefonhörer sinken und wandte sich an die beiden NRO-Mitarbeiter im Raum.

«George? Sandra? Bitten Sie sie, noch zu warten. Inzwischen habe ich Beweise dafür, dass es sich bei den Aufnahmen aus Nigeria um Fälschungen handelt.»

George Zoffel wirbelte herum. «Was?», fragte er in scharfem Ton.

John wiederholte seine Meldung in aller Kürze. Es war keine Zeit zu verlieren: Selbst wenn George Zoffel und Sandra Collings seine Meinung hundertprozentig teilten, würden sie anschließend noch die CIA in Langley überzeugen und eine Einigung erzielen müssen.

John Blaylock griff zum Telefon, stellte eine Leitung nach draußen her und rief so schnell wie möglich eine Nummer in seinem Palm Pilot auf. Gleichzeitig bat er Zoffel und Collings mit einer Handbewegung um Geduld.

«Was soll das denn jetzt schon wieder, John?», erkundigte sich Zoffel und drehte sich entnervt zu David Byrd um. «Haben Sie vielleicht eine Ahnung, was er will?»

David schüttelte den Kopf.

Im Hintergrund nannte der Pilot der Tomcat seine Position und erklärte seine Feuerbereitschaft. «*Roger, Heimatbasis*», meldete Critter. «*Ich habe ihn wieder angepeilt. Er fängt den Sturzflug ab und wendet erneut. Ich warte, bis er sich stabilisiert hat. Bestätige, dass wir immer noch klar zum Gefecht sind.*»

Davids Mut sank.

«Holen Sie Sandy her», sagte John währenddessen. «Hier spricht Big Bird. SOFORT!» Er hörte, wie die *Enterprise* noch einmal Feuer freigab.

Nach knapp fünf Sekunden stand die Verbindung.

«Bill, stopp den Angriff und gib mir zwei Minuten, um es dir zu erklären.»

Im Lageraum sprang Admiral Bill Sanderson von seinem Stuhl auf. «John?»

«Vertrau mir, Bill. Ich bin gerade bei der NRO. Halt sie auf. Ich warte so lange.»

Ohne zu zögern, griff Sanderson zu dem Telefon, das ihn mit der *Enterprise* verband. «Sagen Sie Critter, nicht schießen.»

Lieutenant Commander Chris Burtons Finger schwebte schon über dem Knopf, als er die Stimme seines Hintermanns hörte.

«Vergiss es, Critter. Wir befinden uns innerhalb der Einhundertzwanzig-Kilometer-Zone. Selbst wenn wir ihm bei dieser Entfernung sämtliche Triebwerke wegpusten, könnte er über der Küste runterkommen.»

Seit Chris Burton sich der Passagiermaschine genähert hatte, wollten ihm die Bilder der voll besetzten koreanischen 747 nicht mehr aus dem Kopf, die vor vielen Jahren von den Russen abgeschossen worden war. Damals hatte man keine Gnade mit den sowjetischen Piloten gekannt, die in jener Nacht vierhundert Passagiere getötet hatten, obwohl sie nur auf Befehl handelten. Weil sie die Tod bringenden Raketen abgefeuert hatten, waren sie für immer als Mörder gebrandmarkt – und nun drohte ihm, Chris Burton, ein ähnliches Schicksal.

Vielleicht.

Seine Gedanken wirbelten wild durcheinander, als er sich zwang, den Finger auf den Auslöseknopf zu senken. Schließlich war er Offizier und hatte keine andere Wahl.

«NICHT SCHIESSEN, Critter! Wiederhole: Nicht schießen. Bestätigen.»

Der Funkspruch von der Heimatbasis kam so überraschend, dass Chris schon glaubte, seine Fantasie spiele ihm einen Streich.

«Wiederholen», sagte er.

«Er befiehlt dir, noch zu warten, Critter. Die Heimatbasis will, dass du stoppst und nicht schießt.»

«Roger, Heimatbasis», funkte Chris. «Nicht schießen.» Er gab die Anweisung an seine Rottenflieger weiter, wartete und fragte sich, warum die vorhin noch dunkle 747 plötzlich hell erleuchtet war.

Was ist denn da los?, wunderte er sich.

Er lenkte die Tomcat ein paar hundert Meter nach links, um bessere Sicht zu haben.

Im Cockpit krabbelte Janie über die Mittelkonsole und tastete unter den Ruderpedalen des Copiloten nach dem Funkgerät.

«Es ist nicht da.»

«Ich habe es aber dort fallen lassen», stöhnte Brian.

«Captain, haben Sie eine Lampe?»

Phil nickte, kramte in seinem Aktenkoffer und warf ihr schließlich eine kleine Taschenlampe zu. Janie schaltete sie ein und kroch wieder unter den rechten Sitz.

«Ich hab es», verkündete Janie und gab sich Mühe, beim Aufstehen nicht gegen Brian Logan zu stoßen.

Dann hielt sie Phil Knight das Walkie-Talkie hin. Nachdem dieser den Autopiloten eingeschaltet und die Sinkrate eingestellt hatte, griff er nach dem Funkgerät und gab die Notfrequenz ein.

LAGERAUM, WEISSES HAUS, WASHINGTON, D.C.

«Okay, John», sagte Bill Sanderson am Telefon zu John Blaylock. «Er wartet. Aber wir sind schon verdammt nah an der französischen Küste. Also, raus mit der Sprache.»

«Es geht um zwei Dinge», begann John Blaylock. «Erstens erwähnt die Nachricht, die vor einigen Stunden von der 747 abgesetzt wurde, einen Namen, den nur der echte Kapitän kennen kann. Es geht um einen Arzt namens Logan, der in London zugestiegen ist. Er war voller Hass auf die Fluggesellschaft, weil seine Frau und sein Sohn wegen der Nachlässigkeit des Personals während eines anderen Fluges gestorben sind. Dass ein Terrorist etwas über diesen Mann weiß, ist ziemlich unwahrscheinlich. Zweitens habe ich gerade die vorläufigen Ergebnisse einer Analyse erhalten, die ich von einer Spezialabteilung hier bei der NRO habe anfertigen lassen und die all unsere Schlussfolgerungen über den Haufen wirft.»

«Wie das?»

«Unsere Überzeugung, dass wir es mit einem trojanischen Pferd zu tun haben, basierte auf der Annahme, die Passagiere wären in Nigeria von Bord gebracht worden. Das wiederum gründete sich auf die Glaubwürdigkeit der Aufnahmen, die unserer ursprünglichen Ansicht nach einige der Passagiere als Geiseln zeigen, und zwar deshalb, weil darauf viele hellhäutige

Arme zu sehen sind, obwohl in diesem Landstrich fast ausschließlich Schwarze leben. Also habe ich eine spektographische Analyse der hellen Haut dieser Passagiere beim nächsten Überflug angeordnet. Das Ergebnis ist achtundsechzig Prozent Kalziumphosphat, diverse Zusammensetzungen auf der Grundlage von Tonerde, einundzwanzig Prozent wasserhaltige Oxide und Mineralspuren.»

«Sprich Klartext, John», erwiderte der Stabschef. «Wir haben noch zwanzig Sekunden.»

«Schlamm, Admiral. Weißer, westafrikanischer, tonhaltiger Schlamm, der, wenn man ihn auf der Haut verteilt, dafür sorgt, dass diese für einen Satelliten weiß aussieht. Wir sind den ganzen Abend lang einem Irrtum aufgesessen. Das auf den Bildern sind Dr. Onitsas Männer, die als Bleichgesichter posieren, und wir sind darauf reingefallen. Ruf deine Hunde zurück.»

«Moment, John», entgegnete Sanderson. Der Stabschef des Weißen Hauses gab diese Information rasch an den Präsidenten weiter, fügte allerdings eine Warnung hinzu:

«Es ist immer noch möglich, dass das Flugzeug feindselige Absichten verfolgt und dass es sich bei den Passagieren an Bord um Geiseln handelt.»

Der Präsident schüttelte den Kopf. «Dieses Risiko müssen wir eingehen, Bill. Sorgen Sie dafür, dass der Pilot wohlbehalten landet.»

Die Leitung zwischen der *Enterprise* und der Tomcat war immer noch offen. Nun war auf einmal Chris Burtons aufgeregte Stimme zu hören.

«Heimatbasis, hier spricht Critter. Ich ... äh ... Gott sei Dank haben Sie uns befohlen, nicht zu schießen. In der Maschine wurde gerade die Kabinenbeleuchtung eingeschaltet. An allen Fenstern zeigen sich Gesichter. Sir, dieses Flugzeug ist voller Männer, Frauen und Kinder.»

Zum ersten Mal seit einer Ewigkeit atmete der Präsident tief durch und beugte sich vor. Bill Sanderson schilderte ihm die Einzelheiten von John Blaylocks Anruf und erwähnte auch die Bestätigung des Führungspiloten, dass die Maschine voller Passagiere war.

«Ich glaube, unser Pilot hat es treffend ausgedrückt, Leute», sagte der Präsident leise. «Gott sei Dank. Fast hätten wir mehr als dreihundert Menschen getötet.»

Bill Sanderson seufzte. «Tja, Sir, manchmal können Ermittlungen auch ins Leere laufen.»

«Wir werden die Vorgehensweise in derartigen Fällen noch einmal gründlich unter die Lupe nehmen, Bill. Schließlich soll man aus seinen Fehlern lernen.» Die letzten Worte des Präsidenten wurden von einem Funkspruch aus der Tomcat übertönt.

«Heimatbasis, wir haben gerade zum ersten Mal Funkkontakt mit dem Kapitän der 747 gehabt. Er benützt ein tragbares Notfunkgerät. An Bord befindet sich ein schwer verletzter Passagier, der Blut verliert und sofort ärztliche Hilfe braucht. Der Kapitän möchte in Marseille notlanden.»

Bill Sanderson bat den Präsidenten mit einer Handbewegung um Geduld, da mehrere Stimmen gleichzeitig durch den Lageraum hallten. Währenddessen sprach Critter weiter.

«Hier treiben sich zwei französische Fliegerstaffeln herum, Sir, aber wir können nicht direkt mit ihnen sprechen.»

Sanderson erteilte eine Reihe von Anweisungen und wandte sich dann mit einem erleichterten Seufzer zum Präsidenten um.

«Die französische Luftwaffe glaubt unseren Versicherungen, dass von dem Flugzeug keine Gefahr ausgeht.»

«Wie haben wir das begründet?»

«Damit, dass der Alarm ein Irrtum war.»

Der Präsident lachte auf. «Das wird ihnen gefallen, Bill. Beim nächsten Gipfeltreffen werden sie es mir sicher unter die Nase reiben.»

«Zweifellos.»

«Wie geht es ihm?», fragte Phil Janie, die Brian gerade einen Druckverband anlegte.

«Okay», antwortete Brian an ihrer Stelle. «Aber ich muss ins Krankenhaus, und zwar schnell.»

«Es sind nur noch fünfundvierzig Kilometer», erwiderte Phil und neigte die 747 leicht, sodass der Bug direkt auf den Flughafen von Marseille zeigte.

«Meridian Sechs», knisterte die Stimme eines Navysoldaten durch den Äther.

«Reden Sie», erwiderte Phil.

«Äh, wir haben durchgegeben, dass Sie einen medizinischen Notfall haben. Der Tower in Marseille möchte, dass Sie auf Landebahn drei-vier landen, Sir. Sehen Sie die Lichter schon?»

Phil kontrollierte den Flugdatenrechner, der noch vierunddreißig Kilometer auf direktem Kurs zum Pistenende anzeigte. Dann warf er einen Blick durchs Fenster auf die wirkliche Welt und betrachtete die blitzenden Schwebungsfeuer und die Anflugbefeuerung, die in der Ferne blinkten.

«Roger», sagte er in das Walkie-Talkie. «Ich sehe die Landebahn.»

«Sie sollen am Ende der Landebahn nach rechts abbiegen, Sir, und alle Systeme abschalten. Sie werden von einer fahrbaren Treppe und einem Rettungswagen erwartet.»

«Danke, Navy», entgegnete Phil.

Nach einer kurzen Pause meldete die Stimme sich wieder. «Wir sind wirklich froh, dass Sie in letzter Minute die Kabinenbeleuchtung angeschaltet haben, Sir.»

«Roger», war alles, was Phil herausbrachte. Allmählich dämmerte ihm, dass sie beinahe Opfer eines tödlichen Raketenangriffs geworden wären.

«Können Sie etwas für mich tun?», fragte Brian Janie mit schwacher, zitternder Stimme.

«Klar. Was denn?»

«Mein Aktenkoffer. In der ersten Klasse. Bitte sorgen Sie dafür, dass er immer in meiner Nähe bleibt.»

«Wir werden ihn Ihnen später bringen.»

«Nein! Ich darf ihn nicht aus den Augen lassen.»

Janie musterte ihn eine Weile und erinnerte sich, wie er zuvor den Aktenkoffer umklammert hatte. «Warum?», erkundigte sie sich. «Was ist denn darin?»

Wegen der Schmerzen schloss Brian kurz die Augen. Dann schlug er sie wieder auf und sah Janie an. «Das ist privat.»

«Halten Sie durch. Halten Sie einfach nur durch», meinte Janie.

Das Abbremsen und Ausrichten der Maschine auf die Landebahn war Phil Knight in Fleisch und Blut übergegangen und lenkte ihn von der bohrenden Angst ab, das hier könnte seine letzte Landung als Kapitän gewesen sein. Er klappte das Fahrwerk aus, ging allein die Lande-Checkliste durch und betätigte die Klappen, bevor er die Leistungshebel zurückzog und die Maschine vorsichtig abfing. Das Fahrwerk berührte den Asphalt in einer der sanftesten Landungen seiner gesamten beruflichen Laufbahn.

Epilog

NRO-ZENTRALE, CHANTILLY, VIRGINIA, 19:12 ORTSZEIT

«Was ist da drinnen passiert, John?», fragte David Byrd, der an John Blaylocks überdimensionalem feuerwehrroten Pick-up lehnte. John holte zwei Dosen Guinness aus dem verschließbaren Kasten auf der Tragfläche.

«Tja, ich würde sagen, dass du gerade dreihundert Menschen das Leben gerettet hast, Colonel Byrd, Sir.»

«Ich soll sie gerettet haben? Das stimmt doch wohl nicht ganz.»

Grinsend drehte John sich zu ihm um. «Und das alles an einem Tag.»

«Geht es da drinnen immer so hektisch zu?»

«Nein», erwiderte Blaylock und warf David eine Bierdose zu. «Die meiste Zeit über kämpfen Typen wie George Zoffel gegen die Langeweile. Es kann eine ziemlich öde Aufgabe sein, Pixel zu analysieren. Doch dank der technischen Möglichkeiten, die wir heute haben, kommt es einem vor wie ein Videospiel, nur dass es dabei um Menschenleben geht.» Er wies auf das NRO-Gebäude in einigen Metern Entfernung. «Aber ich gebe zu, dass es diesmal ziemlich nervenaufreibend war.»

David lachte auf. «Das hat man dir aber gar nicht angemerkt.»

«Natürlich nicht», entgegnete Blaylock und riss die Dose auf, um seine Worte zu untermalen.

Dann kramte er zwei Bierkrüge hervor und bot einen davon David an, der den Kopf schüttelte. «Du fährst wohl eine ganze Bar in deinem Pick-up spazieren.»

«Ich bin eben gern auf alles vorbereitet.»

John ließ die hintere Klappe des Pick-ups herunter, kletterte hinauf, stellte zwei Klappstühle auf und drehte sich zu David um. «Komm und setz dich.»

David folgte der Aufforderung und ließ sich auf einem der

Stühle nieder. Wortlos saßen die beiden eine Weile da, genossen ihr Guinness und betrachteten den ungewöhnlich hellen Sternhimmel, wo immer wieder die Lichter der Flugzeuge aufblinkten, die den nahe gelegenen Dulles-Flughafen ansteuerten.

Schließlich brach David das Schweigen.

«John, woher um alles in der Welt kennst du den Stabschef des Weißen Hauses so gut, dass du seine Durchwahl hast und sofort sein Vertrauen gewinnen konntest?»

John Blaylock wartete ab, bis das Dröhnen eines startenden Jets über ihren Köpfen verklungen war.

«Vor der Operation Wüstensturm war Bill Sanderson Kapitän der Navy und für die DIA tätig, David. Er war mir drei Jahre lang weisungsbefugt, und wir wurden in dieser Zeit gute Freunde.» John sah David an und holte tief Luft. «Ich liebe die Nachtluft. Du auch?»

«Ja. Also sind du und Sanderson alte Kumpel.»

John nickte. «Er ist ein sehr fähiger Mann, und der Präsident kann von Glück reden, dass er ihn als Stabschef hat. Und ich schätze mich glücklich, dass er mir nicht nur sein Vertrauen schenkt, sondern auch seine Freundschaft.»

Das Knirschen von Kies ließ sie aufmerken. George Zoffel erschien am Heck des Wagens.

«Señor Zoffel», empfing John ihn mit einem breiten Grinsen. «Ich dachte, wir hätten uns schon verabschiedet.»

«Das stimmt auch.» George fixierte John Blaylock mit Blicken, hob dann die ausgestreckte Hand und sah sich um. «Was machen Sie denn hier? Ich wollte Sie vom Sicherheitsdienst am Tor aufhalten lassen, weil ich Ihnen noch etwas zu sagen habe, aber man meldete mir, Sie seien noch auf dem Parkplatz und feierten auf der Ladefläche Ihres Lasters eine Party.»

David schüttelte den Kopf. «Das ist ernst zu nehmender Stressabbau, George, keine Party.»

Zoffel nickte nachdenklich. «Ja, das sehe ich.»

«Sind Sie noch sauer auf mich?», fragte John.

George Zoffel musterte den hoch gewachsenen Colonel schweigend, neigte dann den Kopf zur Seite und meinte in versöhnlichem Ton: «Blaylock, das Schlimmste an Ihnen ist, dass man Ihnen einfach nicht böse sein kann, ganz gleich, was für ein Chaos Sie auch veranstalten.»

John wandte sich an David und erhob sein Glas. «Darauf trinke ich. Ich veranstalte also Chaos.»

In gespieltem Ärger verzog Zoffel das Gesicht. «Wir haben da drinnen gerade eine ziemliche Krise durchgemacht und sämtliche Geheimdienste verärgert, und Sie sitzen hier draußen und trinken Bier, als wäre nichts geschehen. Außerdem üben Sie einen schlechten Einfluss auf einen Offizier aus, der noch im Dienst ist.»

«Und was bringt Sie hierher, um mit bösen Buben wie mir zu sprechen?», erkundigte sich John.

«Ich dachte, das würde Sie interessieren. Die Franzosen bestätigen, dass sich weder Bomben, Viren noch garstige Chemikalien an Bord der Meridian-Maschine befinden. Die Toiletten waren zwar seuchenverdächtig, aber mehr gab es nicht zu bemängeln.»

«Gott sei Dank, dass ich die Ergebnisse der spektographischen Analyse noch rechtzeitig erhalten habe», gab John kühl zurück. George Zoffels spöttische Miene entging ihm nicht.

«Tja …», fuhr Zoffel fort, «offenbar ist bei den französischen Behörden die Hölle los, ganz zu schweigen von den Medien, die den Großteil der Geschichte noch gar nicht kennen. In Presse und Fernsehen dreht sich alles um die Passagierrevolte, nicht um die Tatsache, dass die Besatzung der Meridian fast für einen Abschuss der Maschine gesorgt hätte.»

«Dauert der Aufstand etwa an?», erkundigte sich John.

«Es heißt, dass etwa die Hälfte der Passagiere beim Aussteigen aus der 747 die Verhaftung des Kapitäns und der Chefstewardess gefordert haben. Die Chefstewardess hingegen verlangt die Festnahme des Arztes, den sie mit einer Axt zu zerstückeln versucht hat. Währenddessen verweigert der Kapitän die Aussage ohne Beisein seines Anwalts.»

David Byrd beugte sich vor. «Sagten Sie Arzt?»

«Erinnern Sie sich an den Namen Logan?», fragte Zoffel und erzählte, was er über das verhängnisvolle Betreten des Cockpits durch den angeblichen Flugzeugentführer wusste. «Doch ganz gleich, was davor geschehen ist: Als die Stewardess ihn mit der

Axt verletzt hat, wollte er keine Gewalt ausüben, sondern dem Kapitän ein Funkgerät bringen. Übrigens hat man ihn rechtzeitig ins Krankenhaus eingeliefert – er wird durchkommen.»

«Warum ist der Kapitän eigentlich überhaupt in Nigeria gelandet?», erkundigte sich John. «Und was ist aus dem Copiloten geworden?»

George Zoffel lehnte sich an den Pick-up. «Der Copilot wird weiterhin vermisst, und die Fluggesellschaft stellt Nachforschungen an. Außerdem wird es Sie bestimmt freuen zu hören, dass unser alter Freund General Onitsa nun um zehn Millionen Dollar reicher ist. Sobald er die erste Rate auf dem Konto hatte, hat er das Geld weitertransferiert und ist untergetaucht. Vermutlich hat die nigerianische Regierung etwa eine halbe Stunde später live auf CNN gesehen, wie die ‹Geiseln› in Marseille aus dem Flugzeug stiegen. Dieselben Geiseln –»

«– die sich angeblich mitten im Dschungel in Jean Onitsas Gewalt befanden.» John kicherte. «Ich kann mir vorstellen, dass die Nigerianer ein bisschen verärgert sind.»

«So könnte man es ausdrücken», stimmte George grinsend zu. «Doch das Beste ist die E-Mail von Onitsa an die nigerianische Regierung, die wir abgefangen haben. Darin schreibt er allen Ernstes, die Geiseln seien nur deshalb in Marseille, weil er schon im Voraus gewussst habe, dass die Nigerianer das Lösegeld bezahlen würden. Also habe er in der Hoffnung darauf, dass sie das Richtige tun würden, die Freilassung angeordnet. Zu guter Letzt hatte er die Frechheit, der Regierung eine neue Bankleitzahl zu nennen, damit sie ihm den Rest der zweihundertneunzig Millionen überweisen kann.»

«Sie scherzen», meinte David.

«Nein, das meint er ernst», erwiderte John. «Das ist unser Dr. Onitsa, wie er leibt und lebt. Der Mann ist der größte lebende Opportunist der Welt und hat außerdem Sinn für Humor.»

«Du redest, als würdest du ihn persönlich kennen», spöttelte David. Doch sein Lachen erstarb, als er bemerkte, dass George Zoffel nicht mitlachte und dass John Blaylock nickte.

«Nein! Wirklich?»

«Das ist eine lange Geschichte, David», erwiderte John. «Aber Doc Onitsa ist wirklich ein Früchtchen.»

Zoffel schürzte die Lippen und sah John Blaylock an.

«Da wäre noch etwas, John», begann er.

«Schießen Sie los.»

«Erinnern Sie sich an Ihr Gespräch mit Randy Brady, einem unserer Spektrographen aus dem Kontrollraum? Sie haben ihn gebeten, eine vorläufige Analyse des Lichts vorzunehmen, das von den Armen der angeblichen Geiseln abgestrahlt wurde.»

«Natürlich», entgegnete John. «Seine Ergebnisse haben das Blatt gewendet.»

George Zoffel grinste. «Aha.»

«Was ist damit?»

«Tja, Randy hat sich dafür entschuldigt, dass es so lange gedauert hat, bis er Sie zurückrufen und Ihnen die Ergebnisse melden konnte. Als man ihm sagte, Sie seien bereits weg, war er sehr besorgt.»

«Ach, das waren wohl die endgültigen Ergebnisse? Sehr gut. Aber dafür braucht er sich doch nicht zu entschuldigen», erwiderte John. «Die vorläufige Analyse hat ja genügt. Also: Wie lautet sein abschließendes Urteil? Wodurch wirken die Arme auf den Bildern so weiß wie Schnee?»

«Im Großen und Ganzen war es so, wie Sie es Admiral Sanderson geschildert haben: weißer Schlamm, der aus Tonerde, Kreide, Kalk und Wasser bestand. Auf die Haut aufgetragen, machte er Schwarze zu Weißen. Schnell, billig und für den Satelliten zunächst nicht zu erkennen.»

«Gut. Das war verdammt clever von Dr. Onitsa», meinte John. «Sagen Sie mal, George –»

«Und», fuhr George Zoffel fort, ohne auf Blaylocks Versuch, das Thema zu wechseln, einzugehen, «Randy bat mich, Ihnen zu erklären, John, dass er zuerst einige Befehle an die Kamera des Satelliten schicken musste, bevor diese die Analyse für Sie durchführen konnte. Als ich mit ihm sprach, hatte er gerade erst die vorläufigen Ergebnisse erhalten, und zwar *nachdem* Sie bereits fort waren.»

«Die vorläufigen Ergebnisse?», wiederholte David verdattert und fragte sich, warum John plötzlich so still war.

Zoffel nickte. «Ja, vorläufig. Randy hat sie mir eben mitgeteilt.» George Zoffel machte kehrt und winkte. «Gute Nacht, meine Herren. Gute Arbeit.» Er ging zurück zum Gebäude.

David drehte sich ungläubig zu John Blaylock um, der immer noch schweigend dasaß.

«Vorläufig?»

John zuckte die Achseln.

«Du hast nur geraten?»

«Tja...»

«Du hast dem Stabschef des Weißen Hauses vorgeschwindelt, du hättest Beweise, obwohl du gar keine hattest?»

Übertrieben genüsslich trank John Blaylock einen Schluck Bier, lehnte sich in seinem Stuhl zurück und blickte in die Ferne. «Wir hatten keine Zeit für Streitereien», erwiderte er. «Sonst hätten sie die armen Teufel abgeschossen.»

«Aber, gütiger Himmel, John – was wäre, wenn das Flugzeug leer und die Geiseln noch in Nigeria gewesen wären und wenn es sich bei der 747 tatsächlich um ein trojanisches Pferd gehandelt hätte?»

«Du warst so überzeugt», entgegnete Blaylock tonlos. «Und das hat mich unbeschreiblich beeindruckt. Wir Reservisten beugen uns stets den Kollegen, die noch im aktiven Dienst stehen.»

David war außer sich. «Das war doch nur eine Theorie... die nicht auf soliden Tatsachen beruhte. Was ist, wenn du dich geirrt hättest?»

«Das ist nicht die richtige Frage, David», antwortete John. «Vielmehr muss sie lauten, was passiert wäre, wenn ich mich nicht hätte entscheiden können. Was, wenn ich auf die Bestätigung gewartet hätte, von der ich wusste, dass sie nicht rechtzeitig eintreffen würde. Und sie ist ja wirklich gerade erst gekommen. Wir hätten über dreihundert Männer, Frauen und Kinder umgebracht, und das aufgrund einer fehlerhaften Schlussfolgerung.» Er klopfte David mit dem Bierkrug auf die Schulter.

«Du hast mich überzeugt, David. Natürlich hätte ich gern weitere Beweise gehabt, aber die Zeit wurde knapp. Und deshalb musste ich meinen und deinen Instinkten vertrauen.»

INTERNATIONALER FLUGHAFEN, MARSEILLE, FRANKREICH, 5:15 ORTSZEIT

«Jetzt habe ich mal eine Frage an Sie, Herr Inspektor», meinte Janie Bretsen und betrachtete den Englisch sprechenden französischen Polizisten. Die anderen beiden Männer und die Frau, die während der Befragung von Passagieren und Besatzungsmitgliedern mitgeschrieben hatten, blickten auf.

«Fragen Sie nur», erwiderte Monsieur Christian LeBourgat.

«Gibt es schon Pläne, diese Leute an ihren Zielort zu bringen? Schließlich sind seit der Landung bereits vier Stunden vergangen.»

Der Polizist lachte freundlich auf und nickte. «Ihre Fluggesellschaft stellt eine Ersatzmaschine mit Mannschaft zur Verfügung, die gerade auf dem Weg von London hierher ist. Diese wird Ihre Passagiere nach Kapstadt bringen, während zwei andere Piloten Ihr Flugzeug nach London überführen. Wussten Sie das nicht?»

Sie schüttelte den Kopf.

«Ich weiß, dass Sie erschöpft sind, Miss Bretsen. Wir sind hier fertig.»

«Werden Sie jemanden verhaften?», erkundigte sie sich.

Der Inspektor schüttelte den Kopf. «Nein», sagte er und klappte sein Notizbuch zu. «Alle sind frei und können gehen. Sie natürlich auch – Sie wollten doch ein Auslandsgespräch führen.»

«Ja.»

Er führte Janie in ein angrenzendes Büro, meldete das Gespräch an und reichte ihr den Hörer. «Die Telefonistin wird Sie verbinden.»

Nachdem Janie sich bei ihm bedankt hatte, zog sie einen Zettel aus ihrer Handtasche, auf dem eine Nummer in der Schweiz stand, die sie der Telefonistin diktierte. Als sie einige Minuten später aus dem Büro kam, wurde sie vom Inspektor erwartet.

«Sie lächeln, Miss Bretsen. Haben Sie gute Nachrichten erhalten?»

Janie nickte und erzählte ihm die Geschichte von Janna Levys beinahe tödlich ausgegangenem Autounfall, der verzweifelten Reise ihrer Eltern quer über den Atlantik und den Knüppeln, welche Meridian und die Flugsicherung ihnen zwischen die Beine geworfen hatten.

«Kurz nach der Ankunft der Eltern ist ihre Tochter wieder zu Bewusstsein gekommen», fuhr Janie fort. «Die Ärzte glauben, dass sie überlebt. Ich kann Ihnen gar nicht sagen, wie erleichtert ich bin.»

«Es ist selten, dass sich eine Mitarbeiterin einer Fluggesellschaft so für ihre Passagiere einsetzt», meinte der Inspektor. «Besonders heutzutage.»

Als Martin Ngumes rechter Ellenbogen von der Armlehne des Sitzes rutschte, wurde er von der ruckartigen Bewegung aus dem Schlaf gerissen. Er rieb sich die Augen, richtete sich benommen auf und warf einen Blick auf die Wanduhr.

Vier Stunden, dachte er. *Vier Stunden seit der Landung. Eigentlich sollte ich jetzt schon längst in Kapstadt sein.*

Er erinnerte sich, wie er den anderen Passagieren aus der 747 der Meridian in einen überfüllten Wartebereich gefolgt war. Dort waren sie alle nacheinander befragt worden.

Auf der anderen Seite des Wartebereichs sah er eine Telefonzelle. Jemand unter den vielen Polizisten und Vertretern der Fluggesellschaft hatte ihm versprochen, ihm am Morgen zu helfen, in Südafrika anzurufen. Mitten in der Nacht sei es schließlich zwecklos, denn in dem kleinen Laden in Soweto würde niemand an den staubigen Münzfernsprecher gehen und ihm etwas über das Schicksal seiner Mutter sagen.

Martin wandte sich an den ebenfalls schläfrigen Herrn neben sich.

«Wissen Sie vielleicht, wann wir nach Südafrika weiterfliegen können?»

Während der Mann noch seufzend den Kopf schüttelte, sprang der Lautsprecher an.

Mr. Martin Ngume, bitte melden Sie sich bei der Mitarbeiterin an der Tür. Mr. Martin Ngume.

Im ersten Moment glaubte Martin zu träumen, so sehr ähnelte diese Szene derjenigen in London vor so vielen Stunden.

Aber nein, diesmal war es eine andere Stimme.

Als Martin aufstand und winkte, eilte die Frau auf ihn zu.

«Sind Sie Martin Ngume?»

«Ja, Ma'am.»

«Bitte folgen Sie mir, Mr. Ngume. Sie werden am Telefon verlangt.»

«Ich? Aber wer…?» Erschrocken hielt er inne. Die Mitarbeiterin bat ihn in ein kleines Büro und reichte ihm den Hörer.

«Hallo?»

«Martin, bist du es?», fragte eine vertraute Männerstimme aufgeregt.

«Ja. Phillip?» Das Gesicht seines WG-Genossen stand ihm vor Augen. «Bist du es, Phillip?»

«Wer soll es sonst sein, Mann! Ich bin in unserer Wohnung. Wir haben dich auf CNN gesehen, nachdem wir gehört hatten, dass dein Flug in Schwierigkeiten steckt. Die Maschine soll ja entführt worden sein – und, na ja. Ich bin froh, dass mit dir alles okay ist. Ich habe Himmel und Hölle in Bewegung gesetzt, um dich an die Strippe zu bekommen.»

«Mir geht es gut, Phillip, aber… ich weiß immer noch nichts über meine Mutter, und jetzt werde ich eine Ewigkeit nach Soweto brauchen.»

«Sie fühlt sich prima, Martin, glaub mir.» Phillip kicherte.

«Das würde ich ja gerne tun», entgegnete Martin. «Doch es ist beängstigend, wenn eine alte Fau einfach verschwindet, ohne dass jemand sagen kann, wo sie steckt oder was aus ihr geworden ist.»

«Soll ich dir was verraten, alter Junge? Wir wissen, wo sie ist, und auch, dass es ihr gut geht. Sie macht sich nur Sorgen um dich.»

Martin brauchte eine Weile, um diese Worte zu verdauen. «Du… weißt es? Woher? Hast du mit ihr gesprochen? Hast du sie am Telefon erreicht?»

«Nein, ich meine, ja. Wir haben mit ihr gesprochen. Ich bin jedenfalls überzeugt, dass sie es war.»

Martin schloss die Augen und schüttelte den Kopf. Offenbar spielte seine Fantasie ihm einen Streich.

«Dann bist du also nicht sicher, Phillip? Wie klang denn ihre Stimme?»

«Martin, deine Mama ist doch eine kleine schwarze Dame, sehr würdevoll und mit einem wunderbar breiten Lächeln?»

«Ja, aber... aber warum? Ich verstehe nicht...»

«Du erinnerst dich doch noch an den Artikel, der über dich in der Zeitung erschienen ist.»

«Ja.»

«Anscheinend haben deine Worte, du würdest deiner Mutter zuliebe das College besuchen, einen großzügigen reichen Mann hier in Chicago so gerührt, dass er fand, sie solle dich doch sofort hier besuchen. Er hat einen Anwalt in Kapstadt damit beauftragt, alles in die Wege zu leiten, und als der Anwalt deiner Mutter schrieb, ließ sie alles stehen und liegen... richtig, Mrs N.?», fragte er, zur Seite gewandt. «Ja... sie nickt. Als sie den Brief des Anwalts erhielt, fuhr sie gleich mit dem Zug nach Kapstadt, ohne jemandem Bescheid zu sagen. Vor ein paar Stunden ist sie in einer Limousine hier eingetroffen und sucht dich. Sie wollte dich überraschen. Warte, ich gebe sie dir.»

«Martin?» Als Martin ihre Stimme hörte, traten ihm Tränen in die Augen, und er versuchte vergeblich, sie zu unterdrücken. Die eisige Furcht, er könnte sie nie mehr wieder sehen, quälte ihn nun schon so lange, dass ihn die Erleichterung mit Übermacht ergriff. Leise schluchzte er vor sich hin, während seine Mutter von ihrem großen Abenteuer berichtete.

«Du hast aber nette Freunde, Martin», meinte sie. «Sie haben mich schon zu so einem neumodischen Hamburger eingeladen und dafür gesorgt, dass ich alte Frau mich willkommen fühlte.»

«Bleib, wo du bist, Mama», erwiderte Martin lachend und weinend. «Ich bin gleich da. Ich komme heim zu dir nach Amerika, und dann haben wir eine Menge zu bereden.»

CHICAGO, ILLINOIS, FÜNF WOCHEN SPÄTER

Die stellvertretende Staatsanwältin Debbie Randall saß auf dem bequemen Rücksitz des gemieteten Lincoln Town Car. Sie achtete absichtlich nicht auf die missbilligenden Blicke ihres Kollegen und konzentrierte sich stattdessen auf die Papiere auf ihrem Schoß.

«Kannst du nicht einfach die Fahrt genießen und mit mir reden?», beschwerte sich Alex Brownlee.

«Ich könnte schon», erwiderte Debbie, den Blick immer noch auf die Anklageschrift wegen Mordes gegen einen gewissen Brian Logan gerichtet. «Doch ich möchte mich noch einmal mit dem Fall vertraut machen, bevor wir uns mit diesem Informanten treffen.»

«Die Sachlage ist doch eindeutig, Debs», widersprach Alex, während er sich am Anblick ihrer weiblichen Rundungen weidete. «Ein gefeuerter Arzt bekommt in einem Flugzeug einen Tobsuchtsanfall und beschließt deshalb, den Copiloten kaltblütig zu erschlagen.»

Debbie sah ihn kopfschüttelnd an. «Der Fall ist alles andere als klar. Es handelt sich um die tragische Verknüpfung von blinder Wut und einer plötzlich auftretenden Gelegenheit. Die Verteidigung wird sich zwar auf Unzurechnungsfähigkeit berufen, aber wir werden den Mann trotzdem verurteilen.»

«Ohne die Leiche des Copiloten wird das nicht leicht werden», meinte Alex.

«Das Problem könnte sich auch von selbst lösen.»

«Glaubst du, der Typ, den wir jetzt treffen, könnte etwas wissen?»

Sie nickte. Als sie aufblickte, erkannte sie die Gegend wieder. Sie befanden sich noch etwa fünfzehn Kilometer entfernt von Palwaukee Airport, einem Privatflugplatz nördlich des O'Hare-Flughafens

«Ich weiß nur», fuhr Debbie fort, «dass unser Boss vor ein paar Stunden von jemandem angerufen wurde, der gerade in einem Flugzeug auf dem Weg nach Palwaukee war. Und so fand unser furchtloser Anführer, dass wir beiden Hitzköpfe, die ihn dazu gedrängt haben, diese Anklageerhebung zu genehmigen, um das Thema gewalttätige Übergriffe durch Fluggäste endlich aufs Tapet zu bringen, auch losfahren sollten, um diesen Typen zu befragen.»

«Es geht nicht nur darum, die Gewaltausübung durch Fluggäste zu thematisieren, Deb. Wir klagen einen Arzt an, der ein Besatzungsmitglied getötet hat.»

«Tja, du weißt ja, dass der Boss vor allem deshalb gezögert hat, uns Anklage erheben zu lassen, weil die Leiche immer noch fehlt. Die Nigerianer suchen schon seit drei Wochen, konnten sie aber nicht aufspüren», meinte sie.

«Ich würde Logan trotzdem am liebsten wegen Luftpiraterie den Prozess machen, Debbie. So ein Verfahren wäre um einiges interessanter.»

«Ach ja? Es ist ein Riesenspaß, einen Prozess zu führen, der von Anfang an zum Scheitern verurteilt ist. Erstens haben wir nicht genügend Beweise: Die meisten Passagiere behaupten, es habe keine Flugzeugentführung stattgefunden, der Kapitän ist nicht sicher, was überhaupt passiert ist, und unsere Vorwürfe gegen Logan basieren hauptsächlich auf den Bandaufzeichnungen seiner Borddurchsagen und seiner Forderungen am Bordtelefon, die Maschine nach Kapstadt möge doch bitte sehr auch dorthin fliegen.»

«Er hat versucht, gewaltsam das Kommando an sich zu reißen, Debs», protestierte Alex. «Diese Debatte hatten wir schon mal.»

«Ja, hatten wir. Und Logan wird dagegenhalten, er habe nie die Absicht verfolgt, irgendetwas in seine Gewalt zu bringen; er habe sich nur verbal abreagieren wollen. Schließlich habe er dem Kapitän lediglich befohlen, an einen Ort zu fliegen, der ohnehin im Flugplan vorgesehen war. Das ist eine ziemlich schlappe Flugzeugentführung. Hast du eigentlich je erlebt, dass die Geschworenen zu kichern anfangen, bis sie sich irgendwann vor lauter Lachen die Bäuche halten und von den Stühlen fallen?»

«Nein», räumte Alex ein, der angesichts dieser albernen Vorstellung nur mühsam ein Grinsen unterdrücken konnte.

«Vertrau mir, das ist kein Spaß.»

Als sie sich dem Privatterminal näherten, rollte eine elegante Gulfstream V gerade auf der Landebahn aus.

«Ist er das?», fragte Alex. Debbie konsultierte ein kleines Notizbuch und nickte. «Ich glaube schon … wenn ich das Kennzeichen am Heck richtig lese. Es sind nur Buchstaben anstatt der üblichen Zahlen, was immer das auch zu bedeuten hat. Vielleicht ist das Flugzeug ja in Großbritannien zugelassen. Außerdem ist er früh dran.»

Als sie sich umblickte, bemerkte sie weitere Autos und Personen, die offenbar auf die Maschine warteten. Neben einer Limousine standen zwei Zollbeamte.

«Anscheinend sind wir nicht das einzige Empfangskomitee», stellte sie fest.

Als die vordere Treppe hinuntergelassen wurde, gingen die beiden Zollbeamten an Bord, doch schon eine halbe Minute später kehrte einer von ihnen zurück und näherte sich dem Wagen von Debbie und Alex.

«Befinden sich Mitarbeiter der Staatsanwaltschaft in diesem Fahrzeug?»

«Das sind wir», rief Debbie.

«Gut. Sie sollen an Bord kommen.» Der Beamte machte kehrt und marschierte ohne ein weiteres Wort zurück zur Gulfstream. Debbie und Alex stiegen aus dem Wagen und folgten ihm.

Als Debbie in den Privatjet trat, schlug ihr der üppige Geruch von Leder entgegen. Der Zollbeamte wies nach rechts, und eine bildschöne Schwarze in der Uniform einer Stewardess begleitete sie ins luxuriös ausgestattete Innere der Maschine, wo sie ein lässig gekleideter Mann erwartete.

Debbie hielt ihm die Hand hin und stellte sich vor.

«Gut», erwiderte der Mann. «Ich freue mich, dass Sie gekommen sind.» Nachdem er auch Alex die Hand geschüttelt hatte, forderte er die beiden auf, sich zu setzen.

«Darf ich Sie nach Ihrem Namen fragen?», begann Debbie.

«Zuerst», begann der Mann, «möchte ich wissen, ob Sie die Mitarbeiter der Staatsanwaltschaft sind, die Anklage gegen Dr. Brian Logan erheben werden.»

Als sie nickten, fuhr er fort: «Außerdem würde mich interessieren, was Sie ihm zur Last legen können, wessen Sie ihn anklagen und wie Sie diese Vorwürfe begründen.»

Debbie warf Alex einen zögernden Blick zu, aber der Mann sprach schon weiter.

«Hören Sie, Sie sind nur hergekommen, weil Ihr Vorgesetzter möchte, dass Sie mit mir zusammenarbeiten. Ich verspreche Ihnen, dass ich eine Information besitze, die für diesen Fall von äußerster Wichtigkeit ist. Also beantworten Sie bitte meine Fragen.»

Debbie nickte seufzend und erklärte ihm, welcher Straftatbestände Logan hätte beschuldigt werden können und warum sie beschlossen hatten, ihn dennoch wegen vorsätzlichen Mordes vor Gericht zu stellen.

«Er wurde angeklagt, dem Haftrichter vorgeführt und auf Kaution entlassen. Abgesehen davon, dass Abbotts Leiche noch fehlt, haben wir einen soliden Fall mit einer Augenzeugin.»

«Das ist doch die Chefstewardess, richtig?»

«Genau.»

«Judy Jackson?»

Alex und Debbie wechselten Blicke. Dann nickte Debbie.

«Ich dachte, Meridian hätte die Jackson inzwischen aus verschiedenen Gründen gefeuert.»

«Das stimmt. Die Kündigung ist erfolgt», erwiderte Debbie. «Allerdings schmälert das nicht ihre Glaubwürdigkeit als Zeugin von Abbotts Ermordung.»

«Wirklich nicht? Tja, Leute», fuhr der Mann fort, «die Wahrheit ist, dass Judy Jackson sich irrt, obwohl sie felsenfest vom Gegenteil überzeugt ist. Brian Logan hat Garth Abbott weder getötet noch ihm sonst irgendwie Schaden zugefügt.»

Alex beugte sich mit gefalteten Händen vor. Den missbilligenden und skeptischen Blick hatte er stundenlang vor dem Spiegel geübt.

«Auf welche Tatsachen gründet sich diese Aussage, Sir? Welche Beweise haben Sie dafür?»

«Mich selbst», entgegnete der Mann. «Ich selbst bin der Beweis.»

Kopfschüttelnd lehnte Alex sich zurück und runzelte die Stirn.

«Sie haben zwei sehr beschäftigte Staatsanwälte quer durch die ganze Stadt gehetzt, nur um eine persönliche Meinung zum Besten zu geben?» Er wandte sich an Debbie und schickte sich an aufzustehen. «Das ist doch absurd. Gehen wir.»

«Moment», unterbrach sie ihn und hielt ihn mit einer Handbewegung zurück. «Was genau meinen Sie damit, Sie seien der Beweis?», fragte sie dann ihr Gegenüber.

«Brauchen Sie Garth Abbotts Leiche, um Logan den Prozess zu machen?»

«Nein. Tja, natürlich wäre es hilfreich, wenn wir sie hätten, aber –»

«Gut, denn ich weiß genau, wo sie ist.»

Die beiden Anwälte wechselten verdatterte Blicke. «Wo?»

«Hier.»

«Hier?», wiederholte Debbie entsetzt. «An Bord dieser Maschine?»

Er nickte. «Ja. Genau vor Ihrer Nase.» Er zog sein linkes Hosenbein hoch, sodass eine Kombination aus Beinschiene und Gipsverband zu sehen war, und musterte ihre erschrockenen Mienen. «Ich bin Garth Abbott, und wie es so schön heißt, waren die Berichte über mein Ableben etwas übertrieben.»

Carol Abbott wartete schon seit Stunden im Wohnzimmer. Einige Freunde hatten sich eingefunden, doch keiner von ihnen ahnte, welcher Kampf in ihr tobte. Schließlich wusste niemand, was für harte Worte bei dem letzten Gespräch zwischen den Eheleuten gefallen waren.

Garth' Anruf per Satellitentelefon war völlig unerwartet gekommen, wie ein Blitz aus heiterem Himmel, der Carols Schuldgefühle wegen ihres hässlichen Abschieds durchdrang. Garth war nicht tot; er würde wiederkommen. Und dennoch war sie verwirrt, und in ihrem Herzen mischten sich große Erleichterung und der Schmerz der letzten Wochen, in denen sie um einen Mann getrauert hatte, den sie eigentlich hatte verlassen wollen.

Nun hinkte er an einer Krücke auf sie zu. Sein linkes Bein steckte in einer Schiene, das rechte war einigermaßen funktionstüchtig. Nachdem er die Krücke auf den Teppich geworfen hatte, packte er Carol, drückte sie an sich, zauste ihr das Haar und küsste ihren Hals und ihre Lippen. Dann wich er zurück und betrachtete ihre traurigen Augen.

«Ich dachte...», begann sie, schaffte es aber nicht, den Satz zu beenden.

Die Freunde umringten die beiden, um Garth die Hand zu schütteln und ihn zu umarmen; dann ließ er sich von Carol zum Sofa führen. Als alle anfingen, ihn mit Fragen zu bestürmen, versuchte er, ihre Neugier mit einer Handbewegung zu bremsen.

«In dem Bericht hieß es, dein Bein sei zerschmettert worden, Garth. Man glaubte... dieser Arzt, den man des Mordes an dir angeklagt hat, dachte, du wärst verblutet.»

Garth schüttelte den Kopf. «Ich blutete wirklich ziemlich stark, als ich von der Leiter rutschte, doch die Kugel hat keine Arterie erwischt. Wie sich herausstellte, waren es nicht die Rebellen, die auf mich geschossen haben, sondern die verdammte Regierungsarmee. Ich bin in einen Gegenangriff geraten.»

«Also haben sie dich sterbend auf der Startbahn zurückgelassen?», wollte einer der Männer wissen.

«Nicht ‹sie›, Keith», entgegnete Garth seinem Kollegen von der Meridian. «Er. Unser alter Freund Phil Knight.»

«Sicher hast du gehört, dass sie ihn rausgeschmissen haben.»

Garth schüttelte den Kopf. «Nein. Aber es wundert mich nicht. Ich war selbst kurz davor, dem Mistkerl den Hals umzudrehen, vor allem als ich sah, wie unser Vogel an mir vorbeirumpelte und ohne mich startete. Ich kann euch gar nicht sagen, was in mir vorging. Ich traute meinen Augen nicht und fühlte mich mutterseelenallein.»

«Die ganze Fluggesellschaft war schockiert, Garth», antwortete Keith.

«Ich auch. Aber wisst ihr, was? Ich habe zwar viele Wochen gebraucht, um dahinter zu kommen, doch der Fehler lag mehr bei Meridian als bei Phil Knight. Wie zum Teufel konnten sie einen völlig unvorbereiteten Kapitän aus der Inlandsabteilung auf einem internationalen Flug einsetzen? Wo waren die Lehrgänge und die Prüfungen? Sie haben ihn wie ein Lamm zur Schlachtbank geführt, und ich werde darüber nicht schweigen.»

«Was passierte, nachdem Knight dich zurückgelassen hatte?», stieß Carol hervor.

«Auf den Gegenangriff folgte die nächste Attacke», erklärte Garth. «Nachdem die Maschine gestartet war, hörte ich, wie einer der Soldaten, die auf mich geschossen hatten, auf mich zukam, um festzustellen, ob ich auch wirklich tot war. Er trat mich in die Rippen und drehte mich um. Ich habe mich tot gestellt und versucht, trotz der Schmerzen nicht zusammenzuzucken. Mit halb geöffneten Augen sah ich, dass er wieder auf mich anlegte. Doch da kam ein Schuss aus dem Nichts, und er kippte leblos um. Plötzlich erschien dieser Hüne von einem Kommandanten, mit dem ich nach der Landung verhandelt hatte, und schleppte mich weg, während seine Männer uns Feuerschutz gaben. Ich glaube, es lag an den Schmerzen in meinen Beinen, dass ich schließlich das Bewusstsein verlor. Drei Tage später wachte ich in einem kleinen Feldlazarett wieder auf und stellte fest, dass derselbe Mann, General Onitsa, lächelnd an meinem Bett saß. Er entpuppte sich als Mediziner und Chirurg und hat mich mehr oder weniger wieder zusammengeflickt.»

«Aber wie bist du dort weggekommen?», fragte Carol.

«Ich weiß nicht, ob Onitsa ein Verbrecher ist oder ob er berechtigte Ziele verfolgt. Doch jedenfalls kann er sehr mitfühlend sein, wenn er will, und er ist außerdem ausgesprochen intelligent. Wochenlang überschlugen sich die Regierungstruppen fast bei der Suche nach uns … oder besser gesagt nach ihm. Deshalb durfte er mich auch nicht zu Hause anrufen lassen. Er besitzt Satellitentelefone, Leitungen, Ausrüstung … Der Mann ist elektroniksüchtig: Seine Angriffe plant er mithilfe eines Palm Pilot und eines Laptops! Er hat mir versprochen, mich so bald wie möglich mit seinem Privatjet nach Hause zu bringen, und er hat sein Wort gehalten.»

«Meinst du die Gulfstream?», erkundigte sich Keith.

Garth nickte.

Allmählich forderte die Erschöpfung ihren Tribut, und nachdem der letzte der Freunde endlich gegangen war, schmiegte Carol sich auf dem Sofa in Garth' Arme und überlegte, was sie nun tun oder sagen sollte.

Sie hörte, wie er tief Luft holte. Seine Lippen berührten fast ihr Ohr. «Wir haben jetzt Zeit, Carol. Ich werde eine Weile nicht fliegen können.»

Sie wich zurück, um ihn anzusehen, und Schuldgefühle und Trauer ließen ihr Tränen in die Augen treten. «Es tut mir so Leid, Garth. Es tut mir so Leid …» Als sie die Hand vor den Mund schlug, griff er danach und küsste sie.

«Wir beide haben eine Menge zu klären», sagte er. «Und wir müssen uns beieinander entschuldigen. Aber… Ich habe mir gewissermaßen schon ein wenig Rat geholt, und zwar vom Doktor, als ich unter Schmerzen in der Dunkelheit lag und auch in den Wochen danach. Der Optimismus dieses Mannes ist ansteckend, und man sieht die Dinge danach ganz anders.»

Sie nickte, schien aber nicht überzeugt.

«Wie dem auch sei», fuhr er fort. «Obwohl es schlimm war, dich nicht anrufen zu können, um dir zu sagen, dass es mir gut geht, hatte ich auch Zeit zum Nachdenken. Mir ist klar geworden, dass du mir in den vergangenen Jahren wahrscheinlich eine Menge mitteilen wolltest. Und ich habe es einfach nicht wahrgenommen.»

«Garth –», fiel sie ihm ins Wort, aber er hob den Finger.

«Nein, hör mir jetzt einfach nur zu. Die Dinge sind nur selten so, wie sie scheinen. Die 747 zum Beispiel war ein fliegendes Spiegelkabinett, voller Passagiere mit einer Wut im Bauch, die wir Mitarbeiter von Meridian selbst provoziert haben. Doch jedes Mal, wenn ich glaubte, dahinter gekommen zu sein, wer Recht und wer Unrecht hatte und wer der Feind war, verschob sich die Perspektive wieder. Bei Onitsa war es dasselbe. Ebenso wie bei uns. Ich liebe dich, Carol. Wir haben eine zweite Chance herauszufinden, was wir wollen. Und ich denke, wir sollten sie ergreifen und anfangen, miteinander zu reden und einander zuzuhören. Was hältst du davon?»

Zum ersten Mal seit seiner Rückkehr spürte er, wie sie sich entspannte. Ihr Lächeln war nun echt und spontan, ihre Tränen flossen, und ihre Lippen näherten sich den seinen.

MERIDIAN AIRLINES, EINSATZZENTRALE, CHICAGO, ILLINOIS, SECHS MONATE SPÄTER

Phil Knights Anwalt ging voran zu dem kleinen Konferenzraum und schloss hinter ihnen die Tür, während Phil sich setzte und die dunkle Brille abnahm, mit der er sich zu tarnen versucht hatte. Zum Glück waren weder Medienvertreter noch erboste Mitarbeiter von Meridian erschienen, um ihn zu belästigen, worüber er sehr erleichtert war. Nachdem er monatelang im Kreuzfeuer der Kritik gestanden hatte und in den Zeitungen und Wochenzeitschriften beschimpft worden war, konnte er kaum fassen, dass man ihn nun endlich in Ruhe ließ.

«Alles okay, Phil?», fragte der Anwalt von der Pilotenvereinigung.

«Ja», erwiderte Phil, obwohl er nicht mehr sicher war, was dieser Satz überhaupt bedeutete. Würde er je wieder «okay» sein? Er konnte doch nichts anderes, als eine Passagiermaschine zu fliegen, und diese Möglichkeit hatte man ihm nun genommen – auch wenn die Gewerkschaft, wie es ihre Pflicht war, Zeter und Mordio geschrien und die vom Gesetz vorgesehene Anhörung anberaumt hatte, die nun stattfinden sollte. Denn nur so konnte ein Pilot, der die Kündigung erhalten hatte und Gewerkschaftsmitglied war, gemäß dem Beschäftigungsgesetz für Mitarbeiter des Transportwesens auf Wiedereinstellung klagen.

Allerdings wusste Phil, dass es keinen Zweck hatte. Die Gewerkschaft wurde nur tätig, weil es laut Tarifvertrag ihre Pflicht war, ihn zu verteidigen, doch sie war mit dem Herzen nicht bei der Sache. Jede Entscheidung, die er getroffen hatte, war als falsch, leichtsinnig oder grob fahrlässig beurteilt worden, und der Großteil der Piloten teilte diese Auffassung. Die Landung in Nigeria, das Zurücklassen eines Copiloten, den er für tot gehalten hatte, um dreihundert Menschenleben zu retten – all das war nach allgemeiner Ansicht ein Beweis dafür, dass Phil Knight einfach nicht das Zeug zum Flugkapitän hatte. Und so hatte man die Tatsachen dergestalt interpretiert, dass sie diese Schlussfolgerung bestätigten.

Bei Meridian hingegen betrachtete man sich als frei von jeglicher Schuld, und man wehrte die verschiedenen Gerichtsverfahren und die öffentliche Kritik einfach dadurch ab, dass man den Kopf von Phil Knight forderte und behauptete, selbst Opfer einer Täuschung geworden zu sein. Falls das Unternehmen wirklich versagt hatte, dann doch nur darin, dass ein Hochstapler namens Phil Knight, dem man niemals eine Passagiermaschine hätte anvertrauen dürfen, der Personalabteilung durch die Maschen hatte schlüpfen können.

Die Folgen für Phils Frau und seine Kinder waren dramatisch gewesen: Ihr Vertrauen in ihn war erschüttert, und sie hatten den Glauben an die Gerechtigkeit verloren. Wenn sie als Familie noch eine Chance haben wollten, würden sie wegziehen und sich ein bescheideneres Haus suchen müssen, während er bei irgendeinem Flugzeug-Kurierdienst oder vielleicht bei einer ausländischen Fluggesellschaft anheuerte. Denn nun war endgültig Schluss mit den zweihunderttausend Dollar Jahresgehalt, den unbegrenzten Freiflügen für die Familie und dem Stolz, Kapitän bei einer großen Airline zu sein.

«Phil, vielleicht sollten wir alles noch mal durchgehen, bevor es anfängt», schlug sein Anwalt vor.

Er schüttelte den Kopf. «Da gibt es nichts durchzugehen. Sie vergeuden Ihre Zeit.»

Der Marsch in den Anhörungssaal war eine Qual. Ihm gegenüber stand ein Tisch mit einer Decke, hinter dem der stellvertretende Einsatzleiter, der Chefpilot, der Chefausbilder und einige andere alt gediente Kapitäne saßen. Phil fühlte sich wie ein Skipper, der sich nach dem Verlust seines Schiffs vor einem Tribunal aus aufgebrachten Admirälen verantworten musste. Der Ablauf war ähnlich, das Ergebnis ebenso vorhersehbar.

«Nein, Sir», antwortete Phil auf eine der Fragen. «Ich finde nicht, dass ich mit meinen Entscheidungen gegen die Vorschriften verstoßen habe. Falls sich das doch so verhielt ... und ich weiß, dass Sie alle das nur ungern hören ... war es ein Ergebnis meiner Ausbildung beziehungsweise des Fehlens derselben. Niemand hat mir je etwas erklärt, und es wurde einfach vorausgesetzt, dass ich es ohnehin wusste.»

Die Pilotenvereinigung präsentierte einige geschickt ausgewählte Gutachter, die bestätigten, dass die Notlandungen angesichts dessen, dass bei Meridian keine dahin gehenden Dienstanweisungen existierten, technisch gerechtfertigt gewesen seien. Meridian konterte das mit eigenen Fachleuten, die wiederum jeden Punkt, der zu Phils Gunsten sprach, widerlegten, banalisierten, ins Lächerliche zogen oder anzweifelten. Dennoch verspürte Phil, als die Anhörung etwa zur Hälfte vergangen war, einen Funken Hoffnung, dass sich der Ausschuss würde überzeugen lassen. Seine makellose Führung als Kapitän auf Inlandsflügen wurde ausführlich geschildert, und ein langjähriger Freund und ehemaliger Copilot, der sich damit den Feindseligkeiten seiner Kollegen aussetzte, hatte den Mut, für ihn auszusagen.

Doch die positiven Äußerungen und Gutachten kamen allzu rasch zu einem Ende, und Phil stellte fest, dass sich die Mienen der Ausschussmitglieder wieder verfinsterten. In seiner wachsenden Vertweiflung bemerkte er gar nicht, dass sich die Tür hinter ihm geöffnet hatte.

«Verzeihung. Komme ich zu spät?», fragte eine Männerstimme, die Phil vertraut erschien. Aber er drehte sich nicht um.

«Wer sind Sie?», erkundigte sich der Vorsitzende, offensichtlich überrascht.

Der Mann trat vor und verteilte einige Papiere an die Ausschussmitglieder. Dann reichte er auch den Anwälten der Fluggesellschaft Kopien und nickte schließlich Phil Knight zu, der endlich den Kopf gehoben hatte. Phils Mut sank ins Bodenlose, als sich der Mann lächelnd zum Vorsitzenden umdrehte. Den linken Arm trug er immer noch in einer Schlinge.

«Ich bin Dr. Brian Logan», verkündete er, während die Tür sich erneut öffnete. «Und in meiner Begleitung befindet sich einer Ihrer Mitarbeiter, der erste Offizier Garth Abbott, der gerade den Raum betreten hat.»

Seufzend nickte der Vorgesetzte und wies auf den Zeugenstuhl. «Wir haben Sie und Mr. Abbott zwar auf der Zeugenliste, aber wir hatten Sie schon aufgegeben.»

«Ich entschuldige mich für uns beide», erwiderte Logan. «Mr Abbott wollte mich abholen, und mein Flug aus Boston hatte

Verspätung. Bevor wir beginnen, möchte ich diesem Ausschuss genau mitteilen, warum ich hier bin.

Sie alle wissen, dass ich Ihre Fluggesellschaft auf mehrere Millionen Dollar verklagt habe, weil eines Ihrer Besatzungsmitglieder meiner Frau und meinem Sohn auf einem Ihrer Flüge medizinische Hilfe verweigert hat. Außerdem wissen Sie, dass ich von der Anklage freigesprochen wurde, die Ihre Gesellschaft gegen mich hat erheben lassen, nämlich die des Mordes an Garth Abbott, der nun quicklebendig hinter mir steht. Deshalb hat es zwischen mir und Ihrem Unternehmen eine Menge böses Blut gegeben. Darüber hinaus ist Ihnen bekannt, denn ich habe es öffentlich gegenüber der Presse geäußert, dass ich Phil Knights Rausschmiss gefordert habe – übrigens mein einziger Wunsch, der wirklich rasch in Erfüllung gegangen ist.

Tja, Garth Abbott und ich sind hier, um dafür zu sorgen, dass die Vorwürfe für alles, was an Bord von Flug Sechs schief gelaufen ist, auch an die richtige Adresse gehen. Allerdings werden Sie sicher entsetzt sein, wenn ich Ihnen jetzt mitteile, dass ich nicht hier bin, um Schuldzuweisungen zu verbreiten. Stattdessen möchte ich die Schuld mit dem Kapitän, den aufgebrachten Passagieren und mit Ihnen, als leitende Angestellte eines mit starken Makeln behafteten und verurteilungswürdigen Unternehmens, teilen, das bei der Aufgabe, diesen Mann auf seinen Job als Pilot auf internationalen Strecken vorzubereiten, jämmerlich versagt hat.»

Brian hielt inne, um seine Worte wirken zu lassen.

«In anderen Worten, meine Herren, möchten wir Kapitän Knights Klage auf Wiedereinstellung unterstützen.»

«Wann gibt der Ausschuss seine Entscheidung bekannt?», fragte Brian Logan, während er Garth Abbott durch das offene Beifahrerfenster des Kleinbusses seiner Frau die Hand schüttelte.

«In zwei bis vier Wochen. Ich rufe Sie an, wenn ich etwas weiß.»

Der Kleinbus fuhr ab, und Garth winkte Brian zum Abschied noch einmal zu. Im nächsten Moment kam eine nagelneue Limousine vorgefahren, und die Fahrerin hielt Brian die Beifahrertür auf. Nachdem er eingestiegen war, drehte er sich zu der elegant gekleideten Frau um.

«Vielen Dank, dass Sie alles organisiert haben, Janie», sagte er. «Das Abholen am Flughafen, die Warterei und auch sonst noch alles. Das war wirklich großartig von Ihnen.»

«Ach, Unsinn.»

«Außerdem möchte ich mich bedanken, dass Sie mich angerufen und mir diesen Vorschlag gemacht haben.»

«Und wie ist es drinnen gelaufen?», erkundigte sie sich, während sie auf die Auffahrt zum Flughafen zusteuerte.

Brian war fast am Ende seines Berichts angelangt, als sie vor dem American-Airlines-Terminal stoppte.

«Wenn Ihr Flug pünktlich ist, haben Sie noch vierzig Minuten.»

Er zögerte. Seine Hand lag auf dem Türgriff, und er sah die Fahrerin an.

«Kommen Sie manchmal nach Boston?»

Als sie reizend lächelte, wurde er von einem warmen Gefühl ergriffen, wie er es seit Daphnes Tod nicht mehr gespürt hatte.

«Ich liebe Boston. Aber ich werde nur selten dorthin eingeladen.»

Er bemerkte, dass auch er unwillkürlich zu lächeln begann.

«Möchten Sie das denn?»

«Hängt ab, von wem», erwiderte sie. Als sie den Kopf zur Seite neigte, geriet ihre dunkle, gewellte Haarmähne in Bewegung.

Er nahm die rechte Hand von der Tür, ergriff ihre, die auf dem Lenkrad lag, und drückte sie.

«Hätten Sie Lust, bald nach Boston zu kommen und sich von mir die Stadt zeigen zu lassen?»

«Ich werde es mir überlegen», antwortete sie und hielt seine Hand einen Moment, bevor sie sich freimachte und wieder das Lenkrad umfasste. «Rufen Sie mich einfach an, wenn es Ihnen passt.»

Brian Logan nickte. «Okay, wird gemacht.»

«Haben Sie sie zur letzten Ruhe gebettet?»

«Wie bitte?»

«Die Asche Ihrer Frau und Ihres Kindes. Sie hatten sie während des Flugs im Aktenkoffer bei sich.»

Leicht verdattert sah Brian sie an. «Woher wussten Sie das?»

Sie lächelte ihn an. «Ich habe es mir gedacht.»

Er nickte. «Ja. Daphne liebte das Meer. Ich habe mir ein Boot gemietet.»

«Das ist gut so.»

«Noch mal vielen Dank», sagte er und öffnete ein wenig unbeholfen die Wagentür, während eine blecherne Tonbandstimme Autofahrern, die zu lange die Ladezone blockierten, mit schauerlichen Konsequenzen drohte.

«Sie haben sich heute richtig verhalten, Brian», rief Janie durch die offene Tür.

Er nickte, stieg endgültig aus, schloss die Tür und beugte sich noch einmal zum Fenster hinein.

«Ich weiß nicht, ob meine heutige Aussage Phil Knight etwas nützen wird, aber sie hat jedenfalls mir geholfen. Und dafür muss ich Ihnen danken, Janie.»

Sie blickte ihm nach, als er ihr noch einmal zuwinkte und dann in der Menge verschwand.

Eine Weile noch betrachtete Janie Bretsen die Schiebetüren des Terminals, das ihn verschluckt hatte. Dann holte sie tief Luft und wandte ihre Aufmerksamkeit dem Straßenverkehr zu. Ihr Lächeln wurde breiter, als sie den Gang einlegte.

Danksagung

Jeder meiner Romane führt mich auf eine abenteuerliche und voller Überraschungen steckende Reise in die Welt der Recherche, und *Turbulence* stellt da keine Ausnahme dar. Das Problem ist, dass es wie immer viel zu viele gute Menschen gibt, denen ich eigentlich für ihre Hilfe unterwegs danken müsste. Einige wollten lieber ungenannt bleiben, denn sie befürchteten ein berufliches Nachspiel, weil sie Internes mit einem Schriftsteller erörtert haben, auch wenn dieser selbst Pilot ist und gewissermaßen zur Familie gehört. Dennoch möchte ich den Frauen und Männern, die in der Flugsicherung und im Flugbetrieb selbst ganze Arbeit leisten, hier pauschal meinen Dank aussprechen. Sie haben viel zur Thematisierung eines schwierigen und heiklen Punktes beigetragen: die drastische Verschlechterung des Service in der Luft und die damit einhergehende gefährliche Zunahme von gewalttätigen Übergriffen durch Passagiere.

Doch auf dieser Seite geht es ausschließlich um Danksagung.

Wie immer hat meine Frau Bunny Nance die Geschichte durch ihre wertvollen Anregungen ins Rollen gebracht.

In New York möchte ich mich vor allem bei meinen Freunden bei Putnam und Berkley, David Highfield, Leslie Gelbman und Phyllis Grann bedanken, die stets wundervolle und zuverlässige Partner waren.

Mein ewiger Dank gilt ebenfalls meiner langjährigen Agentin Olga Wiesner von der Literaturagentur Wiesner and Wiesner in New York.

Hier im Nordwesten der USA verdient vor allem die Frau meinen Dank, die die gewaltige Aufgabe bewältigt hat, dieses Buch Korrektur zu lesen, stilistisch zu überarbeiten und zu redigieren. Patricia Davenport, Inhaberin eines Magistertitels in englischer Literatur und ein wahres Genie auf dem Gebiet der Grammatik, ist außerdem meine Geschäftspartnerin, die Leiterin meiner Presseabteilung und die beste Privatlektorin der Welt.

Ebenfalls bedanken möchte ich mich bei meinen wundervollen Mitarbeiterinnen, meiner Büroleiterin Gloria Liu, meiner Assistentin Lori Carr und meiner Sekretärin Sherrie Torgerson, die dafür sorgen, dass auch angesichts der größten Herausforderungen alles wie am Schnürchen läuft.

Ich danke auch Theo Onuoru in Little Rock, Arkansas, und Tom Nomakho in Oakbrook, Illinois, für ihre Hilfe bei General Onitsas Biografie.

Doch am meisten danke ich Ihnen, meinen Lesern, deren Treue und Begeisterung mich beschämen, da sie selbst dann nicht nachlassen, wenn ich Sie die ganze Nacht wach halte.

Wie es in einem Lied so schön heißt, tue ich es nur Ihnen zuliebe.

John J. Nance
University Place, Washington
(www.johnjnance.com)